ACTION

BAND 93

VINCE FLYNN

CONSENT TO KILL

DER FEIND

Aus dem Amerikanischen von Alexander Rösch

FESTA

Die amerikanische Originalausgabe *Consent to Kill*
erschien 2005 im Atria Books.

Hinweis: Dieser Roman ist Band 8 der *Mitch Rapp*-Saga.

1. Auflage Mai 2021

Titelbild: Arndt Drechsler-Zakrzewski

ISBN 978-3-86552-922-0
eBook 978-3-86552-923-7

Für meine Brüder und Schwestern – Daniel, Patrick,
Sheila, Kelly, Kevin und Timothy

und

In liebender Erinnerung an Lucie Flynn,
deren Lächeln, Liebe und Anmut in Lauren,
Connor und Jack weiterleben.

PROLOG

Einen Mann zu töten ist relativ einfach – vor allem wenn es sich um einen Durchschnittstypen handelt, der nicht damit rechnet. Einen Mann wie Mitch Rapp zu töten ist dagegen etwas völlig anderes. Man muss das schon sehr genau planen und einen äußerst fähigen Killer auf ihn ansetzen; besser: ein ganzes Team, das entweder tapfer oder verrückt genug ist, den Job anzunehmen. Jeder normal denkende Mensch lehnt einen solchen Auftrag rundheraus ab.

Außerdem sollten seine Mörder Rapp in einem Augenblick abpassen, in dem er die Wachsamkeit schleifen lässt. Sonst kämen sie nie dicht genug an ihn heran, um ihn ein für alle Mal zu beseitigen. Die vorläufige Analyse seiner Wachsamkeit sieht schlecht für sie aus: Dieser Amerikaner ist entweder hyperwachsam oder unglaublich paranoid. Alle Details ihres Plans müssten schon perfekt ineinandergreifen, und selbst dann bräuchten sie noch etwas Glück. Die prognostizierte Erfolgschance liegt bei maximal 70 Prozent. Deshalb müssen die Auftraggeber verhindern, dass die Sache auf sie zurückfällt. Sollten nämlich diejenigen scheitern, die sie darauf ansetzen, würde Rapp sich ungeachtet ihrer Machtposition auf die Suche nach ihnen machen. Und natürlich haben sie nicht die Absicht, sich für den Rest ihres Lebens von einem Mann wie Mitch Rapp jagen zu lassen.

1

Langley, Virginia

Rapp stand vor dem Schreibtisch seiner Vorgesetzten. Den angebotenen Stuhl hatte er abgelehnt. Die Sonne war untergegangen, es wurde spät und er wäre lieber zu Hause bei seiner Frau gewesen. Vorher wollte er jedoch diese Sache erledigt wissen. Die Akte war bestimmt drei Zentimeter dick. Es kotzte ihn an, anders ließ es sich nicht sagen. Er wollte es vom Tisch haben, sich einem anderen Thema zuwenden. Etwas Wichtigerem und vermutlich noch Nervigerem. Egal. Hauptsache dieses konkrete Problem war erst mal abgehakt.

Insgeheim hoffte er, dass Kennedy sich damit begnügte, die Zusammenfassung zu lesen und ihm den Papierstapel dann zurückzugeben. Doch so regelte sie die Dinge nicht. Man wurde nicht zum ersten weiblichen CIA-Direktor ernannt, indem man Abkürzungen nahm. Sie verfügte über ein fotografisches Gedächtnis und einen hyperanalytischen Verstand. Irene erinnerte ihn an einen dieser topmodernen Server im Keller eines großen Versicherungskonzerns, der sich durch Datenberge fraß und daraus Trends, Risiken und Milliarden anderer Faktoren ableitete. Kennedys Gespür für die großen Zusammenhänge war unübertroffen. Sie saugte Informationen förmlich auf, auch und vor allem solche, die niemals an die Öffentlichkeit gelangen durften. So wie die Akte, die jetzt auf ihrem Schreibtisch lag.

Er beobachtete, wie sie die Unterlagen in hohem Tempo durcharbeitete und gelegentlich ein paar Seiten zurückblätterte, um Widersprüche zu klären, von denen es garantiert viele gab. Solche Berichte zu schreiben gehörte nicht zu seinen Stärken. Seine Talente betrafen eher die andere Seite des Geschäfts. Es gab Zeiten, da las sie seine Niederschriften mit dem Stift in der Hand, brachte Korrekturen an und kritzelte Anmerkungen an den Rand. Diesmal nicht. Diese konkrete Akte könnte sich als Gift erweisen. Als tickende Zeitbombe, die Karrieren beendete wie ein Tornado, der durch einen Trailerpark fegte. Kennedy wusste: Kam er in ihr Büro, egal ob frühmorgens oder spätabends, und weigerte sich, Platz zu nehmen, behielt sie besser die Kappe auf dem Stift. Sie wusste, worum es ging, las stumm und verkniff sich jede überflüssige Bemerkung.

Kennedy wollte bei solchen Unterlagen grundsätzlich als Letzte drüberschauen. Rapp hielt das nicht unbedingt für eine gute Idee, musste aber zugeben, dass sie die großen Zusammenhänge deutlich besser als er erfasste. Sie war der Boss, und in letzter Konsequenz musste sie dafür bluten, wenn etwas schiefging. Zog jemand den Sicherungsstift heraus, hätte Rapp sich ohne zu zögern auf die Granate geworfen, doch die Geier vom Hill hatten es natürlich vor allem auf Irene abgesehen. Rapp respektierte seine Chefin, was für ihn alles andere als selbstverständlich war. Als Einzelgänger erledigte er sein Ding sonst allein und schlug sich im Einsatz monatelang ohne fremde Hilfe durch. Manche Leute hätten seinen Job als Strapaze empfunden. Für Rapp war es das Nirwana. Kein Papierkram, niemand, der einem über die Schulter schaute. Keine risikoscheuen Bürokraten, die jede Entscheidung anzweifelten. Komplette Eigenständigkeit. Sie hatten ihn erschaffen und mussten jetzt mit den Konsequenzen leben.

Männer wie Rapp taten sich schwer mit Befehlen. Es sei denn, sie kamen von jemandem, den sie vorbehaltlos respektierten. Zum Glück respektierte er Kennedy. Deshalb schaffte sie es, ihn in die gewünschte Richtung zu stoßen oder, wie in diesem Fall, diskret wegzusehen, während er sich um alles kümmerte. Mehr wollte Rapp nicht. So war es ihm am liebsten. Er brauchte keinen unterschriebenen Einsatzbefehl, kein grünes Licht. Sie sollte ihm einfach die Akte zurückgeben und Gute Nacht sagen. Ende. Oder Anfang – je nachdem, aus welchem Blickwinkel man es betrachtete.

Rapp hatte seine Leute bereits vor Ort stationiert. Er könnte morgen früh bei ihnen sein. In zwölf Stunden – eher weniger, wenn keine überraschenden Entwicklungen auftraten – wäre alles erledigt. Im konkreten Fall rechnete er nicht mit Komplikationen. Der Typ war ein Schwachkopf erster Güte und schnallte vermutlich erst hinterher, was ihn erwischt hatte. Für Ärger sorgte eher der Trubel im Nachgang. Ihm persönlich wäre das Ganze total egal, doch wenn Kennedy Vorbehalte äußerte, dann vermutlich deswegen.

Die CIA-Direktorin schlug die Mappe zu und setzte ihre Lesebrille ab. Sie legte sie auf den Tisch und rieb sich die Augen. Rapp beobachtete sie. Er kannte sie gut. Besser als jeden anderen Menschen. Das Augenreiben war kein gutes Zeichen. Es deutete auf Kopfschmerzen hin. Und die bekam sie meistens, wenn er einen Haufen Dünnpfiff auf ihrem Schreibtisch ablud.

»Lass mich raten.« Sie musterte ihn mit müden Augen. »Du willst ihn beseitigen.«

Rapp nickte.

»Wieso lautet deine Lösung grundsätzlich, jemanden umzubringen?«

Rapp zuckte die Achseln. »Auf diese Weise ist die Lösung endgültig.«

Irene wirkte enttäuscht. Sie schüttelte den Kopf und schob die Hand auf die geschlossene Akte.

»Was soll ich denn sonst sagen, Irene? Ich halte nichts von Bewährungschancen. Außerdem hatte der Typ seine längst. Die Franzosen haben ihn fast zwei Jahre eingesperrt. Seit sechs Monaten ist er draußen und zieht wieder seine alten Tricks ab.«

»Hast du dir mal überlegt, was das für Folgen hat?«

»Nicht so meine Stärke.«

Sie funkelte ihn an.

»Ich habe bereits mit den Jungs in Frankreich gesprochen. Die sind genauso angepisst wie wir. Ihre bescheuerten Politiker und dieser Clown von Richter haben den Idioten ziehen lassen.«

Das konnte Kennedy schwerlich abstreiten. Sie hatte ausführlich mit ihrem französischen Amtskollegen über die betreffende Person und einige andere gesprochen. Er war alles andere als glücklich über die Entscheidung seines Landes, den radikalen islamistischen Geistlichen auf freien Fuß zu setzen.

Den Terrorabwehrspezialisten in Paris gefiel es ebenso wenig wie ihnen.

»Der Typ ist eine etablierte Größe«, meinte Kennedy. »Die Presse berichtet ständig über ihn. Sie haben auch über seine Freilassung geschrieben. Sollte seine Leiche auftauchen, schlägt das hohe Wellen.«

»Soll es ruhig Wellen schlagen. Das legt sich nach ein, zwei Tagen wieder … spätestens nach einer Woche. Dann stürzen sie sich auf den nächsten Aufreger. Außerdem wäre das eine Lektion für all diese Idioten, die sich einbilden, in der westlichen Welt beliebig schalten und walten zu können.«

Sie sah ihn an. Ihr Blick verriet nichts. »Und was erzähle ich dem Präsidenten? Der wird wissen wollen, ob wir unsere Finger im Spiel hatten.«

Rapp winkte ab. »Dem sagst du, du weißt von nichts.«

Kennedy runzelte die Stirn. »Ich lüge ihn ungern an.«

»Dann soll er mich fragen. Er wird kapieren, was du damit andeutest, und nicht weiter nachhaken. Er kennt das Spiel.«

Kennedy lehnte sich zurück und schlug die Beine übereinander. Sie starrte die gegenüberliegende Wand an und meinte eher zu sich selbst als zu Rapp: »Er ist ein Geistlicher.«

»Er ist ein radikaler Gauner, der den Koran für seine sadistischen Zwecke missbraucht. Er sammelt Geld für Terrorvereinigungen, rekrutiert leicht manipulierbare Jugendliche als Selbstmordattentäter, und das alles direkt vor unserer Haustür.«

»Da wäre noch ein Problem. Was glaubst du, wie die Kanadier darauf reagieren?«

»Offiziell werden sie behaupten, stinksauer zu sein. In Wahrheit wollen sie uns dafür 'ne Medaille umhängen. Wir haben schon mit der Mounted Police und ihrem Security Intelligence Service gesprochen. Sie möchten diesen Spinner am liebsten ausweisen, aber ihr Generalstaatsanwalt ist fest entschlossen, den Gauner beweisen zu lassen, dass er Mr. Saubermann ist. Es gibt sogar eine abgefangene Kommunikation, in der sich zwei SIS-Leute darüber unterhalten, wie man ihn am besten verschwinden lässt.«

»Das ist nicht dein Ernst.«

»O doch. Coleman und sein Team haben es diese Woche mitgeschnitten.«

Kennedy musterte ihn. »Ich bezweifle nicht, dass unsere Kollegen den Tod dieses Mannes insgeheim bejubeln, aber das ändert nichts an den politischen Nachwehen.«

Mit Politik wollte Rapp nichts zu tun haben. Falls sich die Unterhaltung in diese Richtung entwickelte, zog er den Kürzeren.

»Hör zu … Es ist schlimm genug, wenn diese religiösen Fanatiker drüben in Saudi-Arabien oder Pakistan ihre Masche durchziehen. Wir können auf keinen Fall zulassen, dass es hier in Nordamerika passiert. Ganz ehrlich? Ich hoff sogar drauf, dass die Presse eine Riesensache daraus macht, damit der Rest dieser religiösen Vollpfosten mitbekommt, dass wir es ernst meinen. Irene, wir stecken mitten in einem verdammten Krieg und müssen uns entsprechend verhalten.«

So ungern sie es zugab, er hatte recht. In resignierendem Ton fragte sie: »Wie willst du vorgehen?«

»Colemans Team ist seit sechs Tagen vor Ort und beschattet ihn. Der Typ hat einen minutiös eingefahrenen Tagesablauf. Es gibt kaum Security, um die wir uns Sorgen machen müssen. Wir könnten ihn entweder auf offener Straße abknallen, wobei wir dann auch diejenigen erledigen müssten, die ihn begleiten. Oder wir schalten ihn aus ein, zwei Straßen Entfernung mit einem schallgedämpften Gewehr aus. Ich ziehe Letzteres vor. Mit dem richtigen Schützen sind die Erfolgsaussichten genauso gut und es gibt danach weniger aufzuräumen.«

Ihr Zeigefinger strich über eine Zahlenkolonne auf dem Aktendeckel. »Kannst du ihn verschwinden lassen?«

»Mit genügend Zeit, Geld und Manpower kann ich alles. Aber warum willst du die Geschichte unnötig kompliziert machen?«

»Weil die Auswirkungen deutlich überschaubarer wären, wenn die Presse kein Foto von der Leiche bekommt.«

»Ich kann dir nichts versprechen. Wir prüfen das.«

Kennedy nickte langsam. »Na gut. Oberste Regel, Mitch: Lass dich nicht erwischen.«

»Das versteht sich. Selbstschutz nimmt bei mir einen hohen Stellenwert ein.«

»Ich weiß … Wie gesagt, falls dir eine Möglichkeit einfällt, ihn spurlos verschwinden zu lassen, wäre das enorm hilfreich.«

»Verstanden.« Rapp griff nach der Akte. »Sonst noch was?«

»Ja. Wenn du wieder hier bist, will ich, dass du dich mit jemandem triffst. Genau genommen mit zwei Leuten.«

»Mit wem?«

Sie schüttelte den Kopf. »Wenn du wieder hier bist, Mitch. Fürs Erste hast du mein Okay. Zieh's durch und ruf mich an, sobald es erledigt ist.«

2

MEKKA, SAUDI-ARABIEN

»Ich will, dass ein Mann stirbt.«

Die Worte wurden zu laut ausgesprochen, vor zu vielen Menschen und in einer Umgebung, in der man solche klaren Ansagen seit Jahrzehnten nicht gehört hatte. 28 Männer, Bodyguards inklusive, standen oder saßen in der opulenten Empfangshalle von Prinz Muhammad bin Rashids Palast in Mekka. Rashid war der saudische

Minister für islamische Angelegenheiten, eine sehr bedeutende Position im Königreich. Im Palast hielt er gern seine wöchentlichen *Majlis,* also Audienzen, in der Tradition eines Wüstenscheichs ab. Manche kamen, um Gefälligkeiten zu erbitten, weitaus mehr suchten schlicht die Nähe des Prinzen. Mit Sicherheit mischten sich regelmäßig auch einige Spione von Rashids Halbbruder, König Abdullah, unter die Anwesenden.

Durch den plumpen Ausruf entfiel jeder Vorwand für diskretes Weghören, wie er bei diesen Audienzen sonst zur Kunstform erhoben wurde. Köpfe wirbelten in Richtung des Prinzen, Erwiderungen hingen halb ausgesprochen auf den Lippen der Umstehenden.

Prinz Muhammad bin Rashid sah nicht auf, spürte jedoch die kollektiven Blicke. Er hatte nach dem dreist vorgebrachten Wunsch seines Freundes nur für einen kurzen Moment Unbehagen verspürt, und das lag nicht daran, dass es um Mord ging. Rashid hatte mit etwas Ähnlichem gerechnet. Seit einiger Zeit hatte er den anderen gezielt mit Informationen gefüttert, um diesen verzweifelten Ausbruch zu provozieren. In Wahrheit störte ihn nur eins: dass sein langjähriger Vertrauter solche Gedanken vor derart vielen Mithörern äußerte, denen nicht zu trauen war. Das Königreich war zu einem gefährlichen Ort geworden, selbst für einen so mächtigen Mann wie Muhammad bin Rashid.

Rashid umklammerte die Hände des Knienden und legte sich eine passende Antwort zurecht. Der Wunsch und seine nächsten Worte würden noch vor dem nächsten Sonnenuntergang überall im Königreich und vermutlich darüber hinaus die Runde machen. Es gab eine Spaltung in der Dynastie der Saud. Brüder wurden gegeneinander aufgehetzt. Rashid wusste, dass er äußerst umsichtig agieren musste. Einzelne Mitglieder des Königshauses waren bereits tot. Es drohten viele weitere Opfer, bis es ein Ende fand. Sein Hauptwidersacher war der König selbst, ein wankelmütiger Anführer, der den Amerikanern zu oft sein Gehör schenkte.

Er verkniff sich die kulturell angeborene Großmäuligkeit und tadelte den Bittsteller: »Red nicht über solche Themen, Said. Ich weiß, dass dich der Verlust deines Sohns in eine schwierige Situation bringt, aber du darfst nicht vergessen, dass alle Macht bei Allah liegt und es allein seine Aufgabe ist, Rache zu üben.«

Wütend kam die Antwort: »Wir sind alle Werkzeuge Allahs. Ich verlange meine eigene Rache. Ich habe ein Recht darauf.«

Der Prinz löste den Blick vom gequälten Gesicht des alten Freundes, der vor ihm kniete, und wies seine Diener an, den Saal zu räumen. Er streckte die Hand aus und berührte das Knie eines Mannes zu seiner Rechten, um ihn zum Bleiben aufzufordern.

Nachdem alle gegangen waren, sah der Prinz den Freund ernst an. »Du bringst mich mit deinem Anliegen in eine schwierige Situation.«

Tränen stiegen Said Ahmed Abdullah in die Augen. »Die Ungläubigen haben meinen Sohn getötet. Er war ein guter Junge.« Er wandte sich mit schmerzerfüllter Miene an den Mann, den Rashid zum Bleiben aufgefordert hatte. Scheich Ahmed Al-Ghamdi, der geistige Führer der Großen Moschee in Mekka. »Mein Sohn war ein wahrer Gläubiger und erhörte den Ruf des Dschihad. Er hat alles geopfert, während so viele andere untätig blieben.« Said sah sich suchend um, wollte einen Teil seiner

Wut an die Privilegierten weitergeben, die tapfer daherredeten, mit Geld um sich warfen, aber nie ihr eigenes Blut opferten. Der eigene Schmerz hatte ihn völlig in Beschlag genommen, weshalb er erst jetzt merkte, dass sich der Saal vollständig geleert hatte.

Scheich Ahmed nickte gütig. »Wahid war ein tapferer Krieger.«

»Sehr tapfer.« Said sah zurück zu seinem Freund. »Wir kennen uns nun schon sehr lange. Habe ich mich je unvernünftig verhalten oder dich mit trivialen Wünschen behelligt?«

Rashid schüttelte den Kopf.

»Ich wäre nicht hier, um diese Frage zu stellen, hätten die Feiglinge in Riad meine simple Bitte erhört und sich den Amerikanern gegenüber behauptet. Ich bat lediglich um die Leiche meines jüngsten Sohns, um ihm ein angemessenes Begräbnis zukommen zu lassen. Stattdessen teilte man mir mit, Mitch Rapp habe ihn komplett verstümmelt, als wollte er ihm absichtlich den Einzug ins Paradies verwehren. Wie hätte ich darauf anders reagieren sollen?«

Rashid seufzte. »Was genau erwartest du von mir?«

»Ich will, dass du einen Mann für mich tötest. Ganz simpel. Auge um Auge.«

Ein nachdenklicher Blick. »Das ist keine Kleinigkeit.«

»Ich würde es selbst erledigen«, zeigte sich Said entschlossen, »aber ich kenne mich mit so etwas nicht aus. Du hingegen, mein alter Freund, verfügst über viele Kontakte in der Welt der Spionage.«

Acht Jahre hatte Rashid als Innenminister Saudi-Arabiens den Polizei- und Geheimdienstapparat des Landes koordiniert. Nach dem 11. September 2001 hatte ihn sein Halbbruder, der Kronprinz, unter dem Druck der Amerikaner in Schimpf und Schande entlassen. Ja, Rashid verfügte über die notwendigen Kontakte. Ihm schwebte bereits eine konkrete Person für diesen Job vor. »Wer ist der Mann, der sterben soll?«

»Er heißt Rapp … Mitch Rapp.«

Der Prinz vermied es, seine Freude zu deutlich zur Schau zu tragen. Seit Monaten arbeitete er auf diesen Augenblick hin. Es hatte damit begonnen, dass sein Freund ihn bat, mehr über seinen Sohn in Erfahrung zu bringen, der das Königreich verlassen hatte, um in Afghanistan zu kämpfen. Rashid ließ daraufhin seine Kontakte beim Geheimdienst spielen und erfuhr deutlich mehr, als er dem anderen bisher mitgeteilt hatte. Stückweise fütterte er Said mit Informationen, von denen er wusste, dass sie in ihm früher oder später den Drang nach Vergeltung weckten.

»Said, ist dir klar, was du da von mir verlangst?« Er antwortete mit einstudiertem fatalistischen Unterton. »Hast du eine Vorstellung, wer dieser Mitch Rapp ist?«

»Ein Mörder, ein Ungläubiger und der Mann, der für den Tod und die Verstümmelung meines Sohns verantwortlich ist. Mehr brauche ich nicht zu wissen.«

»Ich muss dich warnen«, sagte Rashid wohlüberlegt. »Dieser Mitch Rapp ist ein extrem gefährlicher Mann. Angeblich gehört er zu den Lieblingen des amerikanischen Präsidenten und steht auch bei unserem König hoch im Kurs.«

»Er ist ein Ungläubiger«, wiederholte der verbitterte Vater stoisch und wandte sich an den zurückgebliebenen Geistlichen. »Ich habe bei deinen Predigten genau zugehört. Stecken wir nicht mitten in einem Krieg, bei dem das Überleben des Islam auf dem Spiel steht? Hast du uns nicht aufgefordert, gegen die Ungläubigen zu den Waffen zu greifen?«

Der kleine Teil des Gesichts, der nicht vom dichten grauen Bart bedeckt wurde, verriet keine Regung. Der Scheich schloss lediglich die Augen und nickte.

Said sah wieder zum Prinzen, seinem alten Vertrauten. »Ich bin kein Politiker oder Staatsmann, auch kein Mann Gottes. Ich bin Geschäftsmann. Ich erwarte nicht, dass einer von euch öffentlich oder persönlich unterstützt, was ich vorhabe. Ich bitte dich lediglich darum, Rashid, dass du mir die nötigen Kontakte vermittelst. Nenn mir einen Namen, den Rest erledige ich selbst.«

Abgesehen von Saids öffentlichem Ausbruch hätte Rashid kaum zufriedener darüber sein können, wie sich die Angelegenheit entwickelte. Er hatte den Wunsch des Freundes fast wörtlich erahnt. Mühsam beherrscht saß er da, wollte sich seine Begeisterung nicht zu deutlich anmerken lassen. »Said, ich kenne einen Mann, der großes Geschick in solchen Dingen besitzt. Er lässt sich extrem gut bezahlen, aber wie ich dich kenne, stellt das kein Hindernis dar.«

Said nickte entschlossen. Er hatte ein milliardenschweres Vermögen angehäuft, zunächst mit der Errichtung von Telefon- und Stromleitungen im Königreich und anderen Ländern der Region, anschließend mit dem Aufbau eines Glasfasernetzes von mehreren Tausend Kilometern Länge.

»Ich werde ihn zu dir schicken. Du darfst auf keinen Fall unser heutiges Gespräch ihm oder anderen gegenüber erwähnen. Ich teile deine Wut und wünsche dir Erfolg, doch du musst mir dein Wort als ältester Freund geben, dass du mit niemandem über meine Beteiligung sprechen wirst. Das Königreich ist in diesen Tagen ein sehr gefährlicher Ort. Viele meiner Brüder würden dein Vorhaben nicht so vorbehaltlos unterstützen wie ich.« Rashids Seitenhieb auf die proamerikanisch eingestellte Regierung Saudi-Arabiens ließ an Deutlichkeit nichts zu wünschen übrig.

Said schnaubte verächtlich. »Dazu fiele mir einiges ein, aber wie du schon sagtest, ist das Königreich in diesen Tagen ein gefährlicher Ort. Ich gebe dir mein Wort. Ich rede mit niemandem darüber. Nicht mal mit dem Mann, den du zu mir schickst.«

»Gut.« Rashid lächelte, stand auf und half seinem Freund auf die Beine. Die beiden durchquerten den ausladenden Saal und ließen den Geistlichen allein zurück. »Falls deine Absicht, diesen Rapp töten zu lassen, nämlich von Erfolg gekrönt ist, mein Freund, und die Amerikaner herausfinden, dass du dahintersteckst, wird der König dich köpfen lassen. Und falls es nicht klappt und Rapp herausfindet, wer dafür verantwortlich ist, stattet er dir einen Besuch ab und fügt deiner Familie schlimmere Qualen zu, als du es dir vorstellen kannst.«

Said nickte. »Woran erkenne ich deinen Mann?«

»Er ist Deutscher. Du wirst ihn auf Anhieb erkennen. Ein unglaublich fähiger Mann. Sag ihm einfach, was du willst, er erledigt den Rest.«

3

MONTREAL, KANADA

Rapp traf am nächsten Morgen mit einer Falcon 2000 ein. Das Geschäftsreiseflugzeug war über eine Strohfirma in Virginia geleast worden. Als ausgebildeter Pilot übernahm er den Sitz des Co-Piloten und trug die entsprechende Uniform. Mit einem häufig genutzten, allerdings gefälschten Reisepass brachte er die flüchtige Kontrolle am kleinen Privatflughafen in Windeseile hinter sich und fuhr mit dem Taxi zum Hotel, in dem das Team wohnte. Es war Samstagmorgen. Der siebte Einsatztag des vierköpfigen Teams, dem auch Coleman angehörte. Sie alle kannten Rapp seit über 15 Jahren. Alle wussten, wie die anderen operierten, und vertrauten sich gegenseitig, was in ihrem Metier ein entscheidender Faktor war.

Coleman wartete im Hotelzimmer auf ihn und brachte ihn hinsichtlich der taktischen Gegebenheiten auf den neuesten Stand. Das restliche Trio behielt die Zielperson im Auge. Der ehemalige SEAL war knapp drei Zentimeter kleiner als Rapp. Normalerweise trug er die blonden Haare kurz geschoren, doch aktuell ließ er sie wachsen. Sie reichten ihm bereits über die Ohren und im Nacken fast bis zum Hemdkragen. Zum ersten Mal sah man, dass sie sich leicht kräuselten. Coleman war schlank und athletisch, trotz seiner umgänglichen Art jedoch alles andere als harmlos. Er wusste um seine Fähigkeiten und musste sich nichts mehr beweisen. Er hatte eine Menge durchgemacht, einige heftige Missionen heil überstanden und redete nicht viel. Typisch für einen SEAL. Untereinander tauschten sie Kriegserlebnisse aus, manchmal auch mit anderen Einsatzkräften, aber es drang nichts nach außen. Sie waren ein eingeschworener Club, in dem Prahlen mit den eigenen Leistungen als verpönt galt.

Rapp warf seinen Pilotenkoffer auf eins der Betten und betrachtete die Karte, die ausgebreitet auf dem anderen lag.

»Hier ist das Hotel, dort die Moschee« – Coleman wies nacheinander auf die beiden markierten Gebäude – »und da ist seine Wohnung.«

Rapp prägte sich die Straßenzüge des Zentrums von Montreal und der angrenzenden Stadtteile ein. »Wie lange braucht man zu Fuß von der Moschee bis zur Wohnung?«

»Bei ihm sind's im Schnitt fünf Minuten und 23 Sekunden. Hat er's eilig, schafft er's in 4:18. Wenn er trödelt, kann's auch schon mal zehn Minuten dauern. In diesem Fall hat er unterwegs einen Bekannten getroffen und mit ihm geplaudert.«

»Anzeichen, dass ihn die Polizei oder der Geheimdienst überwacht?«

»Keine.«

Rapp runzelte die Stirn. »Seltsam.«

»Dachte ich auch erst, bis ich auf die Idee kam, dass sie einen Spion in die Gemeinde eingeschleust haben.«

»Einen Glaubensbruder.«

»Genau.« Coleman deutete auf eine Außenaufnahme der Moschee. »Wir haben einiges aufgeschnappt. Nicht alle sind begeistert von seiner radikalen Interpretation des Korans.«

Rapps rechte Augenbraue zuckte überrascht in die Höhe. »Ihr habt die Moschee verwanzt?«

»Nein. Aber wir hören die Besucher im Ausgangsbereich

mit Parabolmikros ab. Gestern konnten wir ein paar ältere Gläubige nach Khalils Freitagnachmittagspredigt belauschen. Sie halten ihn für ein Geschwür, das der Gemeinschaft zu schaffen macht. Einen schlechten Einfluss auf die Jugend, der ihr mit seinem Gerede vom Dschihad und Märtyrertum Flausen in den Kopf setzt.«

Das überraschte Rapp nicht. Die überwältigende Mehrheit der Muslime hielt nichts von den radikalen Vorstößen dieser Terroristen unter dem Deckmantel Allahs. Manchmal wünschte er sich, sie würden ihre Ablehnung deutlicher zum Ausdruck bringen.

»Sonst noch was?«

»Yep. Der Kerl ist ein verlogener Bastard. Wir sind gestern während des Nachmittagsgebets in sein Apartment eingebrochen. Das komplette Gebäude steht zu der Zeit leer, also bestand kein Risiko. Wir haben uns seinen Rechner vorgenommen.« Coleman zog einen Memorystick aus der Tasche. »Hab den Inhalt seiner Festplatte für dich kopiert.«

Rapp grinste und nahm das Speichermedium entgegen. »Danke.«

»Lauter Pornos.«

»Nicht dein Ernst.«

»O doch. Ziemlich perverses Zeug. Überwiegend Bondage.«

Rapp betrachtete den Stick. »Bei diesen Spinnern kann man nie wissen, was?«

»Stimmt. Überrascht mich trotzdem nicht.«

»Hast recht. Bei ihm passt es ins Bild. Weitere Infos?«

»Am besten kann man ihn natürlich zwischen Moschee und Wohnung abpassen. Die Strecke läuft er fünfmal am Tag hin und zurück. Vor Sonnenaufgang, um kurz nach zwölf, am späten Nachmittag, kurz vor Sonnenuntergang und – mein Favorit – sein 22-Uhr-Besuch.«

»Warum nicht gleich frühmorgens?«

»Naheliegend«, sagte Coleman, »aber beim Morgengebet halten sich doppelt so viele Leute in der Moschee auf wie abends. Wenn er da nach Hause läuft, ist es fast elf und die Straßen sind wie leer gefegt.«

»Ist er allein unterwegs?« Das stand zwar im Bericht, den er zu Beginn der Woche bekommen hatte, aber so ganz wollte er das nicht glauben.

»Immer.«

Der Typ schien ein Volltrottel zu sein, aber wenn man sich seine Vorgeschichte ansah, passte es ins Bild. Khalil Muhammad, gebürtiger Ägypter, war unter der strikten Knechtschaft eines Ablegers der Muslimbrüderschaft aufgewachsen, von frühester Kindheit an mit der strikten, radikalen Auslegung des Islams indoktriniert, wie sie die Wahhabiten in Saudi-Arabien lehrten. Mit 15 steinigten er und eine Gruppe Gleichgesinnter einen Reporter, weil er einen kritischen Artikel über ihre *Madrasa* veröffentlicht hatte. Die Gebetsschule, die sie besuchten, schickte jeden ihrer Absolventen in den Krieg gegen die Sowjets nach Afghanistan. Gerüchteweise gegen den erklärten Willen von so manchen.

Während andere für die Steinigung vor Gericht gestellt wurden, setzte Khalil sich nach Saudi-Arabien ab, wo er von den Wahhabiten weitere religiöse Unterweisungen erhielt. Mit Anfang 20 schloss er sein Koranstudium ab und wurde Imam. Mit 26 wanderte er mit der erklärten Absicht nach Kanada aus, dort eine neue Moschee zu errichten und die wahhabitischen Lehren in Nordamerika zu verbreiten. Sie wurde stark frequentiert. Als Belohnung erhielt er die finanziellen Mittel für den Bau einer zweiten Moschee in Frankreich.

Khalils Reisen durch die Welt blieben weitgehend unbemerkt. Das änderte sich nach 9/11. Danach änderte sich alles. Khalil wurde von den französischen Behörden festgenommen. Man wies ihm ein versuchtes Bombenattentat auf einen Pariser Bahnhof nach dem Vorbild der Madrider Zuganschläge 2004 nach. Er hatte dafür sechs junge Männer, keiner älter als 17, als Selbstmordattentäter rekrutiert. Khalil stellte ihnen eine großzügige Belohnung im Paradies in Aussicht. Dort sollten sie von ihren Sünden gereinigt und als Helden verehrt werden. Er versprach, für ihre Familien werde gesorgt, ihnen sei größter Respekt gewiss. Seine Rekruten sollten die ganze Drecksarbeit erledigen, während sich Khalil im Hintergrund hielt. Es hätte funktioniert, wäre die CIA Khalil nicht in der Zwischenzeit auf die Schliche gekommen. Die Hacker in Langley rissen im Rekordtempo Firewalls ein, um die Geldflüsse von saudischem Kapital nachzuverfolgen. Dabei stolperten sie auch über Khalil und warnten die französische DST vor ihm, den Inlandsgeheimdienst.

Als die Behörden seine Wohnung stürmten, fielen ihnen keine belastenden Beweise in die Hände. Die Spürhunde, die an der Razzia teilnahmen, entwickelten allerdings ungewöhnliches Interesse für ein anderes Apartment auf derselben Etage. Nach dem Aufbrechen der Tür stießen sie dort auf Sprengstoffgürtel und genug explosives Material, um das Gebäude einzuebnen. Khalil wanderte zusammen mit den sechs Jugendlichen ins Gefängnis. Keiner von ihnen packte aus. Während ihrer knapp einjährigen Haftstrafe überlegten die Geheimdienste fieberhaft, wie sie die Polizei auf die Spur ansetzen konnten, ohne zu viel Insiderwissen preiszugeben.

Als der Fall schließlich vor Gericht landete, befanden sich die französisch-amerikanischen Beziehungen auf einem Allzeittief. Der Richter brachte sein Missfallen über das Fehlen jeglicher belastbarer Beweise deutlich zum Ausdruck. Im Fall von Khalil sah er keine Belege für ein Verbrechen. Ein gläubiger Mann, dem man allenfalls vorwerfen konnte, sich mit ein paar verfaulten Äpfeln eingelassen zu haben. Der Richter ordnete die sofortige Freilassung an. Die sechs jungen Männer wurden wegen Besitz von Gefahrstoffen angeklagt und erhielten eine lächerlich geringe Strafe. Khalil wurde zurück nach Kanada geschickt. Innerhalb einer Woche predigte er wieder in seiner Moschee, verleitete Heranwachsende zum Dschihad und verunglimpfte ebenjene Behörden, die ihm den Kopf aus der Schlinge gezogen hatten. Der französische Richter hatte ihm ein trügerisches Gefühl von Unverwundbarkeit vermittelt.

Eigentlich beschäftigten Rapp aktuell weitaus größere Probleme, aber dieser Typ traf einen empfindlichen Nerv bei ihm. Vor drei Wochen war in Afghanistan ein Auto in die Absperrung vor einer US-Einrichtung gerast. Das Wachpersonal näherte sich dem Fahrzeug und stieß auf einen Stein auf dem Gaspedal und einen ans Steuer geketteten Jungen, nur halb bei Bewusstsein. Auf der Rückbank fand sich eine Menge Sprengstoff, der glücklicherweise dank eines fehlerhaften Zünders nicht hochgegangen war. Sie befreiten den Jungen, der kurz danach jedem, der es hören wollte, seine Geschichte erzählte. Die Eltern waren aus dem Jemen nach Kanada geflohen, als er noch ein Kind war. Scheich Khalil Muhammad hatte ihm in Aussicht gestellt, in Saudi-Arabien eine Gebetsschule zu besuchen. Bei der Ankunft in Mekka wurde er stattdessen gefesselt, geknebelt und bewusstlos geprügelt. Das Nächste, woran er sich erinnerte, waren die amerikanischen Soldaten, die ihn aus dem Auto zogen.

Diese Informationen wurden an den kanadischen Security Intelligence Service weitergeleitet, der daraufhin versuchte, Khalil zur Entführung des Jungen zu befragen. Khalil blockte sofort ab und schaltete seinen Anwalt und den muslimischen Rat von Montreal ein. Kanadas Generalstaatsanwalt, ein Duckmäuser vor dem Herrn, schreckte vor dem Druckmittel religiöser Intoleranz zurück und erwirkte beim SIS eine sofortige Einstellung der Ermittlungen. Sie sollten sich von Khalil und seiner Moschee fernhalten. Auf der ganzen Welt verschwänden ständig Menschen. Nichts am Schicksal des Jungen deute auf eine Beteiligung Khalils hin.

Rapp hielt wenig von dieser Theorie und setzte Marcus Dumond, seinen besten Hacker, auf den Fall an. Innerhalb von 36 Stunden stieß der Computerexperte auf alle möglichen Unregelmäßigkeiten auf den Konten von Khalil. Er schwamm förmlich in wahhabitischem Geld und hatte bereits zwei weitere Jungen zur religiösen Ausbildung nach Saudi-Arabien geschickt. Bislang waren sie auf keinen Beweis gestoßen, dass die Kinder dort tatsächlich eine Schule besuchten. Stattdessen bestätigten die Eltern, seit Monaten nichts mehr von ihren Sprösslingen gehört zu haben. Allerdings hatte man sie im Vorfeld gewarnt, dass Lebenszeichen aufgrund der strikten Vorschriften der Schulen bis zu einem Jahr auf sich warten lassen könnten. Rapp fand, dass die Geschichte zum Himmel stank, und der größte Stinker von allen war Khalil Muhammad.

Es gab schlimmere Übeltäter da draußen, keine Frage, aber dieser trieb es eindeutig zu bunt. Er agierte zu selbstsicher. Nicht auszumalen, was er als Nächstes anstellte, wenn ihm niemand auf die Finger schaute. Nein, Rapp hielt es für das Beste, ihn frühzeitig in seine Schranken zu weisen. Ein Exempel an ihm zu statuieren. Kennedy wollte, dass er einfach von der Bildfläche verschwand. Mitch hatte eine viel bessere Idee. Je länger er darüber nachdachte, desto mehr gefiel sie ihm.

Er lief ans Fenster, betrachtete den grauen Himmel und sagte zu Scott: »Pass auf, ich erklär dir jetzt, wie wir's machen.«

4

Es war ein knackig kalter Abend, das perfekte Wetter für einen Spaziergang, und deshalb machte Rapp auch einen. Er wollte den Kreislauf in Schwung bringen. Den Kragen der schwarzen Lederjacke hatte er hochgestellt und trug eine abgewetzte Kappe mit dem Logo der kanadischen Eishockeyliga. Beide Kleidungsstücke hatte er in einem Secondhand-Laden organisiert, genau wie die Jeans und Wanderstiefel. Beim Bezahlen, natürlich in bar, stellte er dankbar fest, dass im ganzen Laden keine einzige Überwachungskamera hing. Die Jacke war perfekt, zumindest für das, was er vorhatte. Die übergroßen quadratischen Taschen an der Vorderseite eigneten sich ideal fürs Verstauen von Waffen. Kein Druckverschluss, man hatte sie direkt griffbereit. An der linken Schulter war die Naht aufgegangen, aber das störte ihn nicht. Er wollte schließlich nicht im Ritz abhängen. Sowohl die Moschee als auch Khalils Wohnung befanden sich in einer heruntergekommenen Ecke der Stadt. Zu schade, dass er die Jacke nicht behalten konnte. Er ging davon aus, dass sie Blutflecken abbekam. Der Einsatz versprach chaotisch zu werden. Hinterher landete alles, was er am Körper trug, in einem Kleidersack und wurde in den St. Lawrence River geschmissen.

Rapp behielt die Hände in den übergroßen Taschen und lief mit gesenktem Kopf durch die Straßen. In der linken Tasche steckte ein taktisches Rip-Cord-Messer mit Stonewash-Klinge, in der rechten eine Glock 26 mit kompaktem Schalldämpfer. Er hatte beides im doppelten Boden seines Pilotenkoffers ins Land geschmuggelt. Da die CIA über eine Tochterfirma einen Großteil des privaten Flughafens in Virginia angemietet hatte, musste er nicht befürchten, dass sein Gepäck bei der Ankunft durchleuchtet wurde. Die Pistole war lediglich eine Absicherung. Eigentlich wollte er den Kerl mit dem Messer erledigen, um eine deutliche Nachricht zu übermitteln. Genau genommen: mehrere Nachrichten.

Er hatte sich alle Fotos mehrfach vorgenommen und die Straßenkarten eingeprägt, ebenso die groben Bewegungsmuster der Polizeistreifen, die in diesem Gebiet Patrouille fuhren. Verglichen mit anderen Einsätzen bewegte sich dieser im unteren Bereich der Risikoschwelle. Als Rapp Coleman schilderte, was er vorhatte, nahm dieser es gelassen zur Kenntnis. Er stellte ein paar Fragen, forschte halbherzig nach Schwachstellen und ließ es dann dabei bewenden. Der Plan war solide, die Zielperson ein harmloses Lämmchen. So nannten sie Typen wie Khalil. Typen, die nicht zurückbissen. Ihre einzige Sorge galt der Polizei, doch deren Kontrollen fielen eher lax aus. Maximal einmal pro Stunde tauchten sie auf.

Coleman hielt es ohnehin für sinnlos, mit Rapp zu streiten. Es gab etliche Leute in Washington, die durchgedreht wären, wenn sie erfahren hätten, dass er sich dermaßen auf den Präsentierteller stellte. Im Gegensatz zu ihnen hatte Scott ihn oft genug in Aktion erlebt und wusste um die Stärken des Jüngeren. Rapp brachte die perfekte Kombination aus Athletik, Anmut und Geschick mit. Und Coleman hatte mit den Allerbesten gearbeitet, was ihn selbst mit einschloss. Die verschworene Community von Special-Forces-Einsatzkräften bestand aus lauter Männern, die beim Training und im Einsatz ans absolute Limit gingen. Ja, es gab ein paar, die bessere Schützen als Rapp waren, einige, die stärker waren, sogar einen oder zwei, die es an Ausdauer mit ihm aufnehmen konnten. Doch keiner von ihnen verfügte über so viel Erfahrung wie Rapp. Und das war der einzige Faktor, den kein Training der Welt ersetzen konnte. Seine Instinkte, bei einer Mission im richtigen Moment das Richtige zu tun, waren einzigartig. Er erfasste die taktischen Gegebenheiten blitzschnell und eruierte innerhalb von Sekunden die erfolgversprechendste Möglichkeit, von A nach B zu gelangen.

Entsprechend gab es keinerlei Debatte. Rapp übernahm den Einsatz, Coleman und sein Team kümmerten sich um die Beobachtung der Zielperson und sprangen als Back-up ein, falls etwas schiefging. Keiner hatte großartig mit Rapp diskutieren wollen. In Wahrheit waren sie alle gelangweilt. Wenn man sechs Tage lang einen Mann beschattete, der sich so sorglos verhielt, wurde man es schnell leid. Coleman und sein Team hatten die Schnauze voll. Je früher Rapp die Sache über die Ziellinie brachte, desto glücklicher waren sie. Anschließend ging es zurück nach Amerika. Sie wurden in Cash bezahlt und konnten sich wieder um Familie, Freunde und Job kümmern.

Rapp musste sich nichts beweisen. Das hatte er nicht nötig. Schon gar nicht bei diesen Männern. Sie hatten miterlebt, wie er wesentlich anspruchsvollere Situationen bewältigte. Was er hier plante, war weder tapfer noch verwegen. Er lief schließlich nicht in ein Nest von Maschinenpistolen oder musste ein Gebäude einnehmen, in dem ihn haufenweise Bewaffnete unter Beschuss nahmen. Allerdings ging er die Sache an, als wäre es so. Er wollte es auf eine ganz bestimmte Art klären, ohne Coleman und seine Jungs einzuweihen. Deshalb erledigte er es selbst.

Rapp betrat die Gasse von Osten her. Er trug ein winziges Bluetooth-Headset und ließ sich darüber von Coleman mit Updates versorgen.

»Da bist du richtig. Links ab.«

Rapp antwortete nicht, sondern schritt stumm den verdreckten Pfad ab. Eine zwei Etagen hohe Schlucht aus Ziegeln und Mörtel. Auf Straßenhöhe gab es Reinigungen, Videotheken, Restaurants, einen Elektronikladen, zahlreiche Imbisse und andere Geschäfte, wie man sie in jeder größeren Stadt antrifft. In den oberen Stockwerken fanden sich Büros und die eine oder andere Wohnung. Coleman und sein Team hatten einen guten Job gemacht. Es war die perfekte Umgebung für den Zugriff.

Rapp umkurvte eine faulig riechende Pfütze und suchte die Fenster im ersten Stock ab. Nur in zwei Räumen brannte Licht. Beide befanden sich grob in der Mitte des Häuserblocks. Die Laternen am vorderen und hinteren Ende hatten sie zu Beginn der Woche zusammen mit weiteren sieben Straßenbeleuchtungen in der Umgebung außer

Gefecht gesetzt. Einer von Colemans Männern war mit einer schallgedämpften 22er losgezogen und hatte sie zerschossen. Missionsvorbereitung für Anfänger. Ihre Art, das Schlachtfeld vorzubereiten. Sie hatten dabei den Polizeifunk abgehört, um sicherzustellen, dass niemand die Ausfälle meldete. In einer Großstadt wie dieser dauerte es Monate, bis solche Defekte repariert wurden. In der Zwischenzeit blieben Khalil nur wenige Tage, auf die Veränderung zu reagieren.

Coleman hatte erzählt, wie er Khalil in der ersten Nacht nach dem Zerschießen der Laternen beschattete. Die schlechtere Ausleuchtung war ihm nicht mal aufgefallen. Rapp konnte kaum glauben, was er da hörte. Der Typ wirkte so unglaublich naiv und schien überhaupt nicht zu merken, in welcher Gefahr er schwebte. Einerseits rekrutierte er jüngere Männer, für seine radikale Interpretation des Korans in den Tod zu gehen, andererseits wähnte er sich allen Ernstes in Sicherheit, nur weil ein liberaler kanadischer Staatsbeamter davor zurückschreckte, als intolerant abgestempelt zu werden.

Rapp zog als Soldat in den Krieg und behandelte diesen Khalil wie einen feindlichen Kämpfer. Nein, der Vergleich hinkte. Sein Gegner zog nicht selbst in den Krieg, sondern schickte andere los. Deshalb brachte der Amerikaner ihm nicht den geringsten Respekt entgegen. Anders den Selbstmordattentätern. Blendete man die politische Komponente aus, hatte ihr Vorgehen mit Feigheit nicht das Geringste zu tun. Man musste schon Eier in der Hose haben, um sich eine Sprengstoffweste um die Hüfte zu schnallen, in eine Menschenmenge hineinzulaufen und sich selbst in die Luft zu jagen. Klar, man brauchte dafür auch einen kranken, völlig verdrehten Verstand, aber feige waren diese Jungs definitiv nicht.

Über diesen Mord drohte Rapp keinen Schlaf zu verlieren. Nicht dass er das sonst getan hätte. Khalil war ein Feigling. Er stand jeden Freitag in seiner *Minbar*, dem Moschee-Gegenstück zur Kanzel, und spuckte hasserfüllte Parolen gegen den Westen, vor allem gegen Amerika. Er vergiftete den leicht beeinflussbaren Verstand junger Männer und drängte sie, an seinem Dschihad teilzunehmen. Dann versklavten er und seine Mitstreiter die Heranwachsenden und funktionierten sie zu menschlichen Bomben um. Khalil ging dabei nicht das geringste Risiko ein, wofür Rapp ihn verachtete.

Der Amerikaner erreichte das hintere Ende der Gasse. Es war stockdunkel. Die schmale Mondsichel zeigte sich im Osten und leistete keinen nennenswerten Beitrag zur Illuminierung der Stadt. Die Mauer, an der er die Sache durchziehen wollte, entsprach exakt Colemans Beschreibung. Ein knapp drei Meter hoher Wall aus Ziegelsteinen, daneben ein Müllcontainer. Die ideale Tarnung. Selbst ein würdigerer Gegner hätte bei einem solchen Szenario die Segel streichen müssen. Natürlich hätte er bei einem würdigeren Gegner das Messer gegen die schallgedämpfte Pistole eingetauscht.

Rapps Augen gewöhnten sich allmählich an das extrem schwache Umgebungslicht. Er ging in die Hocke, um den Boden zu untersuchen, stieß auf eine Coladose und mehrere Bierflaschen. Leise las er sie mit Handschuhen auf und schob sie unter den Container. Das fehlte gerade noch, dass er versehentlich gegen eine Flasche trat und die Zielperson vorzeitig auf sich aufmerksam machte.

Rapp brachte sich vor der Ziegelmauer in Stellung. Jeden Moment ging es los. Er hatte seine Ankunft zeitlich genau abgepasst, um nicht zu lange warten zu müssen oder eine Entdeckung zu riskieren. Colemans Stimme meldete im Ohr, dass Khalil gerade den Vordereingang der Moschee abschloss. Mehrere Besucher warteten davor, um mit ihm zu sprechen. Nichts Ungewöhnliches, wie Coleman versicherte. Nach einigen kurzen Wortwechseln machte sich Khalil auf den Weg und kam in Rapps Richtung.

Der CIA-Agent lehnte sich gegen die Mauer, streckte Beine und Hände, beugte den Hals nach links und dann nach rechts, bis es knackte. Sein Kreislauf war bestens in Schwung, der Puls bewegte sich genau im richtigen Bereich. Er befand sich im perfekten Gleichgewicht zwischen zu entspannt und zu nervös, verlagerte das Gewicht auf die Fersenballen und wollte es zu Ende bringen.

Die ersten Anzeichen von Schwierigkeiten folgten sofort. Colemans ernste Stimme meldete sich mit einem Hauch von Frust zu Wort: »Wir haben ein Problem. Er ist nicht allein.«

Rapps Augen fixierten die Wand gegenüber seiner Position. Ein kompaktes Mikrofon klemmte am Jackenkragen. »Wie viele?«, flüsterte er.

»Unser Mann und zwei weitere.«

»Shit«, raunte Rapp. »Wissen wir, wer die beiden sind?«

»Negativ.«

Rapp spielte den geplanten Ablauf im Kopf durch. Mit einem Begleiter wäre er problemlos klargekommen. Ein kurzer Schlag mit dem Pistolengriff in den Nacken, um ihn außer Gefecht zu setzen, dann Khalil ein Bein stellen und sich auf ihn werfen, bevor er mitbekam, was los war. Drei bedeuteten jedoch ein Problem. Es hätte zwar weniger als eine Sekunde gedauert, alle durch einen gezielten Schuss in den Hinterkopf umzulegen, aber er wollte keine

Unschuldigen töten. Das entsprach nicht seinem Stil. Die zwei Begleiter aus dem Verkehr zu ziehen und hinterher Khalil auszuschalten, versprach knifflig zu werden. Im schlimmsten Fall gelang einem von ihnen die Flucht oder er schrie die halbe Nachbarschaft zusammen. Für den Fall, dass die anderen Männer bewaffnet waren, musste er sogar damit rechnen, selbst erwischt zu werden.

»Ich schlage vor, wir brechen ab«, sagte Coleman.

»Negativ. Wir schauen mal, wie es sich entwickelt. Wie viel Zeit bleibt mir?«

»In knapp drei Minuten sind sie bei dir.«

Rapp nickte in sich hinein. Drei Minuten, da konnte man in Ruhe ein paar Szenarien im Kopf durchgehen. Keins davon versprach Erfolg. Wie ging er es am besten an? Natürlich gab es die Variante, Khalil zu erschießen und seine Begleiter zur Flucht aufzufordern. Doch damit drohten genau die Komplikationen, die Kennedy unbedingt vermeiden wollte. Und wenn er dem Idioten einfach bis zu seiner Wohnung folgte und ihn dort exte?

»Einer von den Kerlen hat sich grad verkrümelt«, gab Coleman durch.

»Gut«, antwortete Rapp. »Dann klappt es. Haltet die Augen offen. Mit zweien werd ich fertig. Bleibt auf Position, bis ich mich melde.«

Rapp dehnte die Finger und spähte um die Ecke, erst nach links, dann nach rechts. Niemand zu sehen. Keine Fußgänger. Keine Autos. Coleman und der Rest des Teams hielten ihn über die Position der zwei Männer auf dem Laufenden wie beim Countdown eines Shuttle-Starts. Statt Sekunden zählten sie allerdings die Straßenzüge herunter. Rapps Puls beschleunigte leicht, je näher sie kamen. Nichts Ungewöhnliches. Der Körper bereitete sich auf den Zugriff vor. Als Nächstes kam der Adrenalinschub, dann musste er sich bewegen, damit es sich nicht anfühlte, als hätte er Blei in den Stiefeln. Sie waren gleich da. Rapp verlagerte das Gewicht von einem Fuß auf den anderen und tänzelte hin und her wie ein Boxer im Ring.

Ein Minivan mit getönten Scheiben parkte zehn Meter entfernt. Auf der Ladefläche saß einer von Colemans Jungs und verfolgte die Szene. Sobald etwas schiefzugehen drohte, würde er die Tür aufreißen und ihm mit schallgedämpfter Waffe zur Hilfe eilen. Weitere Anstrengungen waren nicht nötig. Am anderen Ende des Blocks brachte Coleman den zweiten Van in Position. Für den Ernstfall hatten sie drei separate Sammelpunkte vereinbart. Lief alles glatt, entsorgten sie einfach Rapps Kleidung und fuhren zurück ins Hotel, schliefen ein paar Stunden und flogen gleich morgen früh außer Landes.

Die Zielperson und der Begleiter waren so gut wie da. Sie sprachen Arabisch. Er hörte ihre Schritte auf dem zementierten Gehsteig. Einer der beiden schlurfte leicht, der andere rollte den Fuß von der Ferse bis zu den Zehenspitzen ab. Colemans ruhige Stimme drang aus dem winzigen Knopf im Ohr.

»Khalil ist näher an deiner Position, der andere läuft auf der Straßenseite. Beide haben die Hände in den Hosentaschen.«

Rapp stellte es sich in Gedanken vor. Er hatte keine Ahnung, ob einer der Männer bewaffnet war. Da er die Überraschung auf seiner Seite hatte, machte es keinen Unterschied. Die Hände in den Taschen kamen ihm sogar gelegen. Bei Gegnern mit mehr Erfahrung hätte es ihn nervös gemacht, nicht bei diesen beiden. Khalil war ein absoluter Trottel. Jeder mit einem Funken Hirn hätte die Strecke zur Moschee regelmäßig variiert und längst gemerkt, dass die Laternen, die vor einer Woche noch funktionierten, ausgefallen waren. Er hätte einen Schritt zur Seite gemacht, wenn er sich einer Sackgasse näherte. Er hätte besser auf seine Umgebung geachtet. Nichts von alledem tat Khalil.

In wenigen Sekunden ging es los. Coleman zählte die Meter herunter und Rapp verstand inzwischen jedes Wort ihrer Unterhaltung. In der Hocke drehte er sich Richtung Gehsteig, bereit, sich auf die Gegner zu stürzen. Kurzfristig hatte er umdisponiert. Leere linke Hand, die Glock in der Rechten. Die langen Schatten der zwei Männer tauchten auf, erzeugt von einer noch intakten Außenbeleuchtung am Ende des Blocks. Die Zeit schien stehen zu bleiben. Seine Wahrnehmung war aufs Äußerste fokussiert. Auf der anderen Seite der langen, dunklen Gasse fuhr ein Auto jüngerer Bauart vorbei. Er war in der dunklen Häuserschlucht perfekt getarnt. Sein ganzer Körper spannte sich für den bevorstehenden Angriff.

Sie liefen nebeneinander. Rapp blieb, wo er war, und ließ sie vorbeigehen, damit sie ihn nicht am Rand ihres Blickfelds wahrnahmen. Langsam richtete er sich auf, nur ein paar Zentimeter. Er tat einen ersten leisen Schritt, dann den zweiten. Im letzten Moment richtete er sich zu voller Größe auf, verlagerte das Gewicht auf die Ferse und beugte sich minimal nach vorn. Beide waren in Reichweite, keiner von ihnen zuckte auch nur. Rapps rechte Hand senkte sich blitzschnell, der Pistolengriff erwischte den Unbekannten an der rechten Seite des Hinterkopfs. Er hatte seine Strategie noch einmal umgestellt. Statt Khalil ein Bein zu stellen, stemmte er den linken Fuß auf den Boden, holte mit dem rechten Schwung und verpasste der rechten Niere des Arabers einen Volltreffer wie mit dem Hammer.

Rapp schloss die Bewegung ab und schielte dabei kurz zur Seite, um sich zu vergewissern, dass der andere Typ außer Gefecht gesetzt war. Er lag mit dem Gesicht voran auf dem Zement, die Hände schlaff an den Seiten, und hatte bereits das Bewusstsein verloren. Khalil schnappte unterdessen keuchend nach Luft, krümmte sich und tastete mit der Hand nach der Stelle, an der ihn der Tritt erwischt hatte. Sein Hals war komplett ungeschützt. Genauso gut hätte er seinen Totenschein direkt unterschreiben können. Rapps linke Hand schoss vor und umklammerte die Kehle des anderen mit der Gier einer fleischfressenden Pflanze. Sie standen sich nun Auge in Auge gegenüber wie ein Tanzpaar vor einer komplizierten Drehfigur. Im Blick des Gegners spiegelte sich nackte Angst. Ganz ähnlich schauten vermutlich seine Jünger, wenn sie festgekettet am Steuer eines mit Sprengstoff beladenen Autos zu sich kamen.

Nachdem er den Hals dank Handschuh fest im Griff hatte, riss er mit der anderen Khalils Kinn nach oben und drängte ihn in die Schatten der Gasse. Zu den Grundsätzen des Kampfs Mann gegen Mann gehört, dass der Körper der Bewegung des Kopfes folgt. Khalil wollte Rapp am Unterarm festhalten, doch es war längst zu spät. Mit halb zerquetschtem Kehlkopf hatte sein Körper jeglichen Sinn für Gleichgewicht verloren. Khalil verfolgte entsetzt, wie die letzten Sekunden seines Lebens als furchtbarer Albtraum vor ihm abliefen. Die perfekte Strafe für einen Mann, der seit zwei Jahrzehnten Terror und Hass predigte.

Rapp beschleunigte seine Bewegungen und riss Khalils Kopf so weit zurück, wie es nur ging. Der andere stolperte nicht länger, für ihn ging es bloß noch abwärts. Nichts hielt ihn noch auf den Beinen. Der CIA-Agent setzte Khalils eigenes Gewicht als Waffe gegen ihn ein. Im letzten Moment rammte er ihn mit dem linken Arm wie ein Presslufthammer unbarmherzig in den harten Untergrund. Der Körper des Arabers erschlaffte einen Sekundenbruchteil nach dem Kontakt. Vermutlich war er bereits tot, doch Rapp wollte nichts dem Zufall überlassen.

Er verschwendete keine Zeit, verstaute die Pistole in der Tasche, wirbelte herum, erreichte den unbekannten Begleiter und packte dessen Beine. Coleman und sein Team hatten die klare Anweisung, ihre Fahrzeuge erst zu verlassen, wenn Rapp nach ihnen rief. Er schleifte den Unbekannten in die Schatten und deponierte ihn neben dem Müllcontainer. Als Nächstes griff er Khalil unter die Arme und setzte ihn aufrecht vor die Ziegelmauer des Gebäudes. Er agierte ohne das geringste Zögern und mit beachtlicher Effizienz, zog das Messer aus der linken Tasche, betätigte den Knopf am Schaft und hörte, wie die Sprungfeder die Klinge herausschnellen ließ. Er trat neben Khalil, hielt ihn an der Stirn fest und versenkte die Klinge kurz unterhalb des rechten Ohrs. Der harte Stahl drang ohne nennenswerten Widerstand ein. Dann packte er den Griff des Messers und zog ihn schwungvoll nach links, wodurch er Khalils Gesicht über die komplette Breite aufschlitzte.

5

RIAD, SAUDI-ARABIEN

Auf den ersten Blick passte der Mann perfekt an diesen Ort. Er trug die traditionelle Kluft eines saudischen Geschäftsmanns. Ein weißer *Thawb,* eine Art Baumwollgewand, war über die Schultern drapiert und reichte ihm fast bis zu den Fußknöcheln. Die sandbraunen Haare wurden von einer *Ghutra* bedeckt, die eine verzierte Kordel fixierte. Sah man genauer hin, gab es allerdings verräterische Anzeichen dafür, dass dieser Mann nicht von der Arabischen Halbinsel stammte. Seine Haut war gebräunt, wies aber nicht die richtige Schattierung auf, und er war glatt rasiert und trug schwarze Halbschuhe mit dicken Sohlen anstelle von Sandalen. Am meisten fielen die Augen aus dem Rahmen. Ein trübes Blau, fast schon ein Grau. Im Moment verbarg er sie allerdings hinter einer riesigen schwarzen Sonnenbrille.

Obwohl es erst neun Uhr morgens war, kratzten die Temperaturen in Riad bereits an der 40-Grad-Marke. Erich Abel machte die Hitze nichts aus. Er genoss sie sogar. Als Asthmatiker zog er das trockene, wüstenartige Klima der Feuchte in den Küstengebieten am Roten Meer vor. Abel interessierte sich aufrichtig für Saudi-Arabien. Das lag allerdings nicht am Klima, auch nicht an den Leuten. Es hatte eher damit zu tun, dass er hier seine Spuren in der Geschichte hinterließ. Es war ein spannender Ort, um Geschäfte zu machen.

Der ehemalige ostdeutsche Spion hielt es für unverzichtbar, sich unter die Einheimischen zu mischen. Nur so konnte man sich ernsthaft in eine Kultur hineinversetzen. Doch das erklärte nur zum Teil, weshalb er die traditionelle arabische Kleidung trug. In Wahrheit entwickelte sich Saudi-Arabien für Menschen aus der westlichen Welt zu einem gefährlichen Pflaster. Entführungen stellten eine ständige Bedrohung dar. Jemand, der so dumm war, ihn zu schnappen, hätte ihn allerdings sofort freigelassen, wenn er erfuhr, für wen er arbeitete. Danach hätte der Kidnapper Prinz Muhammad die Füße geküsst und um Verzeihung gefleht. Das deutlich größere Problem stellten die wahllosen Tötungen durch fanatische Wahhabiten dar. Im Wüstenkönigreich herrschten heftige Unruhen und es war entscheidend, sich so unauffällig wie möglich zu verhalten.

Wenn Abel ein Talent besaß, dann bestand es im Gespür für Veränderungen. Bei der Stasi, der skrupellosen, gefürchteten Geheimpolizei der DDR, hatte er als Einziger in der Dienststelle den Zusammenbruch des Kommunismus und den Fall der Berliner Mauer vorhergesehen. Er machte bei seinen Vorgesetzten Meldung, doch die nahmen ihn nicht ernst und behaupteten, er sei zu jung, um zu verstehen, wovon er redete. Als die Wende kam, war er gerade mal 29 und von den hemdsärmeligen Bossen der Stasizentrale in Ostberlin längst zum überkandidelten Intellektuellen abgestempelt worden. Die Staatssicherheit bildete sich viel auf ihr skrupelloses Vorgehen ein. Mit solcher Brutalität konnte Abel nicht dienen. Beim britischen Auslandsgeheimdienst, dem MI6, wäre er vermutlich besser aufgehoben gewesen. Dessen Agenten gingen bei ihren Operationen deutlich kreativer vor und genossen es, ihre Gegner mit Köpfchen auszuschalten. Die Stasi bildete eher das Pendant einer entschlossenen, hart durchgreifenden amerikanischen Gangsterdynastie.

Jedenfalls hatte dort niemand etwas von seinen Vorahnungen hören wollen, dass der Kommunismus in der DDR unmittelbar vor dem Kollaps stand.

Abel war als Kind oft krank gewesen und verbrachte viel Zeit in Wartezimmern und Kliniken. Zu Hause lag er überwiegend im Bett und investierte seine geringe Kraft ins Lesen. Während andere Kinder ihre körperlichen Vorzüge ausspielten, setzte er auf die intellektuelle Karte, beendete bereits mit 20 sein Studium der Mathematik und Wirtschaftswissenschaften und wurde von der Stasi rekrutiert. Der Arbeitsmarkt in Ostdeutschland sah in den 1980ern alles andere als rosig aus. Da man ihn in jüngeren Jahren zudem ständig gehänselt hatte, empfand er die Tätigkeit als Schnüffler als ungemein befriedigend.

Während der ersten drei Jahre bei der Staatssicherheit bemühte er sich um eine Versetzung in den Einsatzdienst, doch seine zierliche Erscheinung verhinderte, dass sein Wunsch Gehör fand. Abel war 1,78 groß, wog aber nur knapp über 60 Kilo. Schrittweise legte er an Gewicht zu und verbrachte jede freie Sekunde mit Training, um die körperlichen Anforderungen zu erfüllen, die außerhalb eines Schreibtischjobs gestellt wurden.

In seinem vierten Jahr beim Ministerium für Staatssicherheit belohnte man ihn mit einem operativen Posten. Er beteiligte sich an der systematischen Entführung von Ausländern, die nach Ostdeutschland einreisten. Abel half, geeignete Personen ausfindig zu machen und sie in die Falle zu locken. Sein kindliches Gesicht trug dazu bei, dass er als Teenager durchging. Homosexuelle Geschäftsleute, die in die DDR reisten, wurden dank ihm leichte Beute für Erpressungen. Abel lungerte an Straßenecken, in Parks oder Bars herum und wartete, bis die Kontaktperson

Annäherungsversuche machte. Dann gab er das vereinbarte Handzeichen und seine Kollegen kamen, luden den anderen hinten in einen Lieferwagen und karrten ihn zum Verhör. Man stellte die Opfer vor die Wahl: Gefängnis und öffentliche Erniedrigung oder die Freiheit erkaufen. Abel erinnerte sich nach all den Jahren noch ganz genau, dass mit einer Ausnahme alle das verlangte Geld auf den Tisch gepackt hatten. Nur ein sturer Hurensohn war in einen besonders ekligen Knast gesperrt worden und nach monatelangen Prügeln von einem besonders sadistischen und homophoben Stasi-Beamten erdrosselt worden.

Solche Entführungen spülten in der Regel mehrere Tausend Mark in die chronisch leeren Staatskassen. Die Stasi verfügte über beste Kontakte zu westlichen Banken und erledigte stets ihre Hausaufgaben, bevor sie einen angemessenen Preis für die Freiheit festsetzte. Als sein größter Fang entpuppte sich ein westdeutscher Adliger, der damals satte 850.000 einspielte, obwohl sie ihn kaum 24 Stunden in Gewahrsam nahmen. Allein seine Einheit dürfte damals innerhalb von zwei Jahren einen siebenstelligen Betrag zum Staatsvermögen beigetragen haben.

Danach wurde er zur Gegenspionage versetzt, was ihm die Möglichkeit gab, häufiger nach Westdeutschland zu reisen. Als er gerade einige ernst zu nehmende Spionageaufträge bekam, brach das System zusammen. Er hatte seine Vorgesetzten über Monate auf die Anzeichen hingewiesen, doch die waren viel zu beschäftigt damit, ihren KGB-Bossen in Moskau den Hintern zu küssen. Das Letzte, was sie wollten, war, den Autokraten in Russland zu berichten, dass sie die westlichste Außenstelle der Sowjetunion zu verlieren drohten. Dafür hätte man sie vermutlich auf den Hof geführt und per Schuss in den Hinterkopf niedergestreckt.

Abel hatte sich intensiv mit den Unterschieden von west- und osteuropäischen Wirtschaftssystemen auseinandergesetzt. Er wusste, dass die von der Staatsführung in der DDR und Russland vorgelegten Zahlen gefälscht waren. In der Regel musste man die Beträge mindestens halbieren, um Übertreibung und Täuschung auszublenden. Im Westen sah es da ganz anders aus. Die bösen Kapitalisten verfügten über Unternehmen, die treuhänderisch das Geld von Investoren verwalteten und ihnen gegenüber zur Rechenschaft verpflichtet waren. Entsprechend waren erstaunlich viele Finanzdaten öffentlich zugänglich. Jedes Mal wenn Abel solche Bilanzen durcharbeitete, gelangte er zum selben Ergebnis: Der Westen war ihnen meilenweit überlegen. Früher oder später würden sie unter dem Druck ihrer Lügen und wirtschaftlichen Unzulänglichkeiten in die Knie gehen. Die Tatsachen lagen offen auf dem Tisch, man musste nur genau hinschauen.

Die Daten allein hätten ihn in seiner Befürchtung bestätigt, doch Abel stellte noch etwas anderes fest, das er für genauso alarmierend hielt: Die kommunistischen Diktatoren hielten sich durch zwei Instrumente an der Macht. Das eine war Einschüchterung. Durch das Netzwerk von Geheimpolizei, abgehörten Telefonaten und Informanten lebte die Bevölkerung in ständiger Angst, bei kritischen Äußerungen über die Regierung mitten in der Nacht aus dem Bett geholt zu werden und spurlos zu verschwinden. Das zweite Werkzeug war nicht körperlich schmerzhaft, sondern zielte eher aufs Gehirn: die vom Staat gelenkten Medien. Stumpfe Propaganda, wie George Orwell sie so treffend in seiner bahnbrechenden Utopie

1984 dargestellt hatte, wurde Tag für Tag in den vom Regime gelenkten Fernseh- und Radiosendern und in den Zeitungen verbreitet. Abel erkannte früh, dass der Aufstieg der Informationstechnik die Deutsche Demokratische Republik vor Schwierigkeiten stellte, weil sie dadurch ihr Monopol über die Gedanken der Menschen verlor. Ein volles Jahr bevor die Mauer fiel, rechnete der junge Agent bereits fest mit der Wiedervereinigung Deutschlands.

Mehr als anderthalb Jahrzehnte später beschlich Abel bei einem Besuch Saudi-Arabiens ein ähnliches Gefühl. Ein politischer Wandel deutete sich an, und niemand würde ihn verhindern können. Die Frage lautete nicht, ob es dazu kam oder nicht, sondern nur wann. Durch die extrem ungleiche Verteilung von Reichtum hockte das Land auf einem Pulverfass. Bezog man noch die religiösen Spannungen in die Gleichung ein, hätte Abel sein Leben darauf verwettet, dass Saudi-Arabien massive Umwälzungen bevorstanden.

Die globalen ökonomischen Auswirkungen einer solchen Entwicklung waren gigantisch. Die meisten Menschen hielten entsprechende Umwälzungen für eine Bedrohung, Abel betrachtete sie als lukrative Gelegenheit. Er hatte bereits Millionen verdient, doch nun, mit 47, dachte er in anderen Dimensionen. Große, multinationale Konzerne, international operierende Banken und Investmenthäuser, Im- und Exportkonglomerate und selbst die eine oder andere Regierung verließen sich auf sein Bauchgefühl. Sie entlohnten ihn allesamt fürstlich für seine Beratungsdienste, doch das reichte einem Mann wie Abel nicht. Typisch für einen Deutschen legte er Wert auf höchste Effizienz und absolute Perfektion. Er wollte seine Selbstverwirklichung und den Erfolg auf die Spitze treiben. Deshalb hatte er in allen Verträgen großzügige Bonuszahlungen für den Fall verankert, dass seine wirtschaftlichen Voraussagen eintraten. Einige der Verträge liefen im kommenden Jahr aus. Abel gefiel die Vorstellung nicht, recht zu haben, aber zu spät recht zu haben. Die Revolution kam sowieso. Daran führte kein Weg vorbei. Also wollte er gefälligst auch daran verdienen.

Abel blieb vor dem Gebäude von Abdullah Telecommunications stehen und starrte an der austauschbaren, monolithischen sechsstöckigen Fassade empor. Er war in Leipzig aufgewachsen, einer Stadt, die für ihre Gründerzeitbauten berühmt war, und hielt nicht viel von den architektonischen Bemühungen der Saudis. Sosehr er sich für ihre Kultur interessierte, in diesem Bereich konnten sie dem Westen absolut nicht das Wasser reichen.

Nachdem er sich bei dem Mann hinter dem voluminösen Granitblock angemeldet hatte, der im Foyer als Empfangstresen diente, wurde er höflich zum Warten aufgefordert. Kaum 30 Sekunden später trat ein sichtlich nervöser Mitarbeiter aus dem Aufzug, stakste steif und hastig zu ihm und stellte sich auf Englisch als einer der Senior Vice Presidents von Abdullah Telecommunications vor.

Da er wusste, wie arabische Firmen strukturiert waren, beeindruckte Abel der Titel des Gegenübers nicht sonderlich. In einem solchen Unternehmen gab es Dutzende, wenn nicht gar Hunderte von Senior Vice Presidents, die alle über eine oder mehrere Ecken mit dem eigentlichen Boss verwandt waren: Said Ahmed Abdullah. Alle strichen großzügige Gehaltsschecks ein, hockten in verschwenderisch eingerichteten Büros und hielten sich mit Ausnahme einiger der fähigsten Verwandten Abdullahs von den westlichen Beratern fern, die das eigentliche

Tagesgeschäft übernahmen. Abel und sein Begleiter fuhren mit dem Lift in die obere Etage, wo Abel durch insgesamt drei Doppeltüren mit Goldbeschlag geführt wurde. Danach wurde er ehrfürchtig in einem Wartezimmer platziert, das vor arabischem Machismo förmlich platzte.

Die Wände mit Mahagonivertäfelung schmückten Jagdtrophäen exotischer Tiere. In der Mitte des Wartebereichs, kaum drei Meter entfernt, starrte ihn ein gepunkteter Leopard aus seinen Glasaugen an. Die Großkatze war im dauerhaften Angriffsmodus konserviert, unterstrichen durch die gefletschten Zähne des toten Tiers. Das Ölgemälde einer Wüstenlandschaft hing über dem Granitsims des Kamins, von dem Abel annahm, dass er noch nie benutzt worden war. Alles auf Potenz und Stärke getrimmt. Wie viel Abel hineininterpretieren sollte, wusste er nicht so recht. Manche arabische Männer nutzten solche Staffage, um ihre Position in der Hackordnung zu verdeutlichen, andere heuerten lediglich einen überbezahlten französischen Innenarchitekten an, für sie denselben Job wie für ein anderes Mitglied der Dynastie zu erledigen. Mit Originalität oder Sinnhaftigkeit hatte das nur selten zu tun.

Eine Tür am hinteren Ende schwang auf. Abel sah einen älteren Mann im traditionellen Gewand hereinkommen. Das Gesicht wirkte angespannt. Der Deutsche kam ihm auf halbem Weg entgegen, exakt auf Höhe des wütenden Raubtiers.

»Ich bin Said Ahmed Abdullah.« Der andere hielt ihm die rechte Hand hin.

Abel war nicht im Geringsten überrascht, dass sein Gastgeber Englisch sprach. Im Geschäftsverkehr im Königreich galt das als üblich.

»Ich bin Erich Abel.« Er erwiderte den Händedruck. »Prinz Muhammad bat mich, Ihnen einen Besuch abzustatten. Er bezeichnete Sie als guten alten Freund.«

»Wir kennen uns, seit wir neun waren.« Said forderte den Gast mit einer Geste auf, sich zu setzen. »Möchten Sie etwas trinken?«

»Ein Kaffee wäre nett, danke.« Abel nahm auf einem der geräumigen Sofas Platz.

Said betätigte einen Knopf an einem Telefon, rasselte Anweisungen auf Arabisch herunter und ließ sich auf einem zweiten Sofa nieder. Ohne spürbare Verzögerung rollten zwei indonesische Bedienstete in gestärkten weißen Jacketts einen Servierwagen herein. Sie servierten Kaffee und stellten kleine Teller mit köstlich aussehendem Gebäck vor ihnen ab, bevor sie sich so unauffällig zurückzogen, wie sie gekommen waren.

»Prinz Muhammad war mir stets ein sehr guter Freund.« Said nippte am Kaffee. »Ich finde, sein Bruder, der König, hat ihn unfair behandelt.«

Abel fand es ziemlich mutig von dem Mann, eine so ehrliche Einschätzung mit einem Fremden zu teilen. Unverbindlich erwiderte er: »Ich habe großen Respekt vor Prinz Muhammad.«

Said wollte nach einem Plätzchen greifen, überlegte es sich dann jedoch anders. »Hat er meine missliche Lage Ihnen gegenüber erwähnt?«

Abel merkte, dass sein Gastgeber sehr nervös war. »Nein, er hat mir lediglich erzählt, dass Sie ein guter Freund sind und er sich freuen würde, wenn ich mir die Zeit für ein Treffen mit Ihnen nehme.«

Said verschränkte die Hände und musterte das Gemälde mit der Wüstenszenerie.

Abel trank einen Schluck Kaffee und stellte die Tasse ab. »Mr. Abdullah, lassen Sie mich direkt auf den Punkt kommen. Ich bin kein zimperlicher Mensch. Ich bezweifle, dass mich schockieren wird, was Sie zu sagen haben. Also erklären Sie mir, wofür Sie meine Dienste benötigen, und wir werden uns sicher einig.«

Said sah dem Deutschen in die Augen und verkündete: »Ich will, dass ein Mann stirbt.«

Abel nickte gelassen, um zu verdeutlichen, dass ihn dieser Wunsch nicht aus der Fassung brachte. »Und wer ist der Mann, den Sie beseitigt haben wollen?« Er griff nach der Tasse.

»Ein Amerikaner.«

Abel trank einen Schluck des starken Gebräus. Sein Interesse wuchs. »Fahren Sie fort.«

»Er arbeitet für die Regierung.«

Das wird ja immer besser, dachte er. »Und wie heißt er?«

Abel bemerkte den Schweiß auf Abdullahs Stirn, während er auf die Antwort wartete.

»Mitch Rapp ist sein Name.«

Abel setzte mitten im Schluck die Tasse ab und stellte sie vorsichtig auf den Unterteller, bevor sein Gastgeber merkte, wie seine Hand zu zittern anfing. »Mitch Rapp«, wiederholte er ruhig.

»Haben Sie von ihm gehört?«

»Leider ja. Ich bezweifle, dass es in meinem Metier jemanden gibt, der ihn nicht kennt.«

Ungeduldig und nervös ließ Abdullah ihm keine Zeit zum Nachdenken. »Werden Sie den Job übernehmen?«

Abel fühlte, wie sein Herzschlag beschleunigte. Er hob die Hand. »Ganz langsam, Mr. Abdullah. Einen Mann wie Mitch Rapp umzubringen ist keine Kleinigkeit. Es gibt eine Menge Punkte zu besprechen. Details, die geklärt werden müssen. Und selbst dann bin ich nicht sicher, ob ich mich darauf einlassen will.«

»Geht es um das Honorar? Sagen Sie mir, was Sie für so einen Auftrag verlangen, dann verhandeln wir.«

Abel bohrte den rechten Daumennagel in die linke Handfläche, um sich selbst zu akupunktieren. Immerhin war auch Mitch Rapp am Ende nur ein Mensch. Mit entsprechender Vorbereitung konnte man jeden umbringen. »Es könnte sehr kostspielig werden.«

Said beugte sich vor und betätigte den Knopf der Gegensprechanlage. Er machte eine kurze Bemerkung auf Arabisch. Einige Sekunden später betraten zwei ungewöhnlich groß gewachsene Saudis den Raum mit großen schwarzen Aktenkoffern. Sie legten die vier Koffer in Blickrichtung des Deutschen auf den Tisch, klappten sie auf und gingen.

»Fünf Millionen Dollar in bar bei Annahme des Auftrags. Fünf weitere Millionen nach erfolgreicher Erledigung.«

Abel starrte das Geld an, erhöhte den Druck auf die Handfläche und spielte alle erdenklichen Szenarien im Kopf durch. Rasch gelangte er zum Entschluss, dass es schwierig, aber nicht unmöglich war. Natürlich musste ihm jemand die Hauptarbeit abnehmen. Die Einzelheiten könnte und würde er später ausarbeiten. Für den Augenblick konzentrierte er sich auf das Honorar. Er hatte bislang selbst keine Auftragsmorde erledigt, doch zehn Millionen Dollar schienen ihm eine fürstliche Summe zu sein. Rapp musste Abdullah persönlich Schaden zugefügt haben, das lag auf der Hand. Bei Saudis war es schwierig, ihr Vermögen abzuschätzen, aber er taxierte Abdullahs

Kampfgewicht auf mindestens zwei Milliarden Dollar. Zehn Millionen waren somit Spielgeld für ihn.

Er wusste, dass man bei solchen Jobs keinen Rückzieher machte. So verrückt es klingen mochte, er hatte es auch nicht vor. Einen Mann wie Mitch Rapp zu beseitigen kam in seinen Kreisen einem Ritterschlag gleich. Fast euphorisch vor Begeisterung über die Aussicht auf solche Berühmtheit entschied Abel, sich darauf einzulassen. Vorher wollte er allerdings eine angemessenere Entlohnung aushandeln.

»Auftragsmorde in Amerika sind aktuell ohnehin ein schwieriges Unterfangen. Einen Mann wie Mitch Rapp zu töten stellt einen zusätzlich vor ganz spezielle Herausforderungen.«

»Nennen Sie Ihren Preis, Mr. Abel«, sagte der Araber ruhig.

»20 Millionen Dollar. Zehn sofort … zehn nach Ausführung.«

Abdullah streckte die Hand aus. »20 Millionen Dollar.«

Abel schlug ein. »Wir haben einen Deal.«

»Wie lange wird es dauern?«

»Ich fange sofort mit den Vorbereitungen an. Rechnen Sie frühestens in einem Monat mit Ergebnissen.«

»So bald wie möglich, Mr. Abel«, bat der Saudi ernst.

Sein Hass auf Mitch Rapp hing fast greifbar in der Luft. »Wenn Sie mir die Frage gestatten, Mr. Abdullah, was hat Mr. Rapp Ihnen angetan, dass er Sie so in Rage versetzt?«

»Er hat meinen Sohn getötet.«

Natürlich hat er das, dachte der Deutsche. *Natürlich hat er das.*

6

Washington, D. C.

Rapp rief zur vereinbarten Zeit an und verkündete, dass er auf der anderen Straßenseite stand. Das schien sie gleichzeitig zu beunruhigen und zu stören, was ihm egal war. Der schwierigste Teil war die Entscheidung gewesen, sich überhaupt mit ihnen an einen Tisch zu setzen, danach ging es um die Einigung auf einen Treffpunkt, den alle für akzeptabel hielten. Sie verlangten, dass er in eins ihrer Büros kam. Typisch für Männer, die immer bekamen, was sie wollten. Rapp traute keinem von ihnen über den Weg, weshalb er rundheraus ablehnte. Allerdings hatten sie die Initiative für ein Treffen ergriffen, was hieß: Sie diktierten die Bedingungen. Je früher er sich damit abfand, desto besser. Er tat Kennedy einen Gefallen, weiter nichts.

Er brauchte nicht besonders viel Fantasie, um sich vorzustellen, dass zumindest einer von ihnen versuchen würde, das Gespräch mitzuschneiden. Sich gegenseitig zu verwanzen gehörte in Washington, D. C. zum Alltag. Dumm nur für Rapp, dass von seinem Taktgefühl nicht viel übrig war. Seine Abgestumpftheit ließ ihn vor nichts zurückschrecken. Zu einem der Männer hatte er keine eindeutige Meinung, den anderen verachtete er. Da er nichts zu verlieren hatte, ging er davon aus, dass die Diskussion hitzig verlaufen würde. In Wirklichkeit gehörte die Möglichkeit, sich ein paar Dinge von der Seele zu reden, noch zu den verlockendsten Aspekten dieses Termins. Am Ende lief es darauf hinaus: Er ließ sich auf das Treffen ein, weil Kennedy es wollte. Gleich am Sonntagvormittag rief er sie an und hinterließ eine Nachricht auf ihrem AB. Das Problem sei nicht länger ein Problem. Konkreter wurde er nicht.

Bis zum Sonntagvormittag hatte es keine Neuigkeiten zu Khalils Leiche gegeben. Das galt allerdings nur für den Sonntag. Heute war Montag. Inzwischen kursierte die Geschichte überall. Kennedy reagierte entsprechend genervt. Sie konnte allerdings kaum etwas unternehmen, bevor er in ihrem geräumigen Eckbüro in Langley auftauchte. Solche Themen erörterte man nicht am Telefon, ganz egal, für wie gut abgesichert man eine Verbindung hielt. Um die Begegnung aufzuschieben und ihr hoffentlich genug Zeit zu geben, sich zu beruhigen, hatte er die beiden Männer angerufen, von denen sie wollte, dass er sich mit ihnen traf. Nun stand er hier, in einem Teil der Stadt, den er selten zu Gesicht bekam, und bereitete sich auf die Begegnung mit zwei Männern vor, die er nicht im Geringsten respektierte.

Es gab wenig, wenn überhaupt etwas, das sich an Rapp als weich bezeichnen ließ. Sein kantiges Kinn vermittelte den Eindruck extremer Entschlossenheit und der Blick seiner dunkelbraunen Augen wirkte beängstigend intensiv. Es war die Art von Augen, denen nichts entging und die wachsamen Beobachtern vermittelten, dass der Mann, dem sie gehörten, ausgesprochen gefährlich war. Sein tiefschwarzes Haar wurde an den Schläfen bereits leicht grau und sein Gesicht besaß eine Robustheit, wie man sie nur bei jemandem sah, der sich viele Stunden draußen schutzlos den Elementen aussetzte. Eine dünne Narbe verlief über die linke Wange bis zum Kiefer – eine ständige Erinnerung an die Risiken seines Berufs. Er war 1,83 groß und wog aktuell 84 Kilo, fast vollständig solide Muskelmasse. Er trumpfte mit der seltenen Kombination aus

Stärke und Schnelligkeit auf, die sonst eher guten Safety-Spielern der NFL vorbehalten blieb, in diesem Fall aber von einem raffinierten Killer mit Kalkül genutzt wurde.

Rapp hatte kein Problem damit, es zuzugeben, auch wenn es anderen Menschen in seinem Umfeld schwerfiel: Anders als viele glaubten, schlief er wie ein Baby. Was er tat, war nicht kompliziert. Er brachte Terroristen um, ganz einfach. Männer, die entweder unschuldige Zivilisten getötet hatten oder es zumindest lautstark androhten. Es war kein Job, den er sich bewusst ausgesucht hatte. Als kleiner Junge rupfte er nicht Schmetterlingen die Flügel aus oder bewarf Katzen mit Steinen. Seine Kindheit bestand aus Familie, Schule, Freunden, Lacrosse, Football und einer Portion ländlicher Religion, was bedeutete, dass die Rapps zweimal im Jahr zur Kirche gingen: an Weihnachten und Ostern. Die Idee, jemanden zu töten, kam ihm erst, als Pan-Am-Flug 103 über dem schottischen Lockerbie vom Himmel geholt wurde. An diesem kalten Morgen waren 259 unschuldige Seelen erloschen, darunter 35 Kommilitonen von der Syracuse University, von denen eine die Liebe seines Lebens gewesen war. Kurz danach begann, ohne dass er es zunächst mitbekam, seine Rekrutierung in diesen mysteriösen und verschworenen Kosmos der internationalen Spionage.

Rapp trug einen grauen Flanellanzug mit weißem Hemd und gestreifter Krawatte, allesamt ausgesucht von seiner Frau. Wie üblich war er bewaffnet. Er hatte den Raum sorgfältig mit seinem Blackberry abgescannt. Das kleine Gerät übernahm nicht nur die Doppelfunktion von Telefon und Browser. Zusätzlich hatten die Mitarbeiter der Abteilung Science & Technology in Langley das Gehäuse mit einer Erweiterung zur Entdeckung und

Störung von Abhörvorrichtungen ausgerüstet. Der Neun-Quadratmeter-Raum war sauber. Rapp saß auf einem der sechs Holzstühle, legte die Füße auf den Tisch und hatte die Hände hinter dem Kopf verschränkt.

Die zwei Männer trafen mit fünf Minuten Verspätung ein. Das ging in Ordnung. Rapp hatte angekündigt, nicht länger als zehn Minuten auf sie zu warten. Als er eine Bewegung an der Tür hörte, stand er auf und ließ beiläufig die linke Hand in die Falte seines Jacketts gleiten. Ein ungeübter Beobachter hätte die Geste als Richten der Krawatte missverstanden. Eine reflexhafte Bewegung, die mit Angst nichts zu tun hatte. In seinen Kreisen wusste man nie, wer hereinkam, und eine Waffe zog man nun mal leichter im Stehen als im Sitzen.

Die zwei Männer gaben ein ungleiches Paar ab. Einer groß und spindeldürr mit Hakennase, der andere klein und rundlich mit einem Gesicht, als hätte er als Boxer zu viele Schläge eingesteckt. Rapp kannte seinen Lebenslauf und wusste, dass die Vermutung ins Schwarze traf. Senator Bill Walsh war fast zwei Meter groß und stammte aus Idaho. Er bekleidete den Vorsitz des Geheimdienstausschusses im Senat. Rapp ging davon aus, dass er dieses Treffen verlangt hatte. Er wirkte zwar deutlich sympathischer als sein Begleiter, ließ sich aber schwer einschätzen. Der andere Mann war Senator Carl Hartsburg aus New Jersey. Knapp über 1,70 und in Hoboken aufgewachsen, wo er zwischenzeitlich zum örtlichen Golden-Gloves-Champion gekrönt wurde. Es hieß, er sei kein besonders guter Kämpfer, könne aber großartig Schläge wegstecken. Das erklärte das fehlende Knorpelgewebe an der Nase. Beide waren Mitte 60 und damit fast 30 Jahre älter als Rapp.

Hartsburg ergriff als Erster das Wort und klang etwas gereizt. »Die Kongressbibliothek. Wir hätten uns direkt auf der anderen Straßenseite in meinem Büro treffen können.«

Rapp hatte einen der kleinen Besprechungsräume in der Congressional Library auf dem Capitol Hill als Örtlichkeit ausgewählt.

»Ich hielt eine Begegnung auf neutralem Boden für angebrachter«, antwortete Rapp.

Walsh streckte die Hand aus. »Danke, dass Sie sich die Zeit nehmen, mit uns zu reden.«

Rapp erwiderte den Händedruck und verzichtete darauf, die Geste in Richtung des missmutigen Hartsburg zu wiederholen, der es genauso hielt. Nachdem er Platz genommen hatte, drückte Mitch ein paar Tasten auf seinem Blackberry, dann legte er ihn offen auf den Tisch.

Hartsburg betrachtete das Gerät misstrauisch. »Wofür zur Hölle brauchen Sie das?«

»Damit Sie nichts aufzeichnen.«

»Es erzeugt elektronische Interferenzen?«

Rapp nickte.

»Gut«, murrte Hartsburg. »Ich kann Ihnen gleich sagen, dass eine Aufzeichnung dieses Gesprächs so ziemlich das Letzte ist, wonach mir der Sinn steht.« Leise fügte er hinzu: »Ich bin mir nicht mal sicher, ob ich das Gespräch selbst überhaupt wollte.«

Rapp verschränkte die Arme vor der Brust und musterte den Senator. Er fragte sich, ob die griesgrämige Stimmung nur Show oder echt war. An Walsh gewandt fragte er: »Warum um alles in der Welt wollen sich zwei hohe Tiere wie Sie mit einem wie mir treffen?«

Hartsburg runzelte die Stirn. »Diese Frage stelle ich mir selbst.«

»Carl.« Missbilligend sah Walsh seinen Kollegen an. Dann wandte er sich Rapp zu und kam direkt zur Sache. »Wir machen uns Sorgen, Mitch ... Sorgen, dass zwar große Töne gespuckt werden, man Homeland Security erweitert und einen neuen Geheimdienstkoordinator einsetzt, unter dem Strich aber nicht genug für den Schutz Amerikas unternommen wird.«

»Da sind wir uns absolut einig.«

»Das glauben wir nicht. Und genau deshalb haben wir um diese Unterredung gebeten.« Walsh legte die Hände flach auf den Tisch und schien zu zögern. »Wie lautet Ihre ehrliche Meinung zur Umstrukturierung des Geheimdienstapparats und der Schaffung eines solchen Koordinatorenpostens?«

Rapp überlegte kurz, wie ernst es dem Senator mit seiner Frage war. Da er davon ausging, dass ihm sonst niemand eine offene Antwort gab, erwiderte er: »Ich halte es für eine fehlgeleitete, undurchdachte Überreaktion von einem Haufen Politiker, der glaubt, er müsse schnell etwas tun ... irgendwas ... nur damit man im Fall eines erneuten Angriffs behaupten kann, man habe alles in seiner Macht Stehende unternommen, um es zu verhindern. In Wirklichkeit stehen sie damit nur den Menschen im Weg, die unser Land verteidigen.«

Hartsburg schnaubte. »Glauben Sie, er ist leicht ... unser Job?«

»Das ist keine Kategorie, in der ich denke, Senator. Für mich geht es um richtig oder falsch.«

»Tja, dann möchte ich Sie mal vor der Fernsehkamera erleben, wenn Interessengruppen wie die 9/11-Witwen Ihnen Feuer unter dem Hintern machen. Dann schauen wir mal, wie weit Sie mit Ihrer Schwarz-Weiß-Malerei kommen.« Hartsburg schwenkte anklagend den Finger. »Die Medien würden Sie bei lebendigem Leib auffressen.«

Rapp hob eine Augenbraue. »Haben Sie diesen Witwen auch erzählt, dass ihre Männer nur tot sind, weil keiner von Ihnen den Mumm hatte, die Hinrichtung Osama bin Ladens zu befehlen? Haben Sie ihnen erzählt, dass Ihre zwei Parteien in den letzten beiden Jahrzehnten so viel Zeit damit verschwendet haben, sich gegenseitig in den Dreck zu ziehen, dass Sie die CIA in ein weiteres ineffizientes, Geld verschwendendes Washingtoner Bürokratiemonstrum verwandelt haben?«

Hartsburg funkelte sein Gegenüber von der Agency wütend an. »Das ist doch völliger Schwachsinn. Ihr Clowns da draußen in Langley habt Milliarden verpulvert. Das ist nun wirklich nicht unsere Schuld.«

»Glauben Sie ernsthaft«, ignorierte er das Ablenkungsmanöver des Senators, »diese Männer seien tot, weil es zu dieser Zeit keinen Geheimdienstkoordinator gegeben hat?«

»Die CIA …« – Hartsburg stocherte mit einem Finger vor Rapps Gesicht herum – »und der Rest von eurer Buchstabensuppe sind eine einzige Katastrophe.«

»Und wessen Schuld ist das? Sie beide sind seit über 30 Jahren in Washington unterwegs. Ihre Aufgabe ist es, zu kontrollieren und zu überwachen. Erinnern Sie sich an diesen Satz in dem Eid, den Sie geschworen haben? ›Schutz und Verteidigung unserer Rechte‹? Es ist Ihre Aufgabe, zu führen und dafür zu sorgen, dass diese Buchstabensuppe, wie Sie es nennen, vernünftig arbeitet. Nicht sie hinterher zu kritisieren, nachdem Sie vor allem in den letzten 15 Jahren nichts anderes getan haben, als ihnen Knüppel zwischen die Beine zu schmeißen und Ihre politisch ach so korrekten Sozialprojekte zu verwirklichen.«

»Sie kennen nur Ihre winzige Ecke des Universums.« Hartsburg ließ Daumen und Zeigefinger wie eine Krabbenschere zuschnappen. »Sie haben keine Ahnung vom großen Ganzen.«

»Nun, da täuschen Sie sich, Senator.« Ärger schlich sich zunehmend in seine Stimme. »Es gibt kein größeres Ganzes als die nationale Sicherheit. Wenn Sie den sozialen Wandel einleiten wollen, wechseln Sie ins Erziehungsministerium oder ins Gesundheitsressort. Aber hören Sie auf, Langley eins reinzuwürgen.«

Hartsburg trommelte mit den Fingern auf die Tischplatte. »Kennen Sie Langleys aktuelles Budget? Wir reden von Milliarden Dollar. Ich frag mich, warum wir dafür so wenig zurückbekommen.«

Rapp riss genervt die Arme hoch. »Sie machen mir Spaß. Da jammern Sie rum, wie viel Geld in den Apparat fließt, und Ihre Lösung für das Problem besteht darin, mehr Bürokratie einzuführen, zusätzliche Hierarchieebenen, die Abläufe ausbremsen. Mehr Personal zu bewilligen. So lange nachzustopfen, bis 20 verschiedene Supervisors und Abteilungsleiter jeden Furz abzeichnen müssen, bevor der Präsident darauf hoffen kann, ihn je zu Gesicht zu bekommen. Glauben Sie ernsthaft, damit beseitigen Sie unsere Schwierigkeiten?«

»Ich glaube, dass die CIA eine gewaltige Verschwendung von Steuergeldern ist und man dringend etwas unternehmen muss, um die Verantwortlichen wachzurütteln.«

Völlige Gelassenheit trat auf Rapps Gesicht. Er lehnte sich zurück. »Das wird Sie vielleicht überraschen, Senator, aber da bin ich absolut Ihrer Meinung.«

Rapps Eingeständnis brachte beide Männer zum Verstummen. Sie tauschten einen verwirrten Blick, dann fragte Walsh: »Worin sehen Sie das größte Problem bei Langley?«

»3000 Menschen sterben an einem einzigen Vormittag und niemand verliert seinen Job … Verflucht, wo soll ich anfangen?« Rapp blickte vom einen zum anderen. »Ob jemand nun die Schuld daran trägt oder nicht, so etwas darf nicht ohne personelle Konsequenzen bleiben. Und da rede ich nicht bloß von der CIA. Das gilt auch für FBI, Pentagon, den nationalen Sicherheitsrat, das Weiße Haus, Capitol Hill … quer durch die Bank. Diese ganze ›Rette deinen Arsch‹-Kultur, die ihr Typen und eure politisch weichgespülten Busenfreunde etabliert habt, gehört auf den Müll.«

»Nun ist es an mir, Ihnen beizupflichten«, sagte Hartsburg und bedachte Walsh mit einem vorwurfsvollen Blick.

»Wir haben entschieden«, wechselte Walsh in die Rolle des Verteidigers, »dass niemand für das, was passiert ist, an den Pranger gestellt wird. 9/11 hat sich über lange Zeit angedeutet. Beide Parteien trifft gemeinsam die Schuld dafür.«

»Ich rede nicht von Ihren ach so kostbaren Parteien. Ich rede von den Verwaltungshengsten, die ständig denen in die Quere kommen, die ihre Arbeit erledigen wollen.«

»Ich verstehe Sie und weiß, dass Sie nichts für Politik übrighaben, aber wir mussten es so regeln, sonst hätten sich Republikaner und Demokraten im Nachgang gegenseitig zerfleischt.«

Rapp setzte eine gleichgültige Miene auf. »Und was wäre daran so schlimm?«

»Im Gegensatz zu dem, was Sie denken, Mr. Rapp«, schaltete sich Hartsburg ein, »liegt uns dieses Land am

Herzen. Ich kann Ihnen versichern, dass das der einzige Grund ist, warum wir gerade mit Ihnen an einem Tisch sitzen.«

»Wenn Sie den Kahn wieder auf Kurs bringen könnten«, fragte Walsh, der nun deutlich optimistischer klang als zu Beginn der Besprechung, »wie würden Sie es anstellen?«

Rapp beäugte den erfahrenen Senator aus Idaho misstrauisch. »Sie fragen mich ... jemanden, der absolut keine Management-Erfahrung besitzt und nicht im Traum daran denkt, Ihrem Club beizutreten?«

»Ja, weil Sie im Gegenzug über mehr praktische Einsatzerfahrung verfügen als vermutlich jeder andere in Washington.«

Rapp wog seine Antwort sorgfältig ab. »Nun, es ist nicht besonders kompliziert. Es gibt einen viel zu kopflastigen Bürokratieapparat. Es ist wie eine umgedrehte Pyramide. Weniger als ein Prozent des Personals auf der Gehaltsliste erledigt Arbeit vor Ort. Verdammt, schon vor 9/11 gab's bei uns mehr Experten für kulturelle Vielfalt als Analysten, die für bin Laden zuständig waren.«

»Was schlagen Sie also vor?«

Rapp zuckte die Achseln. »Sie tun, was IBM oder General Electric oder jedes andere solide geführte Unternehmen täte. Sie werfen überflüssigen Ballast ab, indem Sie jedem Abteilungsleiter mitteilen, dass sein Budget um zehn Prozent gekürzt wird. Sie bieten den betroffenen Leuten eine vorzeitige Pensionierung und ein Abfindungspaket an und wünschen Ihnen viel Glück. Und dann stellen Sie den Laden auf ein völlig neues Fundament.«

»Es fällt mir nicht leicht, das zuzugeben. Sie und ich« – Hartsburg zeigte erst auf Rapp, dann auf sich selbst – »sind mehr einer Meinung, als ich es mir je erträumt hätte.«

»Na, worauf wartet ihr Jungs dann noch? Ihr leitet das verdammte Komitee. Bei euch laufen alle Fäden zusammen.«

»Wir arbeiten dran. Es ist allerdings nicht so leicht, tief verkrustete Strukturen in Washington aufzulösen«, erklärte Walsh. »In der Zwischenzeit bemühen wir uns um eine kurzfristige Zwischenlösung. Eine Art Notbehelf, wenn Sie so wollen.«

»Und wie sieht der aus?«

Walsh tauschte einen unbehaglichen Blick mit Hartsburg, setzte zum Sprechen an, stockte und unternahm einen weiteren erfolglosen Anlauf, ehe er sich Hilfe suchend an seinen wesentlich direkteren Kollegen wandte. Hartsburg zog eine Ausgabe der *Washington Post* hervor und packte sie auf den Tisch. Auf der unteren Hälfte der Titelseite fand sich die Meldung über die brutale Ermordung eines islamischen Geistlichen in Montreal. Der Senator deutete mit dem Wurstfinger auf die Überschrift und fragte: »Hatten wir etwas mit der Sache zu tun?«

Rapps Gesicht verriet keine Regung. »Nicht dass ich wüsste.«

Hartsburg sah ihn direkt an und erklärte mit entschlossener Miene: »Zu schade.«

Rapp ließ es sich nicht anmerken, aber bei diesen Worten des Senators fiel er fast vom Glauben ab.

7

Langley, Virginia

Kennedy stand am Besprechungstisch, die Arme vor der frisch gebügelten weißen Bluse verschränkt, einen Fuß leicht vor dem anderen. Der vordere tippte in rascher Folge auf den Boden wie ein Geigerzähler. Je näher er kam, desto schneller wurde der Fuß. Er schloss die schwere schallsichere Tür. Das verhieß nichts Gutes. Kennedy war mit Abstand die ausgeglichenste Person, die er kannte. Nichts brachte sie aus der Ruhe. Profi durch und durch. So wurde er normalerweise eher von seiner Frau empfangen, wenn sie wütend auf ihn war.

Rapp beschloss, das Gespräch so unverfänglich wie möglich zu eröffnen. »Ich habe mich mit diesen beiden getroffen, wie du es wolltest.« Er blieb kurz vor ihr stehen, knöpfte das Jackett auf und stemmte die Hände in die Hüften. Das schwarze Griffstück der FN-Pistole im Schulterholster wurde sichtbar.

»Darüber reden wir später.« Sie winkte ihn an den Tisch.

Rapp sah, dass vier Zeitungen auf der glänzend polierten Holzoberfläche lagen. Die *New York Times*, die *London Times*, die *Montreal Gazette* und die *Washington Post*, die er bereits kannte. Der Mörder von Khalil war auf sämtlichen Titelseiten Thema.

»Was zum Teufel ist da passiert?«

Er las die fett gedruckten Schlagzeilen. Das war besser, als er es sich je erhofft hatte.

»Die *Montreal Gazette* erwähnt, er sei fast enthauptet worden.«

Rapp sah sie an. »Das ist eine Übertreibung.«

»Woher willst du das wissen?« Kennedy hatte eine klare Anweisung gegeben, dass er die Drecksarbeit von anderen erledigen ließ.

Er entschied, dass es besser war, die Frage nicht zu beantworten.

»Und er wurde für jeden sichtbar einfach liegen gelassen.«

»Na ja ... das stimmt«, musste Rapp zugeben.

»Ich bin irritiert.« Sie furchte die Stirn, was für sie eine Seltenheit war. »Ich dachte, wir sind uns einig gewesen. Das hier« – ihre Geste umfasste die ausgebreiteten Zeitungen – »ist exakt das, was ich verhindern wollte.«

»Das weiß ich. Lass mich erklären.«

Sie faltete wieder die Arme vor dem Oberkörper und malträtierte den Teppich mit frischem Elan. »Ich warte.«

Rapp seufzte und schielte auf die Zeitungen. »Ich habe nur den Artikel in der *Post* gelesen. Da steht kein Wort über uns drin. Es wird zwar erwähnt, dass er international als Terrorverdächtiger gilt und in Frankreich einsaß, aber das ist alles.«

»Das war heute. Glaub mir, in der morgigen Ausgabe werden wir auftauchen. Das Telefon drüben in der Pressestelle steht nicht mehr still. Ich hab schon fünf Anrufe zu dem Thema abgeschmettert. Das können wir nicht mehr lange kontrollieren.«

»Seh ich anders.«

»Ach ja, und warum, Mr. Medienexperte?«

»Weil die Presse im Nebel stochert. Die Polizei in Montreal hält bislang den Mund, aber früher oder später verplappert sich jemand. Ich gehe jede Wette ein, dass Details vom Tatort bereits bei den ersten Journalisten auf dem Schreibtisch liegen. Auf gar keinen Fall wird uns jemand damit in Verbindung bringen.«

Ihre Augenbraue zuckte und in ihrem Gesicht arbeitete es. »Was habt ihr getan?«

»Sagen wir, unsere Inszenierung deutet eher auf ein Eifersuchtsverbrechen als auf einen Profikiller hin.«

»Details.« Ein Befehl, keine Bitte.

»Eins weiß die Presse bisher nicht: Man hat Khalil mit einem Bündel Geldscheinen im Mund gefunden, und das Wort *munafiq* wurde mit seinem eigenen Blut an die Mauer geschrieben, an der die Leiche lehnte.«

»Heuchler«, übersetzte Kennedy das Wort laut. »Das kapier ich nicht.«

»Coleman hat letzte Woche ein paar interessante Kleinigkeiten herausgefunden. Nicht alle Gläubigen in Khalils Kirche waren so begeistert von ihm. In der Gemeinde gab es wachsende Unzufriedenheit wegen seiner Aufrufe zum Dschihad und der Rekrutierung junger Männer, die er zum Kämpfen ins Ausland schickte. Und da gibt es noch was. Etwas, das nicht nur Muslime abstoßend finden.«

»Was denn?«

»Er war süchtig nach Pornos.«

»Wie bitte?«

Rapp zog den Speicherstick, den Coleman ihm ausgehändigt hatte, aus der Tasche. »Scott ist in seine Wohnung eingedrungen und hat den Inhalt seiner Festplatte kopiert. Darauf befanden sich jede Menge Pornos. Bondage, S/M und sogar ein paar Filmchen mit Minderjährigen, die ihn in ernsthafte Schwierigkeiten gebracht hätten.«

»Nicht dein Ernst!«

»Und ob.« Rapp hielt ihr den Stick hin. »Schließ ihn an. Sieh's dir selbst an.«

Kennedy schloss angewidert die Augen. »Ich verlass mich auf dein Wort.«

»Es lagen auch Magazine rum. Ziemlich krankes Zeug.«

»Und du glaubst, Polizei und Medien werden uns automatisch als Täter ausschließen, weil er ein Faible für Pornos hatte?« Sie schüttelte den Kopf. »Ich weiß nicht, Mitchell, das klingt ein bisschen dürftig.«

Rapp starrte auf den Boden, dann aus dem Fenster. »Da wäre noch was.«

»Raus damit.«

»Sein Körper wurde, äh …« Ihm entfuhr ein Seufzer. »… ein bisschen zerstückelt.«

Sie stemmte die Hände in die Hüften und wirkte schockiert. »Wieso?«

»Ich wollte, dass es nicht so professionell wirkt.«

Sie schüttelte bloß den Kopf.

»Irene, vertrau mir, ich weiß, wie die Cops dort ticken. Sie werden es als Racheverbrechen einstufen und vermuten, das Arschloch habe die Tochter von jemandem entjungfert. Wahrscheinlich stimmt das sogar. Wir haben ihm Geld in den Mund gestopft und ihn mit mehreren Stichwunden zurückgelassen. Solche Details landen früher oder später bei der Presse. Spätestens dann kommt kein Mensch mehr auf die Idee, dass wir in der Sache drinstecken.«

Kennedy drehte sich um und lief zur Sitzecke auf der anderen Seite des Büros. Eine große Couch und zwei Sessel standen um einen rechteckigen Tisch mit Glasplatte. Rapp wartete kurz, dann folgte er ihr.

Sie stand mit dem Rücken zu ihm vor der Scheibe und bewunderte die leuchtenden Herbstfarben des Potomac River Valley. Nach einigen Sekunden schüttelte sie den Kopf und fragte: »Wie lief das Treffen?«

Dankbar nutzte er die Möglichkeit, das Thema zu wechseln. »Unerwartet. Warum hast du mir vorher nicht gesagt, worum es geht?«

»Damit du spontan reagierst.«

»Du wolltest, dass sie mich auf dem falschen Fuß erwischen«, korrigierte Rapp.

»Das trifft es ganz gut«, gab Kennedy zu. »Du wirkst ungewohnt ruhig. Ich hätte eher erwartet, dass du hier reinmarschierst und mir den Kopf abreißen willst.«

Rapp schaute ebenfalls aus dem Fenster, ohne die Umgebung richtig wahrzunehmen. Allein die Tatsache, dass er und Senator Hartsburg in einem so grundsätzlichen Punkt übereinstimmten, ließ ihn an seinem Verstand zweifeln. Dabei war das erst der Anfang. Der Vorschlag, mit dem die beiden Männer ihn konfrontiert hatten, verwirrte ihn vollkommen. Er erwischte ihn vollkommen unvorbereitet.

»Glaubst du, sie wollen dich in eine Falle locken?«

»Nein.« Rapp starrte weiter nach draußen. »Mag sein, dass sie mich hassen, aber ich kann mir nicht vorstellen, dass sie sich dermaßen ins Zeug legen, um mir zu schaden.« Nach einer kurzen Pause schob er hinterher: »Außerdem wissen sie ganz genau, dass ich sie eher umbringe als mich von ihnen vor einen Ausschuss zerren zu lassen.«

Kennedy wusste nicht genau, ob er scherzte oder nicht. Sie nahm an, dass ihm das ganz recht war. Bei den Anekdoten, die über Rapps Skrupellosigkeit kursierten, verschwammen die Grenzen zwischen Realität und Fiktion.

»Hartsburg traue ich es vielleicht noch zu, dass er mich ans Messer liefert, aber nicht Walsh.«

»Da sind wir uns einig.« Sie stellte ihre Tasse auf dem Tisch ab. »Ich weiß, wie du dich fühlst. Mir ging es genauso, als sie letzte Woche bei mir auftauchten. Da pflegt man über all die Jahre eine gesunde Rivalität, und plötzlich stellt man fest, dass man in einer entscheidenden Sache derselben Meinung ist. Da kommt man schon ins Nachdenken und zweifelt an seinem Urteilsvermögen.«

Rapp sah sie an. »Ganz genau. So eine Art ›Ist ja schön, danke, aber jetzt seien Sie so nett und gehen Sie wieder zu Ihrer Mannschaft zurück‹.«

»Es gibt eine Erklärung dafür. Sie verfolgen eine konkrete Absicht. Hast du eine Theorie?«

»Nein.«

Kennedy staunte. Sie hatte es auf Anhieb durchschaut. »Ich dachte, du hattest auf der Fahrt vom Capitol Hill raus nach Langley genug Zeit zum Nachdenken. Worüber hast du dir stattdessen Gedanken gemacht?«

»Wie man die Sache am besten strukturiert … das Ganze finanziert … und wie ich sie am elegantesten aus dem Verkehr ziehe, falls ich rausfinde, dass sie mich verarscht haben.«

Sie nickte. Langsam wurde ihr klar, dass seine Androhung, die Männer in einem solchen Fall umzubringen, ernst gemeint war. »Ich glaube nicht, dass sie vorhaben, uns zu täuschen.«

»Ich wünschte, ich könnte deine Zuversicht teilen. Ich schaffe es einfach nicht, einem Kerl wie Hartsburg zu vertrauen.«

»Die Bombe hat alles verändert, Mitch.«

Rapp wirkte skeptisch. Die Bombe, auf die sie anspielte, war Teil einer Verschwörung radikalislamischer Fundamentalisten gewesen, die Hauptstadt in Schutt und Asche zu legen und den ganzen Landstrich auf Jahrzehnte zu verstrahlen. Wären Rapp und eine Handvoll entschlossener Angestellter in Diensten der Regierung nicht gewesen, die Senatoren Walsh und Hartsburg und die Mehrheit ihrer Kollegen wären bei der Detonation einer 15-Kilotonnen-Atombombe umgekommen.

Die Wackersteine polterten an die vorgesehene Position und das Puzzle setzte sich vor seinen Augen zusammen. »Selbsterhaltung.«

»Deren ausgeprägtester Instinkt.«

Rapp dachte kurz darüber nach. Politiker waren erstaunlich widerstandsfähige Kreaturen. Vermutlich hätte der olle Darwin Kennedys Theorie beklatscht. »Von mir aus. Hauptsache wir können uns auf ihre volle Rückendeckung verlassen.«

»Was hältst du von ihrem Vorschlag?« Kennedy trank einen weiteren Schluck Kaffee.

»Grundsätzlich läuft es auf eine Erweiterung des Orion-Teams hinaus. Wir haben ja schon darüber gesprochen, dass es nach meinem Geschmack viel zu selten eingesetzt wird.«

Das Orion-Team war eine geheime Operationseinheit, die Kennedys Vorgänger, Thomas Stansfield, vor rund 20 Jahren aus der Taufe gehoben hatte. Die Einheit sollte undercover agieren, unabhängig von der CIA und dem Rest des nationalen Sicherheitsapparats. Das Team erlaubte es Stansfield, die Klippen der Politik zu umschiffen und sich kleinere Hindernisse vom Leib zu halten. Beispielsweise eine Verfügung des Präsidenten, die Mordanschläge unter Strafe stellte. Auf diese Weise konnte er Missionen initiieren, für die es stärker reglementierten Institutionen am nötigen Mumm fehlte. Rapp gehörte praktisch seit dem Tag, an dem er mit gerade mal 22 zu Orion gestoßen war, zu den Stars der Show. Er hatte beträchtliche Abschnitte seiner Karriere in Europa und im Nahen Osten verbracht, um Informationen zu sammeln. Falls die Umstände es verlangten, griff er auch mal zu deutlich drastischeren Maßnahmen zur Beseitigung von Bedrohungen.

»Mit dem Unterschied, dass wir sie diesmal auf unserer Seite haben.« Sie meinte Hartsburg und Walsh.

»Vielleicht entgeht mir ja was, aber erklär mir, wieso das was Positives ist.«

»Ich war selbst Teil des Orion-Teams«, antwortete Kennedy. »18 Jahre lang. Sechs davon habe ich es geleitet.« Sie schenkte ihm ein gequältes Lächeln. »Die meiste Zeit habe ich darauf verwendet, dir Ärger vom Leib zu halten. Fast genauso schwierig war es, die nötigen Mittel zur Finanzierung der laufenden Kosten zusammenzukratzen. Mit Hartsburg und Walsh wäre das Budget nicht länger ein Thema. Vor allem müssten wir nicht befürchten, dass sie Ermittlungen gegen uns einleiten. Das würde deinen Job erheblich erleichtern.«

Rapp nickte. »Ich verstehe, was du meinst. Ich möchte nur sicher sein, dass sie sich uns verpflichtet fühlen, nicht umgekehrt.«

»Absolut.« Kennedy strich eine Haarsträhne hinters Ohr. »Bestimmt hast du dir Gedanken gemacht, wie wir das sicherstellen?«

»Klar.« Rapp schwenkte sein Blackberry. »Gegenseitig zugesicherte Zerstörung.«

»Du hast alles mitgeschnitten?«

»Exakt.« Rapp drückte ein paar Tasten und spielte die Unterhaltung aus der Kongressbibliothek ab. Nach ein paar Sekunden stoppte er die Wiedergabe und grinste. »Ich hoffe, du bist nicht enttäuscht.«

»Ich wäre enttäuscht gewesen, wenn du's nicht getan hättest.«

Rapp hakte das Gerät am Gürtelclip ein. »Und ich will nicht, dass sie sich von ihrem gemütlichen Sessel aus ständig in unsere Arbeit einmischen.«

»Das habe ich ihnen bereits klargemacht.«

»Und das geht für sie in Ordnung?«

»Hör mal, Mitch, du genießt einen gewissen Ruf in dieser Stadt, der deine bemerkenswerten Leistungen sogar noch übertrifft. Die Geheimniskrämerei um deine Vergangenheit, der überraschende Tod von zwei Politikern, die daran beteiligt waren, deine Identität auffliegen zu lassen ... Das hat dir eine fast mystische Aura verschafft. Wenn Menschen deinen Namen erwähnen, tun sie es meistens im Flüsterton und schauen sich vorher kurz um, ob du nicht in der Nähe bist. Du heimst sogar die Lorbeeren für Erfolge ein, von denen ich definitiv weiß, dass du mit ihnen gar nichts zu tun hattest.«

»Was macht dich da so sicher?« Er zwinkerte.

»Ich weiß, dass du zur fraglichen Zeit nicht in derselben Stadt und nicht mal auf demselben Kontinent gewesen bist. Jedenfalls wittern die Menschen überall Verschwörungen, und da kommst du ihnen gerade recht.« Kennedy rollte übertrieben mit den Augen. »Markantes Gesicht, gut aussehend, eine bildhübsche Frau, die für NBC arbeitet, und ausgerechnet der Präsident der Vereinigten Staaten ist dein größter Fürsprecher. Dazu noch die eben erwähnten, unter mysteriösen Umständen umgekommenen Politiker und das, was sie der Presse zugespielt haben, dein Ruf als Meisterkiller ... als ›Nationalheld an vorderster Front‹. Schon dürfte klar sein, warum jeder auf dem Capitol Hill nervös wird, sobald du in seiner Nähe bist.«

»Gut.« Rapp zog zwar die frühere Anonymität vor, aber wenn einer dieser halbseidenen Politiker ihn jetzt fürchtete, hielt er das für eine gute Sache. »Pass auf, ich lass mich drauf ein, aber es läuft nach meinen Regeln. Ich allein werde die Ziele auswählen und nehme Empfehlungen ausschließlich von dir entgegen. Falls sie Vorschläge haben, sollen sie das mit dir klären. Ich werd mir alles anhören, kann aber jederzeit mein Veto einlegen. Und wenn ich etwas für zu riskant oder unwichtig halte, zieh ich den Stecker.«

»Ich werde dafür sorgen, dass sie diese Bedingungen akzeptieren. Was noch?«

»Ich wähle jeden meiner Leute persönlich aus.«

Kennedy nickte. Mit beiden Wünschen hatte sie gerechnet.

»Und wir belassen es nicht dabei, bloß bekannte Terroristen aus dem Weg zu räumen.«

»Wie meinst du das?«, fragte sie neugierig.

Rapp lächelte. »Ich arbeite da an etwas. Noch ist es nicht spruchreif.«

»Kannst du mir einen kleinen Tipp geben?«

»Sagen wir, ich beabsichtige, diesen Krieg nicht nur an einer Front zu führen. Und ich habe nicht vor, mich an die bestehenden Regeln zu halten.«

»So wie bei deinem jüngsten Einsatz nördlich der Grenze?«

Rapp nickte.

Kennedy kannte Mitch besser als jeder andere, seine Frau eingeschlossen. Sie betrachtete ihn nachdenklich. »Lass dir einen Rat von mir geben. Überleg dir sehr gut, was du machst, wenn Verbündete Amerikas involviert sind. Wenn dich ein ausländischer Geheimdienst erwischt, bringt dir das fast so viel Ärger ein wie eine Festnahme durch das FBI vor der eigenen Haustür.«

Er grinste. »Ich hab nicht vor, mich erwischen zu lassen.«

»Das hat niemand vor, Mitch.« Sie schüttelte den Kopf. »Trotzdem kann's passieren.«

»Ich weiß … Ich weiß. Aber ich bin all die Jahre davongekommen und hab nicht vor, es jetzt zu vermasseln.«

»Sei einfach vorsichtig und überstürz nichts.«

Rapp schüttelte den Kopf. »Zeit ist ein Luxus, den wir nicht haben. Senator Hartsburg mag ein Opportunist sein, aber in einem Punkt geb ich ihm recht.«

»In welchem?«

»Wir müssen den Gegner erwischen, bevor der Gegner uns erwischt.«

8

LONDON, ENGLAND

Laut Ausweis in der Brieftasche hieß er Harry Smith. Das war nicht sein echter Name, bloß eine übliche Vorsichtsmaßnahme. Er hatte die Zielperson seit 48 Stunden Tag und Nacht beschattet. Er schlief, nachdem der Mann ins Bett gegangen war, und war zurück auf seiner Position, bevor der andere aufstand.

Er war jünger, deutlich fitter und hatte das Überraschungsmoment auf seiner Seite. Hinzu kam, dass er ausgebildet war, tagelang ohne oder mit wenig Schlaf auszukommen. Er kannte seine körperlichen Bedürfnisse.

Dieser Job führte ihn nicht mal ansatzweise ans Limit. Vielmehr wurde ihm langsam langweilig.

Die Zielperson war ein türkischer Investor mit Vorliebe für risikoreiche Kapitalanlagen, vor allem im Bereich des illegalen Waffenhandels. Er besaß mehrere Banken in seiner Heimat und hielt Minderheitsbeteiligungen an einem halben Dutzend weiterer Kreditinstitute in ganz Europa. Zuletzt hatte er sich häufiger in London aufgehalten. Inzwischen besaß der Killer eine ziemlich klare Vorstellung, woran das lag. Es gab kaum eine Kreuzung in dieser zunehmend an Orwells Idealen ausgerichteten Stadt, die nicht von Kameras überwacht wurde. In der Welt der Auftragsmörder galt Anonymität als härteste Währung. In London warst du demnach ein ganz armes Schwein.

In diesem Viertel der englischen Hauptstadt gab es eine ganz besonders hohe Konzentration von Überwachungskameras. Das Hampshire Hotel befand sich am Leicester Square, einen Katzensprung von mehreren Einrichtungen mit immensen Sicherheitsauflagen entfernt. Dazu gehörten die Nationalgalerie, das Verteidigungsministerium, das Parlament und Westminster Abbey. Er unterstellte, dass der Türke das Hotel aus genau diesem Grund ausgewählt hatte. In der Gegend wimmelte es von Polizei und anderen Sicherheitskräften. Der Killer ließ sich davon nicht abschrecken. Die Männer und Frauen, die solche Einrichtungen bewachten, kümmerten sich um Terroristen, nicht um Geschäftsleute. Er musste es nur glaubwürdig verkaufen und sich mit einem Anzug verkleiden, damit er quasi nach Belieben unbemerkt kommen und gehen konnte.

Seine Partnerin sah das etwas anders. Sie hatte den Auftrag ablehnen wollen, doch er bestand darauf. In fast jeder halbwegs bedeutenden Stadt weltweit wuchs die Zahl der Überwachungskameras. Um im Geschäft zu bleiben, musste man sich anpassen. Sie hätte sich lieber zur Ruhe gesetzt, aber dafür waren sie beide zu jung. Harry war 32, Amanda erst 29. Auch sie hieß in Wirklichkeit anders, doch um die Sicherheit der Mission nicht zu gefährden, nannte er sie seit einer Woche so. Der Schlüssel zum langfristigen Erfolg steckte in den Details. Kleinigkeiten wie hochwertig gefälschten Dokumenten, fingierten Kreditkartenkonten oder der Disziplin, auch dann die Tarnung aufrechtzuerhalten, wenn sich kein Fremder in der Nähe befand.

Wenn es weiterhin so gut lief, dauerte es nach seiner Rechnung noch etwa fünf Jahre, bis sie genug Geld zum Aussteigen auf dem Konto hatten. Ihre Abschussprämien summierten sich zwar bereits auf mehrere Millionen, aber er wollte sich im Ruhestand nicht einfach bloß über Wasser halten. Er hatte sich für diese Arbeit entschieden, weil er sie mochte, sein eigener Chef war und vor allem eine Menge Kohle scheffelte, falls er sich clever anstellte. Er brachte das nötige Talent mit. Nur reichte das allein in den seltensten Fällen. Wenn der Einsatz so hoch war, musste man für den Job brennen und alles perfekt erledigen.

Er mochte seine Arbeit nicht nur, er genoss sie. Ja, er genoss es und hatte es nie jemandem gestanden, nicht mal ihr. Wenn sie über das Aussteigen redeten, betonte er immer die Notwendigkeit, dass sie erst mehr verdienen mussten. In Wahrheit war er noch nicht bereit, einen Strich unter das Ganze zu ziehen. Seine größte Angst bestand nicht darin, erwischt zu werden. Dafür war er zu überzeugt von seinem Talent. Nein, seine größte Angst bestand darin, sie zu verlieren, weil er nicht loslassen konnte. So, wie es einen Zocker immer zurück an den Roulettetisch zog, war er inzwischen dem Rausch der Jagd verfallen.

Jedes Mal wenn es darum ging, jemanden zu beschatten, ergriff ihn eine freudige Erregung. Man brauchte eine brillante Ausbildung und viel Erfahrung, um auf diesem Niveau bestehen zu können. Er war ein ausgezeichneter Schütze mit lang- und kurzläufigen Waffen gleichermaßen. Er wusste genau, wo man die Klinge eines Messers ansetzen musste, um das gewünschte Resultat zu erzielen. Meistens ging es ums Töten, gelegentlich verlangte ein Kontrakt allerdings bloß, eine Person dauerhaft zu verstümmeln. Auch mit Fäusten, Ellbogen, Knien, Füßen und sogar der Stirn konnte er Gegner außer Gefecht setzen oder töten. Er besaß Pilotenscheine sowohl für Hubschrauber als auch für Flugzeuge und galt als echter Könner, wenn es um Überwachung und Gegenüberwachung ging.

Nun stand er auf dem Platz vor dem Hampshire Hotel und langweilte sich zu Tode. Ein 200.000-Dollar-Kopfgeld lag auf dem Tisch. In einer Stunde gehörte es ihm, und doch war ihm eher nach Gähnen zumute. Er spähte zum Vordereingang des vornehmen Hotels, kämpfte gegen das Gefühl von Monotonie an und raunte: »Komm schon, du Arschloch. Zeig dich, damit wir's zu Ende bringen können.«

Er sprach mit britischem Akzent, obwohl es keiner mitbekam. Das ›Arschloch‹, das er meinte, reiste ständig durch die Weltgeschichte und schien liebend gern Geld zu verprassen. Deutlich schwerer tat es sich damit, seine Rechnungen zu bezahlen. Der Killer vermutete, dass deshalb ein Kopfgeld auf den Mann ausgesetzt war. Für jemanden, der den falschen Leuten ans Bein gepinkelt hatte, verhielt sich das Opfer bemerkenswert gelassen.

Zumal es in diesem Fall um die russische Mafia ging.

Der Killer hatte in den letzten Jahren immer wieder mal für die Russen gearbeitet und fand, dass ihre Sprache deutlich komplizierter war als die anderen fünf, die er fließend sprach.

Am liebsten hätte er sich gar nicht mit der ehemaligen Sowjetunion abgegeben, doch der frühere Kommunistenstaat und seine Ableger gehörten zu den Märkten mit den größten Wachstumsraten in seinem Metier. Diese skrupellosen Bastarde ließen jeden umbringen, der sie bei einem Geschäft betrog; ob legal oder illegal. Sie wollten mit jedem ihrer Investments abkassieren. Falls ein Deal nicht den gewünschten Gewinn abwarf, schlussfolgerten diese paranoiden Gauner automatisch, dass sie jemand hintergangen hatte. Er vermutete, dass sie den Türken deshalb auf dem Kieker hatten. Genaueres wusste er nicht. Dafür hätte er nachfragen müssen, und er hatte es sich zur Regel gemacht, nicht mehr zu wissen, als er unbedingt wissen musste.

Er und seine Partnerin hatten ein Parabolmikro mit mittlerer Reichweite eingesetzt, um eins der Telefonate des Türken auf seinem spätmorgendlichen Spaziergang abzuhören.

Der Mann hatte gestern einem Freund erzählt, die Russen seien zwar Gauner, aber nicht verrückt genug, um ihn in London aus dem Verkehr zu ziehen. Der Killer hatte diese Bemerkung als extrem idiotisch eingestuft und fragte sich, wie es die Zielperson mit dieser Einstellung so lange geschafft hatte, den Kopf aus der Schlinge zu ziehen. Der Mann war 58 Jahre alt und seit über 20 Jahren in halbseidene Geschäfte verwickelt. Den Gegner zu unterschätzen gehörte zu den schlimmsten taktischen Fehlern.

Gelegentlich steckte Dummheit, Arroganz oder eine Mischung aus beidem dahinter.

›Harry‹ lehnte sich gegen eine Straßenlaterne und schaute auf die Uhr, wobei er darauf achtete, den Kopf unten zu behalten. Am Mast über ihm hing eine Kamera. Es war 20 nach zehn. Er trug die übliche Businesskluft mit langem schwarzem Mantel und Filzhut. Die schwarzen Haare hatte er rotblond gefärbt, getönte Kontaktlinsen hellten seine braunen Augen um eine Nuance auf und wurden durch eine schwarze Hornbrille mit Fensterglas verfälscht. Ein Regenschirm baumelte am gebogenen Griff über dem linken Arm, in dem er eine zweimal gefaltete Ausgabe der *Times* hielt. Der graue Himmel machte den Anschein, dass in Kürze ein Schauer runterkam.

Zwei Tage in Folge war der Türke um Punkt zehn Uhr morgens zum Flanieren durch den Park aufgebrochen. Er steckte sich jedes Mal einen Kopfhörer ins Ohr und telefonierte dort und auf dem Rückweg die ganze Zeit, während er Zigaretten rauchte. Er schien nicht mitzubekommen, dass er beobachtet wurde, was in Anbetracht seiner Bemerkungen keine Überraschung war. Wie die meisten Männer, die der Killer getötet hatte, war auch der Türke ein Gewohnheitstier. Er nahm sich jedes Mal ein Zimmer im Hampshire, wenn er nach London flog, und ließ sich höchstens durch schwere Unwetter von seinen täglichen Streifzügen durch den St. James Park abhalten. Danach kehrte er zum Lunch ins Hotel zurück und ging dann zur Bank, in der er ein Büro hatte, später zum Nachmittagstee bei Browns.

An diesem Morgen schien ihn etwas von der gewohnten Routine abzuhalten. Der Killer machte sich langsam Gedanken. Ja, es sah aus, als ob es jeden Moment in

Strömen goss, aber das war gestern und vorgestern auch schon so gewesen. Es gab eine feine Grenze zwischen der überhasteten Erledigung eines Jobs und dem zu langen Hinauszögern. Wenn man jemanden über Tage hinweg beschattete, stumpfte man irgendwann ab, wurde zögerlich oder gar nachlässig. Das erhöhte das Risiko einer Entdeckung. Auf der anderen Seite erwies sich ein vorschnelles Handeln, bevor man die taktische Situation komplett erfasst hatte, oft als noch fataler. Man musste sich Karten in Ruhe einprägen, Abläufe verinnerlichen und verschiedenste Transportmittel in Betracht ziehen. Und gerade in London kamen die allgegenwärtigen Überwachungskameras dazu.

Der Killer zweifelte so langsam daran, dass der Türke sich noch blicken ließ. Also musste er ihn entweder nach dem Nachmittagstee beseitigen oder einen weiteren Tag auf eine Gelegenheit im Park warten. Während er die beiden Optionen gegeneinander abwog, trat der Türke plötzlich unter dem Hotelvordach aus Schmiedeeisen und Glas hervor. Der Portier reichte ihm einen Regenschirm, Höflichkeiten wurden ausgetauscht, dann zündete sich die Zielperson eine Zigarette an und machte sich auf den Weg. Der Killer hatte sich sein Vorgehen genau überlegt und sich extra etwas weiter in Richtung Park postiert. Sollte die Polizei jemals die Aufzeichnungen überprüfen, würden sie nach einem Täter Ausschau halten, der dem Türken in den Park folgte. Garantiert kämen sie nicht auf die Idee, dass er seinem Opfer die ganze Zeit im wahrsten Sinne des Wortes einen Schritt voraus gewesen war.

Der Killer hatte auch Lücken in der Überwachungskette der Kameras aufgedeckt. Er lief eine leicht andere Strecke zum Park und verhinderte so, dass er dabei aufgezeichnet wurde. Der Park selbst stellte ihn vor gewisse Probleme. In der Regel trieben sich dort ein, zwei Bobbys herum, meistens noch Parkpersonal. Und dann war da eine besonders lästige Kamera ganz in der Nähe der Stelle, an der er den Hit geplant hatte. Er hielt seine Tarnung für gut genug, damit sein Gesicht nie genau erfasst wurde, aber für ein Fahndungsprofil reichte es in jedem Fall. Hinzu kam, dass er es vorgezogen hätte, wenn die Tat selbst nicht aufgezeichnet wurde. Solche Videos halfen oft, Ermittler wachzurütteln, die mit der Aufklärung von Gewaltverbrechen betraut waren. Der Killer hatte sich tags zuvor bereits mit diesem Problem abgemüht, bis ihm spontan eine Lösung eingefallen war.

Er griff sich ins Gesicht und berührte den Knopf an einem winzigen Motorola-Headset, das er im rechten Ohr trug. Eine Sekunde später hörte er den Wählton.

»Amanda Poole am Apparat.« Sie sprach mit klarem britischen Akzent.

»Amanda. Ich will einen kleinen Spaziergang machen. Was hältst du davon, wenn du mitkommst? Vielleicht begleitet uns sogar unser Freund?«

»Sehr gern, Harry.«

Der Killer bog um die nächste Straßenecke und behielt den Kopf unten. In seiner Branche gab es manchmal die Tendenz, zu viel über etwas nachzudenken. Das lag unter anderem daran, dass viele seiner Kollegen entweder frühere Geheimdienstmitarbeiter oder Soldaten waren. In Harrys Fall traf Letzteres zu. Wenn man für eine Regierungsstelle arbeitete, standen einem unglaublich viele Ressourcen zur Verfügung. Ausrüstung wurde unter allen erdenklichen Bedingungen wiederholten Tests unterzogen, Milliarden Dollar weltweit flossen in die

Entwicklung neuer Kommunikationsmöglichkeiten und optimierter Verschlüsselungstechniken.

Was ihn betraf, bestand das Problem darin, dass genauso viel – oder noch mehr – Geld in Abhörvorrichtungen und komplexe Entschlüsselungssysteme floss. Die National Security Agency der Amerikaner ließ allein Dutzende Satelliten um die Erde kreisen, die nur eine einzige Aufgabe hatten: die Gespräche der Menschen mitzuhören. Dafür hatten sie die leistungsstärksten Rechner der Welt in einem unterirdischen Gewölbe von der Größe eines Football-Felds unter ihrem Hauptquartier in Maryland zusammengepackt.

Diese Cray-Supercomputer summten Tag für Tag und Nacht für Nacht vor sich hin, sichteten E-Mails, Funkkontakte und abgefangene Telefonate. Hoch spezialisierte Programme wurden geschrieben, damit die Rechner auf Signalwörter wie ›Bombe‹, ›Waffe‹, ›töten‹ oder ›ermorden‹ in jeder relevanten Sprache ansprachen. Bestimmte Übertragungen wurden priorisiert. Für die Amerikaner war alles aus dem Iran, Nordkorea, dem Irak, Afghanistan oder Pakistan von besonderem Interesse. Alles, was sie aus diesen Ländern über gesicherte oder verschlüsselte Verbindungen abfischten, wurde an die Spitze der Warteschlange geschoben. Die Technik legte den Fokus auf Methoden, die Menschen in der Regel anwendeten, um Geheimnisse für sich zu behalten.

Damit stellte sich für Harry eine simple Frage: Wenn Supermächte mit nahezu unbegrenzten finanziellen Mitteln und Know-how es nicht mal schafften, untereinander Geheimnisse zu haben, wie sollte dann eine Zwei-Mann-Operation gegenüber dieser milliardenschweren Technik die Nase vorn behalten? Die Antwort lag auf der Hand: Es ging nicht. Deshalb verlegte er sich auf das andere Extrem. Die Nachrichtendienste auf der ganzen Welt interessierten sich nicht für das hirnverbrannte Geschwätz von Geschäftsleuten oder Liebespaaren. Der Trick bestand darin, sich an die Umgebung anzupassen. Über dieselben Themen zu reden wie alle anderen und dabei auf keinen Fall offen anzusprechen, worum es tatsächlich ging. Konsequenterweise hatten sie sich nach der Ankunft in London neue Handys gekauft und einen Jahresvertrag abgeschlossen, obwohl sie die Geräte höchstens für eine Woche brauchten.

Er lief zügig, aber ruhig die St. Martin's Street entlang und wechselte auf die Whitcomb. Einige Minuten später erreichte er den nördlichen Rand des Parks. Der Türke folgte in einigen Blocks Abstand. Sie würden die Grünanlage an unterschiedlichen Stellen betreten und dort aufeinandertreffen, wo der Ältere meistens stehen blieb und Enten fütterte, während er am Handy hing. An der Marlborough Road sichtete er den kleinen schwarzen Transporter mit seiner Partnerin am Steuer. Er klemmte sich die zusammengefaltete *Times* unter den Arm und öffnete die Hecktür zur Ladefläche. Mit dem Handschuh holte er die aneinandergeknoteten Ballons heraus und ließ die Tür zuknallen. Ohne dass sie ein Wort miteinander gewechselt hatten, fuhr der Lieferwagen weg. Er überquerte die Straße zum Parkeingang.

Was jetzt kam, machte ihn ein bisschen nervös. Ein Mann in Geschäftskleidung mit Mantel und Hut, der mit Ballons durch die Gegend lief, war kein alltäglicher Anblick. Er rechnete damit, ein paar irritierte Blicke zu ernten, doch die Vorteile überwogen am Ende. Er richtete den Mantelkragen auf, zog den Kopf an die Brust und eilte mit gesenkten Schultern weiter. Gar zu weit musste er nicht mit den Ballons.

Er behielt die Umgebung im Auge und hielt unter der Hutkrempe nach der voluminösen Kappe eines Bobbys oder anderen Gesetzeshütern in der Nähe Ausschau. Der Laternenpfahl, der ihn interessierte, befand sich direkt hinter einer Parkbank. Von dort aus konnte man die komplette Umgebung im Auge behalten. Kein Wunder, dass sich die Behörden entschlossen hatten, ausgerechnet dort eine Kamera zu montieren. Er näherte sich, lief etwas langsamer und streckte die linke Hand über den Kopf aus. Dann ließ er los und die mit Helium gefüllten Ballons stiegen in die Luft. Sie waren so zusammengebunden, dass sie eine Art Korb bildeten, der sich perfekt um die Plexiglasabschirmung der Überwachungskamera schmiegte.

Der Killer lief zügig weiter und blickte sich nicht einmal um. Der Türke kam bereits auf ihn zu, war höchstens noch 200 Meter entfernt. Harry erreichte den Hauptweg, der von Osten nach Westen verlief, und bog links ab. Der Türke hielt kurz an, um geröstete Pistazien bei einem Straßenhändler zu erstehen. Danach zog er einen Beutel mit trockenem Brot aus der Tasche, um die Enten zu füttern, genau wie an den zwei Tagen zuvor. *Gut,* dachte er. *Halt an deinen Gewohnheiten fest, dann läuft alles perfekt.* Tatsächlich entfernte sich der Türke kurz darauf in Richtung See, stellte sich in der Nähe einer Weide hin und verteilte die Brotkrumen im Wasser, während er selbst Pistazien futterte und munter auf sein Handy einplapperte.

Harry griff nach oben ans Motorola-Headset, um einmal zu tippen, wodurch die Wahlwiederholung ausgelöst wurde. Eine Sekunde später meldete sich seine Partnerin.

»Amanda Poole am Apparat.«

»Amanda, hier ist Harry. Wie geht's dir?«

»Alles bestens. Deine Partydeko ist eingetroffen. Alles wie geplant.«

Das verriet ihm, dass die Ballons noch in Position waren. »Gut.« Er spähte über die linke Schulter. »Stößt sonst noch jemand zu unserer kleinen Zusammenkunft?«

»Alle, die eingeladen wurden, haben geantwortet.«

Nur noch knapp 100 Meter. Er bog vom Hauptweg ab und schlenderte Richtung Teich. »Keine ungeladenen Gäste?«

»Bisher weiß ich von keinem. Sollte sich etwas daran ändern, geb ich dir sofort Bescheid.«

»Gut.« Er duckte sich hinter einer Heckenreihe. Seine linke Hand glitt in den Mantel und zog eine Walther PPK 9 Millimeter mit aufgeschraubtem Schalldämpfer heraus. Mit geübter Handbewegung ließ er sie in der Zeitung verschwinden. Er hielt sich die Zeitung samt Waffe vor die Brust und ließ zwei Gummibänder über die Rolle schnalzen, um die Pistole im Inneren zu fixieren. Dann schlenderte er gemütlich zum Ufer und hielt die Zeitung dabei hoch, als ob er gerade darin las. »Gab's sonst noch Anrufe?«

Die Frau antwortete: »Ich erinnere mich jedenfalls an keine. Der Rest des Morgens ist also völlig unverplant.«

»Hoffen wir, dass es so bleibt.« Er schielte über den oberen Rand der Zeitung und sichtete den Türken ein kurzes Stück entfernt.

Sein Herz raste nicht, an den Fingern in den Handschuhen bildete sich kein Schweiß, dafür waren seine Sinne aufs Äußerste geschärft. Er registrierte jedes Geräusch und sah alles, was sich im Radius von 90 Grad links und rechts von ihm abspielte. Die Gegebenheiten in seinem Rücken hatte er sich exakt eingeprägt. Er musste weniger als 20 Meter zurücklegen. Niemand sonst befand sich in der Nähe der Zielperson. Seine Schritte wurden etwas schneller. Er wollte die günstige Gelegenheit nutzen. Noch zehn Meter. Er hörte die Stimme des Türken jetzt deutlich. Den Annäherungswinkel hatte er bewusst gewählt. Er wollte, dass der andere ihn kommen sah. Auf diese Weise wirkte es harmlos. Hätte er sich von hinten angeschlichen, wäre es dem Opfer womöglich verdächtig vorgekommen.

Er lugte über den oberen Rand der Zeitung und stellte kurz Blickkontakt zu dem Mann her, den er gleich töten würde. Lässig tat er, als ob er die Aufmerksamkeit zurück auf seine Lektüre richtete. Er schielte auf den See, dann nach links. Ein paar Spaziergänger, keiner dicht genug, um etwas mitzubekommen. Noch wenige Schritte. Sein peripheres Sehen verriet ihm, dass die Zielperson sich von ihm abgewendet hatte. *Menschen,* dachte er. *Die einzigen Säugetiere in der Natur, die einem potenziellen Gegner willentlich den Rücken zukehren.* Es widerte ihn förmlich an, wie leicht alles über die Bühne ging.

Er erreichte den anderen und folgte ihm schweigend einige Schritte. Der Türke hatte sich in Richtung Trauerweide in Bewegung gesetzt. Langsam wurde es zu einer Farce. Der Baum mit den tief herabhängenden Zweigen kam in diesem Park einer dunklen Gasse am nächsten und sein Opfer hielt genau darauf zu. Er stoppte kurz vor den äußeren Ästen und schaute auf den See. Es schien ihn nicht zu überraschen, den anderen Parkbesucher mit der Zeitung zu sehen.

Der Killer verzichtete darauf, die Waffe aus ihrem Versteck in der Zeitung zu holen. Er war zu erfahren für ein so durchschaubares Manöver. Stattdessen kippte er den Papierstapel zentimeterweise, bis der Flugwinkel für die Kugel exakt passte, und drückte ab.

Das Hohlspitzgeschoss trat in den Hinterkopf des Türken ein, wurde beim Aufprall pilzförmig deformiert und vergrößerte dabei seine Querschnittsfläche. Es drang durch lebenswichtige Teile des Gehirns, bis es zwischen dem zerfetzten linken Frontallappen und der Innenwand des Schädels hängen blieb. Die Wucht des Aufschlags schleuderte den Spekulanten nach vorn. Kaum eine Sekunde später schloss sich die rechte Hand des Killers um den Brustkorb des Mannes. Er untersuchte die kaum münzgroße Eintrittswunde und nutzte das Momentum des sterbenden Körpers aus. Die Hand mit der Zeitung trieb einen Pfad durch die dichten Zweige der Trauerweide. Zwei Schritte weiter legte er den Toten am Fuß des Stamms nieder. Harry suchte sich hastig nach Blutspuren ab, obwohl er fest davon ausging, keine zu finden. Die Kugel war darauf ausgelegt, im Körper zu bleiben und eine kaum sichtbare Eintrittswunde zu erzeugen.

Nachdem alles in Ordnung war, verließ er die Leiche und die Deckung der Zweige und lief zurück. 100 Meter weiter, zurück auf dem Hauptweg, rief er seine Partnerin an und fragte: »Hast du Zeit für ein frühes Mittagessen?«

»Die habe ich tatsächlich.«

»Gut, ich bin hier fertig. Wir treffen uns in einer Viertelstunde an der üblichen Stelle.«

»Bis gleich.«

Unterwegs zum Ausgang lief Harry an zwei Londoner Gesetzeshütern vorbei. Sie standen unter seiner Ballontraube, blickten konsterniert hinauf und berieten sich per Funk mit einem Vorgesetzten in der Dienststelle. Als der

Größere der beiden in die Höhe sprang und versuchte, die Schnüre zu erwischen, musste Harry sich das Lachen verkneifen. Das war mit Abstand das Amüsanteste, was er am heutigen Morgen zu Gesicht bekommen hatte.

9

CHESAPEAKE BAY, MARYLAND

Rapp saß auf einem abgewetzten Lederstuhl mit der Promenadenmischung Shirley zu seinen Füßen und einem Stift in der linken Hand. Er schrieb seit einer Stunde wild drauflos, Seite um Seite, Idee für Idee. Viele Zeilen waren durchgestrichen, manche eingekreist oder wie in einem unkonventionellen Flowchart miteinander verbunden. Die trockenen Birkenzweige im Kamin knackten und zischten, während er die sechste Seite Notizen zu Papier brachte. Mindestens genauso viele hatte er bereits vom Block abgerissen und ins Feuer geworfen.

Er schrieb seine Gedanken nicht auf, nur um sie festzuhalten, sondern um sich die möglichen Fallstricke des bevorstehenden Jobs bewusst zu machen. Die Möglichkeit, die man ihm anbot, hielt eine Fülle potenzieller Probleme bereit, andererseits ließ sich den Chancen schwerlich widerstehen. Wie immer in solchen Fällen bestand der Knackpunkt darin, sich nicht erwischen zu lassen. Mit dem Unterschied, dass diesmal deutlich mehr auf dem Spiel stand. Statt Einzelpersonen ins Visier zu nehmen, ging es um Gruppen. Die erweiterten Dimensionen der Operation musste man wie einen Schlachtplan angehen, aus jedem Blickwinkel ausleuchten und jeden Aspekt wieder und wieder auf den Prüfstand stellen, um sicherzustellen, dass einem nichts entgangen war. Und es durfte keinerlei schriftliche Aufzeichnungen geben. So hatte Thomas Stansfield es ihm beigebracht.

Der verstorbene frühere CIA-Direktor war berühmt dafür gewesen, nie einen Stift bei sich zu tragen. Im Gegenteil, er maßregelte Untergebene, wenn sie während sicherheitskritischer Meetings mitschrieben. Er pflegte zu sagen: »Unser Job besteht darin, Geheimnisse zu sammeln, nicht sie an andere zu verteilen. Wenn Ihr Verstand nicht scharf genug ist, sich an alles Gesagte zu erinnern, sind Sie bei uns falsch.«

Stansfield fürchtete Amerikas Feinde im Prinzip nicht. Vielmehr respektierte er ihre Beharrlichkeit und verachtete ihre Rücksichtslosigkeit. Dass der Kapitalismus am Ende den Kommunismus besiegen würde, stand für ihn außer Frage. Was Stansfield mehr fürchtete, waren die Opportunisten auf dem Capitol Hill. Die Politiker, die jede Gelegenheit nutzten, sich eine Bühne zu verschaffen und ein weiteres Drama zu entfesseln. Menschen konnten Karrieren und Ansehen mit einer einzigen wohlplatzierten Aussage zerstören. Stansfield setzte auf Erfahrungen und Grundregeln. Zu ihnen gehörte unter anderem, dass ein Mann mit übertriebenem Selbstbewusstsein grundsätzlich eine Angriffsfläche darstellte.

Rapp hatte mal das Gerücht gehört, dass Stansfield auf ein Netzwerk von OSS- und CIA-Personal im Ruhestand baute, um Senatoren und Kollegen in Schlüsselpositionen zu überwachen. Männer, die gegen die Nazis und später, auf dem Höhepunkt des Kalten Krieges, gegen die Russen an seiner Seite gekämpft hatten. Männer, die nichts von ihrer Entschlossenheit eingebüßt hatten und sich als Rentner langweilten. Männer, die es schätzten, ihre Fähigkeiten an so leichten Zielen einzusetzen. Die Unterlagen, die Stansfield über seine Gegner zusammengetragen hatte, galten als äußerst brisant. Sie dienten ihm als Lebensversicherung gegen Menschen, die ihre eigene Karriere für wichtiger hielten als die nationale Sicherheit. Rapp nahm sich vor, Kennedy bei Gelegenheit auf diese Unterlagen anzusprechen und sich vor allem selbst um eine ähnliche Absicherung zu kümmern.

Eine andere Vorsichtsmaßnahme Stansfields bestand darin, sämtliche Aufzeichnungen zu vernichten. Wenn er Aktionen verantwortet hatte, die gegen das amerikanische Rechtssystem verstießen, schärfte er allen Beteiligten ein: »Dokumente sind die Schlinge, die man euch bei der Hinrichtung um den Kopf legt. Verzichtet nach Möglichkeit auf jegliche Niederschrift oder verbrennt sie hinterher.«

Rapp hatte diese Worte und viele weitere Ratschläge des Veteranen aus dem Zweiten Weltkrieg verinnerlicht. Stansfield war Mitglied des legendären Jedburgh-Teams gewesen, das in Norwegen und Frankreich hinter feindlichen Linien Informationen sammelte und den Nazis das Leben erschwerte, wo es ging. Etwas Ähnliches schwebte auch Rapp im aktuellen Fall vor. Sie mussten eine mehrgleisige Strategie fahren. Kompromisslos zuschlagen, töten, Gelder beschlagnahmen und Druck auf Staaten ausüben, die sich nicht so entschlossen am Kampf gegen den Terrorismus beteiligten – alles schön und gut, aber um den Feind wirklich zu verwirren und zu schikanieren, war eine bis ins Detail ausgeklügelte Geheimoperation erforderlich. Eine Operation, deren volle Ausmaße ausschließlich Rapp kannte.

Er riss ein weiteres Blatt ab, knüllte es zusammen und schleuderte es in die Flammen. Nicht mal Kennedy gedachte er in alle Einzelheiten des Plans einzuweihen. Sie mussten dem Feind einen entscheidenden Schlag versetzen und ihn dazu bringen, an sich selbst zu zweifeln. Internen Zwist schüren. Eine Erweiterung dessen, was sie in Kanada getan hatten, wo sie diese ach so frommen Heuchler bloßstellten, ihre Autorität untergruben und in ihnen den Verdacht weckten, es gäbe Spione im eigenen Lager.

Shirley hob den Kopf vom Teppich. Eine Sekunde später hörte Rapp draußen Lärm. Er schaute auf die Uhr, während die Hündin losstürmte, um den Auslöser der Geräusche zu erforschen. Es war kurz vor 20 Uhr. Vermutlich kam seine Frau von einem ihrer Marathon-Arbeitstage zurück. Als NBC-Korrespondentin im Weißen Haus musste sie von den Morgennachrichten bis zur Abendsendung vor der Kamera stehen. Solange nichts Dramatisches passierte, konnte sie sich tagsüber etwas erholen. Meistens nahm sie sich eine Stunde Zeit zum Trainieren oder gönnte sich eine lange Mittagspause inklusive Shopping-Ausflug. Rapp hätte es nie für möglich gehalten, dass eine einzelne Frau so viele Schuhe, Handtaschen, Klamotten, Halsketten und andere modische Accessoires besaß. Allerdings war er auch nie zuvor einer Frau wie Anna begegnet. Sie musste der attraktivste Messie aller Zeiten sein. Der Wandschrank im Gästezimmer quoll förmlich über von Portemonnaies, entworfen von Designern mit ausländischen Namen, die er inzwischen insgeheim als Modeterroristen bezeichnete.

Er hatte sich einmal nach dem Preis für ein solches Stück erkundigt. Sie wechselte daraufhin sofort in den Defensivmodus. »Ich frag dich ja auch nicht, wie teuer deine Waffen sind, oder?«

Rapp erwiderte, dass er seine Waffen im Gegensatz zu ihr mehr als einmal benutzte und dass sie im Gegensatz zu den Portemonnaies mehr als eine Saison lang angesagt blieben. Er war sehr stolz auf seine clevere Bemerkung gewesen, bis ihn dieser vernichtende Blick traf. Anna Rielly besaß die grünsten Augen, die er je gesehen hatte. Sie konnten so ruhig und meditativ wie ein Bergsee an einem heißen Sommertag wirken oder so wütend und brutal wie eine Monsterwelle, die ein argloses Boot heimsuchte. Ihr Vater hatte es einmal mit ihrem irischen Temperament erklärt. Auf jeden Fall liebte Rapp erstere Variante und fürchtete sich vor der zweiten. Er merkte schnell, dass seine Frau ihn für nicht halb so witzig hielt wie er sich selbst. Und er lernte, dass der billige Punktgewinn mit einem cleveren Spruch nichts daran änderte, im anschließenden Wortgefecht mit fliegenden Fahnen unterzugehen. Daraus leitete er einen neuen Grundsatz ab: War Anna glücklich, war er glücklich. War Anna sauer, machte das Leben weniger Spaß. War Anna sauer auf ihn, wurde das Leben zum Albtraum.

Rapp blickte auf die jüngste Seite seiner Notizen und klopfte mit dem Stift auf eine bestimmte Zeile, wieder und wieder. Er hörte, wie sich der Schlüssel im Schloss drehte, ohne aufzusehen. Shirleys leises Bellen und das aufgeregte Tapsen ihrer Pfoten bestätigten ihm, dass es Anna war. Morgen früh hatte er einen Termin bei Kennedy und wollte alles vollständig ausgearbeitet haben, bevor sie mit dem Finger gezielt in den Lücken seines Schlachtplans herumstocherte. Die Türklinke bewegte sich. Er drehte sich genau in dem Moment um, als seine Frau mit einer großen gestreiften Kate-Spade-Schultertasche das Zimmer betrat. Es war das einzige Exemplar, das sie regelmäßig benutzte. Zum Glück, denn es kostete mehr als jede

Pistole, die er besaß – die Maßanfertigungen eingerechnet. In der anderen Hand hielt sie ihr Portemonnaie und eine Einkaufstüte.

»Wie war dein Tag, Schatz?«, erkundigte er sich.

»Gut.« Sie stellte ihre Tasche ab und verstaute ihre Erwerbungen im Flurschrank.

Rapp schüttelte nur den Kopf. Der Pastellton der Tüte verriet ihm, dass der Inhalt garantiert nicht für ihn bestimmt war. »Wieder mal was Hübsches entdeckt?«

»Nein.« Sie zog die Jacke aus und schenkte ihm ein sprödes Lächeln. »Und du? Wieder mal einen umgebracht?«

»Heute bisher nicht, Schatz, aber mir bleiben ja noch ein paar Stunden. Was ist in der Tasche?« Er deutete auf den Flurschrank und ließ sich nicht von ihrem halbherzigen Versuch überrumpeln, ihre Kaufsucht zu vertuschen.

Sie war schon halb im Wohnzimmer, blieb stehen und zeigte in dieselbe Richtung. »Meinst du *die* Tasche?« Kämpferisch faltete sie die Arme vor der Brust. »Ich hab vor zwei Stunden angerufen. Wieso bist du nicht ans Telefon gegangen?«

Dass sie das Thema wechselte, war ein sicheres Zeichen für ein schlechtes Gewissen. Er wusste es, weil er es selbst ständig tat. »Ich hab an etwas gearbeitet.« Rapp nickte zum Notizblock auf seinen Knien. »Was ist in der Tasche?«

»Hast du vergessen, dass wir heute Abend mit Philip verabredet waren?«

Philip war ihr Innenarchitekt. Ein verwirrter Ausdruck trat auf Rapps Gesicht. »Ich wusste nichts davon.« Noch während er es sagte, erinnerte er sich vage an eine entsprechende Bemerkung.

Sie stemmte die Hände in die Hüften. »Für einen Spion bist du ein verdammt schlechter Lügner.«

Rapp merkte, wie sich das Blatt gegen ihn wendete. »Anna, ich lüge nicht. Ich wusste nichts davon.«

»Red dich nicht raus. Es steht auf dem Kalender.« Sie zeigte zur Küche. »Ich hab dich außerdem heute Morgen noch mal dran erinnert und dir vor einer Stunde eine Nachricht aufs Handy geschickt.«

Schlagartig fiel es ihm wieder ein. »Ach, *dieses* Treffen.«

Da war er wieder. Dieser Blick.

»Tut mir leid«, sagte er und meinte es auch so. Sie bauten gerade ein Haus in Virginia, ganz in der Nähe des Beltways, auf knapp einem Hektar Privatland. Langsam entwickelte sich das Projekt zu einem Fulltime-Job, und dafür fehlte ihm die Zeit. »Worum ging's diesmal?«

»Um die Auswahl der Teppiche. Das in der Tasche sind übrigens die Stoffmuster.«

Rapp stand auf. »Tut mir leid.« Seine Instinkte hatten versagt. Er ging zu ihr und gab Anna einen Kuss. »Du weißt, dass ich für so etwas kein Händchen habe. Ich vertrau dir. Wenn Philip und du eine Entscheidung getroffen habt, schließ ich mich an.«

Sie musterte ihn zweifelnd. »Ach ja, bei den Fliesen im Badezimmer meintest du, sie seien scheußlich, und die Wandfarbe fürs Esszimmer hat dich an Kotze erinnert.«

Rapp sah abwesend zur Decke und tat, als hörte er das gerade zum ersten Mal.

»Sag nichts. Als liebende Ehefrau werd ich dir verraten, wie's jetzt weitergeht. Du wirst eine Weinflasche für uns öffnen, weil ich was Schönes trinken möchte. Dann gehen wir gemeinsam die Teppichmuster durch und du hilfst mir, eine Entscheidung zu treffen. Danach setzen wir uns vor den Kamin und du massierst mir die Schultern.«

Rapp hielt sie am Arm fest und betrachtete sie verschmitzt. »Und danach gibt es wilden Sex.«

Sie schüttelte den Kopf. »Ich bin müde … Meine Füße tun weh … Ich bin fix und fertig und muss um fünf wieder raus. Außerdem verdient deine Vergesslichkeit wirklich keine Belohnung.«

»Ich mach's wieder gut.« Er küsste ihren Nacken.

»Mal sehen. Hol mir erst mal meinen Wein.«

Rapp deckte weiter ihren reizenden Hals mit Küssen ein, bis sie ihn lachend wegschob. Er holte eine Flasche Cabernet aus dem Regal und entkorkte sie. Sie stand am Kamin und hielt seinen Notizblock in der Hand. Ihr Gesichtsausdruck entgleiste, während sie seine Aufzeichnungen überflog. Er musste sich angewöhnen, alles auf Arabisch zu schreiben. Damit trieb er sie bestimmt in den Wahnsinn. Gelassen kam er ins Wohnzimmer und entwand ihr den Block.

»Ich hab das gerade gelesen«, antwortete sie ungehalten.

»Ach ja … Ist dir je in den Sinn gekommen, dass es dich nichts angeht?«

Anna lächelte. »Wir sind verheiratet, Schatz. Wir sollten keine Geheimnisse voreinander haben.«

»Du bist unmöglich.« Er riss das oberste Blatt ab und schmiss es in den Kamin. »Wann hast du mich das letzte Mal Recherchen für eine Story ansehen lassen? Ich glaube, du bist im falschen Job unterwegs. Als Spionin wärst du besser aufgehoben.«

»Ehrlich?« Sie mimte die Begeisterte. »Noch ist es nicht zu spät, eine neue Laufbahn einzuschlagen. Ich bin jung.«

Rapp ging zurück in die Küche und goss zwei Gläser Wein ein. »Es würde dir nicht gefallen. Du müsstest dich ständig mit diesen aufdringlichen Deppen von der Presse rumschlagen.«

»Das sind echte Bastarde, oder?«

»Schlimmer geht's nicht.« Rapp reichte ihr ein Glas.

Anna gab ihm einen Klaps auf den Hintern. »Du bist echt ein schlimmer Junge. Komm, hol die Teppichmuster, dann machen wir uns an die Arbeit.«

»Nur wenn ich hinterher noch ein bisschen Liebe bekomme.«

»Du bist für den Rest des Abends auf Bewährung. Übertreib's nicht.«

Rapp ging zum Flurschrank und rüstete sich innerlich für die stumpfsinnige Aufgabe, die vor ihm lag. Seine Gedanken schweiften bereits zu den Aufzeichnungen ab. Er musste noch eine Menge Details überdenken. In einer perfekten Welt hätte er ein paar Punkte mit Anna durchdiskutiert, doch das kam schlicht nicht infrage. Vor allem nicht bei einem solchen Einsatz, von dem Außenstehende nie etwas erfahren durften. Deshalb nannte man sie ja auch Black Ops. Der Freedom of Information Act griff in solchen Fällen nicht, weil keine Aufzeichnungen existierten und die beteiligten Männer und Frauen bis zu ihrem Tod striktes Stillschweigen darüber bewahrten.

10

WESTÖSTERREICH

Erich Abel reizte die Beschleunigung seines brandneuen silbernen Mercedes SL 55 AMG so gut aus, wie es die serpentinenreichen Bergstraßen zuließen. Er hatte schon länger mit einem solchen Wagen geliebäugelt, ihn aber erst kürzlich erworben. Nicht weil er ihm zu teuer gewesen wäre, sondern weil er in Sachen Finanzen äußerst konservativ agierte. Sein 7er-BMW war erst zwei Jahre alt. Deshalb hatte er eigentlich beschlossen, mit dem Verkauf noch zu warten. Er hielt das Hinauszögern von Belohnungen für die ultimative Form von Selbstdisziplin. Durch den jüngsten Abschluss mit dem trauernden Saudi-Vater hatten sich die Rahmenbedingungen jedoch verändert. Außerdem verbrachte er eine Menge Zeit auf den Straßen zwischen Zürich und Wien.

In Riad hatte Abel exakt sieben Telefonate erledigt. Zehn Millionen Dollar in bar mochten auf den ersten Blick ein Segen sein, doch sie brachten Schwierigkeiten mit sich, denen Abel tunlichst aus dem Weg gehen wollte. Also forderte er Said Ahmed Abdullah auf, die Summe gesplittet auf Konten bei fünf unterschiedlichen Banken in der Schweiz zu überweisen. Er schrieb ihm die entsprechenden Kontodaten auf und rief seine Betreuer bei allen Instituten an, um sie zu bitten, ihn nach Eingang des Geldes umgehend zu informieren. Innerhalb einer Stunde bestätigten alle fünf, dass er nunmehr in Summe über ein Guthaben von zehn Millionen Dollar verfügte, zusätzlich zu den 1,4 Millionen in bar, die er strategisch geschickt an mehreren Orten rund um die Welt geparkt hatte. Weitere zwei Millionen steckten in Immobilienbesitz und Pfandbriefen. In Abels Metier brauchte man Reserven für den Fall, dass man für eine Weile untertauchen musste.

Der sechste Anruf ging an einen Mercedes-Händler in Zürich. Er verzichtete darauf, um den Kaufpreis von 125.000 Dollar zu feilschen, der für die leistungsstärkste Limousine der Welt aufgerufen wurde. Stattdessen kündigte er an, den Wagen am nächsten Nachmittag abzuholen. Das siebte und letzte Telefonat führte er mit einem Mann, dem er größten Respekt entgegenbrachte. Dimitri Petrow lebte nach wie vor in Moskau und rauchte täglich zwei Packungen seiner stinkenden russischen Zigaretten. Die Nikotinsucht war das Einzige, was Abel an dem Mann missfiel. Petrow war ein Prinz unter den Dieben. Ein wahrer Profi, den Freund und Feind gleichermaßen respektierten, und vermutlich genau der Richtige, um den jüngsten Deal zu übernehmen.

Als er seinen alten KGB-Freund anrief, war in Moskau gerade Mittagszeit. Die Stimme des Russen klang trotzdem, als hätte er ihn gerade aus dem Tiefschlaf gerissen. Die zwei tauschten für knapp eine halbe Minute Höflichkeiten aus. In ihrem Fall bedeutete das, sich gegenseitig Beleidigungen an den Kopf zu schmettern. Abel ging etwas subtiler vor, Petrow wechselte direkt in den Angriffsmodus, der bei ihm aus einer Flut kreativ miteinander kombinierter Schimpfwörter bestand.

Der kurze Schlagabtausch führte Abel vor Augen, wie sehr er den alten Freund vermisste. Dann kam er zur Sache und teilte Petrow mit, ihn sofort sehen zu wollen. Als der Russe zögerte, versicherte der Deutsche, ihn mit gutem Essen, teurem Wein, hervorragenden Zigarren und 10.000 Dollar für seine Zeit zu entschädigen. Das allein hätte als Anreiz wahrscheinlich gereicht, doch Abel wollte die Sache so schnell wie möglich hinter sich bringen. Also machte er dem anderen das Treffen noch schmackhafter, indem er sein Haus in den vorarlbergischen Alpen bei Bludenz vorschlug, etwas über eine Stunde von Zürich entfernt, direkt jenseits der Schweizer Grenze auf österreichischem Gebiet. Petrow liebte die großartige Aussicht und die abgeschiedene Lage und murmelte etwas von Spesen. Abel versicherte ihm, alle Kosten zu übernehmen, und forderte ihn auf, direkt den ersten Flug am nächsten Morgen zu nehmen.

Abel lotste den AMG durch eine weitere Serpentine und drückte auf der anschließenden geraden Strecke voll aufs Gas. Der 476-PS-Motor ließ die Limousine die Anhöhe hinaufschießen wie eine Rakete. Abel gönnte sich ein kurzes Lächeln. Das Gefährt war ein Meilenstein westdeutscher Ingenieurskunst. Mehr als ein Jahrzehnt nach dem Mauerfall zog er weiterhin eine Grenze zwischen Ost und West. Das Land, in dem er aufgewachsen war, hätte niemals einen so ausnehmend kraftvollen und absolut zuverlässigen Motor hervorbringen können. Das war kein rein ostdeutsches Problem. Es gab überhaupt kein kommunistisches Land, dem er eine solche Leistung zutraute. Abel hatte sein Geburtsland abgeschrieben und wollte nach Möglichkeit nie mehr dorthin zurück. Dafür gab es eine Unzahl komplizierter Gründe. Vor allem gefiel es ihm nicht, ständig daran erinnert zu werden, auf der Verliererseite des großen Kalten Krieges im 20. Jahrhundert gestanden zu haben. Die Wiedervereinigung hatte Ostdeutschland zwar sehr geholfen, doch es würde noch lange dauern, den Rückstand einzuholen. Die von jahrzehntelanger Vernachlässigung des Kommunismus erzeugten Narben wirkten nach. Tiefe Makel mussten beseitigt werden, bevor es stolzer Glanz und deutsche Effektivität zurück an die Oberfläche schafften.

Abel hatte in den ersten 30 Jahren seines Lebens eine Lüge gelebt und weigerte sich, auch nur einen weiteren Tag damit zu verschwenden. Er besaß mittlerweile die Schweizer Staatsbürgerschaft und begegnete der Welt wie seine neue Heimat mit einer neutralen, geschäftsmäßigen Haltung. Kriege kamen und gingen, die Wirtschaft blieb als Konstante erhalten. Wenn beides aufeinandertraf, boten sich großartige Geschäftschancen. Abel sah sich als Vermittler, als Experte für Risikoanalyse und manchmal – wenn es notwendig wurde, wie im konkreten Fall – für Risikobeseitigung.

Er näherte sich der vorletzten scharfen Kurve und nahm den Fuß vom Gas. Sie war extremer als die übrigen. Durch eine Lücke im Fichtendickicht erhaschte er einen Blick auf das örtliche Skigebiet. Die Saison begann frühestens in einem Monat. Von Abels Haus in den Bergen fuhr man 20 Minuten bis ins nächste Dorf. Die klare Bergluft war gut für sein Asthma, von der Einsamkeit profitierten sowohl seine Nerven als auch seine Geschäfte.

Er hatte vor dem Anruf bei Petrow kurz gezögert. In ihrer Branche musste man alles als Wechselspiel von Risiko und Ergebnis beurteilen. Dabei ging man stets Kompromisse ein. Abel verfügte über mehr als adäquate Partner für gewöhnliche Jobs, doch in diesem Fall waren besondere Talente gefragt. Frisches Blut. Jemand, der extrem kompetent, den üblichen Verdächtigen jedoch kein Begriff war. Grundsätzlich hielt er den Kreis der Partner und Mitwisser so klein wie möglich, doch für diesen Auftrag hatte er niemanden in der Kartei, dem er einen Erfolg zutraute. Allerdings war er ganz sicher, dass Petrow einen geeigneten Kandidaten kannte.

Abel umfuhr die letzte Kurve und erreichte die Zufahrt zum Haus, die grob parallel zur Bergstraße verlief. Um die lang gezogene Strecke reckten sich uralte, dürre Fichten in die Höhe. Nach einem steilen Abfall zu Beginn verlief sie relativ eben. Auf dem Parkplatz vor dem Haus stellte er die Limousine neben einem Mietwagen ab. Er stellte fest, dass der Koffer seines Freundes auf der Veranda neben dem

Eingang stand, ging links ums Gebäude und fand Petrow mit geschlossenen Augen auf einem Stuhl beim Sonnen vor.

Ohne die Augen zu öffnen, fragte der Russe mit leichtem Akzent: »Wie lange wolltest du mich denn noch warten lassen, du undankbarer Nazi?«

Abel grinste und bemerkte den grauen Wollmantel, der wie eine Decke auf Petrows Schoß lag. In Verbindung mit den grauen Haaren wirkte er wie ein Rentner auf einem Kreuzfahrtschiff. Eine Packung Zigaretten lag auf einer der Armlehnen, ein abgegriffenes Messingfeuerzeug auf der anderen. »Ich hab dich über eine Stunde lang beobachtet, du stalinistischer Hund. Ich dachte, du bist entweder tot oder machst ein Nickerchen. In deinem Alter hielt ich beides für wahrscheinlich.«

Eins der Augen im breiten Gesicht klappte auf und Petrow überschüttete ihn mit russischen Flüchen. Abels Russisch war nie das beste gewesen, nun fehlte es ihm zusätzlich an Übung. Trotzdem kam der Kern der Beleidigungen bei ihm an. Es ging irgendwie um unzüchtige Hunde und seine Herkunft, gefolgt von den üblichen Nazi-Zoten.

Er lachte herzhaft und fragte: »Bist du so alt, dass du nicht mehr aufstehen kannst, um einen alten Freund zu begrüßen? Soll ich dir helfen?« Abel streckte die Hand in einer übertrieben dramatischen Geste aus. »Ich kann auch eine Krankenschwester rufen.«

»Ich brech dir die hübsche kleine Nase, wenn du mich anfasst«, drohte Petrow und erhob sich mit überraschender Gelenkigkeit aus dem Stuhl.

Die zwei Männer umarmten sich. Wieder einmal scheiterte Abel daran, den Schlag auf den Rücken mit gleicher Härte zu erwidern. Keine Chance. Sie waren ungefähr gleich groß, knapp 1,80. Allerdings wog der Russe gut 25 Kilo mehr. Petrow war 61, sah aber eher aus wie 70. Das silbrige Haar, seine Nikotinsucht und die Liebe für gutes Essen und Alkohol hatten in Verbindung mit den Belastungen der Arbeit ihren Stempel hinterlassen.

»Komm«, sagte Abel. »Lass uns reingehen. Ich hab am Markt angehalten und dir deine ganzen Lieblingssachen mitgebracht.« Sie liefen über die Veranda. Der Wahl-Österreicher schloss die Haustür auf. »Du weißt ja, wo dein Zimmer ist. Richte dich erst mal in Ruhe ein, ich kümmere mich um alles andere.«

Abel trug den eigenen Koffer ins Haus und holte die drei Einkaufstüten aus dem Kofferraum. Als Erstes packte er die Flasche Belvedere Vodka ins Eisfach. Er ging fest davon aus, dass sein Freund die ganze Flasche vor dem Schlafengehen leerte. Wegen seines Asthmas kippte er ein paar Fenster, um frische Luft hereinzulassen. Als Nächstes stellte er ein Sixpack Gösser in den Kühlschrank, dazu noch sechs Flaschen Kaiser. Falls Petrow das nicht genügend beschäftigte, gab es noch den gut gefüllten Weinkeller. Rollmops, roher Schinken, Wurst, Gemüse und Gebäck wanderten ebenfalls in die Fächer.

Petrow erschien wie auf Kommando. Abel reichte ihm eine Flasche Gösser, nahm sich selbst ein Kaiser und sprach einen Toast aus. »Auf alte Freunde und freien Handel.«

Petrow nickte und trank einen großen Schluck. Er wollte etwas sagen, trank aber stattdessen einen weiteren. »Darauf hab ich mich schon den ganzen Tag gefreut.«

»Tut mir leid, dass ich nicht früher gekommen bin. Ich habe erst nachmittags einen Flug bekommen.« Abel sah auf die Uhr. Fast fünf.

»Wo warst du?«, fragte der Russe beim kurzen Absetzen. Das Bier war schon zur Hälfte leer.

Abel wollte es ihm verraten, überlegte es sich dann aber anders. »Die bessere Frage wäre, wo ich nicht gewesen bin.« Er öffnete eine Dose mit einer Nussmischung, füllte sie in eine Schüssel um und stellte den Snack auf den Tisch. Um Petrow bei Laune zu halten, musste man ständig Nachschub liefern.

»Du hast also mal wieder die Drecksarbeit für die OPEC erledigt.«

Die Organisation erdölexportierender Länder hatte ihren Hauptsitz in Wien und war mit Abstand Abels größter Kunde. »Jeder braucht heutzutage Wissen.« Abel prostete ihm zu. »Selbst die russische Mafia.« Ein direkter Seitenhieb auf Petrows früheren Arbeitgeber.

»Tja, inzwischen wurde das glorreiche Experiment des Kommunismus beendet und wir müssen allein klarkommen.«

»Auf Freelancer und den Kapitalismus.« Abel hob die Flasche.

»Auf Freelancer stoß ich an, aber auf keinen Fall auf den Kapitalismus. Diese Schweine haben mein Land wie Aasgeier überschwemmt und sich auf alle Schwachen und Bedürftigen gestürzt.«

Abel lachte. »Und was haben die Kommunisten getan?« Über dieses Thema stritten sie sich regelmäßig. Der Deutsche war noch aus jeder Auseinandersetzung als Sieger hervorgegangen. Der Kapitalismus hatte schlicht die Nase vorn. Später, wenn Petrow betrunken war, würde er das Thema noch einmal ansprechen und ihn dazu bringen, es zuzugeben. Der Russe drohte dann meistens, ihn umzubringen, wenn er sein Eingeständnis jemandem verriet.

Darauf folgte eine Tirade über die korrupten Kommunisten, die eine grundsätzlich perfekte Idee gegen die Wand gefahren hatten.

Petrow murmelte etwas von Gier und der destruktiven Macht organisierter Religion. Abel fiel ihm ins Wort. »Geh raus und rauch eine. Ich bereite das Abendessen vor. Hier, nimm einen Rollmops mit. Die hab ich extra für dich gekauft.«

Petrow nahm das Glas mit dem eingelegten Fisch begierig entgegen. Fast schon besorgt erkundigte er sich: »Wie steht's mit Zigarren? Sag jetzt nicht, ich bin den weiten Weg hergekommen und du hast keine Zigarren.«

»Natürlich hab ich Zigarren. Keine Sorge. Du bekommst nach dem Essen eine.« Abel scheuchte ihn nach draußen und machte sich ans Kochen.

Petrow prüfte gelegentlich die Fortschritte und rief ihm durch die offene Verandatür Beleidigungen zu. Als sie sich an den Tisch setzten, waren die sechs Flaschen Gösser bereits leer. Danach probierte er ein Kaiser und verkündete, das sei Mädchenbier. Viel zu leicht. Die Wodkaflasche wurde auf den Tisch gestellt und sie schlossen eine Wette ab, ob sie bis zum nächsten Sonnenaufgang hielt. Petrow bezeichnete das als Ding der Unmöglichkeit. Abel gab ihm recht.

Abel war kein schlechter Esser, aber sein russischer Freund ließ ihn wie einen Spatz aussehen. Bald waren Würste und Schinken komplett vertilgt, ebenso wie die Bratkartoffeln. Der Löwenanteil ging auf Petrows Konto. Abel stellte die Dobostorte auf eine Platte. Petrows Augen weiteten sich, als hätte ihm jemand eins übergebraten. Die Torte, eine Sünde aus mehrschichtiger Schokoladen-Buttercreme, Karamell und Biskuit, ließ einem das Wasser im Mund zusammenlaufen. Abel schaffte ein Stück, Petrow gleich drei. Dann verkündete der Russe, wenn er jetzt nicht aufstehe, werde er noch den ganzen Rest verputzen. Abel ging fest davon aus, dass er genau das tat, wenn er sich kurz vor Mitternacht noch einen ›kleinen Imbiss‹ gönnte.

Schließlich zogen sie sich auf die Veranda zurück und genossen den sternklaren Abend. Abel besorgte zwei schwere Wolldecken, um die Kälte abzuhalten. Eine Zeit lang waren nur die lautstarken Geräusche von Petrows Verdauung zu hören, dann brach Abel die Kiste Montecristo-Zigarren an. Er behielt eine für sich und schob Petrow den Rest hin.

»Die gehören dir. Nimm sie mit nach Hause.« Abel rollte die Zigarren unter der Nase hin und her und inhalierte den verlockenden Duft.

»Danke, mein Freund.« Der Russe klappte die Kiste auf und inspizierte seine Beute.

Abel genügte eine Zigarre. Er rauchte mit großem Genuss und nur, wenn er in den Bergen und bei guter Gesundheit war. Mit seinem Asthma musste er äußerst vorsichtig sein. Er kostete die seltene Gelegenheit aus und schnupperte fast eine Minute daran, bevor er sie anzündete.

»Ich brauche deinen Rat, Dimitri.«

Petrow griff zu einer Zigarre, biss ein Ende ab und zündete sie an. Nach mehreren tiefen Zügen antwortete er: »Ich hab mich schon gefragt, wann du aufs Geschäftliche zu sprechen kommst.«

»Immer erst nach dem Essen. Du kennst mich.«

Petrow richtete die Zigarrenspitze auf seinen Freund. »Pass lieber auf. Du wirst viel zu durchschaubar.«

Abel gefiel nicht, was er da hörte. Er nahm sich vor, bei nächster Gelegenheit seine Gewohnheiten auf den Prüfstand zu stellen. Er zog einen Umschlag aus dem Jackett und reichte ihn Petrow. »Dein Honorar.«

Der Russe zögerte und verzog das Gesicht. »Wofür denn? Ich hab doch noch gar nichts gemacht.«

»Ich vertrau dir.«

»10.000 Dollar.« Er schüttelte den Kopf. »Wir sind Freunde.«

»Ja, das sind wir.« Abel drängte ihm die Scheine förmlich auf. »Und ich werde hervorragend bezahlt. Sieh es so ... Das ist nicht mein Geld. Es gehört dem Mann, der mich angeheuert hat. Du bist quasi mein Subunternehmer.«

Petrow steckte das Kuvert ein. »Okay, dann erzähl mal, was du von mir brauchst.«

»Einen Namen.«

»Was für einen Namen?«

Abel hatte bereits entschieden, unter keinen Umständen die Identität der Zielperson preiszugeben. »Ich soll jemanden umbringen lassen.«

Petrow zuckte nonchalant die Achseln. »Du kennst eine Menge Leute, die auf so was spezialisiert sind.«

»Stimmt. Aber in diesem Fall brauche ich jemanden, der besser ist als die übrigen Knochenbrecher.«

Petrow zog die Augenbrauen nachdenklich hoch. »Kannst du mir sagen, um wen es geht?«

Abel schüttelte den Kopf.

»Ein bisschen mehr musst du mir schon liefern. Soll es wie ein Unfall aussehen? Wie steht's mit möglichen Kollateralschäden? In welchem Operationsgebiet soll das Ganze stattfinden? Wie steht's mit der Bezahlung?«

»Ich brauch den Besten. Einen echten Vollprofi. Jemand, der sein Handwerk als Kunstform ausübt.«

»Aaaah.« Petrow entfuhr ein Seufzer. »Du willst einen von den Durchgeknallten. Einen, der Morden für eine Religion hält. Und du willst den Besten?«

Petrow schien im Kopf bereits eine Liste geeigneter Kandidaten durchzugehen. »Ja«, bestätigte Abel. »Jemanden, der sich nicht bloß für den Besten hält, sondern sich durch nichts und niemanden davon abbringen lässt, es unter Beweis zu stellen.«

Abel hielt es für wichtig, diesen Hinweis anzubringen. So mancher erfahrene Auftragskiller hätte vermutlich einen Rückzieher gemacht, sobald die Identität der Zielperson auf dem Tisch lag. Er brauchte jemanden, der auf einen großen Coup lauerte. Jemanden, der Mitch Rapp genau wie diesen Leopard in Abdullahs Büro als Trophäe ausstellen wollte.

»Deine Zielperson muss sehr bedeutend sein.«

»So würde ich es nicht formulieren.«

»Gut bewacht?«

»Nicht zwangsläufig.«

Petrow kippte einen Wodka weg und paffte an der Zigarre. »Ich hoffe, du arbeitest nicht für diese elenden Saudis.«

»Ich gebe meine Klienten nie preis, das weißt du. Nur aus Neugier: Warum hasst du die Saudis so sehr?«

»Die Kommunisten waren ein schlimmer Haufen, aber im Vergleich zu den Saudis verblassen sogar sie.«

Abel lachte. »Warum?«

»Die Saudis glauben, dass Gott auf ihrer Seite steht, und Leute, die davon überzeugt sind, neigen zu absolut unmenschlichen Handlungen.«

Abel war fasziniert. Noch nie hatte er seinen Freund so über Religion reden hören. »Korrigier mich, wenn ich falschliege, aber die großen Anführer von Mutter Russland, Genosse Lenin und Genosse Stalin, ließen 20 Millionen Menschen umbringen. Und meines Wissens waren sie Atheisten.«

»Diese Zahl halte ich für deutlich übertrieben.«

»Okay, dann halbier sie. Schlappe zehn Millionen.«

»Ich will Lenin und Stalin nicht verteidigen. Sie waren schreckliche Unmenschen, aber diese Saudis und ihr Besessensein vom Islam werden uns alle ins Grab bringen.«

Abel wollte nicht zu weit vom Thema abschweifen. Falls sich später die Gelegenheit ergab, konnte er immer noch darauf zurückkommen. »Ich werd dir eins über meinen Klienten verraten, nur eins. Sein Motiv ist edel und schmutzig zugleich und so alt wie die Menschheit selbst.«

»Dein Klient ist eine Prostituierte?«

Abel musste grinsen. »Nein.«

Petrow griff zur Wodkaflasche. »Rache.«

»Ja.«

Nachdem er sein Glas gefüllt hatte, fragte Petrow: »Rache wofür? Hat jemand seine Tochter angestarrt, obwohl sie keinen Schleier trug?«

»Ich hab nie behauptet, dass es um einen Saudi geht.«

»Wofür will er sich rächen?«

»Jemand hat seinen Sohn getötet.«

»Jemand Bedeutendes?«

Abel schüttelte den Kopf. »Jemand, der sehr gefährlich ist.«

»Aaaaah … Ich glaube, jetzt hab ich's verstanden. Du brauchst einen Killer, um einen Killer zu töten.«

»Exakt.« Petrows Neugier schien gestillt zu sein. Abel fragte sich, ob sein alter Freund auf die alten Tage so etwas wie ein Gewissen entwickelte.

»Und dein Auftraggeber ist ein guter Mensch?«

»Ja.«

»Könnte ich ihn kennen?«

»Ich beantworte keine weiteren Fragen. Ich hab dir schon viel zu viel erzählt. Nenn mir einen Namen, dann können wir uns weiter über die Gräueltaten des Kommunismus streiten.«

Petrow knurrte ihn an wie ein alter Hund, den man mit einem Stock reizte. »Ich habe einen Namen und eine Telefonnummer für dich. Eine Frau wird sich melden. Sie ist Französin. Es heißt, sie sei eine wahre Schönheit. Sie wird als Vermittlerin fungieren.«

»Und der Schütze?«

»Ich weiß nicht viel über ihn. Das ist mir auch ganz recht, ihm wahrscheinlich ebenfalls. Meine Quelle meint, er sei relativ jung und äußerst versiert in allen Bereichen.«

»Hältst du ihn eher für aggressiv oder für vorsichtig?«

»Eindeutig aggressiv.« Petrow lachte. »Er hat in den letzten sieben Monaten drei Jobs für mich erledigt. Gott allein weiß, wie viele sonst noch.«

11

LANGLEY, VIRGINIA

Die Wagenkolonne verließ den Highway und passierte den einzelnen Wachposten, den man seit 1993 dort einsetzte, nachdem mehrere Angestellte auf dem Weg zur Arbeit ums Leben gekommen waren. Die zwei Suburbans und ein kugelsicherer schwarzer Cadillac setzten ihre Fahrt durch die schmale, von Bäumen umgrenzte Zufahrt fort, ohne langsamer zu werden. Die Insassen schienen es eilig zu haben. Sobald sie eine Anhöhe überwunden hatten, geriet eine einschüchternde Sicherheitsschleuse in Sicht. Der komplette Besucherverkehr wurde mit großen unmissverständlichen Schildern nach rechts umgeleitet. Andere Schilder warnten davor, dass hier die letzte Möglichkeit war umzukehren, ohne eine Festnahme oder Strafverfolgung zu riskieren. Übersah man die Warnung, übermittelten spätestens die Männer in schwarzen Nomex-Overalls mit Maschinenpistolen die eindeutige Botschaft, dass man hier für eine Besichtigungstour an der falschen Stelle gelandet war.

Der Konvoi setzte seine Fahrt auf der linken Spur fort und kam vor einer gelb lackierten Stahlschranke abrupt zum Stehen. Überall wuselten Männer mit Waffen herum, noch mehr von ihnen lauerten hinter der grün getönten kugelsicheren Plexiglasscheibe des Blockhauses. Drei der Posten, die sich bei der Ankunft der Überraschungsbesucher unterhalten hatten, schwärmten aus. Keiner musste sie dazu auffordern, es war Teil ihrer Ausbildung. Menschenansammlungen boten einfache Ziele. Es lief nicht so, wie man es aus Hollywood kannte. Hier wurden weder Schlitten nach hinten gezogen noch Sicherungshebel gelöst. Wenn diese Männer im Dienst waren, dann mit heißen Waffen. Das bedeutete, es steckte immer eine Patrone in der Kammer und die einzige Sicherung war ihr Zeigefinger.

Die Kolonne wurde von vier der schwarz gekleideten Männer flankiert. Trotz der leichten Bewölkung an diesem

Morgen trugen alle getönte Schießbrillen. Die Läufe der Waffen wiesen nach unten, doch die Finger schmiegten sich um den Abzugsbügel, während ihre Augen zu erkennen versuchten, was sich jenseits der stark verdunkelten Autofenster befand. Solche Korsos waren keine Seltenheit, doch in der Regel wurden sie vorher angekündigt und standen auf der Liste. Dieser nicht. Die Männer und Frauen von der Security mochten keine Überraschungen.

Ein Vorgesetzter kam mit leicht gereiztem Blick aus dem Blockhaus und näherte sich der Beifahrerseite des Führungsfahrzeugs. Die getönte Scheibe wurde nach unten gefahren. Dahinter saß ein Typ mit Sonnenbrille. Der Captain, seit acht Jahren hier im Einsatz, fragte hörbar unfreundlich: »Kann ich Ihnen helfen?«

Der Mann im Wagen klappte ein schwarzes Lederetui auf und hielt ihm einen Ausweis hin. »Secret Service.« Sein Daumen zuckte zur Limousine hinter ihnen. »Wir bringen Director Ross her. Es geht um eine offizielle Angelegenheit.«

Der Captain nickte und faltete die Arme hinter dem Rücken. »Kein Grund, die guten Manieren zu vergessen.«

»Hm?« Der Agent verstand nicht, worauf er hinauswollte.

»Gehört zum Protokoll … vorher anrufen … das Eintreffen ankündigen.« Der Captain wippte auf den Fersen vor und zurück und überlegte, wie weit er es auf die Spitze treiben durfte.

Der Agent besaß die Höflichkeit, die Sonnenbrille ein Stück nach unten zu schieben, bis zwei Drittel seiner Augen sichtbar wurden. »Der Direktor ist ein beschäftigter Mann. Ich verstehe Sie natürlich. Allerdings wussten wir bis vor fünf Minuten gar nicht, dass wir kommen. Wir verließen gerade das Gelände des neuen Terrorabwehrzentrums, als er uns aufforderte, direkt hierherzufahren. Ich halte mich bloß an meine Anweisungen.«

Die Antwort klang plausibel. »Na gut. Fahren Sie die Fenster komplett runter und zeigen Sie mir Ihre Berechtigungsscheine, dann erledigen wir die Sache so schnell und unkompliziert wie möglich.« Der Captain wies zum vorderen Suburban. Drei Männer kamen aus dem Blockhaus, einer davon mit Hund. Der Hund und sein Führer umrundeten das Fahrzeug, während die beiden anderen die verlangten Unterlagen kontrollierten. Nach kurzem Zögern ging der Captain zur Limousine in der Mitte der Kolonne. Geduldig wartete er am hinteren Beifahrerfenster, zählte im Kopf bis drei und starrte sein eigenes Spiegelbild an. Nach zwei weiteren Sekunden, in denen sich nichts tat, klopfte er mit den Fingerknöcheln gegen die Scheibe.

Das Fenster wurde nach unten gefahren und enthüllte zwei grauhaarige Männer, die telefonierten. Einer war Mitte 50, der andere wirkte merklich jünger. Der Captain erkannte den Älteren sofort als Mark Ross, den neuen Leiter der nationalen Geheimdienste.

Der Jüngere deckte ungeduldig das Mikro seines Handys mit dem Aufschlag seines Sakkos ab und fragte: »Können wir das ein bisschen beschleunigen, wir haben's eilig.«

»Natürlich«, erwiderte der Captain. »Wen möchte der Direktor sehen?«

»Ich bedaure, aber diese Information ist vertraulich.«

Der Captain hatte sofort gemerkt, dass dieser Schlipsträger ein echter Sonnenschein war. »Ich muss trotzdem einen Blick auf Ihre IDs und in den Kofferraum werfen. Danach können Sie die Fahrt fortsetzen.«

Der Mann starrte ihn an, als wollte er fragen: ›Machst du Witze, Mann?‹ Dann wiederholte er: »Wir haben es eilig.«

Der Captain blieb ruhig und höflich. »Hätten Sie Ihre Ankunft vorher angemeldet, wäre dieses Prozedere nicht nötig. Leider haben Sie es versäumt. Ihre Ausweise bitte.« Er streckte die Hand aus und wartete. Der Jüngere folgte seiner Aufforderung. Er überlegte, ob er es bei Direktor Ross darauf ankommen lassen sollte. Er entschied sich dagegen, als er merkte, dass dieser offenbar mit dem Präsidenten telefonierte. Er kehrte mit dem einen Ausweis in den Verschlag zurück, fertigte eine Kopie an und überprüfte die Angaben. In der Zwischenzeit setzten seine Leute die Untersuchung der Fahrzeuge fort. Ihm gefiel das Ganze überhaupt nicht. Nun, technisch gesehen war dieser neue Geheimdienstkoordinator sein Boss. Kaum eine Minute später ging er nach draußen, schielte kurz zur Limousine und wandte sich an den Agenten im Führungsfahrzeug.

»Seid ihr Jungs in höchster Alarmbereitschaft oder so?«

»Wieso fragen Sie?«

»Weil ihr für eine Fahrt durch D.C. eine Menge Muskeln durch die Gegend kutschiert. Vier Männer in jedem Suburban und zwei weitere in der Limo. Das ist normalerweise höchstens üblich, wenn der Präsident persönlich hier rauskommt.«

Der Agent zog erneut die Brille nach unten. »Ich stelle keine Fragen … verstehen Sie?«

Lächelnd antwortete der Captain: »Bis zu einem gewissen Punkt, ja. Ich muss Sie darum bitten, die Suburbans rechts auf dem Parkplatz abzustellen. Die Limousine darf zum Hauptgebäude durchfahren.«

»Damit kann ich leben.«

Kennedys Blick verriet nichts, als Rapp seinen Vorschlag präsentierte. Er hatte oft genug erlebt, wie sie mit ihrem stoischen Verhalten Untergebene aus der Fassung brachte, vor allem jüngere Kollegen – solche, die nach ständigem Feedback und Bestätigung gierten. Rapp brauchte keine Cheerleaderin. Dafür tanzten er und Kennedy schon zu lange auf dieser Hochzeit. Normalerweise hätte sie sicherlich etwas deutlicher geäußert, was sie von seinem Vorschlag hielt, doch Rapp hatte jemanden zu diesem Treffen mitgebracht, weshalb sie ihr zurückhaltendes, professionelles Ich an den Tag legte.

»Pentagon, Außenministerium ... Die werfen alle mit Geld um sich wie ein Matrose im Puff. Wir müssen es genauso handhaben.«

Kennedy sah erst den anderen Anwesenden an, einen Navy-Offizier im Ruhestand, dann wieder Rapp. »Wir sollen mit Geld um uns werfen wie ein notgeiler Seemann?«

»Absolut.« Rapp lächelte. »Je mehr Geld, desto besser. Das macht es schwieriger für den obersten Rechnungshof und diese ganzen Spinner von der Aufsicht herauszufinden, was wir so treiben.«

»Wir brauchen eine bessere Metapher als Matrose und Puff.«

»Das seh ich auch so«, meldete sich der pensionierte Offizier zu Wort.

»Was hältst du davon, wenn wir stattdessen Marine und Bordell nehmen?«, fragte er den blonden Mann, der neben ihm saß. »Gefällt dir das besser?«

»Natürlich. Marines sind Schweine.« Scott Coleman lachte. Der ehemalige Navy SEAL war ungewöhnlich gut gelaunt, was vor allem damit zu tun hatte, was Rapp ihnen erzählte.

Kennedy ignorierte das Flachsen und kam auf das eigentliche Thema zu sprechen: »Im Prinzip schlägst du also vor, dass wir Scotts Firma als logistische Tarnung für ein neues, erweitertes Orion-Team benutzen?«

»Ja.«

»So was haben wir früher schon mal versucht. Es ist der CIA um die Ohren geflogen.«

»Wann?«

»Im Vietnamkrieg. Bestimmt hast du mal von einem Laden namens Air America gehört.«

»Da steckte ich noch in Windeln. Andere Zeiten, anderer Krieg, andere Welt.«

»Da bin ich mir nicht so sicher«, beharrte Kennedy.

»Air America flog auf, weil sie zu groß wurden und es einem Haufen Südstaaten-Generäle im Pentagon nicht schmeckte, dass die CIA ihre eigene Luftwaffe bekam. In Verbindung mit gezielt lancierten Presseveröffentlichungen, der damaligen Grundstimmung auf dem Capitol Hill und der öffentlichen Haltung zum Krieg führte es dazu, dass die Geschichte scheiterte.«

Kennedy hob eine Augenbraue. »Und inwiefern haben sich die Rahmenbedingungen deiner Meinung nach geändert?«

»Jeder, das gilt auch und vor allem fürs Pentagon, setzt mittlerweile auf private Auftragnehmer. Man heuert längst nicht bloß Ingenieure an, um Brücken, Schulen und Krankenhäuser zu bauen, sondern sucht sich in der freien Wirtschaft Partner für diplomatische Dienstleistungen, Essensbelieferung, Reinigung oder den Fuhrpark … eigentlich alles. Wo es nicht gerade mit dem eigentlichen Krieg zu tun hat, setzt das Pentagon zivile Auftragnehmer ein.«

»Scott?«, fragte Kennedy.

»Stimmt. Mein jährlicher Umsatz ist zuletzt von zwei Millionen im Jahr auf über 20 geklettert.«

»Erzähl ihr von Black Watch.« Rapp spielte auf die private Sicherheitsfirma an, die einer von Colemans SEAL-Kollegen auf die Beine gestellt hatte.

»Die haben allein in diesem Jahr über 250 Millionen an Verträgen mit der Regierung verdient. Sie besitzen knapp 2,5 Quadratkilometer Land unten in North Carolina und haben daraus eine Art Disneyland für Schießübungen gemacht. Es gibt einen Parcours, um defensives Fahrverhalten zu trainieren, modernste Anlagen für Scharfschützen und Gebäude für Nahkampfübungen, eigene Start- und Landebahnen, Propellermaschinen, Helikopter, Mannschaftstransportwagen ... eigentlich alles. Ihre Ausrüstung wird bei Bedarf quer durch die Weltgeschichte verschifft. Sie haben sogar einen künstlichen See angelegt, damit SEALs Unterwassermanöver üben können.«

»Ihr Leitspruch«, schaltete sich Rapp ein, »lautet, dass sie es besser und kosteneffizienter als die Regierung erledigen können.«

»Das ist nicht besonders schwierig.«

»Nein, aber sie sind die Ersten, die gezielt in diese Lücke vorstoßen und erfolgreich sind.«

Kennedy hatte natürlich von Black Watch gehört. Die CIA setzte sie bereits für den Schutz einzelner Aktivposten im Ausland ein. Es gab eine extrem liberale Minderheit in Washington, die Kriege strikt ablehnte und die Gruppe für nichts weiter als eine Bande überbezahlter Auftragskiller hielt, die Amerika zwangsläufig ein blaues Auge verpassten. Kennedy fand, dass diese Minderheit eine extrem naive Weltsicht besaß. Sie hielten jeden, der eine Waffe trug, für Verbrecher. Selbst Polizisten.

»Worauf ich hinauswill«, fuhr Rapp fort. »Wenn wir eine Reihe solcher Dienstleister einsetzen, um …« Er kam nicht dazu, den Satz zu vollenden, weil die Tür zu Kennedys Büro aufging. Zwei Männer traten ein.

»Bleiben Sie ruhig sitzen«, verkündete Mark Ross, der neue Direktor der nationalen Geheimdienste. Ross war groß, dünn und gut gekleidet. Ihn umgab eine Aura von Bedeutsamkeit. Er marschierte durch das geräumige Büro. In seinem Schlepptau befand sich ein zweiter, kleinerer Mann.

Rapp verfolgte das Treiben mit unverhohlenem Ärger. Er hatte in diesem Büro bereits an zahlreichen Meetings hinter verschlossener Tür teilgenommen. Wenn sie verschlossen war, gab es einen guten Grund dafür – insbesondere am heutigen Morgen. So etwas passierte zum ersten Mal. Leute platzten nicht einfach unangemeldet in das Büro der CIA-Direktorin herein.

»Entschuldigen Sie die Störung, Irene, aber ich war gerade in der Gegend und habe spontan beschlossen, mal vorbeizuschauen.« Ross erreichte die Sitzecke und bemerkte Rapp. »Mitch«, sagte er, legte ihm die linke Hand auf die Schulter und hielt ihm die rechte hin. »Wie immer schön, Sie zu sehen.«

Rapp nickte. Er war dem neuen Geheimdienst-Zampano bisher zweimal begegnet, zu Zeiten, als Ross noch als Abgeordneter im Senat saß. Kennedy hatte ihm eingeschärft, dem neuen Boss höflich zu begegnen. Ihm war nicht entgangen, dass sie mit gewisser Zurückhaltung über den früheren Politiker sprach. Zur Erklärung führte sie an, das habe nicht mit Ross selbst zu tun, sondern eher mit seinem neuen Posten. Niemand in Washington konnte genau einschätzen, wie sich diese neue Führungsposition ins Gefüge einpasste. Folglich witterten viele Politiker ihre Chance. Sobald Rapp hörte, dass es um Politik ging, schaltete er auf Durchzug. Ihn interessierte vielmehr, wer dieser Ross war und was er erreichen wollte. Falls es ihm darum ging, parlamentarische Strukturen bei der CIA zu etablieren, gab es garantiert bald Zoff zwischen ihnen.

Wie sich schnell zeigte, hatte Ross ein gutes Gespür für Fragen der nationalen Sicherheit und schaffte es, Leute zu motivieren. Positiv fiel ins Gewicht, dass er nach seinem Abschluss in Princeton tatsächlich für die CIA gearbeitet hatte, genauer: für das Directorate of Intelligence. Er sicherte sich dort ewigen Ruhm, indem er kurz vor seinem Weggang, um in Yale Jura zu studieren, einen Bericht über eine damalige Randgestalt im Iran verfasste, einen gewissen Ajatollah Khomeini. Ross sagte voraus, dass Khomeinis religiöser Eifer und seine wachsende Gefolgschaft unweigerlich zu Aufständen im Iran führten. Damit erkannte er als einer der wenigen aus Regierungskreisen die potenzielle Sprengkraft dieses Mannes.

Oberflächlich betrachtet wirkte Ross sehr extrovertiert. Manche hielten ihn deshalb für selbstsicher, andere für arrogant. Rapp ging davon aus, dass auf Ross wie auf die meisten Mitglieder des exklusivsten Klüngels der USA, des Senats, beides zutraf, je nach Situation. Er selbst saß unbehaglich auf seinem Stuhl und spürte weiterhin die Hand des anderen auf seiner Schulter. Er fragte sich, ob der ehemalige Senator ahnte, wie sehr er es hasste, angefasst zu werden. Rapp starrte auf die störende Hand und malte sich aus, ihm nacheinander jeden einzelnen Finger zu brechen.

»Ich sehe Ihre hübsche Frau jeden Tag im Fernsehen«, fuhr Ross im Plauderton fort. »Sie sind ein Glückspilz.« Er zog die Hand weg und widmete sich Irenes zweitem Gast. Der markante Kiefer und der athletische Körperbau verrieten, dass es sich nicht um einen typischen Langley-Beamten handelte. Er sah aus wie eine skandinavische Version von Rapp. Mit einem Mal ertappte sich Ross bei der Frage, worüber er, Rapp und Kennedy wohl gesprochen hatten.

»Mark Ross«, stellte er sich dem Blondschopf vor. »Director of National Intelligence.«

Coleman nickte. Falls er beeindruckt war, ließ er es sich nicht anmerken. »Scott Coleman.«

»Arbeiten Sie hier in Langley?«

»Nein, dafür ist mein IQ zu hoch.« Coleman schenkte ihm sein schönstes Klugscheißer-Grinsen.

Ross lachte. »Ich glaube zwar nicht, dass es viele Menschen in dieser Stadt gibt, die es an Intelligenz mit Dr. Kennedy aufnehmen können, aber ich lass Ihnen den Spaß. Sie sehen aus, als wären Sie mal beim Militär gewesen. Darf ich fragen, in welchem Bereich?«

»Navy.«

»SEALs?«

»Das ist vertraulich.«

Ross zögerte für einen kleinen Moment. Rapp glaubte einen Anflug von Verärgerung aufblitzen zu sehen. Ross bekam sich sofort wieder unter Kontrolle und wandte sich an Kennedy. »Definitiv ein SEAL. Niemand sonst im Militär begegnet Respektspersonen mit so viel Geringschätzung.«

Rapp lachte als Einziger. Kennedy fand solche Witze generell nicht sonderlich amüsant, und Rapp kannte Coleman gut genug, um zu wissen, dass dieser gerade einen inneren Monolog darüber führte, worin der Unterschied lag, Autoritäten mit blindem Respekt zu begegnen oder sich diesen für echte Anführer aufzuheben, die ihn verdienten.

Bevor Coleman etwas sagen konnte, schob Ross die Hand auf den Rücken des Mannes, den er mitgebracht hatte. »Das ist Jonathan Gordon, mein neuer Stellvertreter. Er wird für die Koordination zwischen Langley und meinem Büro zuständig sein.«

»Freut mich, Sie kennenzulernen, Jonathan«, erwiderte Kennedy. Sie setzte die Brille ab und legte sie auf die Ledermappe vor sich. Ihre Körpersprache verriet nichts.

Gordon war einen halben Kopf kleiner als sein Vorgesetzter und schien Anfang 40 zu sein. Rapp versuchte, ihn einzuschätzen. Ohne Ergebnis.

»Ich muss mich noch mal entschuldigen, dass wir einfach so hereingeplatzt sind.« Ross klatschte in die Hände. »Ich will nur so flott wie möglich mit der Arbeit beginnen. Beenden Sie drei in Ruhe Ihr Gespräch. Ich werde ein paar alte Kollegen aus Geheimdienstzeiten besuchen und schaue später noch mal rein. In einer halben Stunde etwa.« Er schaute auf die Uhr. »Passt das für Sie, Irene?«

»Wenn Sie mir ein paar Minuten Zeit geben, führ ich Sie gern selbst rum.«

»Nein, das ist nicht nötig«, bestand Ross. »Ich finde mich hier gut zurecht. Außerdem haben Sie zu viel zu tun, um Gästeführerin zu spielen.« Er zog sich langsam zurück und schob etwas leiser hinterher: »Wir sehen uns später. Es gibt ein paar Themen, die ich mit Ihnen vertiefen möchte.« Ross und Gordon verließen das Eckbüro ebenso überraschend, wie sie gekommen waren.

Nachdem die Tür wieder geschlossen war, wollte Rapp

von Coleman wissen: »Warum hast du so ein Problem mit Autorität?«

Kennedy schüttelte den Kopf. »Mr. Elefant, lassen Sie Mr. Porzellanladen in Ruhe und lassen Sie uns an der Stelle weitermachen, wo wir eben waren.«

Ross, Gordon und die beiden Bodyguards näherten sich den Aufzügen. Ross blieb stehen und verschränkte die Arme vor der Brust. Er schielte zurück zu Kennedys Büro und schien einem konkreten Gedanken nachzuhängen. Als die Lifttüren zur Seite glitten, flüsterte er Gordon zu: »Ich möchte, dass Sie alles über diesen Mr. Coleman herausfinden.«

Ross betrat den Aufzug.

»Schon so gut wie erledigt.« Gordon zückte einen Palm Pilot aus der Innentasche seines Jacketts und machte sich eine entsprechende Notiz.

Ross starrte auf die Stiernacken seiner Personenschützer, dann wandte er sich dem Begleiter zu und meinte im Flüsterton: »Rapp macht mich nervös genug. Ich glaube, es gibt niemanden in dieser Stadt, der ihn kontrollieren kann.«

»Auch der Präsident nicht?«

»*Vor allem* der Präsident nicht. Rapp hat ihm zweimal das Leben gerettet.« Er hob zwei Finger, um sein Argument zu unterstreichen. »Erinnern Sie sich an Valerie Jones, die Stabschefin von Hayes, die letzten Sommer zurückgetreten ist?«

»Ja.«

»Da steckte Rapp dahinter. Er und Jones spielten ständig Katz und Maus miteinander. Sie hassten sich regelrecht. Rapp stellte den Präsidenten irgendwann vor die Wahl: ich oder Jones. Der Präsident entschied sich für Rapp.«

Gordon wirkte beeindruckt. »Ich habe gehört, dass er seinen Job wirklich gut macht.«

»Das stimmt. Verstehen Sie mich nicht falsch. Er ist der Beste. Aber solche Typen muss man an der kurzen Leine halten. Nein, streichen Sie das. Man muss sie im Keller in den Käfig sperren und lässt sie höchstens raus, wenn es einen Mord im Wohnzimmer gab.«

Gordon lockerte seine Knie. »Er kommt mir nicht wie jemand vor, der sich freiwillig in einen Käfig sperren lässt.«

»Genau darin liegt das Problem, mein Freund. Wir müssen diese ganzen verdammten Dienststellen, die sich untereinander meistens nicht ausstehen können, im Zaum halten und dazu bringen zusammenzuarbeiten. Sie müssen sich an meine Anweisungen halten. Jeder muss vom selben Notenblatt spielen und mich als Dirigenten akzeptieren. Ich kann keinen wie Rapp gebrauchen, der ohne meinen Einsatz ständig auf die Kriegspauke haut und treibt, wonach ihm gerade der Sinn steht.«

Die Türen des Lifts glitten zur Seite. »Es gibt Menschen in Washington, Jonathan, die mich scheitern sehen wollen. Menschen, die es genießen, wenn ich mich blamiere. Ich hasse es, mich zu blamieren. Rapp macht mich nervös. Falls einem keine Möglichkeit einfällt, ihn in einen Käfig zu sperren, sollte man ihn zumindest an die Leine legen.«

Sie verließen die Kabine und liefen durch den Gang. »Also bringen Sie alles in Erfahrung, was es über diesen Klugscheißer Coleman zu wissen gibt. Ich kann mir nicht vorstellen, dass er und Rapp etwas Gutes im Schilde führen.«

12

Paris, Frankreich

Erich Abel lehnte sich gegen einen Laternenmast und betrachtete die hübsche Frau, die auf der anderen Straßenseite saß. Er war früh gekommen und durch die Nachbarschaft gelaufen, wobei er gelegentlich kehrtmachte, um sich mindestens zwei potenzielle Fluchtrouten einzuprägen. Unterwegs besorgte er ein paar Kleinigkeiten: eine Grußkarte und einen antiken Füller. Beide Einkäufe ermöglichten es ihm, eine kurze Pause einzulegen und sich zu vergewissern, dass ihm niemand folgte. Die Grußkarte würde im Müll landen, den Füller wollte er behalten. Es war ein elfenbeinfarbener Montblanc mit eingearbeiteten Silberbändern und Hemdclip. Das 56. Exemplar seiner Sammlung.

Er bezweifelte, dass er an diesem Nachmittag etwas zu befürchten hatte. Disziplin gehörte allerdings zu den Faktoren, die einen Spion am Leben hielten. Ebenso wie die Fähigkeit, Langeweile zu bekämpfen. In Wahrheit bestanden mehr als 90 Prozent einer Überwachungsaktion aus banaler Routine. Man stand viel herum und wartete. Genau wie er es jetzt gerade tat. Dank der frischen Millionen, die sich auf seinen Konten verteilten, fühlte er sich übertrieben sicher und erlaubte es seinen Gedanken, auf Wanderschaft zu gehen.

Abel fragte sich, warum eine der schönsten und abwechslungsreichsten Städte der Welt eine solche Melancholie in ihm auslöste. Vielleicht lag es daran, dass Paris das Herz von Frankreich darstellte und er vor einiger Zeit zu dem Schluss gelangt war, dass das Land seine besten Zeiten hinter sich hatte.

Ihr bemerkenswert hilfloser Versuch, sich zu Beginn des 2. Weltkriegs gegen die Deutschen zur Wehr zu setzen, hatte der Identität der Franzosen eine dauerhafte Narbe verpasst. Dem winzigen Finnland war es immerhin gelungen, Stalins Rote Armee zu Beginn der Kampfhandlungen drei Monate zu stoppen. Frankreich hingegen hatte im Blitzkrieg der Nazis nicht mal zwei Wochen durchgehalten. Am Ende brauchten sie die Unterstützung fremder Streitkräfte, um ihr eigenes Land zurückzuerobern. Obwohl es einer Besetzung durch Hitlers Truppen vorzuziehen war, hatte es ihrem Nationalstolz einen empfindlichen Schlag versetzt. Immerhin ging es hier um das Heimatland Napoleons, der einst über ganz Europa geherrscht hatte. Innerhalb von weniger als einem Jahrhundert war eine der vorherrschenden Weltmächte zu einem kampfunfähigen Land geworden.

Die Franzosen waren ein stolzes Volk. Abel unterstellte, dass sie ihre kollektive Psyche vor der Wahrheit schützten, indem sie sich einredeten, dass Müßiggang und intellektuelle Stimulation mehr bedeuteten als wirtschaftliche oder militärische Stärke. Abel wollte die Bedeutung von Kunst und Kultur nicht leugnen, doch was waren sie im Vergleich zu sicheren Grenzen und einer starken Konjunktur, mit der sich solche geistigen Bemühungen finanzieren ließen?

Die Regierung hatte eine 35-Stunden-Arbeitswoche eingeführt. Zweistündige Mittagspausen galten als unantastbare Tradition. Hinzu kam, dass alle Angestellten neun Wochen Urlaub pro Jahr nehmen konnten. Das Land näherte sich mit jeder weiteren Wahl stärker dem

Sozialismus an. Die mangelnden Anreize für harte Arbeit forderten erste Opfer. Wenn man nichts Eigenes schaffen konnte oder wollte, klaute man eben bei anderen. Abel hatte selbst erlebt, wie die sowjetischen Blockstaaten auf Industriespionage zurückgriffen, um mit dem Westen Schritt zu halten. In ähnlicher Weise erwarben sich die französischen Geheimdienste den Ruf, die Taschen ausländischer Geschäftsreisender bei ihren Besuchen zu plündern. Das führte mittlerweile dazu, dass viele Unternehmen ihren Mitarbeitern verboten, Laptops oder andere Speichermedien bei Geschäftsreisen nach Frankreich mitzuführen.

Abel gelangte zu der traurigen Schlussfolgerung, dass er Zeuge wurde, wie eine einst große Zivilisation in den Abgrund schlitterte. Die Massen forderten ein, dass der Staat sie umfassend versorgte. Die Politiker, die in dieser Hinsicht die lautstärksten Versprechungen abgaben, wurden am Ende gewählt, gaben den Menschen, wonach sie verlangten, und steigerten damit zunehmend die Belastungen für die produktivsten Mitglieder der Gesellschaft.

Er hielt das für die Achillesferse der Demokratie. Sozialistisches Gedankengut, schlussfolgerte er, war in letzter Konsequenz viel heimtückischer als der Kommunismus. In Ostdeutschland hatte man politisch keine andere Wahl gehabt. Die Menschen in Frankreich entschieden sich hingegen aus freien Stücken für diesen Weg in den Ruin.

Abel fragte sich, ob es unter diesen Umständen lohnende Investments gab, gewisse langfristige Trends im Finanzmarkt. Er nahm sich vor, mit mehreren seiner Klienten mögliche Folgen zu erörtern. Die niederen Arbeiten, die er für Kunden verrichtete, waren einerseits extrem lukrativ, andererseits potenziell gefährlich. In Anbetracht des hohen Vorschusses für den Rapp-Job überlegte er, ob er seinen Fokus künftig nicht stärker auf ehrliche Arbeit richten sollte.

Abel sah zur Frau auf der anderen Straßenseite hinüber und lächelte. Er machte sich selbst etwas vor. Den Pfad der Legalität einzuschlagen wäre langweilig. Zumal die Spionage zu den am schnellsten wachsenden Geschäftsfeldern gehörte. Wenn er ehrlich zu sich selbst war, gab es keinen Berufsstand, dem er lieber angehört hätte.

Was er hingegen durchaus ausbauen wollte, war der Kontakt zu Frauen. Das Problem bestand darin, dass er gleichermaßen zu beschäftigt und zu wählerisch war. Er mochte intelligente Frauen, aber nicht zu belesen, attraktiv, aber nicht umwerfend, selbstbewusst, aber nicht zu extrovertiert, und sie mussten unbedingt eine asketische Form von Klasse besitzen. Ferner wünschte er sich eine Frau, die die Stille genoss. Reden wurde überbewertet. Weniger hielt er in dieser Hinsicht eindeutig für mehr.

Die Frau, die er aktuell beobachtete, schien in gleich mehrere seiner bevorzugten Kategorien zu fallen. Sie war durchschnittlich groß. Das schwarze wellige Haar reichte ihr bis zu den Schultern. Eine leicht nach oben gebogene Nase zierte das ovale Gesicht mit leicht blässlicher Haut. Er wünschte sich, ihre Augen zu sehen, doch sie trug eine große schwarze Sonnenbrille wie die Filmsternchen in den 60ern. Sie schienen jüngst wieder in Mode gekommen zu sein. Von Kopf bis Fuß war sie in schwarze Designerklamotten gehüllt, angefangen beim Mantel bis hin zu den eng geschnittenen Lederstiefeln mit Pfennigabsätzen. Ihr Stil war modebewusst, ohne protzig zu wirken. Ein perfektes Outfit für das herbstliche Paris.

Abel stand neben einem Zeitungskiosk, an dem er gerade die aktuelle Ausgabe des französischen Nachrichtenmagazins *Nouvel Observateur* erstanden hatte. Er trug einen dunkelbraunen Dreiteiler, den Wende-Trenchcoat lässig über dem linken Arm. Die Frau saß gegenüber in einem Straßencafé. Abel hatte nur einmal ganz kurz mit ihr gesprochen. Sie war höflich gewesen, fragte ihn jedoch sofort nach seiner E-Mail-Adresse. Abel gab sie ihr und wartete dann zwei Stunden geduldig neben dem Computer, bis eine Nachricht von ihr im Posteingang landete. Als Erstes wollte sie wissen, wie er von ihr erfahren hatte. Da er keine Namen nennen wollte, lieferte er ihr eine vage Umschreibung von Petrow und umriss die Projekte, die sie und ihr Partner im letzten Jahr für den Russen übernommen hatten. Sie stellte ein paar weitere Fragen, um ihn in die Irre zu führen, doch Abel kannte Petrow zu gut. Sobald sie davon überzeugt war, dass Abel es ernst meinte, nannte sie ihre Bedingungen. Ihre ›Firma‹, wie sie es nannte, berechnete einen nicht erstattbaren Vorschuss von 25.000 Dollar. Im Gegenzug erwartete sie per E-Mail genaue Einzelheiten über den Auftrag. Falls er die Geschäfte über einen toten Briefkasten abwickeln wollte, fiel ein Aufschlag von 50.000 Dollar an, für eine persönliche Besprechung sogar 100.000. Keine dieser Zahlungen, betonte sie, bekäme er bei einer etwaigen Absage zurück. Diese Frau schien kein Menschenfreund zu sein.

Einen solchen Job per E-Mail auszuhandeln, kam für ihn nicht infrage. Der tote Briefkasten war eine verlockende Option, doch es stand schlicht zu viel auf dem Spiel. Insofern hielt er die Besprechung für den einzig gangbaren Weg. Abel überwies die geforderte Summe auf ein ausländisches Konto und erhielt im Gegenzug eine

Liste mit konkreten Instruktionen, die er mit einer Ausnahme strikt befolgt hatte.

Diese Anweisungen hatten ihn dorthin geführt, wo er gerade stand – neben diesen Zeitungskiosk auf der Rue du Mont Cenis im Pariser Quartier Montmartre. Er war allein gekommen, wie verlangt, und hatte die geforderte Zeitschrift erworben. Sie saß wie angekündigt im angegebenen Café und hielt ihm mit dem Burberry-Regenschirm einen Platz frei. Inzwischen wartete sie seit gut einer Viertelstunde. Abel genoss es, sie auf die Folter zu spannen. Das gehörte zu seinem Plan. Er wollte sich Tonalität und Tempo dieser neuen, hoffentlich erfolgreichen Geschäftsbeziehung nicht aufdiktieren lassen. Sie hatten immerhin 100.000 Dollar von seinem Geld kassiert. Dafür konnte er ruhig ihr Sitzfleisch etwas auf die Probe stellen.

Sollte sie aufstehen und gehen, hielt er das für fast noch besser. Auf diese Weise konnte er ihr folgen und vor dem zweiten Treffen mehr über sie erfahren. Der riskanteste Teil des Ganzen war nicht das erste Zusammentreffen, sondern der Moment, in dem er die Zielperson preisgab. Ab da gab es kein Zurück mehr. Sobald ihnen Abel erzählt hatte, dass es um Rapp ging, saßen sie in der Falle. Abel blätterte eine Seite des Magazins um und spähte über den oberen Rand auf die aufregende Frau, die er gleich treffen würde. Noch fünf Minuten, entschied er. Wenn sie dann noch nicht aufgestanden war, würde er rübergehen und weitermachen wie geplant.

Er sah zu, wie sie auf ihre Uhr schaute, und stellte sie sich nackt vor. Er ging davon aus, dass sich der Anblick lohnte. Abel stieß einen erwartungsfrohen Seufzer aus und wollte gerade wieder einatmen, da spürte er, wie etwas gegen sein Steißbein drückte und ihm heißer Atem ins Ohr blies.

Eine männliche Stimme flüsterte: *»Elle est belle, n'est-ce pas?«* Ist sie nicht schön?

Abel wollte sich umdrehen, doch behandschuhte Finger umklammerten seinen Hals mit alarmierender Bestimmtheit. Der Mann stand so dicht hinter ihm, dass er den kürzlich getrunkenen Kaffee roch. Abel brachte langsam den rechten Arm für einen Aufwärtshaken in Position, um sich zu befreien.

»Vergessen Sie's.« Der Griff wurde fester. »Es sei denn, Sie wollen, dass ich Ihnen das Rückenmark perforiere.«

Abel spürte die Klinge am Kreuz. Er mühte sich, Ruhe zu bewahren. Das Englisch des anderen war perfekt. Den Bruchteil einer Sekunde hing Abel der schrecklichen Vorstellung nach, dass Mitch Rapp persönlich mit gezücktem Messer hinter ihm stand. Keuchend sog er Luft in die Lunge und brachte mit peinlich zittriger Stimme hervor: »Ich weiß nicht, was Sie von mir wollen.«

»Erich«, kam die verächtliche Antwort. »Sie haben es nicht mit Amateuren zu tun. Verzichten Sie auf solche Spielchen. Ich schwöre, sonst entgräte ich Sie wie einen Fisch und mache Sie auf Ihre alten Tage zum Schlappschwanz.«

Trotz der kühlen Herbstluft bildete sich ein Schweißfilm auf Abels Oberlippe. *Woher zum Teufel kennt er meinen Namen?*, fragte er sich. »Ich bin lediglich vorsichtig.«

»Ich weiß professionelle Vorsicht zu schätzen, aber übertreiben Sie es nicht. Ich bin Ihnen hierher gefolgt und beobachte Sie seit einer Stunde. Falls Sie mir nicht glauben: Ich habe gesehen, wie Sie die Karte und den Füller gekauft haben.«

Tiefe Furchen bildeten sich auf Abels Stirn. Er hatte die Metro und zwei unterschiedliche Taxis benutzt und akribisch darauf geachtet, dass ihm niemand folgte. Wie war es dem Kerl gelungen, trotzdem unbemerkt an ihm dranzubleiben?

»Ich finde, sie wartet jetzt lange genug.« Der Mann beugte sich heran, bis seine Lippen nur Zentimeter vom Hals des Deutschen entfernt waren. Er war sich vollauf bewusst, dass der warme Atem seinen potenziellen Geschäftspartner noch mehr aus der Fassung brachte. Genau das bezweckte er. Angst war das Einzige, was in diesem Business die Ehrlichkeit der Menschen bewahrte. »Gehen Sie rüber … und denken Sie nicht mal dran, sich umzudrehen. Sie wären tot, bevor Sie mein Gesicht gesehen haben. Verstanden?«

Da er befürchtete, dass seine Stimme ihn im Stich ließ, nickte Abel als Antwort. Der Druck der Hand auf den Hals ließ nach und er bekam einen Stoß in Richtung Café verpasst. Die Knie gehorchten ihm zunächst nicht und er geriet leicht ins Stolpern. Drei Schritte vor dem Bordstein blieb er stehen und hielt nach etwaigem Verkehr Ausschau. Sofort ließ er es bleiben. Nachher dachte der andere noch, er wolle sich zu ihm umdrehen. Also bewegte er lediglich die Augen wie ein Unfallopfer mit Halskrause.

Sobald die Straße frei war, überquerte er sie mit fast roboterhaften Schritten. In seinen Gedanken ging er jeden einzelnen Schritt seit Verlassen des Hotels durch. *Mein Gott, der Mann wusste, dass ich die Karte und den Füller gekauft habe, und sein Englisch war fehlerfrei.* Petrow hatte behauptet, der Mann und die Frau seien Franzosen. War möglicherweise eine dritte Person beteiligt? Abel mochte es nicht, auf dem falschen Fuß erwischt zu werden.

Entweder waren die zwei verdammt gut oder er wurde langsam wirklich nachlässig.

13

Mit weiterhin unsicheren Schritten näherte er sich dem Tisch. Die attraktive Brünette blickte hinter den dunklen Gläsern zu ihm auf und fragte: »*Ça vous amuse de faire attendre les gens?*« Gefällt es Ihnen, die Leute warten zu lassen?

Abel räusperte sich und tat, als wäre er völlig entspannt. »*J'ai eu un contretemps.*« Mir kam etwas dazwischen.

»Ach wirklich?« Ihre Stimme klang zweifelnd. »Sie meinen, auf der anderen Straßenseite zu stehen und so zu tun, als ob Sie eine Zeitschrift lesen?«

»Ich wollte bloß vorsichtig sein.« Abel fragte sich, woher sie gewusst hatte, wie er aussah.

»Nicht vorsichtig genug.« Sie machte eine kurze Handbewegung. »Immerhin sind Sie meinem Geschäftspartner bereits begegnet.«

Abel sah rüber zum Kiosk. An der Straßenecke herrschte zwar kein Gedränge, aber leer war sie auch nicht. Ein stetes Kommen und Gehen aus allen Richtungen. Niemand blieb lange genug stehen, um in ihre Richtung zu schauen. Der Deutsche war leicht neben der Spur. »Das war also Ihr Partner?«

»Ja.« Sie lächelte. »Ein ziemlich kreativer Zeitgenosse. Niemand, den man gegen sich aufbringen will.«

Abel erinnerte sich an den heißen Atem im Nacken und unterdrückte ein Schaudern. Er riss sich zusammen und deutete auf den Stuhl mit dem Regenschirm. »Darf ich mich setzen?«

»Aber natürlich.« Sie nahm den Schirm und hängte ihn an ihre Lehne. Auf eine Vorstellung verzichtete sie. Falls sie sich für einen nächsten gemeinsamen Schritt entschieden, würde sie ihm einen Decknamen nennen.

In einem Versuch, die Stimmung zu lockern und seine peinliche Bloßstellung zu kaschieren, sagte Abel: »Es tut mir leid, dass ich Sie warten ließ. Ich bin bei solchen Erstkontakten immer ein bisschen übervorsichtig.«

»Machen Sie so etwas häufiger?«

Die dunkel getönten Gläser verhinderten, dass er eine klare Vorstellung vom Gesicht seiner Gesprächspartnerin bekam. Er hielt es für beabsichtigt. »Oft genug. Allerdings greife ich in der Regel auf eine überschaubare Liste von Partnern zurück.«

»Wenn Sie andere Leute kennen, die so etwas erledigen, warum reden Sie dann mit mir?«

Der Kellner kam, bevor er ihr eine Antwort geben konnte. Er bestellte einen Kaffee. Als der Angestellte weg war, sagte er: »Jemand hat sich für die Beseitigung eines Problems an mich gewandt. Eines überaus interessanten Problems. Ich bin mir nicht sicher, ob meine sonst genutzten Kontakte in der Lage sind, es zu lösen.«

Sie musterte ihn durch ihre von außen blickdichten Gläser. »Wenn es nicht so läuft, wie Sie es sich vorstellen, wollen Sie nicht, dass die Sache zu Ihnen zurückverfolgt werden kann?«

Eine clevere Frau.

Abel gönnte ihr eine ehrliche Antwort. »Das ist einer der Faktoren, ja.«

»Und der andere Faktor?«

Abel beschloss, ihr ein wenig zu schmeicheln. »Manche Jobs erfordern nichts als rohe Gewalt. Ich kenne viele Leute, die dazu fähig sind. Um ehrlich zu sein, arbeite ich nicht besonders gern mit ihnen zusammen. Andere Jobs erfordern Raffinesse und Täuschung.« Er zuckte die Achseln. »Einige meiner Partner sind nicht ganz so grobschlächtig. Denen traue ich so etwas durchaus zu. Na ja, und dann gibt es Jobs, für die man einen echten Profi braucht. Jemanden, der kreative Lösungen entwickelt und die Sache gewissenhaft zu Ende bringt. Ich kenne höchstens einen, der in diese Kategorie fällt.«

»Und warum setzen Sie ihn nicht ein?«

Der Ober kam mit einer dampfenden Tasse Kaffee an den Tisch. Abel wartete mit dem Antworten, bis sie wieder unter sich waren. »Ich habe es in Betracht gezogen, aber am Ende stieß ich auf eine Unzulänglichkeit, die seinen Erfolg verhindert hätte.«

»Und welche, wenn ich fragen darf?«

Abel hatte sich für dieses Gespräch klare Begrenzungen gesetzt. Diese Information kratzte bereits am kritischen Bereich. »Wir nähern uns einer Phase dieses Gesprächs, die ich als Punkt bezeichne, ab dem es kein Zurück mehr gibt.«

Sie nickte und blickte ihn erwartungsvoll an.

»Ich werde Ihnen diese letzte Frage beantworten, dann ist es an mir, Fragen zu stellen.«

»Tun Sie sich keinen Zwang an.« Sie schob ihren Stuhl ein Stück zurück und schlug die Beine übereinander.

»Manche Jobs erfordern es, dass man nichts dem Zufall überlässt. Dies ist so ein Job, und ich brauche jemanden dafür, der fließend Englisch spricht. Das trifft auf meinen Mann nicht zu. Daraus könnten potenzielle Probleme entstehen, sowohl bei den Vorbereitungen als auch im Nachgang.«

»Ist die Zielperson Brite oder Amerikaner?«

Abel ignorierte die Frage und konterte: »Kann Ihr Partner beides mit überzeugendem Akzent sprechen?«

»Ja.«

»Gut. Dann möchte ich jetzt gerne Ihre Qualifikationen durchgehen.«

Sie hob die Hand, um ihn zu unterbrechen. »Bevor wir dazu kommen, möchte ich erst ein paar unserer Grundregeln festlegen. Erstens: keine Staatsoberhäupter. Ganz egal wie viel Sie dafür zahlen. Wir haben nicht die Absicht, für den Rest unseres Lebens abtauchen zu müssen. Zweitens: Wir legen den genauen Ablauf und die Bedingungen fest. Sie reden uns nicht in die operative Umsetzung rein. Das Einzige, was Sie festlegen, ist eine mögliche Deadline.«

»Und natürlich wollen Sie mein Geld.« Abel lächelte.

Sie lächelte zurück. »Natürlich.«

Er empfand ihr Lächeln als ungemein anziehend. Am liebsten hätte er die Finger ausgestreckt und ihr die Brille abgenommen, um das Puzzle ihres Gesichts zu vervollständigen. »Gut. Dann kommen wir zu Ihrem …«

»Es gibt noch einen letzten Punkt. Ich bezweifle, dass er Ihnen gefallen wird.« Sie verschränkte die Arme vor dem Oberkörper. »Wir behalten uns das Recht vor, den Auftrag jederzeit vor Erreichen der Deadline abzublasen. Natürlich erhalten Sie in diesem Fall Ihr komplettes Geld zurück. Mit Ausnahme des Vorschusses in Höhe von 100.000 Dollar, den Sie bereits gezahlt haben.«

Abel blieb ruhig, obwohl sein deutsches Temperament in ihm brodelte. »So etwas Lächerliches habe ich ja noch nie gehört.«

»Ich bedaure, aber so lauten unsere Bedingungen.«

»So kann man doch keine Geschäfte machen.« Abel schob Tasse und Unterteller weg. »Ich habe nach Ihren Regeln gespielt und einen unverschämt hohen Vorschuss gezahlt, für den ich im Gegenzug nichts als eine Liste von Bedingungen erhalten habe. Ich muss genau wie Sie meine Interessen wahren. Sollten Sie darauf bestehen, die Verhandlungen so einseitig zu Ihren Gunsten zu führen, werde ich mich zwangsläufig nach anderen Partnern umsehen müssen.«

»Herr Abel«, verkündete sie selbstsicher, »das kann ich Ihnen natürlich nicht verbieten. Wenn Sie allerdings einen Auftrag in Großbritannien oder Amerika erledigt haben möchten, werden Sie keine Besseren finden.« Sie öffnete ihre Handtasche und fischte eine Zigarette heraus. »Es geht uns nicht darum, Geheimnisse meistbietend zu verkaufen. Wir sind als Dienstleister auf Auftragsbasis tätig und legen großen Wert auf einen tadellosen Ruf.« Sie zündete die Zigarette an und deutete mit der glühenden Spitze auf ihn. »In unserem Metier kann es zu unerwarteten Zwischenfällen kommen, auf die wir keinen Einfluss haben. Ein wahrer Profi weiß, wann es besser ist, den Rückzug anzutreten. Ich kann Ihnen garantieren, dass wir alles Menschenmögliche unternehmen werden, den Kontrakt zu erfüllen. Am Ende müssen Sie eine mögliche Entscheidung, den Auftrag nicht zu beenden, allerdings akzeptieren. Wie gesagt, Sie bekommen alles, was über den Vorschuss hinausgeht, zurück und wir nehmen Ihr Geheimnis mit ins Grab.«

Nichts lief nach seinen Vorstellungen. Diese zwei hatten ihre Hausaufgaben wirklich glänzend erledigt. Sie hatten ihn in der falschen Sicherheit gewiegt, er sei der Klügere, und ihn dann auf dem falschen Fuß erwischt und den Verhandlungen ihren Stempel aufgedrückt. Es war sein Job, Fragen zu stellen, nicht ihrer. So gern er geblieben wäre und weiter mit dieser betörenden Frau geplaudert hätte, er musste zumindest jetzt ein Signal von Stärke vermitteln.

Abel schob den Stuhl zurück und stand auf. »Ich bedaure, dass wir gegenseitig unsere Zeit verschwendet haben. Sie hätten eine gewaltige Summe an diesem Auftrag verdienen können.« Er streckte die Hand aus, eher aus dem Wunsch heraus, ihre Haut zu berühren, als aus Höflichkeit. Sie tat es ihm gleich. Genüsslich hielt er ihre Hand. »Sollten Sie sich entschließen, flexiblere Bedingungen zuzulassen, bin ich gern zu einem neuen Anlauf bereit.« Er verbeugte sich und ging.

Einen Straßenblock weiter lehnte ein Mann an einem Motorrad und tat, als ob er den *Rolling Stone* las. Knotige Dreadlocks reichten ihm bis auf die Schulter. Er hatte eine Kuriertasche über die Schulter geschlungen und den Helm an den Lenker gehängt. An den Riemen der Tasche war ein Funkgerät geklemmt. Ein drahtloses Headset hielt per Bluetooth die Verbindung aufrecht. Seit 15 Sekunden hörte er im Ohr nichts als den Hintergrundlärm der Stadt.

Schließlich fragte sie: *»As-tu compris?«* Hast du das alles mitbekommen?

»Oui.«

»Du klingst nicht sonderlich beunruhigt.«

»Non.« Er spähte in den Rückspiegel und sah den Deutschen wie erwartet in seine Richtung laufen.

»Was machen wir jetzt?«

»Ich schlage vor, wir geben ihm eine kleine Privatvorstellung.«

Sie seufzte. »Warum bestehst du immer drauf, Risiken einzugehen?«

Er tippte mit den Füßen und sang im Rhythmus dazu einen Song von Peter Tosh samt jamaikanischem Akzent. Sobald der Deutsche an ihm vorbei war, sagte er: »Weil Risiko unser Geschäft ist, mein Schatz. Ich seh dich am vereinbarten Ort. Gib mir zehn Minuten Vorsprung.« Er klappte die Zeitschrift zu und stopfte sie in die Satteltasche, setzte den Helm auf, zog den Riemen fest und rauschte auf dem Bike in den Verkehr.

14

McLean, Virginia

Rapp rollte auf den Parkplatz, schaltete den Motor aus und verließ den Wagen. Er erreichte die Asphalteinfassung und schaute aufs Spielfeld. Augenblicklich hellte sich seine Stimmung auf. Seit mehr als 15 Jahren war er nicht mehr hier gewesen. Er kannte diesen Ort wahrscheinlich besser als jeden anderen auf der Welt. Alles sah noch so aus wie in seiner Erinnerung. Klar, einige der Bäume waren gewachsen, andere zwischenzeitlich gefällt und ein paar neue in der Nähe des Parkplatzes gepflanzt worden. Davon abgesehen war alles beim Alten an diesem Ort aus seiner Jugend.

Der Ausblick, die Gerüche, das Wetter. Erinnerungen überwältigten ihn – die meisten gut, aber nicht alle. Hier hatte er sich mit sieben den Arm gebrochen und war flennend nach Hause gerannt, wo ihm sein Vater die ›Kein

Blut, keine Tränen‹-Regel noch einmal einschärfte. Nach einer kurzen Untersuchung kam Dad, zu dessen Lieblingssätzen »Schluck's runter!« gehörte, zu dem Ergebnis, dass es sich nur um eine Zerrung handelte. Als der junge Mitchell in der nächsten Nacht schweißgebadet aufwachte und sein Arm auf doppelte Normalgröße angeschwollen war, griff seine Mutter ein und forderte Mr. Schluck's runter auf, seinen Sohn in die Notaufnahme zu fahren. Es war nicht ihr erster gemeinsamer Röntgentermin, aber ihr letzter. Ein Jahr später erlag sein Vater einem Herzinfarkt und hinterließ eine relativ junge Ehefrau und zwei Kinder: Mitch und seinen jüngeren Bruder Steven.

Rapp dachte nicht oft an seinen Dad, abgesehen von kurzen Phasen, in denen er bedauerte, ihn nicht besser gekannt zu haben. Sie hatten nur acht Jahre miteinander verbracht. An die ersten vier erinnerte sich Mitch kaum, an die anschließenden nur grob. Sein Dad war wie die meisten Väter in den 70er-Jahren viel unterwegs gewesen. Als Anwalt arbeitete er oft bis spät in die Nacht. Samstags spielte er auch beim größten Mistwetter Golf und verbrachte im Prinzip nur die Sonntage mit der Familie. Er erinnerte sich nur an eins: Sein Dad war ein harter, aber anständiger und fairer Mensch gewesen. Seine Mutter, eine zutiefst religiöse und ewig optimistische Person, ließ gegenüber ihren Söhnen keinen Zweifel daran. Als guter Anwalt hatte er Verfügungen für die Zeit getroffen, welche kam, nachdem sein Herz den Dienst verweigert hatte. Für die Abzahlung der Hypotheken war gesorgt und die abgeschlossenen Versicherungspolicen garantierten der verbliebenen Familie ein gutes Leben. Selbst fürs College seiner Kinder hatte er genug Geld auf die Seite gelegt. Finanziell betrachtet gab es für seine Mutter nicht den geringsten Anlass zur Sorge.

Mitch hatte seinen Vater nie die Stimme erheben hören, bis auf die wenigen Male, als er oder Steven etwas wirklich Schlimmes angestellt hatten. Sein Bruder hatte einmal fast das Haus abgefackelt und er selbst mal die Leiter aus der Garage geholt, um mit Steven aufs Dach zu klettern. Mitch war hinuntergesprungen und in einem Laubhaufen weich gelandet. Steven, nur anderthalb Jahre jünger, aber deutlich zierlicher, erwischte es nicht ganz so gut. Der kleine Stevey, wie ihn die ganze Nachbarschaft nannte, landete stattdessen auf dem Bürgersteig und schließlich mit zwei gebrochenen Beinen im Operationssaal.

Dafür hatte Mitch tatsächlich einen Klaps gegen den Kopf und eine Tracht Prügel kassiert. Das einzige Mal, dass sein Vater ihn geschlagen hatte, wenn er sich recht erinnerte. Selbst heute noch fühlte er sich mies deswegen. Nicht wegen der körperlichen Züchtigung, sondern weil er ihn enttäuscht hatte. Steven galt als Wunderkind. Fünf Wochen zu früh zur Welt gekommen, verbrachte er die ersten drei Monate seines Lebens auf der Intensivstation und kämpfte ums Überleben. Geistig machte Rapps jüngerer Bruder ihm etwas vor, doch auf den Sportplätzen ihrer Kindheit erzielte Steven keinen Stich. Er war extrem klein für sein Alter und lenkte durch seinen blonden, fast weißen Haarschopf zusätzlich Aufmerksamkeit auf sich. Er und Mitch hätten unterschiedlicher kaum sein können. Auf der einen Seite Mitch mit seinen schwarzen Haaren und dem gebräunten Teint, auf der anderen Seite Steven, der spätestens nach 15 Minuten krebsrot wurde, falls man ihn nicht großzügig mit Sonnencreme einschmierte. Mitch verbrachte die Sommer in Badehosen und Shorts, Steven in heller, langärmliger Kleidung oder im Schatten. Mitch kam nach seinem Vater, Steven nach ihrer blonden, blauäugigen Mutter.

Rapp sah hinüber zum diamantförmigen Baseballfeld und erinnerte sich, wie Steven nach jedem Pitch die Statistiken heruntergerasselt hatte. Für ein kleines Kind besaß er eine ungewöhnlich tiefe Stimme und setzte sie sehr gekonnt ein. Schon damals hatte der kleine Wunderknabe ein Faible für Zahlen gehabt. Weil ihn niemand in der Mannschaft haben wollte, wurde er dauerhaft als Catcher und Punktezähler eingespannt. Er verlor nie den aktuellen Spielstand aus den Augen und war auch deshalb perfekt für diese Aufgabe, weil er nicht lügen konnte. Sobald er im Einsatz war, herrschte strikte Objektivität.

Auf Mitchs Initiative wurde außerdem beschlossen, dass Stevey den Runner nicht abschlagen musste. Es reichte, wenn er den Ball fing und die Base berührte. Auf diese Weise kam es nicht zu Zusammenstößen mit doppelt so kräftigen Gegnern. Alles lief bestens in jenem Sommer, bis Bert Duser, der fette Schlägertyp aus der Nachbarschaft, entschied, den neutralen Catcher aus dem Weg zu räumen. Mitch hatte einen Flyball auf dem Weg in die Mittelzone abgefangen und zurück zur Homeplate geworfen. Duser stand auf der dritten Base und wollte punkten. Wegen seiner Körpermasse war er recht schwerfällig. Im Wissen, dass er wenige Meter vor dem Ziel gescheitert war, stürzte er sich auf den wehrlosen Stevey. Rapp wusste noch genau, wie die schwarze Sportbrille seines kleinen Bruders in hohem Bogen durch die Luft gesegelt war und der zierliche weißhaarige Catcher mit dem Hintern wuchtig gegen den Backstop flog.

Was dann passierte, hatte mittlerweile in die Legenden der Nachbarschaft Einzug gehalten. Mitch war damals zehn gewesen, Duser zwölf. Der Bully war einen halben Kopf größer und mindestens zehn Kilo schwerer.

Niemand traute sich, es mit ihm aufzunehmen. An diesem sonnigen Sommertag sollte sich das ändern. Nach dem Tod seines Vaters nahm Mitch das Versprechen, seinen kleinen Bruder zu beschützen, äußerst ernst. Außer sich vor Zorn setzte er zum Vollsprint an. Irgendwo zwischen der Second Base und der Homeplate schmetterte er seinen Handschuh auf den Boden. Er erinnerte sich nicht daran, aber es wurde ihm später in allen Details geschildert. Brüllend wie ein Indianer auf dem Kriegspfad hatte er sich laut den Erzählungen mit der Wucht einer menschlichen Rakete auf Duser geschmissen. Danach flogen die Fäuste, überwiegend von Mitchs Seite, und dann floss eine Menge Blut, überwiegend von Duser.

Am Ende war Duser heulend nach Hause gerannt und Mitch bekam Hausarrest, als Mrs. Duser mit ihrem blutig geprügelten Sohn bei ihnen auf der Matte stand. Mitch stritt selten mit seiner Mutter, aber an diesem Tag warf er ihr einige ziemliche Gemeinheiten an den Kopf. Vor allem ging es darum, wie sein Vater mit Mrs. Duser umgesprungen wäre, wenn er noch gelebt hätte. Nicht so Mom, ganz Jesus-Jüngerin und Verfechterin von Luthers ›Halt die andere Wange hin‹-Maxime. Dad hingegen hätte als gottesfürchtiger Katholik eindeutig für ›Auge um Auge, Zahn um Zahn‹ plädiert. Mom war Neues Testament, Dad Altes Testament. Mitch tendierte eher zum väterlichen Lager. Statt zu Unrecht bestraft zu werden, beschloss er, von zu Hause wegzulaufen. Am nächsten Morgen griff ihn ein Deputy aus Fairfax County im Turkey Run Park auf und brachte ihn nach Hause. Sobald er sah, was seine Mutter durchgemacht hatte, verkniff er sich solche Alleingänge bis zum High-School-Abschluss.

Rapp schüttelte den Kopf. An jenem Tag hatte alles

angefangen – sein erster Kampf und seine erste Revolte gegen Autorität. Er fragte sich, ob Duser heute ein anständiger Bursche war oder immer noch ein Scheißkerl. Rapps Blick schweifte über die Trainingsplätze, auf denen er die Feinheiten von Football und Lacrosse erlernt hatte und zum ersten Mal Maureen ›Mary‹ Eliot begegnet war. Er verliebte sich Hals über Kopf in sie. Am Ende lag es an ihr, dass er sich für ein Lacrosse-Stipendium an der Syracuse entschied und nicht für ein weiteres an der University of North Carolina. Maureen wollte als Sportkommentatorin zum Fernsehen. Die Syracuse bot einem da die besten Möglichkeiten. Rückblickend kam es ihm albern vor, aber damals hatten sie beide fest daran geglaubt, eines Tages zu heiraten. Rapp ging fest davon aus, dass es so gekommen wäre, doch leider erhielten sie nie die Gelegenheit dazu. Am 21. Dezember 1988 stürzte Pan-Am-Flug 103 bei der Rückkehr nach Amerika mit 259 Passagieren infolge eines Sprengstoffattentats ab. Maureen war einer der 35 Syracuse-Studenten an Bord gewesen, die von einem Auslandssemester zurückkehrten. Damals ahnte Rapp noch nicht, wie sehr dieser Terroranschlag sein weiteres Leben verändern würde.

Vielleicht hatte es sich schon vorher verändert, als er Mary – wie er sie nannte – oder Maureen – wie sie genannt werden wollte – mit 15 zum ersten Mal gesehen hatte. Oder in dem Moment, als er eine nicht zu leugnende Befriedigung verspürte, einem Schläger die Seele aus dem Leib zu prügeln. Schon ein komisches Gefühl, auf seine Kindheit und die in so jungem Alter getroffenen Entscheidungen zurückzublicken und sich zu fragen, wie sehr sie das eigene Schicksal geprägt hatten. Was wäre geworden, wenn er Maureen nie getroffen und sich nie in sie verliebt hätte? Im Nachgang der Katastrophe hatte er Gott tausendfach die Frage gestellt: »Wieso hast du nicht dafür gesorgt, dass sie den Flug verpasst?« Er ging alle Entscheidungen durch, die sie getroffen hatte. Wäre sie nur an der Syracuse geblieben, statt für ein Semester ins Ausland zu gehen. Hätten sie sich doch für eine andere Uni entschieden. Er tat instinktiv dasselbe, was alle Menschen tun, wenn sie eine so unerwartete Tragödie heimsucht. Er fragte nach dem Warum und spielte endlose Varianten durch, wie die Sache anders hätte enden können.

Es dauerte lange, bis ihn nach der Tragödie jemand kontaktierte, der ihn den Absturz in einem gänzlich anderen Licht betrachten ließ. Eine Frau aus Washington stattete ihm einen Besuch ab und konfrontierte ihn nach einem längeren Gespräch mit der Frage: »Was, wenn jemand diese Katastrophe bereits im Vorfeld verhindert hätte?« Es war die erste Karotte, mit der sie ihm vor der Nase herumwedelte. Auf ihren ersten Besuch folgte ein zweiter, bei dem sie ihm schließlich die entscheidende Frage stellte: »Wie wäre es, genau die Menschen zu jagen, die das getan haben, und sie zu töten?« Rapp brachte das Talent und die nötige Motivation mit. Die CIA wollte ihn unbedingt.

Damals war er gerade mal 21 gewesen und suhlte sich in einem Meer aus Selbstmitleid und Verzweiflung. Entsprechend verlockend schien ihm die Vorstellung, Vergeltung zu üben. Verzweifelte Menschen brauchten etwas, worauf sie hinarbeiten konnten. Dieses Ziel hatte ihn sofort angesprochen. Direkt nach seinem Abschluss an der Uni stürzte er sich in die dunkle Welt der Terrorbekämpfung und Geheimmissionen. Die CIA schickte ihn nicht durch das übliche Ausbildungsprogramm der legendären ›Farm‹ im Umland von Williamsburg, Virginia. Nein, sie verfolgte andere Ziele mit Rapp. Fast ein Jahr lang wurde er von einer Einrichtung zur nächsten gekarrt. Manchmal blieb er nur eine Woche, manchmal einen Monat lang. Den Großteil seines Trainings übernahmen Special Forces, die ihm beibrachten, wie man schoss, Stichwaffen einsetzte, Sachen in die Luft jagte und, ja, mit bloßen Händen tötete. Ausdauer spielte eine große Rolle. Er musste lange Strecken schwimmen und noch längere laufen. Er war schon immer gut in Form gewesen, aber diese Sadisten verwandelten ihn in eine Maschine. Während der ganzen Schwerstarbeit schliffen sie auch noch seine Fremdsprachenkenntnisse. Er hatte an der Syracuse seinen Abschluss in internationaler Wirtschaft mit Französisch als Nebenfach gemacht. Nach kaum einem Monat bei der CIA sprach er es flüssig wie ein Einheimischer, als Nächstes kamen Arabisch und Farsi an die Reihe.

Sie brachten ihm bei, sich als Einzelkämpfer durchzuschlagen, sich im Ausland unauffällig unter die Einheimischen zu mischen und in andere Länder einzureisen, ohne aufzufallen. Vor allem brachten sie ihm bei, wie man tötete. Rapp erinnerte sich an das Gespräch mit einem seiner Special-Forces-Ausbilder. Der Mann hieß Mike. Mitch hatte ihn irgendwann gefragt, ob er je einen Menschen umgebracht hatte. Mike grinste nur und meinte: »Was denkst du denn?«

Die Frage war nach einigen Bierchen in einer Spelunke in der Nähe von Fort Bragg aufgekommen. Mike hatte den ganzen Tag damit verbracht, Rapp beizubringen, wie man alles vom Stift über einen Stock bis hin zum Messer als tödliche Waffe einsetzte. Mike kannte sich besser mit der menschlichen Anatomie aus als die meisten Ärzte und kannte alle körperlichen Schwachstellen. Beim letzten Manöver, das sie trainiert hatten, ging es darum, den Gegner von hinten zu packen und ihm die Klinge an der Schnittstelle zwischen Wirbelsäule und Gehirn in den Schädel zu rammen. Wie bei allem, was Rapp einübte, bestand Mike darauf, dass er den Bewegungsablauf beidhändig beherrschte. In diesem konkreten Fall schloss sich eine rasche Drehung aus dem Handgelenk an, sobald die Schneide komplett im Körper steckte. Mike erklärte Rapp, dass die meisten Leute das als ›Hirn zermatschen‹ bezeichneten, er selbst aber die Umschreibung ›den Stecker ziehen‹ für treffender hielt. Anschließend schilderte er ihm detailliert die Qualen, die das Opfer in diesem Moment durchlebte. Ja, Mike hatte definitiv Menschen umgebracht.

Rapp fragte ihn daraufhin, ob es ihm zu schaffen machte. Ob er jemals eine Tötung bereut habe. Mike schaute lange in sein Bierglas, dann sagte er: »Hör zu, wir sind alle unterschiedlich verkabelt. Manche Leute sind nicht für so was gemacht. Ich wurde dafür geboren und glaube, bei dir ist es genauso. Vielleicht waren wir in früheren Leben große Krieger, keine Ahnung. Jedenfalls gibt es eine feste Regel für so was: Bring keine Kinder und keine Frauen um, dann kommst du klar. Und wenn du einen Mann tötest, der dich umgekehrt töten will, versetzt es dich in den gesündesten Rausch, den du je erleben wirst.«

Rapp hakte nach: »Wenn du dich noch mal neu entscheiden könntest, würdest du dir dann ’nen anderen Beruf aussuchen?«

Mike lachte nur. »Nein, zur Hölle. Es gibt keinen besseren Job auf der Welt. Deine Regierung gibt dir die Erlaubnis, rauszugehen und Terroristen zu töten. Für Typen wie uns kann es gar nichts Besseres geben.«

15

Paris, Frankreich

Beim Dinner fühlte er sich einsam. Sonst machte es Abel nichts aus, allein zu essen, aber an diesem Abend störte es ihn. Er wohnte im Hotel Balzac, einem kleinen, luxuriösen Etablissement in Gehnähe zum Arc de Triomphe. Er hatte sich für ein frühes Abendessen entschieden, um der Stoßzeit im Restaurant zu entgehen. Man wies ihm einen winzigen, aber annehmbaren Tisch zu. Er vertiefte sich in sein Menü, als ein Pärchen etwa in seinem Alter direkt in Sichtweite platziert wurde. Er beobachtete sie beim Händchenhalten und Flirten. Sie schienen unglaublich verliebt zu sein.

Beim Servieren des Hauptgangs betrat ein weiteres Paar den Speiseraum. Ein bisschen jünger als Abel und, wie sich schnell zeigte, ebenfalls ganz wild aufeinander. Sie erinnerte ihn an die Frau mit der großen schwarzen Sonnenbrille, die er heute getroffen hatte. Etwa im selben Alter und mit ähnlicher Frisur.

Die mysteriöse Erscheinung aus dem Café ließ ihn nicht mehr los. Ihr ruhig zur Schau gestelltes Selbstvertrauen törnte ihn mehr an als alles andere. Sie hatte ihm von der ersten Sekunde ihres Gesprächs an die Grenzen aufgezeigt und sogar seine Observation von der anderen Straßenseite mitbekommen. Er erschauderte bei der Erinnerung an ihre Arroganz. Sie hatte sogar im Vorfeld seine Identität ermittelt und wer weiß was noch alles. Abel empfand die Begegnung als ungemein verstörend. Normalerweise verhandelte er aus einer Position der Stärke. Er war der unerschütterliche Profi, der alles mitbekam und sich im Gegenzug keine Blöße gab.

Er hatte den Appetit verloren und beschloss, einen Spaziergang zu machen. Nachdem er den schwarzen Trenchcoat und einen Kaschmirschal aus dem Zimmer geholt hatte, verließ er das Hotel und schlenderte nach Süden ans Ufer der Seine. Der Abend brachte eisige Kälte mit sich, doch das störte ihn nicht. Es fühlte sich gut an, frische Luft und etwas Bewegung zu bekommen. Der leichte Wind half, den Kopf frei zu bekommen. Irgendetwas verriet ihm, dass das seltsame Gespann, das Petrow empfohlen hatte, perfekt für den Job geeignet war. Direkt nach dem Treffen hatte er trotzdem erst etwas überprüfen wollen, um ganz sicher zu sein. Er machte an einem Münztelefon halt und rief seinen alten russischen Lehrmeister an. Stunden später ließ er das Gespräch wieder und wieder in seiner Erinnerung Revue passieren.

Nach kurzem Vorgeplänkel hatte er Petrow beiläufig gefragt: »Hast du diesem Pärchen meinen Namen genannt?«

»Sie riefen mich an und fragten, ob wir uns persönlich kennen«, antwortete Petrow. »Ich bestätigte das und sagte, dass du jemand bist, dem man vertrauen kann.«

»Mehr nicht?«, hakte Abel nach.

»Kein Wort. Was ist los? Du klingst beunruhigt.«

»Sie haben mich auf dem Weg zum Treffen beobachtet.« Das Eingeständnis fiel Abel schwer.

»Was noch?«

»Sie wussten, wie ich heiße.«

»Ich sagte ja, dass sie gut sind.« Petrow lachte herzhaft. »Heuer sie an, und die Geschichte ist erledigt. Sie werden dich nicht enttäuschen.«

Abel wurde den Eindruck nicht los, dass Petrow sein Unwohlsein genoss. »Sie sind ein bisschen unflexibel, was ihre Bedingungen angeht.«

»Klingt wie ein gewisser Deutscher, den ich kenne.«

»Mag sein, aber ich bin derjenige, der sie bezahlt.«

»Und sie sind diejenigen, die ihren Hintern riskieren. Wie gesagt … Heuer sie an und lass sie einfach machen.«

Abel überlegte, ob er erwähnen sollte, dass der Mann gedroht hatte, ihm das Rückgrat zu zerquetschen. Er entschied sich dagegen. Petrow hätte sich garantiert darüber amüsiert. »Was kannst du mir über die Frau verraten?«

»Hast du sie getroffen?«

»Ja.«

»Ha«, entfuhr es Petrow. »Wie ich hörte, ist sie bildhübsch und sehr geheimnisvoll. Stimmst du da zu?«

»Sie ist eine attraktive Frau«, gestand Abel ein. Er wollte nicht zu interessiert klingen. »Was weißt du über sie?«

»Schlag sie dir aus dem Kopf. Sie sollen mehr als bloß Geschäftspartner sein. Glaub mir, mit dem Kerl will man sich nicht anlegen.«

»Das denk ich mir. Wo kommt er her?«

»Weiß ich nicht. Interessiert mich auch nicht. Ich sag's dir jetzt zum letzten Mal: Heuer sie an und lass sie einfach machen.« Mit diesen Worten legte der Russe auf.

Abel gefiel es nicht, wie ein Depp dazustehen, aber genau so kam er sich vor, als er durch die Straßen der historischen Stadt schlenderte. Als er den Fluss erreichte, traf er die Entscheidung, die beiden zu engagieren, aber nicht sofort. Petrow wurde alt und der Wodka setzte seinem sonst so wachen Verstand zu. Es stand zu viel auf dem Spiel, um jegliches Mitspracherecht aufzugeben. Obwohl die Vorstellung natürlich verlockend war. Weitere zehn

Millionen warteten auf ihn, sobald Rapp tot war. 20 Millionen insgesamt abzüglich der Summe, die er den Killern zahlen musste. Abel schwebte eine Zahl vor. Es galt eine Menge Variablen zu berücksichtigen, aber in der Regel wurden für die Ermordung eines Geheimagenten Beträge im niedrigen bis mittleren sechsstelligen Bereich fällig.

In diesem Fall ging es allerdings um keinen gewöhnlichen Spion, sondern um Mitch Rapp, einen Meister seines Fachs, der die unangenehme Angewohnheit hatte zurückzubeißen. Außerdem mussten sie ihn erst einmal finden. Mit etwas Glück konnten sie ihn bei einer Reise abpassen. Außerhalb von Amerika ließ sich die Sache deutlich einfacher regeln. Die wenigsten Auftragskiller schätzten es, in Amerika zu arbeiten. Das lag an den wachsenden Sicherheitsmaßnahmen, angefangen bei Gesichtserkennungssystemen, die bei so gut wie jeder Einreise zum Einsatz kamen, und reichte bis zum Nehmen von Fingerabdrücken bei einzelnen Reisenden. Den Mord in den Staaten über die Bühne zu bringen verdoppelte den Preis mal eben.

Er wandte sich nach Osten Richtung Louvre und zermarterte sich das Hirn, welche zuverlässigen Kontakte er in Frankreich kannte. Er musste den beiden eine Botschaft übermitteln, dass sie es mit einem Vollprofi zu tun hatten, nicht mit jemandem, der sich wie ein Amateur an der Nase herumführen und einschüchtern ließ. Bedauerlicherweise traute er keinem seiner Leute in Frankreich genug, um sie in diese Geschichte hineinzuziehen. Andererseits gab es ein paar Ungarn, die hervorragende Arbeit beim Beschatten leisteten, und das auch noch für kleines Geld. Man bekam quasi eine ganze Großfamilie zum Preis von einem Typen – Großeltern, Eltern, Kinder und sogar noch ein paar Onkel. Er nahm sich vor, sie nach der Rückkehr ins Hotel anzurufen und sich gleich morgen früh mit ihnen zu treffen. Einen Tag wollte er der Frau Zeit geben, sich mit ihm in Verbindung zu setzen, ansonsten würde er per E-Mail um ein weiteres Treffen bitten. Er hoffte, dass es nicht so weit kam. Das hätte zu verzweifelt gewirkt.

Er verließ den Uferbereich der Seine und machte sich auf den Rückweg ins Hotel. Auf den Champs-Élysées schlug ihm eine kühle Brise entgegen. Er stellte den Kragen auf und beschleunigte seine Schritte. Er fand, indem er das Treffen von seiner Seite abbrach und gegangen war, hatte er einerseits das Gesicht gewahrt und andererseits die Weichen dafür gestellt, dass sie von sich aus Kontakt aufnahmen. Immerhin waren sie Geschäftsleute, und er hatte klar erwähnt, dass eine fürstliche Bezahlung winkte. Bis sie sich meldeten, dürfte er alles vorbereitet und die Ungarn in Stellung gebracht haben. Sie lieferten ihm bestimmt Fotos und bei einem etwaigen zweiten Treffen im Café vielleicht sogar Fingerabdrücke von ihrer Tasse. Ferner konnten sie der Frau bis zu ihrer Unterkunft folgen und ihm die Adresse liefern. Den Mann durfte er natürlich nicht vergessen. Vielleicht schafften sie es, sich auch an ihn dranzuhängen. Er brauchte nur einen einzigen Faden, um daran zu ziehen und die Naht aufzutrennen. Auf diese Weise erfuhr er alles über das Gespann, was er wissen wollte, und konnte sie aus einer Warte gegenseitigen Respekts zum Eingehen einer Geschäftsbeziehung bewegen.

Abel erreichte das Hotel erfrischt und belebt. Er hatte einen Plan und setzte darauf, dass sie ihn zur Wiederaufnahme der Verhandlungen bald kontaktierten. Mit dem Aufzug fuhr er hinauf in die Suite, entledigte sich seines Mantels und Schals und ging ins Schlafzimmer, um den

PDA aus dem Safe zu holen. Vorher knipste er die Tischlampe neben dem Schrank an und tippte den vierstelligen Code ein. Er hörte, wie sich der Verschlussmechanismus mit einem Summen zurückzog, dann zog er die kleine, schwere Tür auf. Der Safe war leer.

Abel griff hinein und tastete jeden Winkel ab, dann stemmte er nachdenklich die Hände in die Hüften. Er war sicher, den Palm Pilot vor dem Abendessen in den Safe gelegt zu haben, aber nach allem, was er heute erlebt hatte, begann er, an sich selbst zu zweifeln. Steckte das Gerät doch in seiner Brieftasche? Er wollte eben zurück ins Wohnzimmer, da bemerkte er aus dem Augenwinkel eine Bewegung im Schatten. Abel erstarrte, als ihm ein Paar Schuhe auffiel, die definitiv nicht ihm gehörten. Sein Blick glitt die Beine hinauf zum dunklen, kaum erkennbaren Umriss eines Mannes, der dort auf dem Stuhl saß. Aus unerfindlichen Gründen zog er die Schlussfolgerung, dass Mitch Rapp persönlich in sein Hotelzimmer eingebrochen war. Zum zweiten Mal an diesem Tag wurde Abel auf dem falschen Fuß erwischt. Ihn beschlich ein Gefühl entsetzlicher Vorahnung.

»*C'est ça que vous cherchez?*«, erkundigte sich eine leise Stimme. Ist es das, wonach Sie suchen?

Ein Handschuh tauchte aus der Dunkelheit auf. Er schwenkte Abels PDA. Abel spähte daran vorbei auf den Mann. Seine Augen hatten sich gerade genug an die Lichtverhältnisse gewöhnt, um zu erkennen, dass der andere sein Gesicht verdeckte. Die Stimme kannte er leider nur zu gut. Abel assoziierte damit den Geruch von Kaffee und einen heißen Atemzug im Nacken.

Bemüht, ruhig zu bleiben, sagte er: »Wie ich sehe, sind Sie auf die Stufe eines gemeinen Diebes hinabgesunken.«

Der Handschuh schob sich erneut in sein Sichtfeld und ließ den Palm Pilot quer durch den Raum segeln. Der Organizer wirbelte durch die Luft und landete mitten auf dem King-Size-Bett. »Ich habe nichts gestohlen. Ein Mann in Ihren Kreisen sollte wissen, dass man Hotelsafes nicht trauen kann.«

Abel lauschte seinen Worten und beschloss, dass er einen Amerikaner vor sich hatte, obwohl er den Dialekt nicht regional verorten konnte. »Sie haben die unangenehme Angewohnheit, sich an Leute anzuschleichen. Vielleicht kann ich mich eines Tages revanchieren.«

»Das wäre ziemlich dumm«, spottete der andere.

»Und weshalb?« Abel war stolz, wie fest seine Stimme klang.

»Würde ich bei meiner Rückkehr ins Hotel einen Mann im Dunkeln sitzen sehen, hätte er jetzt eine Kugel im Kopf.«

Abel war schon etlichen einschüchternden Personen begegnet, aber dieser Mann spielte in einer eigenen Liga. Allmählich kam sich der Deutsche unfähig vor. »Was, wenn Sie keine Waffe zur Hand hätten?«

»Ich habe immer eine Waffe.«

»Was, wenn nicht?«

»Ich würde ihn trotzdem töten. Im schlimmsten Fall dauert es eine halbe Sekunde länger.«

»Wozu raten Sie mir also?«, fragte Abel. »Ich bin gerade in meine sehr teure Suite zurückgekehrt und habe dort einen Einbrecher vorgefunden. Soll ich ihn töten?«

Der Mann lachte leise. Es klang fast wie ein Kichern. »Unmöglich.«

»Das müssen Sie erklären.« Er verschränkte die Arme vor der Brust.

»Fangen wir damit an, dass Sie keine Waffe am Körper tragen, ich dagegen schon.«

»Wer sagt Ihnen, dass ich keine Waffe habe?«

»Ich habe Sie beim Abendessen beobachtet. Sie machten übrigens einen ziemlich verlorenen Eindruck«, schob er hinterher. »Dann zogen Sie den Mantel an, bevor Sie zu Ihrem Spaziergang aufbrachen. Glauben Sie mir, ich sehe es, wenn jemand eine Waffe am Körper trägt. Sie haben keine.«

Abel bestätigte es mit einem Nicken. »Weiter.«

»Im Gegensatz zu Ihnen bin ich ein ausgebildeter Killer, Herr Abel. Mir ist bekannt, dass Sie nicht vor Gewalt zurückschrecken, aber Sie wirken auf mich nicht wie jemand, der sich selbst die Hände schmutzig macht.«

»Seien Sie sich da nicht zu sicher.« So rasch gab er sich nicht geschlagen. »Gibt es noch weitere Gründe, die mir entgehen?«

»Ja, die gibt es tatsächlich. Einen ganz entscheidenden Patzer. Sie haben das Zimmer unter Ihrem echten Namen gebucht und die Rechnung per Kreditkarte beglichen. Sollte es Ihnen gelingen, mich zu töten … was nicht der Fall sein wird … müssten Sie sich mit heftigen Nachwehen herumschlagen.«

»Ich habe eine Menge Kontakte …« Er tat, als fiele ihm der Name seines Gegenübers nicht ein. »Wie soll ich Sie nennen?«

»Dazu kommen wir später.« Der Mann schlug die Beine übereinander und schob beide Hände auf die Knie. »Wo waren wir?«

Zum ersten Mal fiel Abel auf, dass sein nächtlicher Besucher eine Pistole mit Schalldämpfer in der anderen Hand hielt. »Ich habe eine Menge Kontakte. Ein kurzer

Anruf genügt, um Ihre Leiche absolut diskret beseitigen zu lassen.«

Der Mann antwortete nicht sofort. »Nun, das wäre eine Möglichkeit, aber Sie kommen mir nicht wie jemand vor, der unnötige Risiken eingeht. Das wäre viel zu impulsiv. Nein, Sie sind einer von der Sorte, die erst jedes Detail abwägt, bevor sie eine Entscheidung trifft.«

»Und Sie?«

»Ich bin ein Killer. Das ist mein Beruf, und ich agiere so, dass ich jederzeit die Entscheidung treffen kann, zu töten oder nicht zu töten, ohne mir über die Folgen für mein weiteres Leben Gedanken machen zu müssen.«

Abel fing an, das Gespräch zu genießen. Leicht lächelnd setzte er nach: »Und wie genau agiert man, um jederzeit eine solche Entscheidung treffen zu können?«

»Nach allen gültigen Maßstäben bin ich ein wohlhabender Mann. Anders als Sie habe ich mein Geld nicht in Besitz investiert. Ich bin an nichts gebunden. Sie hingegen verfügen über Liegenschaften sowohl in der Schweiz als auch in Österreich. Im Fall einer Strafverfolgung käme es zu einer Beschlagnahmung und zum Einfrieren Ihrer Konten. Sie sind zu stark verwurzelt, um jemanden zu töten. Ich hingegen bin frei wie der Wind und muss solche Faktoren nicht berücksichtigen. Im einen Moment hier, im nächsten woanders.«

»Ich habe gewisse Vorkehrungen getroffen«, behauptete Abel angespannt.

»Das bezweifle ich nicht, aber die überwältigende Mehrheit Ihres Vermögens steckt in unbeweglichen Gütern, die auf Ihren Namen eingetragen sind. Außerdem sind Sie ein sehr pingeliger, bedachter Mensch. Sie werden die Früchte Ihrer Arbeit nicht so einfach wegwerfen.«

Abel hasste es, im Unrecht zu sein. Mit einem weiteren Nicken gestand er auch diesen Punkt ein und verkündete: »Ich brauche einen Drink.« Er ging ins andere Zimmer und fragte über die Schulter: »Wollen Sie auch was?«

Der Mann folgte ihm. »Nein, vielen Dank. Ich trinke nie, wenn ich im Dienst bin.«

Abel öffnete die Minibar. »Eine typisch amerikanische Einstellung. Sind Sie Amerikaner?«

»Ich bin Amerikaner, ich bin Brite, ich bin Kanadier, ich bin Franzose, ich bin Deutscher, ich bin Russe … Ich bin, was immer ich sein muss.«

Abel entschied sich für eine Flasche Remy Martin VSOP. »Deutsch klingt spannend.«

Er goss den Cognac in einen Schwenker und lauschte, wie der Mann in perfektem Deutsch mit leicht rheinländischem Zungenschlag über das Wetter fabulierte. Mit dem Glas in der Hand drehte er sich zu ihm um. Zum ersten Mal hatte er den anderen direkt vor sich. Bedauerlicherweise gab es nicht viel zu sehen. Eine schwarze Haube bedeckte das Gesicht. Schlitze ließen Augen, Nase und Mund frei. Er schätzte, dass er etwa 1,78 groß war. Genau ließ es sich nicht sagen, weil der Mann auf der Armlehne der Couch im Salon hockte.

»Wie steht's mit Russisch?«

Daraufhin folgte eine vernichtende Tirade gegen Lenin und Stalin. Er redete so schnell, dass Abel kaum mitkam. Allerdings freute er sich derart, dass der Besucher die zwei größten Gauner und Massenmörder des letzten Jahrhunderts genauso sehr zu hassen schien wie er, dass er ihm anerkennend zulächelte. Abel hob den Schwenker. »Darauf trinke ich einen.«

Er ging zur anderen Couch und setzte sich. »Ich nehme

an, ich werde Sie nicht dazu überreden können, die Maskerade aufzugeben?«

Der andere schüttelte den Kopf. »Vertrauen Sie mir … Das dient nicht nur meiner Sicherheit, sondern auch Ihrer.«

Meinetwegen, dachte Abel. *Früher oder später finde ich raus, wie du aussiehst.* »Wie soll ich Sie anreden?«

»Wie möchten Sie mich denn anreden?«

Abel entspannte sich allmählich. »Kommen Sie schon, Sie müssen doch einen Decknamen haben, den Sie benutzen?«

»Nie mehr als einmal. Suchen Sie sich einen aus.«

Abel roch am Cognac und wollte sich etwas Cleveres überlegen. Er beschloss, ein wenig mit dem anderen zu spielen. »Wie wär's mit Hector?«

Der Mann dachte kurz darüber nach. »Schlechter Name. Er wurde von Achilles umgebracht.«

»Also Achilles?« Abel grinste, stolz auf sich selbst, dass der Kerl in seine Falle getappt war.

Der Mann schüttelte den Kopf. »Nichts Griechisches. Bei den Griechen gibt's zu viele Tragödien. Fangen wir noch mal von vorn an. Wer ist das Ziel?«

Abel schüttelte entschlossen den Kopf. »Ich muss erst mehr über Sie erfahren, bevor wir darauf zu sprechen kommen.«

»Na gut. Es genügt mir, wenn Sie mir seine oder ihre Nationalität nennen, und die Stadt oder das Land, in dem ich tätig werden soll.«

Abel stellte das Glas ab. »Wie gesagt, bevor wir zu den Details kommen, will ich erst mehr über Sie erfahren.«

Der Mann zögerte, bevor er eine Antwort gab. »Ich beschäftige mich professionell mit dem Töten. Habe ich jemals einen Job abgelehnt?«, stellte er sich selbst die Frage. »Ja, aber nicht weil ich in einem moralischen Dilemma steckte, da es galt, das Leben eines Individuums zu beenden. Ich lehnte die Jobs ab, weil ich das Gefühl hatte, dass mein Auftraggeber nicht ehrlich zu mir war.«

»Seit wann machen Sie das schon?«

»Lang genug.«

»Das reicht mir nicht.« Abel schüttelte den Kopf. »Ich möchte mehr über Sie wissen. Wir reden hier von einem siebenstelligen Honorar. Dafür stelle ich niemanden an, ohne seine Vorgeschichte zu kennen.«

Der Mann seufzte. »Hören Sie, mir ist klar, dass es Ihnen schwerfällt, damit umzugehen. Sie sind Deutscher. Sie sind organisiert und verklemmt, haben zehn Jahre für die Stasi gearbeitet und führen Aufzeichnungen über jeden Ihrer Schritte. Aber Sie müssen mir glauben … Nicht alles zu wissen ist sowohl zu meinem als auch zu Ihrem Besten.«

Abel verzog das Gesicht. »Wie sollte es zu meinem Besten sein, nichts über Sie zu wissen?«

Der Mann zückte die schallgedämpfte Pistole und zielte auf ihn. »Wir werden dieses Verhör in Kürze beenden. Eins möchte ich besonders betonen: Sollten Sie Anstrengungen zur Feststellung meiner Identität unternehmen oder versuchen, meiner Geschäftspartnerin zu folgen, werde ich Sie umbringen. Dies ist Ihre erste und einzige Warnung. Vergessen Sie Ihre Besessenheit für Details. Stellen Sie sich das Ganze als simple mathematische Gleichung vor. A plus B ergibt C. A ist Ihre Neugier, B bin ich und C sind Sie, der auf dem Boden liegt und in den Himmel starrt, während er für eine extrem kurze Zeitspanne wahrnimmt, dass ich ihn erschossen habe.« Er senkte die Waffe. »Zwei plus drei ergibt fünf plus Sie auf der Suche nach meiner Identität ergibt Tod. Beides sind mathematische Gewissheiten.«

Abel griff nach seinem Glas und nippte am Cognac. Seine Hand zitterte leicht, deshalb stellte er es hastig wieder hin und umklammerte es unauffällig mit beiden Händen, damit sein Gegenüber davon nichts mitbekam. Nachdem er sich geräuspert hatte, fragte er: »Wie soll ich Ihnen vertrauen, wenn Sie ein völlig Unbekannter für mich sind?«

»Sie sollen mir gar nicht vertrauen«, kam die gelassene Antwort. »Ich bin ein Auftragsmörder … ein Vollstrecker. Wieso sollte Ihnen die Tugendhaftigkeit von jemandem etwas bedeuten, mit dem Sie Geschäfte machen?«

»Das ändert nichts daran, dass ich ein gewisses Grundvertrauen als Voraussetzung für eine Einigung ansehe.«

»Nehmen Sie's nicht persönlich, aber ich vertraue Ihnen umgekehrt ebenso wenig. Ich vertraue Menschen, die mich beauftragen, grundsätzlich nie. Vergessen Sie nicht, wofür Sie mich bezahlen. Sie wollen jemanden umbringen lassen. Ich stelle keine Fragen nach dem Grund, ich mach's einfach. Mir ist durchaus bewusst, welche Art Mensch für solche Arbeit bezahlt. Bei einigen sind es pragmatische Gründe, die meisten haben ernsthafte psychologische Probleme. Oft sind es Soziopathen, die bei allem im Leben am längeren Hebel sitzen wollen. Sie mögen es, wenn lose Enden gekappt werden und alles säuberlich in einer Kiste weggepackt wird. Und manche wollen deswegen im Anschluss denjenigen loswerden, der abgedrückt hat.« Er richtete die Waffe auf sich selbst und meinte trocken: »Das wäre dann ich.«

Abel konnte dem anderen in keinem einzigen Punkt widersprechen. »Also gibt es kein Vertrauen?«

»Nein. Bloß Professionalität. Sie passen auf sich auf, ich passe auf mich auf.«

Der Deutsche hob das Glas. »Darauf können wir gern anstoßen.«

»Gut. Dann kommen jetzt meine Bedingungen. Sie nennen mir die Zielperson, ich nenne Ihnen mein Honorar. Wenn Sie einverstanden sind, überweisen Sie die Hälfte des Betrags vorab, den Rest nach Erledigung der Arbeit.«

»Was, wenn Sie ablehnen, nachdem ich Ihnen den Namen genannt habe?«

Der Mann winkte ab. »Solange Sie mein Honorar akzeptieren, werde ich nicht ablehnen.«

»Aber Ihre Kollegin sagte vorhin, Staatsoberhäupter scheiden aus.«

»Generell schon, ja.« Er zuckte die Achseln. »Solange der Preis stimmt, töte ich jeden für Sie.«

Abel fand, dass das vielversprechend klang. Der Moment der Entscheidung rückte näher. Wenn er eine Schwäche besaß, um die er wusste, dann die Tendenz, alles bis zum Abwinken zu analysieren. Er hatte nicht bekommen, was er haben wollte, aber er musste zugeben, dass die Logik seines Gegenübers bestechend war. Abel dachte an die weiteren zehn Millionen, die auf ihn warteten. Daran, noch einmal von vorn anzufangen und jemanden zu finden, der ähnlich talentiert war wie der Unbekannte, der vor ihm saß. Es wurde Zeit, ins kalte Wasser zu springen.

Abel leerte den restlichen Cognac und zuckte zusammen, als die Flüssigkeit im Hals nachbrannte. Er hielt das leere Glas hoch, atmete aus und fragte: »Haben Sie je von einem Amerikaner namens Mitch Rapp gehört?«

Mehrere Sekunden lang schwieg der andere.

»Ja«, verkündete er schließlich in einem Ton, der alles andere als begeistert klang.

Abel beschlich das schreckliche Gefühl, dass er ihn kannte. »Sagen Sie bloß, Sie sind befreundet.«

»Nein. Aber sein Name ist mir ein Begriff.« Die Stimme des anderen klang grüblerisch.

»Werden Sie den Job annehmen?«

Der Mann schien Abel durch die zwei Sichtschlitze der Haube zu studieren. Nach einer gefühlten Ewigkeit antwortete er: »Hängt davon ab, was Sie bereit sind, dafür hinzublättern.«

Abel entspannte sich etwas. »Das Honorar ist mehr als großzügig.«

»Das lassen Sie mich bitte selbst beurteilen. Wie viel?«

Abel hatte die Verhandlung im Kopf dutzendfach durchgespielt. Der Trick bestand darin, die Verhandlungen am unteren Ende zu beginnen, den Betrag aber nicht so niedrig anzusetzen, dass der andere sich brüskiert fühlte. »Anderthalb Millionen Dollar.«

»Wollen Sie mich beleidigen?«

Abel schaute auf die Uhr. »Ich halte anderthalb Millionen Dollar nicht für eine Beleidigung.«

»Ich bin sicher, Sie werden jemanden finden, der bereit ist, den Job für anderthalb Millionen zu erledigen. Ich bin mir genauso sicher, dass Monsieur Rapp den Typen aus dem Verkehr zieht, bevor er auch nur in seine Nähe kommt.«

»Es gibt eine Menge gute Leute da draußen, die sich begeistert auf diese Chance stürzen würden.«

Der Mann lachte ihn aus. »Sie wollen einen guten Killer auf einen Mann mit Mitch Rapps Fähigkeiten ansetzen? Wissen Sie überhaupt etwas über Rapp? Oder sind Sie einfach nur naiv?«

Abel wurde unbehaglich zumute. »Dies ist eine Verhandlung. Anderthalb Millionen sind mein Verhandlungseinstieg. Sagen Sie mir, was der Job Ihrer Meinung nach wert ist.«

»Wer will, dass er stirbt?«

Der Deutsche schüttelte entschlossen den Kopf. »Sie wissen, dass ich Ihnen das nicht verraten kann.«

»Schön«, erwiderte der Maskierte, der selbstverständlich nicht mit einer Antwort gerechnet hatte. »Ich habe Erfahrung darin, wie solche Deals üblicherweise ausgehandelt werden. In der Regel streicht der Vermittler einen Anteil im Bereich zwischen zehn Prozent und einem Drittel ein. Da ich Sie für einen habgierigen Kerl halte, der die schönen Seiten des Lebens zu schätzen weiß, gestehe ich Ihnen ein Drittel der Summe zu, keinen Penny mehr. Haben Sie sich mit Ihrem Auftraggeber bereits auf eine Summe geeinigt?«

»Nein«, log Abel.

»Hat man Ihnen ein Budget vorgegeben?«

»Das könnte man so ausdrücken, ja.«

Der Mann überlegte. Er kannte Abels Connections und hatte so seine Vermutung, wer der Drahtzieher im Hintergrund war. Er beschloss, es mit dem Jackpot zu probieren. »Ich verlange zehn Millionen, und da ich runde Zahlen mag, reduziere ich Ihre Vermittlungsprovision auf glatte 30 Prozent.«

Eine Forderung am oberen Ende, aber innerhalb des Bereichs, mit dem er gerechnet hatte. »Ich muss erst Rücksprache halten, ob mein Auftraggeber so viel zu zahlen bereit ist.«

Der Mann stand von der Couch auf und näherte sich dem kleinen Balkon vor der Suite. »Mailen Sie meiner

Kollegin morgen früh Ihre Antwort.« Er öffnete das raumhohe Fenster.

Sie befanden sich in der siebten Etage. Abel wollte gerade fragen, wie er sich vorstellte, aus dieser Höhe abzutauchen, verzichtete dann aber darauf. Der Mann faszinierte ihn. Er ignorierte fest gefügte Regeln. »Sagen Sie … Wie sind Sie beruflich auf dieser Schiene gelandet?«

Der andere sah ihn über die Schulter an. »Nun, ich beherrsche das verdammt gut.«

Damit verschwand er. Abel starrte eine volle Minute fassungslos Richtung Balkon und widerstand dem Drang nachzusehen. In ihm brodelte es. Hatte er gerade die beste oder die schlimmste Entscheidung seines Lebens getroffen?

Er beschloss, dass er noch einen Drink brauchte, füllte den Schwenker nach und ließ den sanften Cognac die Zunge umschmeicheln, bevor er ihn hinunterschluckte. Dieser Killer besaß Talent, das musste er ihm lassen, und mit seiner Einschätzung, dass Abel nicht einfach einen der Jungs auf diesen Auftrag ansetzen konnte, die er normalerweise anheuerte, traf er voll ins Schwarze. Am Ende fand er es gar nicht so schlimm, dass ihm für weniger als eine Woche Arbeit ein achtstelliger Geldbetrag winkte. Er lächelte und prostete dem Unbekannten zu, der soeben in die Pariser Nacht entschwunden war.

»Auf den Tod von Mitch Rapp und ein prall gefülltes Konto!« Er kippte den Rest des Cognacs runter und legte sich ins Bett.

16

McLean, Virginia

Ein geräumiger Ford Excursion rollte auf den Parkplatz und steuerte die Lücke direkt neben Rapps Wagen an. Scott Coleman stieg aus. Er trug ein blaues Polohemd, das verflucht eng saß, Jeans und schwarze Stiefel. Man hätte den blonden Ex-Navy-SEAL auf den ersten Blick eher für einen Bauarbeiter als für den Leiter einer privaten Sicherheitsfirma gehalten, die der Regierung aktuell mehr als 20 Millionen Dollar im Jahr in Rechnung stellte. Rapp bemerkte keine Waffe an ihm, doch garantiert befand sich eine in Reichweite des Fahrersitzes. Auf der Ladefläche vermutete er sogar ein komplettes Arsenal.

»Was soll diese bescheuerte Geheimniskrämerei?«, wollte Coleman genervt wissen. »Ich dachte, wir haben Freunde in einflussreichen Positionen.«

»Ja, klar, nur eben auch Feinde in einflussreichen Positionen.«

»Scheiß drauf.«

Rapp suchte den Parkplatz ab. »Sicher, dass dir niemand gefolgt ist?«

»Nein.« Er sah zu seinem Auto. »Hältst du's für schwer, sich an ein so auffälliges Teil dranzuhängen?«

Rapp musterte den Truck mit seinen neun Sitzplätzen. »Hast du inzwischen geheiratet und dir einen ganzen Kindergarten aus erster Ehe mit ins Haus geholt, von dem ich nichts weiß?«

»Nö. Ich muss nur einen Haufen Zeug durch die Gegend karren«, entgegnete der ehemalige SEAL ungewohnt defensiv.

»Die Umweltschützer lieben dich bestimmt. Was schluckt dieses Monstrum? Anderthalb Liter pro Meile?«

»Die Umweltschützer können mich mal«, entfuhr es Coleman. »Solche gehirngewaschenen Deppen gibt's kein zweites Mal auf dem Planeten.«

»Raus damit, Scott. Was hältst du wirklich von ihnen?«

»Dasselbe wie du«, kam die patzige Antwort. »Jedenfalls bin ich nicht quer durch die Stadt gefahren, um mich mit dir auf einem High-School-Parkplatz zu treffen und mir anzuhören, wie du an meinem Truck rummeckerst.«

Rapp hob abwehrend die Hände. Normalerweise war Coleman viel lockerer drauf. »Ganz ruhig, Alter. Was zur Hölle läuft grad falsch bei dir?«

»Ich hab länger keinen mehr umgebracht. Und was läuft bei dir falsch?«

»Meine Güte!« Rapp stöhnte. »Ihr SEALs seid echt ein schräger Haufen.«

»Ach ... und du bist der Inbegriff geistiger Ausgeglichenheit?«

»Punkt für dich.« Er musste lachen. »Mal im Ernst ... Was ist los bei dir? Hast du erfahren, dass du Hodenkrebs hast oder so?«

»Schlimmer ... Die Idioten vom IRS haben mich heute Morgen angerufen. Sie wollen meine kompletten Unterlagen prüfen ... private und geschäftliche.«

Das gefiel Rapp überhaupt nicht. Sofort wurde er ernst. »Hast du früher schon mal Ärger mit der Steuer gehabt?«

»Ach was. Ich hab fast 20 Jahre als Offizier bei der Navy gedient. Da verdient man nicht genug, um bei denen ins Visier zu geraten.«

»Und jetzt, wo du die ganzen Regierungsverträge einheimst ...«

»Scheiße, daran muss es liegen. Wir stellen jeden Monat siebenstellige Beträge in Rechnung, Mitch. Ich musste fünf Mitarbeiter allein für den Papierkram einstellen.«

»Und da läuft alles sauber?«

»Wie zum Henker soll ich das beurteilen? Ich bin kein Buchhalter.«

Rapp fixierte ihn mit Adlerblick. »Musst du dir Sorgen machen?«

Coleman blickte auf den Boden und trat gegen einen Stein. »Weiß nicht. Wie gesagt, ich bin kein Buchhalter.«

»Scott, ich bin's … Mitch. Wenn ich dir helfen soll, musst du offen mit mir reden.«

»Kannst du dafür sorgen, dass sie mich in Ruhe lassen?«, fragte er hoffnungsvoll.

»Solange du es nicht zu schlimm vermasselt hast … wahrscheinlich.«

Coleman trat gegen einen weiteren Stein. »Meines Wissens ist bei den Inlandsgeschäften alles sauber. Da gibt es allerdings noch eine Tochterfirma in Übersee, über die ich die meisten ausländischen Verträge abwickle.«

»Und das Geld liegt auf ausländischen Konten?«

»Ja.« Er sah Rapp unbehaglich an.

Rapp nickte. »Mach dir keine Sorgen. Da bist du nicht der Einzige. Ist sonst noch was passiert in den letzten paar Tagen?«

»Was denn?«

»Ist jemand aufgetaucht und hat Fragen gestellt? Hat sich jemand aus deiner Vergangenheit bei dir gemeldet? Neue, unerwartete Aufträge, die reinkamen?«

Coleman dachte kurz nach. »Nein.« Er musterte Rapp. »Warum?«

Rapp lehnte sich gegen das Auto und schob die Hände

in die Taschen. »Ich hab heute früh einen Anruf von einem Kontakt beim DOD bekommen.« Das Verteidigungsministerium.

»Du hast dort einen Maulwurf sitzen?«

»Ich würd den Vorsitzenden der Vereinigten Stabschefs nicht unbedingt als Maulwurf bezeichnen.«

»General Flood hat sich bei dir gemeldet?«

»Ja.«

»Was wollte er?«

»Er wollte gar nichts. Es war ein Höflichkeitsanruf. Wie es aussieht, hat dich jemand in Washington diese Woche besonders auf dem Kieker.«

Coleman schloss die Augen. »Bitte sag jetzt nicht, dass der IRS das Pentagon aufgefordert hat, meine Verträge auf den Prüfstand zu stellen.«

»Nein. Jemand rief an und wollte eine Kopie deiner Personalakte haben.«

»Sollen sie. Da ist alles sauber.«

»Ja. Allerdings kam später ein Rückruf mit der Bitte, auch den als vertraulich eingestuften Teil zu übermitteln. Sie wollten wissen, wie oft die CIA dir eine Tarnidentität zugewiesen hat und ob du jemals mit diesem feinen Kerl zusammengearbeitet hast.« Rapp zeigte auf sich selbst.

»Und darauf haben Sie General Flood angesetzt?«

»Nein. Sie haben Druck auf jemanden ausgeübt, der in der Hackordnung deutlich weiter unten steht. Allerdings landete die Sache auf dem Tisch des Joint Special Operations Command, die dann Flood darüber informiert haben.«

»Und wer stellt diese Fragen?«

»Jemand, der für den neuen Geheimdienstkoordinator arbeitet.«

»Was geht's den einen feuchten Kehricht an?«

»Das versuch ich grad rauszufinden. Ich geh davon aus, dass es etwas mit unserem kürzlichen Treffen zu tun hat.«

»In Irenes Büro.«

»Ja … Das war ein Fehler.«

»Hey, Sekunde mal. Wir haben nichts Falsches getan.«

»Das meinst du nicht ernst, oder?« Rapp sah ihn an, als wäre er nicht ganz sauber.

»Na jedenfalls in letzter Zeit nicht. Herrgott, wir sitzen doch alle im selben Boot, oder?«

»Das ist diesen Sesselfurzern in der Regel egal.« Rapp schüttelte den Kopf. »Es war jedenfalls dumm, sich in den Räumlichkeiten der CIA zu treffen.«

»Verrätst du mir, worum es bei dem Ganzen geht? Mark Ross gefällt meine Klugscheißer-Nummer nicht, also verpfeift er mich an den IRS und lässt mich von denen durchchecken?«

»Scott, wir stecken mittendrin im größten Machtkampf, den diese Stadt seit 50 Jahren erlebt. Mark Ross will mit seiner neu erlangten Autorität bei der CIA und den übrigen Geheimdiensten die Muskeln spielen lassen und stellt dabei auch gleich ihre milliardenschweren Budgets auf den Prüfstand. Ich vermute, er verlangt von allen, die ihm unterstellt sind, dass sie sämtliche Fakten auf den Tisch packen.«

»Und was hat das bitte schön mit mir zu tun?«

»Der Typ ist nicht dumm. Er will rausfinden, worüber wir mit Irene gesprochen haben. Er hat gleich am nächsten Tag bei ihr angerufen und um Aufklärung gebeten.«

»Was hat sie ihm gesagt?«

»Dass wir die Möglichkeit prüfen, deine Firma für einige sicherheitsrelevante Fragen im Ausland einzusetzen.«

»Na, das tut ihr ja bereits.«

»Und wir denken darüber nach, dich in weiteren Bereichen einzuspannen.«

»Stimmt. Aber davon darf er nichts erfahren.«

»Er scheint etwas zu ahnen. In Anbetracht deiner Steuerprüfung und der Anforderung deiner vertraulichen Akte beim DOD geh ich davon aus, dass ihm die Antwort nicht reicht, die er von Irene bekommen hat.«

»So ein Arsch!« Coleman ballte die Fäuste so fest, dass die Adern am Unterarm hervortraten.

»Mach dir keine Sorgen. Ich find schon eine Möglichkeit, dass es aufhört.«

»Wie denn?«

»Weiß ich noch nicht, aber mir fällt was ein.«

»Die Steuerprüfer kommen morgen.«

»Ich kenn einen Anwalt.« Rapp grinste. »Das ist ein echter Bastard. Er hat sich auf solche Fälle spezialisiert. Beim IRS hassen sie ihn. Ich werd ihn bitten, sich bei dir zu melden. Es dürfte ihm nicht schwerfallen, sie dir vom Leib zu halten, bis ich die Hunde am anderen Ende der Kette zurückgepfiffen habe. In der Zwischenzeit kümmerst du dich bitte weiter um die Sache, die wir besprochen haben. Ich will nicht, dass uns das ausbremst. Bis nächste Woche hast du den Kram vom Hals und wir können loslegen.«

Coleman nickte. »Sonst noch was?«

»Ja. Falls irgendwas Ungewöhnliches passiert, ruf mich sofort an.«

Der frühere SEAL nickte dankbar.

17

PARIS, FRANKREICH

Der Killer wanderte seit mehr als zwei Stunden nach scheinbar ziellosem Muster durch die Straßen. In etwa so lange hatte er gebraucht, seine Gedanken zu sortieren. Wenn es die Situation verlangte, konnte er ausgesprochen geduldig agieren, so wie in diesem Fall. Als Erstes musste er das Motorrad loswerden. Es hatte zwei Blocks vom Hotel entfernt auf ihn gewartet. Er würde die wendige, kraftvolle Ducati vermissen. Andererseits verhielt es sich mit Scootern und Motorrädern in Paris wie mit schönen Frauen: Sie waren überall. Er konnte sich morgen früh ein neues besorgen. Und was die Frauen betraf, mit denen war er fertig.

Er betrachtete sich nicht länger als Franzosen, sondern als Mann ohne Heimat. Sollte er allerdings irgendwann ein neues Zuhause brauchen, würde er sich vermutlich für Frankreich entscheiden. Er kannte Paris ausgesprochen gut und verfügte hier über ein Netzwerk von Händlern und Werkstätten, die vor allem die halb legalen Kreise der Metropole bedienten. Sie verkauften neue Maschinen, hatten aber auch ständig eine Vielzahl gebrauchter Bikes auf Lager. Ferner kassierten sie am liebsten in bar, was ihm äußerst gelegen kam. Wenn er in neue Geschäfte verwickelt war, wie momentan, wechselte er manchmal täglich den Untersatz und klaute ihn sich notfalls selbst. Auch als Mechaniker besaß er großes Talent und schaffte es, einen Haufen Schrott innerhalb weniger Stunden in ein zuverlässiges Stück Technik zu verwandeln. Solange es einen Motor und zwei Räder hatte, konnte er es reparieren.

Er fuhr die ganze Strecke zur Grande Arche raus, spähte sporadisch über die Schulter, nahm kleinere Umwege in Kauf und achtete in Wahrheit nicht sonderlich darauf, ob ihm jemand folgte oder nicht. Es machte sowieso keinen Unterschied. Falls jemand das Bike während seines Aufenthalts im Hotel gefunden hatte, konnte man ihm einen Peilsender untergejubelt haben. Diese Teile wurden immer kleiner und raffinierter. Ihm fehlte die Muße, sich mit dem technischen Fortschritt zu beschäftigen, also musste er andere Abwehrmaßnahmen einleiten.

Er fuhr durch die Stadt und hatte es nicht sonderlich eilig, den ersten Akt abzuschließen. Es folgten noch viele weitere, abhängig davon, was sein scharfer sechster Sinn ihm verriet. Für diese Etappe der Reise konzentrierte er sich lieber auf den angebotenen Kontrakt als auf die echte oder imaginäre Bedrohung von Personen, die ihn unter Umständen verfolgten.

Er stellte das Bike in der Nähe der Metrostation Victor Hugo im exklusiven Stadtteil Chaillot ab und ließ die Schlüssel stecken. Er rechnete damit, dass es innerhalb der nächsten halben Stunde gestohlen wurde. Mit der blauen Linie fuhr er ans andere Ende der Stadt. Dort stieg der Killer die steilen Treppen hinauf, atmete die kühle Nachtluft tief ein und aus und zündete sich eine Zigarette an. Eine gut aussehende, ausgesprochen maskuline Erscheinung. Er war durchschnittlich groß und kräftig, knapp über 1,80 und 78 Kilo schwer. Sein längeres dunkles Haar passte farblich zur schwarzen Motorradjacke und war hinter die Ohren geschoben. Er hatte sich seit zwei Tagen nicht rasiert. Dichte schwarze Stoppeln bedeckten sein Gesicht. Er verfügte über die nützliche Fähigkeit, in einer Menschenmenge unterzutauchen, wenn er es wollte. Erstaunlich in Anbetracht der Tatsache, dass er oft gezielt Blicke auf sich lenkte.

Er rauchte bis zum Filter, schnippte den Stummel durch die Luft und trat ihn mit dem Stiefel auf dem Gehsteig aus. Dabei schaute er sich unauffällig um und prägte sich ein, wo Fahrzeuge parkten und Menschen herumstanden. Sobald er sich ein klares Bild verschafft hatte, ging er zurück in die Metrostation. Erst jetzt schaltete er auf Alarmmodus. In den unterirdischen Tunneln herrschte zu dieser nächtlichen Stunde kaum Betrieb. Entsprechend leicht fiel es ihm, sich die einzelnen Gesichter einzuprägen.

Sein Timing war perfekt. In buchstäblich letzter Sekunde sprang er in einen abfahrenden Zug und verließ ihn fünf Minuten später an der Haltestelle St. Ambroise. Von dort schlenderte er gemütlich die fünf Kreuzungen bis zur Station St. Paul und stieg erneut in den Untergrund. So ging es fast eine Stunde lang. Danach unternahm er einen längeren Spaziergang, stoppte an ein paar abgelegenen Bars, genehmigte sich ein Bier und dachte über die jüngste Wendung in seinem Leben nach. Er fragte sich, wie sie wohl reagierte, wenn sie den Namen der Zielperson hörte. Er konnte es sich lebhaft vorstellen. Immerhin kannte er sie ziemlich gut. Als die Uhr Mitternacht schlug, entschloss er, es nicht weiter hinauszuzögern. Er ging fest davon aus, dass ihm niemand gefolgt war, leerte sein Glas und lief zum Apartment.

Sie war noch wach und wartete auf ihn. So wie immer. Trotz der gelassenen Fassade stand sie unter Hochspannung. Natürlich wusste sie, dass er keine unnötigen Risiken einging, allerdings bewegte er sich ständig dicht an der Grenze. Sie führten nun mal kein gewöhnliches Leben. Sie schob das Buch und die Decke zur Seite. In der Hand hielt sie eine Glock mit Schalldämpfer. Sie blieb stets wachsam, so hatte er es ihr beigebracht. Sie hatten es dermaßen oft durchgespielt, dass es ihr in Fleisch und Blut übergegangen war.

Zu dieser späten Stunde hätte sie eigentlich im Bett sein sollen, zumindest im Schlafanzug. Stattdessen trug sie Jeans und einen eng anliegenden schwarzen Pulli. Zwei Rucksäcke, nur mit dem Notwendigsten bepackt, standen vorbereitet neben der Tür. Sie mussten jederzeit in der Lage sein, kurzfristig zu verschwinden.

Sie stand auf, kam zu ihm und begrüßte ihn mit einer Umarmung. Auf Französisch flüsterte sie ihm ins Ohr: »Louis, warum lässt du mich so lange zappeln?« Sie lehnte den Kopf an seine Schulter und atmete erleichtert aus.

Er hatte viele Namen, aber in seiner Geburtsurkunde stand Louis-Philippe Gould. Dieser Abschnitt seines Lebens kam ihm wie Schnee von gestern vor. Sie war der einzige Mensch, der ihn je mit Taufnamen ansprach. Sanft schob er eine Hand an die Hinterseite ihres Kopfes und tastete mit der anderen nach der vertrauten nackten Haut an der Hüfte. In seinem Schritt regte sich sofort etwas. Er war mit vielen Frauen zusammen gewesen – so vielen, dass er mit Zählen aufgehört hatte –, doch keine konnte es mit ihr aufnehmen.

»Wie ist es gelaufen?«, fragte sie flüsternd.

Er küsste ihre Stirn und schnupperte am frisch gewaschenen Haar. »Ich schlage vor, wir machen uns einen Wein auf.« Der Sex konnte warten.

Sie hob den Kopf und trat einen Schritt zurück. »So schlimm?«

Er zuckte die Achseln. »Schlimm trifft es nicht … nur …« Er verzichtete darauf, den Satz zu vollenden.

Sie nahm ihn an der Hand und führte ihn in die winzige Küche. Sie war eine gute Zuhörerin. »Ich hol die Gläser, du die Flasche.«

Die Zweizimmerwohnung wurde möbliert vermietet. Sie hatten die ersten sechs Monate bar im Voraus bezahlt. Sie hielten sich erst seit acht Tagen darin auf und wollten morgen früh ausziehen. Die Chance auf eine Rückkehr war gering. An der Wand hingen billige Kunstdrucke, außerdem gab es eine Couch, einen Stuhl und einen Farbfernseher, der nicht funktionierte. Im Schlafzimmer standen ein Bett, groß genug für sie beide, und eine wackelige Kommode. Die Küche war seit 30 Jahren nicht renoviert worden.

Nichts davon störte sie. Auf materiellen Besitz legten sie keinen Wert. Gemeinsam hatten sie die Welt bereist und in Hostels übernachtet, in denen es von Kakerlaken nur so wimmelte, ebenso in vom Krieg verwüsteten Dörfern. Heißes Wasser und Toiletten in der Wohnung betrachteten sie als Luxus, alles andere fast schon als dekadent. Er war 32, sie 29. Ihnen blieb noch alle Zeit der Welt, die schönen Dinge im Leben zu genießen. Jetzt noch nicht. Luxus stumpfte die Überlebensinstinkte ab. Sie brauchten jeden davon, um ihren Job zu erledigen.

Sie saß auf der Couch, während er den Rotwein entkorkte. Der Pfad, der Louis zu seiner jetzigen Beschäftigung geführt hatte, verlief ungewöhnlich. Allerdings auch nicht ungewöhnlicher als bei den meisten Kollegen, glaubte er. Man wachte nicht eines Tages auf und beschloss, bezahlter Killer zu werden. Sein Vater stammte aus dem alten Geldadel, verfügte über beste Verbindungen und verstand es, bei den oft wechselnden Machthabern im Land Gefallen einzufordern. Die Goulds waren eine Diplomatendynastie, deren Wurzeln bis zum Staatsstreich von Louis-Napoléon Bonaparte am 2. Dezember 1851 zurückreichten. Fünf Generationen männlicher Goulds hatten die École Polytechnique besucht, Frankreichs führende technische Hochschule, die heranwachsende französische Staatsbürger auf ein Leben im zivilen Dienst oder beim Militär vorbereitete. Mit drei Töchtern und nur einem Sohn lasteten alle Hoffnungen der Eltern, die Familientradition fortzuführen, auf seinen Schultern. Tatsächlich hatte er damit gerechnet, in die Fußstapfen seines Vaters zu treten.

Mehr als die Hälfte seiner Jugend verbrachte er außerhalb Frankreichs, während sein Vater als Beamter im Auslandsdienst Karriere machte. Es verschlug ihn nach Französisch-Guyana, New York, London, Berlin und Washington, D. C., wo sein Vater zum französischen Botschafter der Vereinigten Staaten ernannt wurde. Er führte ein aufregendes, privilegiertes Leben und genoss jede einzelne Minute, saugte Sprache und Kultur an jedem Einsatzort auf wie ein Schwamm. Er konnte sich zu dieser Zeit nichts Erfüllenderes vorstellen als selbst eine Karriere in der Diplomatie einzuschlagen.

Bis zu dem Punkt, an dem er von den zügellosen Affären seines Vaters erfuhr. Mit 17 verachtete er den Mann, den er bis dahin als Vorbild gesehen hatte. Er konnte es nicht fassen, dass sein *père* es nicht schaffte, der eigenen Frau treu zu bleiben. Heimlich bewarb er sich an der École Speciale Militaire und erhielt dort ein Stipendium. Besser bekannt war die Ausbildungsstätte unter der Bezeichnung Saint-Cyr. Es handelte sich quasi um das französische Gegenstück zu West Point. Auf den ersten Blick schien das kein Zeichen von Rebellion zu sein, doch die Goulds hatten die französische Armee seit jeher verachtet. Als Berufsdiplomaten durch und durch verbuchten sie die meisten, wenn nicht alle Verfehlungen Frankreichs in den letzten zwei Jahrhunderten auf dem Konto der Militärs.

Als sein Vater davon erfuhr, verlor er fast den Verstand. Da sein jüngstes Kind nunmehr volljährig war, konnte er nichts dagegen unternehmen. Nachdem Louis die Ausbildung an der Saint-Cyr begonnen hatte, verschärfte sich die Krise zwischen seinen Eltern. Als die Katze aus dem Sack war, wurde das Familienoberhaupt immer dreister mit seinen Flirts. Seine Mutter, eine stolze, zutiefst religiöse Frau, zog sich auf das Anwesen in Südfrankreich zurück. In seinem letzten Jahr in Saint-Cyr beging sie Selbstmord. Damit verschwand das Herzstück, das alles zusammengehalten hatte. Verbittert gab Louis seinem Vater die alleinige Schuld und schwor sich, nie mehr ein Wort mit ihm zu reden.

Sie hielt ihm das Glas hin und ließ sich eingießen. »Ist dir jemand gefolgt?«

»Nein.«

Sie stutzte. »Warum kommst du dann so spät?«

»Reine Vorsichtsmaßnahme.« Er schüttete sich selbst ein und ließ sich neben ihr auf dem verschlissenen Sofa nieder.

»Hat sich Herr Abel vor Angst in die Hose gemacht, als er dich in seiner Suite entdeckte?«

»Er reagierte gelassener, als ich es erwartet habe.« Louis hielt ihr das Glas zum Anstoßen hin. »Auf das, was unser letzter Job werden könnte.«

Sie war nicht sicher, ob ihr dieser Trinkspruch gefiel, und erwiderte den Toast zunächst nicht. Stattdessen starrte sie ihn mit durchdringenden Augen an. Er drängte sie, indem er ihr das Glas direkt unter die Nase hielt. Nach einem kurzen Moment gab sie nach.

Sie hatten sich kennengelernt, da war Claudia Morrell gerade erst 18 gewesen. Er diente als 21-jähriger Leutnant in der französischen Fremdenlegion und begegnete ihr in der Kleinstadt Aubagne im Arrondissement Marseille. Er verliebte sich auf den ersten Blick in sie. Innerhalb von zwei Monaten wurde ein Paar aus ihnen. Eines Tages Anfang Juli wurde er dann zu seinem befehlshabenden Offizier zitiert. Wie sich herausstellte, war Claudia die Tochter eines gewissen Colonel Morrell, eines hochdekorierten Legionärs. Er war gerade von einem sechsmonatigen Einsatz in Bosnien zurückgekehrt und zum Brigadegeneral befördert worden. Wie sich herausstellte, reagierte der General äußerst empfindlich auf die Tatsache, dass ein Neuling unter seinem Befehl sich anschickte, die innigst geliebte Tochter zu entjungfern.

Goulds Versetzung auf die Insel Korsika zum 2. Fallschirmregiment stellte einen neuen Rekord für die beschleunigte Bewilligung eines Antrags auf. Er wurde quasi direkt am Tag nach dem Gespräch weggeschickt, mit nichts mehr als einem Rucksack und einer neuen Uniform auf dem Rücken. Ihm blieb nicht mal die Gelegenheit, sich von Claudia zu verabschieden. Die Versetzung betrachtete er als bittersüße Angelegenheit. Der bittere Teil bestand darin, die reizende Claudia zurückzulassen. Als süß empfand er dagegen die Versetzung zu den Fallschirmjägern, einer Elitetruppe der französischen Fremdenlegion.

Nach seiner Ankunft in Korsika blieb ihm wenig Zeit, sich selbst zu bemitleiden. Von ganz oben war der Befehl gekommen, diesen speziellen Legionär besonders hart ranzunehmen. Monatelang stürzte er sich von Klippen, wurde im Umgang mit sämtlichen Waffen im Arsenal der Legion getriezt, musste mit 25 Kilo auf dem Rücken brutale Gewaltmärsche in der Sommerhitze absolvieren, sprang aus Flugzeugen und durchschwamm die fünf Kilometer lange Bucht von Calvi. Die Fallschirmjäger hielten es mit Nietzsche: Was dich nicht umbringt, macht dich stärker. Rückblickend hatte ihn die Zeit dort zu dem Mann gemacht, der er heute war.

Mehrere Monate nach seiner Verbannung nach Korsika erfuhr er, dass die Entscheidung des Generals, ihn kurzfristig versetzen zu lassen, dem Mann als Bumerang um die Ohren geflogen war. Seine fast so sture wie hübsche Tochter ließ ihn für seine Missachtung ihrer Gefühle mächtig bluten. Sie schrieb Louis unter falschem Namen und berichtete, nach Paris gezogen zu sein und jedes klärende Gespräch mit ihrem ›Tyrann von Vater‹ zu verweigern. Sobald ihm die Legion mehr als zwei Tage Landurlaub gönnte, nutzte er die Gelegenheit, sie zu besuchen.

Gould fühlte sich bei den Fallschirmjägern allerdings längst heimisch. Sosehr er Claudia vermisste, dachte er nicht eine Sekunde daran, dieser elitären Gruppe von Kriegern den Rücken zu kehren. In den nächsten vier Jahren reiste er um die ganze Welt, von einem Krisengebiet zum nächsten, schärfte seine Fertigkeiten und stellte fest, dass er ein außergewöhnliches Talent dafür besaß, andere Menschen zu töten.

Er und Claudia blieben in Kontakt, doch als sie ihrerseits mit dem Studium begann, drifteten sie auseinander. Ihre neuen Freunde, eine Bande von Sozialisten, verachteten das Militär. Wie alle Soldaten fand er es schwierig, sich mit Leuten abzugeben, die keinerlei Verständnis für die Opfer eines Berufssoldaten aufbrachten. Er verlangte ja keine Lobeshymnen, aber mit unverblümter Ablehnung kam er schlecht zurecht.

Nach einem verlängerten Wochenende in Paris mit viel zu viel Alkohol und viel zu wenig Sex platzte die Bombe. Die Signale, dass ihre tiefen Empfindungen für ihn abflauten, ließen sich kaum übersehen. Sie verhielt sich anders als früher und zog mit einer besonders rabiaten Gruppe von Gegnern des Establishments um die Häuser. Der männliche Anführer der Truppe hatte es sich in den Kopf gesetzt, die Beziehung von Claudia und Louis bei jeder sich bietenden Gelegenheit zu boykottieren.

Endgültig platzte ihm der Kragen, als dieser blasierte Heini den Arm um Claudia legte und mit einem Weinglas in der einen und einer Nelkenzigarette in der anderen Hand fragte: »Sag mal, Louis, stimmt es eigentlich, dass bei euch Legionären Homosexualität weitverbreitet ist?«

Natürlich hätte er die Spitze ignorieren können, aber als Claudia laut zu lachen anfing, reichte es ihm. Der Schlag war nicht mal besonders heftig, eigentlich nur ein kleines Zucken mit der Faust, aber er traf voll ins Schwarze, brach dem Fatzke die Nase und schickte einen Schwall Blut in Richtung Oberlippe und freches Mundwerk. An dieser Stelle wäre die Geschichte eigentlich zu Ende gewesen. Er hatte Claudia nichts mehr zu sagen. Ihre Gegenwart widerte ihn förmlich an. Er wollte gerade gehen, da sprang ihm so ein Idiot in den Rücken. Wie bei den besten Kneipenschlägereien wurde es danach etwas verwirrend. Es änderte nichts am Ergebnis. Ellbogen wurden ausgekugelt, Finger in Richtungen gebogen, in die man sie nicht biegen sollte, und Nasen geplättet und zum

Bluten gebracht. Louis landete im Gefängnis und fünf von Claudias männlichen Kumpanen in der Notaufnahme.

Hinterher verkündete sie, ihn nie mehr wiedersehen zu wollen. Er fragte, ob er das als Versprechen werten durfte. Daraufhin setzte sie zu einer Schimpftirade auf die französische Fremdenlegion an. Er lauschte nur mit halbem Ohr. Nachdem sie fertig war, sagte er ruhig, er hoffe, dass sie eines Tages ihre Engstirnigkeit ablegen werde und begreife, dass ihr Vater sie liebe und nur beschützen wolle. Es dauerte Jahre, bis sie sich erneut begegneten, und das nicht unter den besten Umständen.

»Wieso glaubst du, es könnte unser letzter Job werden?«, fragte sie.

»Weil er verdammt gut bezahlt wird.«

Sie sah ihm in die Augen. »Jetzt machst du mich nervös.«

Wart's nur ab, bis ich dir sage, wer die Zielperson ist, dachte er. Ohne diesmal wirklich davon überzeugt zu sein, meinte er: »Du machst dir zu viele Sorgen.«

»Und du machst dir nicht genug Sorgen«, warf sie ihm vor.

»Deswegen sind wir das perfekte Team.« Er beugte sich zu ihr hinüber und küsste sie.

Sie schob ihn weg. »Versuch nicht, mich abzulenken. Wieso glaubst du, es könnte unser letzter Job werden?«

»Weil nach Abzug der Provision sieben Millionen Dollar für uns drin sind.«

»Sieben Millionen Dollar«, wiederholte sie andächtig. Claudia liebte die Unabhängigkeit, die einem Reichtum verschaffte. Allerdings war ihr klar, dass ein Job, der so gut bezahlt wurde, verdammt gefährlich sein musste.

»Na, beeindruckt dich das Sümmchen?«, fragte er mit hochgezogener Augenbraue.

»Es macht mir Angst. Und dir sollte es auch Angst machen.«

Er hob die Schultern. »Ist bloß ein Job wie jeder andere.«

»Für sieben Millionen Dollar bezweifle ich das. Wen sollst du für ihn umbringen?«

Louis trank einen Schluck Wein. »Einen Amerikaner.«

Sie schlug die Beine übereinander. »Bitte sag, dass wir nicht dort hinfliegen müssen. Du weißt, wie ich es hasse, in Amerika zu arbeiten.«

»›Wie ich's hasse‹«, korrigierte er. »Denk dran, die Amerikaner ziehen Wörter zusammen, wann immer es geht.«

Ihre Nasenflügel flatterten leicht. »Das ist nicht der richtige Moment, um mir Vorträge über Syntax, Idiome, oder wie sich das nennt, zu halten. Beantworte meine Frage.«

»Wir werden vermutlich in Amerika arbeiten müssen, ja.«

Sie schloss die Augen und schüttelte den Kopf. »Und wer ist das Opfer? Sag jetzt nicht, du sollst den Präsidenten ermorden!«

»Nein, es geht nicht um den Präsidenten.« Er lachte.

Sie verlor die Geduld. »Den Namen! Raus damit!«

»Schhhhh …« Er wollte ihr eine Hand aufs Knie legen, doch sie stieß ihn weg.

»Sag's mir! Sofort!«

»Mitch Rapp.«

Sie blinzelte einmal, dann noch mal, und stellte langsam ihr Glas ab. Dann stand sie auf und lief ans Fenster. Sie blickte auf die Straße, kam zurück und fragte mit einer Stimme, die kaum lauter als ein Flüstern klang: »Warum?«

»Das hab ich nicht gefragt. Es geht mich nichts an.«

Sie starrte ihn vorwurfsvoll an. »Ich dachte, du bewunderst diesen Rapp.«

»Das stimmt auch.«

»Warum willst du dann den Job?«

»Ich finde, sieben Millionen Dollar sind ein ziemlich guter Grund.«

»Man muss aber überleben, um diese sieben Millionen genießen zu können.«

»Er wird mich nicht töten.«

»Das weißt du nicht. Es geht hier nicht um einen Bänker wie neulich in London. Wir reden von Mitch Rapp. Der wehrt sich.«

»Er wird mich gar nicht bemerken.«

Sie pirschte unruhig von einem Ende des winzigen Apartments zum anderen. »Wer will seinen Tod?«

»Abel wollte es mir nicht verraten.«

»Ich wette, es sind die Saudis.«

»Wie gesagt, ich weiß es nicht.«

»Das liegt auf der Hand«, platzte es aus ihr heraus. »Abel erledigt schon seit Langem die Drecksarbeit für sie.« Sie blies sich eine lose Strähne aus dem Gesicht. »Ich bin nicht begeistert über die Vorstellung, so einen Job für sie zu erledigen. Mitch Rapp kämpft für die richtige Seite, finde ich. Wie du gern sagst: Er ist einer von den Guten.«

»Ich hab dir schon so oft erklärt, dass wir uns aus den politischen Hintergründen raushalten sollten. Wo wir aber gerade beim Thema sind: Ich finde es interessant, dass du Rapp für einen der Guten hältst. Es gibt bestimmt eine Milliarde Muslime auf der Welt, die das ganz anders sehen.«

Ihr Gesicht wurde knallrot und sie setzte ihren Finger wie einen Speer ein. »Komm mir nicht damit. Du hasst die Katholische Kirche wegen deines Vaters. ›Es ist ein Glaubenskrieg‹«, äffte sie ihn nach. »›Er tobt seit Tausenden von Jahren. Und die Katholische Kirche hat sich viel öfter geirrt, als dass sie richtiglag.‹«

»Das sehe ich nach wie vor so.«

»Sei nicht naiv, Louis. So wie ich, als ich mich auf meinen eigenen Vater als Feind einschoss. Wir leben im Hier und Jetzt, nicht in der Vergangenheit. Die Katholische Kirche hat damit nichts zu tun. Hier geht es um eine Bande von Rassisten, Fanatikern, Sexisten. Kleingeistern, die an ihren überkommenen Bräuchen und Einstellungen festhalten, obwohl sich die Welt um sie herum verändert.« Sie zeigte auf sich. »Auf mein Mitleid können solche Verbrecher nicht hoffen.«

Fast hätte er sie aufgefordert, sich zu entspannen, doch das hätte es nur schlimmer gemacht. »Ich kann allem beipflichten, was du gerade gesagt hast.«

»Gut. Dann werden wir dem Deutschen absagen.«

»Auf keinen Fall.«

»Ich dachte, du bist meiner Meinung.«

»Das bin ich, aber es geht um viel mehr als das.«

»Ach ja?« Sie tippelte aufgebracht mit dem Fuß.

»Ja, es geht darum, sich zur Ruhe zu setzen und ein Baby zu bekommen.« Er merkte, wie die bloße Erwähnung von Nachwuchs sie umdenken ließ.

Er hatte zwar recht, aber die Begründung war die falsche. Claudia hätte es gern mit ihm ausdiskutiert, doch jetzt war nicht der richtige Zeitpunkt dafür. Nicht solange sie beide wütend waren. »Was soll ich mit deinem Baby, wenn du tot bist?«

Er kam um den Tisch herum und nahm ihre Hände. »Ich weiß, dass es nicht leicht für dich ist. Ich werde aufpassen, versprochen. Wenn es sechs Monate dauert, dauert es eben sechs Monate. Er weiß nicht, dass ich ihn jage. Der

Deutsche weiß nicht, wer wir sind. Rapp wird mich nie zu Gesicht bekommen. Ich werde ihn töten, damit ist die Geschichte abgeschlossen.«

Es klang verlockend, aber eine innere Stimme riet ihr, diesen Auftrag sausen zu lassen. »Ich weiß nicht …«

»Schon gut. Schlaf drüber. Denk daran, wie schön es ist, irgendwann nicht mehr ständig nach Verfolgern Ausschau halten zu müssen und jeden Monat umzuziehen. Wir könnten sesshaft werden. Stell dir ein Haus am Strand mit jeder Menge Kindern vor.« Er nahm sie in den Arm und drückte sie ganz fest. »Ich verspreche dir, es wird nichts Schlimmes passieren. Ich passe besonders gut auf.«

Sie schaute ihn an. »Glaubst du wirklich, dass du dich so leicht von dieser Art zu leben verabschieden kannst?« Das Thema hatten sie bereits häufig durchgekaut.

Er lächelte. »Ja.« Vollkommen überzeugt klang es allerdings nicht.

Sie sah ihm in die Augen. Intelligente, fürsorgliche Augen. Nur sie wusste, was dahinter lauerte. Sie hatte ihn beim Töten erlebt und schockiert festgestellt, wie leicht es ihm von der Hand ging. Es war fast eine Freude, ihm dabei zuzusehen. Er ging so raffiniert und mühelos vor. In der Regel unterdrückte sie ihre Gewissensbisse, indem sie sich einredete, dass die Getöteten wegen schwerer Verbrechen oder Verfehlungen ihre Strafe verdienten. Im Fall von Mitch Rapp klappte das nicht. Er war jemand, den sie bewunderte. Das konnte sie ihrem Verstand nicht als positiv verkaufen. Am Ende setzte sich allerdings die verlockende Aussicht durch, dieses Leben aus dem Koffer hinter sich zu lassen. Ob es Louis einsah oder nicht, eines Tages würden sie auffliegen. Sie konnten nicht ewig so weitermachen. Also war es vielleicht das Beste, einen Schlussstrich zu ziehen.

18

WASHINGTON, D. C.

Der Verkehr war überschaubar, trotzdem fuhr Rapp aggressiv. Es war kurz nach sechs Uhr morgens und sie kamen gut voran. Anna verzichtete darauf, ihn aufzufordern, langsamer zu fahren. Darüber stritten sie häufiger. Mitch war in dieser Hinsicht bemerkenswert unflexibel. Sooft sich die Gelegenheit ergab, brachte er sie zur Arbeit. Die Fahrt dauerte 35 Minuten, sofern ihnen ein Stau erspart blieb, und gab ihnen die Möglichkeit, Zeit miteinander zu verbringen. Da sie sowieso in dieselbe Richtung mussten, passte es prima. Inzwischen hatte sich eine gewisse Routine eingespielt. Mitch drückte auf die Tube und sah sich ständig in alle Richtungen um, spähte in den Seitenspiegel und prägte sich die Gesichter der anderen Fahrer ein, variierte so oft wie möglich die Strecke, die sie fuhren. Für ihn waren das Automatismen, über die er nach Jahren in feindlicher Umgebung kaum nachdachte.

Anna beließ es dabei, sich in die *New York Times* oder *Washington Post* zu vertiefen. In ihrem Job musste man viel lesen. Als Korrespondentin im Weißen Haus galt es nicht nur, das Geschehen in der Pennsylvania Avenue 1600 zu verfolgen, sondern auch alle übrigen Entwicklungen im Umfeld der Regierung im Auge zu behalten. Hinzu kam, dass sie zumindest grob informiert sein sollte, was die Gegner des Präsidenten trieben. Eine Menge Input.

Zu den schmutzigen Geheimnissen der meisten TV-Journalisten in Washington gehörte, dass sie sich für die Recherchearbeit stark auf ihre Kollegen von der schreibenden Zunft verließen. Die *Post* und die *Times* zählten zur Pflichtlektüre. Man las beide, fasste ihre Berichterstattung kurz und bündig zusammen und hatte bereits die perfekte 30-Sekunden-Einleitung für den jüngsten Skandal, der sich im Weißen Haus zusammenbraute. In der Theorie sollte man im Weißen Haus zusätzlich eigene O-Töne einholen und kritische Fragen stellen. In der Realität verhinderten die ›Nicht vom Thema abweichen‹-Haltung des Weißen Hauses und enge Zeitbeschränkungen ein solches Vorgehen. Meistens fasste man lediglich Presseberichte zusammen und plapperte das Gelesene nach. Während ihr Mann also durch die Stadt raste wie ein Bankräuber auf der Flucht vor der Polizei, tat sie ihr Bestes, um alles auszublenden, was außerhalb der gepanzerten Limousine vor sich ging, die sie als Familienkutsche nutzten.

Der silberne Audi A8, ein Umbau nach Mitchs Vorgaben, brachte locker 30 Prozent mehr Gewicht auf die Waage als ein Serienmodell. Das verdankte das Fahrzeug vor allem dem kugelsicheren Kevlar, mit dem Türen, Boden und Wagenhimmel verstärkt waren. Auch die Panzerscheiben und Spezialreifen mit Notlaufeigenschaften trugen ihren Anteil daran, doch allein die doppelte Kevlarschicht, die gegen Schüsse auf das Fahrzeug abschirmte, trug satte 650 Kilo zur Bilanz bei. Die Limousine verfügte über mehr als genug Pferdestärken, um den zusätzlichen Ballast zu kompensieren. Das schlug sich im Gegenzug in einem deutlich höheren Spritverbrauch nieder.

»In der *Post* ist ein guter Artikel über euren neuen Boss«, meinte sie, ohne aufzublicken. »Solltest du dir mal durchlesen.«

Stirnrunzelnd drückte Rapp aufs Gas und wechselte die Spur. »Wovon redest du?«

»Na, von Ross ... eurem neuen Geheimdienstkoordinator.«

»Als meinen Boss würde ich den nicht grad bezeichnen.«

Anna schielte auf den Tacho und widerstand dem Drang, nach draußen zu schauen. Sie rollten über den Highway 50. Ehrlich gesagt wusste sie nicht genau, ob das Tempolimit bei 50, 55, oder 65 Meilen pro Stunde lag. Jedenfalls bestimmt nicht bei 80, und diesen Wert zeigte der Tacho aktuell an. So war es eben, wenn man mit Mitchell Rapp zusammenlebte. Sie hatte eine Weile gebraucht, sich daran zu gewöhnen. Inzwischen schaffte sie es, sich einfach zurückzulehnen, ihm zu vertrauen und sich zu entspannen.

»Laut diesem Artikel ist er sehr wohl dein Boss«, widersprach sie.

So hatte Rapp das bisher nicht gesehen. Er vermutete, wenn er sich zur Abwechslung mal mit diesen unsinnigen Organigrammen beschäftigte, die ständig auf seinem Schreibtisch landeten, wäre er tatsächlich zu dem Ergebnis gelangt, dass es sich bei Ross um seinen obersten Vorgesetzten handelte. »Er ist ein typischer Aktenhengst, Schatz. Nichts weiter als zusätzlicher Ballast an der Spitze der umgedrehten Hierarchiepyramide.«

Diesmal suchte sie mit ihren bestechenden grünen Augen Kontakt zu ihm, lächelte und sagte: »Und du bist der arme Atlas, der die Pyramide auf seinen Schultern tragen muss, stimmt's?« Sie streichelte ihn im Nacken. Er blinzelte, schob ihre Hand aber nicht weg, was sie für ein gutes Zeichen hielt. Es hatte Monate gedauert, bis er ihr dermaßen vertraute. Wie bei einem Hund, der als Welpe ständig Schläge kassiert hatte. Mitch mochte es nicht, von anderen berührt zu werden.

»Wieso stichelst du ständig?« Das war seine jüngste Masche. Er nutzte das, was er als ›Political-Correctness-Quark‹ abstempelte, um sich selbst als Opfer in Szene zu setzen. »Ich dachte, wir kämpfen im selben Team.«

Sie massierte ihn weiter. »Das tun wir ja auch, Schatz. Ich zieh dich halt gern auf. Hast du ihn bereits kennengelernt?«

»Wen?«

»Ross.«

Rapp neigte zur Paranoia, aber er versuchte, sie im Privatleben auszublenden. Es gab allerdings Momente, in dem seine neugierige Ehefrau die Grenze zwischen Persönlichem und Beruflichem verschwimmen ließ. Er sah Anna prüfend an, um herauszufinden, ob sie mehr wusste, als sie sich anmerken ließ. »Ich bin ihm ein paarmal begegnet.«

»Und?«

»Was und?«

»Was hast du für einen Eindruck von ihm?«

»Keine Ahnung.« Sein Achselzucken wirkte nicht sonderlich überzeugend.

»Täuscht mich mein Bauchgefühl oder bahnt sich da ein Konflikt an?« Ihr Zeigefinger hatte eine Locke gefunden und wickelte sie um einen Finger.

»Ganz ruhig, Lois Lane.«

»Jedenfalls«, schob sie nach, »liest es sich in diesem Artikel, als ob jeder den Kerl mag. Republikaner und Demokraten gleichermaßen.«

»Glaubst du alles, was du in der Zeitung liest?«

»Solange mir niemand das Gegenteil beweist … ja.« Sie drehte sich im Sitz zur Seite, um ihn anzuschauen. »Bist du sauer, weil Irene nicht auf diesen Posten gerückt ist?«

»Nein.« Er verzog das Gesicht. »Irene ist dort am besten aufgehoben, wo sie gerade ist. Sie hält mir lästige Störenfriede vom Leib und besorgt mir, was ich brauche. Außerdem bleibt es abzuwarten, ob hinter diesem Posten mehr steckt als eine klangvolle Bezeichnung.«

Anna ließ eine ihrer dünnen Augenbrauen zucken. »Ist Irene denn auch in der Lage, dir Ross vom Leib zu halten?«

Er musterte seine Frau anerkennend. »Gar nicht schlecht für eine Quasselstrippe aus dem Fernsehen. Ich bin stolz auf dich.«

Sie passierten das National Arboretum auf der linken Straßenseite und erreichten einen heruntergekommenen Teil der Stadt. Anna zog ihn neckisch an den Haaren. »Warum hab ich dich überhaupt geheiratet?«

Rapp richtete die Augen stur auf die Fahrbahn. »Weil du den ungesunden Drang hast, alles kontrollieren zu wollen, und Herausforderungen liebst. Ich bin dein Mount Everest, und du willst mich besteigen.« Er grinste in sich hinein und sah sie verschmitzt an. »Hey, das klingt gut. Was hältst du davon, mich heute Abend zu besteigen?«

»So plump landest du bei mir nicht.«

»Süße, unsere Liebe ist eine wunderschöne Sache. Wenn ich sie dir gegenüber zum Ausdruck bringe, wünsche ich mir, dass ein bisschen was zurückkommt. Weißt du, ich hab auch Gefühle.«

»Du bist unmöglich.« Sie prustete los. »Ich bin sicher nicht perfekt, aber wenn du sagst, ich will alles kontrollieren, ist das etwa so, als ob Donald Trump seinem Gegenüber ein übertriebenes Selbstbewusstsein vorwirft.«

»Liebling.« Rapps Stimme klang jetzt so sanft und salbungsvoll wie bei einem Sprecher des National Public Radio. »Vergiss nie, dass jeder negative Kommentar in Wahrheit ein Hilferuf ist.« Er täschelte ihr Knie. »Wenn du darüber reden möchtest, bin ich jederzeit für dich da.«

Anna hatte drei Brüder und konnte einiges wegstecken. Sie wand sich aus der Berührung und verpasste ihm einen Schlag gegen die Schulter.

Er fing unkontrolliert zu lachen an. »Meine Frau misshandelt mich … Hilfe!«

Sie boxte ihm zwei weitere Male gegen den Arm und wollte gerade nachsetzen, da fühlte sie sich an die Abklatschspiele mit ihren Geschwistern aus Kindertagen erinnert. Herrgott, wie unreif. Sie war immerhin Anfang 30. »Ach, Mitchell, wieso lass ich mich laufend von dir provozieren?«

Er gluckste immer noch. »Weil du mich liebst.«

»Ich schwör dir, manchmal kommt es mir vor, als wär ich mit einem Kind verheiratet.« Sie drehte sich von ihm weg und schmollte.

Er bekam sich gar nicht mehr ein und legte entschuldigend die rechte Hand auf ihren Oberschenkel. »Tut mir leid, Schatz.« Kaum hatte er das gesagt, schaltete er für seine Folter in den nächsten Gang. Er fuhr mit der Hand ein Stück höher, an die Stelle, wo sie unglaublich kitzlig war, und folterte sie mit den Fingern.

Das reichte. Sie ging fast durch die Decke, versuchte, die Hand wegzuschieben, und setzte ihre Nägel ein, während sie zwischen Juchzen und Kreischen pendelte. Irgendwann zeigte ihr Ehemann Gnade. Giggelnd saß sie da, das schulterlange haselnussbraune Haar hing ihr unkontrolliert vor dem Gesicht. »Irgendwann krieg ich dich. Das weißt du … oder?«

Rapp nickte ernst. »Da bin ich mir absolut sicher.«

Als er sich gerade gratulieren wollte, sie erfolgreich von einem Thema abgelenkt zu haben, über das er nicht reden wollte, meinte sie aus heiterem Himmel: »Und glaub nicht, dass ich nicht weiß, warum du das gemacht hast.«

»Was hab ich gemacht?«

»Na, du wolltest nicht über deinen neuen Boss reden, also hast du den Spieß in meine Richtung umgedreht. Verrätst du mir, warum du ihn nicht magst, oder soll ich mich für den Rest des Tages ans Telefon klemmen und andere Leute löchern, warum du ihn nicht magst?«

»Geht das schon wieder los!«

Sie näherten sich dem Weißen Haus. »Fahr langsamer und lenk nicht vom Thema ab. Du weißt, dass ich das tun werde, falls du mir keine ehrliche Antwort gibst.«

Er begriff, dass sie es todernst meinte. »Na schön, du Mob-Königin. Ich bin mir nicht sicher, was ich von ihm halten soll. Ich weiß nicht viel über ihn. Allerdings habe ich gewisse Vorbehalte.«

»Warum?«

»Weil es danach aussieht, als ob er einem Mann, den ich kenne, das Leben bewusst schwer macht.« Rapp dachte an Colemans Ärger mit der Steuerbehörde.

»Worum geht es?«

Er sah sie an. »Heute Abend kann ich dir wahrscheinlich mehr dazu sagen … hoffe ich.«

Sie erreichten den nordwestlichen Kontrollposten am Weißen Haus. Rapp stellte den Motor ab.

Sie beugte sich zu ihm hinüber und hypnotisierte mit ihren smaragdgrünen Augen seine dunkelbrauen. »Ich bestehe drauf, dass du mir alles erzählst, wenn du nach Hause kommst.«

»Sobald du mich bestiegen hast.«

Sie probierte, ihr Schmunzeln zu unterdrücken, scheiterte jedoch kläglich. »Vielleicht.«

Er küsste sie. »Ich liebe dich, mein Schatz.«

»Ich liebe dich auch.« Sie stieg mit Handtasche und Schulterbeutel aus, lief vorn an der Kühlerhaube vorbei und verabschiedete sich mit einem letzten Winken und dem Millionen-Dollar-Lächeln, mit dem sie sämtliche Fernsehzuschauer verzauberte.

Rapp ließ die Scheibe hinunter. »Pass auf dich auf.«

»Das werd ich. Du auch.« Sie winkte dem uniformierten Secret-Service-Beamten hinter dem grün getönten, kugelsicheren Plexiglasschirm zu. Ihre Zugangsberechtigung musste sie erst am nächsten Checkpoint vorzeigen.

Rapp blieb mit einer Hand an der Gangschaltung und der anderen am Steuer sitzen und bewunderte den Anblick der schlanken und doch kurvigen Figur seiner Frau. Sie drehte sich noch einmal um und lächelte. Rapp winkte und legte den Gang ein. Mit einem strahlenden Blick, der absolute Zufriedenheit verriet, setzte er zurück. Zwischen ihnen war es nie besser gelaufen. Ihre Beziehung kam zunehmend besser in Fahrt. Er war vollkommen glücklich.

19

RIAD, SAUDI-ARABIEN

Abel verließ das Terminal, blieb kurz stehen und atmete tief die heiße, trockene Luft ein. Er hatte gemischte Gefühle, so bald ins Königreich zurückzukehren, und hoffte, dass der Prinz nicht mehr als ein paar Tage seiner Zeit beanspruchte. Er verstand jedoch, dass die heikle Natur ihrer Geschäfte es ausschloss, alles am Telefon zu besprechen – für wie sicher sie die Leitung auch halten mochten. So gern er in den Alpen geblieben wäre, das Treffen war unumgänglich.

Dabei hielten jetzt die Herbstfarben Einzug in der Nähe seines Bergdomizils und das Klima frischte von Tag zu Tag auf. Die beste Zeit des Jahres zum Wandern. Die Schwüle der Sommermonate war Gift für sein Asthma und ließ körperliche Anstrengungen schnell problematisch werden. Jetzt, da alles auf den Weg gebracht war, hatte er noch einen zweiten Grund, sich nach seinem beschaulichen Dorf in den Bergen zu sehnen. Seine Überlebensinstinkte meldeten sich zu Wort. In der Abgeschiedenheit der Alpen konnte er in Ruhe denken und Pläne für den Fall schmieden, dass etwas schiefging. Er nahm sich vor, Prinz Muhammad so höflich wie möglich darauf hinzuweisen, dass er dringenden Geschäften in Zürich nachgehen musste. Mit etwas Glück ließ ihn dieser Soziopath daraufhin ziehen.

Prinz Muhammad bin Rashid hatte seine Untergebenen geschickt, um den Deutschen durch den Zoll zu schleusen. Eine weiße Limousine mit einem zweiköpfigen Sicherheitsteam wartete vor der Tür. Ein weiterer Helfer verlud sein Bordcase so behutsam in den Kofferraum, als würde es sich um ein erlesenes Kunstwerk handeln. Der vierte und letzte hielt ihm die Tür auf und forderte ihn mit nach oben gedrehter Handfläche auf, das klimatisierte Paradies zu betreten. Für einen flüchtigen Moment beschlich Abel der Eindruck, zu seiner eigenen Beerdigung eingeladen zu werden. Er zögerte kurz, dann stieg er ein.

Warum er nicht direkt umkehrte und in die erste Maschine zurück nach Europa stieg, wusste er selbst nicht. Damit, dass er Prinz Muhammad vertraute, hatte es nichts zu tun. Das tat er nämlich nicht. Vermutlich lag es eher an den Schwierigkeiten, die ihm drohten, falls er nicht einstieg. Durchaus möglich, dass man ihn daraufhin gewaltsam vom Flughafengelände entfernt hätte. Natürlich gab es weitere unterschwellige Gefahren, Berufsrisiken, wenn man so wollte, die dazugehörten. Nach zwei Jahrzehnten Verrat, Ausflüchten und Mord durfte man sie nicht unterschätzen. Zwar bezweifelte er, dass Rashid ihn töten lassen würde, aber er konnte es nicht kategorisch ausschließen. Nach Abels bescheidener Meinung war der Mann ein narzisstischer Egomane. Er verschanzte sich in seiner Festung, umgeben von Bodyguards und dem opulenten Luxus, den ihm seine Milliarden ermöglichten. Sein Kontakt zur realen Welt fiel äußerst begrenzt aus. Der Saudi-Klan war tief gespalten. Ein Teil der Familie blickte in die Zukunft, der andere klebte an der Vergangenheit. Bruder kämpfte gegen Bruder. Bevor es vorbei war, drohte heftiges Blutvergießen.

Rashid arbeitete sehr akribisch und legte größten Wert darauf, seine Spuren zu verwischen. Wie hatte es der Killer Abel gegenüber in Paris formuliert?

Mir ist durchaus bewusst, welche Art Mensch für solche Arbeit bezahlt. Bei einigen sind es pragmatische Gründe, die meisten haben ernsthafte psychologische Probleme. Oft sind es Soziopathen, die bei allem im Leben am längeren Hebel sitzen wollen. Sie mögen es, wenn lose Enden gekappt werden und alles säuberlich in einer Kiste weggepackt wird. Und manche wollen deswegen im Anschluss denjenigen loswerden, der abgedrückt hat.

Das fasste die Persönlichkeit von Prinz Muhammad ziemlich gut zusammen. Der Killer war ein kluger Mann. Er wusste nach wie vor nicht, wie er ihn anreden sollte. Die Frau hatte darum gebeten, dass er sie Marie nannte. Kurz bevor sie ihm mitteilte, dass sie aus dem Deal ausstiegen, wenn er das Honorar nicht von sieben auf glatte zehn Millionen anhob. Abel hatte widersprochen, daraufhin legte sie wortlos auf. Verzweifelt hatte er in den kommenden drei Stunden auf ihren Rückruf gewartet. Als er endlich kam, musste er jedes Quäntchen Zurückhaltung zusammenkratzen, um ruhig zu bleiben. Er hatte nie zuvor mit Geschäftspartnern wie diesem Pärchen zu tun gehabt. Sie erinnerten ihn an eine wunderschöne Frau, die einem per Ohrfeige eine Abfuhr erteilte. Aus unerfindlichen Gründen trabte er trotzdem hechelnd hinterher, um sich Nachschub abzuholen.

Statt die Suche von vorn zu beginnen, ließ er sich auf die Forderung ein und verlor so auf einen Schlag weitere drei Millionen. Sie hatten ihn von Anfang an im Griff gehabt und bewiesen, dass sie ihr Handwerk beherrschten. Jetzt musste er sich nur noch zurücklehnen und sie die Schwerstarbeit erledigen lassen. Es sei denn, Rashid plante, ihn vorzeitig aus dem Verkehr zu ziehen. Abel spähte durch die stark getönte Scheibe und beschloss, den Prinzen subtil darauf hinzuweisen, dass sein Ableben ihnen beiden gleichermaßen schadete.

Der Palast war gewaltig und wies eine bestechende Ähnlichkeit zu einem Fünf-Sterne-Resort auf, in dem Abel mal in Arizona übernachtet hatte. Auf eine Fläche von fast einer Million Quadratmetern verteilten sich Stallungen für Zuchtpferde, sechs Außen- und drei Innenpools, ein Golfplatz mit neun Löchern und ein kleiner Vergnügungspark.

Alle vier Ehefrauen von Rashid lebten in getrennten Villen auf dem Grundstück, ebenso wie viele seiner 21 Kinder und eine stetig wachsende Schar von Enkelkindern. Das hohe Metalltor schwang auf. Die Limousine rollte über das von Palmen gesäumte Kopfsteinpflaster, vorbei an einem riesigen Brunnen, und hielt unter dem imposanten Säulenvorbau des Hauptpalasts. Es war nicht ganz einfach, bei Rashids Immobilien den Überblick zu behalten. Er besaß eine ähnliche Anlage in Mekka, eine in Dschidda am Roten Meer, ein Stadthaus in Zürich und eine beeindruckende Villa vor den Toren Granadas.

Der Prinz reiste nicht gern, aber die Villa in Spanien war sein ganzer Stolz. Es gehörte zu seinen erklärten Zielen, die Grenzen des islamischen Reichs wieder bis zur Mittelmeerküste auszudehnen. Abel amüsierte sich insgeheim darüber. Spanien war ein ausgesprochen katholisches Land und der Einfluss des Islams in den südlichen Landesteilen hatte nach historischen Maßstäben nicht lange gewährt. Prinz Muhammad und sein Hofstaat sahen allerdings keinen Widerspruch in ihren Absichten, Spanien zu erobern und Israel von der Landkarte zu tilgen. Als Deutscher fühlte Abel sich in der einzigartigen Position, die Motive der Zionisten nachvollziehen zu können – den Wunsch des jüdischen Volkes, einen eigenen Staat auf dessen angestammtem Heimatgebiet zu errichten. Geschichtlich betrachtet hatten die Juden weitaus größere Erfolgsaussichten bei der Umsetzung dieses Ziels als die verrückten Wahhabiten mit dem Wunsch, den Islam nach Spanien zurückzuholen. Aus Gründen, die auf der Hand lagen, verzichtete Abel darauf, Rashid auf diesen Widerspruch hinzuweisen.

Prinz Muhammad erwartete ihn am Hauptpool, der in Form eines Kamels gebaut war. Jedes Mal wenn Abel ihn hier besuchte, beschlich ihn das Gefühl, ein zehnjähriger Junge sei für die Architektur verantwortlich gewesen. Der Prinz hockte unter einem ausladenden kakifarbenen Baldachin und stellte wie gewohnt die kompletten Insignien seiner Dynastie zur Schau. Zwei seiner omnipräsenten Leibwächter hielten sich unauffällig im Hintergrund.

Abel trat unter das Zeltdach und deutete eine leichte Verbeugung an. »Guten Tag, Prinz Muhammad. Wie kann ich Ihnen dienen?«

»Setzen Sie sich, Erich. Es gibt viel zu bereden. Ich hoffe, Sie haben Hunger mitgebracht.«

»Ja, das habe ich.«

Ein Bediensteter eilte herbei und brachte Abel einen Stuhl. Dem Deutschen fiel auf, dass er direkt neben dem Prinzen platziert wurde. Das war ungewöhnlich. Rashid schien heute in besonders verschwörerischer Stimmung zu sein. Sie betrieben Small Talk und tranken dabei etwas. Rashid entschied sich für Kaffee, Abel für Eistee. Nach etwa fünf Minuten entließ der Prinz seine Leibwächter. Sofort entspannte sich sein Besucher. Hätte Rashid vorgehabt, ihn zu beseitigen, wären seine zwei Aufpasser nicht weggeschickt worden.

Sein Gastgeber hielt ihm eine Schale mit Früchten hin. »Wie geht es meinem alten Freund?«

Abel ging davon aus, dass er von Said Ahmed Abdullah sprach. »Ich habe mich mit ihm getroffen, wie Sie es gewünscht haben, und kümmere mich aktuell darum, sein Problem zu lösen.«

Der Prinz nickte nachdenklich. »Ihnen ist bewusst, dass es ihm nicht gut geht?«

»Er ist krank?«

»Ja, sein Herz trauert um seinen Sohn. Bedauerlicherweise hat ihn das um den Verstand gebracht.«

Abel nickte verständnisvoll.

»Mein Freund mag nicht er selbst sein, aber ich schulde ihm eine Menge.«

Abel wusste nicht, was er darauf erwidern sollte.

»Ich bin Ihnen sehr dankbar für Ihre Hilfe«, fuhr Rashid fort. »Ich weiß zwar nicht, wen er töten lassen will, aber ich hege einen gewissen Verdacht.«

»Natürlich werde ich es Ihnen sagen, wenn Sie es wissen möchten, Prinz Muhammad.«

Rashid hob abwehrend die Hand und schüttelte langsam den Kopf. »Nein, ich will nichts davon hören.«

»Ich stimme Ihnen zu, dass es wichtig ist, so wenige Leute wie möglich ins Vertrauen zu ziehen. Ich habe Ihren Freund angewiesen, mit keinem darüber zu sprechen.«

»Das habe ich ebenfalls getan. Trotzdem mache ich mir Sorgen.« Der Prinz nahm sich eine Traube und betrachtete sie, während er sich die nächsten Worte zurechtlegte. »Der Mann, den Abdullah beseitigen will … Sollte es derjenige sein, den ich vermute, müssen Sie extrem vorsichtig sein. Er ist kein gewöhnlicher Mann. Im Fall eines Scheiterns wird er Jagd auf Sie machen und erst Ruhe geben, wenn er Ihren Skalp als Trophäe besitzt.«

Abel spukten ähnlich unangenehme Bilder im Kopf herum. »Der Profi, den ich angeheuert habe, ist extrem kompetent.«

»Haben Sie ihn in Aktion erlebt?«

»Indirekt schon. Er ist ausgesprochen fähig. Ich halte ihn für den perfekten Mann, um den Auftrag zu erledigen.«

Der Prinz warf sich die Beere in den Mund. »Wie gut kennen Sie ihn?«

Abel wog seine Antwort sorgfältig ab. »In meinem Metier kennt man sich untereinander generell nicht gut.«

Der Prinz starrte kurz ins Leere. »Es steht eine Menge auf dem Spiel. Ich darf auf keinen Fall mit der Tat in Verbindung gebracht werden, ebenso wenig wie Sie. Sie sind zu wertvoll für mich.«

»Was schwebt Ihnen vor?«

»Nun, ich möchte sicherstellen, dass es keine Möglichkeit gibt, Ihre Beteiligung nachzuweisen. Sollte der Mann, den Sie darauf angesetzt haben, erfolgreich sein, werden sehr mächtige Menschen sehr aufgebracht reagieren. Und Sie werden nichts unversucht lassen, die Verantwortlichen zu finden.«

Abel hielt sich selbst für einen Experten in Risikoabschätzung. »Der Mann, den Ihr Freund aus dem Weg räumen lassen will … Er hat viele Feinde. Ohne harte Beweise wird es den Amerikanern schwerfallen, den Auftraggeber zu ermitteln.«

»Sollten es ihnen doch gelingen oder dieser Mann, den Sie beauftragt haben, einen Fehler machen … oder, noch schlimmer, sollte er scheitern und in Gefangenschaft geraten …«

»Es gibt in diesem Metier keine Garantien, Prinz Muhammad. Alles, was Sie ansprechen, ist möglich, wenn auch unwahrscheinlich. Wie gesagt, mein Mann ist äußerst fähig. Die Chancen stehen zu unseren Gunsten. Niemand wird je von unserer Beteiligung erfahren.« Abel bemerkte den zweifelnden Gesichtsausdruck des Prinzen. Er versuchte, ihn zu beruhigen. »Ich habe meine Spuren komplett beseitigt. Selbst im Fall eines Scheiterns gäbe es keine Möglichkeit, dass die Angelegenheit zu mir zurückverfolgt werden kann.«

»Ich teile Ihren Optimismus nicht.«

Abel stieß einen matten Seufzer aus. Ihm fiel nichts ein, was er noch sagen konnte.

»Sollte der Mann, der für Sie arbeitet, den amerikanischen Behörden in die Hände fallen, wird man ihm entlocken, wer ihn beauftragt hat.«

»Der Mann hat keinen Schimmer, wer ich bin. Er kann Ihnen höchstens eine vage Beschreibung von mir liefern. Ich habe einen Decknamen benutzt.« Abel ahnte, worauf das Gespräch hinauslief, und hielt es für nötig, zu dieser Notlüge zu greifen.

»Die Vereinigten Staaten haben ihre Verhörtechniken deutlich verbessert. Ich gehe davon aus, dass er über eine Möglichkeit verfügt, mit Ihnen in Kontakt zu treten.«

Abel nickte.

»Denen genügt eine Telefonnummer oder eine E-Mail-Adresse. Vermutlich haben Sie dem Mann einen Vorschuss gezahlt. Per Online-Überweisung?«

»Ja.«

»Das wird er denen verraten, und dann können die Ermittler die Spur des Geldes bis zu Abdullah zurückverfolgen.«

Abel widersprach: »Ich habe auf ein Netzwerk von Banken zurückgegriffen, die für den vertraulichen Umgang mit Kundendaten bekannt sind. Selbst vor dem Hintergrund der neuen Antiterrorgesetze bin ich vor einer Entdeckung geschützt.«

Ein zynisches Lächeln trat auf Rashids Lippen. »Ich habe Gerüchte gehört. Die USA gehen nicht länger den Umweg über die Schweizer Gerichte. Sie hacken sich kurzerhand selbst in die Datennetze ein und holen sich alle Informationen, die sie benötigen. Sie bedienen sich ungestraft, ohne dass die Kreditinstitute überhaupt etwas davon mitbekommen.«

»Bei allem Respekt, Prinz Muhammad, ich halte diese Gerüchte für aus der Luft gegriffen.«

»Sie haben Ihre Quellen, ich habe meine«, erwiderte der Prinz mit verschmitztem Lächeln.

Sie befanden sich in einer Pattsituation. Abel überlegte, was er noch sagen konnte, um die Sorgen des Prinzen zu zerstreuen. Er gab sich geschlagen. »Was erwarten Sie von mir?«

»Ich möchte, dass Sie Ihre Spuren verwischen.«

»Wie erwähnt … Das habe ich bereits getan.«

Prinz Muhammad musterte den Deutschen mit der gestrengen Miene eines allwissenden Vaters, der es leid war, länger zu diskutieren. »Ich sage es ein letztes Mal: Stellen Sie sicher, dass es keine Möglichkeit für die Amerikaner gibt, die Tat zu Ihnen oder zu Abdullah zurückzuverfolgen.«

Abel blickte zur Seite und ließ die Augen auf der schimmernden Oberfläche dieses lächerlichen Kamel-Pools ruhen. Er wusste nur zu gut, dass es Prinz Muhammad in Wahrheit darum ging, von den Vereinigten Staaten nicht in dieser Angelegenheit behelligt zu werden. Abel befand sich in einer kniffligen Position. Blieb er weiterhin stur, fand er sich womöglich bald auf dem Grund des Schwimmbeckens wieder und starrte mit leeren Augen und Chlorwasser in der Lunge zur Oberfläche hinauf. Für den Moment sah er keine andere Option als nachzugeben. Sobald er Saudi-Arabien verlassen hatte, würde er die Sache in Ordnung bringen. Vorerst galt es, das Beste aus einer unangenehmen Situation zu machen.

Er sah den Prinzen an. »Ich kann mich darum kümmern, aber das wird nicht billig.«

»Wie viel kostet es?«

In Wahrheit war er sich alles andere als sicher, aber diese Antwort hätte Rashid nicht akzeptiert. Er kannte die Identität des Killers nicht, auch zu dessen Partnerin gab es nur vage Anhaltspunkte. Hinzu kam die eindringliche Warnung des Mannes, ihn sofort umzubringen, falls er versuchte, mehr über sie herauszufinden. Möglich, dass Petrow etwas wusste und er mit einem hübschen Sümmchen die Wahrheit aus dem alten Kommunisten herauslocken konnte. Abel legte sich die nötigen Schritte im Kopf zurecht und erklärte: »Fünf Millionen … eventuell mehr.«

Rashid setzte sein bestes Pokerface auf. Im Gegensatz zu Abdullah, dessen Urteilsvermögen durch die Ermordung seines Sohns getrübt war, würde er nicht einfach die Schatulle öffnen und ihm die Scheine in die Hand drücken. »Wollen Sie mich für dumm verkaufen?«

»Nein, warum?«

»Fünf Millionen sind viel zu viel.«

»Bei allem Respekt, Prinz Muhammad, es ist eher zu wenig. Ich muss immerhin eine kleine Armee anheuern, um diesen Mann zu verfolgen, und viele Offizielle bestechen, um mir aktuelle Informationen zu seinem Aufenthaltsort zu verschaffen. Fünf Millionen sind das absolute Minimum.«

Lange Zeit sagte Rashid nichts. Seine braunen, fast schwarzen Augen fixierten den Deutschen. Abel hielt der Musterung stand. Er sah den Prinzen nicht direkt an, weil dieser das womöglich als Provokation aufgefasst hätte, und schwieg beharrlich, was in solchen Fällen der Schlüssel zum Verhandlungserfolg war.

Nach gut einer Minute lenkte Rashid ein. »Nicht einen Cent mehr.«

»Ich werde mein Bestes geben.« Abel ließ sich den inneren Triumph nicht anmerken.

»Ja, das werden Sie.« Rashid pflückte sich eine weitere Beere ab. »Das tun Sie immer.«

»Ich gehe davon aus, dass ich mich umgehend darum kümmern soll?«

»Ja. Ich habe bereits ein Flugzeug organisiert, das Sie an jeden gewünschten Ort bringt.«

Abel dachte einen Moment nach. »Moskau.«

Der Prinz grinste zynisch. »Sie wollen mit Ihren guten alten Freunden, den Russen, zusammenarbeiten? Das ist gut. Für Geld tun sie alles. Da sind sie genau wie Huren.«

Abel verkniff sich einen Kommentar. Er fragte sich, ob Prinz Muhammad ahnte, was die Russen umgekehrt von den Saudis hielten. So verlockend es wäre, ihm reinen Wein einzuschenken, er wollte nicht doch noch als Leiche im Pool enden. Also stand er auf und verbeugte sich. »Danke für Ihre Gastfreundschaft, Prinz Muhammad. Ich werde Sie über meine Fortschritte informieren.«

»Das Geld erhalten Sie im Erfolgsfall in bar. Keine Überweisungen mehr.«

»Ganz wie es Ihnen genehm ist.«

Ein Mitarbeiter aus dem riesigen Hofstaat des Prinzen erschien wie aus dem Nichts und bedeutete Abel, ihm zu folgen.

Sobald die beiden verschwunden waren, trat ein ernst dreinblickender Mann in weißer Robe hinter einem Vorhang hervor und ging zu Prinz Muhammad. Er baute sich mit verschränkten Armen vor der breiten Brust auf.

»Was halten Sie davon?«, fragte der Prinz.

Der Mann schnaufte verächtlich. »Ich trau ihm nicht, hab ihm nie vertraut.«

Der Prinz lächelte. Colonel Nawaf Tajib hatte unter Muhammad während dessen Amtszeit als Innenminister gedient. Er arbeitete für den saudischen Geheimdienst und zählte inzwischen zu den engsten Vertrauten des Prinzen. Ein extrem effizient arbeitender Mann, der nicht davor zurückschreckte, Gewalt einzusetzen, um Resultate zu erzielen.

»Was soll ich mit ihm machen?«, fragte Muhammad.

»Ich schlage vor, Sie überlassen ihn mir.«

Muhammad nickte. Mit dieser Antwort hatte er gerechnet. »Behalten Sie ihn diskret im Auge. Sie werden selbst merken, wann der richtige Zeitpunkt gekommen ist.«

20

LANGLEY, VIRGINIA

Rapp parkte den Wagen in der Tiefgarage unter dem Old Headquarters Building von Langley neben Kennedys gepanzertem Lincoln Town Car. Die Stellplätze auf dem relativ überschaubaren Parkdeck waren äußerst begehrt. Einer der komischen Kauze aus dem Counterterrorism Center hatte Rapp vor ein paar Jahren gesteckt, dass sich ein kürzlich beförderter Abteilungsleiter aus dem Ressort Wissenschaft und Technik tierisch darüber aufgeregt hatte, dass Rapp ständig seinen reservierten Platz blockierte. Mitch ging das am Allerwertesten vorbei – sowohl die

Geschichte mit der Reservierung als auch das mit dem angepissten Aktenschubser. Umso mehr schätzte er dagegen den separaten Aufzug, mit dem ihm der Umweg durch die Lobby und die Leute, die einem dort das Ohr abkauten, erspart blieben. Das gehörte zu den ersten Dingen, die Rapp nach dem Wechsel in die Zentrale feststellte. Im Headquarter lief die Arbeit in völlig anderer Geschwindigkeit ab. Die Mitarbeiter hatten Zeit für Schwätzchen, endlose Meetings oder Ausflüge ins Internet. Rapp konnte als überzeugter Einzelkämpfer nichts mit solchen sozialen Verpflichtungen anfangen. Er verlegte sich darauf, so wenig Zeit wie möglich dort zu verbringen, und ging jeder überflüssigen Unterhaltung aus dem Weg.

Der private Aufzug brachte einen direkt vom Parkdeck ins Büro der CIA-Direktorin. Er empfand das als ungemein nützlich. Rapp betrat die Kabine und zog den Magnetstreifen seines Ausweises durch den Kartenleser. Es gab keine Knöpfe, die man drücken musste. Der Lift fuhr entweder ganz nach oben in den sechsten Stock oder wieder runter zu den Stellplätzen. Die Kabine setzte sich in Bewegung. Rapp schielte zur mikroskopisch kleinen Kamera in der Ecke, hielt die Hand vors Gesicht und zeigte der Optik den Stinkefinger. Kurz vor dem Ziel zog er sich kurz in den toten Winkel zurück und griff nach der Waffe im Schulterholster. Die Türen glitten auf und Rapp sah sich mit seinem eigenen Spiegelbild konfrontiert. Zumindest vermutete er, in knapp 15 Jahren in etwa so auszusehen. Der Mann hatte sogar dieselbe Haltung wie er eingenommen, die Hand ruhte ebenfalls am Griff der geholsterten Pistole. Er hieß Vince Delgado und war der Leiter von Kennedys Sicherheitsdienst. Sie liebten es, sich gegenseitig auf die Schippe zu nehmen.

»Guten Morgen, Vanessa«, begrüßte er ihn trocken.

»Guten Morgen, Michelle.«

»Ist sie im Büro?«

»Nein, sie ist oben auf dem Dach, trinkt Tee und mampft Plätzchen, du Vollpfosten.«

»Sind wir heute Morgen etwas verstimmt, alter Kauz? Wieder keine abgekriegt?«

Der 52-jährige Amerikaner aus Philadelphia lachte dröhnend. »Also das kann man so nicht sagen, Mitch.« Er verkürzte den Abstand zwischen ihnen, blickte sich suchend um und raunte: »Du hättest mich letzte Nacht sehen sollen. Da gibt es diese flotte Biene, die ich im Club kennengelernt habe. Ich hab's ihr besorgt wie ein Rockstar. Erstaunlich, dass ich überhaupt noch laufen kann. Die Kleine konnte ihre Finger kaum von mir lassen.« Er vergewisserte sich erneut, dass niemand mithörte, und rückte noch näher heran. »Weißt du, ich …«

Rapps Arm schoss in die Höhe wie bei einem Verkehrspolizisten. »Aufhören!« Er schloss die Augen und schüttelte sich, um das Bild des kräftigen, haarigen Vince Delgado in der so plastisch geschilderten Situation aus dem Kopf zu verbannen.

Rapp lief zur Tür von Kennedys Büro und klopfte.

»Hey, bleibt's beim Schießstand heute Nachmittag?« Delgado war ehemaliger Recon-Marine und ein vortrefflicher Schütze. Aus diesem Grund waren er und Rapp sofort warm miteinander geworden.

»Yep«, antwortete Rapp. »Wir sehen uns um zwei.«

Er betrat Kennedys Heiligtum. Sie saß am Schreibtisch, vollkommen vertieft in eine aufgeschlagene rote Aktenmappe. »Morgen.«

»Guten Morgen«, entgegnete sie, ohne den Blick von dem als streng geheim eingestuften Dokument zu lösen.

»Wie geht's Tommy?«, erkundigte er sich nach ihrem achtjährigen Sohn.

»Der ist schwer beschäftigt. Natürlich vermisst er dich trotzdem. Erst gestern Abend fragte er nach dir.«

»Hat er am Samstag ein Spiel?« Tommy wurde in diesem Jahr zum ersten Mal als Angreifer eingesetzt.

»Ja. Um elf.«

»Ich werd da sein.«

»Schön.« Kennedy setzte die Lesebrille ab. »Und bring Anna mit. Er liebt es, mit ihr anzugeben.«

»Oh … Kommt er schon in dieses Alter?« Er hob die Augenbraue.

»Seit er sie letzten Sommer im Badeanzug gesehen hat, ist er nicht mehr der Alte.«

»Ich bin auch nicht mehr der Alte.«

Kennedy schob den Stuhl zurück. »Nein, er hat sich wirklich stark verändert. Auf einmal legt er Wert auf Markenklamotten. Das Haar muss auf eine gewisse Weise gekämmt werden, ein Shirt ist ›voll cool‹, das andere ›total lahm‹. Und als ob das nicht genug wäre, gibt er mir ständig Widerworte.«

Mit todernstem Blick meinte er: »Das könnte natürlich auch mit deinen Managementfähigkeiten zu tun haben.«

»Du findest das wohl witzig.«

Er zuckte die Achseln. »Alle Jungs machen so eine Phase durch.«

»Scheint so. Was hast du zu deiner Verteidigung vorzubringen?« Kennedy musterte ihn kritisch. Nicht zum ersten Mal schoss ihr durch den Kopf, wie schön es wäre, einen Mann im Haus zu haben. Natürlich nicht Rapp. Sie waren eher wie Bruder und Schwester. Trotzdem war nicht zu übersehen, wie Tommy ihn anhimmelte und sofort parierte, wenn Rapp ihn nach einem Fehltritt mit strenger Stimme in die Schranken wies. Sie machte sich keine großen Hoffnungen. Wenn man mehr als 60 Stunden pro Woche arbeitete, blieb nicht viel Zeit für Dates. Dass sie zu allem Überfluss die Chefin eines Geheimdienstes war, schüchterte die meisten Männer endgültig ein.

»Nicht schlecht. In dir steckt auch eine komödiantische Ader«, lobte Rapp.

Kennedy nickte. Sie trug einen modischen, wenn auch konservativen braunen Hosenanzug, schlug die Beine übereinander und fragte: »Was kann ich für dich tun?«

Rapp ließ sich auf einen der seitlichen Besucherstühle plumpsen. »Du musst mich bei jemandem aus der Schusslinie nehmen.«

»Oje … Bei wem?«

»Ross.«

Kennedy klappte die Akte zu. Konflikte gehörten zu ihrem Job, erst recht seit 9/11. Ein Machtwechsel kündigte sich an und sie musste äußerst behutsam agieren. Sie hoffte auf eine reibungslose Zusammenarbeit mit dem Mann auf dem neu geschaffenen Posten des Direktors der nationalen Nachrichtendienste. Sie respektierte Rapp, wollte aber nicht riskieren, dass sein dreistes Auftreten und die Elefant-im-Porzellanladen-Nummer einen Keil zwischen sie und Ross trieben. »Dabei dachte ich, er sei noch gar nicht lang genug im Amt, um mit dir aneinanderzurasseln.«

»Tja, da täuschst du dich.«

»Was hat er getan?«

»Es fängt damit an, dass er einen seiner Mitarbeiter im Pentagon anrufen ließ, um Scott Colemans Personalakte anzufordern.«

»Und?«

»Das Pentagon schickte die gesäuberte Version. Ross durchschaute es sofort. Er oder einer seiner Assistenten rief zurück und versuchte, irgendeinen niederen Beamten zu erpressen, damit der die Komplettfassung schickt. Vor allem ging es ihm um mögliche Zusammenarbeit mit der CIA. Der Beamte verwies ihn an das Joint Special Operations Command, bis die Anfrage schließlich auf General Floods Schreibtisch landete.«

»Hat Flood ihnen gegeben, was sie wollten?«

»Machst du Witze? Flood dürfte der Einzige sein, den dieser neue Wachhund noch mehr nervt als uns. Der General hat ihnen nicht sonderlich höflich mitgeteilt, wenn ihn nicht gerade der Präsident persönlich anruft und um eine Freigabe bittet, könnten sie sich ihren Antrag dorthin stecken, wo … na, du weißt schon.«

Das wusste Kennedy allerdings. General Floods Amtszeit als Vorsitzender der Vereinigten Stabschefs endete in ein paar Monaten. Er schien es ungemein zu genießen, gewissen Personen kurz vor seinem Rückzug kräftig die Meinung zu geigen. »Haben sie sich daraufhin an den Präsidenten gewandt?«

»Nicht dass ich wüsste. Ich bezweifle es.«

»Wieso interessiert sich Ross schlagartig so für Coleman?« Kennedy schob ihre Lesebrille auf der Tischplatte hin und her. »Hat er sich etwas geleistet, wovon ich nichts weiß?«

»Nein. Er ist sauber.«

»Das Timing ist äußerst ungünstig.«

»Da geb ich dir recht. Und das ist nicht das einzige Problem. Gestern stand der IRS unangemeldet bei Coleman vor der Tür. Sie wollen seine kompletten Unterlagen prüfen.«

Kennedy formte mit den Händen eine umgekehrte Pyramide unter dem Kinn. Ihre Stirnfalten vertieften sich. »Was hat der Kerl vor?«

»Entweder hat er Wind bekommen, dass wir das Orion-Team neu aufstellen wollen, oder er stochert blind im Nebel herum.«

Kennedy fielen ein halbes Dutzend möglicher Erklärungen ein. Sie fragte sich, ob Ross dreist genug war, ihr Büro zu verwanzen. Das mochte paranoid klingen, aber es wäre nicht das erste Mal, dass ein ranghoher Geheimdienstmitarbeiter das eigene Lager ausspionierte. Ross saß seit weniger als einem Monat auf seinem Posten. Sie bezweifelte, dass er derart schnell zu solchen Mitteln griff, nahm sich aber vor, das Büro von Delgados Leuten intensiv auf versteckte Technik absuchen zu lassen.

»Mein Bauchgefühl«, meinte sie, »tendiert zur Nebelvariante.«

»Was, wenn uns jemand eine Falle stellt?«

»Wer?«

»Senator Hartsburg.«

Sie schüttelte den Kopf. »Nein, wenn Hartsburg uns das Leben zur Hölle machen wollte, würde er nicht den Umweg über Ross gehen. Wie gesagt: Ich tippe auf blindes Stochern im Nebel.«

»Warum?«

Nach kurzem Nachdenken antwortete sie: »Mark Ross ist ein guter Kerl. Er hat es nicht auf uns abgesehen und auf Coleman auch nicht.«

»Du wirst entschuldigen, dass ich deine Einschätzung nicht teile.«

»Ich glaube, er besitzt einfach eine angeborene Skepsis, was das operative Geschäft betrifft. Er kommt von der

Analystenseite. Männer wie du oder Coleman machen ihn nervös.«

Rapp stutzte. »Weshalb?«

»Wenn ich raten müsste, würde ich sagen, er befürchtet, von euch blamiert zu werden. Er ist das neue Pferd im Stall. Eine Menge Leute hoffen, dass er gleich am ersten Hindernis stürzt.«

»Und was zum Henker hat das mit mir zu tun?«

Kennedy seufzte. Rapp beherrschte seinen Job wie kein Zweiter, aber was politische Intrigen in Washington anging, war er bemerkenswert blauäugig und naiv. »Ein Glück, dass deine Missionen strikter Geheimhaltung unterliegen. Du hast eine beeindruckende Erfolgsserie aufgestellt. Ich fürchte allerdings, eines Tages wirst du dir einen Patzer leisten und uns alle in einen gewaltigen Skandal stürzen.«

»Danke für dein Vertrauen.«

Sie schüttelte den Kopf. »Du weißt, dass ich dir vertraue.«

Er nickte. »Tja, wenn man gewinnen will, muss man eben mitspielen. Man kann sich nicht einfach auf die Zuschauerbänke setzen und hoffen, dass alle nett zu einem sind.«

»Ganz meine Meinung.« Sie griff sich eine pinke Haftnotiz. »Ich überlege mir, wie wir die Sache mit Ross regeln. In der Zwischenzeit schlage ich vor, dass du dein Projekt auf Eis legst.«

Das gefiel Rapp überhaupt nicht. »Wie lange?«

»Ich weiß nicht. Lass mir zumindest Zeit bis Ende der Woche.«

Er hielt nichts davon, auf die Bremse zu treten. Genauso gut konnte er bloß etwas vorsichtiger agieren. »Was ist mit der IRS-Geschichte?«

»Ich werd sehen, was ich machen kann. Sobald eine Prüfung erst mal angeleiert ist, wird es schwierig.«

Rapp beugte sich mit den Ellbogen auf den Knien vor. »Ich will, dass die Steuerbehörden Scott Coleman gleich morgen früh vom Haken lassen, ansonsten sorg ich dafür, dass jemand mächtig Stress bekommt. Jedes Mal wenn wir ihn für einen beschissenen Job gebraucht haben, war er für uns da und hat sich nicht einmal beklagt.«

Sie wusste, dass es Rapp ernst war, und sah keinen Sinn darin, mit ihm zu streiten. »Ich geb mein Bestes.« Sie schwenkte ein weiteres pinkes Post-it. »Zu einem anderen Thema: Unser alter Freund Sajid hat angerufen.« Gemeint war Ali Kyer, der Leiter des jordanischen Geheimdienstes.

Rapp fragte sich, was er falsch gemacht hatte. Sajid wusste, wie er ihn direkt erreichte. Wenn er die Sache über seinen Kopf hinweg mit Kennedy regelte, musste er jemandem ans Bein gepinkelt haben. »Und wie geht's meinem Kumpel?«, fragte er vorsichtig.

»Gut. Er lässt dich grüßen und findet, seit du verheiratet bist, habe man keinen Spaß mehr mit dir.« Kennedys linke Augenbraue führte ein kleines Tänzchen auf. »Was meint er damit?«

»Er meint, dass wir seitdem nicht mehr zusammen um die Häuser gezogen sind.«

»Reizend. Freut mich zu hören, dass du langsam sesshaft wirst. Jedenfalls ... Sajid hat eine interessante Neuigkeit an mich weitergegeben. Offenbar erfreust du dich in Saudi-Arabien weiterhin großer Beliebtheit.«

»Toll. Planen sie eine Parade für mich?«

»Nicht ganz. Eher das Gegenteil ... Jemand hat ein Kopfgeld auf dich ausgesetzt.«

Rapp lehnte sich zurück und schlug die Beine übereinander. »Wer?«

»Das wissen wir nicht. Sajid geht der Sache nach.«

»Ist das alles?«

»Fürs Erste schon.«

Rapp dachte ein paar Sekunden nach. Kennedy beobachtete ihn dabei. Es war nicht das erste Mal, dass er auf einer Abschussliste landete, und er bezweifelte, dass es das letzte Mal war. Er schielte auf die Uhr. »Ich werd im CTC zum Vormittagsbriefing erwartet.«

Kennedy legte den Kopf schräg und sah ihm in die Augen. »Machst du dir keine Sorgen?«

»Ach, Irene, es gibt doch immer einen verrückten Scheißkerl da draußen, der es auf mich abgesehen hat. Das ist nichts Neues.«

Kennedy nickte. »Versprich mir, dass du auf dich aufpasst.«

»Das tu ich immer«, antwortete er. »Grundsätzlich.«

»Und versprich mir, dass du mich Leute zu deiner Bewachung abstellen lässt, sobald dir etwas Ungewöhnliches auffällt.«

Rapp stand auf und knöpfte sein Jackett zu. »Versprochen.« Er ging zur Tür, da fiel ihm noch etwas ein. »Irene, tust du mir einen Gefallen?«

»Natürlich.«

»Weihst du bitte den Secret Service in die Angelegenheit ein? Es wäre mir lieb, wenn sie Anna im Auge behalten, weil sie ständig im Weißen Haus ein und aus geht.«

Das hatte sie sowieso vorgehabt. »Ich ruf Jack Warch sofort an.«

»Danke.« Rapp verließ das Büro der CIA-Direktorin. Sein Verstand war schon einen Schritt weiter und hatte auf taktischen Modus umgeschaltet. Er würde sich viel besser fühlen, wenn das neue Haus endlich fertig war. Es sollte sicherer als Fort Knox werden. Nach dem Umzug konnten ihm diese Verrückten, wenn es nach ihm ging, Tag und Nacht auflauern. Wenn sie nicht gerade mit schwerem Sprengstoff anrückten, kamen sie auf keinen Fall ins Haus. Und wenn doch … tja, dann hielt er ein paar hübsche Überraschungen für sie bereit.

21

PARIS, FRANKREICH

Er hatte sich keine Mühe gegeben, sie zur Annahme des Jobs zu überreden. Er wusste, dass er damit in der Regel exakt das Gegenteil bewirkte. In dieser Nacht hörte er schlicht auf zu reden und ließ ihr Zeit, sich darüber klar zu werden, was sie wollte. Sie schliefen miteinander, verdrängten Mitch Rapp und das Morden für eine Weile. Hinterher erwähnte keiner von ihnen den Deutschen, Rapp oder sonst etwas, das mit dem Auftrag zusammenhing. Sie schliefen eng umschlungen ein. Am nächsten Morgen tranken sie zum Frühstück eine Kanne Kaffee und aßen frische Früchte, ohne das Thema anzuschneiden. Sie lasen Zeitung, rauchten und schwiegen sich an. Er verstand, worum es ging. Claudia spielte nicht mit ihm. Sie wartete nicht, bis er den Anfang machte. Nein, sie klopfte einfach in Ruhe sämtliche Eventualitäten ab.

So war Claudia Morrell. Sie war der General, der Feldmarschall, der Taktiker. Louis komplettierte ihr Duo als

Jäger und Killer. Er war bemerkenswert talentiert, verfügte über das sichere Gespür, wann man am besten zuschlug. Er hatte das Gesamtbild jederzeit im Blick, neigte allerdings dazu, sich unverwundbar zu fühlen. Claudias Stärke lag in der Berücksichtigung auch kleinster Details. Sie schätzte die Risiken ab, wohingegen Louis sich einbildete, mit Entschlossenheit und Kompetenz alles zu schaffen. Sie wusste, wann man lieber den Rückzug antrat, während ihn der Ehrgeiz manchmal blind machte. Ein dunkler, wahnsinniger Teil von ihm hatte sich tatsächlich gewünscht, dass der Deutsche ihn aufforderte, den amerikanischen Präsidenten zu ermorden.

Das Opfer war ihm prinzipiell gleichgültig. Es ging ihm rein um die Herausforderung, das Austesten seines Geschicks und das Vollenden einer Tat, über die man noch in 100 Jahren redete, wahrscheinlich sogar länger. Den am besten beschützten Mann der Welt zu töten und damit davonzukommen, hielt er für die ultimative Bewährungsprobe. Von so etwas träumte er. Als alter Mann auf dem Sterbebett zu liegen und Details preiszugeben, die nur er kennen konnte. Ihnen vielleicht sogar zu verraten, wo er die Tatwaffe versteckt hatte. Ein Gewehr schien die einzige Option zu sein, einen so gut bewachten Mann umzubringen. Entweder das oder eine Bombe, aber die fand er zu plump, zumal sie viele Unschuldige mit in den Tod riss. Eine Lösung für Faulpelze, nicht für einen begnadeten Killer.

Rapp fiel in eine andere Kategorie. Trotz Claudias Sorgen wusste Louis, dass er einen gewaltigen Vorteil besaß. Es hatte nichts mit Arroganz zu tun, das zu erkennen. Die Überraschung lag auf seiner Seite. Mit vertauschten Rollen hätte er gegen einen Mann mit Rapps

Talent und beträchtlichen Ressourcen keine Chance gehabt. Seine Nachteile bei einem Einsatz vor Rapps Haustür wurden allerdings durch den Fakt ausgeräumt, dass er im Rahmen der Ernennung seines Vaters zum Botschafter die High School in Washington besucht hatte. Louis' amerikanischer Akzent war makellos. Ungeachtet von Claudias Bedenken war er enorm optimistisch, den Auftrag erfolgreich durchzuziehen und sich anschließend in den vorzeitigen Ruhestand abzusetzen.

Okay, was den Ruhestand anging, war er nicht ganz so optimistisch, aber das brauchte Claudia vorerst nicht zu erfahren.

Nachdem sie zwei Tassen Kaffee getrunken hatte, klappte sie die Zeitung zu und fragte: »Willst du wissen, was ich denke?«

»Ich warte schon den ganzen Morgen drauf.«

»Der Deutsche arbeitet für die Saudis. Dort hat er seine Kontakte. Ich mag die Saudis nicht, aber mir gefällt die Vorstellung, sesshaft zu werden.« Sie betrachtete ihn mit ernster Miene. »Ich bin mir allerdings nicht so sicher, dass es dir genauso geht.«

»Du irrst dich.«

»Was wirst du tun? Dich den ganzen Tag in die Sonne legen und Bier trinken?« Sie winkte ab. »Das kann ich mir bei dir nicht vorstellen.«

»Claudia, wir werden stinkreich sein. Ich kann tun, wonach immer mir der Sinn steht.«

Sie musterte ihn mit unverhohlener Skepsis. »Ich möchte, dass du gut darüber nachdenkst. Ich möchte Kinder und will, dass wir dieses Leben hinter uns lassen. Es gehörte nie zu meinen Zielen im Leben, Menschen umzubringen.«

Ihre Arme deuteten auf die fleckigen Wände des heruntergekommenen Apartments. »Keine Aufträge mehr, kein ständiges Umziehen. Ich will, dass das aufhört.«

»Ich auch.« Louis wusste, dass sie das hören wollte. Genau wie ein Alkoholiker hatte er den Wunsch auszusteigen. Die Vorteile lagen auf der Hand. Er konnte nur nicht vorhersagen, ob es ihm gelang, dem Reiz der Jagd zu widerstehen.

Seine Antwort stellte sie offenbar zufrieden. »Ich sag dir, was wir tun werden. Ich trau dem Deutschen nicht. Der liefert uns ans Messer, wenn's ihm den Kragen rettet, und was das Geld angeht, ist er ein Gauner. Wir wissen, dass er als Vermittler für die Saudis auftritt. Jede Wette, dass er nicht für die Regierung, sondern für eine Einzelperson oder eine Gruppierung tätig ist. So oder so«, meinte sie, »geh ich von einer prall gefüllten Brieftasche aus.«

»Seh ich auch so.«

»Gut. Dann wirst du Herrn Abel anrufen und ihm mitteilen, dass sich unser Honorar auf zehn Millionen erhöht hat.«

Louis gefiel es nicht, den Deal nachzuverhandeln. »Ich hab ihm für sieben zugesagt.«

»Das weiß ich, aber wenn es um Geld geht, handeln Saudis nicht rational. Sie sind impulsiv. Wenn sie bereit sind, sieben Millionen zu zahlen, zahlen sie auch zehn … Vertrau mir.«

»Wieso verlangen wir dann nicht 15?«

»Das wäre ein zu großer Sprung.« Sie tätschelte seine Hand. »Du bist gut, Schatz, aber nicht *so* gut. Wenn wir 15 Millionen verlangen, sucht sich Abel einen anderen.«

»Also schön. Zehn Millionen. Was, wenn sie ablehnen?«

»Werden sie nicht.«

Sie behielt recht. Louis saß am Küchentisch und überließ es Claudia, bei Abel anzurufen. Zunächst lief es nicht gut. Er hörte die aufgebrachte Stimme des Deutschen aus dem winzigen Lautsprecher des Handys plärren. Sie hätten einen Deal. Sieben Millionen sei die Summe, auf die sie sich geeinigt hatten. Er drohte, den Auftrag anderweitig zu vergeben. Claudia wünschte ihm viel Glück, beendete das Gespräch und schaltete das Telefon aus. Eine Viertelstunde später fuhr sie es wieder hoch. Inzwischen waren drei Sprachnachrichten eingegangen. Sie spielte sie ab und lauschte, wie Abel mit sich selbst verhandelte. In der ersten Nachricht stimmte er zu, auf acht zu erhöhen, bei der zweiten wurden es neun, und am Ende verkündete er, zehn Millionen sollten es sein, aber kein Cent mehr. Claudia rief ihn zurück und kündigte an, die Kontodaten zu übermitteln. Sobald die Vorauszahlung in Höhe von fünf Millionen Dollar eingetroffen sei, würden sie anfangen.

Am frühen Nachmittag erreichte sie die Bestätigung, dass ein Betrag in Höhe von einer Million Dollar auf jeder der fünf übermittelten Bankverbindungen gutgeschrieben worden war. Der Deutsche schien es eilig zu haben, dass der Job erledigt wurde. Sie taten ihm den Gefallen. Weiterhin in Paris zu bleiben, wo sich ihr Auftraggeber aufhielt, hielten sie für keine gute Idee. Abel verhielt sich zu nachlässig. Sobald ihm ein Geheimdienst auf die Schliche kam, wäre dieser nur noch einen Schritt von Louis und Claudia entfernt. Deshalb beschlossen sie, zuerst alle Spuren zu beseitigen. Dazu gehörte es, hier die Zelte abzubrechen und ihre Handys zu entsorgen. Immerhin hatten sie sich häufig gegenseitig angerufen, wodurch sich leicht eine Verbindung zwischen beiden Anschlüssen herstellen ließ. Nachdem das erledigt war, packten sie ihre wenigen

Besitztümer zusammen und kehrten der angemieteten Bleibe für immer den Rücken. Claudia rief die Vermieterin über eine Telefonzelle an und erklärte, dass sie wegen eines familiären Notfalls abreisen und nicht zurückkommen würden. Mit etwas Glück zog noch in dieser Woche ein Nachmieter ein und verwischte so die letzten Spuren ihrer Anwesenheit.

Sie stiegen in die Metro und fuhren im Zickzack durch die Stadt, bis sie den Montmartre erreichten. Dort hatten sie gestern den Deutschen zum ersten Mal getroffen. Sechs Blocks nördlich der berühmten neobyzantinischen Basilika Sacré-Cœur trennten sie sich. Claudia ließ sich für einen Espresso in einem kleinen Café nieder, Louis sondierte die Umgebung. Nach zehnminütiger Patrouille durch die engen Gassen und einem Telefonat hielt er es für sicher, die Wohnung zu betreten. Sie befand sich in der oberen Etage eines fünfstöckigen Gebäudes aus der Belle Époque. Louis hatte sie vor drei Jahren über einen ausländischen Strohmann erworben. Er ließ den Aufzug links liegen und benutzte die Treppen, immer zwei Stufen auf einmal.

In der Wohnung angekommen deaktivierte er die Alarmanlage und ging zielstrebig in die Küche. Mit Handschuhen rückte er den Kühlschrank ab. Weiße Mosaikfliesen bedeckten die Wand bis zur Höhe der Arbeitsfläche. Dahinter befand sich Gips. Er formte eine Faust mit der Rechten und zielte auf die vorgesehene Stelle. Daraufhin bildete sich ein kleiner Spalt an der linken Seite. Louis zog an der oberen Ecke und öffnete die versteckte Tür. Dahinter befanden sich drei etwa 40 Zentimeter tiefe Regalbretter. Auf jedem davon lag eine schwarze Sporttasche. Louis schnappte sich die obere, schloss die Geheimtür und schob den Kühlschrank wieder vor die Wand. Das Logo des französischen Autoherstellers Peugeot schmückte die Seite der Tasche.

Gould verfügte über einen Verstand, der wie geschaffen dafür war, gegen Regeln zu verstoßen, ohne sich erwischen zu lassen. Zum ersten Mal war es ihm in seiner Kindheit aufgefallen. Einer seiner Freunde zog Ärger sowohl zu Hause als auch in der Schule an wie ein Magnet. Egal wie oft man ihm verbot, etwas zu tun, er tat es trotzdem. Egal wie hart man ihn bestrafte, er blieb am Ball. Der Junge schien seine Umgebung vollkommen zu ignorieren, ganz anders als Gould, der stets genau wusste, was sich um ihn herum abspielte. Schon in seinen jungen Jahren stellte er instinktiv fest, dass es am geschicktesten war, erst die Regeln zu verinnerlichen und sich dann nicht erwischen zu lassen, indem man sie clever aushebelte.

Es gab zahlreiche Möglichkeiten, das Verbot der Einfuhr von Waffen aus dem Ausland zu umgehen. Vor den Terrorangriffen auf die Vereinigten Staaten im September 2001 war alles viel leichter gewesen. Ein Mann mit Goulds Profession, der gute Nerven besaß, hätte seine Mordwerkzeuge sogar unter der Kleidung oder im Koffer mitschmuggeln können. Diese Zeiten waren längst vorbei. Damit blieben zwei Alternativen. Eine davon lautete, man besorgte sich die Waffen erst nach Einreise in das Land, in dem man die Tat begehen wollte. Auch das erwies sich nach 9/11 als zunehmend schwierig, war aber zumindest machbar, insbesondere in den ehemaligen Ostblockstaaten Europas. Selbst in Amerika hatte er es einmal so gelöst. Allerdings wollte er beim bevorstehenden Job das Risiko einer Entdeckung so gering wie möglich halten. Die konkrete Entscheidung, wie er Rapp töten wollte, stand noch aus. Vermutlich mit einem Gewehr oder einer Pistole mit Schalldämpfer. Für diesen Fall musste unbedingt eine Waffe zur Hand sein, die er ausgiebig getestet und eingeschossen hatte.

Jede der drei Taschen im Versteck hinter dem Kühlschrank enthielt ein taktisches TTR-700-Scharfschützengewehr mit Teleskopschaft, ausklappbarem Zweibein und Schnellspanner-Visier, -Schalldämpfer und -Lauf. Außerdem steckte eine Glock 17 darin, ebenfalls mit Mündungssignaturreduzierer, ferner ein kompletter Satz Ausweisdokumente inklusive Reisepass, Kreditkarte und Führerschein auf falschen Namen sowie Bargeld. Aufgrund der neuen Generation von Durchleuchtungsgeräten, die an Flughäfen zum Einsatz kamen, befand sich keine Munition darin.

Gould verließ das Apartment mit der Tasche und rief Claudia an, um ihr mitzuteilen, dass er das Viertel verließ. Sie waren in zwei Stunden an einem vorher festgelegten Treffpunkt verabredet. Er winkte ein Taxi heran und bat den Fahrer, ihn zum Gare du Nord zu kutschieren. Von dort fuhr er mit der Metro zur anderen Seite der Stadt. Er verhielt sich vorsichtiger als sonst. So weit gekommen zu sein und sich unmittelbar vor dem größten Coup der gesamten Karriere erwischen zu lassen wäre fahrlässig gewesen.

Den nächsten Zwischenstopp legte er bei einem Büroartikelbedarf ein. Dort erwarb er einen 90 mal 90 Zentimeter großen Versandkarton. Er schüttete Styropor-Füllmaterial hinein, als Nächstes landete die schwarze Sporttasche darin, gefolgt von einer weiteren Schicht Styropor. Er klebte den Karton zu, ging zwei Straßen weiter zu einer FedEx-Niederlassung und füllte einen internationalen Paketschein aus. Er legte der Frau am Schalter einen falschen Ausweis vor, der zur Absenderangabe auf dem Schein passte, und behauptete, er verschicke Verkaufsmuster für eine Messe in Kanada, zu der er in Kürze aufbrach. Eine gängige Praxis, entsprechend nahm die FedEx-Mitarbeiterin seine Erklärung eher gelangweilt zur Kenntnis.

22

WASHINGTON, D.C.

Die alte Bar befand sich auf der Pennsylvania Avenue, nur wenige Kreuzungen von einem der berühmtesten Gebäude der Welt entfernt: dem Kapitol. Die im neoklassizistischen Stil errichtete Wiege der Demokratie grenzte im Süden an die Independence Avenue und im Norden an die Constitution Avenue. Die Büros des Repräsentantenhauses lagen an der Independence, die Büros des Senats an der Constitution. Es gehörte zu den ungeschriebenen Regeln, dass die Congressmen und Congresswomen ihren Durst in Lokalitäten südlich der East Capitol Street stillten, die Senatoren hingegen die vornehmeren Restaurants nördlich davon frequentierten. Manche Kongressleute wagten Abstecher in den Norden und spekulierten darauf, eines Tages den exklusiveren Zirkeln des US-Senats anzugehören. Umgekehrt verirrte sich so gut wie nie ein Senator in den Süden. Es galt als unter ihrer Würde.

Rapp waren diese Feinheiten nicht bekannt, was daran lag, dass er so wenige Gedanken wie möglich an Politik im

Allgemeinen und Politiker im Besonderen verschwendete. Um in Kontakt mit diesem konkreten Senator zu treten, hatte er sich der Hilfe eines echten Kenners der Szene bedient, der solche Gewohnheiten ausgesprochen faszinierend fand. Der Kenner, rein zufällig seine Frau, kriegte sich kaum ein, dass ein Senator freiwillig am helllichten Tag allein ins Hawk and Dove ging. Genau das hatte ihr seine Stabschefin allerdings auf Anfrage mitgeteilt. Ganz Reporterin, hatte Anna Mitch entlocken wollen, was es so dringend mit diesem Senator zu bereden gab. Die Aussage, darüber könne er nicht sprechen, lag ihm bereits auf der Zunge. Dann wurde ihm klar, dass sie daraufhin jede weitere Unterstützung verweigert hätte. Allmählich lernte er, ihr zu vertrauen. Ihre journalistische Neugier nervte, aber sie hatte oft genug bewiesen, dass sie ein Geheimnis für sich behalten konnte, wenn er darum bat. Also beließ er es bei der Andeutung, am Telefon nicht darüber reden zu können, und versprach, sie beim Abendessen über die Hintergründe aufzuklären.

Zum zweiten Mal innerhalb einer Woche fütterte er also eine Parkuhr in einem Teil der Stadt, in dem er sonst selten unterwegs war. Ganz automatisch checkte er kurz die Umgebung, schloss den Wagen ab und griff sich ans Steißbein, um den korrekten Sitz der H&K P2000 zu überprüfen. Die Luft wirkte schwül. Er schaute zum Himmel. Die dichte Bewölkung deutete darauf hin, dass es jeden Moment zu regnen anfing. Das passte perfekt zu seiner Stimmung.

Die Bar war kaum zu übersehen. Das Hawk and Dove galt als feste Institution auf dem Capitol Hill. Rapp war in der Collegezeit ab und zu dort gewesen, doch das lag Jahre zurück. Er quetschte sich durch den schmalen Eingang und ließ den Blick durch den Innenraum schweifen. Der Laden war mit einer Patina überzogen, wie sie sich nur durch reihenweise umgekippte Biergläser, frittiertes Essen und die ständige Penetration mit Zigarettenqualm erzielen ließ. Die Fliesen am Boden waren ungleichmäßig verlegt und teilweise gesprungen, die einst weißen Fugen inzwischen so dunkel wie Asphalt. Eine echte Kaschemme, nicht eine auf modern getrimmte Kette, bei der die Bedienungen mit grellen Schürzen durch den Gastraum flitzten und sich zum Bestellen neben einen setzten.

Um kurz nach 15 Uhr herrschte kaum Betrieb. Am hinteren Ende des Raums entdeckte Rapp den Mann, den er suchte. Die lächerliche Frisur mit dem über die kahlen Stellen drapierten Scheitel ließ ihn ebenso wie die grotesk großen Ohren sofort auffallen. Wenig überraschend, dass er mit dem Rücken zur Tür saß. Rapp lief am alten Holztresen entlang und nickte dem Barkeeper zu, der ihn nicht aus den Augen ließ.

Der Senator hockte auf dem letzten Hocker und las ein Buch. Rapp blieb stehen und verpasste dem klapprigen Teil einen kräftigen Tritt.

Senator Hartsburg klammerte sich an der Theke fest, um nicht umzukippen, und drehte sich mit wütendem Blick und einer aus dem Mundwinkel baumelnden Fritte zu ihm um. »Was zum Teufel stimmt nicht mit Ihnen? Wollen Sie, dass ich einen Herzinfarkt bekomme?«

Keine schlechte Idee, fand Rapp. »Wir müssen uns unterhalten.«

Hartsburgs chronisch miese Laune verschlechterte sich noch weiter. »Rufen Sie in meinem Büro an und vereinbaren Sie einen Termin.« Er drehte Rapp den Rücken zu.

Kurz liebäugelte der CIA-Agent damit, gegen eins der übergroßen Ohren des Politikers zu trommeln, dann überlegte er es sich anders. »Auf gar keinen Fall. Wir unterhalten uns jetzt.« Rapp gehörte nicht gerade zu den geduldigen Menschen, deshalb war er extra quer durch die Stadt hierhergefahren. Kennedy wirkte nicht allzu begeistert, sich die Hörner an ihrem neuen Boss abzustoßen. Er befürchtete, wenn er Coleman die Steuerfahnder nicht flott vom Leib hielt, standen sie bis zum kommenden Jahr bei ihm auf der Matte. Es wurde Zeit, einen Gefallen von ihrem neuen Verbündeten einzufordern.

Der Barkeeper kam. »Alles in Ordnung, Carl?«

Bevor Hartsburg antwortete, sagte Rapp: »Ich bekomme ein Bier.«

Der Angestellte vergewisserte sich, dass es dem Senator recht war. Hartsburg murmelte etwas Unverständliches und widmete sich seiner Lektüre.

»Ein Guinness, okay?« Mitchs Lächeln wirkte unecht.

Der Mann zögerte, dann verschwand er, um es zu zapfen. Rapp schielte über Hartsburgs Schulter. »Was lesen Sie da?«

»Das geht Sie überhaupt nichts an.«

Rapp las den Titel in der Kopfzeile der Seite. »*1984* … George Orwell.« Eine überraschende Wahl. »Ich bin beeindruckt.«

»Dazu gibt es keinen Grund«, knurrte Hartsburg. »Ich lese es bloß noch mal, um besser zu verstehen, wie Leute wie Sie gestrickt sind.«

Rapp lachte. »In dem Fall sollten Sie anschließend *Farm der Tiere* lesen, damit Sie besser verstehen, wie Leute wie Sie gestrickt sind.«

Der Senator klappte den Roman zu.

»Was wollen Sie? Ich bin hier, um zu essen und zu trinken und meine Ruhe zu haben. Wenn Sie reden wollen, rufen Sie in meinem Büro an.«

Rapp setzte sich auf den Hocker neben ihm. »Ganz ruhig, Carl.« Er fand, wenn der Barkeeper ihn mit Vornamen anredete, konnte er das auch. »Glauben Sie mir … Sie wollen nicht wirklich, dass ich Sie im Büro anrufe.« Er zog das Blackberry vom Gürtelclip ab, drückte ein paar Tasten und legte das Gerät neben sich auf den Tresen.

Der Senator kapitulierte. Er schob den Teller zur Seite und fragte: »Warum sind Sie hergekommen? Ich möchte nicht mit Ihnen in der Öffentlichkeit gesehen werden. Wie haben Sie mich überhaupt gefunden?«

»Sie machen Witze, oder?« Er dachte nicht im Traum dran, ihm zu erzählen, dass seine Frau das Rätsel mit einem simplen Anruf gelöst hatte. Sollte er ruhig denken, mithilfe des gigantischen CIA-Apparats ausfindig gemacht worden zu sein.

Hartsburg trank einen Schluck und schielte zum Fernseher unter der Decke. Die Begegnung schien ihm unangenehmer zu sein, als Rapp erwartet hatte.

»Senator.« Er beugte sich dichter an sein Ohr heran. »Sie sind derjenige, der sich ein inoffizielles Treffen gewünscht hat. Sie sind derjenige, der diese neue Übereinkunft vorgeschlagen hat. Wenn Sie davon nichts mehr wissen wollen, kann ich gerne gehen. Glauben Sie mir, es würde mich glücklich machen, Ihre Visage nie mehr sehen zu müssen.«

Unbehagliches Schweigen folgte, bis Hartsburg einräumte: »Schon gut, nur nicht hier. Stören Sie mich nicht, wenn ich hier bin. Dies ist der einzige Ort, an dem ich Ruhe vor allem habe.«

In der Stimme des Senators schwang eine gewisse Wehmut mit. Er nickte. »Also schön.«

Der Barkeeper brachte das Bier. »Schreiben Sie es auf seine Rechnung.« Er griff nach seiner Brieftasche. »War nur ein Witz.« Rapp legte einen Zwanziger hin. »Ziehen Sie's davon ab und bringen Sie dem Senator noch eins.«

Hartsburg erteilte nickend sein Einverständnis und der Mann hinter dem Tresen verschwand. Er schaute noch mal kurz ins Buch, dann fragte er: »Was ist denn so wichtig?«

Rapp nippte am dunklen Draught und fragte: »Haben Sie jemandem von unserem Abkommen erzählt?«

»Halten Sie mich für verrückt?«

»Sicher?« Rapp trank noch einen Schluck. Er bezweifelte es ohnehin, wollte den Politiker aber ein bisschen quälen.

Der verschrobene Senator von New Jersey drehte sich in seine Richtung. »Ich wiederhole mich ungern.«

Rapp hielt dem Blick stand. »Wie steht's mit Senator Walsh?«

Hartsburg verzog das Gesicht, als hätte er gerade in eine Zitrone gebissen. »Nein. Bill ist die Verschwiegenheit in Person. Er kann besser als jeder andere auf dem Hill etwas für sich behalten. Nicht umsonst ist er Vorsitzender des Geheimdienstausschusses.«

»Keiner von Ihnen hat darüber mit jemandem gesprochen, der in der Befehlskette weiter oben steht?«

»Wessen Befehlskette?«

»Meiner.«

»Mit Dr. Kennedy natürlich.«

»Sonst niemand?«, hakte Rapp nach. Der Barkeeper kehrte mit Hartsburgs Drink zurück. Der Farbe nach zu urteilen musste es ein Scotch sein.

Hartsburg war wie die meisten Senatoren gestandener Rechtsanwalt und hasste es, zur Abwechslung selbst einem Verhör unterzogen zu werden. »Reden Sie nicht länger um den heißen Brei herum und verraten Sie mir endlich, worum es Ihnen geht.«

Rapp bewunderte die Hartnäckigkeit des anderen. »Es geht mir um Mark Ross.«

»Der neue Geheimdienstkoordinator?« Der Senator wirkte erstaunt. »Warum?«

»Er entwickelt plötzlich ein bemerkenswertes Interesse an einem meiner Kollegen.«

»Ich verstehe nicht ganz.«

»Es gibt da einen Mann, den wir von Zeit zu Zeit für heikle Aufgaben einsetzen. Wir bezeichnen ihn als Berater. Dieser Berater saß kürzlich in Langley mit Dr. Kennedy und mir zusammen, um unsere Partnerschaft zu besprechen.« Rapp zeigte erst auf Hartsburg, dann auf sich selbst, um den Senator mit in die Verantwortung zu nehmen. »Mitten in dieses Gespräch platzte unangemeldet Mark Ross herein. Er stellte sich kurz vor, ging wieder und plötzlich rufen Ross' Leute im Pentagon an und verlangen die Herausgabe der Personalakte dieses Beraters. Am nächsten Tag steht plötzlich die Steuerfahndung bei ihm vor der Tür, verlangt, dass er die Hosen runterlässt, und fummelt ihm an der Ritze rum.«

Ein zufriedenes Lächeln formte sich auf Hartsburgs Gesicht. Ein entrückter Ausdruck trat in seine Augen. Dann sagte er: »Genau deswegen habe ich mich für ihn eingesetzt.«

Die Antwort überraschte Rapp. »Was zum Henker soll das bedeuten?«

»Ross ist ein detailverliebter Bursche. Ein Kontrollfreak

und extrem neugierig. Deshalb habe ich ihn seinerzeit dem Präsidenten vorgeschlagen.«

Rapp verstand nicht ganz. »Und das ist gut, weil …?«

»Die ganze Idee hinter dem Posten eines Direktors der nationalen Geheimdienste ist es, die weit verstreuten Einzelinstanzen zu einem gut geölten Gesamtapparat zusammenzufügen. Wir brauchen jemanden, der sich mit allen Einzelheiten beschäftigt und den Laden von der Spitze her reformiert.«

Rapp schüttelte unwirsch den Kopf und stellte sein Bier ab. »Hören Sie, es ist mir völlig egal, was dieser Kerl treibt. Aber sorgen Sie dafür, dass er mir und den Leuten, mit denen ich arbeite, von der Pelle rückt.«

»Ich wüsste nicht, wie ich Ihnen da helfen kann.«

Fassungslos starrte Rapp ihn an. »Es gab nur einen Grund, warum ich mich darauf eingelassen habe, mit Ihnen und Walsh zu reden. Sie haben mir finanzielle Unterstützung zugesichert und wollten mir lästige Fragen vom Leib halten. Ich habe genug Feinde da draußen. Zusätzlichen Stress mit Leuten, die eigentlich auf meiner Seite stehen sollten, kann ich nicht gebrauchen. Wenn Sie einen Clown wie Ross nicht im Griff haben, können wir die Sache gleich jetzt und hier beenden.«

Hartsburg lächelte und winkte den Barkeeper heran. »Charlie, noch ein Bier für meinen Freund.«

Dein Freund?, dachte Rapp. *Davon kann wirklich keine Rede sein.*

Hartsburg ließ sich von Rapp noch einmal schildern, was nach der Ankunft von Ross in Kennedys Büro geschehen war.

Als das zweite Bier eintraf, kannte er die ganze Geschichte.

»Ich nehme an, Sie kennen den Film *Patton – Rebell in Uniform?*«

»Natürlich.«

»Erinnern Sie sich an die Szene mit der Feier, als der russische General sein Glas zum Toast erhebt und Patton sich weigert, mit ihm anzustoßen?«

»Klar.«

»Dann beschimpft ihn der Russe als Bastard, und Patton lacht bloß und sagt: ›Okay, von Bastard zu Bastard, darauf trink ich einen.‹«

Rapp genoss sein kühles dunkles Guinness. »Eine der besten Szenen im ganzen Film.«

»Tja.« Hartsburg hob sein Glas. »Sie sind einer der größten Bastarde in einer Stadt voller Bastarde. Also ... von Bastard zu Bastard.«

Die zwei stießen an und tranken. »Nur damit wir uns richtig verstehen«, stellte Rapp klar. »Ich bin Patton und Sie der Kommunist.«

Hartsburg lachte.

»Genau darauf wollte ich hinaus. Sie sind Patton. Ein Krieger, der einen Scheiß auf politische Gepflogenheiten gibt, dafür aber eins richtig gut kann: Terroristen bekämpfen. Sie haben dem Präsidenten mehr als einmal das Leben gerettet und einen großen Beitrag dazu geleistet, dass diese Stadt nicht durch eine Atombombe zerstört wurde. Ich halte zwar nicht viel von Ihren Methoden, aber diese knappe Kiste am letzten Memorial Day hat viele von uns aufgerüttelt. Wir leben in drastischen Zeiten, die nach drastischen Maßnahmen verlangen. Wir müssen diese Radikalen festsetzen und dafür sorgen, dass sich ihre Unterstützer von ihnen abwenden. Das muss geregelt werden, ohne dass jemand etwas davon mitbekommt, und zwar unter der Hand. Sie« – er zeigte auf Rapp – »sind der perfekte Mann für diesen Job.«

»Damit ist aber mein Problem nicht gelöst.«

»Sollen wir Ross einweihen?«

Rapp schüttelte den Kopf. »Auf keinen Fall. Es wissen sowieso schon zu viele Leute Bescheid.«

»Dann bleibt nur eins übrig.«

»Und das wäre?«

»Sie regeln es wie Patton.«

Rapp verzog das Gesicht.

»Ich werde Ihnen erklären, wie Mark Ross so drauf ist, und dann verrate ich Ihnen, wie man ihn in den Griff bekommt.«

23

MONTREAL, KANADA

Gould nahm die Nachtmaschine von Paris nach Montreal und landete früh am nächsten Morgen. Er reiste mit einem französischen Pass, ausgestellt auf den Namen Marcel Molière. Angeblich war er geschäftlich unterwegs – in pharmazeutischen Vertriebsangelegenheiten, um genau zu sein. Am Flughafen nahm er ein Taxi und ließ sich zum Hyatt im Stadtzentrum bringen. Eine Oase für internationale Geschäftsleute, die die größte frankophone Metropole außerhalb Frankreichs besuchten. Das vornehme Hotel mit über 300 Zimmern und einem gut ausgestatteten Konferenzzentrum erfüllte seine Bedürfnisse ideal. Claudia hielt sich etliche Tausend Meilen weiter auf der Insel Nevis auf, um dafür zu sorgen, dass die Armee der Schnüffler und Hacker in Diensten der US-Regierung die Spur ihres Honorars nicht zurückverfolgen konnte.

Louis Gould hütete viele Geheimnisse. Dazu gehörte, dass er kurzzeitig für die französische *Direction Générale de la Sécurité Extérieure,* kurz: DGSE, gearbeitet hatte. Die DGSE war Frankreichs wichtiger Geheimdienstarm für Industrie- und Wirtschaftsspionage sowie Vorstöße gegen terroristische Organisationen. Gould hatte nach seinem Dienst bei der Fremdenlegion eine neue Herausforderung gesucht. Als Offizier und französischer Staatsbürger passte er perfekt ins Raster der Direction. Dass sein Vater, der Diplomat, die Spionageeinrichtung und alles, wofür sie stand, aus tiefstem Herzen verachtete, bestärkte ihn in seiner Entscheidung.

Während Goulds einjähriger Tätigkeit für die DGSE beschäftigte er sich fast ausschließlich mit Industriespionage und hatte kaum Berührungspunkte zum Terrorismus. In diesen zwölf Monaten wurden ihm zwei wichtige Punkte klar: Freelancer verdienten wesentlich besser als Regierungsangestellte. Und sie mussten sich nur mit einem Bruchteil an Ärger herumschlagen. Gould hatte es satt, sich damit herumzuschlagen. Mit der romantisch verklärten Darstellung in den alten Filmen hatte die französische Fremdenlegion nicht viel gemeinsam. Die Bezahlung war eine Frechheit, die Einrichtungen heruntergekommen und der Dienst oft zermürbend. Was es erträglich machte, waren der Kampfgeist der Truppe, der enge Zusammenhalt und der Stolz, eine so erstklassige Ausbildung durchlaufen zu haben.

Nach einem längeren Einsatz hatte Gould endgültig genug. Er sehnte sich nach etwas, woran er seit frühester

Kindheit gewöhnt war: nach Geld. Vor seinem Vater zu Kreuze zu kriechen, verbot ihm sein Stolz, also nutzte er die DGSE als Möglichkeit, doppelt so viel wie in der Legion zu verdienen und trotzdem nicht auf Action verzichten zu müssen. Vom ersten Tag an wusste er jedoch, dass es ihm lediglich als Sprungbrett für den nächsten Schritt diente.

Gould kannte andere Ex-Legionäre, die eine Menge Kohle als Security-Männer in der freien Wirtschaft scheffelten. Sosehr ihn der Verdienst lockte, der Job hätte ihn auf Dauer zu Tode gelangweilt. Er suchte etwas, das sowohl gut entlohnt wurde als auch seine Fähigkeiten forderte. Auf die Lösung stieß er, als er aufdeckte, dass einer ihrer DGSE-Informanten ein doppeltes Spiel trieb. Aufgrund seiner Zweigleisigkeit geriet ein Agentenkollege in die Gewalt der syrischen Geheimpolizei und galt offiziell als vermisst. Im Hauptquartier der Direction galt es als ausgemachte Sache, dass er irgendwo in einem syrischen Gefängnis hockte und mit Gummischläuchen verprügelt wurde. Gould hätte den Informanten am liebsten persönlich um die Ecke gebracht. Sein Vorgesetzter, ein ehemaliger Fallschirmjäger, erklärte ihm, dass sie solche Fälle anders regelten.

Was er dann mitbekam, öffnete ihm die Augen für eine völlig neue Welt. Sein Boss rief einen Auftragskiller an und arrangierte innerhalb von zwei Minuten die Eliminierung des verräterischen Informanten. Gould fiel die Aufgabe zu, dem Killer sein Honorar zukommen zu lassen. Auf der Fahrt zum vereinbarten Übergabepunkt hielt er kurz an und zählte das Geld. Der Aktenkoffer enthielt 20.000 Francs. Mehr als die Hälfte seines Jahresgehalts. Bloß dafür, ein wertloses, selbstsüchtiges Arschloch zu beseitigen.

Rückblickend war ihm die anschließende Entscheidung relativ leichtgefallen. Er fuhr am Übergabepunkt vorbei und rief im Büro seines Vorgesetzten an. Gould wusste, dass er um diese Zeit, kurz nach 20 Uhr, nicht mehr am Platz saß. Er hinterließ ihm eine Nachricht auf dem Anrufbeantworter, verkündete, eine neue Karriere in Angriff zu nehmen und seine Kündigung per Fax nachzureichen. Dann fuhr er zu einer Bar, in der sich der Informant häufig herumgetrieben hatte. Dort herrschte reger Betrieb, aber er fand den Mann auf Anhieb. Sie hatten sich rund ein Dutzend Mal persönlich getroffen, meistens in diesem verräucherten Schuppen. Gould stellte Augenkontakt her und signalisierte dem Mann mit einer Kopfbewegung, dass er ihm folgen sollte.

Sie trafen sich am Hintereingang. Gould meinte: »Die sind dir auf die Schliche gekommen. Ich bring dich sofort hier weg.« Er lief in die dunkle Seitengasse neben dem Laden. Der naive Idiot folgte ihm ohne das geringste Zögern. Nach wenigen Schritten streckte Gould den Arm aus, als wollte er den anderen hinter sich herwinken, dann packte er ihn mit der Rechten am Kragen und ließ die Linke blitzschnell nach oben schießen. Die zehn Zentimeter lange Klinge seines Messers bohrte sich in den Brustkorb des Opfers. Fast eine Minute standen sie sich ineinander verkrallt Auge in Auge gegenüber. Gould schämte sich nicht für seine Tat. Nicht mal als der Griff des anderen erschlaffte und er kraftlos auf den lehmigen Boden rutschte. Er wollte dessen Tod, wollte, dass er litt und den Hass in den Augen seines Mörders sah.

Aus heutiger Sicht schämte er sich für die damalige Aktion. Er hatte in jener Nacht sehr naiv und rein impulsiv gehandelt. So etwas ging schnell in die Hose. Zum Beispiel falls es Überwachungskameras gab, man bei der Tat beobachtet wurde oder ihn, Worst Case, sein Begleiter in der Gasse mit einem Schuss in den Rücken niedergestreckt hätte. Die Sache schien eine Ewigkeit her zu sein. Wenn man nach der Weiterentwicklung seiner Fähigkeiten ging, war sie das auch. Damals hätte er gegen einen Mann wie Mitch Rapp keinen Stich gemacht. Mittlerweile agierten sie auf vergleichbarem Niveau. Schaffte er es, Rapp auf dem falschen Fuß zu erwischen, hatte er den Vorteil eindeutig auf seiner Seite.

Das Taxi bremste vor dem überdachten Parkplatz am Haupteingang des Hyatt im Zentrum von Montreal. Gould stieg aus. Es war 9:36 Uhr morgens. Er nahm unauffällig eine Bestandsaufnahme der Umgebung vor, während der Fahrer dem Pagen sein Gepäck in die Hand drückte. Gould bezahlte ihn, gab dem Hotelmitarbeiter ein Trinkgeld und folgte ihm entspannt in die Lobby. Die attraktive Frau an der Rezeption verkündete, sein Zimmer sei in einer halben Stunde bezugsfertig. Um die Wartezeit zu überbrücken, führte sie ihn ins Restaurant. Gould suchte sich einen Tisch mit Blick auf den Eingangsbereich aus und fragte die Kellnerin, ob sie ihm eine *Washington Post* bringen könne. Sie hätten keine *Post,* bedauerte sie, nur die *New York Times.* Er versicherte ihr, das sei auch in Ordnung.

Ein paar Minuten später brachte sie ihm einen großen Kaffee und die Zeitung. Gould orderte ein Omelett und einen Obstsalat dazu und vertiefte sich in die Lektüre. Von Zeit zu Zeit blickte er auf, um ankommende Gäste zu inspizieren. Auch die übrigen Besucher im Restaurant und in der Lobby prägte er sich ein. Niemand wirkte verdächtig. Sie passten alle ins Raster der zahllosen Geschäftsreisenden, die überall auf der Welt ihren morgendlichen Ritualen nachgingen. Essen, lesen und sich auf das anstehende Tagwerk vorbereiten.

Gould war bereits beim zweiten Kaffee, da kam endlich das Omelett. Kurz darauf erschien die Rezeptionistin an seinem Tisch und reichte ihm ein kleines Kuvert mit Zimmernummer und Schlüsselkarte. Sie versicherte ihm, das Gepäck sei bereits auf dem Weg nach oben. Gould bedankte sich und sie kehrte an ihren Platz hinter dem Empfangsschalter zurück. Beim Essen blätterte er den Sportteil auf. Er stellte fest, dass Washington an diesem Wochenende ein Heimspiel hatte. Ob Rapp Redskins-Fan war? In diesem Fall ergab sich daraus eventuell eine Gelegenheit. Er schlang das restliche Omelett herunter und machte sich über die Früchte her, da betrat ein FedEx-Mitarbeiter mit einer Sackkarre die Lobby. Gould entdeckte sein Paket auf Anhieb unter einem Stapel kleinerer Kartons und Luftpostumschläge. Ein gutes Zeichen. Er hatte für eine Zehn-Uhr-Expresszustellung bezahlt. Damit blieb nur ein kleines Zeitfenster für den Zoll, den Inhalt zu überprüfen. Wäre dabei etwas Verdächtiges aufgefallen, hätten sie die Sendung direkt am Flughafen einbehalten.

Der FedEx-Mann stoppte vor dem Concierge-Pult und manövrierte die Sackkarre unter den Paketen heraus. Der Portier quittierte den Empfang und der Kurier verschwand nach draußen. Keine Auffälligkeiten. Gould behielt den Mitarbeiter im Auge, der hinter seiner Station auf die Tastatur einzuhacken begann. Die Kellnerin brachte die Rechnung fürs Frühstück. Er zeichnete sie ab und tat so, als las er weiterhin Zeitung, obwohl er in Wirklichkeit auf ungewöhnliche Aktivitäten im Eingangsbereich achtete.

Fürs Erste war er zufrieden und zog ein Mobiltelefon aus der Tasche, um die nächste Phase einzuleiten. Er hatte es heute Morgen nach der Landung in Montreal mit seiner gefälschten Kreditkarte bezahlt. Ein Prepaidhandy mit 250 Minuten Gesprächsguthaben. Er wählte die Nummer des Hotels und hielt sich die auseinandergefaltete Zeitung vors Gesicht. Eine Frau nahm den Anruf auf Französisch entgegen, wechselte dann zu Englisch und fragte, wohin sie ihn verbinden sollte.

Auf Englisch antwortete Gould: »Ich werde nachher bei Ihnen einchecken und wollte mich erkundigen, ob ein Paket, das ich erwarte, bereits eingetroffen ist.«

»Einen Moment, Sir. Ich verbinde Sie mit dem Concierge.«

Gould lugte über den Rand der Zeitung. Es klingelte in der Leitung. Der Portier griff nach dem Hörer und meldete sich: »Guten Morgen. Wie kann ich Ihnen behilflich sein?«

»Hallo«, erwiderte er mit amerikanischem Akzent. »Ich treffe in Kürze in Ihrem Hotel ein und erwarte ein wichtiges FedEx-Paket. Können Sie mir sagen, ob es bereits eingetroffen ist?«

»Natürlich, Sir. Auf welchen Namen?«

»Johnson … Mike Johnson. Es müsste ein größerer Karton sein.«

»Einen Moment.«

Gould verfolgte, wie er den Hörer zur Seite legte und die anderen Pakete vom Stapel nahm. Er beugte sich vor, um die Angaben auf dem Frachtbrief zu entziffern, dann kam er zurück ans Telefon. »Ist hier, Sir.«

»Wunderbar. Wären Sie so nett, es auf mein Zimmer bringen zu lassen und ein Zehn-Dollar-Trinkgeld für sich auf meine Rechnung zu setzen?«

»Kein Problem, Sir. Vielen Dank. Ich kümmere mich sofort darum.«

»Danke.« Gould trennte die Verbindung und sah, wie sich der Concierge in Richtung Rezeption in Bewegung setzte. Von seinem Platz aus bekam er nur einen Teil der Unterhaltung mit. Die Frau meinte, der Gast habe noch nicht eingecheckt, dann checkte sie etwas am Rechner. Nach einigen Sekunden nannte sie ihrem Kollegen eine Zimmernummer. Er notierte sie auf einem Zettel und kehrte damit zu seinem Pult zurück.

Gould legte die Zeitung zusammen und stand auf. Gelassen schlenderte er durch die Lobby und ging zu dem Mann. Auf Französisch fragte er: »Entschuldigung. Könnten Sie mir vielleicht eine Wetterprognose für die restliche Woche ausdrucken?«

»Natürlich, Sir.« Der Mann griff nach seiner Computermaus und machte ein paar gezielte Klicks. Irgendwo unter der Arbeitsfläche surrte ein Drucker los. Er bückte sich nach dem frisch ausgeworfenen Blatt. Dabei erhaschte Gould einen Blick auf den Zettel mit der Zimmernummer.

Der Mitarbeiter reichte ihm den Ausdruck. »Bitte schön, Sir.«

»Vielen Dank.« Gould machte sich auf den Weg zu den Aufzügen und hörte, wie der Concierge einen Pagen herbeirief. Er fuhr in den fünften Stock und kam auf dem Weg zu seinem Zimmer an dem von Mr. Johnson vorbei. Das schien ein glücklicher Zufall zu sein, war aber keiner. Bei frühen Check-ins wurden grundsätzlich die Zimmer vergeben, die bereits fertig waren. Da der Roomservice in Teams arbeitete, wurde eine Etage nach der anderen abgearbeitet.

Gould betrat sein Zimmer. Der Koffer wartete bereits am Fußende des Doppelbetts auf ihn. Er holte einen

Palm Pilot, ein gummiertes Verbindungskabel und eine programmierbare Magnetkarte heraus, schloss die Karte an den Organizer an und wartete an der Tür, bis er hörte, wie der Page kam und wieder verschwand. Gould trat in den Flur und sah, wie der Hotelangestellte um die Ecke zur Liftanlage abbog. Nachdem einer der Aufzüge durch ein Klingeln seine Abfahrt signalisiert hatte, flitzte er durch den Gang zum Johnson-Zimmer, schob die Magnetkarte in den Leseschlitz und wartete ein paar Sekunden, bis der Code entschlüsselt war und das Licht auf Grün umsprang. Er schnappte sich den Karton und brachte ihn in sein eigenes Zimmer.

Mit einem Stift schlitzte er das Paketband auf, öffnete den Deckel und fischte im Berg von Füllmaterial nach der Sporttasche. Gould zog den Reißverschluss auf und vergewisserte sich, dass nichts fehlte. Dann holte er einen Müllsack aus dem Koffer und schüttete das komplette Styropor hinein. Anschließend riss er den Karton auseinander, zog die Plastikhülle mit dem Frachtbrief ab und brachte den Karton samt Müllsack in den Keller zum restlichen Hotelabfall.

Zurück im Zimmer duschte Gould, rasierte sich und fächerte den Inhalt der Tasche auf dem Bett aus. Links lag seine alte Identität, rechts seine neue, in der Mitte 25.000 Dollar in bar. Er überprüfte zweimal, dass er kein Dokument auf den Namen Molière übersehen hatte, und verstaute alles in einem braunen Papierbeutel. Vor Erreichen der Grenze musste er das Zeug unbedingt verbrennen. Er packte methodisch seine Besitztümer zusammen und stellte sie neben der Tür ab. Dann zerwühlte er das Bett, damit es so wirkte, als hätte er darin geschlafen, ließ die Zimmerkarte auf der Kommode liegen und verließ das

Hotel durch den Seitenausgang. Falls keine unerwarteten Probleme auftauchten, dürfte er bereits am frühen Nachmittag in Amerika sein.

24

WASHINGTON, D. C.

Die Büroräume des nationalen Geheimdienstkoordinators waren aus mehreren Gründen nur ein Provisorium. Wie jede neue Abteilung in Washington entwickelte sie sich weiter, was im Beltway-Jargon hieß, dass sie ständig größer wurde. Ursprünglich waren maximal 25 Mitarbeiter zur Unterstützung des neu ernannten Direktors eingeplant worden. Eine Art Clearingstelle. Ein Puffer zwischen den einzelnen Geheimdiensten und dem Präsidenten, um Abläufe besser zu koordinieren und reibungsloser zu gestalten. Innerhalb von sechs Monaten hatte sich das Personal verdoppelt, schließlich verdreifacht und dann erneut verdoppelt. Beim letzten Gehaltslauf arbeiteten bereits mehr als 200 Personen hier, und es wurden weiterhin ständig neue Leute eingestellt. Ein bürokratisches Monstrum, das tagtäglich anschwoll und an Effizienz einbüßte. Es entwickelte sich genau in die Richtung, die Kritiker der Idee befürchtet hatten.

Bis die neue Organisation auf festen Füßen stand, hatte man den Secret Service damit beauftragt, den Personenschutz des Direktors zu übernehmen. Das kam Rapp zugute. Er hatte viele Freunde beim Service, die jederzeit bereit waren, ihm einen Gefallen zu tun. Er rief Jack

Warch an, den für den Personenschutz des Präsidenten zuständigen Agenten, und fragte, ob er den Mitarbeiter persönlich kannte, der für Ross verantwortlich war. Das traf zu. Beim Secret Service handelte es sich um einen eingeschworenen Haufen. Rapp erklärte Warch, was er von ihm erwartete. Der Mann, der Hayes am Leben hielt, verzichtete darauf, nach einer Begründung zu fragen.

Rapp musste seinen Wagen auf einem Parkdeck mehrere Gebäude weiter auf der anderen Straßenseite abstellen. Es befand sich nur einen Steinwurf vom Weißen Haus entfernt. Er betrat das Gebäude durch den Haupteingang und zeigte dem uniformierten Beamten im Foyer seinen Berechtigungsschein. Er bat, mit Agent Travis Small sprechen zu dürfen, und stellte sich in eine Ecke, um auf ihn zu warten. Dafür wählte er einen Platz neben einer großen Topfpflanze mit dem Rücken zur Wand und hoffte, so unverdächtig wie möglich zu wirken. Er wollte nicht, dass Ross vorzeitig mitbekam, dass er sich für dessen Überraschungsbesuch der letzten Woche revanchierte.

Es dauerte nicht lange, bis Travis Small auftauchte, dessen Erscheinung seinen Namen Lügen strafte. Er sah aus wie ein Power Forward der Washington Wizards. Rapp hatte das Team lieber gemocht, als sie noch Bullets hießen. Er fand, dass der Name ehrlicher war und besser zur Mordhauptstadt der Vereinigten Staaten passte.

Halb lief, halb schob sich Small über den Terrazzoboden der sonnigen Lobby. Ein Zweimeterhüne, der mindestens 115 Kilo auf die Waage brachte. Bestimmt hatte er früher Basketball, Football oder beides gespielt. Seine Knie wirkten ein bisschen lädiert. Er trug das schwarze Haar kurz, die Haut wies die Schattierung glänzend polierter Walnüsse auf. Rapp schätzte ihn auf Anfang 40.

Seine Augen strichen die Umgebung beim Näherkommen ab. Eine beeindruckende Erscheinung. Sehr professionell. Man musste schon mit allen Wassern gewaschen sein, um es mit diesem Typen aufzunehmen. Entweder das oder verrückt. Small passte perfekt zum Secret Service. Sobald man dem Präsidenten ein halbes Dutzend Kerle wie Travis Small an die Seite stellte, konnte ihm gar nichts passieren.

Der Riese kam zu ihm und streckte die Hand aus.

»Mitch … Travis Small. Ist mir eine Ehre, Sie kennenzulernen.«

Rapp erwiderte die Geste. Seine Hand kam ihm im Vergleich zu der von Small winzig vor. »Gleichfalls, Travis.«

»Ach was.« Small enthüllte sein perfektes Gebiss und ein überraschend warmherziges Lächeln. »Ich mein's ernst. Ich war damals beim Angriff auf das Weiße Haus einer der Bodyguards des Präsidenten. Allerdings in der Abendschicht eingeteilt, deshalb hielt ich mich nicht vor Ort auf, als es losging.«

Small bezog sich auf den Vorfall, als Terroristen das Weiße Haus gestürmt hatten. Der Präsident war nur knapp einer Gefangennahme entgangen und wäre ohne Rapp vermutlich nicht mehr am Leben.

»Mein Beileid«, sagte er. »Sie haben bestimmt ein paar enge Freunde verloren.«

»Ja.« Small wurde für einen Moment ganz still. »Aber ich hätte noch mehr verloren, wenn Sie nicht vielen von uns den Arsch gerettet hätten.«

Rapp tat sich schwer mit Lob, also nickte er bloß ein paarmal und sah sich verlegen um. Er fühlte sich wie ein Liliputaner neben diesem Berg von Mann.

»Arbeiten Sie gern für Ross?«

Small beäugte Rapp erstaunt und nahm sich Zeit für seine Antwort. »Ich bemühe mich, keine Meinung zu den Personen zu entwickeln, die meinem Schutz unterstellt sind.«

Rapp grinste. »Ersparen Sie mir den Schwachsinn.«

Small verlagerte das Gewicht von einem Fuß auf den anderen. »Na ja, er ist kein ganz einfacher Mensch.«

»Das kann ich mir vorstellen. Er wirkt auf mich wie einer, der mit Untergebenen nicht besonders freundlich umgeht.«

»Nein … Darum geht es nicht. Er ist eigentlich ganz nett, merkt sich unsere Namen, erkundigt sich nach unseren Kindern und so … Aber er ist halt ein Politiker.« Wenn ein Bewaffneter so etwas zu einem anderen Bewaffneten sagte, verstand der sofort, was gemeint war. Es gab eine Art blindes Einverständnis.

»Er stellt Fragen, interessiert sich aber nicht für die Antwort?«

»Genau. Ständig unter Strom. Hat immer noch was Größeres und Besseres am Laufen. Wie ich das sehe, ist er einer dieser Senatoren, die auf den Präsidentensessel schielen. Kommt selten vor. Normalerweise arbeitet man sich als Gouverneur eines Bundesstaats oder Vizepräsident ins Oval Office vor. Damit war für Ross klar, dass er entweder zu Hause in New Jersey als Gouverneur kandidieren oder einen Platz im Kabinett des Präsidenten ergattern muss, um sich als VP in Stellung zu bringen. Senatoren halten in der Regel wenig davon, in die Heimat zurückzugehen und einen Wahlkampf zu führen. Mehr Arbeit, weniger nationale Sichtbarkeit, wenn man nicht gerade in New York oder Kalifornien antritt. Jedenfalls definitiv nicht in New Jersey. Also nimmt er die Ernennung durch den Präsidenten dankend an. Ich geb ihm maximal ein Jahr, dann wird er sich entweder als Verteidigungs- oder Außenminister in Stellung bringen. Bis dahin kann sich sein Lebenslauf echt sehen lassen und er rutscht als sicherer Kandidat der Partei auf den Vizeposten. Wenn's perfekt läuft, kann er sogar selbst Präsident werden.«

Klang für Rapp schlüssig. »Wie steht's mit dem kleinen Kerl, der für ihn arbeitet?«

»Jonathan Gordon.«

»Richtig.«

»Der ist clever. Das perfekte Gegenstück zum Direktor. Ross ist ziemlich temperamentvoll, Gordon sorgt dafür, dass er es nur an ihm auslässt und keiner sonst seine cholerischen Anfälle mitbekommt. Gordon kann gut einstecken und hat ein Händchen dafür, dem Direktor schlechte Ideen auszureden.«

»Ross hat sich also nicht immer im Griff?«

Small nickte. »Allerdings. Er explodiert jedoch nie in der Öffentlichkeit, sondern nur hinter verschlossenen Türen.«

»Wo ist er jetzt?«

»Mit Gordon oben im Büro.«

»Okay, dann los.«

Die zwei Männer liefen durch die Lobby. Small winkte Rapp zu einem Metalldetektor. Das Gerät schlug bei beiden an, beide ignorierten es. Sie stiegen in den Aufzug und fuhren hinauf.

Rapp sah Small an. »Darf ich Ihnen einen kleinen Karrieretipp geben?«

»Sicher.«

»Ross wird es nicht gefallen, dass ich unangemeldet bei ihm reinschneie.«

»Das dachte ich mir.«

»Sagen Sie ihm die Wahrheit. Sagen Sie ihm, Warch habe angerufen und Ihnen erklärt, ich müsse etwas Wichtiges mit dem Direktor besprechen. Und dass Sie mit keinem drüber reden sollen. Falls Ross durchdreht, wird er Jack anrufen. Jack und der Präsident sind ganz dicke. Er hat keine Konsequenzen zu befürchten. Sollte Ross die Sache direkt mit Hayes klären wollen, schalte ich mich gern dazwischen.«

»Hört sich gut an.«

Der Aufzug kam zitternd zum Stehen und die Türen fuhren zur Seite. Zwei Männer, die an etwas kleinere Versionen von Small erinnerten, standen rechts daneben auf dem Posten. Small nickte ihnen zu. Er hatte sie bereits auf ihre Ankunft vorbereitet. Sie durchquerten den Empfangsbereich und erreichten ein Vorzimmer, in dem zwei Assistentinnen Telefonate entgegennahmen und auf Tastaturen einhackten. Small bog zur Seite ab, um mit einer von ihnen zu sprechen. Rapp lief stur weiter zur Tür. Die ältere der beiden Frauen erhob sich aus ihrem Stuhl.

»Entschuldigen Sie, der Direktor ist in einer Besprechung.«

»Passt schon«, sagte Rapp, ohne sich umzudrehen. Er hörte, wie Small der Frau erklärte, dass Rapp bei der CIA arbeitete. »Wir sind alte Freunde«, schrie er fast, erreichte die Tür, drückte den Griff nach unten und schob sie auf. Er betrat das Büro und zog sie rasch hinter sich zu.

Direktor Ross saß am Kopf eines ovalen Konferenztischs direkt links von Rapp, gegenüber einem riesigen Sekretär aus Eichenholz. Das Büro war nicht sonderlich groß, höchstens ein Fünftel der Fläche von Kennedys Räumlichkeiten, und alles andere als elegant. Er war sicher, dass das den frisch gekürten Direktor der nationalen Geheimdienste mächtig anpisste.

Ross sah zu ihm auf, den Kopf leicht zur Seite gedreht. Sein Blick erstarrte, er runzelte die Stirn. Der Koordinator trug ein weißes Anzughemd mit Umschlagmanschette, ziemlich affigen Knöpfen und einer gewagten roten Krawatte, die ein deutliches Statement abgab, wer hier das Sagen hatte. Die anderen drei Männer am Tisch trugen alle noch ihr Jackett.

Mit drei kurzen Schritten erreichte er den Platz von Ross.

»Bleiben Sie ruhig sitzen.« Bewusst wählte er dieselben Worte wie der Direktor beim Hereinplatzen in Kennedys Büro. »Ich war gerade in der Gegend und habe spontan beschlossen, mal vorbeizuschauen.«

Ross schob den Stuhl zurück und stand auf. Er war der Typ Mensch, der anderen beim Reden gern direkt in die Augen sah. Ein Lächeln pflasterte sein Gesicht, doch man erkannte sofort, dass er sich über die unangekündigte Störung ärgerte.

Rapp streckte die rechte Hand aus und umschloss die des Direktors mit festem Griff und übertriebener Begeisterung. Statt den Blick zu erwidern, schielte er zu Gordon, der auf der anderen Seite des Tisches saß, und schob die rechte Hand auf die Schulter des Typen, hinter dem er stand. Rapp war fest entschlossen, den unangemeldeten Besuch in Kennedys Büro originalgetreu nachzustellen.

»Jonathan … Wie immer schön, Sie zu sehen.« Rapp gab Ross' Hand frei und musterte die zwei übrigen Anwesenden, die er nicht kannte. Bevor er die Chance erhielt, sich vorzustellen, weckte etwas, das auf dem Tisch lag, seine Aufmerksamkeit. Er stutzte und starrte das körnige Schwarz-Weiß-Foto an. Sein Blutdruck schoss sofort in die Höhe. Seine Lippen teilten sich. Die anderen waren wie erstarrt.

»Das ist ja wohl nicht Ihr Ernst!« Er griff nach dem Foto.

Es handelte sich um die Aufnahme der Überwachungskamera einer Lagerhalle. Rapp kannte sie gut. Vor dem Eingang parkte ein Ford Excursion, neben dem SUV stand ein blonder Mann. Scott Coleman. Rapps Gesicht verzerrte sich vor Ärger. Neben ihm sammelte einer der Unbekannten die auf dem Tisch ausgebreiteten Unterlagen zusammen. Rapp packte ihn im Bereich zwischen Schlüsselbein und Schulterblatt und vergrub die Finger in der Haut.

»Nichts anfassen.« Er beugte sich vor und legte das Foto zurück auf den Tisch, ließ den Mann los und griff mit beiden Händen nach der Rückenlehne des Stuhls. Er schob ihn samt Sitzgelegenheit vom Tisch weg. Diese Typen waren irgendwelche Helfer. Er wollte sie nicht in die Sache verwickeln, blickte den zweiten Unbekannten an und fragte: »Wären Sie beide so freundlich, uns für eine Minute zu entschuldigen?«

Die zwei standen auf und verließen wortlos den Raum. Die schwere Tür schloss sich mit einem dumpfen Knall. Gordon blieb sitzen und blieb bemerkenswert ruhig. Von Direktor Ross ließ sich das nicht behaupten.

»Was bilden Sie sich ein?! Was wird das hier?«, zeterte er.

»Ich bewahre Sie davor, gleich im ersten Monat gefeuert zu werden.« Rapp würdigte ihn keines Blickes und ging die Unterlagen auf dem Tisch durch. Colemans Dienstakte vom Pentagon lag dort, die letzten fünf Jahre seiner privaten und geschäftlichen Steuererklärungen und ein hübsches kleines Überwachungsdossier, offenbar in den letzten Tagen zusammengestellt. Rapp schwenkte die diesbezügliche Mappe.

»Haben Sie Ihren beschissenen Verstand verloren?« Nun sah er Ross direkt in die Augen und kämpfte gegen den Drang an, ihm mit der Mappe eine zu scheuern.

Ross begann zu zittern, so aufgebracht war er. »Verlassen Sie sofort mein Büro!« Um seinem Anliegen Nachdruck zu verleihen, deutete er auf die Tür.

Rapps Hand schoss in Richtung von Ross' Fingern, als wollte er eine lästige Fliege zerquetschen. Er bog ihm den Zeigefinger nach hinten und zwang den Direktor zurück auf seinen Platz.

Männer wie Ross ließen sich durch körperliche Gewalt leicht aus dem Konzept bringen. Die meisten von ihnen waren nie in einen Kampf verwickelt gewesen, und wenn doch, war es lange her.

»Was sind Sie denn für ein Kontrollfreak?«, fragte er. »Sie beaufsichtigen 100.000 Mitarbeiter, die sich auf wer weiß wie viele Dienststellen verteilen. Ihr Job besteht darin, die Zusammenarbeit zwischen den einzelnen Institutionen zu optimieren. Mehr nicht. Es geht nicht darum, Einsätze zu leiten oder Leuten nachzuspionieren. Und was tun Sie? Sie begegnen Scott Coleman für gerade mal zwei Minuten, und weil Ihnen die Antworten nicht passen, die er Ihnen gibt, fangen Sie an, bei ihm nach schmutziger Wäsche zu wühlen.«

Ross war außer sich vor Wut. »Warten Sie nur, bis ich mit dem Präsidenten über Ihr Verhalten spreche. Jetzt sind Sie endgültig zu weit gegangen. Wer gibt Ihnen das Recht, hier so hereinzuplatzen?«

Rapp befreite das Handy aus dem Hüftclip. »Gern. Rufen wir ihn sofort an. Ich habe seine persönliche Durchwahl auf Kurzwahltaste.« Er rammte dem Direktor das Gerät förmlich ins Gesicht. »Sie wussten nicht mal, dass er eine persönliche Durchwahl hat, oder?«

Der Blick seines Gegenübers enthüllte die Wahrheit.

»Wir können ihm schildern«, fuhr Rapp fort, »wie beharrlich Sie sich in die Details einzelner Geheimdienste einmischen. Wir können ihm schildern, wie Sie einen Ihrer Handlanger beim IRS angerufen und um eine Sonderprüfung von Scott Coleman gebeten haben, den der Präsident bestens kennt und sehr schätzt. Einen vielfach ausgezeichneten Kriegsveteranen. Der Präsident wird außer sich sein. Wo wir schon dabei sind, rufen wir doch auch gleich ein paar Ihrer Kumpel auf dem Hill an und erzählen denen, wie Sie Ihre Belegschaft als Spione auf Privatpersonen ansetzen.« Er schwenkte die Mappe vor Ross' Gesicht. »Um nichts anderes geht es hier nämlich. Sie spionieren eine Privatperson aus, Sie elender Heuchler. Die letzten zwölf Jahre haben Sie auf diesem beschissenen Hügel der CIA ans Bein gepinkelt und über unsere Arbeit gemeckert. Haben vor den Kameras einen auf dicke Hose gemacht und erklärt, dass es unethisch sei, amerikanische Staatsbürger zu überwachen … egal ob mutmaßlicher Terrorist oder nicht.«

Die Akte war mit Grifflaschen unterteilt. Eine davon trug die Beschriftung ›Telefonverbindungen‹. Rapp schlug die Seite auf und ging die Liste der ein- und ausgehenden Anrufe durch. »Und wie steht's damit? Haben Sie einen richterlichen Beschluss für diese Unterlagen? Mir wäre neu, dass Sie über eine investigative Vollmacht verfügen. Ich bin sicher, es wird die Presse interessieren, dass man

Ihnen eine investigative Vollmacht verliehen hat. Das gibt ein tolles Thema für einen Artikel ab. Sie werden so viel Gegenfeuer bekommen, dass Sie bereits angeschlagen sind, bevor Sie Ihre ersten Reformen durchsetzen können.«

Ross war entrüstet. Er brüllte: »Ich verlange, dass Sie mir verraten, was Sie beide aushecken, und zwar sofort! Keiner von Ihnen ist eine Privatperson! Sie arbeiten für mich!«

Diesmal konnte Rapp sich nicht bremsen. Dafür war er einfach zu wütend. Die Akte war bestimmt zwei Zentimeter dick. Er klatschte sie Ross mit voller Wucht an den Schädel. Das sorgfältig drapierte Haar des Direktors fiel ihm ungeordnet in die Stirn und verdeckte einen Teil seines linken Auges.

Rapp packte ihn vorn am Hemd. »Hören Sie gut zu, Sie Idiot. Ich bin Ihnen keine Rechenschaft schuldig, sondern allein dem Präsidenten. Mein Job besteht darin, Terroristen zur Strecke zu bringen. Das Letzte, was ich gebrauchen kann, ist ein Pfuscher wie Sie, der keine Ahnung hat, welchen Bedrohungen wir tagtäglich ausgesetzt sind, und der mir über die Schulter schaut und Vorschriften machen will.« Rapp ließ das Hemd los und stieß einen spürbar schockierten Ross zurück auf seinen Stuhl.

Er trat einen Schritt zurück. »Glauben Sie nicht, dass ich nicht verstehe, was hier gespielt wird. Sie wollen diesen Posten als Sprungbrett für Ihre Beförderung nutzen. Das ist Ihr Plan, nicht wahr, Ross? Sie wollen eines Tages selbst Präsident werden.«

Ross war zu erbost, um etwas zu sagen. Rapp wandte sich an Gordon, der völlig gelassen dasaß. »Ich habe gehört, dass Sie hier der Vernünftige sind. Bringen Sie Ihren Boss zur Besinnung. Eins versprech ich Ihnen … Ich kann ihn zwar nicht zum Präsidenten machen, aber ich kann dafür sorgen, dass dies der letzte Job ist, den er jemals bei der Regierung bekommt.«

Rapp sammelte die Unterlagen ein und klemmte sie sich unter den Arm. Er verzichtete darauf, sich weiter mit Ross abzugeben. Ausschließlich an Gordon gerichtet sagte er: »Pfeifen Sie den IRS bis heute Mittag zurück. Ansonsten sehen wir drei uns bald im Oval Office wieder. Und ich verspreche Ihnen, dass unsere heutige Begegnung im Vergleich dazu ein gemütliches Picknick war.«

Gordon sagte nichts. Er nickte bloß.

Rapp stapfte mit den Akten aus dem Büro und knallte die Tür hinter sich zu.

Gordon wartete einige Sekunden, dann seufzte er vernehmlich. Langsam schüttelte er den Kopf, sah seinen Boss an und meinte: »Ich hab Sie gleich gewarnt …«

»Sagen Sie's nicht«, schnappte Ross. »Ich weiß, dass Sie es für eine schlechte Idee hielten. Ich weiß, dass Sie meinten, mit einem wie Rapp dürfe man sich nicht anlegen! Ich weiß es! Ich weiß es! Ich weiß es!« Mit einem Satz sprang er auf, lief zum Schreibtisch und lugte durchs Fenster zum Weißen Haus auf der anderen Straßenseite. Nach fast 15 Sekunden Schweigen entschied er: »Ich sollte mit dem Präsidenten darüber reden.«

Gordon starrte ihn fassungslos an. »Haben Sie den Verstand verloren?« Es schwang keine Spur von Aggressivität in seiner Stimme mit. Es war eine nüchterne Feststellung. Wie bei einem Psychiater. »Haben Sie ihm nicht zugehört? Das war Mitch Rapp, Mark. Er verdient sein Geld damit, Leute umzubringen. Er sprengt Terrorzellen und hat unzählige Deep-Cover-Operationen durchgeführt. Er kennt den Präsidenten besser als Sie. Schlagen Sie sich ihn aus dem Kopf. Schlagen Sie sich Coleman aus dem Kopf. Wir haben genug andere Baustellen.«

Gordon sah zu seinem Boss. Er wusste, wie der Mann tickte und was für ein gewaltiges Ego er mit sich herumtrug. Entsprechend schwer fiel es ihm, eine solche Angelegenheit auf sich beruhen zu lassen. »Mark, das ist es nicht wert. Es ist unter Ihrer Würde. Eines Tages werden Sie Präsident sein. Wenn es so weit ist, können Sie machen, was Sie wollen. Fürs Erste müssen wir das Thema vertagen.«

Ross knirschte mit den Zähnen und starrte weiter auf die Silhouette des Weißen Hauses. Noch nie hatte ihn jemand dermaßen gedemütigt. Es war ihm scheißegal, wer dieser Mitch Rapp war. Er zeigte jedem in dieser Stadt, wo der Hammer hing. Ross zwang sich, seine Aggressionen zu bändigen. Er musste einen neuen Anlauf starten und beim nächsten Mal vorsichtiger sein. Bessere Leute anheuern. So ungern er es zugab, Gordon hatte recht. Sein Rat war klug, jedenfalls für den Moment. Sobald sich allerdings eine Gelegenheit bot, würde er Mitch Rapp zerquetschen und ihn bezahlen lassen. Man musste diesen Neandertaler auf seinen Platz in der natürlichen Rangordnung verweisen, wo er von den gewählten Staatsvertretern unter ihren Stiefeln zermalmt wurde. Ein verschlagenes Grinsen trat auf sein Gesicht und er nickte. Er bekam seine Revanche. Nein, mehr als eine Revanche. Eines Tages würde er Mitch Rapp vernichten.

25

Baltimore, Maryland

Gould hatte einen Großteil des Tages gebraucht, um von Montreal hierherzukommen. Die Grenzkontrolle war der reinste Witz gewesen. Er hatte Anzug und Krawatte angezogen, sich einen dieser großen Thermobecher gekauft, wie man sie an jeder Tankstelle in Nordamerika bekam, und ihn mit miesem Kaffee füllen lassen. Auf den Beifahrersitz legte er einen Aktenkoffer, ins Fenster des gemieteten Ford Taurus hängte er einen Kleidersack. So ging er als typischer Handelsvertreter durch, wie sie um diese Zeit unterwegs waren, und passte gezielt den größten Ansturm im morgendlichen Verkehr ab. Die Autoschlange war in beiden Richtungen mehr als 100 Meter lang.

Die Zollbeamtin an der Grenze erkundigte sich nicht mal, wo er hinwollte. Sie schnappte sich seinen kanadischen Pass, suchte nach der ersten freien Seite, donnerte einen Stempel hinein und reichte ihn durchs Fenster zurück. Auf Nachfrage hätte er behauptet, für den Rest der Woche nach Boston zu fahren und am Freitag den Rückweg anzutreten. Doch sie fragte nicht, um die Abfertigung zu beschleunigen. Gould war für sie nur ein relaxter, gelangweilter Geschäftsmann auf dem Weg zur Arbeit.

Die Fahrt dauerte zwölf Stunden. Unterwegs legte er ein paar Zwischenstopps ein. Er fuhr über die Interstate 87 nach Süden durch die Außenbezirke von New York. Eine herrliche Landschaft. Im Westen grenzte die Strecke an den Lake Champlain. Während seiner Zeit in den Staaten war Gould viel gereist, unter anderem runter nach Georgia und Texas. In den Sommerferien hatte er mit seinen Klassenkameraden einmal Mount Rushmore und den Yellowstone-Nationalpark unsicher gemacht. Er erkundete den Abschnitt zwischen Vancouver und San Diego, außerdem ging es von Portland, Maine, zu den Florida Keys. Was ihn an Amerika am meisten faszinierte, war die Weite der endlosen Landschaften, die ständig ihr Gesicht wechselten. Jede Gegend war anders und auf ihre eigene Weise wunderschön. Das galt auch für diesen Winkel im nördlichen New York. Die Herbstfarben zeigten sich von ihrer schönsten Seite und hübschten die beschaulichen Dörfer in der Gegend zusätzlich auf.

Er wechselte auf die Interstate, die runter nach Albany führte, tankte an einer Raststätte und besorgte sich ein Stück Gebäck und etwas Wasser. Er bezahlte in bar. Der Mietwagen wurde über eine Kreditkarte abgerechnet, die einem Peter Smith gehörte. Gould war Peter Smith. Zumindest wenn man den Bankangestellten fragte, bei dem er das Konto vor über einem Jahr eröffnet hatte. Er war damals in den Schalterraum gegangen, hatte ein Firmenkonto beantragt und 5000 Dollar als Startguthaben eingezahlt. Als Geschäftsanschrift gab er ein Postfach an. Das war in solchen Fällen üblich. Der Mann am Schalter bot ihm daraufhin sofort die Ausstellung einer Kreditkarte an, die innerhalb einer Woche per Post eintraf. Die Rechnungen wurden automatisch vom Konto eingezogen. Die Karte passte perfekt zum Ausweis und dem Führerschein, den ein enger Freund aus Legionstagen für ihn gefälscht hatte. Vor dem heutigen Tag hatte er nie eins dieser Dokumente benutzt und würde es danach auch nicht mehr tun.

Von Albany aus fuhr er auf der Interstate 88 nach Binghamton, New York. Dieser Abschnitt der Strecke war nicht so schön, dafür ließ der Zustand der Straße keine Wünsche offen, sodass er meistens mit über 100 über den Asphalt fegte. Gould achtete darauf, in Fahrzeugpulks zu bleiben und weder letzter noch führender Wagen einer Gruppe zu sein. Er ließ sich vom Verkehr treiben und wechselte so oft wie möglich auf die rechte Spur. In Binghamton setzte er die Fahrt nach Süden fort und überquerte die Staatsgrenze zu Pennsylvania. Regierten dort Demokraten oder Republikaner? Er erinnerte sich nicht, wusste aber, dass die Menschen dort ganz verrückt aufs Jagen waren. Er hielt nach einem entsprechenden Laden Ausschau und wurde am Stadtrand von Scranton schließlich fündig.

Dort bog er auf einen riesigen Parkplatz ein und betrat das nicht minder riesige Gebäude. Ein wahres Mekka für Jäger, Fischer und Outdoor-Fanatiker. Ein ausgestopfter Grizzlybär begrüßte ihn am Eingang mit erhobenen Vordertatzen und ausgefahrenen Krallen, bereit zum Angriff. Eine imposante Bestie. Insgeheim fühlte er sich an Mitch Rapp erinnert und fragte sich, wie sie erledigt worden war. Vermutlich mit einem Gewehrschuss aus größerer Entfernung. Einem solchen Koloss rückte man nicht zu dicht auf die Pelle. Sie verfügten über einen hervorragenden Geruchssinn und ein ebenso gutes Gehör und bewegten sich überraschend flott für ihre Größe. Man brauchte schon ein schweres Geschütz mit einer Menge Wucht, um so ein Tier zu erwischen. Verfehlte man Gehirn oder Rücken, lief es einfach weiter. Selbst wenn man das Herz traf, hielt es noch etwa zehn Sekunden durch. Zeit genug, um einen mit den Riesenpranken einen Kopf kürzer zu machen. Eigentlich eine Schande, so einen Koloss zu töten, ohne dass er eine faire Chance zur Gegenwehr bekam.

Er überlegte, ob er Mitch Rapp eine solche Chance geben wollte oder sich einfach irgendwo verschanzte und ihn aus der Distanz mit einem Kopfschuss niederstreckte, wie es dieser Jäger zweifellos getan hatte. Gould wusste es ehrlich gesagt noch nicht so genau. Einerseits wollte er herausfinden, wer von ihnen der bessere Krieger war, und ihn aus kurzer Distanz erwischen. Aber das war sein Ego, das aus ihm sprach, und er wusste es auch. Rapp ähnelte diesem Grizzly. Man musste verrückt sein, sich ihm freiwillig zu nähern.

Gould schüttelte den Kopf und ließ den ausgestopften Bären am Eingang hinter sich. Kanus, Kajaks und kleine Fischerboote mit Aluminiumrumpf hingen von der Decke. Am anderen Ende der Halle gab es eine Kletterwand mit bunten Griffen und Tritten. Neonseile hingen von den Stahlbalken unter der Decke. Gould besorgte sich einen Einkaufswagen und steuerte die Sportabteilung an, wo er ein paar atmungsaktive Oberteile mit langen Ärmeln, ein Shirt und Shorts aussuchte. Die Klamotten für Frauen hingen direkt gegenüber. Er packte ein paar Sachen in passender Größe für Claudia in den Wagen. Als Nächstes kümmerte er sich um Laufschuhe und Socken für sie beide. In seinem Kopf kristallisierte sich ein Plan heraus. Zumindest für die anfängliche Phase der Überwachung.

Er verließ den Fitnessbereich und suchte nach Jagdzubehör. Dieses nahm bestimmt die halbe Fläche des Ladens ein. Er brauchte fast fünf Minuten, um sich zurechtzufinden. Er fing mit dem Feldstecher an und wählte eine besonders robuste Ausführung. Spontan entschied er, noch ein Nachtsichtgerät mitzunehmen. Das konnte überaus nützlich sein. Er lächelte in sich hinein. Nur in den USA konnte man solche Ausrüstung so mühelos bekommen. Schrittweise füllte sich der Einkaufswagen mit dem benötigten Equipment. Er hatte genug Zeit auf Patrouille verbracht, um zu wissen, was nützlich war und was nicht.

Seine letzte Station war das Munitionsregal. Er nahm sich Zeit, die hochwertigsten Produkte zu finden. Die 9-Millimeter-Patronen waren noch das Einfachste. Es gab eine große Auswahl von Hohlspitzgeschossen mit Stahlummantelung. Er nahm zwei 50-Schuss-Boxen mit. Eine ganze Menge, wenn man berücksichtigte, dass er maximal fünf Schüsse abzufeuern gedachte, um zu prüfen, ob das Visier der Glock noch so zuverlässig war wie beim letzten Test. Passende Munition für das Gewehr zu finden nahm etwas mehr Zeit in Anspruch. Am Ende entschied er sich für .308 Premium-Matchpatronen von Federal mit dem legendären Sierra-MatchKing-Geschoss. Wirklich erstaunlich, dass so was in diesem Land einfach im Regal rumlag.

Er reihte sich in die Warteschlange vor der Kasse ein. Dort wurden den Kunden via Display Süßigkeiten und anderer Kleinkram aufgedrängt. Er packte noch ein paar Energieriegel und eine Packung Kaugummi in den Wagen, legte seine Einkäufe aufs Laufband und zückte einen Stapel 100-Dollar-Scheine. Der Gesamtbetrag war knapp vierstellig. Gould bezahlte bei der zuvorkommenden Mitarbeiterin und schleppte seine vier Taschen zum Auto, verstaute sie im Kofferraum und setzte die Fahrt fort. Von Scranton ging es auf der Interstate 81 weiter nach Harrisburg, dann über die 83 rüber nach Maryland. Die Sonne stand bereits tief im Westen über dem Horizont, als er Baltimore erreichte. Er rief die gebührenfreie Hotline von American Airlines an, um sich nach Claudias

Flug zu erkundigen. Genau wie er war sie pünktlich. Kurz vor dem Ankunftsterminal des Baltimore International Airport verließ er den Highway und tankte noch einmal. Claudia rief an, während er an der Zapfsäule stand. Zum ersten Mal, seit er das Handy vor zwei Tagen besorgt hatte, klingelte es. Es tat gut, ihre Stimme zu hören.

Gould zog den Schlauch aus dem Tankstutzen, hängte ihn an der Säule ein und lief zu dem kleinen Verschlag, um für den Sprit zu bezahlen. Er erreichte das Terminal im selben Moment, in dem sie nach draußen kam, und verkniff es sich, aus dem Auto zu springen und sie zu küssen. Hier hingen zu viele Kameras. Also blieb er mit heruntergeklappter Sonnenblende im Wagen sitzen. Claudia hatte nur eine Schultertasche und einen schlichten schwarzen Rucksack dabei. Sie packte den Rucksack auf die Rückbank und stieg mit der Tasche vorn ein. Dann beugte sie sich zu ihm und hielt sein Gesicht mit beiden Händen fest.

»Ich hab dich vermisst.« Sie drückte ihm einen Kuss auf den Mund.

Gould strahlte und nahm den Fuß von der Bremse. »Bist du hungrig?«

»Und wie.«

»Ich kenn einen hübschen Laden. Ich glaube, der wird dir gefallen.«

Sie hatten sich im Vorfeld darauf geeinigt, nur Englisch zu sprechen. Gould beherrschte es so perfekt, dass er als Einheimischer durchging. Bei Claudia klang ein leichter Akzent durch. Wie er reiste sie mit kanadischem Pass. Zumindest für den Rest des Tages. Morgen früh wollten sie ihre Identitäten erneut wechseln.

Sie nickte. »Keine Probleme beim Grenzübertritt?«

»Nein. Und bei dir?«

»Bin in Miami gelandet und ohne größere Kontrolle durch den Zoll gekommen.«

»Haben sie dir Fingerabdrücke abgenommen?«

»Dummerweise ja.«

Damit hatte Gould gerechnet. Glücklicherweise hinkte das neue System stark hinterher. Auf den Rechnern des Flughafens warteten Abdrücke der letzten paar Monate auf Weiterleitung und Abgleich. »Und das Geld?«, wollte er wissen.

»Alles glatt gelaufen. In Sicherheit.« Darum hatte sich Claudia nämlich gekümmert. Die fünf Millionen fein zu zerstückeln und in Kleinstbeträgen durch ein Labyrinth von Scheinkonten zu schleusen, um sie am Ende auf einer wunderschönen Insel in einem besonders warmen und sonnigen Teil der Erde wieder zusammenzuführen. Claudia beherrschte so etwas hervorragend. Vor ihrem Wechsel in die Selbstständigkeit hatte sie im Kreditwesen gearbeitet. Sie kannte sämtliche Gesetze und Meldepflichten. Vor allem wusste sie, welche Banken die Privatsphäre ihrer Kunden vor dem Hintergrund eines übereifrigen Kampfs gegen den Terrorismus besonders gut schützten.

»Wo geht's hin?«, fragte sie, während er auf dem Highway beschleunigte.

»Ins Stadtzentrum.«

Sie blickte ihn verwirrt von der Seite an.

»Ich dachte, sie wohnen draußen an der Chesapeake Bay.«

»Richtig. Nur wissen wir bislang nicht genau, wo. Und es wäre unvernünftig, sich dort umzuhören. Sobald er mitbekommt, dass Fremde Fragen nach ihm stellen, wird er sich an unsere Fersen hängen.«

Eine nachvollziehbare Begründung. »Okay, aber wieso dann gerade das Zentrum?«

»Weil sie dort arbeitet. Wir checken erst mal in unser Hotel ein, gönnen uns ein schönes Abendessen, machen Liebe und schlafen.«

»Und morgen?«

»Ein bisschen Sightseeing, dieses Auto loswerden und ihr, wenn alles glattgeht, nach Hause folgen.«

26

WASHINGTON, D. C.

Sie waren im Capitol Grill verabredet. Eins ihrer Lieblingsrestaurants. *Eine sichere Bank,* wie Rapp es nannte. Bisher hatte der Laden sie noch nie enttäuscht. Egal was auf der Karte man bestellte, es schmeckte großartig, war exakt richtig heiß oder kalt – je nachdem, wie es sein musste. Das Surf und Turf war immer auf den Punkt. Ganz wichtig, weil sie Fisch liebte und er Steak. Genau genommen aß er alles, aber bei diesen Preisen bevorzugte er rotes Fleisch.

Rapp war pünktlich, sie zu spät. Nichts Neues, aber es nervte ihn. Dass sie sich ständig verspätete, führte regelmäßig zu heftigem Streit. Selbst in einer normalen Beziehung hätte es ihn genervt, und ihre Beziehung war wahrlich nicht normal. Als Korrespondentin mit Fernsehpräsenz erhielt sie mindestens einmal im Monat Fanpost von einem Stalker. Nichts Ungewöhnliches. Jedenfalls nicht für eine Frau in ihrer Position. Meistens handelte es sich um alleinstehende Männer im mittleren Alter mit

Mutterkomplex. Voyeuristisch veranlagte Spinner, denen einer abging, wenn sie ihre schmutzigen Fantasien zu Papier brachten. Jede attraktive Frau bei jedem TV-Sender im Land musste sich mit solchen Briefen auseinandersetzen. Zum Glück blieb es bei 99 Prozent dieser Perversen bei den Briefen. Das restliche Prozent machte Rapp zwar Sorgen, aber Angst machte ihm etwas ganz anderes.

Inzwischen kannten die Feinde sein Gesicht und hatten ein Kopfgeld auf ihn ausgesetzt. Fanatische Kleriker in der arabischen Welt sprachen Fatwas gegen ihn aus, islamische Rechtsgutachten mit Todesfolge. Aus diesem Grund wünschte er sich, Männer wie Khalil in einer Pfütze aus eigenem Blut enden zu sehen. Sie stürzten sich mit angriffslustiger Miene, aber verweichlichten Körpern in die Schlacht. Männer, die nie gekämpft hatten und es auch nie tun würden. Männer, denen es perverses Vergnügen bereitete, die Wut junger Muslime zu schüren und Taten auf sie abzuwälzen, zu denen sie selbst weder den Mumm noch die Fähigkeiten mitbrachten. Diese Jungen, vor allem jene, die zu Männern heranwuchsen, waren es, die Rapp jedes Mal zusammenzucken ließen, wenn Anna sich verspätete.

Die reizende Anna Rielly war ein lebender Widerspruch. Ihre zarten Gesichtszüge und berückenden grünen Augen vermittelten den Eindruck klassischer Schönheit. Unter der Oberfläche lauerte allerdings die taffe Gewieftheit einer Polizistentochter aus Chicago. Rielly war mit vier Brüdern aufgewachsen, von denen drei in die Fußstapfen ihres Vaters traten. Der vierte wurde Anwalt. Genau wie bei ihr führte seine Karriereentscheidung zu gewissen Spaltungen in der Familie. Die drei Brüder in Uniform bezeichneten Anna und ihren Anwaltsbruder als

›den Feind‹, machten ihrem heißblütigen irischen Temperament alle Ehre und lieferten sich erhitzte politische Debatten, bei denen die Kacke mächtig dampfte. Genauso innig liebten sie sich gegenseitig.

Diese spannende Kindheit in der South Side von Chicago ergänzte ihre Schönheit und Intelligenz um den Faktor Beharrlichkeit. Anna hasste es zu verlieren und gab nie nach. Eine mächtige Waffe im Köcher einer Reporterin. Rapp bemühte sich, ihre natürlichen Instinkte zu schärfen und ihr beizubringen, drohende Gefahren rechtzeitig zu erkennen. Sie machte sich über ihn lustig, als er ihr ein Diktiergerät schenkte, merkte aber schnell, wie nützlich das Gerät war. »Wenn du glaubst, dass dir jemand folgt, sprich das Kennzeichen auf Band, damit ich es überprüfen kann.« Rapp selbst tat so etwas mindestens einmal in der Woche. Er hatte ihr außerdem defensives Fahren beigebracht und gezeigt, wie man mit Pistolen und Schrotflinten umging.

Sie stellte sich in beiden Fällen sehr geschickt an. Nachdem sie sich früher strikt geweigert hatte, eine Waffe in die Hand zu nehmen, war er mit ihren Fortschritten sehr zufrieden. Im Gegensatz zu den meisten männlichen Anfängern verkrampften ihre Hände nicht um den Griff. Sie betätigte den Abzug ausgesprochen locker und machte sich nicht zu viele Gedanken über den Schuss. Sie nahm einfach das Ziel ins Visier und drückte ab, bis es erledigt war.

Ob sie sich bei einer realen Bedrohung ähnlich gut geschlagen hätte? Schwer zu beurteilen. Der menschliche Körper verfügte über gewisse Überlebensmechanismen. Dazu gehörte vor allem die Ausschüttung von Adrenalin. Beim ersten Anzeichen von Gefahr setzte es der Körper frei, bevor gewisse Teile des Gehirns überhaupt merkten, was los war. Das diente der Vorbereitung auf eine von zwei Optionen: Kampf oder Flucht. Von da an wurde es knifflig. Manche Menschen verloren in solchen Situationen die Fassung und entschieden sich für keins von beidem. Sie erstarrten und wurden mit voller Wucht von einer Art Adrenalin-Kater erwischt, der sie ausgelaugt und erschöpft zurückließ. Die einzige Möglichkeit, dagegen anzukämpfen, bestand darin, solche Szenarien wieder und wieder zu üben. So lange, bis einem die nötigen Abläufe in Fleisch und Blut übergingen. Zuerst galt es, die Grundlagen zu meistern: stabile Haltung, fester Griff, geduldiges Anvisieren, ruhiges Abdrücken. Als Nächstes kam die Treffsicherheit an die Reihe, basierend auf diesem Fundament dann situatives Training.

Er übte mit Anna, die Waffe aus der Handtasche zu ziehen und abzufeuern, sowohl mit der linken als auch mit der rechten Hand. Er zeigte ihr, wie man aus kurzer Entfernung auf einen Gegner schoss, etwa in einem Gerangel. Wie man anderen den Griff der Pistole zur Gegenwehr wirkungsvoll in die Rippen stieß oder auf seine natürlichen Instinkte vertraute. »Wenn du nachts zum Auto läufst und ein komisches Gefühl hast«, erklärte er ihr, »mach die Handtasche auf und halt die Waffe griffbereit.« Rapp besorgte ihr einen Waffenschein. Fortan verließ sie das Haus nie ohne Smith & Wesson .38 Air Light Revolver. Leicht, mit kurzem Lauf und relativ kompaktem Hahn. Sehr benutzerfreundlich und für Menschen in Annas Position die ideale Selbstverteidigung. Er war regelrecht besessen davon, die Erfahrungen seines jahrelangen Trainings an sie weiterzugeben, damit ihr nichts zustieß. Um seine eigene Sicherheit sorgte er sich nie. Nur um ihre.

Rapp saß im rückwärtigen Teil des Restaurants in einer Ecknische. Sein Drink wurde serviert, kurz danach servierte ein Kellner die Calamari. Die besten der Stadt. Rapp wartete nicht auf Anna. Er war hungrig und genervt, also stürzte er sich auf seinen Teller. Nachdem er die Hälfte der Portion vertilgt hatte, legte er eine Pause ein und nippte am Whisky. Er streckte ihn mit einem Schluck Wasser, starrte mit seinen dunklen, fast schwarzen Augen zum Eingang und schüttelte verärgert den Kopf. Mittlerweile war sie 25 Minuten zu spät. Seine Stimmung verschlechterte sich mit jeder weiteren Sekunde. Ihretwegen bekam er irgendwann noch ein Magengeschwür.

Zur typischen Unpünktlichkeit seiner Frau kam noch das vorangegangene Treffen mit dem neuen nationalen Geheimdienstkoordinator. Kein Wunder, dass er so miese Laune hatte. Er hatte kurz mit dem Gedanken geliebäugelt, dem Präsidenten einen unangekündigten Besuch abzustatten und ihn aufzufordern, Ross abzuservieren, bevor er echte Dummheiten machte. Genauso schnell verabschiedete er sich von der Idee. Es war naiv zu glauben, dass Hayes wegen eines Fehltritts gleich so drastische Maßnahmen ergriff. Es ging heutzutage nicht mehr so flott in Washington, Leute aus einem öffentlichen Amt zu drängen, damit sie sich im Schutz der Nacht aus der Stadt verabschiedeten. Die meisten Versager klammerten sich wochenlang an ihr Amt, manchmal sogar Monate, während ihre Befürworter bei den Medien und Publicityagenturen nach Mitteln und Wegen forschten, sie aus ihrer Klemme zu befreien. Natürlich liebten es die Nachrichtensender, sich auf solche Geschichten zu stürzen.

Rapp hoffte, dass Ross seine Warnung beherzigte. Es wäre für alle das Beste. Etwas sagte ihm jedoch, dass es sich dabei um pures Wunschdenken handelte. Mit solchen Männern hatte er häufiger zu tun. Es gab sie in Washington an jeder Ecke. Sie hassten Niederlagen. Wahrscheinlich leckte Ross gerade seine Wunden und lotete Varianten für seine Revanche aus. Einer wie er gab erst auf, wenn der Gegner erledigt war. Kennedy war das naheliegende Ziel, aber da musste Ross aufpassen. Immerhin stand eine Drohung von Rapp im Raum, und er würde nicht zögern, sie umzusetzen. Sollte der Präsident Ross dabei erwischen, wie er weiterhin Zeit und Kapazitäten an Scott Coleman verschwendete, war es nicht damit getan, ihn zu feuern. Da kam mit Sicherheit noch ein Racheakt hinterher.

Rapp musste sich für solche Eventualitäten wappnen, zusätzliche Druckmittel gegen Ross in die Hand bekommen und vor allem Coleman warnen, besonders vorsichtig zu agieren. Aktuell wäre es für Ross ein Leichtes gewesen, das FBI mit einem anonymen Hinweis auf Coleman zu hetzen. Vor einer solchen Dummheit hätte er den Politiker direkt bei ihrem Treffen warnen sollen. Er nahm sich vor, Gordon, die rechte Hand von Ross, anzurufen und keinen Zweifel daran zu lassen, was für seinen Boss auf dem Spiel stand. Gordon machte den Eindruck, als könnte man mit ihm vernünftig reden.

Kennedy stellte ein weiteres Problem dar. Sobald sie von der Sache erfuhr, wurde es ungemütlich. Er hatte sich den ganzen Tag davor gedrückt, es ihr zu beichten. Seine Entschuldigung lautete, das Timing passe nicht, doch er wusste selbst, wie lahm das klang. Er wollte es ihr einfach nicht sagen. Dummerweise musste sie sich künftig täglich mit Ross herumschlagen. Okay, gleich morgen früh, nahm er sich vor.

Er wollte gerade zum Telefon greifen und seine Frau anrufen, als sie das Restaurant betrat. Im Barbereich entstand etwas Unruhe, weil sich massenhaft Männer nach ihr umdrehten. Andere wollten sie bereits im Eingangsbereich abfangen. Rapp schimpfte leise vor sich hin. Reporter, vor allem wenn sie fürs Fernsehen arbeiteten, galten in Washington als Prominente.

Sie hätten sich auch ohne ihren Job nach ihr umgedreht, dachte er bei sich.

Anna Rielly war ein wahrer Sonnenschein. Ihr Lachen erhellte einen Raum, wenn sie ihn betrat, erst recht in Verbindung mit ihrem selbstsicheren Auftreten. Sie verhielt sich wie jemand, der genau wusste, was er wollte. Es war nicht mal Show. Anna wusste es wirklich und bekam es fast immer.

Sie schüttelte einige Hände, während sie sich zu ihm vorarbeitete, rasch, aber höflich. Darauf verstand sie sich. Mit ihrer ansteckenden Fröhlichkeit warf sie den Kopf in den Nacken und strahlte, ohne ihre persönliche Schutzzone zu verlassen. Sie ließ sich von niemandem in Beschlag nehmen und in ein längeres Gespräch verwickeln, lächelte unverbindlich, nickte und zeigte entschuldigend auf die Uhr, bis sie ihren Mann im hinteren Winkel entdeckte.

»Es tut mir so leid, Schatz.« Endlich hatte sie den Tisch erreicht. »Ich war gerade zur Tür raus, als Sam anrief.« Ihr Produzent in New York. »Er wollte die morgige Liveschalte für die *Today Show* durchgehen und hörte gar nicht mehr auf zu reden.« Sie formte einen Mund mit der Hand und ahmte seine plappernden Mundbewegungen nach.

Rapp stand auf und küsste sie auf die Wange. Sein Ärger löste sich bereits in Luft auf, doch so leicht ließ er sie nicht von der Angel. »Wär nett gewesen, kurz anzurufen.«

»Ich weiß.« Sie wirkte zerknirscht. »Aber nach dem Gespräch mit Sam rief direkt Liz auf dem Handy an, also hab ich's einfach in die Handtasche geworfen und bin gegangen.«

Liz O'Rourke war Annas beste Freundin. Er nahm ihr die Jacke ab und hängte sie an den Haken an der Seite der Sitznische. Anna rutschte neben ihm auf die Bank. Er wollte sie gerade darauf hinweisen, dass eine kurze Bitte an Sam, sie auf dem Mobiltelefon zurückzurufen, die Verspätung verhindert hätte. Das hätte allerdings nur zu Streit geführt. Zu Recht hätte sie ihn dann darauf hingewiesen, wie oft sie umgekehrt nachts wach lag und sich Sorgen machte, ob er noch am Leben war. Manchmal hielt man besser den Mund.

»Na«, meinte sie. »Erklärst du mir jetzt erst mal, was los ist?«

»Was meinst du?« Er hatte keine Ahnung, wovon sie redete.

»Beim Verlassen des Büros wollte mich Jack Warch unbedingt zum Auto begleiten.« Ihre durchdringend grünen Augen duldeten keine Lüge.

Rapp machte eine wegwerfende Handbewegung, als wollte er sagen: ›Ach so, das‹, bemühte sich aber, die Sache herunterzuspielen. »Irene hat einen Anruf von einem unserer Partner bekommen. Offenbar hat es sich einer dieser durchgeknallten Wahhabiten in den Kopf gesetzt, mich erschießen zu wollen.« Er verkündete es so gelassen, als teilte er mit, dass leider die letzte Flasche von ihrem Lieblings-Chardonnay leer war.

»Reizend.« Sie lehnte sich mit verschränkten Armen zurück.

Der Kellner erschien mit einem Glas Wein, das Rapp vorab für sie bestellt hatte.

Sobald er außer Hörweite war, sagte Anna: »Es scheint dich aber ganz schön zu beunruhigen, wenn du extra Jack angerufen hast.«

Er überlegte, wie er am besten darauf antwortete. Sie sollte keine Angst bekommen, es aber auch nicht auf die leichte Schulter nehmen. »Ich bin nicht mehr oder weniger beunruhigt als sonst. Ich musste heute sowieso mit Jack wegen etwas telefonieren, also hab ich es kurz erwähnt. Er hat mir das schon öfter angeboten, also bat ich ihn heute mal drum.«

Sie musterte ihn mit ihrem Reporterblick und versuchte zu erkennen, wie aufrichtig die Bemerkung war.

»Schatz, ganz ehrlich, es gibt keinen Grund zur Sorge. Trotzdem möchte ich, dass du die Augen offen hältst.«

»In Ordnung«, antwortete sie nach ein paar Sekunden.

Das Gespräch wandte sich dem eher banalen Thema zu, wie ihr jeweiliger Tag gelaufen war. Rapp verschwieg seine Begegnung mit Ross. Sie orderte den Wolfsbarsch, er das übliche Strip-Loin-Steak, halb durch. Er stieg für den Hauptgang auf Rotwein um, Anna nuckelte weiter an ihrem Chardonnay. Fisch und Steak waren perfekt. Sie aß ihre Portion fast komplett, er die Hälfte des saftigen Fleischs. Den Rest ließ er für Shirley, ihre geliebte Hündin, einpacken. Der Kellner kam mit der Dessertkarte an den Tisch. Zu seiner Überraschung griff Anna danach. Sie nahm sonst nie einen Nachtisch. Nach dem Rückzug der Bedienung zog er sie deswegen auf. Sie grinste nur. Rapp ließ es ihr durchgehen und erkundigte sich nach den O'Rourkes, ihren Freunden. Anna berichtete stolz, wie niedlich ihr Patenkind war, der kleine Gabriel Seamus O'Rourke.

»Ich hab heute mit Liz und dem knuffigen Gabe zu

Mittag gegessen.« Sie schloss die Augen und atmete tief ein. »Ich könnt den Süßen glatt auffressen.«

Rapp grinste. Liz O'Rourke und Anna hatten gemeinsam Journalistik an der University of Michigan studiert. Sie waren unglaublich eng befreundet, telefonierten jeden Tag mindestens einmal und kicherten wie junge Schulmädchen, sobald sie die Köpfe zusammensteckten. Anna genoss jede Gelegenheit, Zeit mit dem kleinen Gabe zu verbringen. Rapp blieb auf Distanz. Nicht dass er keine Babys mochte, er fand nur, dass sie in diesem Alter so unglaublich zerbrechlich wirkten. Allerdings entging ihm nicht, dass der Sirenenruf der Mutterschaft seine Frau längst erreicht hatte. Rapp hatte sie bereits darauf angesprochen, ob es so weit war. Ohne das geringste Zögern erwiderte sie: »Noch nicht. Bald, aber noch nicht.«

Das Dessert kam. Ein sündiger Turm aus dreierlei Schokolade mit einer Kugel Eis auf der Spitze. Mindestens 2000 Kalorien. Rapp starrte seine Frau nur an, während sie sich darüber hermachte. Nach drei Bissen legte sie den Löffel zur Seite. »Ich habe große Neuigkeiten.«

Rapp verzog innerlich das Gesicht. *Bitte sag jetzt nicht, sie haben dir eine Beförderung angeboten und ziehen dich nach New York in die Sendezentrale ab.*

»Willst du raten?«

»Du hast eine Beförderung bekommen.«

»Nein.« Sie strahlte. »Ich bin schwanger.«

Einige Sekunden rührte sich Rapp nicht. Sein Verstand forschte nach Erklärungen. Seines Wissens nahm seine Frau die Pille.

»Ich weiß.« Sie schien seinen Gesichtsausdruck richtig zu deuten. »Ich hab den Test zweimal gemacht. Außerdem bin ich überfällig.«

»Wie ist das möglich?«

Sie zuckte die Achseln. »Auf der Packung steht ›Verhindert Schwangerschaften mit 99-prozentiger Wahrscheinlichkeit‹. Ich schätze, wir sind das restliche Prozent.«

Fast seit dem Tag ihrer ersten Begegnung waren gemeinsame Kinder ein Thema zwischen ihnen gewesen. Beide wünschten sich mindestens zwei, doch Anna drückte zunächst auf die Bremse. Erst wollte sie beruflich gewisse Ziele erreichen. Rapp musterte sie vorsichtig. »Ist das für dich in Ordnung?«

»Natürlich ist es das! Machst du Witze?«

Er atmete erleichtert aus.

»Und für dich ist es auch in Ordnung?«, hakte sie mit hörbarer Anspannung nach.

Rapp betrachtete ihr engelsgleiches Gesicht. Er begriff, dass sie sich vor seiner Reaktion gefürchtet hatte. Er streckte die Hand aus und streichelte ihr zärtlich über die Wange. »Ich könnte gar nicht glücklicher sein.«

27

Wien, Österreich

Abel saß ruhig am Schreibtisch. Sein Büro befand sich im zweiten Stock eines Gebäudes, das kurz vor dem Ersten Weltkrieg entstanden war. Wie so vieles in Wien erinnerte der Bau an ein Kunstwerk. Die makellos erhaltene Barockfassade bestand aus massiven Mauersteinen und Marmor. Das Dach aus Kupfer war von einer Patina überzogen, die viereinhalb Meter hohen Decken schmückten

Stuck und künstlerische Reliefs. Alles liebevoll instandgesetzt, überwiegend von Geschäftsleuten genutzt. Aus seinem Fenster blickte Abel auf das Parlamentsgebäude und den Pallas-Athene-Brunnen, ein Monument für die Göttin der Weisheit und des Kampfes. *Wie sehr sich die Menschheit innerhalb eines Jahrhunderts verändert hat,* sinnierte er. Keine Gesellschaft käme heute auf die Idee, Weisheit mit Kampf gleichzusetzen, geschweige denn einer Göttin für Letzteres in Form eines Brunnens Tribut zu zollen. Abel betrachtete den goldenen Haarschmuck der griechischen Gottheit. *Wo führt das alles noch hin?,* fragte er sich.

Bedeutende Zivilisationen stiegen auf und vergingen so sicher wie Ebbe und Flut. Ägypter, Inkas, Mayas, Griechen, Perser, Römer, die Mongolen, die Ottomanen ... alle weg. Die Österreichisch-Ungarische Monarchie, die Franzosen, Briten, Russen und Nazis. Für alle hielt die Geschichte am Ende nur eine Fußnote bereit. Wie stand es mit den Amerikanern? Die zweite große Supermacht, die Sowjetunion, hatte sich mit dem großen Experiment des Kommunismus nicht mal ein Jahrhundert gehalten. Ein Wimpernschlag in der Historie. Hätte Abel einen Tipp abgeben müssen, traute er der amerikanischen Vormacht auch kein weiteres Jahrhundert mehr zu. Das Land hatte eine zu komplizierte Verfassung und zu viel Wohlstand. Die Menschen übten zu wenig Verzicht, waren zu bequem. Zivilisationen, die sich durchsetzten, setzten ihre Ziele in der Regel mit Brutalität oder massiven Opfern der Bevölkerung durch. Meistens eine Kombination aus beidem. Sie hungerten nach Veränderung. Solche langfristigen Spekulationen faszinierten ihn, doch im Hier und Jetzt warteten dringlichere Herausforderungen auf ihn.

Da gab es etwa einen saudischen Prinzen, dem er nicht länger über den Weg traute. Abel lenkte seine Aufmerksamkeit vom Abbild der Athene zu den Papieren auf seinem Schreibtisch. Sie bildeten sein komplettes Vermögen ab. Die Einschätzung des Auftragskillers traf zu. Abel verfügte nicht über genug liquide Mittel. Seine Immobilien in der Schweiz und Österreich summierten sich auf etwa zwei Millionen Dollar. Hinzu kamen 1,4 Millionen in bar und Papieren, die er ohne größere Anstrengungen zu Geld machen konnte. Das reichte nicht, um sich im Fall einer Flucht länger über Wasser zu halten. Zumindest nicht auf Basis des Lebensstils, an den er gewöhnt war. Was der Killer allerdings nicht wusste, war, dass Abel die Hälfte des Honorars in die eigene Tasche steckte. Zur Barschaft von 1,4 Millionen kamen so weitere fünf Millionen. Sollte der Mord an Rapp gelingen, folgten weitere fünf. Das war schon eine andere Größenordnung. Es änderte nichts daran, dass er die Vorstellung, sein derzeitiges Leben hinter sich zu lassen, für alles andere als erstrebenswert hielt.

Abel stand vor einem echten Dilemma. So, wie sich die Lage aktuell darstellte, musste er sich auf drei Eventualitäten vorbereiten. Erstens: Der Killer hatte Erfolg und die Amerikaner hauten überall auf den Putz, um Rapps Mörder zu finden. Das bestmögliche Resultat. Abel ging fest davon aus, dass die Amerikaner ihn nicht mit der Tat in Verbindung bringen konnten; es sei denn, der Killer fiel ihnen direkt in die Hände. Option zwei, von der er selbst nicht wusste, ob er es sich zutraute: den Killer nach Erledigung des Auftrags töten. Das konnte ihm in mehrfacher Hinsicht um die Ohren fliegen. Vor allem wenn er scheiterte und der Killer Abel daraufhin selbst zur Strecke brachte. Bisher war der andere ihm in allen Belangen überlegen gewesen. Er hielt es für vermessen, sich einzubilden, diesem extrem fähigen Mann plötzlich das Wasser reichen zu können. Und die dritte Kontingenz, für die er gerüstet sein musste: Prinz Muhammad hatte bereits jemanden darauf angesetzt, ihn zu erledigen. Von seiner loyalen Verbundenheit gegenüber dem König – von Anfang an auf die professionelle Pflicht beschränkt, den ihm erteilten Auftrag so gut wie möglich zu erledigen – war so gut wie nichts übrig. Er hatte immer befürchtet, dass es eines Tages so weit kam. Bei den Saudis kamen immer Familie und Angehörige der Dynastie zuerst, dann lange nichts. Es wurde Zeit, sich von Rashid zu lösen. Der Trick bestand darin, trotzdem noch die ausstehende zweite Hälfte des Honorars zu kassieren und am Leben zu bleiben. Auch von seinen Immobilien wollte er sich nur im äußersten Notfall trennen.

Vorerst blieb ihm keine andere Wahl, als für alle drei Eventualitäten Vorkehrungen zu treffen. Zunächst wollte er versuchen, seinem ehemaligen Führungsoffizier Dimitri weitere Informationen zu entlocken. Der frühere KGB-Spion wusste unter Garantie mehr über den Killer, kannte nicht nur dessen Telefonnummer und E-Mail-Adresse. Falls es ihm gelang, seine Identität zu ermitteln, vergünstigte das die finanziellen Rahmenbedingungen massiv. Sollte es dem Mann und seiner Gehilfin gelingen, Rapp zu eliminieren, erwartete er weitere fünf Millionen. Abel konnte die Ungarn bestimmt dazu überreden, ihn für 100.000 Dollar aus dem Weg zu räumen, maximal für das Doppelte. Die restlichen 4,8 Millionen blieben also bei ihm, danach ließ sich die Geschäftsbeziehung zu Rashid freundschaftlich beenden. Gelang es ihm nicht, mehr über den Killer in Erfahrung zu bringen, musste er dagegen behutsam agieren, bis Gras über die Sache gewachsen war. Er fällte eine Entscheidung, wie er die Zeit bis dahin zu überbrücken gedachte.

Abel schwang auf dem Drehstuhl herum und drückte die Leertaste der Tastatur, um den Bildschirmschoner des Rechners zu deaktivieren. Sein Internetbrowser erschien auf dem Flachbildmonitor. Seine Finger schwebten zögernd über den Tasten, dann fasste er die Nachricht ab. Er wusste um das Geschick der Amerikaner, elektronische Botschaften abzufangen, also formulierte er so geschäftsmäßig wie möglich und kam direkt auf den Punkt. So hielt er sich alle Optionen offen, traf zugleich aber die nötigen Vorbereitungen. Sobald diese Mail abgeschickt war, konnte er untertauchen. Es war ohnehin die perfekte Gelegenheit für einen Urlaub.

28

WASHINGTON, D.C.

Sie wachte vor ihm auf und wollte ins Bad. Beim Aufstehen merkte sie sofort, dass etwas nicht stimmte. Der Raum verschwamm vor ihren Augen, die Schritte gerieten ungewohnt wacklig. Sie hielt sich am Türrahmen fest, um nicht hinzufallen, dann stürzte sie zur Toilette. Sie übergab sich, insgesamt dreimal, blieb ein paar Sekunden sitzen, lehnte sich gegen die Glaswand der Duschabtrennung und hielt ihre Haare mit der rechten Hand zu einem improvisierten Pferdeschwanz hoch. Ein dünner Schweißfilm bedeckte ihre Oberlippe, ansonsten fühlte sie sich bereits viel besser. *So fühlt sich also morgendliche Übelkeit in der Schwangerschaft an!*

Claudia raffte sich auf und betrachtete ihr Spiegelbild. Ihr Gesicht wirkte käseweiß mit ungesundem grauen Einschlag. Nicht sonderlich vorteilhaft. Wann sollte sie es ihm erzählen? Letzte Nacht war sie wieder kurz davor gewesen, doch jedes Mal kam in letzter Sekunde etwas dazwischen. Sie befürchtete, ihn mit dem Geständnis vom Job abzulenken. Das durfte auf keinen Fall passieren. Er musste fokussiert bleiben und den Auftrag so schnell wie möglich erledigen. Nachdenklich überlegte sie, was sie machen sollte. Sie drehte den Wasserhahn auf und schaufelte sich kaltes Wasser ins Gesicht. Sie entschied, mit der Eröffnung zu warten, bis das Geld auf dem Konto lag. Dann wollte sie es ihm mitteilen.

Sie putzte die Zähne und duschte. Obwohl sie halb verhungert war, ging es ihr dann fast normal. Sie wickelte sich in einen der flauschigen weißen Morgenmäntel und öffnete die Tür zum Schlafzimmer. Sofort stieg ihr der unverwechselbare Duft von Würstchen und Zimt in die Nase. Sie erinnerte sich, dass Louis eine Karte für Frühstück auf dem Zimmer ausgefüllt und vor dem Schlafengehen von außen an die Tür gehängt hatte. Nun saß er auf der Couch vor dem Fernseher, ein Glas Orangensaft in der Hand. Claudia verschwendete keine Zeit, setzte sich neben ihn und griff nach dem zweiten Glas. Sie leerte es fast zur Hälfte, bevor sie es abstellte. Das Gefühl, endlich etwas im Magen zu haben, erleichterte sie. Sie zog die Metallabdeckung vom Teller und klatschte Butter auf den Toast, danach eine großzügige Portion Sirup. Sie stürzte sich förmlich darauf. So fixiert darauf, sich den Bauch vollzuschlagen, fiel ihr gar nicht auf, dass Louis sie beobachtete.

Im Fernsehen liefen die Frühnachrichten von NBC. Louis trug ebenfalls einen der weißen Morgenmäntel aus dem Hotel. Sein braunes Haar war so zerknautscht wie bei jemandem, der eben aufgestanden war, und die Titelseite der *Washington Post* lag in der Mitte gefaltet auf seinem Schoß. Er beendete seine Lektüre, das Fernsehen war sowieso nur Hintergrundberieselung gewesen. Nun galt seine ungeteilte und enorm scharfsichtige Aufmerksamkeit ganz dem Objekt seiner Zuneigung. Schließlich merkte Claudia, dass er sie anstarrte. Sie legte die Gabel auf den Teller und wischte sich den Mund ab. Nach einem weiteren Schluck Orangensaft lächelte sie. Es wirkte etwas gezwungen.

Seine Augen verengten sich. »Bist du schwanger?«

Claudia blinzelte nervös. »Was?«

Louis registrierte, dass sie in den Abwehrmodus schaltete. »War doch eine eindeutige Frage.«

Sie nestelte am Kragen des Morgenmantels herum und schlug die Beine übereinander, wobei sie den linken Arm schützend vor den Bauch hielt.

Er registrierte jede Bewegungsnuance und kannte die Antwort, ohne sie aus ihrem Mund gehört zu haben. Gould streckte die Hand aus und streichelte sie am Unterarm. Er verdrängte jegliche Gekränktheit aus seinen Gedanken, dass sie ihm bisher nichts davon erzählt hatte, und sagte stattdessen: »Wenn es so ist, machst du mich zum glücklichsten Mann der Welt.«

Gould legte den Kopf schräg und beäugte sie aufmerksam. Ihre Unterlippe zitterte fast unmerklich, die Augen füllten sich mit Tränen. »Vorausgesetzt das Kind ist von mir«, schob er hinterher.

Jetzt rollten die Tränen über die glatte Haut ihrer Wangen. Sie stieß eine Mischung aus Lachen und Weinen aus und boxte ihn: »Klar … weil ich ja mit so vielen anderen Männern schlafe. Ihr müsst euch natürlich alle Blut für einen Vaterschaftstest entnehmen lassen, damit wir Ordnung ins Chaos bringen. Natürlich ist es von dir, du Idiot.«

Gould lachte und zog sie zu sich heran, küsste ihre Stirn und wiegte sie wie ein Baby. Er grinste über das ganze Gesicht. Mit leiser, fast entschuldigender Stimme fragte er: »Wieso sagst du mir das erst jetzt?«

»Ich wollte nicht, dass es dich ablenkt. Bringen wir das erst mal hinter uns, danach schließen wir ein für alle Mal mit diesem Leben ab.« Sie wischte sich die Tränen mit dem Ärmel ihres Morgenmantels. »Wie hast du's rausgefunden?«

Er lächelte. »Es gab hier und da ein paar verräterische Signale.«

»Welche denn?«

»Na ja, beim Sex letzte Nacht wirkten deine Brüste irgendwie …« Er fuchtelte mit den Händen und suchte nach dem passenden Wort.

»Üppiger«, schlug Claudia vor.

»Das trifft es genau.« Er fuhr fort: »Und als ich dich gestern am Flughafen abholte, hast du förmlich geglüht. Erst dachte ich, das läge an deinem kurzen Zwischenstopp in der Karibik, aber das ergibt wenig Sinn. Dafür warst du nicht lang genug da. Endgültig verraten hat dich dann das würgende Geräusch aus dem Badezimmer. Ich hab seit Jahren nicht erlebt, dass du dich übergibst. Und dann kamst du hinterher raus und hast das halbe Frühstück runtergeschlungen, bevor dir überhaupt auffiel, dass ich neben dir sitze.«

»Du hast das alles mitbekommen«, staunte sie.

»Claudia, Schätzchen, das ist mein Beruf. Ich beobachte Menschen und achte auf jedes Detail.«

Sie schaute zum Fenster und nickte. *Und hinterher bringst du sie um,* dachte sie. Für einen Moment saß sie stumm da, dann richtete sie ihre Aufmerksamkeit zurück auf seine Augen. Wie konnten diese gütigen Augen einem Mann gehören, der zu solcher Gewalt fähig war? Sie musste diesen Teil in ihm auslöschen. Er war nicht immer so gewesen. Früher schien er mal ein sorgloser, gut gelaunter kleiner Junge gewesen zu sein. Selbst als Erwachsener, als Auftragsmörder, besaß er eine sanfte Seite. Sein Vater hatte ihn unabsichtlich in die Reihe der Legion getrieben. Erst dort machten sie ihn zum Killer. Sie erstickten das Gute in ihm und verwandelten ihn in die Tötungsmaschine, die er heute war.

Sie berührte sein Gesicht. »Verstehst du jetzt, warum das unser letzter Auftrag sein muss?«

Er nickte und schlang die Arme um sie. »Ja, völlig klar.« Er hielt sie fest und malte sich aus, wie tiefgreifend sich sein Leben bald veränderte. Fast augenblicklich kehrten seine Gedanken in die Gegenwart zurück. Das Baby konnte warten. Musste warten. Für diesen letzten Job durften sie den Fokus nicht verlieren.

Er blickte auf die Uhr. »Schaffst du's, in 20 Minuten aufbruchbereit zu sein?«

»Warum?«

Gould wies auf den Fernseher. »Ich will rüber zum Weißen Haus und mir Miss Rapp mal persönlich anschauen.«

Sie sah kurz zum Bildschirm, dann zu Louis. Ein Teil von ihr stellte sich vor, einfach das Geld zu nehmen und abzuhauen. Sie traute sich nicht, ihm diesen Vorschlag zu unterbreiten. *Wir verbringen den Rest unseres Lebens zusammen,* führte sie sich vor Augen. *Ich muss bloß diese Woche überstehen, danach ändert sich alles.*

Es war ein ruhiger Morgen. Nicht mal die kleinste Brise wehte. Die Temperatur rangierte knapp oberhalb der Zehn-Grad-Marke und stieg, je mehr sich die Sonne zeigte. Louis bat Claudia, die Trainingsklamotten anzuziehen, die er für sie besorgt hatte, und schlüpfte selbst in die neue Nike-Hose und ein atmungsaktives Oberteil mit Reißverschluss. Beide trugen Basecaps und Oakley-Sonnenbrillen und sahen aus wie Mr. und Mrs. Fitness. Bevor er Claudia am Flughafen abholte, hatte er vor den Toren von Baltimore an einem Best-Buy-Superstore gehalten und eine Canon-10D-Digitalkamera mit 24-240-mm-Zoomobjektiv erworben. Louis hängte den Trageriemen so um, dass das Gerät wie eine Handtasche locker links am Körper pendelte. Statt des Lifts nahmen sie die Treppe und traten durch die Lobby auf den Farragut Square. Direkt an der U-Bahn-Station K Street gab es eine Starbucks-Filiale, wo sie sich in die lange morgendliche Schlange einreihten. Louis orderte einen kleinen Espresso, Claudia einen Kräutertee.

Mit den warmen Bechern in der Hand unternahmen sie den kurzen Spaziergang nach Süden zum Weißen Haus. Es war Oktober in Washington. Nicht annähernd so viele Touristen wie in den Sommermonaten trieben sich auf den Straßen herum, trotzdem eine beachtliche Menge. Sie begegneten einer asiatischen Reisegruppe, die sich von einem privaten Cityguide die Sehenswürdigkeiten zeigen ließ. Sie waren in dieselbe Richtung unterwegs wie sie und blockierten einen Großteil des Gehsteigs. An der Ecke von 17th und I blieb die ganze Gruppe stehen, um irgendein interessantes Gebäude auf der anderen Straßenseite zu knipsen. Louis nutzte die Gelegenheit, sich an ihnen vorbeizudrücken. Er wollte nicht zu spät kommen. Eine Kreuzung weiter erreichten sie die nordwestliche Ecke des Lafayette Square und passierten eine Statue von Baron von Steuben. Der deutsche Offizier hatte im Amerikanischen Unabhängigkeitskrieg an der Seite von George Washington gekämpft. Das Weiße Haus und die beeindruckende neoklassizistische Fassade des Treasury Building ragten direkt vor ihnen empor. Louis sah auf die Uhr und verlangsamte seine Schritte.

»Als Kinder hat mein Vater uns am Sonntagnachmittag immer zum Picknicken hierhergebracht.« Er lief weiter und betrachtete die Umgebung. »Er liebte diesen Park.«

Die unerwartete Anekdote überraschte Claudia. Louis sprach sonst nie über seinen Vater. »Und warum?«

»Lafayette ... der berühmte Franzose, der die Amerikaner unterstützt hat, ihre Unabhängigkeit zu erlangen. Der Park ist nach ihm benannt.« Louis zeigte nach Südwesten. »Dort drüben steht General Rochambeau, der französische Held aus der Schlacht von New Orleans, und in der anderen Ecke haben wir General Lafayette selbst.«

Claudia entdeckte ein imposantes Reiterstandbild im Zentrum der Parkanlage. Das Pferd thronte auf einem hohen Granitblock, im Augenblick des Sprungs auf den Hinterbeinen eingefroren. Der Reiter hielt die Zügel mit einer Hand und schwenkte mit der anderen den Hut. Am Fuß des Sockels standen vier Kanonen. »Meinst du nicht diese Statue da?«

Louis schnaufte verächtlich. »Das glauben viele, aber das ist US-Präsident Andrew Jackson. Es hat meinen Vater unglaublich wütend gemacht, dass man zwar einen Park zu Ehren der Verbündeten errichtete, die Amerika in der entscheidenden Phase zur Seite standen, dann aber in der Mitte nicht etwa Lafayette einen Ehrenplatz einräumte, sondern einem amerikanischen Staatsoberhaupt.«

»Wenn es ihn so gestört hat, wieso hat er dich dann hierher mitgenommen?«

»Das ist eine gute Frage.« Mehr fiel ihm dazu erst mal nicht ein. Sie liefen eine Weile Hand in Hand. Als sie sich dem südlichen Abschnitt des Parks näherten, meinte er: »Vielleicht war es in Wahrheit meine Mutter, der es hier so gut gefiel. Meine Schwestern und ich waren damals noch klein. Es war die erste Dienstzeit meines Vaters in unserer Botschaft in Washington. Fernsehen spielte bereits damals eine große Rolle in den Vereinigten Staaten. Meine Mutter hielt nicht viel davon, meine Schwestern und ich umso mehr. Nirgends lernte man so gut, wie die Amerikaner zu sprechen, wie aus den Filmen und Serien.«

Claudia nickte. Louis hatte ihr das bereits einmal erzählt. »Warum also der Park?«

»Vor allem ging's ihr wohl drum, uns nach draußen zu locken, weg von der Mattscheibe. Die Samstage waren für Bildungsausflüge reserviert. Wir machten jedes Museum der Stadt, jeden Park und jede Statue unsicher. Sonntags kamen wir bei schönem Wetter hierher.« Das schien Erinnerungen in ihm wachzurufen. »Mein Vater liebte und hasste Amerika. Bei jeder sich bietenden Gelegenheit wies er uns darauf hin, dass der amerikanische Traum ohne die französische Flotte und Männer wie Lafayette und Rochambeau niemals wahr geworden wäre.«

»Und umgekehrt würden wir Franzosen heute noch von einem Monarchen regiert.«

Louis lachte. »Das Argument hab ich in meiner High-School-Zeit mal vorgebracht. Daraufhin wurde er so rot im Gesicht, dass ich dachte, er verprügelt mich.«

Sie verließen den Park durch den Südausgang. Nur noch die Pennsylvania Avenue trennte sie vom Weißen Haus. Sie und ein massiver Zaun aus schwarzem Schmiedeeisen sowie eine Gruppe schwer bewaffneter Männer, von denen nur ein paar direkt sichtbar waren. Louis spähte hinter den Zaun. Vor dem Westflügel waren Fernsehkameras aufgebaut und Leute liefen hektisch durch die Gegend. Er entdeckte sie quasi auf Anhieb. Aus dieser Entfernung war er zwar nicht absolut, aber ziemlich sicher.

»Hier.« Er drückte Claudia den Kaffeebecher in die Hand und griff zur Kamera. Ein High-End-Modell, allein das Objektiv kostete über 1000 Dollar, dabei ausgesprochen benutzerfreundlich. Er schaltete auf Automatikmodus und entfernte die Abdeckung vor der Linse, blickte durch den Sucher und richtete das Gehäuse auf das Weiße Haus. Er machte eine Aufnahme, dann eine zweite, so wie Hunderte, wenn nicht Tausende Touristen jeden Tag. Er strich den Westflügel ab und knipste einige weitere. Mit der rechten Hand drehte er das Objektiv im Uhrzeigersinn und zoomte an die versammelten Reporter und Kameraleute heran. Da war sie. Sie telefonierte am Handy und lachte. Louis drückte auf den Auslöser, dann prüfte er das Ergebnis auf dem Kontrollmonitor. Ja, kein Zweifel. Er zeigte Claudia das Bild. Sie nickte.

»Das ist sie. Was machen wir jetzt?«

»Wir gehen dichter ran, sehen zu, während sie ihren großen Auftritt hat, und warten dann, wo sie hingeht.«

Claudia spähte in alle Richtungen. An beiden Enden der Straße gab es kleine Unterstände für die Wachposten, einen weiteren gegenüber, ein Stück links von der Stelle, zu der sie wollten. »Da sind überall Kameras und Sicherheitspersonal.«

Louis schielte zum Dach des Weißen Hauses. Dort standen zwei Secret-Service-Beamte in blauen Coveralls. Wahrscheinlich Scharfschützen. »Keine Sorge, Schatz. Wir bleiben nicht lang. Tun wir einfach so, als ob wir Touristen sind. Ein bisschen Sightseeing, eventuell noch einen Kaffee, ein paar kurze Abstecher zu den Parkhäusern.«

»Zu den Parkhäusern?«

Louis nahm ihr seinen Becher ab und hielt ihre Hand fest. »Erinnerst du dich, dass ich dich auf ihre Kreditkartenabrechnungen angesetzt habe?«

»Ja.«

»Und was haben sie dir verraten?«

»Dass sie gern shoppen geht.«

»Genau wie du.« Die dunklen Gläser der Sonnenbrille kaschierten es, aber er ging fest davon aus, dass sie ihn wütend anfunkelte.

»Ich gebe nicht annähernd so viel aus wie sie.«

»Das stimmt. Ich vermute, das wird sich ändern, sobald wir erst mal sesshaft sind.«

»Bist du jetzt fertig mit der Analyse meiner Einkaufsgewohnheiten?«

»Ja. Was hast du sonst noch aus den Abrechnungen erfahren?«

»Dass sie nicht auf Pump lebt. Sie bezahlt ihre Kreditkartenrechnungen und die Leasingrate für ihr Auto jeden Monat in voller Höhe.«

»Was für einen Wagen fährt sie?«

Nun begriff sie, worauf er hinauswollte. »Oh … Du bist gut.«

»Danke, Schatz.« Er hielt ihre Hand fest. »Und jetzt komm. Sehen wir uns ihren Auftritt vor der Kamera an.«

29

LANGLEY, VIRGINIA

Er wusste nicht, wie sie davon erfahren hatte. Jedenfalls hatte sie davon erfahren. So sauer war sie noch nie auf ihn gewesen. Zum zweiten Mal innerhalb einer Woche fühlte er sich, als würde er ins Büro der Schuldirektorin zitiert. Er stand vor ihrem Schreibtisch, sie dahinter. Forderte Erklärungen, die er ihr zunächst nicht geben wollte. Mit jeder unbeantworteten Frage wurde sie etwas lauter und er ein bisschen streitlustiger. Schnell landeten sie in einer verbalen Sackgasse.

»Verrat mir, wie du es rausgefunden hast«, forderte Rapp gerade mindestens zum dritten Mal mit sachlicher Stimme ein.

»Das geht dich gar nichts an.«

»Sag mir, woher deine Information stammt, dann beantworte ich dir gern alle Fragen.« Er stellte sich etwas breitbeiniger hin und gab keinen Zentimeter nach.

»Hör zu!« Sie fuhrwerkte mit dem Finger vor seinem Gesicht herum, sichtbar verärgert. »Im Gegensatz zu dem, was du glaubst, hast du tatsächlich einen Vorgesetzten. Ich bin dieser Vorgesetzte. Diesmal bist du einen Schritt zu weit gegangen.«

»Tja, hättest du Coleman den IRS vom Leib gehalten,

wie du es mir versprochen hast, wäre mein Ausflug in Ross' Büro nicht nötig gewesen.«

Kennedy ballte zornig die Fäuste. »Und hättest du nicht die Geduldsspanne eines Hamsters, wäre das Problem einen Tag später gelöst gewesen.«

Rapp begriff nicht, was hier passierte. Kennedy gehörte zu den ausgeglichensten, professionellsten Menschen, die er kannte, und jetzt verlor sie zum zweiten Mal innerhalb einer Woche vollkommen die Fassung.

»Ist alles in Ordnung?« Er sah sie für einen Moment prüfend an. »Gibt es Probleme mit Tommy? Belästigt dich dein Ex?«

Kennedy vergrub das Gesicht zwischen den Händen und schüttelte den Kopf. Als sie wieder aufsah, sagte sie: »Du willst es einfach nicht verstehen, oder? Du bewegst dich in deiner eigenen kleinen Mitch-Rapp-Welt. Dich interessiert allein, was du willst. Auf die Menschen in deiner Umgebung nimmst du keinerlei Rücksicht.« Sie tippte sich mit dem Zeigefinger gegen die Stirn. »Hast keine Ahnung, welches Chaos du zurücklässt. Chaos, das ich dann beseitigen muss. Und dir ist auch nicht klar, wie schlecht du mich aussehen lässt, wenn du ständig über meinen Kopf hinweg handelst.«

»Oh … Tut mir leid, dass ich so eine Belastung bin. Ich hoffe, keiner hier im Büro hat sich am Papier geschnitten, während ich weg war und mit Messern und Pistolen angegriffen wurde.« Rapp drehte den Kopf auf die Seite und deutete auf die dünne Narbe in seiner linken Gesichtshälfte.

»Lass das«, fuhr sie ihn an. »Spiel dich nicht zum Märtyrer auf. Ich respektiere, welche Opfer du bringst. Darum geht es hier nicht. Es geht um deine unglaubliche Sturheit und Arroganz. Du ziehst einfach los und machst, was du willst, wann immer du willst.«

»Damit bin ich bisher ganz gut klargekommen.«

»Ja, das bist du. Ich warne dich, Mitchell, dein Glück lässt dich langsam im Stich. Einige Leute sind mächtig genervt von deinen ständigen Alleingängen. Die Entschlossenheit, Krieg gegen den Terrorismus zu führen, lässt bereits nach. Nicht mehr lange, irgendwas zwischen zwei und acht Jahren, dann sind die Liberalen auf dem Hill wieder am Drücker. Glaub mir, dann treten sie eine Hexenjagd los, wie wir sie seit dem Church-Ausschuss in den 70ern nicht mehr erlebt haben. Sie werden hier keinen Stein auf dem anderen lassen. Denn darum geht es bei dieser neuen Koordinierungsstelle. Das war der Deal, den sie ausgehandelt haben. Sie werden die Agency unterbuttern und dafür sorgen, dass Cowboys wie du unter Bewachung gestellt und an der kurzen Leine geführt werden.«

»Nun, dann wird es dich bestimmt überraschen, dass die Idee, Direktor Ross einen Besuch abzustatten, von Senator Hartsburg stammt.«

Kennedy musterte ihn skeptisch.

»So sieht's aus«, triumphierte er. »Während du hier rumhockst und dir Sorgen machst, was auf dem Hill passiert, hat mir einer der liberalsten Senatoren der ganzen Stadt erklärt, dass man Ross am besten in die Schranken weist, indem man ihn direkt konfrontiert und in Rage bringt.«

»Du hast mit Senator Hartsburg darüber gesprochen?«

»Yep.«

»Ich glaube dir nicht.«

»Ruf ihn an.«

Kennedy schielte zum Telefon, zögerte kurz und fragte dann: »Warum um alles in der Welt redest du mit Hartsburg über solche Themen?«

»Der Mann hatte eine Erleuchtung. Er steht auf unserer Seite. Ross war früher Junior Senator in New Jersey. Hartsburg hat ihn dem Präsidenten förmlich aufgedrängt. Da dachte ich mir, wo er und ich jetzt so gute Freunde sind, frag ich ihn mal, ob er Ross nicht zurückpfeifen kann, damit er Coleman in Ruhe lässt.«

»Und?«

»Er schlug vor, ich soll in sein Büro gehen und dafür sorgen, dass er sich die Hose einpisst.«

»Das ist nicht dein Ernst.«

»Und ob. Genau so hat er sich ausgedrückt. Er hat mir erklärt, wie ich ihn am besten aus der Reserve locke. Dass Ross genau bewusst ist, dass der Präsident auf meiner Seite steht, und er einen Rückzieher machen wird, sobald ich ihn mit dieser Tatsache konfrontiere.«

»Und wie hat Ross reagiert?«

Sie horchte ihn aus. Das bedeutete, derjenige, der sie über sein Treffen mit Ross informiert hatte, hatte keine Details weitergegeben. Bis zu diesem Moment war er davon ausgegangen, dass Ross sich bei Kennedy ausgeheult und ihn angeschwärzt hatte. In diesem Fall wäre er gleich noch mal bei ihm angetanzt. So aber … »Er hat nicht bei dir gepetzt?«

Kennedy schüttelte den Kopf.

»Von wem hast du es dann?«

»Das möchte ich lieber nicht sagen.«

Das war das Problem, wenn zwei Berufsspione aufeinandertrafen. Keiner wollte sich zuerst die Blöße geben.

»Wenn du willst, dass ich dir von dem Treffen berichte,

musst du mir umgekehrt verraten, wer dir die Information gesteckt hat.« Rapp verschränkte die Arme und wartete. Notfalls verließ er das Büro, ohne mit Einzelheiten rauszurücken.

Kennedy dachte lange und intensiv nach, ehe sie nachgab: »Jonathan Gordon hat mich heute Morgen angerufen.«

»Gordon?« Damit hatte er nicht gerechnet. Er schien den Kerl falsch eingeschätzt zu haben. »Was hat er gesagt?«

»Nur dass es ihm leidtut, dass es so weit gekommen ist. Als ich fragte, was er mit ›es‹ meint, merkte er wohl, dass ich keine Ahnung hatte, dass du in seinem Büro warst. Vermutlich war das der eigentliche Grund für seinen Anruf. Er wollte herausfinden, ob ich dich geschickt habe oder du auf eigene Rechnung handelst.«

»Was hast du ihm gesagt?«

»Dass ich nichts von einem Treffen zwischen euch wusste. Er meinte, von einem Treffen könne man kaum sprechen. Als ich ihn bat, das näher auszuführen, riet er mir, besser dich zu fragen.«

»Weiter nichts?«, wunderte sich Rapp. »Er hat die Coleman-Sache gar nicht erwähnt.«

»Nur dass er Direktor Ross erklärt hat, es sei eine ganz schlechte Idee, seinen Kopf in die Privatangelegenheiten von Bürgern zu stecken.«

Rapp gefiel, was er hörte. Offenbar hatte dieser Gordon einen guten Einfluss auf Ross.

»Also, was war los?«

»Nun.« Er überlegte kurz, wie sich der Konflikt konkret zugespitzt hatte. »Als ich reinkam, saßen Ross und Gordon mit zwei anderen Typen am Tisch. Ich war zunächst ganz höflich, dann wurde es schnell hässlich.«

Kennedy schloss die Augen und rechnete mit dem Schlimmsten. »Was ist passiert?«

»Ich sah ein Überwachungsfoto von Colemans Lagerhalle auf dem Tisch liegen und verlor die Beherrschung. Mir wurde klar, dass es bei ihrer Besprechung um Scott ging. Ich schickte die zwei Typen, die ich nicht kannte, aus dem Zimmer und hab mir Ross kräftig zur Brust genommen.«

Kennedy hatte die Augen noch nicht wieder geöffnet. »Und wie kam das bei ihm an?«

»Gar nicht gut.«

»Er wurde wütend.«

»Und ob.«

»Was dich im Gegenzug noch wütender gemacht hat.«

»Das trifft es ganz gut.« Er bog den Kopf nach hinten, bis es knackte, und nagte an seiner Unterlippe.

»Sag mir bitte, dass du ihn nicht geschlagen oder ihm körperliche Gewalt angedroht hast.«

»Ähm ... Ein richtiger Schlag war's eigentlich nicht. Ich hab ihm nur mit Colemans Überwachungsprotokoll einen kleinen Klaps verpasst. Vielleicht war's auch nicht das Überwachungsprotokoll, sondern sein Steuerbescheid. Weiß nicht genau.«

»O Mitchell.« Sie öffnete die Augen. »Was machen wir bloß mit dir? Der Mann ist der Direktor der nationalen Nachrichtendienste. Mein Vorgesetzter. Bedeutet dir das überhaupt nichts?«

»Um ehrlich zu sein, Irene, nein. Das ist alles reine Ablenkung. Sein Job ist eine Ablenkung. Diese neue Dienststelle besteht aus ein paar Hundert Schlipsträgern, die genau dasselbe erledigen wie mindestens drei andere Abteilungen. Scott Coleman ist ein guter Mensch, der seinen Hintern für unser Land öfter riskiert hat, als du und ich genau sagen können. Ich werde nicht untätig abwarten, wie Ross ihn drankriegt, nur damit er uns hinterher unter die Nase reiben kann, dass er der neue Sheriff in der Stadt ist.«

»Im Prinzip gebe ich dir recht, aber das kann man auch besser regeln.«

»Wie denn?«, fragte Rapp verschnupft. »Wie kann man so etwas besser regeln? Das Problem ist gelöst, Ross hat kapiert, worum's geht, und Coleman und ich können uns wieder voll auf den Kampf gegen Extremisten konzentrieren.«

»Und falls Ross es nicht kapiert hat? Was, wenn er nur noch wütender auf dich ist?«

»Es ist mir völlig egal, ob der Kerl mich mag oder nicht.«

»Du reagierst zu impulsiv, Mitchell.« Kennedy schüttelte missbilligend den Kopf. »Jonathan Ross gehört zu den Männern, die du eines Tages auf deiner Seite haben willst.«

»Männer wie ihn brauche ich nicht an meiner Seite. Die sollten besser einen großen Bogen um mich machen.«

30

WASHINGTON, D. C.

Der Tag lief nicht ganz wie geplant. Gleich nachdem Anna Rielly ihren ersten Liveauftritt vor der Kamera beendet hatte, wurde Claudia erneut übel. Louis schaffte es mit Mühe und Not, sie auf die andere Straßenseite zu führen, bevor ihr das Frühstück wieder hochkam. Sie kotzte es dem großen Jean-Baptiste-Donatien de Vimeur, Graf von Rochambeau, im wahrsten Sinne des Wortes vor die Füße. Goulds Vater wäre tief enttäuscht gewesen, dass sie es nicht bis zur Statue von Andrew Jackson geschafft hatte.

Louis ging es vor allem darum, sie aus dem Erfassungsbereich der Myriaden von Kameras rund um das Weiße Haus wegzubringen. Als Claudia fertig war, brachte er sie zurück zum Hotel. Sie schafften es fast ohne Zwischenstopp, doch wenige Meter vor dem Eingang kam ein weiterer Anfall. Er hielt Wache, während sie sich mit einer Hand an der Laterne und mit einer anderen an einem Zeitungsautomaten abstützte, strich über ihren Rücken und lächelte besorgten Passanten beruhigend zu. Eine ältere Frau blieb sogar kurz stehen. Louis erklärte ihr, dass Claudia schwanger war und gegen ein Schwindelgefühl ankämpfte. Sie meinte daraufhin, das kenne sie nur zu gut. Es sei ihr vor der Geburt all ihrer vier Kinder genauso ergangen. Ohne Ausnahme seien jeden Morgen zwei oder drei Wellen gekommen. Aus diesem Grund habe sie sich schließlich gegen ein fünftes Kind entschieden. Ihr Rat lautete, Claudia ins Bett zu stecken und dafür zu sorgen, dass sie ausreichend Ruhe bekam. Man musste warten, bis sich der kleine Liebling ausgetobt hatte.

Louis dankte der Frau für ihren weisen Rat und half seiner Partnerin hoch ins Zimmer. Diesmal nahmen sie den Aufzug. Sie hockte sich auf die vordere Bettkante und zog die Schuhe aus. Mit dem Rest der Kleidung sparte sie sich die Mühe, kroch direkt unter die Decke und wickelte sie sich um den Hals. Sie begann zu zittern und ihre sonst so makellose Haut hatte eine blässliche Note angenommen. Louis stand hilflos daneben und wusste nicht, was er tun sollte. Er wollte nicht unsensibel wirken, aber es galt, eine Menge Arbeit zu erledigen. Er fragte sich, ob sie erwartete, dass er bei ihr blieb. Sie schien seine Gedanken zu lesen und forderte ihn auf zu gehen. Sie komme schon allein zurecht und wolle sich einfach nur etwas hinlegen.

Gould tauschte die Laufklamotten gegen ein weißes Hemd mit Krawatte und einen dunkelgrauen Anzug ein. Nachdem er das Zahlenschloss des Koffers geöffnet hatte, drang er vorsichtig mit den Fingern in den Spalt zwischen Innenfutter und Außenschale vor. Langsam trennten sich beide Schichten voneinander. Er zog einen neuen Satz Ausweispapiere und Kreditkarten heraus und verstaute sie in der Brusttasche. Ein Uhrenradio stand auf dem Schreibtisch. Er drehte es um und entfernte den falschen Boden. Zwei Gegenstände, in etwa so groß wie eine Packung Spielkarten, fielen heraus, außerdem ein münzgroßes rundes Objekt. Alle waren schwarz. Er stopfte sie in die Taschen und sah ein letztes Mal nach Claudia, bevor er das Zimmer verließ. Sie schlief bereits tief und fest. Er ging durchs Treppenhaus in die Lobby und setzte die Sonnenbrille auf, bevor er in die grelle Sonne trat. Gould lief in westlicher Richtung am nördlichen Rand des Farragut Square entlang. An der Connecticut bog er rechts ab und erreichte zwei Blocks weiter sein Ziel. Durch das Schaufenster auf der Straßenseite suchte er den Laden nach Überwachungskameras ab. Er stieß auf eine hinter der Kasse. Kurz zögerte er. Vermutlich fand er sowieso kein anderes Geschäft ohne Kameras.

Er richtete den Knoten der Krawatte, schob die Sonnenbrille nach oben und trat ein.

Der Junge hinter dem Counter sah auf und lächelte. »Was geht?«

»Ich brauche ein Telefon für meine 14-jährige Tochter.«

»Alles klar. Haben Sie eine bestimmte Marke im Auge? Motorola … Nokia …«

Gould schüttelte den Kopf.

»Braucht sie ein Modell mit Kamera?«, fragte der Verkäufer.

»Vermutlich schon.«

»Wie viele Gesprächsminuten im Monat sollen beim Vertrag drin sein?«

Gould überlegte. Mehr als fünf oder zehn Minuten würde er damit sowieso nicht telefonieren, bevor er es entsorgte. »Es ist vor allem für Notfälle gedacht. Ein Basispaket reicht.«

»Haben Sie schon einen Vertrag?«

»Nein.«

»Wollen Sie einen? Es gibt attraktive Rabatte für Familienmitglieder.«

Gould schüttelte den Kopf. »Mein Arbeitgeber stellt mir ein Gerät.«

»Okay.« Der junge Mann griff unter das Glas des Schaukastens und holte ein Handy heraus. »Ich empfehle Ihnen das hier. Es hat eine 2-Megapixel-Kamera, sie kann Klingeltöne runterladen und …«

Der Berater rasselte die Ausstattungsmerkmale herunter. Gould hörte gar nicht richtig zu, griff in die Brieftasche und zückte eine Kreditkarte. »Wie viel?«

»24,95 im Monat plus Steuern und Abgaben. Falls Sie den Vertrag gleich für ein Jahr abschließen, ist das Telefon umsonst.«

»Können Sie die Rechnung automatisch von der Karte abbuchen?«

»Natürlich.«

»Ich nehme es.«

Gould verließ den Laden mit dem Handy in der Tasche. Eine Straße weiter entsorgte er Tüte und Verpackung in einem Abfalleimer. Über die 18th Street lief er zurück zum Weißen Haus. Er hatte eine konkrete Vorstellung, wo er mit seiner Suche anfangen wollte. Heute Morgen, bevor es Claudia schlecht wurde, hatte er sich die nähere Umgebung des Regierungsgebäudes auf einer Karte vorgenommen. Die Straße, die an der Westseite des Weißen Hauses entlangführte, war der West Executive Drive. Sie wurde an beiden Enden von einem schweren Tor begrenzt, an dem Personal des Secret Service stand. In der näheren Umgebung gab es nur eine limitierte Zahl von Parkplätzen, vermutlich für direkte Angestellte des Präsidenten reserviert. Gould hatte die Stellflächen vorhin inspiziert und nirgends einen BMW entdeckt. Das schreckte ihn nicht ab. Bequemlichkeit und Logik sprachen für seine Theorie. Rapps Frau kam jeden Morgen früh zur Arbeit, was bedeutete, dass sie einerseits freie Auswahl hatte, wo sie parkte, andererseits sicher nicht zu weit laufen wollte.

Das erste Parkdeck auf seiner Liste befand sich an der Ecke 17th und H. Ein Bediensteter in schwarzer Hose und roter Windjacke stand an der Zufahrt zur Tiefgarage neben einem Schild, das die Gebühren pro Stunde und den maximalen Tagessatz auflistete. Gould lief direkt auf den Mann zu und hielt ihm seinen neuen Ausweis hin, links neben das Gesicht, als ob die Geste für ihn Routine war.

»Agent Johnson vom IRS«, stellte er sich vor, klappte das Etui zu und fragte: »Wurde bei euch heute früh ein blauer BMW abgestellt?«

Der Parkwächter zuckte mit den Schultern und wandte sich an einen Kollegen, der am unteren Ende der

Betonrampe stand. Die zwei unterhielten sich kurz in einer Sprache, die Gould nicht verstand. Der andere kam nach oben.

»Sie suchen einen blauen BMW?«

Gould vermutete, dass es sich um einen Somalier handelte. »Genau. Einen Fünfer. Kennen Sie das Modell?«

Der andere nickte. »Ich habe vor einer halben Stunde einen silbernen eingeparkt. Ein blauer war heute nicht dabei.« Er musterte ihn skeptisch. »Worum geht es überhaupt?«

»Ich untersuche einen Fall von Steuerbetrug. Die Verdächtige arbeitet in der Nähe. Wir müssen das Fahrzeug beschlagnahmen.« Gould hatte sich diese Geschichte von der Website der IRS besorgt.

»Gibt es eine Belohnung?«, fragte der Mann, mit dem er zuerst geredet hatte.

»100 Piepen.«

»Wie können wir Sie erreichen?«

»Ich komme vor der Mittagspause noch mal vorbei. Ist außer Ihnen beiden noch jemand im Dienst?«

»Nein.«

»Könnte es sein, dass Sie den blauen BMW schlicht übersehen haben?«

Beide Männer schüttelten entschlossen den Kopf.

»Na schön. Danke fürs Erste und bis später.«

Am nächsten Parkdeck lief es ähnlich, nur dass hier drei Aufseher im Einsatz waren. Einer von ihnen konnte sich nicht genau erinnern, ob der BMW blau oder schwarz gewesen war. Es sei vor etwa einer Stunde gewesen. Ob ein Mann oder eine Frau am Steuer gesessen hatte, wollte Gould wissen. Ein Mann, erhielt er zur Antwort. Gould bedankte sich für die Unterstützung und kündigte an, möglicherweise noch einmal vorbeizuschauen. Die dritte Garage hatte er von Anfang an für die wahrscheinlichste gehalten. Sein Bauchgefühl erwies sich als zutreffend. Diesmal erkundigte er sich nicht nach dem Auto, sondern zückte sofort seinen Ausweis und erklärte, er müsse im Zuge einer steuerlichen Ermittlung die abgestellten Fahrzeuge kontrollieren. Sie fragten, ob sie ihm behilflich sein sollten. Er lehnte höflich ab. Gould drang in die Betongrotte vor und stieß gleich auf der obersten Parkebene auf einen blauen 5er-BMW. Er sah sich um und stellte überrascht fest, dass nirgends Sicherheitskameras hingen, bis ihm aufging, dass sich in diesem Bereich keine Kunden aufhalten durften. Die Mitarbeiter ließen sie direkt oben aussteigen und parkten die Autos dann für sie. Gould stellte fest, dass das Glück auf seiner Seite war, als er die Schlüssel in der Zündung stecken sah.

Er stellte sich für den Fall, dass einer der Angestellten auftauchte, neben einen der anderen Wagen und holte sein eben gekauftes Handy aus der Tasche. Aus dem Gedächtnis wählte er eine Nummer. Nach zweimaligem Klingeln meldete sich eine Frau.

»Comm Center.«

»Hier ist Detective Johnson aus Five D«, teilte Gould gelangweilt mit. »Ich brauche eine 10-28 für Kennzeichen Echo, Echo, Foxtrot, Eins, Acht, Drei.«

Die Polizeiarbeit lief überall auf der Welt nach einem ähnlichen Schema ab. Die Telefonistin im Kommunikationszentrum des Metropolitan Police Department hätte eigentlich nach seiner Dienstnummer fragen müssen, tat es aber nicht, weil sie chronisch überarbeitet und unterbezahlt war und der Kerl am Telefon genauso klang wie alle anderen Cops, die sie hundertfach am Tag anriefen, um auf das Washington Area Law-Enforcement System zurückzugreifen. Diese Datenbank war auch unter dem hübschen Kürzel WALS bekannt.

»Das Fahrzeug ist auf eine Anna Rielly zugelassen.«

»Ein BMW? Fünfer-Serie?«

»Jau.«

»Gibt es einen 10-29er für das Fahrzeug?«

»Nö.«

»Okay … danke.« Gould klappte das Handy zu und steckte es weg.

Langsam lief er zurück zur Rampe und schielte zu den Parkwächtern. Beide Männer standen an der Einfahrt und unterhielten sich. Gould schlich zurück zum Wagen und streifte sich ein paar Latexhandschuhe über. Er öffnete die Fahrertür und fischte den kleinsten Gegenstand aus seiner Tasche. Eine winzige Wanze. An der Rückseite war ein doppelseitiger Klebestreifen befestigt. Er zog den Schutzfilm ab und pappte die Vorrichtung unter das Armaturenbrett. Dann betätigte er den Knopf zum Öffnen des Kofferraums, schob eine Decke und eine Einkaufstasche zur Seite und zog am kleinen Hebel, mit dem man das Fach für den Reservereifen öffnete. Er vergewisserte sich, dass die beiden größeren Utensilien aus seiner Tasche einwandfrei funktionierten, legte sie in die Vertiefung hinein, klappte den Deckel darüber und drapierte Tasche und Decke gewissenhaft an der richtigen Stelle, bevor er den Kofferraum schloss. Die Handschuhe landeten schwungvoll in einem Müllbehälter, bevor er die Rampe hinauflief. Er dankte den Männern für ihre Hilfe und machte sich mit einem Lächeln im Gesicht auf den Rückweg zum Hotel. Bisher lief alles genau nach Plan.

31

WASHINGTON, D. C.

Der Tag neigte sich dem Ende zu und sie bereiteten ihren Rückzug vor. Gould hatte den Mietwagen aus Montreal zurückgegeben und unter einer wiederum gewechselten Identität einen neuen bei einem anderen Anbieter organisiert. Das Fahrzeug, ein schwarz lackierter Ford Explorer, war bereits beladen und wartete abfahrbereit in einem Parkhaus eine Querstraße weiter. Die Transponder, die Gould ins Auto von Rapps Frau geschmuggelt hatte, waren mit miniaturisierter GPS-Technik ausgerüstet. Alle 30 Minuten überprüfte er, ob sich der Standort veränderte. Bisher war das nicht der Fall. Es hätte ihn ohnehin nur am Rande interessiert. Er bezweifelte, dass sie mitten an einem Arbeitstag nach Hause fuhr, und ihre Wohnung war das Einzige, was ihn interessierte. Dort fühlte Rapp sich am sichersten.

Claudia ging es deutlich besser. Das verspätete Mittagessen hatte sie sogar im Magen behalten. Während Gould den fahrbaren Untersatz organisierte, hatte sie sich mit der NBC-Website beschäftigt. Neben aktuellen Schlagzeilen fand sich dort auch eine Vorschau auf die Abendnachrichten. Angekündigt wurden drei Hauptthemen, darunter die Kontroverse um den Kandidaten des Präsidenten für den Posten des Bildungsministers. Anna Rielly hatte bereits heute Morgen darüber berichtet. Sie gingen deshalb davon aus, dass sie die Schaltung moderierte und anschließend Feierabend machte.

Online erledigte Claudia auch einige Bankgeschäfte und checkte ihre zahlreichen E-Mail-Konten. Nur zwei

Nachrichten weckten ihre Aufmerksamkeit. In der einen ging es um ein Jobangebot. Sie überlegte, ob sie dem Absender mitteilen sollte, dass sie keine neuen Aufträge mehr annahmen. Nein, das sorgte nur für unnötige Aufmerksamkeit. Die Leute würden sich wundern, wenn sie so abrupt die Zelte abbrachen. Spätestens wenn die Neuigkeiten über den Tod von Mitch Rapp die Runde machten, lenkten sie damit Verdacht auf sich. Sie hielt es für das Beste, früheren Klienten zu schreiben, dass sie aktuell zu stark ausgelastet waren, um weitere Angebote zu akzeptieren.

Die zweite Mail von Belang stammte von dem Deutschen. Abel bot ihnen eine weitere Million Dollar, wenn sie den Mord wie einen Unfall oder eine natürliche Todesursache inszenierten. Louis wollte dafür allerdings keine Kompromisse eingehen. Seine Priorität lag auf der erfolgreichen Erledigung des Auftrags. Sollte sich eine entsprechende Gelegenheit bieten, würde er es natürlich versuchen. Es musste ja nicht sonderlich überzeugend wirken. Hauptsache es blieb gewisser Raum für Zweifel.

Claudia hatte die Nachricht minutenlang angestarrt. Sie war nicht sicher, ob sie Louis das Angebot überhaupt zeigen sollte. Am Ende entschied sie sich dafür. Als er zurückkam, ließ sie ihn die E-Mail lesen und fragte ihn, was er davon hielt. Louis meinte lediglich: »Wir werden sehen.« Später überraschte er sie mit der Eröffnung, sich Gedanken über die optimale Umsetzung des Vorschlags zu machen. Er begründete es damit, dass die CIA nichts unversucht lassen würde, die Verantwortlichen für Rapps Ermordung ausfindig zu machen. Falls es ihnen gelang, das Ganze wie einen Unfall hinzustellen, konnten sie sich zur Ruhe setzen, ohne ständig mit Verfolgern rechnen zu müssen. Die Idee klang verlockend, die Umsetzung war umso schwieriger. Man konnte Leute nachts nicht einfach von der Straße drängen oder es auf einen frontalen Zusammenstoß ankommen lassen. Sie befanden sich in Amerika, wo Airbags zur Grundausstattung eines Pkws gehörten. Gould schlug vor, flexibel zu bleiben. Sollte sich eine Gelegenheit ergeben, wollten sie darüber sprechen. Andernfalls erledigte er Rapp aus sicherer Entfernung mit dem schallgedämpften Gewehr.

Um 17 Uhr bestellten sie beim Zimmerservice. Um 17:34 Uhr kam das Essen. Louis verschlang einen California-Burger mit Pommes, Claudia nur einen leichten Salat mit Brot. Es ging ihr gut, aber sie wollte es nicht übertreiben. Sie trank Wasser, er zusätzlich Kaffee. Obwohl er sich Sorgen um sie machte, verkniff er sich eine entsprechende Bemerkung. Er hoffte, dass das mit der Morgenübelkeit eine einmalige Sache gewesen war, zweifelte aber insgeheim daran. Um sechs schauten sie die Lokalnachrichten und säuberten dabei das Zimmer, indem sie sämtliche Oberflächen abwischten, um hinterlassene Fingerabdrücke zu beseitigen. Es gab absolut keinen Grund, mit einer Verfolgung zu rechnen oder nach Erledigung des Jobs aufzufliegen, aber das änderte nichts. Sie waren Profis und agierten mit gebotener Sorgfalt. Der Rollwagen mit den Tellern wurde in den Flur geschoben und Claudia rief an der Rezeption an, damit er abgeholt wurde. Um 18:30 Uhr hockten beide vorn auf dem Bettrand und verfolgten die Auftaktminuten von *NBC Nightly News*.

Rapps Frau hatte ihren Auftritt direkt in den ersten fünf Minuten. Sie stand an derselben Stelle wie am Vormittag, trug sogar dasselbe Outfit. Sie sprach knapp zehn Sekunden, dann kam ein Einspieler. Danach stellte der

Moderator ihr eine Frage, sie gab eine kurze Antwort und es ging in die Werbung. Gould stand auf und schaltete den Fernseher aus. Jeder von ihnen nahm eine Tasche mit. Die restlichen Sachen waren bereits im neuen Mietwagen verstaut. Sie hatten für eine weitere Übernachtung im Voraus bezahlt. Je nachdem wie es lief, kamen sie eventuell noch einmal zurück, um hier zu schlafen.

Vom Verlassen des Hotels bis zum Erreichen des Autos brauchten sie sechs Minuten. Während sie über die Rampe zur Schranke an der Ausfahrt rollten, verkabelte Claudia den GPS-Empfänger mit ihrem Laptop. Sie wartete ein paar Sekunden, bis das zugehörige Programm gestartet war und ihr ein Straßennetz präsentierte. Aktuell war die Anzeige auf einen Radius von fünf Kilometer eingestellt, ließ sich aber jederzeit auf einzelne Kreuzungen oder eine Darstellung der gesamten USA aus der Vogelperspektive anpassen. Sie hatten keine Ahnung, wo Rapp und seine Frau wohnten. Die Kreditkartenrechnung ging an ein Postfach in D. C., als Hauptwohnsitz von Rielly war eine Wohnung in Georgetown gemeldet.

Gould passierte mit dem Explorer die Kreuzung zwischen 19th und H Street. Die Tiefgarage, in der er ihren BMW entdeckt hatte, lag nur zwei Blocks entfernt. Sie brauchten nicht lange zu warten, dann verkündete Claudia, dass sich das Zielobjekt in Bewegung gesetzt hatte. Louis geduldete sich, bis sie ihm die aktuelle Fahrtrichtung nannte. Er brauchte keinen Bildschirm zur Orientierung, sondern hatte die Karte der Innenstadt im Kopf abgespeichert. Die H war nur einseitig in östlicher Richtung befahrbar.

»Sie fährt auf der 17th Street nach Norden.« Claudia starrte angestrengt auf den Monitor. »Sie überquert die H … Nein, warte, sie ist nach rechts auf die H abgebogen.«

Louis schob den Schalthebel der Automatik aus der Parkposition und nahm den Fuß von der Bremse. Er setzte den Blinker und fädelte sich in den fließenden Verkehr ein. Sie fuhren auf der H Street nach Osten, bis sie die New York Avenue erreichten. Dort mussten sie fast eine Minute vor einer roten Ampel warten. Claudia versorgte ihn ständig mit Updates. Der BMW war auf der New York Avenue in nordöstlicher Richtung unterwegs. Louis war weit von einer Panik entfernt, trotzdem mussten sie dicht genug an den Wagen heran, um sich zu vergewissern, dass wirklich Rapps Frau hinter dem Steuer saß. Die Ampel verschaffte ihr allerdings einen konstanten Vorsprung von knapp einer Meile, bis sie den District hinter sich ließen. Dann verbreiterte sich die Straße auf drei Spuren.

Gould gab Gas und überholte, nicht zu gewagt, aber wenigstens holten sie auf. Irgendwann wurde die New York Avenue zum John Hansen Highway, schließlich zur U.S. Route 50. Beim Erreichen des Beltways konnten sie den BMW endlich sehen. In der Dämmerung betrug die Sichtweite kaum 50 Meter. Sie unterquerten die Interstate 495 und Gould verkürzte den Abstand. An der Lottsford Vista Road hatte er sie eingeholt und fuhr auf der Spur neben ihr. Es war kurz nach sieben, der Verkehr überschaubar. Claudia und er waren sich einig, dass sie im Wagen saß. Da sie mit dem Handy telefonierte, war ihr Gesicht leicht verdeckt, aber sie schaute kurz in ihre Richtung, als ob sie überlegte, die Spur zu wechseln.

Gould ging vom Gas und ließ sich hinter einige andere Fahrzeuge zurückfallen. Er holte ein Headset aus der Tasche und klemmte es ans rechte Ohr. Es fing die Übertragungen der kompakten Abhörvorrichtung auf, die er unter dem Armaturenbrett des BMW platziert hatte. Eine

Stimme drang aus dem kleinen Lautsprecher. Trotz der lauten Umgebungsgeräusche konnte er sie eindeutig ihr zuordnen. Gould lauschte der einseitigen Unterhaltung aufmerksam und hoffte, mehr über Riellys Pläne für den heutigen Abend zu erfahren. Knapp fünf Minuten setzte sie die Fahrt auf der U.S. Route 50 fort, dann weitere knapp sechs auf der 301, bis es über eine Reihe kleinerer Landstraßen ging. Sie waren ganz schön weit von der Stadt entfernt. Gould wusste nicht recht, was er davon halten sollte. Lebten sie wirklich so weit draußen? Besuchte sie jemanden? Recherchen für eine Story?

»Wie weit sind wir von der Chesapeake Bay entfernt?«, erkundigte sich Gould.

Claudia betätigte ein paar Tasten. »Knapp vier Meilen.«

Gould nickte und achtete auf Abstand. Sie sollte nicht merken, dass sie verfolgt wurde. Gar nicht so einfach in dieser ländlichen Umgebung. Bald dürfte die Straße enden. Und genauso kam es. Claudia teilte ihm mit, dass der BMW gerade in eine Sackgasse eingebogen war. Er fuhr an die Seite und verfolgte auf dem Laptopmonitor, wie sich der Wagen dichter und dichter an die Bucht vorarbeitete. Als der Punkt auf der Karte stoppte, schien er sich direkt an der Küste zu befinden. Sie warteten ein paar Minuten, um sicher zu sein, dass die Fahrt nicht weiterging, dann steuerte Gould das Ziel an. Er bog in die Sackgasse ein und regelte den Tempomaten knapp oberhalb der zulässigen Geschwindigkeit ein. Rechts von ihnen gab es nichts als Ackerland und Wald, dazwischen vereinzelte Häuser, links alle paar Hundert Meter ebenfalls kleinere Anwesen. Im Licht der untergehenden Sonne konnte er zwischen den Gebäuden einen Blick auf das Wasser erhaschen.

»Wir sind gleich da«, erklärte Claudia. »Nicht mal mehr 100 Meter.«

Gould hielt bereits nach dem BMW Ausschau.

»50 Meter.«

Er rollte auf ein weißes Haus zu und entdeckte den Wagen. Ein zweiter parkte daneben. Gould verkrampfte fast unmerklich. »Ich seh ihn.«

»Versuch, auf dem Briefkasten die Hausnummer zu entziffern.«

Gould nahm kurz den Fuß vom Gas, bremste aber nicht. Der Weg war schmal und führte schnurstracks geradeaus. Im Vorbeifahren las er die gesuchte Zahl ab. Sie überprüfte auf der Karte, ob sie sich überhaupt noch im County Anne Arundel aufhielten. Das traf zu. Über die Website des Verwaltungsbezirks recherchierte sie den Besitzer des Grundstücks. Fünf Sekunden nach Eingabe der Adresse wurde die gewünschte Information angezeigt.

»Das Haus wurde 1997 für einen Kaufpreis von 235.000 Dollar von Bay View Shores LLC erworben. Ein Geschäftsführer ist nicht angegeben.«

»Das ist ihr Haus.« Gould lugte in den Rückspiegel.

»Was macht dich so sicher?«

»Er würde eine solche Transaktion nie unter seinem Namen abschließen.«

»Und wenn sie nur einen Freund besucht?«

»Nein, er ist es.« Goulds Hand krampfte sich um das Steuerrad. Er lockerte die Finger. »Ich spüre es. Er ist dadrin. Jetzt. In dieser Sekunde.«

32

ANNE ARUNDEL COUNTY, MARYLAND

Mitch Rapp joggte über das Kiesbett am Seitenstreifen und achtete darauf, maximale Intensität in jeden Schritt zu stecken. Seine Laune war nicht besonders gut. Vor nicht allzu langer Zeit war er in einem Tempo über diese Strecke gefegt, das mit Ausnahme einiger Weltklasseathleten jeden Läufer keuchend in die Knie gezwungen hätte. Rapp war allerdings Realist. Er wusste, dass man seine körperliche Höchstform mit 20 oder Anfang 30 unmöglich ins höhere Alter mitnehmen konnte. Es änderte nichts daran, dass es ihm missfiel. Er hatte gelernt, mit Schmerzen umzugehen, wie man sie bezwang, unterdrückte oder schlicht weglächelte. Tatsächlich gehörten Schmerzen zu seinen besten Freunden. Sie waren willkommene Verbündete, um sich über die Ziellinie zu quälen, wo andere längst ans Aufgeben dachten. Das Gehirn kontrollierte den Körper. Es besaß die Macht, Muskeln und Gelenke zum Ignorieren von Warnsignalen zu verleiten. Dummerweise gab es einen konkreten Grund für diese Warnsignale. Blendete man sie zu lange aus, kapitulierte der Körper irgendwann.

An diesem warmen Herbstmorgen, an dem Rapp mit ausgreifenden Schritten seine Runde drehte, schien ihn ein anderer Schmerz als sonst zu quälen. Das verdammte linke Knie zickte mal wieder. Er schlug sich seit fast einem Monat damit herum und musste feststellen, dass es nicht von selbst besser wurde. Egal wie entschlossen er es verdrängte, egal wie viel Eis oder Advil er benutzte, es ging einfach nicht weg. Sein Körper wollte ihm etwas mitteilen. Er hielt es für sinnvoll, mit dem Laufen aufzuhören.

Mit gerade mal 37 schwächelte er bereits. Es hätte ihn nach den jahrelangen Strapazen und Misshandlungen, die er sich zugemutet hatte, nicht überraschen sollen, doch für einen Mann wie Rapp gehörte es zur Tagesordnung, unüberwindbare Hindernisse mit Willenskraft, Entschlossenheit und Talent zu bezwingen. Schon als Kind hatte er sich beim Sport Knochenbrüche und Schnittwunden zugezogen, im College kamen die unvermeidlichen Belastungen und Verschleißerscheinungen dazu, wenn man als Triathlet auf internationalem Niveau Wettkämpfe bestritt. Und dann gab es da die Narben, sowohl mental als auch körperlich, die ihm der Job zufügte. Äußerlich waren es vier Überbleibsel von Kugeln, die ihn hätten töten sollen, ferner zwei alles andere als unauffällige Andenken an Messerstiche. Innerlich war ein Großteil der Verletzungen durch Schusswunden repariert worden. Über die psychischen Überbleibsel dieser Begegnungen wollte er lieber nicht näher nachdenken. Seine Frau pflegte zu sagen, dass sich in seinem Gehirn wie in einem Keller seit Jahren nicht abgeholter Müll stapelte. Wenn man nicht regelmäßig Frühjahrsputz machte, bekam man den Dreck irgendwann nicht mehr aus der Wohnung.

Instinktiv spürte er, dass sie mit diesem Vergleich ins Schwarze traf. Allerdings konnte höchstens jemand, der dieselbe Arbeit erledigte wie er, nachvollziehen, was ihn beschäftigte. Rapp bezweifelte, dass es irgendwo auf dem Planeten einen Psychiater gab, der über praktische Erfahrungen als Agent verfügte. Also verlegte er sich gezwungenermaßen auf Eigentherapie und ging brutal ehrlich mit sich ins Gericht. Er beschönigte nicht, was er tat, obwohl andere Leute dazu neigten. In nationalen Sicherheitskreisen wurde er gern als Terrorabwehrexperte bezeichnet. Bisher hatte er nie an seinem Job gezweifelt, doch das änderte sich nun durch Annas Schwangerschaft. Seine Tage als autarker Agent, der zuerst und vor allem an sich dachte, neigten sich mit jedem weiteren Herzschlag des Babys im Bauch seiner Frau dem Ende entgegen.

Rapp hatte keine Angst vor der Vaterrolle. Ihn überraschte nur, welche Wehmut die Neuigkeit bei ihm auslöste. Anfangs wusste er gar nicht, woher sie kam, bis er der Quelle auf die Schliche kam: die unerfüllte Beziehung zum eigenen Vater. Er wollte nicht, dass sein Kind dasselbe Schicksal durchlitt wie er, indem es einen Elternteil verlor. Seitdem bewertete er die Risiken seines Jobs völlig anders. Das Thema beschäftigte ihn, seit er sich in Anna verliebt hatte. Nun konnte er es nicht länger zur Seite schieben. Das schuldete er sowohl ihr als auch ihrem ungeborenen Nachwuchs. Er musste sich aus der Schusslinie zurückziehen und den Platz an vorderster Front an andere abtreten.

Eine halbe Meile vor Ende des Laufs passierte es dann. Rapp fühlte einen stechenden Schmerz und verlagerte das Gewicht auf das unversehrte Bein, während das linke blockierte wie ein defektes Triebwerk – Metall an Metall, ohne Öl, um die simple mechanische Bewegung zu unterstützen. Hier war es Knochen an Knochen, ohne Knorpel, um die Reibung zu reduzieren. Er kam hüpfend zum Stehen und stieß leise eine Kanonade von Flüchen aus. Er befand sich zu dieser frühen Stunde zwar allein auf der Straße, doch aus voller Kehle zu fluchen passte nicht zu ihm. Nach einigen qualvollen Schritten merkte er, wie ernst die Verletzung war, und platzte dann doch mit einem unflätigen Vier-Buchstaben-Wort heraus.

Langsam und vorsichtig humpelte er zurück zu seinem Haus an der Chesapeake Bay. Die Vögel zwitscherten und die Morgensonne warf lange Schatten auf das taufeuchte Gras und badete sein Gesicht in Wärme. Alles in allem hätte es ein herrlicher Morgen sein können, doch es war keiner. Er umrundete eine leichte Biegung in der Straße und stellte überrascht fest, dass zwei Leute knapp 30 Meter weiter seitlich am Fahrbahnrand standen. Der Mann stützte der Frau mit der Hand den Rücken, sie beugte sich nach vorn. Zwei Mountainbikes lagen neben ihnen. Es war nicht ungewöhnlich, hier jemandem zu begegnen, aber in der Regel konnte er das Gesicht zuordnen. Da gab es Mr. und Mrs. Grant, Rentner, die immer früh auf den Beinen waren und mit ihren beiden schokoladenbraunen Labradoren Gassi gingen. Oder Mrs. Randal, die wie ein Duracell-Häschen stundenlang ohne Pause mit schlurfenden Schritten durch die Gegend joggte. Hinzu kam noch eine Handvoll anderer, die Rapp oberflächlich kannte. Er grüßte dann höflich, blieb aber nie für eine Unterhaltung stehen.

Sofort wechselte er auf die andere Straßenseite und belastete das linke Bein so gering wie möglich. Seine Hand wanderte zur Bauchtasche. Darin steckte eine FN Five-Seven. Die Selbstladepistole war mit 20 Hartkernpatronen im Kaliber 5,7 × 28 mm bestückt. Rapp zog den Reißverschluss auf und behielt die linke Hand dicht an der Öffnung. Eine instinktive Bewegung, die wie von selbst kam. Er beäugte das Paar. Ihr schien schlecht zu sein. Entweder die Wahrheit oder eine klassische Ablenkungstaktik. Er bewertete alles, was ihm begegnete, durch die Brille eines Zweckpessimisten.

Für einen Hinterhalt gab es drei typische Vorgehensweisen: Die erste und verbreitetste bestand darin, dem nichts ahnenden Opfer aufzulauern und die Falle aus der Deckung zuschnappen zu lassen. Bei Methode zwei lockte man das Opfer gezielt an, ganz so wie dieses Pärchen. Man täuschte eine Notsituation vor. Kam das Opfer und bot Hilfe an, schlug man zu. Die dritte und letzte Methode sah vor, das Opfer abzulenken. Man lenkte die Aufmerksamkeit auf eine Situation und schlug dann anderweitig zu. Das hielt Rapp in der aktuellen Situation für am wahrscheinlichsten.

In Wahrheit handelte es sich wohl wirklich um einen harmlosen Ehemann mit Frau, die eine Radtour machten, doch Rapp wollte kein Risiko eingehen. Er blickte über die Schulter und suchte die Umgebung nach allen Seiten ab. Er kannte jeden Zentimeter dieser Strecke. Vom Autofahren, vom Joggen und vom Biken. Seine Wahrnehmung war darauf trainiert, alles zu isolieren, was aus dem Rahmen fiel. Er schloss seine Suche ab. Alles wirkte normal. Rapp widmete sich erneut dem Pärchen. Die Frau gab laute Würgegeräusche von sich. Falls es sich um eine Falle handelte, lieferte sie eine äußerst überzeugende Vorstellung ab.

Der Mann schaute sich um. Er trug einen Schutzhelm und eine Oakley-Sonnenbrille.

»Ist alles in Ordnung?«, erkundigte sich Rapp. Er blieb in Bewegung und bemühte sich zu kaschieren, dass sein Knie ihn fast umbrachte. Die linke Hand schwebte über der Öffnung der Bauchtasche. Ihm entging nicht, dass der andere körperlich fit wirkte.

»Sie ist schwanger«, erklärte der Unbekannte. »Morgendliche Übelkeit.«

Rapp nickte schroff und verzichtete auf eine Antwort. Er wollte keine höfliche Konversation anstoßen. Seine

Augen inspizierten den Mann von Kopf bis Fuß, ebenso die Frau. Der Radfahrer trug ebenfalls eine Bauchtasche, hatte sie allerdings nach hinten gedreht. Irgendetwas an ihm weckte sein Misstrauen. Er wirkte schlank und athletisch. Breite Schultern, schmale Hüften, trainierte Beine, ausbalancierter Körper. Rapp hatte häufiger mit solchen Männern gearbeitet. Seine Gedanken schweiften zur Warnung der Jordanier, dass ein Kopfgeld auf ihn ausgesetzt war. Dann zum neuen nationalen Geheimdienstkoordinator Mark Ross. War der Kerl tatsächlich so dumm, einige seiner Leute hier rauszuschicken, um ihn auszuspionieren?

Die Vorstellung, dass Ross nicht lockerließ, brachte sein Blut in Wallung. Er blieb quasi direkt vor dem Pärchen stehen. Seine linke Hand schwebte kaum zwei Zentimeter über der Waffe. Sie war geladen und entsichert.

»Brauchen Sie Hilfe?«, fragte er so freundlich, wie es ging.

»Nein, vielen Dank«, lehnte der Mann sofort ab. Er sah kurz zu Rapp und widmete sich dann wieder seiner Begleiterin.

»Ganz sicher?«, fragte Rapp.

»Klar. Das ist in einer Minute vorbei.«

»Wohnen Sie in der Gegend?« Rapp verfolgte jede Bewegung des anderen. Er wünschte, der Typ nähme die Brille ab, damit er seine Augen sehen konnte.

»Nein«, kam die Antwort. »Wir sind nur zu Besuch.«

»Ich habe ein Haus in der Nähe. Wenn Sie möchten, hol ich mein Auto und fahr Sie ins Krankenhaus.«

»Nein … nein … vielen Dank. Das wird schon wieder.«

»Wo übernachten Sie?«

Der Mann zögerte. »Nicht weit weg. Eine kleine Frühstückspension an der Straße.«

Wie auf Kommando richtete sich die Frau auf und wischte den Mund am Ärmel ihres Sweatshirts ab. Sie nahm einen Schluck aus einer Wasserflasche und spuckte aus. Insgesamt dreimal wiederholte sie das Prozedere und verkündete dann: »Ach, was wir für euch Männer alles auf uns nehmen!«

Rapp lächelte. Er hörte einen leichten französischen Akzent aus ihrer Stimme heraus. Falls sie schauspielerte, machte sie es verdammt überzeugend. Ihre Haut hatte eine ungesunde blassgrüne Färbung angenommen. Nein, die zwei arbeiteten bestimmt nicht für Ross.

»Ich hoffe, es geht Ihnen besser.« Er machte sich wieder auf den Weg. Sein Knie zickte mit jedem Schritt mehr. Eigentlich war er derjenige, der sich ins Krankenhaus fahren lassen sollte. Noch einmal drehte er sich um und stellte fest, wie der Mann hastig zur Seite blickte. Vermutlich hatte er ihn anhand des ungewollten Medienrummels vor ein paar Jahren erkannt. Das Paar stieg auf die Räder und fuhr los. Rapp quälte sich unter Schmerzen am Seitenstreifen entlang.

Als er die Pforte vor dem Haus erreichte, war er nicht länger in der Lage, sein Kniegelenk zu biegen oder zu strecken. Es verharrte in der leicht verrenkten Position. Er holte den Schlüssel aus der Bauchtasche, schaute sich suchend um und öffnete das erste der beiden Bolzenschlösser. Als beide entriegelt waren, griff er nach der Klinke und drückte sie hinunter. Rapp hatte den Anschlag an allen drei Zugängen gewechselt, sodass die Türen nach außen statt nach innen öffneten. Vorder- und Seiteneingänge samt Rahmen bestanden aus Stahl, getarnt durch ein Holzfurnier. Wer bei ihm einbrechen wollte, musste sich etwas mehr anstrengen. Alle Fenster im Erdgeschoss waren kugelsicher. Seine erste Verteidigungslinie. Nur so fand er nachts Ruhe und schlief ungestört. In diesem Haus fühlte er sich absolut sicher.

Rapp betrat den Flur. Shirley stand mit wedelndem Schwanz vor ihm. Er tätschelte ihr den Kopf und entschärfte die Alarmanlage. Nachdem er abgeschlossen hatte, aktivierte er sie erneut und humpelte in die Küche, wo seine Frau im Morgenmantel saß, in der *Post* schmökerte und einen Kaffee schlürfte.

Anna blickte zu ihm auf und bemerkte sofort den ungewohnt gequälten Gesichtsausdruck. Sie legte die Zeitung zur Seite. »Was ist passiert?«

»Nichts.« Er überging die Frage mit einem Kopfschütteln und kämpfte sich zur Spüle vor.

»Sieht definitiv nicht aus wie nichts.«

Rapp klammerte sich mit einer Hand am Waschbecken fest und füllte ein Glas mit Wasser. »Mein Knie. Es ist ein bisschen steif … Das ist alles.«

Anna stellte den Kaffeebecher auf dem Tisch ab. »Ein bisschen steif? Schatz, mit mir kannst du offen reden. Das sieht schlimmer aus als damals nach dem Schuss in deinen Allerwertesten.«

Rapp stürzte das Wasser hinunter und kramte in einer Schublade neben der Spüle nach einer Schmerztablette. »Na ja. Da hast du mich erst zwei Tage später zu Gesicht bekommen. Du warst nicht dabei, als ich mich im Dreck gewälzt und wie ein kleines Mädchen geflennt habe.«

Sie bezweifelte, dass ein Macho wie er zu so etwas fähig war. »Netter Versuch. Erzähl mir, was mit dem Knie nicht stimmt.«

»Nichts.« Rapp mühte sich mit der Kindersicherung ab und hätte die Flasche am liebsten in der Mitte aufgerissen.

»Nur ein bisschen steif«, log er. »Ein paar Tabletten, etwas Eis, und mir geht's gut.«

Anna hob tadelnd den Finger und verschaffte ihm dabei einen unbeabsichtigt tiefen Einblick in ihr Dekolleté. Sie musterte ihn prüfend. »Was steht heute auf deinem Plan?«

Rapp gelang es endlich, den Verschluss von der Flasche zu bekommen. Er stopfte sich drei Pillen in den Mund, spülte mit Wasser nach und mimte den Tapferen. »Der übliche Kram. Ein paar Besprechungen in Langley, dann noch was, wo ich mir nicht sicher bin, ob ich es heute erledige.« Da er die journalistischen Instinkte seiner Frau nur zu gut kannte, schmuggelte er hastig eine Frage dazwischen, bevor sie ihn mit einer weiteren bombardierte: »Wie steht's mit dir, wie sieht dein Tag aus?«

Sie schüttelte ihre schulterlange haselnussbraune Mähne und reckte ihr niedliches kleines Kinn vor, fixierte ihn aus verführerischen smaragdgrünen Augen und lächelte. Die Alarmsirenen schrillten los, als sie zu ihm kam und den Gürtel ihrer Robe lockerte. Rapp stand wie erstarrt da, während zwei widerstreitende Teile seines Gehirns an einer Lösung für das Schmerz-Vergnügen-Dilemma tüftelten.

Anna drängte ihren Körper gegen seinen und klemmte ihn vor dem Tresen ein. Sie schlang die Arme um seinen Hals und küsste sein Ohr. »Warum gehen wir nicht rauf und vergnügen uns ein bisschen? Schwanger zu sein macht mich irgendwie rollig.«

Rapp zögerte. Der vergnügungssüchtige Teil seines Gehirns überlegte, ob es eine Position gab, die sein Knie schonte. Das Schmerzzentrum herrschte ihn an, sich die Sache aus dem Kopf zu schlagen. Da das Gelenk zu sehr wehtat, entschied er sich für ein verlegenes Lächeln und stieß sie sanft weg. »Ich fürchte, dafür bleibt uns keine Zeit. Ich muss duschen und dann los.«

Anna vergrößerte den Abstand zwischen ihnen und knotete die Kordel des Morgenmantels zusammen. »Du bist ein Lügner, Mitchell.« Mit einem falschen Lächeln fragte sie: »Soll ich einen Arzt anrufen und einen Termin für dich vereinbaren oder bekommst du das selbst hin?«

Er zögerte, gefangen in seiner Lüge. »Ich kümmere mich drum«, kam die leise Antwort.

»Nein, das wirst du nicht tun.« Sie zog den Knoten fest. »Ich rufe Liz an. Sie und Michael kennen den besten Orthopäden der Stadt.« Anna griff zum Hörer, um ihre beste Freundin zu erreichen. »Vormittags oder nachmittags?«

Rapp sah auf sein Knie. Es schwoll bereits an. »Vielleicht kann er mich ja noch heute Morgen dazwischenschieben?«

33

DEALE, MARYLAND

Gould montierte das Vorderrad des Mountainbikes ab und öffnete die Heckklappe des Ford Explorer. Erst lud er das Bike ein, dann den abmontierten Reifen. Claudia saß auf einer Parkbank in der Nähe und kämpfte mit einem weiteren Anflug von Übelkeit. Er sah auf die Uhr. 7:36. Was als vielversprechender Tag begonnen hatte, drohte in einem vollkommenen Fiasko zu enden. Er funkelte seine Freundin mit einem wütenden Blick an, den er sonst für

Menschen reservierte, die ihm drohten. Sie saßen im Stadtpark, niemand war in der Nähe, doch hier wollte er das Gespräch nicht führen. Ihr Unwohlsein hatte ihnen bereits mehr als genug ungewollte Aufmerksamkeit eingebracht.

Er hob ihr Rad an und löste die Befestigung der Nabe an der Frontgabel. Es war zwar ein leichtes Modell, doch er hantierte damit so lässig wie mit einem Bobbycar. Er hatte beide Bikes am Vorabend in einem weiteren großen Sportgeschäft besorgt, am Highway ganz in der Nähe ihres Hotelzimmers in Bowie, östlich von Washington. Es gab einige Motels und Pensionen, die dichter an Rapps Haus lagen, doch sie boten nicht die gewünschte Anonymität. Gould rechnete bereits damit, dass Rapp die Herbergen in seiner Nähe abtelefonierte, um sie mit der Beschreibung eines jungen Pärchens zu konfrontieren. So ein Mann war er, vermutete Gould, überließ nichts dem Zufall. Ihn brachte generell nichts so schnell aus der Ruhe. Die Begegnung mit Rapp hatte dennoch ein Frösteln bei ihm ausgelöst. Seit seinem Dienst bei der Fremdenlegion und der Begegnung mit einer aufgebrachten Meute Macheten schwingender Hutus in Ruanda war ihm so etwas nicht mehr passiert.

Sie hatten ihn weniger als eine Meile von seinem Haus entfernt getroffen. In dieser Umgebung hätte er sich eigentlich sicher fühlen müssen, doch eher das Gegenteil schien zuzutreffen. Er war Gould anfangs gar nicht aufgefallen, weil er sich um Claudia gekümmert hatte. Auf der Fahrt zu Rapp klagte sie abrupt über Unwohlsein. Nach dem Abklingen des ersten Schubs fuhren sie weiter, erreichten ihr Ziel, erkundeten die Lage und machten kehrt, um zurück in die Stadt zu radeln. Mehr hatten sie nicht geplant – einen kurzen Check. Gould wollte sich einen ersten Eindruck von der Umgebung verschaffen und seine Beobachtungen aus der vorigen Nacht überprüfen. Möglichkeiten ausloten, den Mord als Unfall hinzustellen. Immerhin bot der Deutsche dafür eine Million extra. Gould war nicht begeistert, zusätzliche Risiken einzugehen, wollte die Möglichkeit aber zumindest in Betracht ziehen. Eine halbe Meile hinter Rapps Haus fuhr Claudia ohne Vorwarnung rechts ran und übergab sich. Zunächst reagierte er ruhig. Sie hatten beide Wagen in der Einfahrt stehen sehen und es war noch vor sieben. In ein paar Minuten ging es ihr bestimmt besser und sie konnten weiterfahren, ohne dass jemand sie bemerkte.

Das Letzte, womit Gould gerechnet hatte, war eine direkte Begegnung mit ihrem Opfer. Bis er plötzlich etwas hörte, sich umdrehte und Mitch Rapp leibhaftig vor ihm stand. Er war unbemerkt dicht herangekommen, zu dicht, ohne Gould bewusst aufzulauern. Dabei sollte es doch umgekehrt laufen. Das Einzige, was ihn rettete, war die Sonnenbrille, die seine Augen verdeckte. Augen ließen sich mit Abstand am schwersten verändern. Durch die getönten Gläser verfolgte er jede Bewegung von Rapp mit regem Interesse. Er registrierte, dass die linke Hand des Amerikaners griffbereit über der Tasche schwebte, die er um die Hüfte geschnallt hatte. Er ahnte, was sich darin befand, und unterstellte, dass Rapp die Waffe so zügig zückte und abfeuerte, wie die meisten Menschen zum Blinzeln brauchten. Und er wusste, dass er mit Sicherheit sein Ziel nicht verfehlte.

Obwohl eine solche Zufallsbegegnung Gould überhaupt nicht in den Kram passte, gefährdete sie ihre Planungen nicht grundsätzlich. Rapp hatte ihn zwar gesehen, doch die schlabbrige Laufkleidung, der Helm und die Sonnenbrille verrieten nicht viel. Rapp hatte eine Frage gestellt, was ihm eine Antwort abnötigte. Ebenfalls kein Problem. Gould sprach tadelloses Englisch, was Rapp nicht den geringsten Anhaltspunkt lieferte, einen Franzosen vor sich zu haben. Wieso musste dann Claudia den Mund aufmachen und alles verderben?

Sie stiegen in den Truck und fuhren schweigend zurück zum Hotel. Claudia klappte den Sitz so weit wie möglich nach hinten und legte sich ein Tuch über die Augen. Sie betraten das Gebäude durch den Seiteneingang. Claudia ließ sich im Zimmer in voller Laufmontur auf die Matratze fallen. Sie kickte einen Schuh vom Fuß, dann den zweiten, stöhnte laut und drückte sich eins der weichen Kissen auf die Stirn.

»Mach bitte die Vorhänge zu«, bat sie.

Er riss den Stoff mit so viel Wucht zur Seite, dass er fast die Aufhängung ruiniert hätte.

Sie öffnete ein Auge und starrte ihn an. »Warum bist du so wütend?«

Er hörte auf, unruhig auf und ab zu laufen. »Wieso hast du vorhin etwas gesagt?«

»Wann vorhin?«

»Auf der Straße. Als Rapp vor uns stand.«

Sie zog das Kissen vors Gesicht und murmelte etwas Unverständliches.

»Was hast du dir bloß dabei gedacht?«

»Mir ging's schlecht. Ich wusste nicht mal, dass er es ist.«

»Ist dir klar, was auf dem Spiel steht? Hast du die geringste Vorstellung, was du damit angerichtet hast?«

»Du überreagierst«, krächzte sie.

»Nein, tu ich nicht. Wenn wir scheitern, wird er sich garantiert an das Pärchen erinnern, dem er am Morgen vorher begegnet ist. An eine Frau mit französischem Zungenschlag und ihren männlichen Begleiter.«

»Er hat unsere Gesichter nicht gesehen.«

»Das musste er gar nicht. Es reicht, wenn er uns grob beschreiben kann und zu dem Ergebnis kommt, dass die Frau Französin war. Was meinst du, wie viele Mann/Frau-Teams es in unserer Branche gibt?« Er wartete auf eine Antwort, die nie kam. »Nicht viele. Wenn du die Suche dann noch eingrenzen kannst, weil du weißt, dass der weibliche Teil Französin ist, kommt nur noch eine Handvoll Leute infrage.«

»Dann steigen wir halt aus. Wir hauen ab und behalten das Geld vom Deutschen.«

Gould verschlug es die Sprache. War sie wirklich so dämlich? »Hast du den Verstand verloren?«

»Oder wir geben das Geld zurück. Mir egal … Lass mich einfach in Ruhe. Siehst du nicht, dass ich grad nicht in der Verfassung bin, mich zu streiten?«

»Dein Timing mit der Schwangerschaft ist absolut beschissen.«

Sie lupfte das Kissen und bedachte ihn mit einem bohrenden Blick. »Ich glaube, dazu hast du einen gehörigen Teil beigetragen.«

»Warum ausgerechnet jetzt? Wir haben seit Jahren Sex. Vorher ist es nie schiefgegangen.« Er hatte diese Frage schon länger stellen wollen, bisher aber Angst vor ihrer Reaktion gehabt. In diesem Augenblick war es ihm schlicht egal.

»So was passiert«, antwortete sie mit unterschwelligem Ärger in der Stimme.

»Schwachsinn«, knurrte er. »Du hast aufgehört, die Pille zu nehmen, stimmt's?«

»Va-t'en. Je ne me sens pas bien.«

»Antworte gefälligst auf Englisch«, fuhr er sie an.

»Geh weg. Ich fühl mich nicht gut, du Nervensäge.«

Goulds Kiefer malmten. Er zögerte, kämpfte dagegen an, noch einen draufzusetzen. Er beschloss zu verschwinden, bevor er etwas sagte, das sie hinterher beide bereuten. Er marschierte quer durchs Zimmer und schnappte sich einen der Rucksäcke, schlang den Riemen über eine Schulter und ging wortlos.

Er hielt an einer Tankstelle in der Nähe und tankte voll. Außerdem kaufte er sich einen Kaffee und einen Donut, was er bereute, sobald er ihn hinuntergeschlungen hatte. Bevor er zurück auf die Straße fuhr, überprüfte er mit dem Trackerprogramm die GPS-Position von Anna Riellys Wagen. Der Bildschirm des Organizers war nur drei Zoll groß und zeigte nicht so viele Details an wie Claudias Laptop. Für seine Zwecke reichte es vorerst. Sie befand sich auf dem Weg in die Stadt, wahrscheinlich zur Arbeit. Gould hatte insgesamt drei Vorrichtungen in ihren Wagen geschmuggelt. Die erste unter dem Armaturenbrett war eine simple Wanze. Alles, was sie sagte, wurde vom Digitalrekorder im Kofferraum aufgezeichnet. Das schwarze Kästchen mit den Abmessungen einer Packung Spielkarten scannte außerdem die gängigsten Handy-Frequenzen und schnitt Gespräche mit. Über eine integrierte SIM-Karte ließ es sich aus der Ferne abfragen. Die dritte Vorrichtung war der GPS-Sender, über den sich die Position des Fahrzeugs verfolgen ließ.

Gould stöpselte das Kopfhörerkabel in die Buchse am Palm Pilot und stellte eine Verbindung zum Rekorder im

Kofferraum her. Nach Ertönen der Abfrage tippte er den vierstelligen Sicherheitscode ein und wartete mit dem dünnen schwarzen Stylus über dem Display, stieß mit ein paar weiteren Berührungen den Übertragungsvorgang an und wartete, während die Daten auf das Handheld-Gerät kopiert wurden. Die Anzeige am unteren Bildschirmrand verriet, dass insgesamt 16 Minuten und 18 Sekunden Audioaufzeichnung vorlagen. Sobald der Transfer abgeschlossen war, löschte er die Originalaufnahmen auf dem Gerät und trennte die Verbindung.

Auf dem Rekorder ließen sich bis zu fünf Stunden digitalisierter Ton speichern, für seine Ansprüche mehr als ausreichend. Gould öffnete die Audiodatei auf dem Palm Pilot und spielte die mit Zeitstempel versehenen Schnipsel ab. Der erste stammte aus der vorigen Nacht und beschränkte sich auf die Musik, die Rielly auf der Heimfahrt von der Arbeit im Radio gehört hatte. Gould spulte vor und hörte immer wieder kurz rein, damit ihm nichts entging. Nach acht Minuten und 38 Sekunden rief sie eine Freundin namens Liz an, erkundigte sich, wie es ihrem Patenkind ging, und fing an, über Babys zu reden. Er übersprang diesen Teil. Später würde er sich noch mal alles Wort für Wort anhören. Momentan ging es ihm nur darum, ob bei einem eventuellen weiteren Telefonat auch Rapps Stimme zu hören war.

Gould legte den Gang ein und fuhr auf die Annapolis Road. Einige Kreuzungen weiter wechselte Rielly laut GPS-Ortung auf den Blue Star Memorial Highway in südlicher Richtung. Sein Plan sah vor, den Vormittag zu nutzen, um sich mit der Gegend vertraut zu machen. In den Staaten hatte er etwas Zeit sowohl in Annapolis als auch in Baltimore verbracht und zwei Bootsfahrten an der Chesapeake mitgemacht. Einmal bei einem Schulausflug, dann mit der Familie. Ein Segeltörn, an den Gould sich gern erinnerte. Ein Freund seines Vaters hatte sie mitgenommen. Gould erinnerte sich an die Einzelheiten, weil sie an einer Regatta teilnahmen und er es damals total spannend fand. Zumal das Wetter perfekt gewesen war: sonnig und warm mit einer leichten Brise.

In der Gegend, in der Rapp lebte, südlich von Annapolis, hatte er dagegen nicht eine Sekunde zugebracht. Er wollte die Darstellung auf der Karte mit der Realität abgleichen und ein Gespür für alles entwickeln. In einem Land wie den USA gab es in der Regel keine größeren Abweichungen. Ganz anders in den Nestern in der Dritten Welt, in denen Gould zum Teil gedient hatte. Dort war es schwierig, vernünftige Karten aufzutreiben. Generell handelte es sich dabei um eine zweidimensionale Darstellung, die der Wirklichkeit kaum gerecht wurde. Man erfuhr zwar die Namen der Orte, aber um sie kennenzulernen, musste man sie mit eigenen Augen sehen. Zumal nur außerordentlich gute Karten auch Fußwege durch den Wald oder Sichthindernisse wie Unterholz oder Büsche festhielten. Schon gar nicht verrieten sie einem, wie der Wind wehte. Hinzu kam der Wandel der Jahreszeiten. Was im Sommer ein großartiges Versteck sein mochte, erwies sich im Winter oft als unbrauchbar.

Deshalb musste man sich an Ort und Stelle selbst ein Bild verschaffen, mit größter Vorsicht natürlich. Vor allem wenn man es mit einem Mann wie Rapp zu tun hatte. Beschattungen nützten einem in solchen Fällen nur, wenn die Zielperson nicht mitbekam, dass sie beschattet wurde. Sie gehörten zum schwierigsten Teil von Goulds Job. Training und Planung waren wichtig, aber sie fanden in einer kontrollierten, laborähnlichen Umgebung statt. Beim Beschatten musste man sich zwangsläufig aus der Deckung wagen.

Gould fuhr etwa fünf Minuten nach Süden, dann ging die Fahrt weiter nach Osten. Der meiste Verkehr spielte sich in Gegenrichtung ab, entsprechend gut kam er voran. Er spielte weiter die Audiodateien ab, lauschte mit halbem Ohr und dachte parallel darüber nach, wie rapide sich die Umstände gegen sie verschworen hatten. Bis heute Morgen war alles völlig glatt gelaufen. Sie waren problemlos in die USA eingereist, hatten das Geld sicher auf versteckte Konten umgeleitet und Rielly ohne Zwischenfall nach Hause verfolgt. Doch dann liefen sie völlig überraschend Rapp über den Weg, und Claudia konnte ihr Mundwerk nicht bändigen.

Das alles ging ihm durch den Kopf, als plötzlich ein Teil der Aufzeichnung seine Aufmerksamkeit weckte. Er konnte kaum glauben, was er da hörte. Nach wie vor ärgerte er sich über Claudia und unterstellte, dass sie absichtlich schwanger geworden war. Doch während er darüber sinnierte, wie sie das Schicksal gefickt hatte, rauschte Fortuna in Form eines simplen Telefonats mit wehenden Fahnen zurück in sein Leben. Der Anruf von Anna Rielly bei einer Freundin lag kaum eine Stunde zurück. Danach folgte direkt ein zweites Gespräch, in dem Rapps Frau einen Arzttermin für ihren Mann vereinbarte. Bei einem orthopädischen Chirurgen. Danach hatte der Doktor selbst bei Rapp angerufen und bat ihn, seine Beschwerden zu schildern. Die Kurzfassung lautete, dass der Kerl sein linkes Knie kaum bewegen konnte. Der Arzt riet ihm, jede Belastung zu vermeiden und so schnell wie möglich für eine Kernspintomografie in die Praxis zu kommen, um die Notwendigkeit einer Operation abzuklären.

Gould fuhr auf den Seitenstreifen der Landstraße und konsultierte die Straßenkarte. Wenn er es sich recht überlegte, war ihm heute Morgen bereits aufgefallen, dass Rapp ein Bein leicht nachzog. *Eine Operation,* jubilierte er und konnte sein Glück kaum fassen. Wenn er unters Messer kam, lag er eine Weile flach, was Goulds Job massiv erleichterte. Gould legte den Gang ein und wartete, bis ein kleiner Tankwagen an ihm vorbeigefahren war. Er schmiedete bereits Pläne, wie man Rapps Tod unter diesen Umständen wie einen Unfall hinstellen konnte. Ein Autounfall ließ sich mit den Wagen, die sie fuhren, schwer inszenieren. Solange sie angeschnallt waren, überstanden sie sowohl im BMW als auch im Audi jeden möglichen Crash.

Einige Hundert Meter weiter bog ein Lastwagen von der Fahrbahn ab. Zunächst dachte er sich nichts dabei, bis er an einem Stoppschild stehen blieb, nach links schaute und feststellte, dass der Lkw in der Einfahrt eines Hauses parkte. Der Fahrer kletterte gerade aus dem Führerhaus und schleifte einen Schlauch zu einem silbernen Tank neben dem Wohngebäude. Gould las die aufgeklebte Beschriftung an der Tür. *Chesapeake Bay Propane Co.* Darunter standen Adresse und Telefonnummer. Er prägte sich beides ein und fuhr weiter. Er erinnerte sich an eine obskure Tatsache, die er vor Jahren aufgeschnappt hatte. Wo, wusste er nicht mehr genau, aber es ging darum, dass Erdgas geruchlos war. Er dachte an Rapps Haus. Hatte er irgendwo einen Tank gesehen? Nicht wirklich, aber wie sonst wollte man in dieser abgelegenen Gegend heizen? Er nahm sich vor, später noch einmal nachzusehen. Die zusätzliche Million war verlockend. Wenn sie es richtig einfädelten, kam die CIA gar nicht auf die Idee, nach ihnen zu suchen. Natürlich würde man Sabotage in Betracht ziehen, aber ohne konkrete Beweise blieb immer ein Restzweifel.

34

ANDREWS AIR FORCE BASE

Die saudische Delegation traf in vier voluminösen 747-Langstreckenjets ein. Die Flugzeuge von Boeing waren je nach Konfiguration auf eine Kapazität von mehr als 400 Passagieren ausgelegt. Nicht so in diesem Fall. Immerhin gehörte jedes davon einem Mitglied der saudischen Königsfamilie. Dank einem schier unerschöpflichen Strom von Petrodollars und dem Drang dieser Bonzen, sich ständig gegenseitig zu übertrumpfen, war jede Maschine bemerkenswert opulent ausgestattet. Marmorgeflieste Duschen mit goldenen Armaturen, Doppelbetten und Jacuzzis gehörten an Bord zum Standard, ebenso wie Fitnessbereiche, Dampfsaunen und Spielzimmer mit großformatigen Plasmaschirmen, einer riesigen Auswahl DVDs und CDs und so gut wie allem, was zur Unterhaltung beitrug. Die riesigen Luftschiffe verfügten über Sternekoch, Masseur, Maniküre und Friseur und waren das fliegende Gegenstück einer Privatjacht. Wenn man Crew und Bordpersonal nicht einrechnete, hielten sich jeweils weniger als 50 Passagiere darin auf.

Einen derart opulenten Lebenswandel zu pflegen brachte einen gewissen Aufwand mit sich. Zwei zusätzliche 747er, beladen mit Sicherheitspersonal, Protokollbeauftragten, Juniordiplomaten und Dienstboten, waren bereits zu Beginn der Woche eingeflogen. Komplette Fünfsternehotels waren gebucht worden, die Penthouse-Etage teilweise für eine einzige Person. Zigaretten wurden in Mengen geordert, die normalerweise für eine ganze Armee reichten. Die Hotels stockten ihre Vorräte an edelstem Cognac, feinsten Zigarren und erlesenen Weinen auf. Escort-Agenturen flogen Amüsierdamen aus Chicago, Miami, New York und L. A. ein. Wenn Saudis in die Stadt kamen, verschafften sie der örtlichen Wirtschaft einen ähnlichen Schub wie ein großes Sportereignis. Nur dass nicht Zehntausende Menschen anreisten, sondern maximal eine vierstellige Zahl.

Die Protokollbeauftragten hatten im Vorfeld über jedes Detail des Staatsbesuchs gestritten. Es fing bereits mit der Unterbringung an. Als der Präsident dem König das Blair House als Quartier anbot, sah alles noch gut aus, doch danach ging es den Bach runter. Außenminister, Wirtschaftsminister und Minister für islamische Angelegenheiten bestanden auf einer Unterbringung auf dem Landsitz des saudischen Botschafters außerhalb der Stadt. Das Anwesen war groß, aber nicht groß genug für zwei, geschweige denn drei Minister und ihre komplette Entourage. Der Außenminister argumentierte, sein Job sei der wichtigste. Der Wirtschaftsminister pochte darauf, dass der Botschafter sein Bruder sei und er deshalb ein Anrecht habe, auf dem Anwesen zu wohnen. Der Minister für islamische Angelegenheiten nannte gar nicht erst einen Grund, sondern verkündete lediglich, Prinz Muhammad bin Rashid wünsche es so. Am Ende setzte er sich damit durch. Rashid hatte die Geistlichen auf seiner Seite und verfügte über exzellente Kontakte zu den Geheimdiensten.

In vielerlei Hinsicht gehörte er zu den gefürchtetsten Männern Saudi-Arabiens. Nur König Abdullah und eine Handvoll junger Prinzen wagten es, ihm Paroli zu bieten.

Rückblickend gelangten alle zu der Einschätzung, dass es dumm gewesen war, Prinz Muhammad und seinem Gefolge nicht von Anfang an den Landsitz angeboten zu haben. Prinz Muhammad zählte zu den gläubigsten Angehörigen der Dynastie der Saud und lehnte es strikt ab, bei Auslandsreisen mit Alkohol oder Tabak konfrontiert zu werden. Nun, da er und sein Personal abgeschieden auf dem Landsitz logierten, konnte sich der Rest der Delegation entspannen und Spaß haben, ohne an die Kleriker in der Heimat verpfiffen zu werden. Die Mitglieder des Königshauses hielten es nach der Devise: ›Was in Vegas passiert, bleibt in Vegas‹. Zu Hause taten sie zumindest so, als ob sie sich an die strikte Islam-Auslegung der Wahhabiten hielten. Außerhalb der heimischen Grenzen ließen sie es dagegen richtig krachen.

Die verbleibenden Saudis stritten sich am Ende um das Ritz Carlton in Georgetown und das lediglich acht Straßen entfernte Ritz in Foggy Bottom. Am Ende bekam der Außenminister das Ritz in Foggy Bottom, weil es dort mehr Zimmer gab und er mit größerem Gefolge reiste. Damit war der Streit allerdings längst nicht beigelegt. Es gab weitere Konfliktherde, beispielsweise die Frage, in welcher Reihenfolge ihre Jumbojets landen durften. Fest stand, dass dem König die Ehre der letzten Landung zuteilwurde, doch um die anderen drei Slots brach ein wüster Streit vom Zaun. Wieder verweigerten Prinz Muhammads Leute jegliche Diskussion. Dadurch zogen sie den Zorn der anderen zwei Lager auf sich, die nach langem Geschrei und Gemecker schließlich klein beigaben. Am Ende sicherte sich der Außenminister den zweiten Landeplatz, der Wirtschaftsminister sah sich gezwungen, den Anfang zu machen.

Der Sicherheit wurde natürlich immense Bedeutung beigemessen, doch diesbezüglich überließen sie den Amerikanern die Regie. Als die Flugzeuge zum Landeanflug ansetzten, standen die Autokorsos längst bereit und die Militärkapelle bereitete sich strammstehend auf die Begrüßung vor.

Der König wurde direkt ins Weiße Haus eskortiert, Prinz Muhammad und der Außenminister zum Außenministerium, der Wirtschaftsminister zum Kennedy Center, wo er auf seinen amerikanischen Amtskollegen und wichtige Geschäftsleute traf. Die DC Metro Police übernahm die Motorradeskorten, der Secret Service hatte Agenten von der gesamten Ostküste für den diplomatischen Schutz abgezogen. Der König und seine drei Halbbrüder verfügten jeweils über eigene gepanzerte Limousinen, im Vorfeld des Besuchs eingeflogen.

Prinz Muhammad hatte sich während der langen Anreise mehr als einmal die Frage gestellt, wie dicht Abels Auftragsmörder vor dem Ziel stand. Er stellte es sich faszinierend vor, die Berichterstattung im Rahmen seines Besuchs aus einer amerikanischen Perspektive zu verfolgen. Und er stellte es sich großartig vor, die fassungslosen Gesichter der offiziellen Regierungsvertreter zu sehen, wenn sie von der Nachricht erfuhren. Vor allem das der CIA-Direktorin. Muhammad wusste, dass Rapp bei ihr einen Stein im Brett hatte und sein Tod sie schwer treffen würde. *Das geschieht ihr ganz recht, nachdem sie sich ständig in die Angelegenheiten von Saudi-Arabien einmischt,* dachte er.

Nach den Angriffen auf World Trade Center und Pentagon hatte Muhammad erfahren, dass dieses verdammenswerte Weib ihren Einfluss auf den amerikanischen Präsidenten geltend gemacht hatte, damit er in Ungnade fiel. Kennedy persönlich hatte im Anschluss Kronprinz Abdullah einen Besuch abgestattet und ihn mit Beweisen konfrontiert, dass saudische Geheimdienste in vielen Fällen wissentlich eine schützende Hand über Al-Qaida und andere Terroristen hielten. Sie postulierte, der Präsident halte ebenso wie die leitenden Politiker in Repräsentantenhaus und Senat Prinz Muhammad bin Rashid für unfähig, das Innenministerium zu leiten, das die Oberaufsicht über die Geheimdienste innehatte. Werde er nicht von seinem Posten entfernt und durch jemanden ersetzt, der Al-Qaida aggressiv anging, drohe ein Bruch in den amerikanisch-saudischen Beziehungen.

Sein Halbbruder ließ sich am Ende auf die Forderung ein. Um sein Gesicht in der Heimat und das fragile Gleichgewicht zwischen den zerstrittenen Prinzen zu wahren, schanzte er Muhammad den wichtigen Posten des Ministers für islamische Angelegenheiten, Schenkungen, *Dawa* und religiöse Führung zu. Machttechnisch verblasste das im Vergleich zur Leitung des Innenministeriums, doch an Einfluss überragte er alles andere. Öl mochte Saudi-Arabien den Reichtum bescheren, doch der Islam brachte das Herz der Menschen zum Schlagen. Die Königsfamilie konnte ohne die Rückendeckung der Geistlichen in Mekka und Medina nichts entscheiden, und dort verlor man zunehmend die Geduld mit dem König, der viel zu harmonische Beziehungen mit Amerika pflegte. Muhammad wusste, dass er sich den religiösen Führern als entschlossen und tatkräftig präsentieren musste. Als jemand, der bereit war, den Amerikanern die Stirn zu bieten.

Beim Tod eines verbrecherischen Ungläubigen wie Rapp die Finger im Spiel zu haben verschaffte ihm nicht nur enorme persönliche Genugtuung, sondern auch eine strategisch günstige Position. Auf diese Weise konnte er nicht nur die Kleriker, sondern auch die übrigen Mitglieder der Dynastie Saud davon überzeugen, dass Muhammad bin Rashid ein mächtiger Beschützer des Islam war, kein kriecherischer Narr wie der König. Seine Rolle bei Rapps Tod musste er sehr behutsam und schrittweise über einen längeren Zeitraum enthüllen.

Prinz Muhammad war 59 und erfreute sich bester Gesundheit. Er konnte problemlos fünf Jahre abwarten und in dieser Zeit das Vertrauen in den König zersetzen. Wenn der richtige Moment gekommen war, konnte er sich auf die Unterstützung der Kleriker verlassen, so viel stand fest. Sie sehnten Rapps Tod noch mehr als er herbei und dürften unglaublich dankbar sein, wenn ein Angehöriger des Königshauses endlich zum Schwert griff und den Islam entschlossen verteidigte. Bis dahin musste er sich gedulden und vorgeben, die Amerikaner wären ihm sympathisch.

Prinz Muhammad bin Rashid trat aus dem Flugzeug hinaus in die Sonne des Spätnachmittags. Er schlang das weiße Gewand schützend um den Körper, damit es nicht vom starken Wind weggeweht wurde. Ein unaufmerksamer Beobachter hätte ihn kaum von seinem Halbbruder, dem König, unterscheiden können, wenn er – wie in diesem Augenblick – eine Sonnenbrille trug. Beide Männer waren etwa 1,82 groß und hatten tiefschwarze Schnurrbärte und Goatees. Das sorgte manchmal für

Verwirrung, so wie jetzt bei den Würdenträgern und Fotografen, die am roten Teppich vor der Maschine warteten. Prinz Muhammad stieg mit einem leichten Lächeln im Gesicht die Stufen hinunter und bekam mit, wie einer der Protokollbeauftragten des Königs hektisch auf den hinteren Jumbojet zeigte, der soeben ein Stück weiter ausrollte.

Der General der Air Force, der zur Begrüßung bereitstand, rührte sich nicht von der Stelle. Er wollte keine diplomatische Peinlichkeit auslösen. Prinz Muhammad genoss das Spektakel und ließ sich bewusst Zeit. Als er den Kommandanten der Basis erreichte, umschloss er dessen Hände zur Begrüßung und verstieg sich zu einer überschwänglichen Lobeshymne auf die Militärkapelle. Dabei schielte er zum Protokollbeauftragten und stellte verzückt fest, dass der andere leicht zu zittern begann. Schließlich wand sich der General höflich aus seinem Griff und lotste Prinz Muhammad mit der Hand auf dem Rücken dezent über den Teppich zur wartenden Limousine.

35

US-AUSSENMINISTERIUM

Kennedy stand in der Ecke des John-Quincy-Adams-Salons, der für den Empfang ausländischer Staatsgäste vorgesehen war, und teilte sich ihren Chardonnay gut ein, während zwei Unterstaatssekretäre des Außenministeriums ihr einen neuen Ansatz in der Nordkorea-Politik verkaufen wollten. Sie wussten, wenn sie sich auf die Seite ihres Vorgesetzten stellte, würde der Präsident sich höchstwahrscheinlich von einem Kurswechsel überzeugen lassen. Kennedy lauschte höflich, obwohl sie mit so gut wie allem, was sie hörte, nicht einverstanden war. Der nordkoreanische Staatschef war geistig instabil. Nichts, was ihr die zwei Typen auftischten, änderte etwas an dieser Diagnose. Einzelverhandlungen mit anderen Staaten führten regelmäßig in die Sackgasse und waren nichts weiter als Egospielchen des Premiers. Erst wenn China, Japan und Südkorea mit am Verhandlungstisch saßen, ließen sich Fortschritte erzielen.

Kennedy überlegte, ob sie den beiden Ivy-League-Spielern verraten sollte, dass sie dem Präsidenten empfohlen hatte, den Chinesen ein Ultimatum zu stellen: Entweder sie brachten Nordkorea unter Kontrolle oder die Vereinigten Staaten sagten Japan ihre Unterstützung für ein nukleares Waffenprogramm zu. Kennedy war fest davon überzeugt, dass die Drohung, Japan zum Status einer Atommacht zu verhelfen, China in Zugzwang brachte. Andere teilten ihre Einschätzung verständlicherweise nicht. Sie rechneten damit, dass China im Gegenzug mit einer Invasion auf Taiwan drohte und die Lage rasch außer Kontrolle geriet.

Nein, diesen zwei Naivlingen davon zu erzählen wäre eine große Dummheit. Also ließ sie sie weiterplappern, dass es gar keine so schlechte Idee sei, Vieraugengespräche mit Nordkorea zu führen. Schließlich könne man den Kreis der Gesprächspartner immer noch erweitern, wenn es nicht zur Ergebnissen führte. Das Gespräch bestätigte sie in ihrem anfänglichen Zögern, am Empfang für den saudischen Außenminister teilzunehmen. Sich in einem solchen Umfeld auf Dialoge mit anderen Abteilungen einzulassen, vor allem mit dem Außenministerium, führte meist dazu, dass man in Diskussionen mit diametral gegensätzlichen Standpunkten verwickelt wurde. Sie hielt nach ihrem neuen Vorgesetzten Ausschau. Das Ganze war seine Idee gewesen. Eine Show zur Demonstration seiner Macht. Wäre Kennedy von der Außenministerin eingeladen worden, hätte sie ebenfalls ihre Zweifel gehabt, ob sie sich so etwas antun musste, doch Ross hatte ihr die Teilnahme regelrecht befohlen. In einem ziemlich herablassenden Ton. Er erklärte ihr, als führte er ein Personalgespräch, sie müsse sich mehr um die Pflege von externen Kontakten bemühen. Sie hörte sich den Vortrag äußerlich gelassen an, biss sich auf die Unterlippe und hörte im Hinterkopf Rapps Stimme: »Ross ist ein Idiot.«

Kennedy fragte sich, ob es hier in Wahrheit um Rapp ging. Ob Ross sie für das bestrafte, was Mitch getan hatte. Sie hatte sich nicht anmerken lassen, dass sie von der Auseinandersetzung wusste, aber der Geheimdienstkoordinator unterstellte bestimmt, dass sie über sämtliche Details informiert war. Was als halbwegs anständige Arbeitsbeziehung begonnen hatte, sah mit einem Mal nicht mehr so rosig aus. Ob Rapp die Sache verschlimmert hatte oder es ohnehin dazu gekommen wäre, ließ sich schwer abschätzen. Allmählich stellte sie sich allerdings ernsthaft die Frage, ob Ross der falsche Mann für den Posten war.

Kennedy hatte Rapp zunächst zwingen wollen, sie als eine Art Disziplinarmaßnahme zu begleiten, doch er entzog sich geschickt. Er war heute Morgen humpelnd im Büro aufgetaucht und verkündete, er müsse sich einer Knieoperation unterziehen. Sie fragte, wie ernst es war, und erhielt nur ein unverständliches Murmeln zur Antwort. Durch weiteres Nachhaken fand sie heraus, dass am Kniegelenk eine Arthroskopie durchgeführt wurde und er in zwei Tagen wieder arbeitsfähig war. Das klang nach keiner großen Sache, bis er damit herausrückte, dass es sich bei dem Eingriff nur um eine vorübergehende Lösung handelte. Laut Arzt müsse er sich innerhalb der nächsten fünf Jahre ein künstliches Kniegelenk einsetzen lassen. Kennedy stellte überrascht fest, wie wenig sie diese Hiobsbotschaft erschütterte. Im Gegenteil, sie freute sich beinahe, dass ihn die OP zwang, künftig kürzerzutreten. Mit etwas Glück schaffte sie es, ihn dauerhaft hinter einen Schreibtisch zu fesseln.

Ross betrat den Raum mit einer Erhabenheit, als wäre er der Präsident persönlich. Er kam in Begleitung des allgegenwärtigen Jonathan Gordon, im Schlepptau zwei Assistentinnen, die Kennedy nur einmal kurz gesehen hatte, und vier kräftige Secret-Service-Agenten. Kennedy sah zu Außenministerin Berg hinüber und stellte fest, dass sie nicht einen ihrer Personenschützer mitgebracht hatte. Immerhin hielten sie sich in einem der sichersten Gebäude Washingtons auf. Es gab keinen Grund, Selbstüberschätzung ausgeschlossen, sich mit so einem Sicherheitsapparat zu umgeben.

Kennedy lauschte weiter den Ausführungen der beiden Hobby-Diplomaten. Sie hatte es nicht sonderlich eilig, Ross zu begrüßen, also wartete sie, bis er zu ihr kam. Vorher schüttelte er fleißig Hände und klopfte Leuten auf die Schulter. Kennedy las amüsiert die Frage von den Lippen eines Senators, der Ross fragte: »Was machen Sie denn hier?«

Eine sehr gute Frage, fand Kennedy. Sie sah auf die Uhr und stellte fest, dass er ihr eingeschärft hatte, pünktlich zu sein, selbst jedoch mit 30 Minuten Verspätung eintraf.

Ross lief zu Ministerin Berg und küsste sie auf die Wange. Irgendwann entdeckte er auch Kennedy und winkte sie zu sich.

Entschuldigend zuckte sie mit den Achseln und drängte sich durch die Menge. »Ministerin Berg.« Sie reichte ihr die Hand. »Wie geht es Ihnen?«

»Gut, Irene. Und selbst?«

»Ganz in Ordnung, danke.« Sie waren oft unterschiedlicher Meinung, pflegten aber eine gute Arbeitsbeziehung.

»Ich habe nicht erwartet, Sie hier zu sehen.« Ross schien die Bemerkung für witzig zu halten.

»Ich dachte mir, ich schau einfach mal ohne Einladung vorbei«, scherzte sie zurück.

»Ich bin froh, dass Sie gekommen sind«, sagte die Außenministerin schnell, berührte sie am Arm und nickte ihr wissend zu.

Kennedy verstand, worauf sie hinauswollte. In Gesellschaft der Saudis fühlte man sich als Frau rasch unwohl in seiner Haut. Die alte Garde fand, dass Frauen an den Herd gehörten, sich um die Kinder kümmern und den Haushalt führen sollten. Es galt als unangemessen, einer Frau in die Augen zu sehen oder sie direkt anzusprechen. Das führte zu etlichen peinlichen Momenten, wenn man einflussreiche Frauen wie Berg und Kennedy in denselben Raum mit einer rein männlichen Delegation aus Saudi-Arabien steckte. In Kennedys mehr als 20 Dienstjahren hatte sich die Lage geringfügig entspannt. Die nachwachsende Generation hatte an Universitäten in Europa und Amerika studiert und brachte wesentlich mehr Toleranz für Frauen auf, zumindest außerhalb der eigenen Landesgrenzen. Daheim in Saudi-Arabien blieb der Graben zwischen den Geschlechtern weiterhin tief und unüberwindbar.

Einer von Bergs Assistenten kam und informierte sie, dass der saudische Außenminister gerade eingetroffen sei. Berg entschuldigte sich und überließ Ross und Kennedy ihren Platz im diplomatischen Empfangskomitee. Ross zog Irene am Ellbogen hinter sich her und deutete auf eine entlegene Ecke. Sie kämpften sich dorthin durch, wobei Ross' Bodyguards ihm nicht von der Seite wichen. Kennedy fand das Ganze ausgesprochen lächerlich und reagierte erleichtert, als der Geheimdienstkoordinator dem Leiter der Security das Zeichen gab, sich zurückzuziehen.

Ross lehnte sich mit dem Rücken an die Wand. Jonathan Gordon tauchte wie aus dem Nichts auf und bezog Position neben seinem Boss. Ross strich die hellblau-silbern gestreifte Krawatte mit der rechten Handfläche glatt und zog die Hose ein Stück hoch, ehe er die Hände lässig in die Hüften stemmte und mit leicht zur Seite gelegtem Kopf zum Sprechen anhob, dann jedoch stockte.

Kennedy hatte eine ziemlich genaue Vorstellung, was ihm durch den Kopf ging. »Mark, was Sie und Mitch angeht, diese Episode vor Kurzem …«

Ross fiel ihr ins Wort. »Sagen Sie nichts. Das ist Schnee von gestern.«

Kennedy schielte zu Gordon, dessen Gesichtsausdruck etwas völlig anderes verriet. »Ich wollte Ihnen nur versichern, dass ich meine Abteilung anders führe«, versicherte sie Ross. »Wenn einer meiner Leute Schwierigkeiten mit Ihnen hat, soll er damit zuerst zu mir kommen. Mitch ist ohne mein Wissen bei Ihnen aufgetaucht. Ich war nicht glücklich, als ich davon erfuhr.«

Ross legte sich seine Antwort mit Bedacht zurecht. »Ich weiß, dass Mitch für dieses Land eine Menge Opfer gebracht hat. Andererseits halten ihn viele für unbeherrscht und glauben, dass es nur eine Frage der Zeit ist, bis er die Agency durch eine seiner Aktionen in Verlegenheit bringt. Keiner von uns will, dass es so weit kommt.«

»Nein, das wollen wir nicht.« Kennedy war ausnahmsweise seiner Meinung.

»Dann schlage ich vor, dass Sie ihn an der kurzen Leine halten.«

Kennedy nickte. Sie konnte ihm schlecht erzählen, dass es eine Menge Leute in Washington gab, die umgekehrt wollten, dass sie ihn von der Leine ließ.

»Und was diesen Coleman betrifft … ich bin nicht von gestern. Der Typ verspricht Ärger.«

Kennedy ließ sich nicht locken.

»Ich gebe mein Bestes«, fuhr Ross fort, »mich aus dem täglichen Geschäft der Agency herauszuhalten. Ich setze eine Menge Vertrauen in Sie. Sie machen bisher einen wirklich guten Job. Allerdings glaube ich, dass Sie bei Rapp gern mal ein Auge zudrücken. Ich habe bereits mit dem Präsidenten darüber gesprochen. Er teilt meine Bedenken.«

Kennedy hörte zu, ohne sich eine Regung anmerken zu lassen. Innerlich drehte sich ihr der Magen um.

»Wir haben entschieden«, sagte Ross, »die Situation im Auge zu behalten. Sollte es Rapp nicht schaffen, sich an seine Befehle zu halten und die Hierarchie zu respektieren, müssen wir über gewisse Veränderungen nachdenken.«

»Sie haben mit dem Präsidenten darüber gesprochen?« Kennedy wollte ihn darauf festnageln. Es gehörte zu den üblichen Machtspielchen in Washington, ihn zu erwähnen, um die eigene Position zu stärken.

»Ja, und er macht sich bereits seit einiger Zeit Sorgen über dieses Thema.«

Kennedy sah Ross in die Augen und fragte sich, ob er Hayes auch erzählt hatte, was Mitch so auf die Palme gebracht hatte. Sie bezweifelte, dass Ross die Ermittlungen gegen Scott Coleman und dessen Firma erwähnt hatte. Scott Coleman, ein Mann, dem man für seine Verdienste als Commander des SEAL Team Six sowohl den Silver Star als auch das Navy Cross verliehen hatte. Ein Mann, der nach seinem Abschied aus der Navy Dutzende von Black Ops durchgeführt hatte, von denen der Präsident eine Handvoll eigenhändig autorisiert hatte.

Während Rapp schnell auf 180 war, verhielt es sich bei Kennedy genau umgekehrt. Ihr gefiel nicht, was hier lief. Sie hasste es, dass Ross sich in derart heikle Angelegenheiten einmischte, und es ärgerte sie gewaltig, dass er bereits politische Intrigen mit dem Präsidenten gegen sie schmiedete. Dennoch blieb sie äußerlich gelassen.

Sie quittierte die Ausführungen mit einem schroffen Nicken. »Ich werde mit ihm reden.« *Und selbstverständlich mit dem Präsidenten,* fügte sie in Gedanken hinzu.

»Gut.« Ross drehte sich so, dass er neben ihr stand. Gordon bezog zu ihrer Linken Position. Die beiden Männer nahmen sie quasi in die Zange. Wie ein Bauchredner raunte Ross, ohne die Lippen merklich zu bewegen: »Sie fragen sich bestimmt, warum ich Sie gebeten habe, an diesem Empfang teilzunehmen.«

»Ich habe mir durchaus meine Gedanken gemacht, ja.«

»Die Saudis sind der Schlüssel.«

Kennedy schaute auf die andere Seite des Raums, wo sich die Besucher zur Begrüßung aufgestellt hatten. Der saudische Außenminister und seine beträchtliche Gefolgschaft betraten gerade den Saal. Ihr war schon früher aufgefallen, dass Ross es liebte, kryptische Statements wie ›Die Saudis sind der Schlüssel‹ in den Raum zu stellen, ohne sie näher auszuführen. Er genoss es, seine Gesprächspartner zum Nachfragen zu bewegen und sie dann mit seiner

Weisheit zu beglücken. Kennedy, ihrerseits Spionin der alten Schule, war spezialisiert darauf, so lange zu schweigen, bis ihr Gegenüber von sich aus redete.

»Interessiert Sie denn gar nicht, warum sie der Schlüssel sind?«

Kennedy sprach Arabisch. Sie hatte den Großteil ihrer Jugend an wechselnden Orten im Nahen Osten verbracht und verstand die saudische Kultur so gut, wie man es sich von einer ausländischen Frau wünschen konnte. Sie hatte mehr über Saudi-Arabien vergessen, als Ross jemals darüber lernen würde. Dennoch war sie tatsächlich neugierig, worauf er mit seinen Ausführungen hinauswollte.

»Wieso sind sie der Schlüssel, und vor allem: der Schlüssel zu was?«

»Sehr gute Frage«, erwiderte Ross. »Sie sind der Schlüssel zur Lösung dieser ganzen Misere.«

»Welcher Misere?«, erkundigte sich Kennedy leicht ungeduldig.

»Die ganze Misere … der Nahe Osten, Terrorismus, die Ausbreitung des radikalisierten Islam. Sie halten den Schlüssel in der Hand. Wenn wir sie dazu bringen, uns zu vertrauen, und sie begreifen, dass wir keine Gefahr darstellen, werden wir mehr zum Schutz dieses Landes vor Terrorangriffen erreichen, als es sich durch Einsatz von Gewalt jemals bewerkstelligen ließe.«

Kennedy verspürte mit einem Mal Zuversicht. Nicht weil Ross eine gangbare Lösung vorzeichnete, sondern weil er ihr einen wertvollen Einblick lieferte, wie sein Verstand funktionierte. »Und wie genau sollen wir es angehen?«

Ross gestikulierte. »Das Problem besteht nicht in Leuten wie dem Außenminister oder dem König. Sie mögen uns.

Sie begreifen, worum es geht. Sie wissen, dass wir es nicht auf ihr Land und ihre Kultur abgesehen haben. Das Problem sind Leute wie Prinz Muhammad bin Rashid.«

Kennedy entdeckte den Minister für islamische Angelegenheiten. Er stand in der Schlange direkt hinter dem Kollegen aus dem Außenressort. Er war Teil des Problems, keine Frage. Er hatte seine rhetorischen Attacken zuletzt etwas abgeschwächt, aber Kennedy kaufte ihm den zahnlosen Tiger nicht ab.

»Wie gut kennen Sie ihn?«, fragte Ross.

Kennedy hätte einen langen Aufsatz über den Mann schreiben können. In diesem Augenblick interessierte sie allerdings mehr, was Ross von ihm hielt. »Ein bisschen. Wie steht's mit Ihnen?«

»Der Weg zum Frieden führt über ihre religiöse Führung, und *er* ist eine Möglichkeit, an diese Führung heranzukommen. Er ist der Schlüssel«, verkündete Ross voller Überzeugung. »Ich habe ihn persönlich darum gebeten, sich der Delegation anzuschließen. Ich sagte ihm, dass ich einen offenen Dialog darüber führen will, wie unsere beiden großartigen Nationen einander besser kennenlernen.«

Kennedy nickte. Dass Ross den Begriff ›großartig‹ in den Mund nahm, um die Vereinigten Staaten und Saudi-Arabien im selben Atemzug zu charakterisieren, wäre ihr bei einem Mitarbeiter des Außenministeriums nicht weiter aufgefallen, doch hier ging es um den Koordinator der nationalen Geheimdienste, der seine Worte mit Bedacht wählen und unauffällig Informationen sammeln sollte. Es war nicht seine Aufgabe, sich in Staatsangelegenheiten einzumischen und handverlesene Vertreter zu Gesprächen einzuladen, geschweige denn jemanden, der in der Vergangenheit Terroristen offen unterstützt hatte. Kennedy konnte das Bedürfnis, mit Feinden und Verbündeten gleichermaßen in den Dialog zu treten, durchaus nachvollziehen. Auch sie wollte Prinz Muhammad bin Rashid besser kennenlernen, aber nicht auf dieselbe Art wie Ross. Ihr ging es darum, ihn unter die Lupe zu nehmen wie ein FBI-Profiler einen Serienkiller.

Der Mann war ein unverbesserlicher Fanatiker. Dass Ross darüber offenbar nicht Bescheid wusste, beunruhigte sie. Immerhin beriet er den Präsidenten in Geheimdienstangelegenheiten und nicht in Sachen internationalem Terrorismus. Wäre ihre Beziehung besser gewesen, hätte sie sich die Zeit genommen, Ross zu erklären, weshalb man Muhammad bin Rashid nicht über den Weg trauen konnte, doch unter den gegeben Umständen sparte sie sich die Mühe. Ross wollte nicht hören, dass sein Plan von Anfang an zum Scheitern verurteilt war. Er musste mehr Zeit mit dem Prinzen verbringen, um es selbst herauszufinden. In der Zwischenzeit ging es vor allem darum, zu verhindern, dass er kein Insiderwissen weitergab oder Versprechungen machte, die das delikate Gleichgewicht gefährdeten, um das sie sich mit den Saudis bemühten.

»Irene.« Ross sah Prinz Muhammad fast schon bewundernd an. »Er ist in gewisser Hinsicht der mächtigste Mann Saudi-Arabiens.«

»Ich nehme an, Sie haben recht«, gestand sie zögernd. »Was für ein Jammer«, schob sie leise nach. Ross war zu sehr damit beschäftigt, sein neues Idol anzuhimmeln, um es mitzubekommen. Jonathan Gordon hörte es und lachte leise. Kennedy wandte sich an ihn.

»Prinz Muhammad kommt mir nicht gerade wie ein

großer Verfechter des gesellschaftlichen Wandels vor«, erklärte er.

Ross ließ die beiden stehen, um einen anderen Gast zu begrüßen.

»Er ist eingefleischter Wahhabit. Der Begriff Wandel kommt in deren Vokabular gar nicht vor.«

»Das habe ich versucht, ihm klarzumachen, aber er bildet sich ein, er könne mit seiner Persönlichkeit jeden überzeugen.«

Kennedy kannte diesen Typ Mensch. Die besten Politiker dachten so. Sie glaubten ernsthaft, mit ihrer Überzeugungskraft jedes Problem aus der Welt schaffen zu können. Solche Männer und Frauen betrieben unermüdlich Werbung in eigener Sache. Sobald sie eine Reinigung, eine Bar oder ein Café betraten, auf dem Golfplatz standen oder eine Spendengala besuchten, gaben sie jedem die Hand, lächelten, erinnerten sich an eine erstaunliche Zahl von Namen und nahmen die Menschen allein durch ihr Auftreten für sich ein. Solche Männer und Frauen gaben in der Regel hervorragende Politiker ab. Sie waren bereit, Zugeständnisse zu machen und flexibel zu agieren, damit andere sie für verlässlich hielten. Auf internationaler Bühne machten solche Charaktere jedoch keinen Stich. Neville Chamberlain, der britische Premierminister zu Beginn des Zweiten Weltkriegs, gehörte zu den klassischen Beispielen der jüngeren Geschichte. Er hatte Hitler getroffen, ihm in die Augen gesehen, ihn zum Lachen gebracht und entschieden, dass er ein anständiger Bursche sei. Anderslautende Erkenntnisse seines Geheimdienstes ignorierte er kurzerhand. Hitler hielt Chamberlain gezielt zum Narren und besetzte vor seinen Augen Österreich, fiel in Polen ein und stürzte sich danach auf Frankreich.

Ja, an Hitler war der ach so unwiderstehliche Charme von Chamberlain schlicht abgeprallt.

Kennedy hatte sich im Nachgang von 9/11 zum ersten Mal mit Prinz Muhammad befasst. Ihr Stationschef in Riad sowie seine Kollegen in Großbritannien, Deutschland, Frankreich, Israel und Jordanien gelangten alle zum selben Urteil über ihn. Es fehlte ihnen zwar an Beweisen, dass er Al-Qaida und andere Terrororganisationen mit Geld versorgte, doch sie wussten, dass er mehr als 20 Millionen Dollar an wohltätige Organisationen mit Kontakten zum organisierten Terrorismus gespendet hatte. Durch die Bank gelangten sie zur Einschätzung, dass Muhammad viel zu enge Beziehungen zu religiösen Fanatikern in Saudi-Arabien pflegte, um ihm die Leitung der Geheimdienste im Königreich anzuvertrauen. Die politischen Führer von Amerika, England, Frankreich und Deutschland überzeugten den König am Ende, seinem Halbbruder einen anderen Aufgabenbereich in seinem Ministerrat zuzuweisen. Die offizielle saudische Lesart lautete, dass Muhammad die Versetzung als Demütigung empfunden hatte. Unter der Hand war Kennedy zugetragen worden, dass Muhammad den Posten erst nach großem Widerstand aufgab.

Kennedy beobachtete, wie Ross sich durch den Raum vorarbeitete. Prinz Muhammad entschied kurzerhand, aus der Reihe der zur Begrüßung aufgestellten Diplomaten auszuscheren. Ein klarer Verstoß gegen das Protokoll, der unter Garantie keinem der Beteiligten entging. Der Prinz kam direkt auf Ross zu, der gerade die Mitte des Saals erreicht hatte. Sie begrüßten sich mit einem festen Händedruck, Ross mit sichtbar mehr Begeisterung als der Prinz. Sie waren in etwa gleich groß, knapp über 1,80. Ross trug einen teuren, handgenähten Anzug, Prinz Muhammad die traditionelle Robe und einen reich verzierten Kopfschmuck. Kennedy verfolgte mit großem Interesse, wie der Prinz in lautes Gelächter ausbrach. Seine perfekt weißen Zähne bildeten einen starken Kontrast zum schwarzen Goatee. Er umklammerte Ross' Schulter mit der freien Hand und bedachte ihn mit einem warmen Lächeln. Sein Blick ging auf Wanderschaft. Für einen Wimpernschlag schaute er genau in Kennedys Richtung.

»Sie scheinen nicht besonders scharf drauf zu sein, mit ihm zu reden«, kommentierte Gordon.

»Scharf«, meinte sie trocken, während sie das Gespräch der beiden Männer im Auge behielt. »Ich glaube, es gibt nicht besonders viele Menschen bei der CIA, die ›scharf‹ auf eine Begegnung mit Prinz Muhammad sind.«

»Sie trauen ihm nicht?«

Was für eine Frage, dachte Kennedy. »Es gehört nicht zu unserem Geschäft, Menschen zu vertrauen, Jonathan. Es gehört zu unserem Geschäft, Menschen auszuspionieren.« Ihr war durchaus bewusst, dass jede ihrer Bemerkungen brühwarm an Ross weitergegeben wurde. Aus diesem Grund wählte sie ihre nächsten Worte mit Bedacht. »Prinz Muhammad zählt nicht zu unseren Verbündeten. Er ist ein Mann, der aus tiefstem Herzen die Überzeugungen von Al-Qaida vertritt. Vergessen Sie das nie, ganz egal wie amerikafreundlich er im Rahmen dieser Reise auftritt.« Kennedy suchte Gordons Blick. »Sollte es Ihrem Chef mit seinen politischen Ambitionen ernst sein, rate ich ihm dringend, kein zu vertrautes Verhältnis zu Prinz Muhammad aufzubauen.«

36

George Washington University Hospital

Rapp hockte auf der Kante des Untersuchungstischs und inspizierte den breiten Streifen glatter Haut, der von der Mitte des rechten Oberschenkels bis zum Zentrum des Schienbeins reichte. Er war stolz darauf, die Rasur hinbekommen zu haben, ohne sich zu schneiden. Natürlich hätte man ihm die Arbeit auch abgenommen, aber er war kein großer Fan davon, andere mit scharfen Utensilien an sich heranzulassen. Sich auf die Operation einzulassen machte ihn nervös genug. Sowenig ihm die Vorstellung schmeckte, er wusste, dass es nötig war. Er hatte es lange genug vor sich hergeschoben.

Anna war bei ihm im Zimmer. Wie meistens führte sie ein Gespräch auf dem Handy. Manchmal fragte sich Rapp, ob es für sie nicht einfacher wäre, sich das Telefon von einem Chirurgen ans Ohr nähen zu lassen. Unter umgekehrten Vorzeichen hätte sie ihn garantiert mit Blicken erdolcht, wenn er es gewagt hätte, vor dem Eingriff zu telefonieren. Rapp deutete auf das Schild, das über dem kleinen Schreibtisch an der Wand hing. Es zeigte ein durchgestrichenes Handy in einem roten Kreis. Anna runzelte die Stirn.

Erneut zeigte er auf den Hinweis. Diesmal streckte sie ihm die Zunge heraus und drehte ihm den Rücken zu. Rapp grinste in sich hinein.

Laut seiner Uhr war es drei Minuten nach sieben. Er hatte noch nichts gefrühstückt. Die strikte Anweisung der Ärzte lautete allerdings: vor der Operation nichts essen.

Sie wollten nicht, dass er ihnen auf den Behandlungstisch kotzte. Anna beendete ihr Gespräch und sah ihn an.

»Das war Phil. Er wünscht viel Glück.«

»Wer ist Phil?«

»Mein Boss, du Klugscheißer.«

Rapp war dem Mann nie begegnet, obwohl seine Frau seit fast einem Jahr für ihn arbeitete. »Wo bleibt die Zärtlichkeit, Schatz?«

»Genau hier.« Sie rieb sich den Bauch.

Rapp lächelte und winkte sie zu sich. Sie trug weite dunkelbraune Umstandsmode von Juicy Couture. Er schob die Hand auf ihren Bauch und fragte: »Wie fühlst du dich?«

»Ein bisschen Verstopfung, sonst alles bestens.«

»Na, reizend.« Er verzog das Gesicht.

»Du hast gefragt.« Sie setzte sich neben ihn und lehnte sich zurück. Dabei zupfte sie an den Bändern seines OP-Hemds herum. »Ich kann deine Arschritze sehen.«

Rapp schüttelte den Kopf. »Warum zwingen sie die Menschen bloß, so was zu tragen?«

»Das weißt du nicht?« Sie klang ehrlich überrascht.

»Nein.«

»So berauben sie den Patienten seiner Eigenständigkeit, damit er gefügig wird und tut, was man ihm sagt.«

»Wo hast du das denn aufgeschnappt?«

Sie zuckte die Achseln. »Kann mich nicht erinnern.«

Rapp überlegte, dann meinte er: »Ich wette, du hast recht.«

»Natürlich hab ich recht. Denk mal drüber nach. Was macht ihr Jungs, bevor ihr einen Terroristen verhört? Ihr rasiert ihm Kopfhaare und Bart ab und nehmt ihm alle Klamotten weg.« Sie versuchte, den Rücken seines Hemds zu richten, doch der Stoff leistete Widerstand. Sie gab auf und fragte: »Jetzt mal im Ernst. Wie geht's dir damit?«

»Alles gut. Ich will's einfach hinter mich bringen. Ich hasse Krankenhäuser.«

»Wenigstens bist du diesmal nicht hier, um dir eine Kugel rausholen zu lassen.«

Rapp musterte sie schräg von der Seite. »Danke für diesen aufmunternden Gedanken.«

Sie legte den Arm um ihn. »Schatz, alles wird problemlos laufen. Der Arzt meint, es sei ein Routineeingriff. Ein, zwei Stunden unterm Messer, danach noch mal etwa genauso lange im Aufwachraum. Wir sind spätestens um eins zu Hause.« Sie machte sich ernsthaft Sorgen um ihn. Allerdings nicht aus den Gründen, die man erwartet hätte. Die meisten Menschen, die operiert wurden, fürchteten sich vor den anschließenden Schmerzen. Darin sah sie bei Mitch kein Problem. Sie ging davon aus, dass er höchstens ein, zwei Tage danach Tabletten schlucken würde. Das eigentliche Problem für ihn bestand darin, die Kontrolle abzugeben. Mitch war ein einsamer Wolf, der alles allein durchzog. Nach seinen Regeln. Dass nun andere die Regie übernahmen, machte ihn garantiert fix und fertig.

»Ich verhungere gleich«, platzte es aus ihm heraus.

Ihr Mann besaß einen gesunden Appetit. Sie fuhr mit den Fingern durch seine dichten schwarzen Haare. »Wir halten auf dem Rückweg irgendwo an und besorgen dir was.«

Die Tür schwang auf und eine zierliche Krankenschwester kam herein. Sie trug einen blauen Krankenhauskittel und schwarze Clogs und konsultierte ihr Klemmbrett. »Mr. Mitchell Rapp?«

»Der bin ich.«

Sie blätterte eine Seite weiter. »Wir haben Sie heute Morgen für eine Vasektomie eingeplant.«

Rapp starrte sie sprachlos an. Bevor er etwas herausbrachte, fuhr die Schwester fort: »War nur ein Witz. Ich bin Deb und werde Sie auf die Operation vorbereiten.«

Anna lachte, Mitch nicht.

»Sie müssen Miss Rapp sein.« Deb hielt ihr die Hand hin.

»Anna. Nett, Sie kennenzulernen.«

»Wo haben Sie den Kerl aufgetrieben? Jetzt sieh sich einer diese Schultern an.« Die Schwester trat einen Schritt zurück und begutachtete ihn wie ein Stück Fleisch.

»War nicht einfach. Ich musste vorher eine Menge Nieten aussortieren.«

»Kann ich mir vorstellen.«

Nun lachte Rapp doch noch.

»Okay.« Deb richtete ihre Aufmerksamkeit wieder auf Rapp. »Das rechte Knie, richtig?«

»Nein«, entfuhr es ihm. »Das linke.«

»Ich weiß, ich weiß.« Sie zwinkerte ihm zu. »Ich mach nur Spaß. Wir wollen doch, dass Sie sich entspannen, oder? Sie wirken so nervös. Kommen Sie, rutschen Sie mal ganz auf den Tisch.« Sie zog einen schwarzen Marker aus der Tasche und kritzelte NEIN auf Rapps rechtes Knie und JA auf das linke.

»Dr. Stone ist der Beste. Er hat letztes Jahr das Knie des Vizepräsidenten operiert.«

»Ich bin dem Vizepräsidenten kürzlich begegnet. Er hat mich nicht besonders beeindruckt.«

»Mich auch nicht«, flüsterte Deb verschwörerisch und rollte mit den Augen. »Ein ziemlicher Arsch, wenn Sie mich fragen. Jedenfalls … Dr. Stone behandelt sämtliche Hockeyspieler bei den Capitals. Große, starke Jungs wie Sie.« Sie hielt ihn an der Schulter fest und sah ihm in die Augen. »Wenn ich's mir recht überlege … Sie zwei kommen mir bekannt vor. Sind Sie auch Promis?«

»Ich bin ein Niemand«, antwortete Rapp. »Aber sie hat einen wichtigen Job.«

Die Schwester stemmte die Hände in die schmalen Hüften und betrachtete Anna grübelnd.

»Ich bin NBC-Korrespondentin im Weißen Haus. Anna Rielly.«

»Ah, stimmt. Mein Mann findet Sie klasse.«

»Da ist er nicht der Einzige«, versetzte Rapp trocken.

Anna klatschte ihm die Handfläche auf die Brust. »Achten Sie gar nicht auf ihn. Er ist ein bisschen gereizt.«

»Macht er sich Sorgen?«, fragte sie, ohne ihn anzusehen.

»Ich glaube, schon.«

»Ich habe Hunger«, jammerte Rapp.

»Na, dann legen wir mal lieber los. Anna, ich bringe ihn in den Vorbereitungsraum und von dort aus direkt in den OP. Sie können in der Lobby warten. Wenn wir fertig sind, komm ich und bring Sie zu ihm.«

Beide standen auf. Anna hielt sein Gesicht fest und drückte ihm einen Kuss auf die Lippen. »Ich liebe dich, Süßer. Viel Glück.«

»Ich liebe dich auch.« Rapp hinkte Richtung Flur.

Anna folgte ihm hinaus. Er verschwand mit der zierlichen Schwester um die nächste Ecke. Nach wie vor klaffte das Operationshemd hinten auf. »Netter Hintern«, konnte sie sich nicht verkneifen und pfiff anerkennend.

Rapp trottete mit gesenktem Kopf weiter und schüttelte ihn dabei anklagend. Anna unterdrückte ein Auflachen und ärgerte sich, keine Kamera mitgenommen zu haben.

37

Anne Arundel County, Maryland

Gould hatte den Pick-up am Tag zuvor bei einem kleinen Gebrauchtwagenhändler am Stadtrand von Annapolis entdeckt. Ein typischer Laden, der Barzahlung bevorzugte. Der Truck war schwarz lackiert mit grauer Innenausstattung. 4999,99 Dollar kostete er laut Preisschild. Erwartungsgemäß hatte er eine Menge Meilen auf dem Tacho und die eine oder andere Beule, befand sich ansonsten aber in vernünftigem Zustand. Er handelte den Verkäufer auf 4500 herunter und bezahlte ihn in Hundertern. Die einzige Komplikation ergab sich, als der Kerl einen Versicherungsnachweis sehen wollte. »Ist in Maryland so vorgeschrieben«, erklärte er Gould. Mist, daran hatte er nicht gedacht. Zum Glück wollte sich der andere den Deal nicht durch die Lappen gehen lassen, also notierte er ›wird nachgereicht‹ auf dem Kaufvertrag und bat Gould, ihm bei nächster Gelegenheit eine Kopie zu faxen.

Gould verließ das Gelände und stieß ein paar Meilen weiter auf eine gut sortierte Kfz-Werkstatt. Er blätterte weitere 1200 Piepen für neue Reifen, Keilriemen, Filter und einen Ölwechsel samt neuer Batterie hin. Der Verkäufer vorhin hatte zwar versichert, dass sich alles in bestem Zustand befand, doch Gould vertraute solchen Leuten nie blind. Wenn so viel auf dem Spiel stand, durfte er hinsichtlich der Fahrtüchtigkeit nichts dem Zufall überlassen. Als Nächstes machte er bei Home Depot halt, wo er eine Teleskopleiter, ein Kettenschloss, Werkzeuge, ein Verlängerungskabel, zwei Hochdruckschläuche, fünf verschiedene Arten

Tape, eine Rolle Plastikfolie, ein Teppichmesser, ein halbes Dutzend 20-Liter-Benzinkanister, zwei 150-Liter-Tanks mit Propangas und ein paar andere Kleinigkeiten besorgte. Der letzte Stopp des Abends galt Radio Shack. Dort kaufte er eine Funksteckdose mit Fernbedienung. Gould kehrte zum Hotel zurück, schloss seine Einkäufe im Truck ein und kettete die Leiter am Unterboden fest.

Danach weihte er Claudia in den Plan ein. Jeder Ärger, den er wegen der früheren Vorfälle verspürte, wurde durch die Tatsache verdrängt, dass Mitch Rapp morgen früh unter dem Messer landete. Seit Gould am Vormittag von dem Knieproblem des CIA-Agenten erfahren hatte, ging es bergauf. Rapps Frau hatte ihn dank ihrer Anrufe bei Freunden und Familienmitgliedern mit ständigen Updates versorgt. Sie berichtete ihnen, dass sich Rapp am nächsten Tag einer Arthroskopie am Knie unterzog. Dabei plauderte sie den kompletten Zeitplan aus. Wann sie im Krankenhaus sein mussten und wann sie mit der Rückkehr nach Hause rechnete. Gould blieb ein Zeitfenster von mindestens sieben Stunden für die finalen Vorbereitungen.

Claudia überließ Louis fast die gesamte taktische Feinarbeit. In diesem Fall äußerte sie nur einen Wunsch: Er solle es vermeiden, die Frau zu töten. Sie war nicht Teil des Kontrakts. Gould hatte damit gerechnet und verschwieg Claudia deshalb auch, dass Rapps Frau schwanger war. Er wollte versuchen, sie zu verschonen, aber nicht, falls es den Erfolg der Mission gefährdete. Statt einen Streit zu riskieren, versprach er ihr, dass Anna nichts passieren werde.

Er nutzte die Gelegenheit, Claudia seine Spielregeln zu nennen. Sie sollte das Hotel nicht verlassen, bevor sie ihr neues allmorgendliches Ritual hinter sich gebracht hatte.

Das fehlte noch, dass sie in der Öffentlichkeit auffiel, weil sie sich alle halbe Stunde übergeben musste. Claudia erklärte sich einverstanden. Sie wollte auf dem Zimmer bleiben, die Position von Annas Wagen überwachen und ihn über den Inhalt weiterer abgefangener Telefonate informieren. Nachdem die Planung festgezurrt war, packten sie alles zusammen. Gould wollte das Hotel im Pick-up vor Sonnenaufgang verlassen, Claudia sollte mittags auschecken, sofern Annas Auto zu dieser Zeit noch vor der Klinik parkte.

Gegen sechs Uhr morgens verließ Gould das Gebäude und stoppte an einer Tankstelle auf halbem Weg zwischen Hotel und Rapps Haus. Er trug Carhartt-Jeans, braune Arbeitsstiefel, ein blau-grau gemustertes Flanellhemd und ein Basecap von den Washington Nationals. Er hatte sich seit drei Tagen nicht rasiert und war auf dem besten Weg zu einem Vollbart. Gould tankte voll und füllte die sechs Benzinkanister, nahm noch eine Zeitung mit, bezahlte alles in bar und fuhr weiter. Bei einer anderen Tankstelle ein paar Straßen weiter ließ er die beiden Propangas-Behälter füllen.

Er hatte bereits gestern eine geeignete Stelle ausgekundschaftet und bog um exakt 6:22 Uhr auf den Parkplatz der kleinen Einkaufspassage ein. Er vergewisserte sich, dass der Peilsender ein stabiles Signal lieferte. Dabei stellte er fest, dass sich Riellys Auto nicht vom Fleck bewegt hatte. Sein Blick wanderte über den Highway. Bestimmt zum 20. Mal stellte er sich die Frage, wie groß die Chance war, dass sie nicht mit ihrem, sondern mit Rapps Wagen zur Klinik fuhren. In diesem Stadium konnte er nichts anderes tun als abzuwarten. Gould stellte den Truck ab, betrat die Starbucks-Filiale und bestellte einen schwarzen Kaffee zum Mitnehmen. Ein paar Minuten später trat er ins Freie und richtete sich auf eine hoffentlich kurze Wartezeit ein. Er fing an, die Zeitung zu lesen, um sich abzulenken. Um 6:31 Uhr signalisierte ein Piepen, dass sich das Auto samt Peilsender bewegte. Gould stieß einen erleichterten Seufzer aus. Das Ganze war wesentlich einfacher, solange sie genau wussten, wo sich Rapp und dessen Frau befanden.

Sechs Minuten später rauschte der blaue 5er-BMW an Gould vorbei. Rapp saß auf dem Beifahrersitz, seine Frau am Steuer. Gould registrierte es mit professioneller Gelassenheit. Statt sofort loszufahren, blieb er auf Position. So früh am Morgen wollte er keinen unnötigen Verdacht erwecken. Daher trank er in Ruhe den Kaffee aus, überflog die Zeitung und behielt den Peilsender im Auge. Um fünf Minuten vor sieben hielt Riellys Wagen in der Nähe des George-Washington-Universitätsklinikums. Er wartete eine weitere Viertelstunde, dann stieß er rückwärts aus der Parklücke und machte sich auf den Weg zu Rapps Haus. Eine knappe Meile weiter rief er Claudia auf dem Handy an. Sie nahm nach dem vierten Klingeln ab.

»*Allô.*«

Er biss sich beinahe die Zunge bei dem Versuch ab, sie nicht anzubrüllen, weil sie sich auf Französisch gemeldet hatte.

»Wie geht es dir?«, fragte er angespannt.

»Nicht gut«, kam die Antwort.

»Leg dich wieder hin. Ich wollte dir nur sagen, dass alles gut aussieht. Ich fahr jetzt rüber. Ich ruf gegen zehn an und bring dich auf den aktuellen Stand.«

»Okay.«

Gould beendete das Telefonat und umklammerte das Lenkrad mit beiden Händen. Claudia war nicht sie selbst.

Je früher er es hinter sich brachte, desto besser. Gould überlegte, ob es allein mit ihrer Schwangerschaft zu tun hatte oder auch mit dem wachsenden Burn-out. Die ersten Anzeichen waren ihm vor vier Monaten aufgefallen. Nach einem Einsatz in der Ukraine hatte sie flaschenweise Alkohol hinuntergestürzt und ihn jammernd gefragt, ob sie wohl in der Hölle landete. Als selbst ernannter Atheist versicherte er ihr, dass die Hölle gar nicht existiere. Daraufhin schüttelte sie ungestüm den Kopf, erklärte, da liege er falsch, und schluchzte unkontrolliert los.

Rückblickend ergab alles einen Sinn. Schwanger zu werden war ihr Ticket in die Freiheit. Damit setzte sie ihn unter Druck. Er unterstellte, dass sie die Pille bewusst abgesetzt hatte. Sie wollte einen Vorwand, um auszusteigen. Noch besser: um mit ihm gemeinsam auszusteigen. Gould verspürte im Gegensatz zu ihr zwar keine Schuldgefühle, aber er konnte ihren Wunsch nachvollziehen. Er wollte nur noch diesen einen letzten Job durchziehen. Noch maximal sieben Stunden, dann war alles vorbei. Rapp wurde ihm auf dem Silbertablett serviert. Nach der Operation dürften seine Instinkte und Reaktionen deutlich eingeschränkt sein. Eine solche Chance bot sich so bald nicht wieder. Sechs weitere Millionen winkten, wenn er es richtig anstellte. Insgesamt zehn Millionen für die Ermordung eines Mannes. Er musste jemandem mächtig ans Bein gepinkelt haben, um ein solches Kopfgeld zu rechtfertigen. Gould lächelte bei der Aussicht auf ein solches Vermögen. Es verschaffte ihnen echte Unabhängigkeit. Sie konnten leben, wo sie wollten, und in Luxus schwelgen. *Noch ein paar Stunden,* spornte er sich an. *Reiß dich zusammen und bleib konzentriert.*

Er erreichte die Straße, in der Rapp wohnte, setzte die Oakley-Sonnenbrille auf und fuhr langsamer, als ob er nach einer bestimmten Hausnummer suchte. Die Distanz von der Landstraße bis zum Ziel betrug exakt 2,4 Meilen. Gould fuhr an einem alten Ehepaar vorbei, das seine Hunde ausführte, sonst begegnete er niemandem. Er hoffte, dass es den ganzen Vormittag so ruhig blieb. Er rollte an Rapps Behausung vorbei bis zur Stelle, an der die Straße in einer Sackgasse endete. Dort wendete er und näherte sich von der anderen Seite. Alles sah gut aus. Rapps Wagen stand nicht in der Einfahrt, also parkte er vermutlich in der Einzelgarage.

Er chauffierte den Pick-up rückwärts in die lange Auffahrt und blieb etwa drei Meter vor der Garage stehen. Gould sprang aus der Tür und streifte dabei Arbeitshandschuhe über. Im selben Moment kam ein Hund um die Ecke geschossen. Er erstarrte. Der Hund bellte laut, allerdings nicht so, wie Gould es kannte, bevor ein solcher Köter einem an die Kehle sprang. Es klang eher spielerisch. Gould zog einen der Handschuhe aus und ging in die Hocke. Er streckte die Linke mit der Handfläche nach oben aus. Der Hund kam zögernd näher. Sobald er an ihm geschnuppert hatte, entspannte er sichtbar und ließ sich am Nacken kraulen.

»Du taugst nicht viel als Wachhund, was?«

Der Hund, eine Art Collie-Mischung, wedelte bloß mit dem Schwanz und sah Gould aus großen braunen Augen an. Der Franzose blickte sich suchend um. Ob das Tier einem der Nachbarn gehörte? Er konnte sich Rapp schwer als Besitzer einer so sanftmütigen Kreatur vorstellen. Der Abstand zu den angrenzenden Grundstücken auf beiden Seiten belief sich auf mindestens 50 Meter. Bäume und Büsche markierten die Grenze. Die Blätter hatten sich bereits verfärbt, hingen aber noch an den Ästen. Gould tastete nach einem Halsband. Er fand keins. *Das Wichtigste ist, sich ganz normal zu verhalten,* schärfte er sich ein. Falls jemand fragte, was er auf dem Grundstück trieb, wollte er behaupten, wegen eines Kostenvoranschlags für eine neue Dachrinne hier zu sein.

Gould stand auf und löste die Fixierung der Teleskopleiter. Er hob sie von der Ladefläche, trug sie zur linken Seite des Hauses und stellte sie dort auf. Sechs Schritte neben der Garage stand ein großer silberner Propangastank aus Metall. Er wurde auf drei Seiten von pyramidenförmig beschnittenen Zypressen verdeckt. Gould lief zum Tank und spähte auf die Füllstandsanzeige. Zu zwei Dritteln voll. Er nickte in sich hinein und ging an die Arbeit. Nachdem er die Leiter an die Mauer gelehnt hatte, ging er zurück zum Truck, holte die Rolle Plastikfolie, das Messer und das Tape. Er kletterte auf das Dach. Der Hund saß unten im Garten und beobachtete ihn. Glücklicherweise befand sich der Kamin mit den beiden Abzugsschächten auf der zum Wasser ausgerichteten Giebelseite. Von der Straße aus konnte man ihn nur sehen, wenn er sich direkt am Schornstein zu schaffen machte. Dort fing Gould an. Er riss vier lange Streifen vom Gewebeband ab und klebte sie vorn an die Jeans. Als Nächstes schnitt er ein größeres Stück von der Plastikfolie ab und legte sie über den Auslass des Kamins. Nachdem er sie an vier Seiten festgeklebt hatte, wickelte er ein längeres Stück Tape einmal rundherum, damit der Auslass luftdicht verschlossen war. Nach einer weiteren Minute hatte er auch den zweiten Schacht erledigt.

Er stieg vom Dach und lief zur Hinterseite. Kurz blieb er auf der Terrasse stehen und bewunderte die Aussicht. Ein paar kleinere Boote waren unweit der Küste auf dem

Wasser. Vermutlich Fischer aus dem Dorf. Gould beugte sich über das Geländer. Die Klippen fielen fast senkrecht ab. Zwei Boote waren unten festgemacht. Eins zum Wasserskifahren, ein zweites mit tiefem V-Rumpfdesign zum Fischen. Er trat an die raumhohen Terrassenfenster und spähte zur Kücheninsel. Ins Haus zu gehen schied aus. Ein Mann wie Rapp hatte garantiert alle erdenklichen Sicherheitsvorkehrungen getroffen.

Gould schloss die Runde um das Gebäude ab und kehrte zur linken Hausseite zurück. Die Klimaanlage war direkt zwischen Propangastank und Mauer installiert. Exakt dort, wo der Kühlschlauch durch die Wand geführt wurde, befand sich ein Entlüftungsschacht. Die 15 mal 15 Zentimeter große feuerverzinkte Klappe war schräg gestellt, wodurch unten eine knapp halb so hohe Öffnung war. Gould ging in die Hocke und entfernte mit einer Spitzzange die Aufhängung an der Innenseite. Dann holte er das Verlängerungskabel und den bei Radio Shack besorgten Funkstecker aus dem Truck. Letzteren stöpselte er in eine Außensteckdose, vergewisserte sich, dass er ausgeschaltet war, und huschte zum Ende der Einfahrt. Der Hund trottete ihm hinterher. Er richtete die Fernbedienung des Schalters auf die Garage, drückte einmal auf den Knopf und lief zurück. Zufrieden stellte er fest, dass der Funkschalter jetzt eingeschaltet war. Er kippte ihn zurück auf Aus und wickelte das Verlängerungskabel ab.

Bei der französischen Fremdenlegion hatte er eine Menge nützlicher Tricks gelernt. Dazu gehörte auch der Bau einer improvisierten Sprengvorrichtung. Gould schnitt das hintere Ende des Verlängerungskabels ab und legte die Isolierung frei. Er verdrillte die beiden frei gewordenen Drähte miteinander und fädelte das Ergebnis seiner Bemühungen durch die Klappe des Entlüftungsschachts. Zweieinhalb Meter mussten reichen. Der Stecker des Kabels wanderte in den durchgeschleiften Anschluss der Funksteckdose. Jetzt wurde es etwas knifflig. Gould wickelte die zwei Hochdruckschläuche ab und verklebte die Öffnungen mit Plastikfolie. Nun blieb nur noch eins zu tun. Er hievte die zwei Propangastanks von der Ladefläche, schloss die Schläuche an und öffnete die Ventile.

Der Hund trabte heran und legte ihm einen dreckigen Tennisball vor die Füße. Gould hob ihn auf und schleuderte ihn Richtung Straße. Kurz darauf war der Köter mit seiner Beute zurück. Er warf den Ball erneut in hohem Bogen weg und schielte auf die Uhr. Zehn nach acht. Den Inhalt der Tanks ins Haus zu leiten dauerte etwa fünf Minuten. Zwischen den einzelnen Ballwürfen schnappte er sich alle Benzinkanister bis auf zwei und trug sie zur seitlichen Mauer. Gould kniete sich hin und lauschte, ob noch Propan aus den Behältern floss. Das Zischen hatte aufgehört, also schloss er die Ventile und zog vorsichtig die Hochdruckschläuche ab. Er verschloss die vorderen Öffnungen sicherheitshalber mit weiterem Gewebeband, dann platzierte er die rechteckigen Benzinkanister in gleichmäßigen Abständen zwischen Haus und Propangasspeicher.

Mit einem Schraubenschlüssel mit Gummigriff kroch er unter den großen Metallbehälter und löste vorsichtig das Ventil, durch das der gasförmige Inhalt des Tanks unterirdisch ins Haus geleitet wurde. Nach jeder halben Drehung hielt er kurz inne und lauschte. Er wollte das Ventil nicht zu weit öffnen. Ansonsten rochen die Nachbarn womöglich das ausströmende Gas und meldeten ein Leck. Oder Rapp und seine Frau taten es, wenn sie nach

Hause kamen. Nach einer weiteren Vierteldrehung ertönte ein leises Zischen und Gould stieg ein Hauch von flüssigem Propan in die Nase. Er verharrte für ein paar Minuten am selben Fleck und vergewisserte sich, dass das Gas kontinuierlich ausströmte. Das war der Fall, also krabbelte er aus dem Versteck und schraubte die Deckel der Benzinkanister ab.

Sofern alles nach Plan lief, wurden die Kanister bei der initialen Explosion umgestoßen. Der ausströmende Treibstoff würde zur Unterseite des großen Tanks fließen und vom Feuerball aus dem Haus entzündet, was in Verbindung mit dem Leck des Tanks eine Kettenreaktion anstieß. Durch die nachfolgende Explosion würden dann sämtliche Spuren von Verlängerungskabel, Funkschalter und Benzinkanistern ausgelöscht, und das ganze Haus vermutlich gleich mit. Aufgrund der fehlenden Beweise deutete dann alles auf eine Schuld der Chesapeake Bay Propane Company hin.

38

Rapp erwachte erschöpft und desorientiert aus seinem medikamentös herbeigeführten Schlaf. Nach einem kurzen Moment stellte er fest, dass er sich in einem Krankenzimmer befand. Er schielte am Körper entlang zum Knie. Sein Bein war noch da, aber er konnte es nicht spüren. Es hing in einer Schlinge und war mit einer Decke verhüllt. Ihre Berührung war so zart, dass er erst gar nicht merkte, dass sie seine Hand hielt. Langsam drehte er den Kopf und versank in den herrlich grünen Augen seiner Frau. Er blinzelte mehrmals und schaute sich um. Die Gardinen waren geschlossen. Er hatte keine Ahnung, wie lange er weggetreten gewesen war. Als er zu Anna sah, strahlte sie ihn mit ihrem perfekten Lächeln an und fragte ihn, wie er sich fühlte.

»Durstig«, antwortete er heiser.

Sie fuhr das Kopfteil des Bettes ein paar Grad nach oben und flößte ihm etwas Wasser durch einen Strohhalm ein. »Der Doktor sagt, du hast dich tapfer geschlagen.«

Rapp sah sich erneut um. »Wie spät ist es?«

»Kurz vor elf.«

»Vormittags?«

»Ja.«

Rapp rieb sich die Augen. »Wann können wir endlich hier weg?«

Sie lächelte. »Ich habe denen schon gesagt, dass du keine Sekunde länger bleiben wirst als unbedingt nötig.«

»Kannst du die Gardinen aufziehen?«

Rielly stand auf und schob den schweren grauen Stoff zur Seite.

Rapp kniff die Augen zusammen wie ein Mann, der extrem einen über den Durst getrunken hatte und mit pochendem Schädel ohne Sonnenbrille der grellen Mittagssonne ausgesetzt wurde. Anna wusste, dass sie keine Chance hatte, ihn zu weiteren zwei Stunden Bettruhe zu überreden, also ging sie nach draußen, um den behandelnden Arzt zu holen. Sie kehrten einige Minuten später zu zweit zurück. Der Doc zog das Tuch von Rapps Beinen weg, wickelte vorsichtig die Bandage ab und entfernte den Kühlpack. Rapp betrachtete sein Knie. Es war ganz gelb vom Jod, das sie während der Operation zur Desinfektion der Wunde benutzt hatten. Überrascht stellte er fest, dass die Schwellung relativ harmlos war. Das sagte er auch. Der Arzt erklärte ihm, der Eingriff sei sehr gut verlaufen. Er habe den Knorpelschaden behoben und zwei Knochensporne entfernt, die vermutlich für einen Großteil der Beschwerden verantwortlich gewesen seien.

»Haben Sie schon wieder Gefühl im Gelenk?«, erkundigte er sich.

Rapp überlegte, welche Antwort ihn am schnellsten nach Hause brachte. »Ein bisschen.«

»Tut es weh?«

Rapp zuckte die Achseln.

Der Doktor nickte. »Da Sie schon so lange mit diesem Teil durch die Gegend rennen, haben Sie vermutlich eine hohe Toleranzschwelle für Schmerz entwickelt. Ihre Frau meinte, Sie wollen uns so früh wie möglich verlassen.«

»Jup.«

»Wie fühlen Sie sich?«

»Großartig«, log er. Ihn quälten rasende Kopfschmerzen und eine leichte Übelkeit.

»Ihre Frau sagt, Sie wollen auf keinen Fall etwas Stärkeres als eine Tylenol Three schlucken.«

Rapp nickte.

»Gut. Falls Sie es sich anders überlegen, rufen Sie an, dann verschreiben wir Ihnen etwas Wirksameres.«

»Die Tylenol sind völlig ausreichend.«

»Ich lasse Ihnen einen Fünftagesvorrat von der Schwester mitgeben. Sie sind in großartiger körperlicher Verfassung und werden sich rasch erholen.«

Rapp setzte sich etwas aufrechter hin. »Wann kann ich wieder mit dem Laufen anfangen?«

»Normalerweise würde ich Ihnen raten, ganz damit aufzuhören, aber da das in Ihrem Fall keinen Sinn hat, empfehle ich, mindestens einen Monat zu pausieren.«

»Einen ganzen Monat?« Die Antwort schien Rapp so gar nicht zu gefallen.

In Wahrheit hielt er zwei Wochen für ausreichend, aber der Arzt hatte ständig mit solchen Patienten zu tun. Egal was man ihnen sagte, sie teilten die Zeitspanne eigenmächtig durch zwei. »Sie können in vier Tagen vorsichtig anfangen, auf dem Ergometer zu trainieren, und locker schwimmen, solange es nicht wehtut, aber beim Laufen sind wirklich mindestens vier Wochen Pause nötig. Gehen Sie es Schritt für Schritt an. Zunächst mal die nächsten 48 Stunden überstehen und alle zwei Stunden frisches Eis auf die Wunde packen.« Er sah Anna an. »Wenn er heute Abend ins Bett geht, legen Sie das Knie mit ein paar Kissen hoch und kühlen es. Versuchen Sie, mindestens einmal nachts aufzustehen und den Eispack zu wechseln. Vor allem muss er sich schonen und das Gelenk auch tagsüber erhöht lagern.«

»Wann kann ich gehen?«, fragte Rapp erneut.

»Ich kümmere mich um den Entlassungsschein, dann sind Sie in kürzester Zeit erlöst.«

In kürzester Zeit, das waren in Rapps Universum höchstens 15 Minuten. Der Arzt spannte ihn jedoch eine volle Stunde auf die Folter. Es war 12:07 Uhr, bis sie ihn aus dem Vorderausgang der Klink rollten. Er trug kurze Trainingsshorts und ein blaues Syracuse-T-Shirt. Das Knie war bandagiert, und zum ersten Mal fiel ihm auf, dass ihm jemand eine graublaue Wollsocke über den linken Fuß gezogen hatte. Anna fuhr mit dem Wagen ganz dicht an den Bordstein heran und erwartete ihn neben der geöffneten Beifahrertür. Bevor der Krankenpfleger reagieren konnte, kämpfte sich Rapp aus dem Stuhl, hielt sich mit einer Hand am Türrahmen und mit der anderen am Wagendach fest.

Er zwängte sich hinein und ließ sich langsam auf den Sitz sinken. Anna half ihm beim Anschnallen und schloss die Tür.

Sie setzte sich ans Steuer und fuhr los. »Du musst völlig verhungert sein.«

Rapp wühlte im Handschuhfach und entdeckte eine alte Sonnenbrille, die er dort hineingelegt hatte. Obwohl der Himmel leicht bedeckt war, machte ihm die Helligkeit zu schaffen. »Nicht wirklich«, antwortete er. »Muss an den ganzen Medikamenten liegen.«

»Also direkt nach Hause?«

»Jawohl.«

Sie kämpften sich durch den leichten Mittagsverkehr und näherten sich knapp zehn Minuten später dem Beltway. Rapp ging es langsam besser. Vor ihnen erspähte er einen goldenen Bogen und merkte erst jetzt, wie hungrig er war.

»Lass uns bei diesem McDonald's da rechts anhalten.«

»McDonald's?«, hakte sie missbilligend nach. Rielly achtete sehr auf gesunde Ernährung.

»Sei so lieb, Schatz. Mir hängt der Magen in den Kniekehlen.«

»Na schön.« Zögernd setzte sie den Blinker.

Einige Sekunden später hielten sie vor der Sprechanlage des Drive-in-Schalters und Rapp gab seine Bestellung auf. Als er fertig war, fragte er Anna, ob sie auch etwas wollte. Sie ließ sich erweichen, eine Diet Coke und eine kleine Portion Pommes zu ordern.

Zurück auf dem Highway riss Rapp die Umverpackung des Big Mac wie ein Besessener auf. Während er die Cola hinunterstürzte und sich Fritten in den Mund schaufelte, vernichtete er den Burger in Rekordzeit und stürzte sich dann auf einen Royal TS mit Käse.

Anna nippte an ihrer Diet Coke und runzelte die Stirn. »Schling nicht so, Schatz.«

Rapp futterte weiter und sie konzentrierte sich auf den Verkehr. Er hatte die letzten Krümel verspeist und schlürfte die Reste aus dem Becher, als sie in ihre Straße einbogen. Er lehnte sich zurück. »Das hat wirklich gut geschmeckt. Ich werd trotzdem das Gefühl nicht los, diese Mahlzeit später zu bereuen.«

»Vielleicht weil du auf einen Schlag deinen Tagesbedarf an Kalorien und genug Fett, Salz und Zucker für eine ganze Woche zu dir genommen hast.«

Rapp wusste, dass sie recht hatte. Die Vorlage war dennoch zu verlockend. »Oh, aber es hat wirklich köstlich geschmeckt.«

»Du wirst es definitiv bereuen.«

Rapp sah auf die Straße. Fast hatten sie ihr Haus auf der linken Straßenseite erreicht. Schweiß bildete sich auf seiner Stirn und an der Unterlippe. Sein Magen rumorte und er fühlte sich leicht benommen. Er schaute Anna an und gestand: »Ich glaube, ich bereue es jetzt schon.«

39

Nach dem Verlassen des Hauses fuhr Gould nach Annapolis und entsorgte die Leiter in einem Hinterhof. Auf der Riva Road wischte er die Griffe der Propangasbehälter ab und ließ sie hinter einer Tankstelle zurück. Die restlichen Sachen mit Ausnahme der zwei übrig gebliebenen Benzinkanister packte er in einen Müllsack und warf ihn in einen Container bei einem Supermarkt. Um 10:23 Uhr erreichte er das Hotel und stellte erleichtert fest, dass Claudia ihn mit gepackten Koffern erwartete und startklar war. Gould schlüpfte in seine Bike-Klamotten und suchte mit ihr zusammen alles nach möglicherweise noch nicht beseitigten Fingerabdrücken ab. Als sie damit fertig waren, checkte er über die Expressfunktion am Fernseher aus. Sie verließen das Hotel durch den Seitenausgang.

Gould öffnete die Heckklappe des gemieteten Ford Explorer und hievte sein Mountainbike auf die Ladefläche. »Noch irgendwelche Fragen?«, erkundigte er sich bei Claudia.

Kurz wirkte es, als ob sie etwas sagen wollte, dann schüttelte sie lediglich den Kopf.

»Fahr nach Galesville und geh ein bisschen shoppen. Gönn dir ein Mittagessen, wenn du willst, aber achte drauf, dass du mit dem Handy ständig Empfang hast. Sobald ich auf Position bin, ruf ich an.«

Claudia streckte die Hand nach seinem Gesicht aus. »Ich weiß, du machst dir Sorgen um mich, aber das ist nicht nötig. Ich wünsche mir noch mehr als du, dass wir es hinter uns bringen.«

Genau das hatte Gould hören wollen. Er legte die Hand um ihre Taille. »Gut. Dann sei für den Fall vorbereitet, dass ich dich brauche.« Er küsste sie auf die Lippen und flüsterte ihr ins Ohr: »Lass uns die nächsten paar Stunden durchstehen, dann lassen wir das alles hinter uns.«

Sie schlang ihm die Arme um den Hals und drückte ihn. »Ich liebe dich.«

»Ich liebe dich auch.« Gould hielt sie lange fest, dann öffnete er ihr die Tür zum Einsteigen. »Ich seh dich in ein paar Stunden.«

In der ersten Nacht, als sie Rapps Frau nach Hause gefolgt waren, hatte Gould den schmalen Pfad am Ende der Sackgasse übersehen. Am nächsten Morgen, als sie mit den Rädern hinfuhren, war er ihm dafür sofort ins Auge gesprungen. Es gab kein Schild. Ohne Claudia darauf hinweisen zu müssen, war sie ihm sofort hinterhergefahren. Gould ging davon aus, dass niemand den Weg gezielt angelegt hatte. Es war einfach nur ein Trampelpfad, entstanden durch häufige Benutzung. Sie folgten ihm fast eine Meile durch den Wald, bis er sich teilte. Nach links führte er zu einem kleinen öffentlichen Strandabschnitt, rechts vereinigte er sich mit einer Schotterpiste, die an einem schmalen Grasstreifen entlangführte. Gould fuhr ihn ab und gelangte von dort aus zurück zur Landstraße. Er markierte sich die Stelle auf der Karte. Auf dem Rückweg fielen ihm mehrere Stellen auf, an denen sich ein Fahrzeug abstellen ließ.

Er befand sich nun auf jener Straße. Bislang ließ ihn das Glück nicht im Stich. Weit und breit war niemand zu sehen. Vor sich erkannte er die große Eiche an der am Vortag markierten Stelle und lenkte den Truck auf die abzweigende Schotterpiste. Dann setzte er Rucksack und Helm auf und holte sein Mountainbike. Als er gerade auf den Sattel steigen wollte, piepte das Ortungsgerät im Rucksack. Gould setzte ihn ab und stellte bei einem Blick auf das Display fest, dass sich Riellys Auto in Bewegung gesetzt hatte. Er fixierte es mit einem Karabinerhaken am Riemen des Rucksacks und fuhr los. Er wollte auf Position sein, bevor Rapp und seine Frau eintrafen.

Es dauerte bloß fünf Minuten, mit dem Rad durch den Wald zu fahren. Er fuhr ein paar Hundert Meter an Rapps Haus vorbei und machte dann kehrt. Da sich niemand in der Nähe aufhielt, sprang er beim zweiten Vorbeirollen vom Rad und trug es mit der rechten Hand. Vorsichtig lief er über den Rasen, duckte sich unter die belaubten Zweige im Vorgarten und wich dabei anderen Pflanzenhindernissen aus. Weit musste er nicht, um eine anständige Deckung zu finden. Nur etwa sechs, sieben Meter. Er stellte das Bike neben sich hin und setzte den Rucksack ab, schlüpfte in ein Regencape mit Camouflage-Optik und zog die 9-Millimeter-Glock heraus. Er schraubte den Schalldämpfer vor die Mündung und ließ eine Patrone in die Kammer gleiten. An der Unterseite des Rucksacks gab es eine große Reißverschlusstasche.

Gould öffnete sie vollständig und ließ die Pistole mit dem Schalldämpfer voran hineingleiten. Er schulterte den Rucksack erneut und vergewisserte sich, dass er das Fach an der Unterseite bequem erreichen konnte. Nicht ideal, aber es ging.

Gould klappte das Handy auf und tippte Claudias Nummer ein. Sie ging gleich beim ersten Klingeln ran. »Sie sind unterwegs.«

»Gut. Ist alles bereit?«

»Ja.«

»Wenn du mich brauchst, melde dich.«

»Natürlich. Wir sehen uns in Kürze.« Er trennte die Verbindung und aktivierte den Lautlos-Modus, legte sich flach auf den Bauch, breitete das Cape über dem Oberkörper aus und tarnte dabei große Teile des Bikes gleich mit. Das matte grün-braune Muster verschmolz nahezu perfekt mit dem Blattwerk der Umgebung. Die Luft fühlte sich schwer an, als ob es bald regnete. Durchaus wünschenswert, sofern der Wolkenbruch nicht zu früh kam. Erst musste das Feuer den Großteil der Beweise vernichten. Anschließend durfte der Niederschlag gern die Überreste wegschwemmen.

Gould konzentrierte sich auf den GPS-Tracker und verfolgte minutiös das Herannahen des Fahrzeugs. Als sie nur noch zwei Meilen entfernt waren, schaltete er das Gerät ab und griff zur Fernbedienung für die Funksteckdose. Ein kleines schwarzes Kästchen, das aussah wie der Funkschlüssel einer modernen Limousine. Er achtete darauf, den Taster nicht versehentlich zu drücken, hielt das Gehäuse locker in der rechten Hand und bemühte sich, ruhig zu atmen.

Kurze Zeit später hörte er einen näher kommenden Automotor. Er schloss die Augen und konzentrierte sich auf das Geräusch. Sie mussten es sein. Der Motor wurde lauter. Gould drehte den Kopf etwas nach links, um einen Blick auf den Wagen zu erhaschen. Zu viele Äste im Weg. Gould blieb liegen und wartete ab. Geduld gehörte zu den entscheidenden Faktoren eines erfolgreichen Hinterhalts. In einer Minute war alles vorbei, solange er stillhielt. Rapp würde das Haus betreten und sterben. Niemand hatte mitbekommen, dass der Franzose hier gewesen war. Obwohl der Verdacht in der Luft lag, dass jemand nachgeholfen hatte, ließ es sich nicht beweisen. Rapps Feinde waren Terroristen. Männer, denen man nicht gerade ein subtiles Vorgehen nachsagte. Welcher Terrorist würde sich die Mühe machen, Rapps Tod wie einen Unfall aussehen zu lassen? Keiner. Eher wären sie mit einer Autobombe durch die Haustür gebrettert und hätten im Nachgang sämtliche Fernsehsender der Umgebung informiert, um sich für die Ermordung von Mitch Rapp angemessen feiern zu lassen. Sowenig es ihnen gefiel, dass ihr größter Krieger gegen den Terror bei einer schnöden Gasexplosion ums Leben kam, einem alltäglichen Unfall, blieb den Amerikanern keine Wahl als es zu akzeptieren und ihr Misstrauen zur Seite zu schieben.

Das Auto näherte sich und war fast auf Höhe seiner Position, als er es zum ersten Mal zu Gesicht bekam. Der BMW bremste und bog in die Einfahrt. Gould sah kurz das Profil von Rapp. Die Härchen an seinem Arm stellten sich auf. Er zwang sich, noch etwas länger in Deckung zu bleiben. Als der Wagen vor der Garage stoppte, richtete er sich in einer niedrigen Hocke auf.

Er achtete darauf, dass ein benachbarter Baum den Großteil seines Körpers verdeckte. Die Tür auf der Fahrerseite ging zuerst auf. Rapps Frau sprang heraus. Gould betrachtete sie mit absoluter Gleichgültigkeit. Ihr Schicksal war ihm egal. Sie wusste, womit ihr Mann sein Geld verdiente, und war das, was die Amerikaner üblicherweise als Kollateralschaden bezeichneten. Angesichts der Bedeutung der Mission ließ sich ihr Verlust verkraften. Gould zweifelte nicht, dass Rapp es im umgekehrten Fall ähnlich beurteilt hätte.

Anna stürmte auf die andere Seite und öffnete die hintere Tür. Sie beugte sich in den Fond und zog ein Paar Krücken heraus. Die Beifahrertür schwang auf und ein Bein zeigte sich. Gould verkrampfte nur ganz leicht. Rapp hielt sich am Rahmen fest und mühte sich ins Freie. Der Hund, der Gould am Vormittag auf Schritt und Tritt gefolgt war, kam angerast. Da sie sich eher darauf konzentrierten, Rapp ins Haus zu bringen, als den Hund zu begrüßen, blieb das Rätsel ungelöst, ob er ihnen oder einem Nachbarn gehörte. Ihm fiel auf, dass Rapp nicht besonders fit wirkte. Das lag vermutlich an der Operation. Er humpelte auf einem Bein los und stieß sich mit den

Gehhilfen ab. Zu zweit liefen sie die Einfahrt entlang. Der Hund folgte ihnen. Nun kehrten sie Gould den Rücken zu. Er richtete sich langsam auf, behielt den Poncho über Kopf und Schultern und blieb in der Hocke. Langsam arbeitete er sich in Richtung Straße vor. Er hörte so gut wie nichts. Keine Autos, nur ein bisschen Vogelgezwitscher.

Der Franzose hatte gerade den Waldrand erreicht, als Rapps Frau den Schlüssel ins Schloss der Haustür steckte. Gould ließ den Poncho fallen und starrte die kleine schwarze Fernbedienung in seiner Hand an. Falls die Entfernung zum Auslösen zu groß war, konnte er notfalls immer noch hinsprinten. Die Tür ging auf und sie trat zuerst ein. Rapp blieb eine gefühlt endlose Sekunde auf der Schwelle stehen, dann folgte er ihr. Gould drückte auf die Taste. Nichts passierte. Er drückte sie erneut und näherte sich. Er richtete das Gehäuse zielgenau auf die Garage. Noch immer geschah nichts. Gould hatte gerade den Vorgarten erreicht und wollte es noch einmal probieren, da fiel ihm auf, dass sie die Wagentür offen gelassen hatten. Er zögerte kurz und begriff, dass Rielly noch einmal herauskommen musste, um sie zu schließen. Sein Finger schwebte über dem Auslöser. Claudias Bitte, Rapps Frau nicht zu verletzen, hallte durch seinen Kopf. Gould fluchte unterdrückt.

Ihm bot sich keinerlei Deckung, nur die offene Einfahrt und der Rasen vor dem Haus. Links standen Bäume und ein paar Sträucher. Gould setzte zu einem Sprint an und zählte leise die Sekunden. Die Haustür blieb bestimmt noch eine Minute offen stehen, wenn nicht sogar länger. So lange wollte er aber auf keinen Fall warten. Er gab ihr zehn Sekunden, keine einzige mehr. Als er das Beet mit dem Cluster blauer Hortensien erreichte, waren bereits fünf davon verstrichen. Er stand nun etliche Meter dichter am Haus als heute Vormittag bei seinem Test. In diesem Moment bemerkte er, dass ein Wetterumschwung in der Luft lag. Statt hinter den Hortensien abzutauchen, lief er weiter und fixierte dabei die Haustür. Nach acht Sekunden hörte er ihre Stimme aus dem Haus. Er hielt den Arm nach wie vor ausgestreckt, war bei zehn angelangt und drückte den Auslöser. Exakt in diesem Moment erschien sie in der Öffnung. Gould hätte schwören können, dass sie für einen Sekundenbruchteil Augenkontakt zu ihm herstellte. Dann zerriss eine Explosion die Stille des Nachmittags. Ein orangeroter Feuerball schoss aus dem Inneren und ließ Glas, geborstenes Holz und Rapps Frau durch die Luft segeln.

Gould duckte sich und vergrub den Kopf zwischen den Armen. Die erste Explosion machte ihm keine größeren Sorgen. Eher schon der große Propangastank, wenn er in die Luft flog. Er sollte recht behalten. Die zweite Explosion fiel deutlich heftiger aus und erzeugte eine starke Erschütterung, die ihn zusammen mit einer Hitzewelle aus der Hocke zu Boden riss. Trümmer regneten auf ihn herab und er kämpfte um sein Gleichgewicht. Er trug zwar noch Brille und Fahrradhelm, doch beides hing krumm und schief am Kopf. Als er das Gestell zurechtrücken wollte, schoss ein stechender Schmerz durch seinen linken Arm. Gould stellte fest, dass die Haare am Unterarm versengt waren und sich die Haut blassrosa verfärbt hatte. Die Ohren klingelten und er fühlte sich leicht desorientiert. Ihm fiel ein, dass er noch eine letzte Sache zu erledigen hatte, ignorierte den Schmerz und näherte sich dem BMW. Er wollte den Peilsender und die Wanze entfernen. Nach einem Schritt hielt er inne. Die Limousine brannte lichterloh. Zögernd stand er da. Eine Stimme im Kopf forderte ihn auf, endlich Land zu gewinnen.

Gould hastete zum Wald, hob im Rennen den Poncho auf und stopfte ihn in den Rucksack. Mit dem Rad stolperte er in Richtung Straße. Vorher schaute er in beide Richtungen, ob jemand kam. Die Umgebung wirkte nach wie vor wie ausgestorben. Die Räder des Bikes touchierten den Asphalt. Ein letztes Mal blickte er zum Haus oder dem, was davon übrig war. Die Explosionen hatten das Dach und einen Großteil der Garage zerstört. Die Bäume standen in Flammen, ebenso der BMW, sie züngelten sekündlich höher gen Himmel.

Gould trat in die Pedale. Er wich einer Holzlatte aus, an der noch Dachziegel hingen. Der Rasen im Vorgarten glich einem Schlachtfeld. Hinter einem Baum, gut zehn Meter von der Haustür entfernt, ragten zwei Beine unter einem Schutthaufen hervor. Rielly hatte bei der Zündung am Eingang gestanden und musste dort aufgekommen sein. Gould dachte nicht großartig darüber nach, aber es war gut möglich, dass sie noch lebte. Er musste jedenfalls so schnell wie möglich hier verschwinden. Die lauten Schläge dürfte man selbst in größerer Entfernung gehört haben. Sicher rückten bald die ersten Neugierigen an. Gould erhob sich aus dem Sattel und trat mit gesenktem Kopf voll in die Pedale.

40

Baltimore, Maryland

Rapps Augenlider flatterten und klappten dann auf. Er blickte hoch in schwaches Licht und auf akustische Deckenfliesen. *Wo zum Teufel bin ich?*, überlegte er. Er versuchte, den Kopf zu heben, doch sein Körper verweigerte die Zusammenarbeit mit dem Gehirn. Einen Moment verharrte er komplett regungslos. Nichts ergab einen Sinn. Endlich schaffte er es, den Kopf leicht nach rechts zu bewegen. Es schien eine fast übermenschliche Anstrengung zu erfordern. Sein Blick fiel auf ein Fenster mit vorgezogenen Sichtblenden. Da seitlich keine Helligkeit eindrang, ging er davon aus, dass es Nacht war. Er sah einen leeren Stuhl und ein seitlich am Bett angebrachtes Metallgitter. Das kam ihm halbwegs bekannt vor. Er blinzelte und betrachtete seinen Arm. Ein Infusionsschlauch ragte aus dem Handrücken. *Ich bin in einem Krankenhaus.* Ihm fiel die Knieoperation ein. Für eine Sekunde passte alles zusammen. Bis ein beunruhigendes Gefühl von Déjà-vu einsetzte. Da stimmte etwas nicht. Er war längst aus der Klinik entlassen worden.

Was zum Henker mach ich wieder hier?

Er rollte den Kopf auf die andere Seite und stellte fest, dass sein rechter Arm eingegipst war. Seine Augenbraue zuckte irritiert nach oben. Was war hier los? Er spähte zur Tür und die Erinnerungen setzten ein. Er hatte das Krankenhaus verlassen. Er wusste noch, wie er mit seiner Frau nach Hause gefahren war. Dann, wie er das Haus betrat und sich unwohl fühlte. Er hatte Krücken benutzt und war zum Hinterausgang gelaufen, weil er hoffte, dass ihm etwas frische Luft guttun würde. Kaum hatte er draußen auf der Terrasse gestanden, da … Ab diesem Punkt streikte sein Verstand. Rapp blickte erneut hinauf zur Decke und überlegte, ob er das Bewusstsein verloren hatte. Er hob den rechten Arm, um sich im Gesicht zu kratzen, doch der verweigerte den Gehorsam. *Richtig, der Gips.* Für einen kurzen Augenblick befürchtete er, gelähmt zu sein, doch er konnte mit den Fingern wackeln.

Ich muss ohnmächtig geworden sein. Alles andere ergibt keinen Sinn.

Rapp hatte seit jeher empfindlich auf Medikamente reagiert. Er spielte noch einmal seine letzte Erinnerung auf dem hinteren Sonnendeck des Hauses durch. Er hatte am Geländer gestanden und tief ein- und ausgeatmet. Gar keine Frage, das im Rekordtempo verschlungene Fast Food hatte ihm nicht gutgetan. Rapp sah die steile Treppe vor sich, die runter zum Anleger führte, und die Krücken.

Ich muss das Gleichgewicht verloren haben und gestürzt sein. So hab ich mir auch den Arm gebrochen.

Er registrierte eine Bewegung in der Nähe der Tür und drehte den Kopf, um nachzuschauen. Bereits diese leichte Anstrengung jagte einen brutalen Schmerz von der Halsregion in die Schläfen. Rapp zuckte zusammen, als sich hinter der Stirn ein starkes Pochen bemerkbar machte. Er erkannte, dass offenbar mehr als nur sein Kopf Schaden genommen hatte. Er atmete tief durch. Es fühlte sich an, als ob ihm jemand ein Messer in die Seite rammte. Eine Gestalt trat durch die Tür. Seine Augen scheiterten am Fokussieren. Kurz glaubte er seine Frau zu erkennen, doch als die Silhouette aus dem Schatten in den blassen Lichtkreis trat, stellte er fest, dass es Irene Kennedy war. Sie kam näher, und er sah, dass sie geweint hatte. Die Verletzungen mussten schlimmer als erwartet sein.

Sie legte ihm die Hand auf die Wange und sagte: »Wir haben uns eine Zeit lang große Sorgen um dich gemacht.«

»Wo bin ich?«, fragte er flüsternd.

»Im Johns Hopkins.«

Eine zweite Person betrat das Zimmer. Ein Mann, den Rapp nicht erkannte. »Wo ist Anna?«

Kennedy begann zu sprechen und brach ab. Ihre Augen füllten sich mit Tränen. »Mitch, es gab eine Explosion.«

»Wo ist Anna?«, fragte er mit deutlich lauterer Stimme. Plötzlich standen zwei weitere Menschen im Zimmer. Kräftige Männer in Krankenpflegermontur. Rapp starrte Kennedy mit Panik im Blick an.

Die Tränen tropften nun ungehindert auf ihre Wangen, die Unterlippe bebte.

»Sag schon, verdammt!«, brüllte er. »Wo ist Anna?«

Kennedy starrte zu Boden. »Sie wurde bei der Explosion getötet.«

Rapps kompletter Körper verkrampfte. Aus seiner Kehle drang ein erstickter Schrei. Trotz Wut, Schock, Angst und Verzweiflung, die in ihm um Vorherrschaft rangen, gelang es ihm irgendwie, sich halb aus dem Bett zu kämpfen, bevor die beiden Bediensteten und der Doktor heraneilten und ihn zurück auf die Liege drückten.

Kennedy hatte den Arzt gewarnt, dass Rapp nach dem Aufwachen vermutlich fixiert werden musste. Dieser ratterte daraufhin eine Liste von Mitchs Verletzungen herunter: zwei gebrochene Rippen, eine Fraktur im rechten Arm, eine schwere Quetschung am rechten Oberschenkel, das frisch operierte linke Knie und Schwellungen im hinteren Gehirnbereich. Er versicherte Kennedy, dass sich der Patient mit solchen Blessuren nicht von der Stelle rühren konnte, zumindest für eine gewisse Zeit.

Während die Pfleger ihn auf die Matratze pressten, rammte der Arzt eine Nadel in sein Bein und injizierte ihm eine Substanz. Nach etwa zehn Sekunden erlahmte Rapps Gegenwehr. Die Männer ließen ihn los und traten einen Schritt zurück. Rapp lag unbeweglich da und starrte an die Decke. Eine einzelne Träne lief aus dem rechten Augenwinkel und hinterließ eine feuchte Spur auf der Wange.

Viel war vom Haus nicht übrig, abgesehen von den stahlverstärkten Türrahmen, dem Kamin, einem kleinen Teil der Treppe und einigen kohlrabenschwarz verfärbten Bolzen, die aus der qualmenden Ruine des Erdgeschosses ragten. Die Szene wurde von tragbaren Scheinwerfern illuminiert. Gasbetriebene Generatoren summten in der Nacht, während Feuerwehrleute die Trümmer mit Äxten und langen Brechstangen durchforsteten. Skip McMahon verfolgte ihre Bemühungen vom Ende der Einfahrt aus. Er war ein kräftiger Typ, brachte bei 1,82 fast 110 Kilo auf die Waage. Seit 35 Jahren arbeitete er für das FBI, doch die Sache ging ihm an die Nieren. Er kannte sowohl Rapp als auch dessen Frau und mochte sie. Kennedy hatte ihn angerufen und gebeten, das Grundstück wie einen potenziellen Tatort zu behandeln, obwohl der zuständige Sheriff des Anne Arundel County die Sache als Explosionsunfall einstufte.

Unter normalen Umständen hätte das FBI keinen Zugriff erhalten, doch da Rapp für eine Bundesbehörde arbeitete, fielen die Ermittlungen in ihren Zuständigkeitsbereich, sofern sich herausstellte, dass Vorsatz im Spiel war. Fürs Erste sollten McMahon und die Agenten, die er aus dem Field Office in Washington mitgebracht hatte, bloß beobachten und niemandem auf die Füße treten. Das Sheriff Department von Anne Arundel war finanziell gut ausgestattet und arbeitete professionell. McMahon hatte über die Jahre hinweg oft genug mit örtlichen Gesetzeshütern zu tun gehabt, um zu wissen, dass man die Lage unnötig verkomplizierte, wenn man seine Kompetenzen zu sehr raushängen ließ.

Er lehnte sich gegen die Dienstlimousine und trank einen Schluck lauwarmen Kaffee. Der Sheriff kam zu ihm und blieb einige Schritte entfernt stehen. McMahon kannte ihn von einer früheren Zusammenarbeit im Rahmen der DC-Baltimore Joint Terrorism Task Force. Der andere fing an zu reden. Obwohl McMahon seine Einschätzung nicht teilte, hörte er geduldig zu.

»Sie werden das nicht gern hören, Skip, aber solche Explosionen kommen mindestens einmal pro Jahr vor. Zum Glück ist meistens keiner zu Hause, aber es passiert.«

McMahon musterte die rauchenden Trümmerhaufen, die einmal Rapps Haus gewesen waren. »Pat, ich sag's Ihnen gern noch mal. Männer wie Mitch Rapp werden nicht zufällig in die Luft gejagt.«

»Und Terroristen täuschen keine Explosionen vor. Sie haben es selbst vorhin festgestellt. Die stehen auf Maschinenpistolen, Selbstmordattentate und knackige Schlagzeilen. Sie bringen keine Menschen um und lassen es wie einen Unfall aussehen.«

Der FBI-Beamte musste zugeben, dass diese Inkonsistenz nicht ins Schema passte. Der Sheriff hatte recht. Terroristen standen auf Bomben. Mit so was landete man in den Nachrichten. Laut den Experten vor Ort deuteten alle Indizien auf eine Propangasexplosion hin. McMahon wollte auf Nummer sicher gehen, also rief er im Hauptquartier an und forderte ein Team forensischer Bombenspezialisten an. Sie gehörten zu den besten weltweit. Sollten sie nichts finden, ließ sich vermutlich nicht nachweisen, dass hier etwas anderes als ein tragischer Unfall vorlag. In diesem Fall musste das FBI wohl oder übel die Koffer packen und zurück nach D.C. fahren. Dann blieben nur noch Versicherungsangelegenheiten zu klären.

»Hat sich jemand zu der Explosion bekannt?«, wollte der Sheriff wissen.

McMahon schüttelte den Kopf. Die Analysten im Joint Counterterrorism Center grasten sämtliche Nachrichtenquellen nach möglichen Bekennerschreiben ab. McMahon überlegte kurz, ob er erwähnen sollte, dass in der Vorwoche eine Drohung gegen Rapp eingegangen war, entschied jedoch, die Information erst einmal für sich zu behalten. Ermittlungen waren knifflig genug, wenn sich mehrere Zuständigkeiten überlagerten. Kam dann noch die CIA ins Spiel, wurde es unglaublich kompliziert. Die Agency weihte ungern Dritte in ihre Quellen und Methoden ein.

Das galt umso mehr, wenn Richter verfügten, entsprechende Informationen an Anwälte weiterzuleiten, die mutmaßliche Terroristen vertraten.

Der Sheriff legte McMahon gerade unmissverständlich seinen Standpunkt dar, als einer seiner Deputys zu ihnen kam. Zwei Männer in Straßenkleidung folgten ihm.

»Boss«, sagte er zum Sheriff. »Diese beiden Typen sagen, sie seien hier mit einem Special Agent McMahon verabredet.«

Der Sheriff zeigte mit dem Daumen auf ihn. »Da ist er.«

»Außerdem parkt vorne an der Absperrung ein Übertragungswagen.«

»Mist«, fluchte der Sheriff.

»Die NBC-Lokalredaktion aus Baltimore«, schob der Deputy hinterher. »Sie wissen, dass die Frau bei der Explosion umgekommen ist. Ihre Redaktion habe sie geschickt, um Aufnahmen für eine Gedenksendung zu drehen, die morgen früh ausgestrahlt werden soll.«

»Was halten Sie davon?«, wandte sich der Sheriff an McMahon.

Einer der Männer, die den Deputy begleitet hatten, sah McMahon an und schüttelte den Kopf. Den FBI-Agenten überraschte nicht, dass er keine Kameras auf dem Gelände haben wollte. Er blickte zum qualmenden Haus und sagte zum Deputy: »Erklären Sie denen, wir suchen nach Gaslecks. Es wird noch etwa eine Stunde dauern.«

Der Sheriff erteilte nickend sein Einverständnis und sein Mitarbeiter verzog sich.

»Sheriff«, bat McMahon, »wenn Sie mich bitte für einen Moment entschuldigen. Ich muss mit diesen Gentlemen etwas klären.«

»Ich sorge dafür, dass die Kameracrew sich nicht heimlich aufs Grundstück schleicht.«

»Gute Idee.« Als er verschwunden war, musterte McMahon die beiden Neuankömmlinge. Er kannte den Blonden, dem anderen war er nie zuvor begegnet. Eine kurze Bestandsaufnahme verriet ihm jedoch so einiges. Der Mann trug Jeans, Wanderstiefel und eine schwarze Profi-Fleecejacke. Eine Taucheruhr am rechten Handgelenk, dunkle, struppige Haare. Obwohl er gut und gern 40 Kilo leichter als der FBI-Agent war, ging McMahon davon aus, dass er auch kräftige Gegner töten könnte, ohne ins

Schwitzen zu geraten. Ein Special-Forces-Kämpfer wie aus dem Bilderbuch.

Die Schlussfolgerung fiel umso leichter, als er definitiv wusste, dass sein Begleiter bei den Special Forces gewesen war. McMahon richtete seine Aufmerksamkeit auf ihn, den größeren des Duos. »Scott Coleman«, sagte er. »Ich wollte erst sagen, dass du der Letzte bist, den ich hier erwartet hätte, aber wenn ich's mir so überlege, ist es nur logisch, dass sie dich schicken.«

»Irene hat mich angerufen.« Der Ex-SEAL steckte völlig im professionellen Tunnel. »Sie hielt es für eine gute Idee, dass wir uns hier mal umsehen.«

McMahon dachte kurz darüber nach. Er war nicht ganz sicher, ob er die Einschätzung der CIA-Direktorin teilte. »Wer ist dein Freund?«

Coleman wollte gerade antworten, da hob er die Hand. »Lass gut sein«, meinte der FBI-Agent. »Ich will's gar nicht wissen, richtig?«

Coleman zuckte die Achseln. »Ich hätte dir sowieso nicht seinen richtigen Namen verraten.«

McMahon schüttelte den Kopf und drehte sich zum Haus um. »Warst du schon mal hier?«

Coleman nickte.

»Ich nehme an, du und Mitch, ihr kennt euch ziemlich gut.«

»Ja.« Coleman machte eine Handbewegung in Richtung seines Begleiters. »Sie wissen, wonach wir suchen.«

Der andere sah sich kurz in alle Richtungen um, nickte und war verschwunden.

»Sie glauben, es war eine Gasexplosion?«

McMahon nickte. »Propan.«

»Wer genau?«

»Der Sheriff und der Brandmeister der hiesigen Feuerwehr.«

»Kann ich mit dem Brandmeister reden?«

»Klar, komm mit.« Sie liefen die Einfahrt entlang und stießen auf halbem Weg auf den Mann von der Feuerwehr, der gerade mit dem Stiefel gegen ein Trümmerstück trat. Er hatte seine Jacke ausgezogen, trug aber weiterhin die schweren Stiefel, den Helm und einen brandbeständigen Overall. McMahon stellte sie kurz vor, wobei er dem Fire Chief lediglich Colemans Vornamen nannte.

Der Brandmeister deutete zunächst auf die linke Seite des verkohlten Hauses. »Wir haben Spuren von Brandbeschleuniger an der früheren Garage entdeckt, nicht weit vom Propangastank entfernt.«

McMahon schenkte dem Mann einen kurzen ›Sehen Sie, hab ich's doch gesagt‹-Blick und antwortete: »Also war es womöglich doch kein Unfall.«

»Das habe ich nicht behauptet.«

»Sie meinten doch gerade, Sie seien auf Spuren von Brandbeschleuniger gestoßen.«

»Richtig, aber es ist nicht ungewöhnlich, im Umfeld einer Garage auf solche Substanzen zu stoßen. Unten am Anleger habe ich zwei Boote bemerkt, der Garten ist nicht gerade klein … Da passt es ins Bild, dass er Benzin in der Garage gelagert hat. Vielleicht besitzt er sogar einen von diesen Caddys. Die sind in der Gegend ziemlich weitverbreitet. Man spart so einiges, wenn man sich Treibstoff an der Tankstelle besorgt und nicht unten am Hafen.«

Coleman nickte.

»Ein Caddy?«, erkundigte sich McMahon.

»Ja … Das ist im Prinzip die Stufe zwischen Ersatzkanister und stationärem Tank.« Der Chief deutete mit den Händen die ungefähren Abmessungen an. »In der Regel passen zwischen 100 und 200 Liter rein. Sie sind rot, haben eine Handpumpe, einen Schlauch und einen Einfüllstutzen. Man kann sie auf Rädern hin und her karren. Bei so steilen Treppen, wie sie hier runter zum Anleger führen, funktioniert das allerdings nicht. Also läuft man mit dem Schlauch runter, lässt den Caddy oben stehen und tankt so die Boote auf.«

McMahon begriff das Prinzip. »Kam denn überhaupt Benzin als Brandbeschleuniger zum Einsatz?«

»Da bin ich ziemlich sicher.«

»Wie sicher?«

»Zu 90 Prozent.«

»Können Sie abschätzen, wie viel benutzt wurde?«

»Benutzen klingt nach Absicht«, meinte der Brandmeister. »Wie gesagt, es ist üblich, dass Leute in dieser Gegend Sprit in der Garage bunkern. Wenn es dann zu einer Explosion kommt, wird sie durch das Benzin zusätzlich verstärkt.«

»Können Sie mir zeigen, wo genau Sie die Rückstände gefunden haben?«, fragte Coleman.

»Folgen Sie mir.« Der Chief führte sie an einem ausgebrannten Autowrack vorbei und zeigte auf den Boden. »Hier befand sich die Außenmauer der Garage. Hier sieht man, wo das Fundament anfing.« Er trat mit dem Stiefel dagegen.

»Und wo genau sind die Benzinreste?«

Der Feuerwehrmann kletterte über einige Trümmer und zeigte auf eine Stelle: »Konzentriert in diesem Bereich. Von der Außenwand der Garage bis etwa hierhin.«

Coleman vergegenwärtigte sich, wo der Flüssiggastank gestanden hatte.

»Meine Vermutung lautet«, führte der Chief aus, »dass hier ein kleiner Werkzeugschuppen stand, in dem er das Benzin lagerte. Wir gehen von zwei Explosionen aus. Die erste wurde durch Gas ausgelöst, das durch ein Leck im Tank ins Haus drang, die zweite durch den Tank selbst, der kurz danach in die Luft flog.«

»Haben Sie noch weitere Brandherde entdeckt?«

»Ein paar kleinere in der Garage, aber vernachlässigbar im Vergleich zu diesem.«

Der ehemalige SEAL nickte. »Danke, Chief.« Er zog McMahon am Ellbogen hinter sich her zur Straße. Sobald sie genug Abstand gewonnen hatten, sagte er: »Mitch hatte keinen von diesen Gas-Caddys. Zumindest hab ich nie einen gesehen. Außerdem kann ich dir garantieren, dass er niemals Benzin in einem Schuppen ein paar Meter neben dem Propangastank gelagert hätte.«

»Weißt du das mit Sicherheit?«

»Ich weiß, wie der Mann tickt. Wenn es um seine Familie geht, vermeidet er jedes unnötige Risiko. Den Rest kannst du dir selbst zusammenreimen.«

Als sie die Straße erreichten, blickte Coleman zum Haus zurück und bemerkte eine Reihe von Positionslampen in der dahinter gelegenen Bucht. »Irene erwähnte, ein Fischer habe Mitch aus dem Wasser geholt.«

»Ja.« McMahon zog ein kleines Notizbuch aus der Innentasche des Jacketts. »Ein Einheimischer aus Shady Side. Harold S. Cox.« McMahon deutete nach Norden. »Er befand sich zum Zeitpunkt der Explosion nur wenige Hundert Meter entfernt. Er konnte förmlich zusehen, wie Mitch durch die Luft flog, aufs Deck knallte und ins Wasser rollte. Ohne sein Eingreifen wäre er vermutlich ertrunken.«

Coleman versetzte sich in die Rolle von jemandem, der versuchte, seinen Freund zu töten. Als Ex-SEAL konzentrierte er sich naheliegenderweise aufs Wasser. »Waren noch andere Boote unterwegs?«

»Zwei. Sie kontaktierten die Notrufzentrale und unterstützten Mr. Cox bei der Wiederbelebung.«

»Wurden sie ausgiebig überprüft?«

»Wir sind dran.«

»Ist einem von ihnen etwas Ungewöhnliches aufgefallen?«

»Jedenfalls haben sie bei einer ersten Befragung durch die Polizei nichts erwähnt.«

Colemans Begleiter tauchte zwischen den Bäumen auf. Er hob den Zeigefinger. »Ein Mann. Er war mit dem Fahrrad hier und ist nicht lang geblieben.«

Das traf McMahon vollkommen unvorbereitet. »Wo? Zeigen Sie's mir?«

Der andere lief zum Straßenrand und leuchtete mit seiner taktischen Taschenlampe nach unten. Das winzige Ding war erstaunlich lichtstark.

»Sehen Sie, wie das hohe Gras dicht an der Fahrbahn in einer geraden Linie runtergedrückt wurde? Die Spur stammt von Fahrradreifen. Rechts daneben kann man Schuhabdrücke erkennen. Jemand ist dort langgefahren.« Er zeigte nach Süden. »Die Straße endet dort in einer Sackgasse, aber es gibt einen Trampelpfad, der durch den Wald führt.« Er sah Coleman an. »Ich bin hier mit Mitch schon mal laufen gewesen. Nach etwa einer Meile gabelt sich der Weg. Nach Osten führt er an einen Strand, nach Westen vereinigt er sich mit einer Schotterpiste, die am Rand eines privaten Flugfelds entlang zurück zu einer der Landstraßen führt.«

»Moment mal kurz«, unterbrach McMahon. »Nach der Explosion liefen hier einige Leute rum. Als ich am Tatort ankam, fiel mir mindestens eine Person auf einem Fahrrad auf. Wer weiß, wie viele andere in der Zwischenzeit schon wieder verschwunden sind. Wer sagt uns, dass die Reifenspuren nicht von einem Nachbarn oder einem Gaffer stammen?«

»Fällt Ihnen ein vernünftiger Grund ein, warum ein Nachbar sein Rad mehrere Meter weit in den Wald trägt, es dort auf den Boden legt und sich selbst daneben?«

»Spontan nicht.«

Der Mann sah Coleman an. »Ich werd mir mal den Pfad vornehmen und schauen, ob ich was entdecke.« Er schwenkte ein Nextel-Funkgerät. »Ich melde mich in einer Viertelstunde.«

»Willst du, dass ich mitkomme?«

»Nein, der Tango ist längst weg.« Ohne ein weiteres Wort joggte er den Weg entlang.

»Wer zum Henker ist das?«, erkundigte sich McMahon.

»Der beste Scharfschütze, den ich kenne. Beim Erkunden macht ihm keiner was vor.«

»Und er arbeitet jetzt für dich?«

»Jup.«

»Reizend. Meine Güte, ich hoffe, dass bei dir nicht irgendwann mal das FBI vor der Tür steht.«

»Das hoff ich auch.«

Der Sheriff kam zurück und murmelte etwas in sich hinein. Offenbar lief es an der Absperrung nicht nach Plan. »Dieses Fernsehteam lässt nicht locker. Die wissen, dass wir auf Zeit spielen. Ich habe gerade mit ihrem Nachrichtenchef gesprochen. Er meint, er gibt uns fünf Minuten, dann holt er einen Anwalt und ruft den Richter an. Sie verlangen eine offizielle Stellungnahme, wie es dem Ehemann geht. Es sei ihnen egal, ob er für die CIA arbeitet, und dem Richter ebenfalls.«

Bevor McMahon zum Antworten kam, bat Coleman: »Sheriff, lassen Sie uns kurz eine Minute allein?«

Zunächst zögerte der Uniformierte, dann gab er nach. Coleman zog McMahon zur Seite. »Kannst du mal für eine Sekunde den FBIler in dir abschalten?«

»Überflüssige Frage.« McMahon hatte Coleman oft genug bewiesen, dass er die Dienstvorschriften in den Wind schoss, wenn es darauf ankam.

»Wirf dem Fernsehteam einen Knochen hin. Der Deputy soll ihnen sagen, dass Mitch tot ist.«

»Warum um alles in der Welt sollte ich das tun?«

Coleman musterte ihn mit einem Blick, der zu besagen schien: *Muss ich dir das wirklich erklären?* Er hätte diese Unterhaltung lieber nicht mit einem Vertreter von Recht und Ordnung geführt, doch ihnen lief die Zeit davon. »Das war kein Unfall. Es war ein Auftragsmord. Ein Mann, eventuell auch zwei.«

»Bist du sicher?«

»Ja.«

»Und wieso sollen wir dann an die Presse durchstechen, dass Mitch tot ist?«

»Theoretisch läuft es in diesem Metier so, dass man ein Drittel oder die Hälfte der Abschussprämie vorab kassiert, den Rest nach erfolgreichem Abschluss des Jobs. Schließt man ihn nicht erfolgreich ab, bekommt man sein Geld nicht.«

»Worauf willst du hinaus?«

»Wenn die Medien berichten, dass Mitch tot ist, wird der Täter den Rest seines Honorars bekommen. Geld wird den Besitzer wechseln. Vermutlich eine Menge Geld. Dabei hinterlässt es eine Spur.«

»Was, wenn die Bezahlung in bar erfolgt?«

»Dann gibt es keine Spur. Ich schätze allerdings, dass ein Profi für das Eliminieren von Mitch mindestens vier Millionen Dollar verlangt, eher mehr.«

»Und das heißt?«

»Das ist eine Menge Kohle. Kein Betrag, den man durch den Zoll schmuggeln will. Wenn wir über so viel Geld reden, fließt es in der Regel über eine Tarnfirma im Ausland und wird online transferiert. Es ist unglaublich, welche Summen Tag für Tag auf diese Weise bewegt werden. Das gleicht der berühmten Suche nach der Stecknadel im Heuhaufen.«

»Und wie sollen wir das dann hinkriegen?«

Coleman grinste. »Wir warten ein paar Tage … mindestens. Und dann lassen wir durchsickern, dass Mitch noch lebt. Derjenige, der den Abschuss befohlen hat, wird stinksauer sein und verlangen, dass der Killer entweder den Job zu Ende bringt oder das Geld zurückzahlt.« Coleman zuckte mit den Achseln. »Eventuell haben wir sogar das Glück, dass sie die Überweisung zurückholen. Gleiche Bank, gleicher Betrag. Der ursprüngliche Transfer wird morgen oder übermorgen stattfinden, die Rückbuchung ein, zwei Tage nach der Enthüllung, dass Mitch weiterhin am Leben ist. Das lässt sich problemlos verfolgen.«

»Und falls der oder die Täter beschließen, den Job lieber zu Ende zu bringen als die Prämie abzuschreiben?«

In Colemans Miene trat ein wölfisches Grinsen. »Na, was Besseres könnte uns gar nicht passieren, oder?«

McMahon war nicht wohl bei der Sache. »Scott, es wäre mir lieber, wenn ihr die Sache aussitzt und uns überlasst.«

Coleman stieß ein unheilvolles Lachen aus. »Nee, ist klar. Ich habe auf dem Weg hierher mit Irene gesprochen. Er ist wach.« Der ehemalige SEAL hielt inne und sah McMahon nachdenklich an. »Er weiß, dass Anna tot ist. Was glaubst du, was er machen wird, sobald er aus der Klinik rauskommt? Sich wie ein braver Zuschauer auf die Tribüne hocken, während ihr Vorladungen verschickt und versucht, ausländische Regierungen zur Zusammenarbeit zu bewegen? Das könnte Jahre dauern, wenn es überhaupt was bringt.« Coleman schüttelte den Kopf. »Keine Chance, mein Lieber. Ich kann dir versichern, dass er jeden elenden Scheißkerl um die Ecke bringen wird, der irgendetwas mit der Sache zu tun hatte. Ihr habt nicht die geringste Chance, ihn davon abzuhalten.«

McMahon fuhr sich mit der Hand durchs Gesicht und seufzte. Er wusste, dass Colemans Einschätzung ins Schwarze traf. »Verdammt, das wird hässlich.«

»Da hast du absolut recht. Ich hab einen guten Rat für dich, Skip. Komm ihm bloß nicht in die Quere und rat jedem, an dem dir was liegt, ebenfalls entschieden davon ab.«

41

INDIANAPOLIS, INDIANA

Gould wachte vom Fernsehton und Claudias Weinen auf. Er brauchte kurz, um sich zu erinnern, wo er war. In den Nachrichten wurde gerade ein Foto von Anna Rielly gezeigt. Sie hatten zum ersten Mal aus dem Radio von ihrem Tod erfahren, letzte Nacht auf der Fahrt durch Columbus, Ohio. Claudia flennte fast eine ganze Stunde lang. Zum Glück hatte er ihr vorher die Wahrheit gebeichtet, war jedoch nicht sicher gewesen, ob die Frau überlebt hatte. Er hatte die Explosion so lange wie möglich hinausgezögert und sie beim Verlassen des Tatorts unter den Trümmern im Vorgarten liegen sehen.

Nach der Ankunft im Hotel in Indianapolis hatte sich Claudia in den Schlaf geweint. Nun war ein neuer Tag angebrochen und sie vergoss weitere Tränen. Die Schwangerschaft schien ihre Emotionen heftig zu übersteigern. Gould wusste nicht, wie lange er das noch ertrug. Er versuchte, sie mit Worten zu trösten, nahm sie in den Arm, um sie zu beruhigen, doch nichts funktionierte. Nicht zum ersten Mal gab es neben dem Primärziel ein weiteres Opfer. Bisher hatte sie so etwas nie derart aus der Fassung gebracht.

Gould wälzte sich aus dem Bett und ging ins Bad. Nach dem Pinkeln stellte er sich vor den Spiegel und inspizierte sein Spiegelbild. Er sah aus wie immer. Dieselben haselnussbraunen Augen, dasselbe wellige braune Haar, dieselbe gebrochene Nase. Nichts hatte sich für ihn verändert, weder innerlich noch äußerlich, ganz im Gegensatz zu Claudia. Beim Einschlafen im Hotelzimmer streckte er eine Hand aus und berührte sie an der Schulter. Eine vertraute Geste, die ihr signalisierte, dass er für sie da war. Er hätte nie erwartet, dass die Berührung sie zusammenzucken und noch lauter schluchzen ließ. Obwohl ihre Reaktion seine Gefühle verletzte, war er zu müde, ein Problem zu beseitigen, das sich verbal offenkundig nicht lösen ließ. Sie brauchte wohl Zeit.

Gould war immer noch müde. Nach dem Verlassen von Rapps Haus hatte er das Bike hinten auf die Ladefläche des Pick-ups geladen und eine 180-Grad-Wendung hingelegt. Zurück auf befestigten Straßen fuhr er rüber zur U.S. Route 301 und über den Potomac River nach Süden. Er erreichte Virginia, entdeckte den Caledon State Park auf der Straßenkarte und entschied, die Grünfläche sei der perfekte Ort, den Truck loszuwerden. Sie befand sich nur ein paar Meilen hinter dem Fluss. Gould kurvte am Haupteingang vorbei und die Virginia State Route 218 entlang, bis er auf eine Nebenstraße stieß, die direkt aufs Parkgelände führte. Gut einen Kilometer weiter war weit und breit niemand in Sicht. Er schaltete den Allradantrieb zu und wechselte auf einen überwucherten Pfad. Als er so weit gefahren war, dass er die Straße im Rückspiegel nicht mehr erkennen konnte, schaltete er den Motor ab und schnappte sich Rucksack und Helm von der Rückbank. Er schraubte die Kennzeichen ab, stopfte ein Handtuch aus dem Hotel in den Tank und übergoss Innenraum und Ladefläche mit dem Benzin aus den restlichen Reservekanistern. Der Wald machte einen ziemlich trockenen Eindruck, also stellte er erst ein paar Schritte Sicherheitsabstand her, bevor er das Streichholz entflammte und Richtung Truck fliegen ließ.

Er fuhr mit dem Mountainbike davon und hatte gerade die ersten Häuser von Osso erreicht, als ihm eine Reihe von Löschwagen entgegenkam. 35 Minuten später stoppte er vor dem James Monroe Museum und ließ das Fahrrad stehen, ohne abzuschließen. Drei Blocks weiter wartete Claudia hinter dem Steuer eines weißen Minivans auf ihn. Gould stieg ein, gab ihr einen Kuss und sie fuhren los. Sobald sie ein paar Meilen Abstand zum Stadtgebiet gewonnen hatten, ließ er sie anhalten und tauschte die Plätze mit ihr. Er regelte den Tempomaten knapp oberhalb der Geschwindigkeitsbegrenzung ein und bat Claudia, dem Deutschen eine Mail zu schicken, dass der Job erledigt war. Da sprach sie ihn auf Rapps Frau an.

Sie fuhren durch den Spätnachmittag bis in die Nacht hinein. Gould wollte so weit wie möglich weg von Washington. Sie nutzten bereits den dritten Mietwagen am dritten Tag, jeweils mit einem neuen, frisch gefälschten Führerschein samt passender Kreditkarte abgeholt. Es existierte keine Spur, der jemand folgen könnte. Sie wollten, falls nötig, einen Monat lang im Hinterland von Amerika abtauchen und einen günstigen Moment abwarten. Zumindest war das der ursprüngliche Plan gewesen. Jetzt, wo Claudia sich so seltsam benahm, fragte sich Gould, ob er nicht lieber nach Süden weiterfuhr, um sie außer Landes zu schaffen.

Er sah auf die Uhr. Es war 8:06 Uhr und seine Morgenlatte zuckte. Er musterte sein Spiegelbild und erklärte ihm, es müsse sich den Gedanken an Sex aus dem Kopf schlagen. Bestimmt lag es an der Schwangerschaft. Sobald sie ihre Hormone in den Griff bekam, wäre alles in Ordnung. Dann benahm sie sich wieder wie früher, redete er sich ein. Vielleicht vermisste sie dann sogar den Nervenkitzel der Jagd. Er würde ihn auf jeden Fall vermissen.

Gould verließ das Bad. Claudia saß aufrecht im Bett, eine Kleenex-Box auf dem Schoß, die sonst so attraktiven mandelförmigen Augen müde und geschwollen. Er schaltete den Fernseher ab. »Hör auf, dich so zu quälen. Wir können es sowieso nicht mehr ändern.«

Sie schüttelte den Kopf und weigerte sich, ihn anzusehen. »Wie konnte es nur so weit kommen?«, fragte sie auf Französisch. *Comment en est-on arrivé à un tel point?*

Aufgrund ihrer so angeschlagenen Verfassung verzichtete er darauf, sie zu maßregeln. Mit ihrer operativen

Disziplin war es jedenfalls nicht mehr weit her. Er hielt es für besser, sie bis auf Weiteres nicht mit nach draußen zu nehmen. »Schatz, wir haben eine Menge zusammen durchgestanden. Das Wichtige ist, alles hinter sich zu lassen. Wünsche ich mir, dass es anders gelaufen wäre? Natürlich, aber ich habe es dir vorher schon gesagt … Sie wusste, wen sie da geheiratet hat. Mitch Rapp war für Hunderte, wenn nicht gar Tausende Morde verantwortlich. Wie viele unschuldige Frauen und Kinder, glaubst du, hat er geopfert, um Menschen zu töten, die seine Vorgesetzten in den Vereinigten Staaten als Terroristen einstuften?«

»Keine Ahnung.« Sie hob kraftlos den Kopf. »Aber du weißt es auch nicht. Ich finde, die Amerikaner verhalten sich in diesem schrecklichen Krieg sehr zurückhaltend.«

»Die Amerikaner haben sich das in ihrer Arroganz selbst zuzuschreiben.«

»Pass auf, was du sagst.« Claudia hob die Stimme. »Du klingst ein bisschen wie meine alten Freunde aus der Uni, die du so verachtet hast.«

Die bloße Erwähnung dieser sozialistischen Versager brachte ihn auf 180. Das Letzte, was sie jetzt brauchten, war gegenseitiges Anbrüllen, das die Hoteldirektion dazu veranlasste, die Polizei zu rufen. Er zügelte sein Temperament und gab sich große Mühe, ruhig zu klingen. »Heutzutage bringen sich alle gegenseitig um. Jede Partei fühlt sich moralisch überlegen. Und wir sitzen zwischen den Stühlen und profitieren davon.«

»Eine furchtbare Art, Profite zu erzielen.« Sie schaute aus dem Fenster und schüttelte den Kopf.

Claudia wirkte regelrecht angewidert. Ob sie auf ihn oder sich selbst wütend war, blieb offen. »Schatz, es tut mir leid.« Ein Teil von ihm hätte sie am liebsten angeschrien, sich doch zu stellen, wenn es ihr dermaßen zu schaffen machte, aber das löste keins ihrer akuten Probleme. Mit gesenktem Kopf rang er sich eine Entschuldigung ab, obwohl es ihm nicht ernst damit war. »Tut mir leid. Ich hab dich enttäuscht.«

Dabei zog er Jeans und Sweatshirt an und griff nach den Wagenschlüsseln auf der Ablage.

»Wo willst du hin?«, wollte sie wissen.

»Keine Ahnung.« Er setzte das Chicago-Cubs-Basecap auf, das er gestern an einer Tankstelle gekauft hatte, und schlüpfte in Freizeitschuhe.

»Ich dachte, du willst so bald wie möglich weiterfahren.«

Er entdeckte einen Anflug von Nervosität in ihrer Stimme. Genau darauf hatte er spekuliert. »Ich hatte den Eindruck, du legst momentan keinen besonderen Wert auf meine Gesellschaft.« Er ging zur Tür. »Ich bin rechtzeitig zum Auschecken zurück. Wenn es dir lieber ist, dass wir erst mal getrennte Wege gehen, kann ich das nachvollziehen.« Bevor sie zu einer Erwiderung ansetzte, trat er in den Flur und war verschwunden.

Schwanger oder nicht, er hatte das Gefühl, etwas unternehmen zu müssen, um sie aus ihrem derzeitigen emotionalen Tief zu holen. Sie anzubrüllen hätte es nur schlimmer gemacht. Passiv-aggressives Verhalten hielt er für die erfolgversprechendere Methode. Die unterschwellige Drohung, sie zu verlassen, zwang sie, mehr als nur die letzten 24 Stunden zu betrachten. Sie wusste, dass er sie liebte, aber auch, dass das Einsame-Wolf-Gen in ihm steckte. Ein paar Stunden ohne ihn und die Vorstellung, ihr Kind allein großziehen zu müssen, dürften reichen, um sie zur Vernunft zu bringen.

42

WASHINGTON, D. C.

Irene Kennedy fühlte sich emotional ausgelaugt. Sie war direkt aus dem Krankenhaus ins CIA-Hauptquartier gekommen, weil sie erst ein paar Dinge ins Rollen bringen wollte, bevor sie am Morgen mit dem Präsidenten und mehreren Kabinettsmitgliedern zusammentraf. Sobald der behandelnde Arzt sie über Annas Tod informiert hatte, ahnte sie, worauf das Ganze hinauslief. Mitch würde sich von niemandem aufhalten lassen. Unter normalen Umständen war es schwer genug, ihn unter Kontrolle zu bringen. Jetzt, wo er mit seiner persönlichen Form von Hölle konfrontiert wurde, konnte man sich das endgültig abschminken. Natürlich gab es Leute in Washington, die das anders sahen – Entscheider, die es gewohnt waren, dass ihren Anweisungen bis ins Detail Folge geleistet wurde.

Wie der Präsident die Angelegenheit handhaben wollte, konnte sie nicht genau einschätzen. Was den Standpunkt ihres neuen Vorgesetzten betraf, hatte sie jedoch keine Zweifel. Von den anderen Mitgliedern des nationalen Sicherheitsrats war keine größere Unterstützung zu erwarten. Die meisten pochten auf die strikte Einhaltung aller Gesetze, den Rest dürfte die Vorstellung beunruhigen, dass ein Amerikaner auf dem Rachefeldzug ihre diplomatischen Anstrengungen konterkarierte. Bei einem oder zwei Ratsmitgliedern rechnete sie mit Sympathien für Rapp, die sie allerdings niemals offen geäußert hätten. Ungeachtet der streitsüchtigen Historie bildete sich Washington eine Menge auf seine Zivilisiertheit ein. Solche Menschen wurden blass bei der Vorstellung, dass ein Angestellter der Regierung durchs Land zog, um Vergeltung für den Tod seiner Frau zu üben.

Wenn sie das Unvermeidbare verhindern wollten, gab es nur zwei Optionen: Entweder sie sperrten Mitch ein, was sie durch ihre Vorkehrung, Rapp vom Johns Hopkins in ein Safe House der CIA im ländlichen Virginia bringen zu lassen, bereits vereitelt hatte. Selbst wenn es ihnen gelungen wäre, ihn irgendwo festzuhalten, löste es das Problem allenfalls vorübergehend. Jemand wie er ließ sich nicht dauerhaft in seiner Bewegungsfreiheit einschränken. Die zweite, endgültigere Lösung bestand darin, ihn umbringen zu lassen. Dumm nur, dass die einzigen Menschen, die verwegen genug wären, es zu versuchen – stille Kämpfer wie Coleman –, Schlange standen, um ihn zu unterstützen. Kennedy ging davon aus, dass sich in einem Monat, spätestens in einem Jahr viele dieser politischen Führungspersonen ärgerten, ihn nicht direkt aus dem Verkehr gezogen zu haben. Letztlich fehlte ihnen allen der Mumm, so einen Befehl zu erteilen. Fürs Erste würden sie sich in die Illusion flüchten, ihm befehlen zu können, den Ball flach zu halten.

Im Laufe des Abends hatte Kennedy dreimal mit dem Leiter des jordanischen Geheimdienstes telefoniert. Inzwischen kannten sie den Namen, der hinter dem Kopfgeld auf Rapp steckte: Said Ahmed Abdullah, ein saudischer Milliardär. Kennedy hatte die Verbindung zunächst nicht erkannt, doch nach der Weitergabe dauerte es nicht lange, bis sie einer ihrer Terrorabwehr-Analysten darauf stieß: Said Ahmed Abdullah war der Vater von Wahid Ahmed Abdullah, einem Terroristen, der an einer

Verschwörung zur Zündung von Atombomben in New York und Washington beteiligt gewesen war. Special Forces der Amerikaner hatten den Mann im Grenzland zwischen Afghanistan und Pakistan festgenommen, Tage vor der geplanten Katastrophe. Da ihnen die Zeit davonlief, war Rapp damals keine andere Möglichkeit geblieben als Wahid zu foltern, um Details des Plans ans Licht zu bringen. Die Informationen, die Rapp daraufhin erhielt, ermöglichten es, eine der Bomben beim Transport in die USA abzufangen.

Wie der Vater davon erfahren hatte, dass Rapp für das Ableben seines Sohns verantwortlich war, wusste sie nicht, sie hegte jedoch einen Verdacht. Vorerst wies sie die Kollegen im Counterterrorism Center an, sämtliche verfügbaren Informationen über Said Ahmed Abdullah zusammenzutragen und nicht an Dritte weiterzugeben. Sie hatte die riskante Entscheidung getroffen, dass die CIA nicht alle Erkenntnisse an ihre Schwesterdienste weiterleitete, weil diese von den Buchstaben des Gesetzes eingeschnürt wurden. Sie taten, als ob sie kooperierten, und versorgten das FBI mit stapelweise Daten, doch die waren größtenteils wertlos. Die entscheidenden Fakten wurden aus den Ermittlungen herausgehalten.

Kennedy traf eine Viertelstunde früher zur angesetzten Besprechung ein. Sie hatte sich das für Fälle angewöhnt, in denen der Präsident daran teilnahm. Einer der Mitarbeiter begleitete sie zum Oval Office, wo sie bis 9:05 Uhr wartete und dann Gesellschaft vom nationalen Sicherheitsberater Michael Haik erhielt. Die beiden verfügten über ein ähnliches Temperament und pflegten eine hervorragende Arbeitsbeziehung. Haik knöpfte sein Sakko auf und setzte sich neben Kennedy auf die Couch.

»Wie läuft es?«

»Gut.«

»Das weiß ich. Aber wie läuft es bei dir?« Eine Frage von Freund zu Freund.

»Ging mir schon besser«, lautete ihre ehrliche Antwort.

»Und Mitch?«

»Der ist ziemlich übel zugerichtet, hat aber das Schlimmste hinter sich … zumindest körperlich.«

Haik war der ruhige Denkertyp, den jeder Präsident in seinen Reihen brauchte – pragmatisch, diszipliniert und umsichtig. Es gab nicht viel, was ihn aus der Ruhe brachte. »Wie hat er die Nachricht vom Tod seiner Frau aufgenommen?«

Kennedy riss sich zusammen. Sie hatte genug geweint und wollte nicht ausgerechnet hier im Oval Office weitere Tränen vergießen. »Sie mussten ihn sedieren.«

Haik nickte, als hätte er mit dieser Antwort gerechnet. Er lehnte sich zurück und legte einen Arm auf die Rücklehne der Couch. Er wollte eindeutig etwas sagen, schien jedoch zu überlegen, wie er am besten anfing. »Irene, wir waren immer offen zueinander. Lass mich dir erklären, was gleich hier ablaufen wird. In diesem Moment sitzt der Präsident in seinem privaten Esszimmer und beendet eine Unterredung mit dem Vizepräsidenten, Außenministerin Berg, Justizminister Stokes und Direktor Ross.«

Obwohl sie überrascht war, nickte Kennedy, als wüsste sie längst Bescheid.

»Um es auf den Punkt zu bringen: Sie machen sich große Sorgen, was Mitch anstellen wird, wenn er wieder auf dem Damm ist.«

»Ich auch.«

»Ich meine, sie sind ernsthaft besorgt. Sie glauben nicht,

dass du ihn unter Kontrolle bekommst. Einige von ihnen vermuten sogar, dass du es gar nicht erst versuchst.«

Kennedy ließ sich keine Regung anmerken. Ihre Atmung blieb ruhig und flach. Offensichtlich war sie nicht die Einzige, die die vergangene Nacht mit Nachdenken verbracht hatte.

»Warum?«

»Sie glauben, dass bei dir ein Interessenkonflikt vorliegt. Dass deine Loyalität gegenüber Mitch dein Urteilsvermögen einschränkt und du nicht zwangsläufig so handeln wirst, wie es für unser Land am besten ist.«

Was für das Land am besten war, darüber ließ sich streiten. Kennedy wollte nicht streiten. »Ich kann dir versichern, dass es keinen solchen Konflikt gibt.«

Haik war nicht sicher, ob er ihr das abkaufte. Es spielte prinzipiell keine Rolle, weil er nicht zu den Stänkerern in der Runde gehörte. »Ich habe mich früher rausgeschlichen, weil ich dir einen freundschaftlichen Rat geben wollte. Sie werden jede Minute hier aufschlagen. Dir wird nicht gefallen, was sie zu sagen haben.« Haik schnippte einen Fussel vom Hosenbein. »Tu dir selbst einen Gefallen und lass dich auf das ein, was sie vorschlagen.«

»Ich habe den Eindruck, du willst mir helfen, Mike, aber dein Rat passt nicht dazu.«

»Ich will darauf hinaus, dass bereits eine Absprache getroffen wurde. Drei Regierungsmitglieder sitzen gerade da drüben und erklären dem Präsidenten, was ihrer Ansicht nach passieren muss. Sie versichern ihm, weitere Unterstützer auf ihrer Seite zu haben. Sie wollen Mitch zum Schweigen bringen, damit er keine Dummheiten anstellt. Offiziell bleibt Hayes keine andere Wahl als ihrer Empfehlung zu folgen.«

Kennedy beschlich ein ungutes Gefühl. Sie machte sich Vorwürfe, weil sie vor diesem Termin nicht mit dem Präsidenten gesprochen hatte. »Ich bin nicht sicher, ob ich mir das einfach anhören und freundlich dazu nicken kann.«

»Weißt du, was eine Kabbelung ist?«

»Natürlich.«

»Die überlebst du nicht, wenn du dagegen ankämpfst. Du sparst dir deine Kräfte, lässt dich von der Flut treiben und schwimmst dann im geeigneten Moment parallel zur Küste los.«

»Du schlägst also vor, dass ich mich gleich brav hinsetze und treiben lasse.«

»Nicht ganz. Ich glaube, der Präsident wäre enttäuscht, wenn du nicht offen deine Meinung vorbringst. Am Ende musst du ihnen allerdings ihren Willen lassen.«

»Und was bekomme ich dafür im Gegenzug?«

Der Türknauf des privaten Esszimmers des Präsidenten drehte sich und man hörte Stimmen von der anderen Seite. »Wenn die Besprechung vorbei ist, kommst du in den Situation Room. Der Präsident möchte dort unter vier Augen mit dir sprechen.«

Hayes betrat den Raum als Erster. Kennedy und Haik standen auf. Der Präsident war 1,85 groß. Von seinen grau melierten Haaren war nach drei Jahren im Amt fast nur noch Grau übrig. Er kam direkt zu Kennedy und umarmte sie: »Irene, es tut mir so leid. Ich weiß, dass Sie ihr sehr nahestanden.«

Kennedy rang um Fassung. »Danke, Mr. President.«

»Wie geht es Mitch?«

»Er ruht sich aus.«

Der Präsident starrte sie sekundenlang an, als malte er sich parallel aus, was Rapp in dieser Sekunde durch den Kopf ging. »Was für eine Tragödie.« Er schüttelte den Kopf und forderte alle Anwesenden mit einem Winken auf, Platz zu nehmen. Haik und Kennedy ließen sich gemeinsam auf einer Couch nieder, Außenministerin Berg, Justizminister Stokes und der nationale Geheimdienstdirektor Ross entschieden sich für die Plätze gegenüber von ihnen. Außerdem standen zwei Sessel vor dem Kamin. Der Präsident wählte den linken, der Vizepräsident den rechten. Hayes verschränkte die Hände und fragte Kennedy: »Haben Sie seit unserem Gespräch gestern etwas Neues erfahren?«

»Nicht wirklich, Sir.«

»Vertreten Sie nach wie vor die Meinung, dass es sich um einen professionellen Mordversuch handelte?«

»Ja, Sir.«

»Irene.« Direktor Ross beugte sich vor und schlug einen Ton an, als redete er mit einem debilen Kind. »In unser aller Interesse will ich direkt zur Sache kommen. Ich weiß, dass es für Sie sehr schwer ist. Sie verbindet eine persönliche Beziehung mit Rapp und seiner Frau. Dies ist eine schreckliche Tragödie. Wir respektieren zwar Ihre Meinung« – er heuchelte Mitgefühl wie ein Amateurschauspieler – »teilen jedoch nicht Ihre Einschätzung, dass ein Auftragskiller dahintersteckt.«

Der Blick ihrer braunen Augen ging durch ihn hindurch. In den letzten 24 Stunden hatte sich alles verändert. Gestern war sie noch bereit gewesen, über seine zahllosen Schwächen hinwegzusehen, aber jetzt empfand sie blanken Hass für diesen Mann. Es kostete sie große Überwindung, nicht mit dem offensichtlichen Fakt herauszuplatzen – nämlich dass es Ross schlicht an Erfahrung fehlte, um eine solche Einschätzung abgeben zu können.

»Das FBI hat uns heute Morgen gebrieft«, fuhr Ross fort, »und wir glauben, dass es nicht genügend Anhaltspunkte gibt, die eine solche Theorie stützen.«

Kennedy nickte. »Haben Sie mit Special Agent McMahon gesprochen?«

Stokes antwortete an seiner Stelle. »Nein. Wie Sie sicher wissen, hält sich Direktor Roach außer Landes auf, deshalb hat uns Deputy Director Finn gebrieft.«

»Und war Mr. Finn am Tatort?«

»Nein«, musste Stokes zugeben.

»Irene«, hakte Ross nach. »Wer hat die Presse auf die Idee gebracht, dass Mitch tot ist?«

Beide Morgenzeitungen in Washington hatten Berichte veröffentlicht, wonach Rapp und seine Frau bei einer Propanexplosion in ihrem Haus in Maryland ums Leben gekommen waren. Sämtliche TV-Sender meldeten das Gleiche. Ohne die geringsten Schuldgefühle sah sie Ross an. »Ich habe keine Ahnung.«

»Wo ist er jetzt?«

»Er erholt sich an einem sicheren Ort.«

»Wo?«, drängte Ross.

»In einem unserer Safe Houses in Virginia.«

»In welchem?«

Kennedy legte den Kopf schräg. »Warum interessieren Sie sich so für Mitchs aktuellen Aufenthaltsort?«

Ross sah zu den anderen. »Mitch hat einen gewissen Ruf als Einzelgänger. Wir halten es für das Beste, wenn ihn das FBI im Auge behält, bis sich die Lage beruhigt hat.«

»Oh … Darüber brauchen Sie sich keine Sorgen zu machen«, versetzte sie sarkastisch. »Ich bin sicher, wenn Sie drei ihm erklären, dass die Explosion lediglich ein Unfall war, wird er den Fall direkt zu den Akten legen.«

Es war offensichtlich, dass Ross ihr Tonfall nicht schmeckte. Er setzte sich aufrecht hin und fragte: »Wer waren die beiden Männer, die Sie letzte Nacht zu Rapps Haus geschickt haben?«

»Ich bin nicht sicher, ob ich verstehe, was Sie meinen.«

»Ich habe vorhin mit der Polizei von Anne Arundel telefoniert. Der Sheriff berichtete mir, gestern Abend seien zwei Männer aufgetaucht und verkündeten, Sie hätten sie geschickt, damit sie sich ein bisschen umsehen.« Ross verschränkte die Arme provozierend vor der Brust. »Offenbar haben Sie eine Menge Ärger verursacht.«

»Ach ja?«

»Ja. Wer waren sie?«

»Professionelle Killer.«

Ross verzerrte wütend das Gesicht. »Das ist nicht die passende Zeit für Humor.«

»Kein Humor.« Kennedy schüttelte den Kopf. »Sie gehören zu den Leuten, die darauf spezialisiert sind, andere umzubringen und es wie einen Unfall aussehen zu lassen.«

Ross' Nasenflügel blähten sich. »Nennen Sie mir ihre Namen.«

»Das ist leider nicht möglich.«

»Warum nicht?«

»Sie verfügen nicht über die nötige Sicherheitsfreigabe.«

»Ich bin Ihr Vorgesetzter«, verkündete er mit einer Stimme, der es völlig an Beherrschung fehlte.

»Trotzdem ist diese Information nicht für Sie freigegeben«, beharrte sie. Die Stimmung im Raum wurde extrem angespannt. »Es überrascht mich allerdings, Mark, dass Sie sich mehr für die Identität dieser Männer interessieren als dafür, was sie herausgefunden haben.«

»Wer sie sind, ist durchaus ein Thema«, schaltete sich Justizminister Stokes ein. »Sollte sich herausstellen, dass wir es tatsächlich mit einem Verbrechen zu tun haben, müssen meine Mitarbeiter Beweismaterial zusammentragen. Da könnte es zum Problem werden, wenn zwei Berufskiller kurz nach der Tat vor Ort waren und möglicherweise Beweise manipulierten.«

»Zumal«, sagte Ross, »diese sogenannten Beweise unglaublich dürftig ausfallen, Irene. Ein paar niedergetrampelte Grashalme und eine Reifenspur.« Ross verzog abfällig das Gesicht. »Dem steht entgegen, dass der Leiter der örtlichen Feuerwehr von einem Unfall ausgeht. Damit ist die Theorie sofort vom Tisch.«

»Was schlagen Sie also vor? Sollen wir die Warnung ignorieren, die wir letzte Woche von den Jordaniern erhielten, dass ein Kopfgeld auf Rapp ausgesetzt wurde? Ignorieren wir die Erkenntnisse von zwei hervorragend ausgebildeten, mehrfach ausgezeichneten Veteranen der Special Forces, die mehr über die Angelegenheit wissen als wir alle zusammen?«

»Das hat niemand gesagt«, ruderte Ross zurück.

»Warum sind Sie dann so fixiert darauf, den Vorfall als Unfall abzustempeln?«

Es wurde äußerst still im Raum. Die drei Regierungsmitglieder sahen zum Präsidenten, als hielten sie den Zeitpunkt für gekommen, dass er sich zu Wort meldete. Er schluckte den Köder nicht. Auch der Vizepräsident schwieg.

Außenministerin Berg räusperte sich. »Irene, es gibt eine richtige Methode, die Dinge anzugehen, und es gibt eine falsche.«

Was für eine tolle Binsenweisheit, dachte Kennedy.

»Die richtige Methode lautet, dem FBI die Ermittlungen zu überlassen.«

»Und die falsche?«

»Die falsche«, übernahm der Justizminister die Initiative, »lautet, Undercover-Leute der CIA zum potenziellen Schauplatz eines Verbrechens zu schicken.«

Kennedy überlegte, ob sie dem besten Juristen des Landes erklären sollte, dass sie gar nicht wüssten, dass es sich um den potenziellen Schauplatz eines Verbrechens handelte, wenn sie nicht Coleman und Wickers hingeschickt hätte, um entsprechende Beweise zu sammeln. Sie entschied, dass es die Mühe nicht lohnte. Sie hatten ihr Urteil bereits gefällt. Sie wollten um jeden Preis einen Amok laufenden Mitch Rapp verhindern. Genauer gesagt: Sie wollten verhindern, dass er im Namen der US-Regierung Amok lief, weil es sie und ihre Organisationen vor immense Schwierigkeiten stellte.

»Ich kann Ihnen versichern«, fuhr Stokes fort, »dass wir die Täter ihrer gerechten Strafe zuführen, falls sich herausstellt, dass ein Verbrechen verübt wurde. Es könnte eine Weile dauern, aber wir werden es bis zum Ende durchziehen. In der Zwischenzeit müssen Sie Rapp klarmachen, dass er sich auf keinen Fall in die Ermittlungen einmischen darf. Sollte er dieser Anordnung zuwiderhandeln, muss er sich auf ernsthaften juristischen Ärger gefasst machen.«

Wäre die Situation nicht so ernst gewesen, hätte Kennedy die Warnung des Justizministers als lachhaft abgestempelt. Sie wandte sich dem Präsidenten zu, um zu sehen, ob er diesen Unsinn allen Ernstes unterstützte. Hayes schielte auf seine Uhr und vermied Augenkontakt. Ihr fiel Haiks Warnung ein und sie richtete merklich versöhnlicher an Stokes' Adresse: »Ich bin sicher, dass Mitch

Ihre Androhung juristischer Konsequenzen ausreichend einschüchtern wird. Vielleicht möchten Sie ihn ja persönlich darauf hinweisen?«

Das schien dem Justizminister weniger zu gefallen. Er wartete, dass ihm Berg und Ross zu Hilfe eilten. Der nationale Geheimdienstdirektor tat ihm als Erster den Gefallen: »Das Letzte, was wir brauchen, ist ein Angestellter der Central Intelligence Agency, der sich zum Richter, Geschworenen und Henker in Personalunion aufschwingt.«

»Ich finde ja eher, das Letzte, was wir brauchen, wäre, jemanden ungestraft mit dem Versuch davonkommen zu lassen, einen CIA-Angestellten zu ermorden.«

»Sollte jemand versucht haben, Rapp zu töten, werden wir ihn finden und dafür bestrafen.«

Kennedys Nicken verriet, dass sie kein Wort glaubte. Sie schob eine Frage hinterher: »Wie wollen Sie Mitch eigentlich davon abhalten, der Sache auf eigene Faust nachzugehen?«

»Ich erwarte von Ihnen als seine Vorgesetzte, dass Sie ihn daran hindern«, erklärte Ross schlicht.

»Und falls er kündigt?«

Ross wandte sich an Außenministerin Berg. Nach kurzem Zögern verkündete sie: »Wir haben Mr. Rapps Reisepass für ungültig erklärt. Er darf das Land nicht verlassen.«

Jetzt wurde es wirklich lächerlich. Diese triviale Vorkehrung entlockte ihr ein lautes Auflachen. Drei steinerne Mienen starrten sie an. »Und Sie glauben allen Ernstes, das hält ihn auf?«, fragte sie. »Mitch Rapp … einen Mann, den wir als Deep-Cover-Agenten ausgebildet haben? Einen Mann, der fünf Sprachen fließend beherrscht, wahrscheinlich mehr falsche Identitäten besitzt, als selbst mir bekannt ist, und so gut wie jedes Land in Europa und im Nahen Osten unbemerkt bereist hat? Sie glauben, da reicht es, seinen Pass zu annullieren?«

Sie erhielt keine Antwort. Stokes erklärte: »Zu seinem eigenen Besten werden wir ihn in Schutzhaft nehmen.«

Kennedy schüttelte nur den Kopf und entgegnete voller Sarkasmus: »Danke für das freundliche Angebot, aber wir lehnen es ab.«

»Irene, es ist für das Wohl des Landes«, insistierte Ross.

»Darüber lässt sich streiten. Mitch ist in Sicherheit und benötigt keinen zusätzlichen Schutz.«

»Irene«, warnte Stokes. »Notfalls erwirke ich eine gerichtliche Verfügung.«

»Auf welcher Grundlage, Marty?« Zum ersten Mal blitzte Kennedys Temperament auf. »Glauben Sie, Sie sind der einzige Mensch in dieser Stadt, der einen Richter nach seiner Pfeife tanzen lassen kann?« Sie ließ die unterschwellige Drohung kurz sacken, dann fügte sie an: »Glauben Sie mir ... diese Schlacht gewinnen Sie nicht. Das wird hässlich.«

Ross hob die Hand und forderte die Streithähne auf, sich zu beruhigen. »Atmen wir alle mal kurz durch und schalten einen Gang runter. Ich bin sicher, die CIA ist mehr als fähig, Mitch im Auge zu behalten, bis er wieder auf den Beinen ist. Allerdings muss ich Sie bitten, Irene, dem FBI ein Besuchsrecht zu gewähren, damit er befragt werden kann.«

Kennedy zögerte. »Special Agent McMahon soll mich anrufen, ich leite dann alles Weitere in die Wege.«

»Ich möchte ebenfalls mit ihm sprechen«, sagte Ross.

»Ich bezweifle, dass er aktuell in der Verfassung ist, Besuch zu empfangen, aber ...«

»Wenn er so weit hergestellt ist«, griff der Präsident ein, der seine Bemerkung eindeutig an Ross richtete, nicht an Kennedy.

Eine kurze Pause entstand. Der nationale Sicherheitsberater nutzte die Gelegenheit, das Treffen zu beenden. Er stand auf. »Der Präsident hat heute Vormittag einen straffen Zeitplan. Wenn Sie uns also bitte entschuldigen.« Haik deutete auf Ross und fragte: »Hätten Sie 15 Minuten?«

»Natürlich.«

Haik zog den Geheimdienstkoordinator auf die Seite und redete leise auf ihn ein. Der Präsident zog sich unauffällig zurück und verschwand durch die Tür, die zum Büro seiner persönlichen Sekretärin führte. Kennedy sah Außenministerin Berg, Justizminister Stokes und Vizepräsident Baxter ein letztes Mal an, dann verließ sie zutiefst angewidert den Raum.

43

IM WEISSEN HAUS

Kennedy ging direkt in den Situation Room. In ihren mehr als 20 Jahren bei der CIA hatte sie noch nie ein größeres Rette-deinen-Arsch-Meeting erlebt. Dabei ärgerte sie sich weniger über ihren Boss, den Justizminister oder die Außenministerin. Sie hatte damit gerechnet, dass sie ihre Schäfchen ins Trockene bringen wollten, wenn auch nicht so überhastet. Ihre Wut richtete sich eher gegen den Präsidenten. Sie hatte ihn nie zuvor so halbherzig erlebt, insbesondere bei einem Thema, das ihn vermutlich genauso auf die Palme brachte wie sie. Das ergab alles überhaupt keinen Sinn.

Sie erreichte den Zugang zum Situation Room und tippte ihren Code ein, zog die schwere Tür auf und würdigte den diensthabenden Offizier, der ein paar Schritte weiter hinter einem Schreibtisch saß, keines Blickes. Kennedy wandte sich nach links und betrat den schallsicheren Besprechungsbereich. Überrascht stellte sie fest, dass zwei Personen am hinteren Ende des langen, glänzend polierten Holztischs saßen. Bevor sie Gelegenheit fand, die beiden anzusprechen, betrat der Präsident den Raum und schloss die Tür. Die Anwesenden wollten aufspringen, doch Hayes kam ihnen zuvor und erklärte, das sei nicht nötig.

Kennedy nahm an, die Senatoren Walsh und Hartsburg waren vom Präsidenten hierherzitiert worden. Sie konnte sich bloß nicht vorstellen, aus welchem Grund. Statt an der gewohnten Stelle am Kopfende Platz zu nehmen, lief Hayes zur anderen Seite und stoppte neben dem Stuhl von Senator Hartsburg. »Setzen Sie sich, Irene.«

Kennedy nahm Platz. Der Präsident kam um den Tisch und ließ sich auf die Sitzfläche neben Senator Walsh sinken. Mit gesenkten Schultern und auf die Holzplatte gestützten Unterarmen saß er da. »Irene, es tut mir leid, dass Sie das gerade ertragen mussten.«

Kennedy wurde nie auf dem falschen Fuß erwischt und ließ sich nie von ihrem Temperament überwältigen, aber heute schien ein Tag voller Premieren zu sein. »Mr. President, wären Sie so freundlich, mir zu erklären, was zum Teufel hier vor sich geht?«

»Irene, eher gefriert die Hölle, als dass diese Explosion ein Unfall gewesen ist. Sie wissen es, ich weiß es, und die wissen es auch.«

»Warum erlauben Sie ihnen dann, Mitch festzusetzen und die CIA von der Sache abzuziehen?«

»Das habe ich nicht getan.«

»Das hörte sich da oben gerade anders an.«

»Irene, was glauben Sie, was Mitch tun wird, sobald er sich fit genug fühlt, das Bett zu verlassen?«

Kennedy kannte die Antwort, behielt sie aber lieber für sich.

Senator Hartsburg hüstelte. »Er wird jeden töten, der etwas mit dem Tod seiner Frau zu tun hatte.«

»Sehr richtig«, antwortete der Präsident. »Und ich kann ihm keinen Vorwurf machen.«

»Was sollte dann dieser Unsinn, seinen Pass für ungültig zu erklären und ihn in Schutzhaft zu nehmen?«

»Nicht meine Idee.« Hayes schüttelte den Kopf. »Es ändert sowieso nichts. Sie und ich, wir wissen beide, dass ihn das nicht aufhalten wird. Mit oder ohne Pass wird er das Land verlassen und fliegen, wohin er will.«

»Mr. President, ich bin verwirrt. Mitch hat große Opfer für dieses Land gebracht. Ich finde, es gibt andere Möglichkeiten als ihn wie einen Verbrecher zu behandeln.« Sie wirkte angewidert. »Um ehrlich zu sein, Sir, nach allem, was Mitch für Sie getan hat, hätte ich erwartet, dass Sie ihm den Rücken stärken, wenn er Sie am meisten braucht. Stattdessen knicken Sie vor den Forderungen einiger weniger Kabinettsmitglieder ein.«

Hayes steckte die harte Kritik überraschend gelassen weg. Er lehnte sich zurück, sah seine zwei früheren Senatskollegen an und drehte sich langsam in Kennedys Richtung. »Ich werde Ihnen jetzt etwas anvertrauen, worin nur eine Handvoll Leute eingeweiht sind. Vorher müssen Sie mir versprechen, das Thema mit niemandem zu erörtern.«

Kennedy sah ihn an. »Selbstverständlich.«

»Ich habe entschieden, mich nicht zur Wiederwahl zu stellen.«

Kennedys Augen zuckten, als sie die schockierende Neuigkeit hörte. Etwas mehr als ein Jahr vor Ende seiner ersten Amtszeit mit soliden Zustimmungswerten gab es niemanden in Washington, der damit gerechnet hätte, dass Hayes sich nicht um weitere vier Jahre im Weißen Haus bewarb. »Darf ich nach dem Grund fragen, Sir?«

»Ich habe gewisse gesundheitliche Probleme, die einer weiteren Ausübung des Amts entgegenstehen.«

Kennedy hätte gern Genaueres erfahren, doch sie wusste, dass es sie nichts anging. »Das tut mir leid, Mr. President.«

Hayes sah zu den Uhren an der hinteren Wand.

»Parkinson. Liegt in der Familie. Mütterlicherseits.«

»Ich habe keinerlei Symptome bemerkt.«

»Es gibt sie, vertrauen Sie mir. Ich nehme seit fünf Monaten Medikamente. Anfangs mit vielversprechenden Ergebnissen, über die letzten paar Wochen hat sich der Zustand jedoch deutlich verschlimmert. Mein Arzt prognostiziert, ich könne meine erste Amtszeit problemlos zu Ende bringen. Eine zweite hält er für verantwortungslos.«

»Aber Parkinson …«

Hayes schüttelte den Kopf. Er hatte sich mit sämtlichen Aspekten der Krankheit ausführlich beschäftigt und das Thema mit seiner Frau sprichwörtlich zu Tode diskutiert. Gab es eine Chance, dass er weitere vier Jahre voll leistungsfähig blieb? Die Antwort lautete Vielleicht, und das reichte ihm nicht. Hinzu kamen die körperlichen Begleiterscheinungen. Damit stand für ihn die Entscheidung fest. Hayes lächelte und sagte zu Kennedy: »Der

Mann, der die Macht über das größte Atomwaffenarsenal der Welt besitzt, darf nicht mit zittrigen Händen auf einem Podium gesehen werden.«

Kennedy blinzelte langsam und schaute zu den zwei anderen Männern. Sie alle wussten, dass er recht hatte, und bewunderten ihn, sich zu diesem schwierigen Entschluss durchgerungen zu haben. Andere hätten den Mantel der Verantwortung nicht so einfach abgestreift. »Mr. President, es tut mir so unglaublich leid.«

»Das muss es nicht. Dieses Amt ist größer als die Person. Es war mir eine Ehre, dem Land zu dienen.« Hayes blickte seine beiden früheren Senatskollegen an. Walsh lächelte, Hartsburg blickte finster drein, beide nickten. Die zwei Karrierepolitiker hätten mit Kusshand eine weitere Amtszeit mitgemacht. Bevor das Ganze in eine Mitleidsorgie ausartete, wechselte Hayes das Thema: »Irene, ich sag's Ihnen, wie es ist. Mein Vizepräsident ist vollkommen überfordert, mein Justizminister trifft moralisch fragwürdige Entscheidungen, und meiner Außenministerin ist es wichtiger, ausländischen Regierungen Honig um den Bart zu schmieren, als langfristige Vorkehrungen zum Schutz unserer nationalen Sicherheit zu treffen. Hinzu kommt ein neuer Direktor der nationalen Geheimdienste, der vermutlich eine Party schmeißen wird, wenn er erfährt, dass ich an Parkinson erkrankt bin.« Hayes streifte Hartsburg mit einem Seitenblick. Der Senator hatte Ross für den leitenden Posten vorgeschlagen.

Der chronisch schroffe Senator meinte: »Bob, er ist ein ehrgeiziger Bursche, aber ich würde nicht so weit gehen, dass er die Krankheit eines anderen feiert.«

»Okay, dann feiert er eben seine eigene Aufstiegschance.«

»Er hat einen etwas holprigen Start hingelegt«, gab Hartsburg zu. An Kennedy gerichtet: »Keine Sorge, wir werden ihn uns zur Brust nehmen und einnorden.«

»Die Sache ist, Irene«, fuhr der Präsident fort, »dass ich nicht beabsichtigte, mein letztes Jahr im Amt damit zu verbringen, Streitigkeiten zwischen Mitgliedern meiner Regierung zu managen. Sie haben mich heute früh förmlich überrumpelt. Ich hätte damit rechnen müssen, aber mir blieb nicht viel Zeit zur Vorbereitung. Ich teile ihre Meinung zwar nicht, aber ich kann nachvollziehen, warum sie so denken.«

»Dann helfen Sie mir auf die Sprünge, Sir.«

»Wir sind ein zivilisiertes Land, in dem Gesetze einzuhalten sind. Wir predigen anderen Nationen ständig, welche hohen Güter das Recht auf freie Meinungsäußerung, Rechtsstaatlichkeit und faire Strafverfahren sind. Bei uns sorgen Justizministerium und Gerichte dafür, dass es so bleibt. Ein Verbrechen wurde auf amerikanischem Boden verübt. Ja, es richtete sich gegen einen Angestellten der CIA. Das ändert jedoch nichts daran, dass es Sache der Justiz ist, sich darum zu kümmern. Wir, die wir hier sitzen, können nichts daran ändern.«

»Irene«, meldete sich Senator Walsh zu Wort. »Es gilt noch einen anderen Blickwinkel zu berücksichtigen. Mitchs Frau war eine bekannte Journalistin. Die Medien werden die weitere Entwicklung also sehr genau im Auge behalten. Das Justizministerium wird vermutlich bald verkünden, dass es sich nach seinem Dafürhalten um einen Unfall handelt. Damit nehmen sie etwas Druck vom Kessel. Im Hintergrund wird man die Ermittlungen natürlich fortführen. Ich gehe davon aus, als Verbrechen werden sie es offiziell erst einstufen, wenn es einen Verdächtigen gibt, dem sie die Sache anhängen können.«

»Diese Explosion war kein Unfall.«

»Das wissen wir alle«, wiederholte Hayes.

»Und was werden wir unternehmen?«

»Damit wir uns richtig verstehen.« Hayes stützte die Ellbogen auf und faltete die Hände. »Ich möchte, dass der Täter zur Rechenschaft gezogen wird, und zwar so bald wie möglich. Ich will nicht, dass sich die Ermittlungen über Jahre hinziehen, und auch nicht, dass es zu einem sensationsheischenden Prozess kommt. Es sei denn, es gibt gar keine andere Möglichkeit.«

»Was ist mit dem Justizministerium?«

»Die sollen ihre offizielle Untersuchung einleiten.« Hayes machte eine abfällige Handbewegung, als wäre der massive Justizapparat der Vereinigten Staaten ein lästiges Ärgernis. »Sie und Special Agent McMahon kommen gut miteinander aus. Ich werde ihn bitten, alle gesammelten Erkenntnisse direkt an Sie weiterzugeben. Um ehrlich zu sein, erwarte ich allerdings, dass Sie ihm längst mehrere Schritte voraus sind.«

»Darf ich fragen, warum Sie das erwarten, Sir?«

»Weil Sie im Gegensatz zu den anderen nicht nach den Regeln spielen müssen, Irene.«

»Was unternehmen wir wegen Ross?« Kennedy blickte Senator Hartsburg fragend an.

»Mark wird keine Probleme machen.«

Sie schüttelte den Kopf. »Das sehe ich anders.« Irene rechnete mit Rückendeckung vom Präsidenten. Immerhin hatte Ross sich bei ihm über Rapps Aufmüpfigkeit und sein rüpelhaftes Benehmen beschwert.

Als sie den Kopf in Hayes' Richtung drehte, erntete sie jedoch kein wissendes Nicken, sondern einen verwirrten Gesichtsausdruck.

In diesem Moment wurde ihr klar, dass Ross sie angelogen hatte. »Mr. President, ich glaube, Direktor Ross hat nicht so offen mit Ihnen gesprochen, wie er mir gegenüber behauptet hat.«

»Was hat er denn behauptet?«

»Dass er sich bei Ihnen über eine kürzliche Auseinandersetzung mit Mitch beschwert hat.«

Hayes schüttelte den Kopf. »Mir gegenüber hat er seit seinem Diensteintritt kein Sterbenswörtchen über Rapp verloren.«

»Letzte Woche hatte ich in meinem Büro eine interne Besprechung mit Mitch und Scott Coleman«, erklärte sie ihm. »Direktor Ross tauchte unangekündigt in Langley auf und platzte dazwischen.« Sie schilderte, wie der IRS am nächsten Tag vor Scott Colemans Tür aufgetaucht war und Ross das Pentagon über seine Mitarbeiter unter Druck setzte, Colemans vollständige Dienstakte freizugeben. Sie beendete die Zusammenfassung mit Rapps Besuch bei Ross, der zu diesem Zeitpunkt gerade mit mehreren Ermittlern am Tisch gesessen hatte, um sich über Scott Coleman briefen zu lassen. Und damit, dass Rapp sich daraufhin eine Mappe mit Colemans Steuererklärung geschnappt und Ross damit einen Schlag verpasst hatte.

Hartsburg wirkte erschüttert. Walsh und der Präsident saßen einfach nur stumm da, bis Ersterer die Sprache wiederfand: »Ich habe Ihnen beiden gesagt, dass er der falsche Mann für den Job ist.«

»Ach was, das schafft er schon«, behauptete ein in die Defensive gedrängter Hartsburg. »Ich werd mal mit ihm reden.«

»Der hört Ihnen sowieso nicht zu«, schimpfte Walsh. »Ich sage Ihnen, der Bursche ist ein machthungriger, eitler Pfau.«

»Dann rede ich mit ihm«, verkündete der Präsident ruhig.

»Das will ich Ihnen nicht zumuten, Mr. President.« Hartsburg hatte ihm Ross regelrecht aufgedrängt und fühlte sich dafür verantwortlich, die Misere selbst zu regeln. »Geben Sie mir eine Chance, ihn zur Vernunft zu bringen.«

»Also gut.« Hayes richtete seine Aufmerksamkeit auf Kennedy. »Wir halten Ihnen Ross vom Leib. Und Sie sorgen dafür, dass Sie Justizministerium und FBI immer mindestens einen Schritt voraus sind.«

»Was machen wir mit Mitch?«

Der Präsident lehnte sich zurück und überlegte. Nach einer längeren Bedenkpause entschied er: »Offiziell möchte ich, dass die CIA ihn in die internationalen Aspekte dieser Untersuchung einbezieht. Ich betone dabei insbesondere das Wort *international.* Ach ja, inoffiziell hat er meine Erlaubnis, jeden zu töten, der direkt an dieser Tat beteiligt war.«

44

VENEDIG, ITALIEN

Das Kreuzfahrtschiff fuhr in den Canale di San Marco ein und wühlte schlickiges Kielwasser auf, während es träge durch die Fluten glitt. Es wirkte grotesk überdimensioniert, um sich durch eine derart schmale Fahrrinne zu bewegen. Abel ging davon aus, dass die Italiener wussten, was sie taten. Der Tourismus war immerhin die führende Einnahmequelle des Landes. Es hätte ihnen nicht gut zu Gesicht gestanden, wenn einer dieser stählernen Kolosse mit dem Bug voran gegen die malerische Fassade des Palazzo Ducale krachte. Es war bereits das dritte vergleichbare Schiff an diesem Nachmittag, allerdings mit Abstand das größte.

Abel sonnte sich auf der Terrasse seines Penthouse-Zimmers für 2000 Dollar pro Nacht, das einen herrlichen Blick auf den Zusammenfluss von Canal Grande und Canale di San Marco bot. Während der Hauptsaison kletterte der Preis sogar auf 5000 Dollar pro Nacht. Man musste allerdings ein echter Dummkopf sein, um im Sommer nach Venedig zu reisen. Dann wimmelte es in der Stadt von Touristen und die schwüle Hitze vermischte sich mit Schweiß zu einem säuerlichen, abstoßenden Geruch. Hinzu kam, dass es noch teurer war als sonst und der Service extrem nachließ. Im Herbst oder Frühjahr sah es ganz anders aus. Bei milden Temperaturen und angenehmer Luftfeuchtigkeit verschwand auch der faulige sommerliche Gestank der Kanäle. Das Gedränge in den engen Gassen ließ nach und die Bedienungen wurden merklich freundlicher.

Das Schiff gab drei kurze Stöße mit dem Signalhorn ab. Abel blickte hinauf zu den Passagieren, die sich über ihm an der Reling aller vier Decks drängten, fotografierten, winkten und gafften. Hätte man eine Gemeinsamkeit bei ihnen finden sollen, war es wohl ihr Mangel an körperlicher Fitness. Während er sich auf seiner Sonnenterrasse ausstreckte, starrten sie auf ihn herab wie plumpe Vögel auf der Suche nach Brotkrumen. Seine anfängliche Bewunderung für die Ingenieurskunst, die es ermöglichte, ein solches Schiff zu bauen und durch den engen Kanal zu manövrieren, wich der Genervtheit, dass das gemeine Volk seine Privatsphäre störte. Abel gab sich Mühe, sie zu ignorieren, und widmete sich dem Bildschirm seines Laptops.

Hinter ihm lagen interessante Stunden. Um sieben Uhr morgens war er aus erholsamem Schlaf erwacht, hatte geduscht und sich rasiert. An das Frühstück im großen Ballsaal schloss sich ein langer Spaziergang durch die Stadt an. Er war über den Canal Grande nach San Polo und später nach Santa Croce geschlendert. Dabei interessierte er sich ausschließlich dafür, wie diese einzigartige schwimmende Stadt sich auf den neuen Tag vorbereitete. Müllwagen machten ihre Runden. Wassertaxis und Fähren chauffierten Leute vom Festland und den umliegenden Inseln zur Arbeit. Essen, Bürobedarf, Briefe und Pakete, Wein und andere Waren, die benötigt wurden, um eine Stadt am Laufen zu halten, wurden auf dem Wasserweg transportiert und von jungen, kräftigen Männern entladen, die mit Karren in unterschiedlichsten Ausführungen und Größen hantierten. Diese Art, Handel zu treiben, fand man nur in Venedig.

Noch vor zehn Uhr war er ins Hotel zurückgekehrt und hatte seine E-Mails gecheckt. Erfreut und schockiert zugleich las er die Nachricht, die ihm Mitch Rapps Tod bestätigte. Nicht nur dass er tot war, dem Killer war es sogar gelungen, es wie einen Unfall hinzustellen. Abel war absolut fassungslos über die rasche und offenbar mühelose Erledigung des Kontrakts. Said Ahmed Abdullah würde bald ein äußerst glücklicher Mann sein. Es überraschte ihn nicht, dass die Täter die sofortige Überweisung der Restsumme forderten. So verlockend er die Vorstellung empfand, Abdullah anzurufen und ihm die gute Nachricht zu überbringen, wollte er doch erst eine Bestätigung aus unabhängiger Quelle einholen.

Aufgrund des Zeitunterschieds zwischen Venedig und Washington, D. C. dauerte es etwas länger. Um keine ungewollte Aufmerksamkeit auf sich zu lenken, verzichtete er darauf, seine Kontakte in der internationalen Geheimdienstszene anzurufen. Um 14 Uhr stieß er auf der Website der *Washington Post* endlich auf eine entsprechende Meldung. Abel las sie und das Herz schlug ihm bis zum Hals. Nachdem er die einleitenden Absätze gelesen hatte, lief er erst einmal tanzend durchs Zimmer. Er hatte gerade weitere Millionen verdient, ohne einen Finger zu rühren. Abel war kein Tänzer und neigte nicht zu spontanen Emotionsausbrüchen, doch diesmal machte er eine Ausnahme.

Nachdem er den Artikel zu Ende gelesen hatte, kontaktierte er Abdullah über das verschlüsselte Satellitenhandy und verkündete ihm die guten Neuigkeiten. Der Vater brach in lautes Schluchzen aus. Zwischendurch pries er Allah und dankte Abel mit erstickter Stimme, dass er ihm die ersehnte Genugtuung verschafft habe. Dieser wollte den Anruf nicht zu sehr in die Länge ziehen und brachte das Thema Bezahlung zur Sprache. Abdullah versicherte ihm, das Geld sei vor Bankenschluss auf seinen Konten, und dankte Abel überschwänglich für seine Unterstützung. Abel schloss das Gespräch mit einer Warnung an den Milliardär, achtsam zu bleiben. Obwohl die amerikanische Presse von einer unbeabsichtigten Explosion ausging, zweifelten Experten der CIA vermutlich an dieser Lesart.

Nun, da der Abschluss der Transaktion zum Greifen nahe war, wartete Abel nervös auf die Eingangsbestätigungen seiner zahlreichen Banken. Nachdem Prinz Muhammad bin Rashid verlangt hatte, dass Abel den

Mord wie einen Unfall aussehen ließ, hatte der Deutsche sich geweigert, die Mehrkosten dafür selbst zu schultern, und Said Ahmed Abdullah mit dem Anliegen konfrontiert. Der Milliardär schien sich keinerlei Sorgen um mögliche Ermittlungen nach Rapps Tod zu machen. Abel versuchte, ihm die drastischen Konsequenzen vor Augen zu führen, doch Abdullah wollte davon nichts hören. Ihm reichte, dass der Amerikaner starb. Abel ließ nicht locker, bis sich der Milliardär bereit erklärte, den zusätzlichen Bonus zu übernehmen.

Zehn Millionen Dollar für einen Zeitaufwand von weniger als zwei Wochen plus den ausgehandelten Bonus von fünf Millionen für das Verwischen der Spuren. Abel hielt das für einen neuen Rekord in seiner Branche. Er musste sich bremsen, nicht mit dem Coup hausieren zu gehen. Allerdings gab es einen triftigen Grund, darauf zu verzichten. Sollten die Killer herausfinden, dass er sie bezüglich der Gesamtsumme belogen hatte, brachten sie ihn womöglich auch noch um. Bekamen die Amerikaner davon Wind, würden sie ihn foltern und dann umbringen. Also hielt er besser die Klappe. In 20 Jahren, wenn er sich aufs Altenteil zurückzog, konnte er immer noch seine Memoiren schreiben und sich damit brüsten, Amerikas besten Agenten aus dem Verkehr gezogen zu haben. Auf das größte Risiko hatte er bedauerlicherweise keinen Einfluss. Der Vater würde definitiv mit der Tat protzen. Er würde jedem erzählen, dass die Ermordung des großen Mitch Rapp auf sein Konto ging.

Abel kam ein Gedanke, während er seinen Posteingang förmlich hypnotisierte, damit die Überweisungsbestätigungen auftauchten. Er war überrascht, dass er nicht früher darauf gekommen war. Warum sollte er nicht einen

Teil seines frisch erworbenen Vermögens für ein Kopfgeld auf den Vater einsetzen? Er beschloss, diese Option auszuloten.

Ein Signalton kündigte das ersehnte Eintreffen einer Mail an. Er strahlte, als er las, dass zwei Millionen Dollar auf einem der Konten eingetroffen waren und gemäß seiner Verfügung die Hälfte des Betrags direkt zu einem Kreditinstitut auf den Bahamas weitertransferiert worden war. Kurz darauf trafen weitere fünf Bestätigungen mit ähnlichem Inhalt ein. Abel griff zum Telefon und ließ sich eine Flasche 1989er Pichon Longueville Baron aufs Zimmer bringen. Er blickte hinaus auf die barocken Kuppeln der Santa Maria della Salute am anderen Ufer des Kanals und dankte Gott für die Erfindung des schweizerischen Bankenwesens.

45

CIA Safe House, Virginia

Rapp erwachte und wünschte sich, alles nur geträumt zu haben. Ein Blick auf die ungewohnte Umgebung verriet ihm, dass er sich diesen Wunsch abschminken konnte. Er sah sich mit seinem größten persönlichen Albtraum konfrontiert. Seine Frau und sein ungeborenes Kind waren tot. Die schrecklichen Erinnerungen, die ihn verfolgten, seit seine damalige Freundin in einem von Terroristen in die Luft gesprengten Flugzeug über dem schottischen Lockerbie abgestürzt war, kehrten schlimmer denn je zurück. Er hatte Jahre gebraucht, um über ihr tragisches Ende hinwegzukommen. Die inzwischen verstrichene Zeitspanne und der fordernde Job hatten ihm dabei geholfen. Dann lernte er Anna kennen. Alles schien wieder perfekt zu sein. Die schmerzhafte Wunde verheilte. Zurück blieb nur eine kleine Narbe, die flüchtige Erinnerung an eine Frau, die vor über einem Jahrzehnt gestorben war.

Bis mit einem Schlag auch Anna samt all seinen Hoffnungen und Sehnsüchten aus seinem Leben gerissen wurde. Die alte Wunde riss wieder auf und schmerzte so brutal, dass die frühere Trauer im Vergleich wie ein Witz wirkte. Seine Jugendliebe kam ihm so unglaublich naiv vor, wenn man sie mit der absoluten Hingabe und Bewunderung für seine Frau verglich. Diese Höllenqualen würden ihn nie mehr aus ihrem Klammergriff entlassen, befürchtete er.

Rapp kämpfte mit den Tränen und zwang sich, die Lage nüchtern zu analysieren. Er konnte sich vage erinnern, nachts an einen anderen Ort gebracht worden zu sein. Der stechende Kopfschmerz, der verschwommene Blick und seine Lethargie deuteten auf die Verabreichung eines Beruhigungsmittels hin. Er hob den Kopf und sah seinen Verdacht bestätigt: Riemen fixierten Hände und Füße. Das gefiel ihm überhaupt nicht. Er testete aus, wie fest sie saßen. Nach einem kurzen Versuch gab er auf. Es war relativ dunkel im Raum, doch das schummrige Licht verriet ihm, dass er sich nicht in einem Krankenhaus befand. Es wirkte eher wie ein Hotelzimmer oder privates Schlafzimmer.

Seine einzigen konkreten Erinnerungen an die Zeit in der Klinik waren Kennedys Stimme, die ihn über Annas Tod informierte, und die äußerst kräftigen Männer, die ihn daraufhin ausbremsten. Hatte man ihn danach nicht mit einem Krankenwagen abtransportiert? Vermutlich hatte Irene ihn an einen sicheren Ort bringen lassen. Rapp ging eine kurze Liste von Möglichkeiten durch und flüsterte zu sich selbst: »Wie zum Teufel konnte das passieren?«

Er registrierte eine Bewegung irgendwo im Gebäude – eine Erschütterung, als wäre eine schwere Tür ins Schloss gefallen. Nun hörte er Schritte. Er mühte sich, den Kopf Richtung Tür zu drehen, und beobachtete, wie der schwere Messinggriff in Bewegung geriet. Vermutlich wurde er von einer lichtempfindlichen Kamera beobachtet. Die Tür öffnete sich fast lautlos und ein dunkler Schatten betrat den Raum. Rapp konnte das Gesicht nicht erkennen, aber die Bewegungen des Mannes wirkten vertraut. Er schlich sich regelrecht ans Bett heran. Drohte ihm etwa Gefahr?

»Wie geht's dir, Kumpel?«

Scott Coleman. Rapp entspannte sich und fragte: »Wo bin ich?«

»CIA Safe House.«

Rapp beäugte das frühere Mitglied einer Spezialeinheit. »In welchem?«

»In der Nähe von Leesburg.« Coleman lief zur anderen Seite des Bettes und zog die Vorhänge auseinander.

Grelles Licht flutete den Raum. Rapp drehte das Gesicht zur Seite. »Wie spät ist es?«, fragte er mit zusammengekniffenen Lidern.

»Fast Mittag.«

Rapp störte, dass er nicht die Hand heben konnte, um die Augen abzuschirmen. »Mach mich los.«

Coleman zögerte und wägte die Alternativen ab. Kennedy hatte strikte Anweisung erteilt, ihn zu betäuben und zu fixieren, bis er mit der Sprache rausrückte, was er zu unternehmen gedachte. Coleman gefiel es gar nicht, den Freund wie einen Gefangenen zu behandeln. Nach allem, was er durchgemacht hatte, wollte er seinen Wunsch nicht ignorieren. Er griff nach einem der Stoffbänder, mit denen das Handgelenk an den Bettrahmen gefesselt war. »Mach keine Dummheiten, Mitch. Du hast einen gebrochenen Arm, zwei gebrochene Rippen und eine tiefe Quetschung am Oberschenkel. Außerdem ist dein Knie nach der Operation stark geschwollen.« Der Ex-SEAL hatte die Knoten gelöst und schob Rapp ein paar Kissen in den Rücken, damit er aufrecht sitzen konnte.

Ein kurzer Blick aus dem Fenster verriet Rapp, dass er sich im ersten Stock befand. Die leicht grünliche Tönung der Scheiben wies auf kugelsicheres Glas hin. Er war schon einmal in diesem Gebäude gewesen, damals allerdings im Erdgeschoss. Für eine uneingeweihte Person unterschied sich die Farm nicht von den vielen anderen Reiterhöfen und Rückzugsorten für gestresste Geschäftsleute im ländlichen Virginia. Auf den ersten Blick äußerst charmant, doch unter dem Hauptgebäude verbarg sich ein Geheimnis, das die CIA äußerst streng hütete. Ein Ort, der so geheim war, dass er nicht mal einen Namen hatte. Die wenigen Leute, die von seiner Existenz wussten, sprachen lediglich von ›der Fakultät‹.

Jener Keller tauchte in keiner Bestandsliste auf, nicht mal im Sonderbudget der Geheimdienste, das dem Kongress jährlich zur Freigabe als Sonstiges-Posten untergejubelt wurde. Hierhin brachte man Leute, um mit allen erdenklichen Methoden Informationen aus ihnen herauszukitzeln. In früheren Jahrzehnten waren es für gewöhnlich Verräter oder Spione gewesen, überwiegend Atheisten oder Agnostiker. In jüngster Zeit fielen die Gäste vor allem durch ihren religiösen Fanatismus auf. Die Fakultät befand sich in der Nähe von Leesburg im Bundesstaat Virginia, umgeben von 25 Hektar bestem hügeligem Ackerland. Die CIA hatte das Grundstück in den frühen 50ern erworben. Die Fakultät war ein notwendiges Übel im Spionagegeschäft, bei dem oft mit mörderisch hohen Einsätzen gespielt wurde.

Rapp wollte Coleman nach Anna fragen, doch er brachte kein Wort heraus. Nachdem er seine Emotionen halbwegs unter Kontrolle gebracht hatte, fragte er: »Was ist passiert?«

»Kannst du dich an die Explosion erinnern?«

Rapp schüttelte den Kopf.

»Soweit ich es mir zusammengereimt habe, bist du nach deiner Knieoperation nach Hause gekommen und das Gebäude flog in die Luft. Irgendwie bist du unten an der Bucht gelandet. Ein Fischer aus dem Dorf hat dich aus der Brühe gefischt und man flog dich mit einem Rettungshubschrauber ins Johns Hopkins.«

»Anna?«

Coleman verlagerte sein Gewicht unbehaglich von einem Fuß auf den anderen. »Sie wurde in den Garten vor dem Haus geschleudert. Die Sanitäter vermuten, sie ist dabei gegen einen Baum geknallt. Massives Schädeltrauma. Sie wurde operiert.« Er schüttelte traurig den Kopf. »Sie hatte nie eine Chance.«

Rapp starrte benommen aus dem Fenster. Er versuchte verzweifelt, sich zusammenzureißen und darauf zu konzentrieren, was passiert war, nicht was er verloren hatte. »Wer hat es getan?«

»Das wissen wir noch nicht, aber es gibt einige Spuren.«

»Bring mich auf den aktuellen Stand«, forderte Rapp mit professioneller Distanz.

»Ich traf gestern Abend gegen zehn an deinem Haus ein. Skip McMahon war mit einigen anderen Feds da. Sie überließen die Bühne den örtlichen Behörden. Der Chef der Feuerwehr geht von einem Unfall aus, einer Propangas-Explosion. Die Ermittler teilen bislang diese Auffassung.«

Rapp verzog verächtlich das Gesicht.

»Keine Sorge, wir haben nicht eine Sekunde dran geglaubt. Lass mich grad noch die offizielle Version zu Ende bringen, dann geht's ans Eingemachte. Die Feuerwehr fand Spuren eines Brandbeschleunigers. Sie sind relativ sicher, dass es sich um Benzin handelt.«

»Wo?«

»Zwischen Garage und Gastank. Sie vermuten, dass du dein Benzin für die Boote seitlich an der Garage gelagert hast.«

»Ich betanke meine Boote am Hafen.«

»Dachte ich mir fast. Außerdem hab ich ihnen erklärt, dass du auf keinen Fall so dämlich wärst, Treibstoff so dicht neben einem Tank aufzubewahren.«

»Sehr richtig. Was noch?«

»Jetzt kommt der verzwickte Teil, Mitch.« Coleman verschränkte die Arme vor der Brust und stellte sich breitbeinig auf, als rechnete er mit Gegenwind. »Du weißt, dass Typen wie wir die Feds echt nervös machen.«

Rapp nickte.

»Ich hab letzte Nacht Wicker mitgenommen. Wir sind auf ein paar Feinheiten gestoßen, die die Offiziellen übersehen haben.«

Rapp kannte Charlie Wicker gut. Sie hatten häufig zusammengearbeitet und gelegentlich miteinander trainiert. Es gab keinen besseren Langwaffenschützen auf der ganzen Welt. »Und zwar?«

»Jemand hat sich gestern im Waldstück bei deinem Haus rumgetrieben.« Er wartete auf eine Reaktion von Mitch.

»Weiter.«

»Irene hat uns hingeschickt. Sie meinte, wir wissen, wonach wir suchen müssen. Als wir ankamen, konzentrierten sich Feds und örtliche Polizei ganz auf das Haus. Du weißt, wie gut Charlie ist. Er brauchte gerade mal zwei Minuten, um eine Witterung aufzunehmen. Wir vermuten, dass ein Tango im Wald lauerte, als du nach Hause kamst. Er hatte ein Fahrrad dabei. Wicker glaubt, er sei vorsichtig genug gewesen, es in den Wald zu tragen, habe es aber im Chaos nach der Explosion Richtung Straße geschoben. Man kann eine deutliche Spur im hohen Gras am Fahrbahnrand erkennen.« Coleman deutete mit der rechten Hand eine Kurve an. »Der Typ fuhr nach Süden, wo eure Straße in einer Sackgasse endet. Charlie wusste, dass es dort versteckte Wege gibt, also zog er mit der Taschenlampe los und folgte der Fährte bis zum Trampelpfad, der ein paar Meilen entfernt an dieser privaten Landebahn entlangführt.«

Rapp schritt den Pfad in Gedanken ab. Er hatte ihn hundertfach zu Fuß oder mit dem Rad benutzt.

»Charlie hat frische Spuren von Autoreifen am Rand des Trampelpfads entdeckt. Ungefähr da, wo die vom Fahrrad endeten. Wir vermuten, dass er das Bike auf die Ladefläche des Trucks geschmissen, dann eine Kehrtwende gemacht hat und abgerauscht ist.«

»Was sagt euch, dass es ein Truck war?«

»Glücklicherweise schmiss Skip die Show bei den Feds, also hat er seine Leute angewiesen, Abdrücke von den Spuren zu nehmen. Offenbar waren die Reifen ganz neu und hinterließen sehr deutliche Abdrücke. Laut FBI werden sie von BFGoodrich Tyres für Chevy-Pick-ups, Tahoes und Suburbans produziert.«

Rapp ließ sich die Entdeckung von Wicker und Coleman durch den Kopf gehen. »Warum glauben die Feds dann, dass die Explosion ein Unfall war?«

»Nicht alle glauben das. Skip ist sicher, dass es keiner war, aber die anderen sind ganz scharf drauf, die Ermittlungsakte bis Ende der Woche zu schließen.«

»Warum?«

»Musst du das wirklich fragen?«

»Warum?«, wiederholte Rapp. Diesmal klang es wütend. Er kannte die Antwort, aber er wollte sie aus Colemans Mund hören.

»Du machst die Menschen nervös, Mitch. Sie haben Angst, dass du Dummheiten anstellst, wenn du hier rauskommst. Und sie mögen es nicht, wenn Leute wie wir mit aufrechten Gesetzeshütern kooperieren.« Coleman trat ans Fenster. »Skip hat mir erzählt, der Justizminister sei heute Morgen fast ausgeflippt, als er herausfand, dass Wicker und ich uns am Tatort rumgetrieben haben. Er hält unsere Beweise generell für trivial. Da sie von zwei Agenten gesammelt wurden, sind sie für ihn endgültig vorbelastet und wertlos.«

Rapp hatte sich nie großartig um den Justizminister gekümmert, doch in dieser Sekunde entwickelte er einen intensiven Hass auf ihn. Er riss sich zusammen. Das ging schon in Ordnung. Jeder musste selbst entscheiden, für welches Team er kämpfte. »Lass mich zwei grundsätzliche Punkte klarstellen, Scott. Erstens: Sobald ich wieder vernünftig laufen kann, hau ich hier ab und lass mich von keinem aufhalten. Und zweitens: Niemand wird am Ende lebend vor Gericht landen.«

Coleman schaute nach draußen und nickte langsam. Mit beidem hatte er gerechnet. »Wenn ich dir irgendwie helfen kann, brauchst du es nur zu sagen.«

46

FAIRFAX COUNTY, VIRGINIA

Prinz Muhammad bin Rashid beendete sein Morgengebet und ging nach unten, um seine Gäste zu begrüßen. Die Sonne schien, es war ein bisschen zu kühl für seinen Geschmack, aber selbst Schnee hätte ihm heute die gute Laune nicht verdorben. Mitch Rapp war tot, nichts anderes zählte. Rashid hatte den gestrigen Tag damit verbracht, die Berichterstattung auf MSNBC zu verfolgen. Ständig erörterten sogenannte Experten die Frage, ob es sich bei der Explosion tatsächlich um einen Unfall gehandelt hatte. Am frühen Abend hielten die lokalen Ermittler eine Pressekonferenz ab und verkündeten das Ergebnis ihrer Untersuchungen: Ein Gasleck mit anschließender Explosion habe den Mann und seine Frau getötet. Mehrere der Experten, frühere Regierungsmitglieder, hielten die Aussage für voreilig und wandten ein, es gebe durchaus Möglichkeiten, Explosionen gezielt herbeizuführen und wie einen Unfall aussehen zu lassen. Die Auseinandersetzung tobte bis in die Nacht hinein. Verschwörungstheoretiker, die grundsätzlich alles anzweifelten, was die Regierung behauptete, kamen zu Wort, außerdem eine Horde ehemaliger Sondereinsatzkräfte, die die örtliche Polizei für überfordert hielten. Die Reporter schienen hingegen überwiegend die offizielle Version zu unterstützen.

Rashid liebäugelte mit der Idee, Abel anzurufen und ihm zu gratulieren, doch er hielt es für unklug. Niemand konnte ausschließen, dass die Amerikaner seine Kommunikation abhörten. Seinen alten Freund Said Ahmed Abdullah hatte das freilich nicht davon abgehalten, zum Hörer zu greifen.

Er hatte in einer Tour Allah gepriesen, den Tod seines Sohns betrauert und ihm überschwänglich gedankt. Rashid, der fand, dass Abdullah ein wenig zu freimütig über die Tat plauderte, hatte ihn daraufhin zurechtgewiesen und vorgeschlagen, das Gespräch fortzusetzen, wenn er selbst wieder im Königreich war.

Der Erfolg der Operation gab Rashid Anlass zum Zögern. War es eine überstürzte Reaktion gewesen, die Beseitigung des Deutschen in Auftrag zu geben? Er stellte seine eigenen Entscheidungen höchst selten infrage. Er bewunderte Männer, die kalkuliert und entschlossen handelten. Diese beiden Charakterzüge hielt er für die wichtigsten Garanten des Erfolgs. Seinen Befehl rückgängig zu machen hätte ihn schwach und zaudernd wirken lassen – Attribute, die unter arabischen Männern als verpönt galten. Dennoch hatte der Deutsche in kürzester Zeit einen Erfolg erzielt, den er im Vorfeld für unwahrscheinlich gehalten hatte. Und es war ihm gelungen, einen Mord als Unfall zu inszenieren. Vielleicht sollte er Abel wirklich am Leben lassen. Der Killer konnte ihm womöglich noch nützlich sein.

Rashid schritt die breite Freitreppe hinunter. Die schimmernden braunen Reitstiefel ragten unter einer schwarzen Robe mit Goldrand hervor. Eine schwarze Kufija war mit dazu passender goldener Borte um den Kopf gebunden, schwarzer Schnäuzer und Spitzbart perfekt getrimmt. Er gab eine beeindruckende Erscheinung ab. Für den Vormittag war ein Ausritt geplant, und er dachte gar nicht daran, seine arabische Herkunft zu verleugnen, nur weil er sich in Amerika aufhielt. Eine größere Gefolgschaft von Dienern in frisch gestärkten weißen Tuniken und schwarzen Hosen stand bereit. Rashids Privatsekretär in weißer Robe, ebenfalls mit Kufija, richtete den Blick zu Boden und trat aus der Reihe.

»Prinz Muhammad, Colonel Tajib erwartet Sie in der Bibliothek. Soll ich Ihnen Kaffee servieren?«

»Ja.« Rashid schob sich an der Phalanx von Männern vorbei durch den langen Kreuzgang und erreichte durch eine doppelte Schwingtür die vom Boden bis zur Decke mit Eichendielen getäfelte Bibliothek. Alte, in Leder gebundene Folianten füllten die Regale, teure Ölgemälde zierten die Wände, allesamt eindeutig westlichen Ursprungs. Rashid beschloss, seinen Halbbruder zu maßregeln, dass nicht ein einziges Motiv die Überlegenheit Arabiens thematisierte. Ein solches Versehen war unverzeihlich. Er nahm sich vor, geeignete Motive zu kaufen und ihm zu schenken. Man musste aufpassen, sich mit den richtigen Leuten zu umgeben.

Colonel Tajib trug einen schwarzen Anzug mit blauem Hemd und Krawatte. Jeder andere hätte sich vom Prinzen einen Tadel eingefangen, gegen die Gebräuche zu verstoßen, doch Tajib musste eine Aufgabe erledigen und durfte dabei keinesfalls zu viel Aufmerksamkeit auf seine äußere Erscheinung lenken. Er verneigte sich und begrüßte ihn für seine Begriffe fast übertrieben freundlich: »Guten Morgen, Prinz Muhammad.«

Rashid lächelte gerade breit genug, um seine Zähne zu zeigen. »Ja, es ist ein guter Morgen.«

Tajib sah auf und schien seine Begeisterung kaum zügeln zu können. Er strahlte Rashid an.

Für ein paar Sekunden bekundeten sie schweigend ihre Freude über den Tod von Rapp. Dienstboten betraten geräuschlos den Raum mit einem Serviertablett und stellten ihnen arabischen Kaffee und mehrere Teller mit frischem Gebäck hin. Sie gossen zwei Tassen ein und schlossen im Gehen die Türen hinter sich.

Rashid trank einen Schluck und verkündete mit großer Genugtuung: »Der Amerikaner ist endlich aus dem Weg geräumt.«

»Ja, endlich«, pflichtete Tajib bei.

»Haben Sie weitere Einzelheiten in Erfahrung gebracht?«

»Nein, aber die werden Sie sicherlich erfahren, wenn Direktor Ross eintrifft.«

»Ja«, sagte Rashid. »Ich muss mir lediglich Mühe geben, meine Neugier im Zaum zu halten.«

»Sie sind niemals zu neugierig, mein Prinz. Außerdem habe ich doch bereits erwähnt, dass Ross und Rapp nie gut miteinander ausgekommen sind.«

Rashid erinnerte sich. Die beiden Männer hatten kürzlich über etwas gestritten. Trotzdem durfte er es mit seiner Begeisterung nicht übertreiben. »Was haben Sie über unseren deutschen Freund in Erfahrung bringen können?«

»Nichts. Bedauerlicherweise. Er reagiert nicht auf Anrufe, und seine Sekretärin will uns nicht verraten, wo er sich aufhält.«

Der Prinz fragte sich, ob er nach Amerika gereist war, um den Rapp-Auftrag persönlich zu überwachen.

»Wir lassen sowohl sein Büro als auch seine Wohnung

in Wien überwachen. Früher oder später taucht er schon auf, dann sorge ich dafür, dass es erledigt wird.«

Der Prinz lief hinüber zu den raumhohen Fenstern mit Blick auf die Pferdekoppeln. Ein imposantes, glänzend schwarzes Araber-Vollblut wurde gerade zum Auslauf geführt. »Colonel, halten Sie meine Entscheidung, den Deutschen eliminieren zu lassen, für überstürzt?«

Tajib war ein athletischer Mann mit breiten Schultern und kräftigen Beinen. Er war 1,93 Meter groß und wirkte alles andere als intellektuell. Dabei war er ein außergewöhnlich guter Stratege, wenn es um operative Planung ging. Er verfügte über die Fähigkeit, das Kampfgeschehen mit einem Blick zu erfassen und die Situation einzuschätzen. Das verdankte er seiner erfolgreichen Karriere als Verteidiger in der saudischen Fußballnationalmannschaft. Außerdem war er, natürlich, überzeugter Wahhabit – geradezu eine Bedingung, um so eng mit dem Prinzen zusammenzuarbeiten.

»Es steht mir nicht zu, Ihre Positionen anzuzweifeln, Prinz Muhammad.«

Rashid sah nach draußen und lächelte. Er schätzte Loyalität und Gehorsam mehr als alles andere. »Heute dürfen Sie eine Ausnahme machen.«

Tajib strich sich über den Schnurrbart. »Ich bin mir nicht sicher, ob ich dem Deutschen traue, aber er hat sich als äußerst nützlich erwiesen.«

»Worauf beruht Ihr Mangel an Vertrauen?«

»Keine Ahnung.«

»Weil er Ausländer ist?«

»Möglich.«

Rashid nickte. »Aus genau diesem Grund bin ich ihm auch mit gewisser Skepsis begegnet, aber er hat eine großartige Leistung abgeliefert.«

»Das stimmt. Vielleicht sollten wir das Problem auf andere Weise lösen?«

Rashid sah ihn an. »Fahren Sie fort.«

»Haben wir noch jemanden, der für uns erledigen kann, was er tut?«

Der Prinz schüttelte den Kopf. In diese Richtung hatte er selbst bereits Überlegungen angestellt. »Nein.«

»Der Entschluss, ihn beseitigen zu lassen, war zur damaligen Zeit eine angemessene Vorsichtsmaßnahme, weil wir davon ausgingen, unsere Spuren beseitigen zu müssen. Mir scheint, der Deutsche hat seinen Job so gut gemacht, dass das nicht länger notwendig ist.«

Rashid blickte an Tajib vorbei durch die hohen Fenster auf der anderen Seite des Zimmers, hinter denen sich der Vorgarten des Anwesens abzeichnete. Eine Kolonne aus schwarzen Fahrzeugen rollte gerade die Einfahrt entlang. Das musste Direktor Ross sein. Er freute sich auf das gemeinsame Frühstück mit ihm. »Der Deutsche bleibt vorerst am Leben«, entschied der Prinz.

Tajib nahm die Anweisung mit einer leichten Verneigung entgegen.

»Ich glaube, Direktor Ross ist soeben eingetroffen. Ich halte es für eine gute Idee, wenn Sie sich während seines Besuchs zurückziehen.«

Tajib verließ den Raum. Wenige Minuten später wurde Direktor Ross in die Bibliothek geführt. Er trug Bluejeans, Cowboystiefel, ein Flanellhemd und eine Jeansjacke. Der Prinz fand, dass er es mit seinem amerikanischen Machismo deutlich übertrieb. Ein weitaus größerer Fauxpas als sein Erscheinungsbild war allerdings der Umstand, dass er den Raum in Begleitung von vier seiner Leute betrat. Rashid streifte jeden von ihnen mit einem tadelnden Blick.

Allerdings waren es nicht Ross oder einer der anderen Amerikaner mit ihrem tief verwurzelten Gleichmacher-Gen, denen seine Gereiztheit auffiel, sondern sein eigener Sekretär. Er berührte jeden der vier Begleiter kurz am Ellbogen und nickte in Richtung Tür.

Endlich schien Ross aufzufallen, dass er vor dem Mitglied eines Königshauses stand und es der Prinz nicht schätzte, mit der Anwesenheit von Untergebenen belästigt zu werden. Statt sich um die Korrektur des Patzers zu kümmern, trug er besonders dick auf: »Prinz Muhammad, ich kann Ihnen gar nicht genug danken, dass Sie sich die Zeit nehmen, mich zu empfangen. Ich freue mich sehr darauf, den Vormittag mit Ihnen gemeinsam zu verbringen.«

»Das geht mir genauso«, entgegnete Rashid freundlich. »Und ich danke Ihnen für Ihre Einladung. Leider kam ich nicht auf die Idee, eine Delegation mitzubringen.«

»Zu schade. Vielleicht beim nächsten Mal. Sie sind uns jederzeit willkommen in Amerika.«

Das wäre eigentlich eine gute Gelegenheit gewesen, darauf hinzuweisen, dass auch Ross jederzeit in Saudi-Arabien willkommen war. Das traf allerdings nicht zu, also sagte er stattdessen: »Sie sind zu gütig.«

»Ich möchte noch einmal betonen, Prinz Rashid, dass mir durchaus bewusst ist, welche wichtige Stellung Ihnen in Saudi-Arabien zukommt.« Nach einer effekthascherischen Pause setzte er nach: »Der König mag das Herz Saudi-Arabiens sein, doch Sie sind definitiv seine Seele.« Ross war sehr zufrieden mit sich. Er hatte lange an diesem Satz gearbeitet, um ihn mit angemessenem dramatischen Flair vorzutragen.

Rashid war für einen Moment irritiert. Zum ersten Mal in seinem Leben hatte ihm ein Amerikaner ein

Kompliment gemacht, das er nicht als herablassend empfand. Obwohl er absolut derselben Meinung war, hatte er diesen Vergleich zwischen sich und seinem Halbbruder nie gegenüber einem Dritten gezogen. Sobald er allein seinen Gedanken nachhing, verging jedoch kaum ein Tag, an dem er sich nicht als Seele und Fels in der Brandung des saudischen Volkes feierte. Kurz beschlichen ihn Zweifel, ob der schlechte Ruf, der dem neuen Direktor der amerikanischen Geheimdienste vorauseilte, gerechtfertigt war.

Bedienstete eilten mit frischem Kaffee und Gebäck herbei und nahmen die anderen, bislang nicht angetasteten Teller mit. Rashid kam zu Ross herüber und forderte ihn mit einer ausladenden Geste auf, Platz zu nehmen. Die Diener gossen schweigend zwei Tassen Kaffee ein, ohne dazu aufgefordert werden zu müssen, und zogen sich diskret zurück.

Rashid hob seine Robe leicht an und setzte sich auf das Polstermöbel gegenüber dem Amerikaner. Ross griff zu Milch und Zucker und probierte einen Schluck.

»Oh ... Ihr Araber macht wirklich den besten Kaffee der Welt.«

Rashid strahlte und dachte bei sich: *Das stimmt, aber wieso ruinierst du ihn, indem du Sahne und Zucker hineinkippst?*

»Darf ich offen sprechen, Prinz Muhammad?«

»Unbedingt.« Rashid lehnte sich zurück.

»Der 11. September 2001 war ein äußerst bedauerliches Ereignis für die Beziehung zwischen unseren beiden Ländern. Im Nachgang wurden vorschnell Urteile gefällt und viele überhastete Entscheidungen getroffen.« Ross zögerte, dann schob er nach: »Einige dieser Entscheidungen waren, um es unverblümt zu sagen, falsch und unfair.«

Rashid war generell nicht besonders redselig. Wenn es um Gespräche mit ausländischen Amtsträgern ging, verhielt er sich quasi wie ein Taubstummer.

»Die Entscheidung meiner Regierung, Ihre Entlassung als Innenminister zu fordern, war falsch. Ich möchte mich an dieser Stelle bei Ihnen dafür entschuldigen.«

Erneut wurde Rashid auf dem falschen Fuß erwischt. Seit den glorreichen Anschlägen des 11. September verlief die Beziehung zu den Amerikanern so angespannt, dass er nie damit gerechnet hätte, eine Entschuldigung zu erhalten. In aller Seelenruhe griff er nach dem Kaffee, natürlich schwarz, und sagte schließlich: »Das sind sehr freundliche Worte, Direktor Ross.«

»Nach meinem Dafürhalten sind sie lange überfällig. Das habe ich auch dem Präsidenten gesagt.«

Rashid quittierte die Bemerkung mit unbeteiligter Miene. Innerlich überschlugen sich seine Gedanken. Was hatte dieser Amerikaner vor? Trotz seiner Selbstgefälligkeit wusste Rashid, dass das Letzte, was er vom Feind verdiente, eine Entschuldigung war.

»Damit unsere beiden Länder miteinander auskommen, müssen wir unsere Unterschiede verstehen und respektieren. Das gilt vor allem für religiöse Fragestellungen.«

Rashid nickte und lauschte Ross bei seinen Ausführungen. Der Mann umgarnte ihn förmlich. Ein charismatischer Redner, der es verstand, die passenden Worte zu wählen. Er führte sich vor Augen, dass Ross früher Senator gewesen war und man Politikern grundsätzlich nicht über den Weg trauen durfte. Schließlich revanchierte sich Rashid mit exakt den Sätzen, die der Amerikaner hören wollte. Dass Amerika der wertvollste Verbündete Saudi-Arabiens sei und beide Länder unabdingbar ihren gemeinsamen Kampf gegen den Terrorismus fortführen sollten. Ross konterte mit einigen Vorschlägen, überwiegend trivialer Natur, doch mit einem davon gelang es ihm erneut, den Prinzen zu verblüffen. Er meinte, er vertrete die Meinung, Amerika solle einen Zeitplan aufstellen, binnen eines Jahres sämtliche US-Soldaten aus dem Königreich abzuziehen.

Der Prinz schwamm auf einer regelrechten Woge der Euphorie, als die Diener verkündeten, dass das Frühstück vorbereitet war. Die zwei Männer wechselten von der Bibliothek in den Speisesaal. Spontan griff er auf dem Weg dorthin nach der Hand des Amerikaners. »Sie sind ein guter Verbündeter. Sie verstehen besser, wie dem Terrorismus beizukommen ist, als jedes Mitglied Ihrer Regierung, mit dem ich bisher gesprochen habe.«

Ross nahm das Kompliment dankend entgegen und legte dem Prinzen seine Vorschläge noch etwas detaillierter dar. Als sie am Tisch Platz nahmen, war Rashid so zufrieden mit der Entwicklung des Gesprächs, dass er beschloss, noch einen zusätzlichen Tag in Amerika einzuplanen, um den Direktor der nationalen Geheimdienste besser kennenzulernen. Ross übernahm den Großteil der Konversation, während das köstliche Frühstück aufgetragen wurde. Er machte mehrfach Komplimente über das Essen, den Service und die Roben des Prinzen. Sie hatten die Mahlzeit fast beendet, da sah Rashid seinen Gast an und äußerte so respektvoll wie möglich: »Ich habe mit Bedauern davon erfahren, dass Ihr legendärer Agent, Mr. Rapp, bei einer Explosion ums Leben gekommen ist.«

Rashid hatte sich aus zwei Gründen vorgenommen, das Thema zur Sprache zu bringen. Erstens wollte er versuchen, auf diese Weise Details über die Ermittlungen zu erfahren, zweitens wollte er den Verdacht von seiner Person ablenken, indem er Betroffenheit über Rapps Ableben heuchelte. Nachdem Rashid seine Beileidsbekundung vorgebracht hatte, stellte er fest, dass sich das Verhalten des Amerikaners veränderte. Er verzog das Gesicht, als hätte er in eine überreife Grapefruit gebissen. Der Prinz spürte, dass etwas nicht stimmte, und hakte nach: »Was ist los?«

Zunächst sträubte Ross sich gegen eine Antwort. Er schaufelte ein weiteres Stück Lachs in den Mund und tupfte seine Lippen wie in Zeitlupe mit der Serviette ab. Er sah Rashid an, schleuderte die Serviette auf den Tisch und meinte: »Ich kann es Ihnen genauso gut jetzt erzählen. Sie werden es ohnehin bald erfahren. Mitch Rapp ist nicht tot.«

47

Rashid blieb überraschend ruhig. Seine Augen verengten sich leicht, ansonsten zeigte er keine äußeren Anzeichen von Entsetzen. Mit steinerner Miene sah er Mark Ross an und fragte: »Was wollen Sie damit sagen?«

»Er ist nicht tot. Seine Frau starb bei der Explosion, er selbst ist noch am Leben.«

»Aber die Zeitungen und das Fernsehen ...« Rashid wollte es nicht glauben. »Sie haben gestern und heute übereinstimmend berichtet, dass er umgekommen ist.«

»Und sie liegen falsch.« Ross beugte sich heran und deutete nachdrücklich in Richtung Fenster. »Er befindet sich aktuell in einem Safe House der CIA, nicht weit von hier entfernt. Er wurde schwer verletzt, ist jedoch quicklebendig.«

»Warum hat Ihre Regierung die Meldung nicht korrigieren lassen?«

»Das ist eine komplizierte Angelegenheit, Prinz Muhammad.« Ross lehnte sich zurück und atmete laut aus. »Sagen wir, es gibt da ein paar Leute, die bezweifeln, dass die Explosion ein Unfall war.«

»Jemand hat versucht, ihn umzubringen?«

»Danach sieht es aus«, erklärte Ross ohne jeglichen Enthusiasmus.

»Sie klingen nicht überzeugt.«

Ross rollte mit den Augen. »Der Mann hat eine Menge Feinde. Es fällt nicht schwer, sich vorzustellen, dass es jemand auf ihn abgesehen hat.«

Rashid war geschockt, dass Rapp noch lebte, und auch dass Ross dieser Umstand eher zu stören schien. Er beschloss, sich etwas weiter aus dem Fenster zu lehnen. »Mark, diese Sache mit Mitch Rapp scheint Sie stark zu beschäftigen.«

»Allerdings.«

»Darf ich nach dem Grund fragen?«

Ross dachte kurz nach. Er war gekommen, um ein Vertrauensverhältnis zum Prinzen aufzubauen. Das funktionierte nur, wenn er sich öffnete. »Mitch Rapp ist ein äußerst gefährlicher Mann. Selbst unter normalen Bedingungen lässt er sich schwer kontrollieren. Ich fürchte, in Anbetracht der derzeitigen Umstände ist es schlicht unmöglich.«

»Sie glauben, dass er sich am Mörder seiner Frau rächen will.«

Ross nickte. »Ich kann nicht behaupten, dass ich kein Verständnis dafür hätte. Allerdings können wir uns nicht leisten, dass er durch die Gegend rennt und Menschen exekutiert. Das rückt die Vereinigten Staaten in ein schlechtes Licht.«

Rashid nickte verständnisvoll. »Gibt es Beweise?«

»Gewisse Indizien deuten auf einen Ihrer Landsleute als Täter hin.« Ross bog die rechte Augenbraue nach oben. »Die Beweislage ist so dürftig, dass ich mich nicht mal an seinen Namen erinnern kann.«

Rashid gab sich alle Mühe, ruhig zu bleiben. »Was hat dieser Mann getan?«

»Offensichtlich hat er ein Kopfgeld auf Rapp ausgesetzt. Ich bezweifle, dass er der Erste ist, der so etwas versucht hat.«

»Kopfgeld.« Rashid wiederholte das Wort. »Wirklich ein Kopfgeld, oder doch eher eine Fatwa?« Rashid wusste von zahlreichen islamischen Geistlichen, die mit Fatwas Rapps Tod forderten. Er hatte keine Ahnung, ob Ross der Unterschied bekannt war.

»Ein Kopfgeld. Der Mann soll äußerst wohlhabend sein.«

Rashids Magen verkrampfte. »Wieso sollte ein reicher Saudi Mitch Rapp aus dem Weg räumen lassen?«

»Offensichtlich hat Rapp seinen Sohn im vergangenen Frühjahr im Rahmen eines Antiterror-Einsatzes in Afghanistan getötet.«

Für einen Augenblick verschwamm die Umgebung vor seinen Augen.

Rashid gewann rasch die Fassung zurück und sagte zu Ross: »Besorgen Sie mir den Namen dieser Person, dann werde ich sehen, was ich darüber in Erfahrung bringen kann.« Ein reines Ablenkungsmanöver. Er kannte den Namen längst, musste aber den Schein wahren. »Es ist für niemanden von Vorteil, wenn solche wandelnden Pulverfässer uns allen Probleme bereiten.«

»Ist es nicht, nein.«

Rashid legte die Serviette auf den Tisch und schob den Stuhl zurück. Er stand auf. Ross folgte ihm. Die beiden Männer trafen sich an der Tür. Rashid streckte eine Hand aus und berührte Ross am Ellbogen. »Dieses Töten muss aufhören. Es ist sehr schlecht für unsere beiden Staaten.«

»Da bin ich ganz Ihrer Meinung.«

»Ich verspreche Ihnen, ich gehe dieser Angelegenheit nach. Sollte einer unserer Bürger am Attentat beteiligt gewesen sein, wird er dafür bestraft.« Rashid sah dem Direktor der nationalen Geheimdienste in die Augen. »Ich muss Sie allerdings warnen. Mitch Rapp darf sich unter keinen Umständen in die Angelegenheiten Saudi-Arabiens einmischen.«

»Das ist mir bewusst. Ich habe bereits mit dem Präsidenten darüber gesprochen.«

»Gut.«

Die beiden Männer erreichten die ausladende Eingangshalle, in der Ross' Begleiter auf ihn warteten. Rashid wandte sich an den Amerikaner und sagte: »Wir haben eine Menge edler Pferde. Suchen Sie sich eins aus. Und nun entschuldigen Sie mich für ein paar Minuten. Ich will mich kurz frisch machen und treffe Sie gleich auf der Koppel.«

Der persönliche Assistent des Prinzen trat vor und winkte der Besuchergruppe, ihm zu folgen. Als sie verschwunden waren, eilte Rashid mit schnellen Schritten zurück in die Bibliothek. Von seiner ruhigen, nüchternen Fassade war nichts übrig. Sein perfekter Vormittag hatte sich innerhalb weniger Minuten in ein Desaster verwandelt. Eher ging die Sonne nicht mehr auf und unter, als dass sich Mitch Rapp aus den Angelegenheiten Saudi-Arabiens heraushielt. Seine Frau war tot, er selbst noch am Leben. Es hätte kaum schlimmer laufen können. Der Prinz rauschte durch die Doppeltür und knallte sie hinter sich zu. Tajib wanderte hinter dem Schreibtisch auf und ab, Arme verschränkt, den Kopf gesenkt. Kopfhörer lagen neben einer aufgeschlagenen Postmappe. Die Vorhänge an beiden Seiten des Raums waren zugezogen.

»Haben Sie es mitbekommen?«, fragte Rashid.

»Ja.«

»Könnte es eine Falle sein? Um abzuklopfen, ob ich daran beteiligt war?«

»Möglich, aber unwahrscheinlich.«

»Zu welchem Vorgehen raten Sie mir?«

»Der Deutsche muss sofort sterben.«

»Kümmern Sie sich darum.«

»Und bedauerlicherweise muss ich vorschlagen, dass Said Ahmed Abdullah vorzeitig aus dem Leben scheidet.«

Er war Rashids ältester, engster Freund. Ein gottesfürchtiger Wahhabit und ein guter Mensch. Dieses Opfer konnte er nicht bringen. »Nein, Sie haben Ross gehört. Es liegen nur vage Indizien vor. Wenn die Amerikaner jeden zur Strecke bringen wollen, der Mitch Rapp einmal den Tod gewünscht hat, müssten sie eine Liste mit Millionen von Einträgen abarbeiten.«

»In diesem Fall blieb es nicht beim Wunsch.«

»Ich werde noch heute ins Königreich zurückkehren und mich um Said kümmern. Er hat nichts zu befürchten. Die Amerikaner werden ihm nichts nachweisen können.«

»Ein Mitch Rapp braucht keine Beweise«, verkündete Tajib in unheilschwangerem Ton. »Er wird anfangen, zu morden und zu foltern, bis er herausfindet, wer für die Tat verantwortlich ist.«

»Ross erwähnte, der Präsident werde ihn davon abhalten.«

»Rapp hält sich nicht an Befehle. Jetzt, wo seine Frau tot ist, haben sie jegliche Kontrolle über ihn verloren.«

»Dann muss er sterben«, entfuhr es Rashid.

Tajib nickte. »Mir sind zwei geheime Unterkünfte der CIA in Virgina bekannt. Eine befindet sich ganz in der Nähe. Ich half dort im Nachgang von 9/11, mehrere Gefangene zu befragen. Es sind kleine Festungen, aber nicht sonderlich stark bewacht.«

»Ich will seinen Tod«, knurrte Rashid.

Tajib dachte kurz nach. »Es wird uns eine Menge Geld kosten und für enorme Aufregung sorgen.«

»Das ist mir egal. Hauptsache, Rapp stirbt und keiner von uns wird mit der Tat in Verbindung gebracht.«

»Ich kümmere mich darum.«

48

VENEDIG, ITALIEN

Die Nachricht von Rapps Auferstehung ging an der breiten Öffentlichkeit weitgehend vorbei. Sie tauchte zuerst in den Tickern auf – diesen nervigen Bleiwüsten, die bei den 24-Stunden-Nachrichtensendern am unteren Bildrand durchscrollten. Die Geheimdienste waren nicht sonderlich stolz darauf, aber sie verdankten etliche ihrer Erkenntnisse dieser Erfindung. Es gab Mitarbeiter, die gezielt abgestellt wurden, um die Einblendungen im Auge zu behalten. Auf diese Weise nahmen sie zur Kenntnis, dass Rapp offenbar noch lebte. Die Telefondrähte glühten und über Grenzen hinweg wurden hektisch E-Mails zwischen Institutionen ausgetauscht, die größten Wert auf Diskretion legten. Die internationale Agentenszene war ein eingeschworener Haufen von Agenten, Analysten und Einsatzkräften, zusammengeschweißt durch ihre ganz speziellen Jobs. Die Aufgabe jeder einzelnen Organisation bestand im Sammeln und Aussieben von Informationen. Im Anschluss wurden die Erkenntnisse nicht nur an die eigene Regierung, sondern auch an Verbündete weitergegeben. Rapp galt in dieser Welt als Idol, von Freund und Feind gleichermaßen bewundert. Er hatte an vorderster Front gekämpft und sich nach oben gearbeitet – etwas, das sie alle respektierten.

Die Meldungen über seinen Tod hatten ein gemischtes Echo ausgelöst. Einige hielten seinen Niedergang für unvermeidlich. Ein Mann, der so aggressiv gegen religiöse Fanatiker vorging, konnte damit auf Dauer unmöglich durchkommen. Die Minderheit, die seine ideologischen Standpunkte nicht teilte, bejubelte sein Ableben, die meisten aber reagierten bestürzt. Er war einer von ihnen. Sein Ende machte ihnen bewusst, wie gefährlich ihr Job war. Es gab noch einen anderen Umstand, der an vielen von ihnen nagte: Rapps Frau war in Mitleidenschaft gezogen worden. Es gehörte zu den ungeschriebenen Gesetzen ihrer Branche, dass man sich nicht an der Familie verging. Wer immer Rapp gejagt hatte, war zu weit gegangen. Als durchsickerte, dass Rapp noch lebte, hoffte folglich die Mehrheit dieser Männer und Frauen insgeheim, andere wiederum ganz offen, dass Rapp die Mörder zur Rechenschaft zog.

Als ehemaliger Stasi-Offizier und momentaner Freelancer pflegte Erich Abel weiterhin Verbindungen zu diesem eingeschworenen Zirkel. Sicherlich überraschte es ihn am meisten von allen zu hören, dass Rapp noch lebte. Sein Tag hatte eigentlich gut begonnen. Mit einem weiteren langen Spaziergang, diesmal durch das Castello-Viertel von Venedig. Er machte auf dem Campo Santa Maria Formosa halt fürs Frühstück und erkundete hinterher die engen Pfade und Gassen. Dabei stieß er auf zwei kleine Galerien, die vielversprechend wirkten. Weit genug entfernt von der Einkaufsstraße, dass sich bestimmt ein vernünftiger Preis für einzelne Stücke aushandeln ließ.

Abel fing bereits an, sein neues Vermögen zu investieren. Er wollte sich eine kleine Villa in Südfrankreich zulegen und die Wohnung in Zürich behalten. Die Bleibe in Wien, entschied er, ließ er über einen Makler verkaufen und sein Büro schließen. Es lebten zu viele Saudis in Wien. Verbindungen, die er lieber kappen sollte. Die Geschäfte waren profitabel gelaufen, aber er vertraute Rashid nicht länger. Der Mann befand sich auf einem persönlichen Dschihad und hielt jeden mit Ausnahme von sich selbst für entbehrlich.

Er hatte diese Entscheidungen getroffen, bevor ihn aus heiterem Himmel die Nachricht ereilte, dass Rapp noch lebte. Abel schaltete am Spätnachmittag nach einer Erkundung weiterer Kunstgalerien auf dem Rückweg ins Hotel kurz das Handy ein, um die Benachrichtigungen durchzugehen. Aus Sicherheitsgründen und um die Ruhe zu genießen, hatte er sich angewöhnt, das Telefon nur ein paarmal am Tag zu benutzen. Er wusste sofort, dass etwas nicht stimmte, als das Display ihn über den Eingang von elf neuen Sprachnachrichten und 16 E-Mails informierte.

Die ersten vier stammten von seinem Sekretariat in Wien, das ihm eine Liste von Leuten nannte, die ihn unbedingt erreichen wollten – fast ausschließlich Saudis. Die fünfte Nachricht stammte von Said Ahmed Abdullah und war alles andere als erfreulich. In fast unverständlichem Englisch verlangte er, dass der Job erledigt wurde oder er die kompletten 21 Millionen Dollar zurückzahlte. Offensichtlich hatte er den Teil der Abmachung vergessen, dass es sich bei der Hälfte der Hauptsumme um einen nicht erstattbaren Vorschuss handelte. Anruf sechs stammte von Prinz Muhammad bin Rashids persönlichem Assistenten, die anderen von verschiedenen Kontakten. Bei den E-Mails verhielt es sich ähnlich. Als Abel die Tür zu seiner Penthouse-Suite aufschloss, war er zum unerfreulichen Schluss gelangt, dass Mitch Rapp tatsächlich noch lebte. Wieso sie ihn nicht erwischt hatten, wusste Abel nicht. Es war ihm auch egal. Jedenfalls atmete der Mann noch, und Abels gesamte Welt zerfiel zu einem Scherbenhaufen.

Abdullah bestand darauf, den Auftrag zu Ende zu bringen. Abel machte sich gar nicht erst die Mühe, die Machbarkeit abzuklopfen. Rapp zu eliminieren, wenn er nicht damit rechnete, war das eine. Jetzt, wo er gewarnt war, konnte man es absolut vergessen. Bereits vor dem Eintreffen dieser vernichtenden Neuigkeit hatte Abel gespürt, dass er Prinz Rashid nicht länger vertrauen konnte. Deshalb hatte er sich auch nach Venedig abgesetzt, logierte unter falschem Namen in einem Fünfsternehotel und beglich alle Rechnungen in bar. Nachdem der Job schiefgelaufen war, ließ Rashid garantiert nichts unversucht, ihn zu beseitigen. Abel packte seinen Koffer und überlegte, wie lange es dauern mochte, bis die Saudis ihm auf die Spur kamen. Ihre Geheimdienste leisteten innerhalb des

Königreichs gute Arbeit, im Ausland agierten sie eher mit angezogener Handbremse. Rashid würde erst mal einen Externen finden und auf ihn ansetzen müssen. Das dauerte eine Weile.

Er schloss den Koffer und zog den Reißverschluss zu. Draußen passierte gerade ein weiteres Kreuzfahrtschiff den Canale di San Marco. Eine gesichtslose Menge hatte sich auf den Decks an Steuerbord eingefunden, knipste Fotos, winkte und verfolgte die Einfahrt in den Hafen. Das Schiff war riesig. Abel dachte bei sich, wie einfach es wäre, auf einem dieser Schiffe unterzutauchen und mit einer Meute von Touristen aus aller Welt zu verschmelzen. Als frisch Geschiedener, der sich nach einer katastrophal entgleisten Hochzeit auf andere Gedanken bringen wollte.

Diese Tarnung hatte er in der Vergangenheit häufiger benutzt und tat es jetzt gerade wieder. Er hatte dem Mann an der Rezeption eine Story als Erklärung dafür aufgetischt, weshalb er seine komplette Barschaft mit sich führte, die Suite in großen Scheinen bezahlte und auf keinen Fall sein richtiger Name in den Büchern auftauchen durfte. Er habe nach einem Streit mit seiner Noch-Ehefrau beschlossen, es in Europa so richtig krachen zu lassen, damit sie keinen Cent von seinem Vermögen als Abfindung bekam. Ihre Anwälte seien ihm auf den Fersen, daher sei er auf maximale Diskretion angewiesen, um einer Entdeckung zu entgehen.

Abel starrte fast eine Minute sein Handy an, ehe er es wieder aktivierte. Er wählte die Mobilnummer seiner persönlichen Assistentin und wartete, dass sie ranging. Nach dem achten Klingeln sprang die Mailbox an. »Greta? Erich hier. Erinnerst du dich an die Sache, über die wir gesprochen haben? Nun, ich habe beschlossen, eine

Auszeit zu nehmen. Wenn du mich erreichen willst, weißt du, wie. Mach's gut.« *Auszeit* war ein vorab vereinbartes Codewort, um Greta zu warnen. Sie wusste nun, dass sie sich besser vom Büro fernhielt, bis er Entwarnung gab, dass es sicher war, wieder zur Arbeit zu gehen. Ihr Gehalt lief zunächst für sechs Monate weiter. Hatte sie bis dahin nichts von ihm gehört, sollte sie davon ausgehen, dass ihm etwas zugestoßen war, und sich eine neue Stellung suchen.

Er überprüfte kurz seine E-Mails und beschloss, eine Nachricht abzusetzen. Er suchte die Adresse des Killerpärchens heraus und tippte: *Ihr habt versagt. Erledigt den Job oder zahlt das Geld zurück.* Auf Anrede oder Namen verzichtete er.

Abel kritzelte eine kurze Notiz und steckte sie zusammen mit 1000 Euro in einen Umschlag, dann schob er den Rollkoffer zum Aufzug. An der Rezeption bat er, den Manager zu sprechen. Kurz darauf steckte Nico den Kopf aus dem Büro und kam vor den Tresen. Ein kurzer Blick auf den Koffer, eine überraschte Geste.

»Sie verlassen uns schon so früh?«

Abel rückte die Brille auf der Nase zurecht und raunte leise: »Leider sind mir ihre Anwälte auf die Spur gekommen.« Er drückte dem anderen den Umschlag in die Hand. »Vielleicht schaffe ich es, in ein paar Wochen wieder hier zu sein. Ich habe Ihnen meine Nummer dagelassen, außerdem ein großzügiges Trinkgeld für Ihre Umstände.«

Der Manager drückte sich das Kuvert wie eine Kostbarkeit an die Brust. »Sie sind zu gütig.«

Abel lehnte sich etwas dichter heran. »Rufen Sie mich an, wenn jemand nach mir fragt.«

Der Mitarbeiter blinzelte ihm zu. »Das werde ich.«

Abel karrte den mittelgroßen schwarzen Koffer durch die Eingangstür und wandte sich nach links, um ein Wassertaxi heranzuwinken. Ein Page des Hotels war ihm dabei behilflich. Auch er bekam einen Schein dafür.

»Zum Marco Polo Airport«, sagte er laut genug, dass es neben dem Mann im Taxi auch der Page mitbekam. Der Deutsche setzte sich auf eine der langen weißen Plastikbänke und überdachte seine Möglichkeiten. Er wollte sich am Flughafen absetzen lassen, dort aber nicht in ein Flugzeug steigen. Stattdessen plante er, im Terminal ein weiteres Taxi zum Hafen zu nehmen und dort eine Passage auf einem der schwimmenden Ozeanriesen zu buchen. Auf diese Weise konnte er schon mal üben, sich in der feinen Gesellschaft zu bewegen.

49

MONTERREY, MEXIKO

Die Fahrt von Indianapolis zur mexikanischen Grenze dauerte 19 Stunden inklusive eines Zwischenstopps zum Abendessen und eines kurzen Nickerchens in der Nähe des Lake Texoma in Oklahoma. Unterwegs entsorgte er stückweise Pistole, Gewehr und Munition. Keine der Waffen war benutzt worden, um jemanden zu töten, und es gab keine Anhaltspunkte, sie mit Gould in Verbindung zu bringen. Er wollte sich lediglich den Stress ersparen, sie über die Grenze zu schmuggeln. Gould fuhr die ganze Zeit. Obwohl er kein Verständnis für Claudias depressiven Zustand hatte, entschuldigte er sich in einer Tour und tat, als ob sie ihm leidtäte. In Wahrheit war ihm das Schicksal von Rapps Gattin vollkommen gleichgültig. Er wusste, dass das brutal klang, und viele Menschen – die Frau, die sein Kind im Leib trug, eingeschlossen – hätten ihn für diese Einstellung als gefühlloses Monster bezeichnet, aber so lief es nun mal in ihrem Geschäft.

Um zu überleben und vor allem erfolgreich zu sein, musste man sich den gestellten Aufgaben mit einer analytischen Nüchternheit nähern, bei der es allein darum ging, den Erfolg zu maximieren und das Risiko eines Scheiterns zu minimieren. Anfangs war ihm das relativ leichtgefallen. Die Männer, die er umbrachte, waren nicht gerade Heilige. Ihr korruptes, meist niederträchtiges Verhalten erleichterte eine emotionale Distanzierung. Dann aber kamen größere Kontrakte, und damit verschwammen die ethischen Trennlinien. Nun ließ sich nicht mehr so leicht beurteilen, welche Seite im Recht und welche Seite im Unrecht war. Gould hatte sich damit abgefunden, dass sich alle Akteure bewusst auf dieses Spiel einließen und wussten, was passieren konnte. Dieses Denken führte ihn auf einen Pfad der moralischen Ambivalenz. Nicht nur Rapp kannte die Gefahren seines Jobs, argumentierte er sich zurecht, sondern auch dessen Frau.

Die sekundären Figuren in diesem Duell, Bodyguards und Ehepartner beispielsweise, wussten nach seinem Dafürhalten genau, worauf sie sich einließen. Wenn nicht, waren sie selber schuld. Wäre es besser gewesen, Rapps Frau hätte überlebt? Natürlich, aber Gould fand, er hatte ehrliche Anstrengungen unternommen, sie zu verschonen. Am Ende hatte es einfach nicht sein sollen. Gern hätte Gould Claudia diese Auffassung verdeutlicht, doch in ihrer momentanen Verfassung hielt er es für wenig Erfolg versprechend. Er hatte schon immer befürchtet, dass sie mit den unangenehmen Seiten des Jobs nicht zurechtkam, und alles unternommen, um sie davon abzuschirmen. Sie hatte nur einmal erlebt, wie er einen anderen Menschen tötete, und das war Notwehr gewesen.

Der Vorfall hatte sich Mitte der 90er nach dem Zusammenbruch der Sowjetunion ereignet, als Magnaten und Glücksritter die größten Brocken unter sich aufteilten und jeden erledigten, der ihnen in die Quere kam. Politiker, Journalisten, Konkurrenten … allesamt zum Abschuss freigegeben. In diesem Umfeld hatte sich Gould bewährt und einen Namen gemacht. Es gab ständig etwas zu tun und er wurde fürstlich entlohnt. Gerade hatte er einen Mann in seiner Hotelsuite abgeknallt und wollte sich durch die Lobby absetzen, als die Alarmanlage losging. Diese verrückten russischen Leibwächter zückten ihre Waffen und ballerten wild drauflos. Gould musste sich den Weg nach draußen freischießen. Auf der Straße wartete ein letzter Russe auf ihn. Gould konnte von Glück sagen, dass der Typ ein lausiger Schütze war. Er entfesselte eine lange Salve aus einer Uzi. Dabei geriet er aus dem Gleichgewicht und zielte viel zu hoch, als Gould die Treppen herunterkam. Ein gezielter Schuss mit der schallgedämpften Pistole genügte, um den Russen mit einem Gesichtstreffer aus dem Verkehr zu ziehen. Er war direkt vor Claudias Füßen zusammengebrochen, die hinter dem Steuer des Fluchtfahrzeugs auf ihn wartete.

Claudia hatte eingesehen, dass er töten musste, um nicht selbst getötet zu werden. In jener Nacht schliefen sie sogar miteinander und hatten leidenschaftlichen Sex. Diesmal war alles anders. Gould vermutete, dass sie sich in die Rolle von Rapps Frau hineinversetzte. Vermutlich hielt sie ihn für Rapp und stellte kranke freudsche Parallelen zwischen den beiden Paaren her. 19 schweigsame Stunden in einem Auto lassen dem Vorstellungsvermögen genügend Platz zum Austoben.

Sie erreichten die Grenze auf dem Höhepunkt der morgendlichen Rushhour und schafften es ohne Probleme durch den Zoll. Ein Mann und eine Frau in einem Minivan auf der Fahrt nach Mexiko. Wären sie aus der Gegenrichtung gekommen, hätten sie mit mehr Schwierigkeiten rechnen müssen. Nach Süden zu fahren war ein Klacks. Gould entspannte sich sofort und Claudia lächelte zum ersten Mal seit Tagen. Sie ließen die Fenster ganz unten, hielten Händchen und drehten das Radio laut.

Die Fahrt vom Grenzposten nach Monterrey verlief ohne Zwischenfälle. Er folgte der Beschilderung zum Flughafen und sie stellten den Van auf dem überfüllten Parkplatz ab. Er ließ das Fenster auf der Fahrerseite offen und den Schlüssel in der Zündung stecken. Mit ihren Rucksäcken betraten sie das Terminal. Gould buchte am Mexicana-Schalter zwei Tickets für einen Flug nach Mexico City und von da aus weiter nach Zihuatanejo. Sie mussten nur etwas mehr als zwei Stunden bis zum Boarding totschlagen. Hinter der Sicherheitskontrolle entdeckten sie ein Café mit Gratis-WLAN. Gould ließ die Seele baumeln und orderte eine Margarita. Claudia schaltete derweil den Laptop an und schaute nach Mails.

Im Fernsehen lief eine schräge Gameshow, die sowohl den Barkeeper als auch die Kellnerin vollkommen zu faszinieren schien. Er musste nachdrücklich winken, um einen zweiten Cocktail zu ordern. Claudia ließ sich eine Flasche Wasser bringen. Es war noch nicht mal Mittag. Niemand, die anderen Reisenden eingeschlossen, schien es eilig zu haben. Gould spürte, dass der Tequila ihn leicht beschwipst machte. Er merkte, dass etwas nicht stimmte. Bei einem Blick zur Seite stellte er fest, dass seine Freundin das Gesicht in den Händen vergrub und den Kopf schüttelte.

»Was ist denn los?«

»Ich fass es nicht«, murmelte sie undeutlich.

»Sag schon!«

Sie drehte den Laptop so, dass er die E-Mail lesen konnte. »Post vom Deutschen.«

Er las und verzog ungläubig das Gesicht. »Was soll der Schwachsinn? ›Erledigt den Job oder zahlt das Geld zurück‹? Was zum Henker meint er damit?«

»Das ist doch ziemlich offensichtlich.«

Gould bemühte sich, leise zu sprechen, trotzdem platzte es aus ihm heraus: »Der Job *ist* erledigt.«

Claudia zog den Rechner zu sich heran und ihre Finger flogen über die Tasten. Innerhalb von Sekunden baute sich die Homepage der *Washington Post* im Browser auf. Sie brauchte nicht lange, um zu finden, wonach sie suchte. Sie schob den Laptop zu ihm und deutete auf eine Meldung mit der Schlagzeile RAPP NOCH AM LEBEN.

Gould las den Artikel. »Ich glaub's nicht. Das muss ein Trick sein. Schau nach, ob du eine weitere Quelle findest.«

Claudia rief eine Newsseite nach der anderen auf. Überall fand sich dieselbe Story. Sie riet Louis, seine Mailbox abzuhören. Drei neue Nachrichten. Die erste stammte von seinem Vater, der etwas von einem Familientreffen faselte. Gould übersprang und löschte sie. Die nächste kam vom Deutschen. Seine Stimme klang ruhig, aber er ließ keinen Zweifel, was er von ihnen erwartete. Die dritte und letzte Mitteilung hatte Petrow hinterlassen, der beklagte, damit in eine sehr missliche Lage geraten zu sein. Immerhin hatte er sie dem Deutschen empfohlen. Sein guter Ruf stand auf dem Spiel. Abschließend meinte er, er könne sich vorstellen, was Gould denke. Nein, das sei kein Trick der Amerikaner. Rapp sei tatsächlich quicklebendig. Wenn ihm sein Leben etwas bedeute, solle er sich besser beeilen und das Richtige tun.

Gould schaltete das Handy ab und stand auf. Sein Körper zitterte vor Nervosität. Er fuhr sich mit den Händen durch die Haare und trat unruhig von einem Fuß auf den anderen. »Wie konnte das nur passieren?«, murmelte er leise. »Ich war da. Ich habe gesehen, wie das Haus in die Luft geflogen ist. Und er war drin.«

Seine Freundin deutete auf den Bildschirm. »Hier steht, er habe sich den Arm und mehrere Rippen gebrochen. Die Explosion hat ihn in die Bucht geschleudert. Dort zog ihn ein Fischer aus dem Wasser, der den Vorfall beobachtet hat.«

»Verdammt!« Er wirbelte herum Richtung Ausgang. »Ich kann's einfach nicht fassen. Schnapp dir dein Zeug. Wir müssen verschwinden.«

Claudia rührte sich nicht vom Fleck. Sie bedachte ihn mit einem kühlen Blick. »Setz dich.«

Goulds Kopf zuckte herum. »Was?«

»Du hast mich gehört. Setz dich. Mach schon.«

Gould hielt sich mit der Hand an der Rückenlehne fest, blieb aber stehen.

»Wo willst du hin?«, fragte sie.

»Zurück.« Er sah sie an, als zweifelte er an ihrem Verstand. »Wir müssen zurück und den Job erledigen.«

»Nein, müssen wir nicht. Wir sind fertig. Wir haben unser Geld und setzen uns zur Ruhe.«

»Nein.« Er schüttelte entschlossen den Kopf. »Wir gehen zurück und erledigen den Job.«

»Warum?«

»Weil es das Richtige ist.«

»Das Richtige«, wiederholte sie spöttisch. »Dafür ist es längst zu spät.«

»Was zum Teufel meinst du damit?«

»Du hast eine unschuldige Frau getötet und erzählst jetzt was davon, das Richtige zu tun.« Sie runzelte die Stirn und starrte ihn fassungslos an. »Bist du wirklich so krank im Kopf, dass du dich für einen Mann mit Prinzipien hältst? Dass du glaubst, das habe etwas mit richtig und falsch zu tun?« Sie senkte die Stimme und quetschte hervor: »Wir bringen Menschen um.«

»Ich weiß, was wir tun. Trotzdem gibt es einen Ehrenkodex, den wir einhalten müssen.«

»Früher, ja. Das liegt hinter uns. Diese unerwartete Entwicklung ändert nichts daran. Wir ziehen uns zurück. Du hast es mir versprochen. Wir gründen eine Familie.«

»Sie werden nach uns suchen.«

Sie lachte. »Die wissen doch gar nicht, wo sie anfangen sollen. Sie wissen nichts über uns, wir wissen umgekehrt alles über sie.« Sie deutete auf den Bildschirm. »Eine einzige Nachricht, dass sie uns in Ruhe lassen sollen, weil wir sie sonst töten, löst das Problem.«

Gould schüttelte den Kopf. »Du weißt nicht, was du da redest.«

Claudia legte den Kopf schräg und sah ihn an, als ob sie tief in seinem Verstand nach einem versteckten Hinweis suchte. »Schön. Tun wir das Richtige. Überweisen wir das Geld zurück.«

»Nein … Wir werden den Job zu Ende bringen.«

»Es geht um ihn, richtig?«

»Um wen?«

»Um Rapp. Du willst beweisen, dass du ihm überlegen bist.«

»Schnapp dir dein Zeug. Wir gehen.«

»Du hattest nie vor auszusteigen, richtig?« Sie war zu wütend zum Weinen. »Geh.« Sie zeigte zum Ausgang. »Dann musst du dich wenigstens nicht von mir oder deinem Kind ausbremsen lassen.«

Gould schulterte den Rucksack und starrte sie zornig an. »Ich werde es zu Ende bringen, und dann werde ich dich suchen.«

»Spar dir die Mühe. Ich will dich nie wiedersehen.«

Ihre Worte schmerzten. Für den Bruchteil einer Sekunde zögerte er. »Was wird aus dem Baby?«

»Das ist ohne seinen Vater sowieso besser dran.«

Nie zuvor hatte ihn eine Bemerkung so tief verletzt, doch Gould war zu stolz, um es sich anmerken zu lassen. Er drehte sich um und ließ Claudia sitzen.

50

ALEXANDRIA, VIRGINIA

Der Wagen, ein schwarzer Infiniti Q35, gehörte dem Freund eines Angestellten der Botschaft. Für den 1,93 Meter großen Tajib ging es darin etwas eng zu, aber in Anbetracht seiner Mission musste er sich damit arrangieren. Das Auto hatte auf einem Parkdeck mehrere Kreuzungen vom Kino entfernt auf ihn gewartet. Tajib und drei weitere Botschaftsmitarbeiter stellten sich eine Viertelstunde vor Beginn der Vorstellung für Karten an und besorgten danach Popcorn und Getränke. Eine halbe Stunde nach Filmbeginn wurden Tajib im dunklen Saal die Autoschlüssel und ein Zettel zugesteckt. Er stand auf, als ob er zur Toilette müsste, und kam nicht mehr zurück.

Die Regierungen der Vereinigten Staaten und Saudi-Arabiens hatten eine stillschweigende Übereinkunft getroffen, sich nicht gegenseitig auszuspionieren. Tajib und jeder andere Geheimdienstler wussten, dass es pure Heuchelei war. Er wies sein Personal an, amerikanische Agenten unter strikter Beobachtung zu halten, wenn sie Saudi-Arabien besuchten, und er ging davon aus, dass die Amerikaner es umgekehrt genauso hielten – obwohl er aus Erfahrung wusste, dass die USA deutlich mehr Rücksicht auf die saudische Königsfamilie nahmen als diese auf die Regierung in Washington.

Von dieser Mission hing zu viel ab, um durch überhastete Abkürzungen eine Entdeckung zu riskieren, also kurvte Tajib mehr als eine Stunde durch die Gegend, um sicher zu sein, dass ihm niemand folgte. Um 21:47 Uhr brach er zum Treffen auf. Tajib war seinem Gegenüber bislang nur einmal begegnet. Damals hatte der Mann seinen Auftrag akribisch erfüllt. Eine Krise sorgte seinerzeit für die Notwendigkeit, ihn um Unterstützung zu bitten. Ein saudischer Staatsbürger war in Virginia festgenommen worden, weil er Heroin im Wert von zehn Millionen Dollar ins Land geschmuggelt haben sollte. Er saß in einem Staatsgefängnis, als Tajib davon erfuhr, dass der Beschuldigte den Ermittlern einen Deal vorschlug. Im Tausch gegen eine reduzierte Haftstrafe wollte er Beweise vorlegen, dass der saudische Geheimdienst Al-Qaida bei der Vorbereitung auf die Anschläge des 11. September gezielt mit Geld und Ausbildung unterstützt hatte.

Unter normalen Umständen hätte er einer solchen Drohung eines Drogendealers wenig Bedeutung beigemessen, doch in diesem Fall handelte es sich um einen von Tajibs Offizieren, der entschieden zu viel wusste. Packte er gegenüber den Amerikanern aus, drohte großer Schaden. Als Tajib das Problem gegenüber Prinz Muhammad bin Rashid zur Sprache brachte, ließ der Prinz keinen Zweifel daran, was er von ihm erwartete.

Zu Tajibs größten Waffen gehörte sein Erfindungsreichtum. Er war ohne größere Gewalttätigkeit aufgewachsen. Abgesehen von gelegentlichen Kämpfen gegen seine Brüder und Cousins wurde er in den seltensten Fällen laut oder gar handgreiflich. Er verfügte über eine enorme Gelassenheit. Selbst auf dem Fußballfeld, wo seine Größe und Geschwindigkeit ihm Überlegenheit verliehen, hielt er sich mit unnötigen Attacken zurück. Er war in Riad aufgewachsen, einer Stadt mit rund drei Millionen Einwohnern, in der Verbrechen ebenso selten vorkamen wie Regenfälle. Erst als er seinen Dienst beim Geheimdienst antrat, erkannte er, warum die Saudis es mit den Gesetzen so strikt nahmen. Das Rechtssystem in Saudi-Arabien war unglaublich hart. Polizisten prügelten Geständnisse aus den Verdächtigen heraus, Richter ließen so gut wie nie Nachsicht walten und in den Gefängnissen musste man sich warm anziehen.

Die Haftanstalten in Saudi-Arabien und Amerika waren gefährliche Orte, allerdings aus unterschiedlichen Gründen. Im Nahen Osten waren es die Wachen, vor denen sich die Gefangenen in Acht nehmen mussten, in den Vereinigten Staaten die anderen Häftlinge. Tajib wusste darüber so genau Bescheid, weil er an einem geheimen Regierungsprogramm beteiligt gewesen war. Über Jahre stellten muslimische Wohltätigkeitsorganisationen Geld, Sachspenden und Unterstützung zur Verfügung, um amerikanische Straffällige hinter Gittern zu motivieren, zum Islam zu konvertieren. Was die meisten Menschen nicht wussten: Saudische Geheimdienste behielten die angeworbenen Gläubigen genauestens im Auge und spekulierten darauf, einige dieser Nicht-Araber für ihren religiösen Kampf einspannen zu können. Sie wurden nach der Entlassung aus der Haft gezielt in Moscheen gedrängt, in denen ihnen Wahhabiten die nötige Indoktrinierung verpassten.

Bei einer Begegnung mit einem der muslimischen Mitarbeiter dieser Wohltätigkeitsorganisationen erfuhr Tajib von der Existenz einer Gruppe namens Mara Salvatrucha oder MS-13, eines rasch wachsenden Zusammenschlusses von Banden lateinamerikanischer Häftlinge. Tajib fragte sich schon länger, warum in den zwei Jahren, die er das Programm begleitete, kein einziger Latino zu ihnen gestoßen war. Der Mann erklärte ihm, dass sie überwiegend überzeugte Katholiken waren, zudem strikt organisiert und extrem gewalttätig. Der Mitarbeiter schilderte zwei Fälle, in denen afroamerikanische Muslime beim Versuch, Angehörige von MS-13-Gangs zu rekrutieren, zu Tode geprügelt worden waren. Tajib stellte daraufhin nähere Recherchen an und erfuhr, dass das FBI die Maras als größte Gefahr des organisierten Verbrechens in Amerika einstufte. Nach ersten Gründungen in El Salvador breitete sich das Konstrukt wie ein Krebsgeschwür über die gesamten USA aus. Abgesehen von New York City verfügte es in Washington, D. C. über die stärkste Präsenz.

Am schwierigsten gestaltete es sich, Kontakt zu einer Gruppe herzustellen. Wie die meisten Straßenbanden verfügten sie über eine inoffizielle Uniform. Sie neigten dazu, Trikots aus dem Profisport zu tragen, in den Gruppenfarben Blau und Weiß, wie man sie auch in der Flagge von El Salvador fand. Bei den Rückennummern waren 13, 67 und 76 besonders beliebt. Außerdem schmückte man sich bei MS-13 gern mit großflächigen Tattoos und trug die Haare raspelkurz.

Tajib fand heraus, dass sie in Alexandria und Fairfax, Virginia, stark vertreten waren. Da ihm nicht viel Zeit blieb, ging er voll ins Risiko. Er fuhr am helllichten Tag in ein besonders übles Viertel von Alexandria und sah dort zwei junge Männer vor einer Autowerkstatt stehen. Einer trug ein North-Carolina-Basketballtrikot, der andere eins von der University of Michigan. Die Nummern auf den Trikots passten, ebenso die kurzen Haare und die Tätowierungen. Tajib hielt neben ihnen. Er stieg nicht aus, sondern drückte ihnen durchs Fenster einen Umschlag in die Hand. Er enthielt 10.000 Dollar, eine kurze Notiz und eine Telefonnummer. Tajib bat die Jungs, ihn bei ihrem Boss abzuliefern.

Innerhalb einer Stunde erhielt er einen Anruf und traf sich mit dem örtlichen Bandenführer. Weiteres Geld wechselte den Besitzer, ein Deal wurde eingefädelt und am nächsten Tag fand man Tajibs früheren Angestellten tot in seiner Zelle. Als Tajib dem Boss den Rest des vereinbarten Betrags aushändigte, betonte er, seine Dienste möglicherweise noch einmal in Anspruch nehmen zu wollen, und fragte, wie er ihn am besten erreichen konnte. Der andere nannte ihm daraufhin einen Namen und eine Nummer.

Tajib befand sich nun wieder im selben Teil der Stadt. Er

war mit Aníbal Castillo verabredet. Als Tajib ihn am Vormittag angerufen hatte, legte Castillo direkt auf und meldete sich kurz darauf von einem anderen Anschluss. Tajib bog auf den Parkplatz der Werkstatt ein und stieg aus. Die ausgebaute Rückbank eines Wagens lehnte an der Vorderseite des Gebäudes. Zwei Männer saßen darauf, links und rechts davon standen zwei weitere. Die Wand hinter ihnen war hellblau, weiß und silber gestrichen. Trotz der kalten Abendluft trugen alle weite Shorts und Tanktops, an Armen und Hals prangten kunstvoll gestochene Motive. Tajib war bewaffnet, rechnete sich aber keine Chancen für den Fall aus, dass es zu Gewalttätigkeiten kam. Er war völlig allein, holte die Aktentasche aus dem Kofferraum und betrat die Werkstatt, ohne dem Quartett nähere Beachtung zu schenken.

Im kleinen Wartebereich saßen vier weitere Männer – erwachsenere Versionen der Jungs von draußen. Sie hatten dicke Knarren in ihren Hosenbund gestopft, bei einem lehnte eine abgesägte Schrotflinte an der Schulter. Die Luft roch säuerlich nach Schweiß und Zigaretten. Tajib blieb stehen. Er trug Jeans, ein weißes Knöpfhemd und einen blauen Blazer. Seine Kaliber-45-Pistole steckte in einem Holster an der rechten Hüfte. Einer der Männer bemerkte die Waffe und hielt ihm wortlos die offene Handfläche hin. Tajib händigte ihm den Colt aus, weil alles andere keinen Zweck hatte. Ein weiterer klopfte ihn von oben bis unten ab. Der Dritte mit MS-13-Schriftzug in Fraktur auf der Stirn nahm die Brieftasche entgegen und forderte ihn mit einem Nicken auf, ihm zu folgen. Sie liefen durch die Werkstatt, vorbei an Hebebühnen, die alle hochgebockt waren. Selbst zu dieser relativ späten Stunde wurde noch an Autos geschraubt.

Am Ende der Fläche führte ein kurzer Gang zu den Waschräumen und zum Hinterausgang. Tajib bemerkte einen stämmigen Typen, der dort Wache schob. In den fleischigen, überall tätowierten Fingern hielt er eine schwarze Maschinenpistole. Sie blieben vor einer Stahltür stehen. Seine Eskorte klopfte mit dem Knauf von Tajibs Pistole dagegen. Metall scharrte auf Metall, dann wurde geöffnet. Tajib folgte dem anderen hinein. Ein 50-Zoll-Plasmafernseher hing an der Seitenwand. Zwei Männer saßen auf Relaxsesseln und zockten an der Konsole. Hinter dem einzigen Schreibtisch wandte ihnen ein Mann den Rücken zu und führte ein Telefonat auf Spanisch. Langsam kreiselte er herum. Tajib erkannte, dass es sich um Aníbal Castillo handelte.

»Mein alter Freund«, begrüßte er den Besucher. »Da bist du ja wieder.« Er stand nicht extra auf.

»Ja«, erwiderte Tajib mit ernster Miene.

»Was kann ich für dich tun?«

Tajib sah sich um. »Wäre es möglich, dass wir uns unter vier Augen unterhalten?«

Der Mann, der den Saudi ins Büro gebracht hatte, legte den Aktenkoffer auf den Schreibtisch seines Chefs. Castillo betrachtete ihn. »Ist er abgeschlossen?«

»Ja«, bestätigte Tajib.

Castillo forderte mit einer Handbewegung, ihn zu öffnen. Tajib drehte den Koffer zu sich um und stellte die korrekte Kombination am Zahlenschloss ein. Als alle sechs Ziffern übereinstimmten, schob er die Schieber links und rechts zur Seite und klappte den Deckel hoch. Ein Fensterumschlag, sauber gebündelte 100-Dollar-Scheine und ein Handy kamen zum Vorschein. Castillo schob den Umschlag zur Seite und konzentrierte sich auf das Cash.

Seine Stirn legte sich in Falten, während er den Geldbetrag im Kopf überschlug. Dann blickte er auf und sein Kopf zuckte zur Tür. Die anderen Männer verließen schweigend den Raum. Castillo deutete auf einen Stuhl. Tajib setzte sich.

»Hunderttausend?«

Tajib nickte.

»Dann muss es dir wirklich wichtig sein, dass jemand stirbt.«

»Ja.«

»Wer?«

Der Saudi zog ein Foto von Rapp aus dem Umschlag. »Hast du diesen Mann schon mal gesehen?« Castillo schüttelte den Kopf. Tajib sprach ein stummes Gebet zu Allah. »Er wird in einem Haus nicht weit von hier von den Behörden festgehalten.«

»Und du willst, dass ich ihn töte?«

»Ja.«

»Was hat er angestellt?«

Tajib schüttelte den Kopf.

Castillo grinste. »Wie du willst … Dann wird es teurer.«

»Bevor wir darüber sprechen, habe ich ein paar Fragen.« Der Saudi überlegte, was er bisher gesehen hatte. »Wie gut sind deine Männer bewaffnet?«

Castillo lachte. »Besser als die Polizei, das kann ich dir versichern.«

»Sprengstoff?«

Der Salvadorianer nickte.

»Und zwar?«

»Ein bisschen C4, eine Menge Handgranaten … Wir haben sogar ein paar Antipersonenminen.«

»Panzerfäuste?«, erkundigte sich Tajib.

»RPGs? … Klar. Mehr als genug.«

Tajib war zufrieden. »Ich nehme an, ihr habt kein Problem damit, Staatsbeamte zu töten?«

»Nicht das geringste. Allerdings erhöht das den Preis deutlich.« Er zeigte auf den Aktenkoffer. »Ich bin mir nicht sicher, ob das auch nur für den Vorschuss reicht.«

»Ich habe das Geld lediglich mitgebracht, um dir zu zeigen, dass es mir ernst ist.«

»Okay, ist dir gelungen.«

»Gut. Ich erklär dir den Plan, dann reden wir über den Preis.«

Beide Männer standen auf. Tajib zog mehrere Satellitenfotos aus dem Kuvert, außerdem eine Umgebungskarte. Er wies ihn auf den Zaun um das Gelände und die Sicherheitsvorkehrungen hin.

»Wie viele schieben draußen Wache?«, fragte Castillo.

»Normalerweise vier.«

»Und drinnen?«

»Das weiß ich nicht. Ich gehe von mindestens zwei aus. Hinzu kommt der Mann, den ihr töten sollt. Der schwierigste Teil dürfte das Reinkommen sein.«

»Vier Wachen sind ein Witz.«

»Es geht nicht um die Wachen. Das Gebäude ist speziell gesichert … verstärkte Türen, kugelsichere Scheiben. Ihr werdet euch den Weg freisprengen müssen. Versucht's mit allem, was ihr habt. Fangt mit den RPGs an. Wenn das nicht klappt, nehmt das C4. Fackelt notfalls alles ab … Mir egal.«

Castillo lächelte. »Wie steht's mit der Polizei? Das wird eine Menge Krach machen.«

Mit diesem Einwand hatte Tajib gerechnet. »Das regele ich. Ihr müsst euch nur um das Haus kümmern. Es ist mir egal, wie viele Menschen ihr tötet … Hauptsache der Typ ist unter den Opfern.« Er hielt ihm das Foto von Rapp unter die Nase.

Der Salvadorianer grinste. »Wenn der Preis stimmt, erledige ich das sogar persönlich.«

51

CIA Safe House, Virginia

Körperliche Verletzungen und mentales Leid stellen einen vor völlig unterschiedliche Herausforderungen. Beides kann Menschen in Wracks verwandeln. Äußere Wunden machen einen bewegungsunfähig, psychologische Traumata führen dazu, dass man vor Angst wie gelähmt ist oder nicht weiterleben will. Für sich genommen schlimm genug, in Kombination absolut verheerend. Die letzten zwei Tage waren die schlimmsten in Rapps bisherigem Leben. Sein Verstand pendelte zwischen erstickender Verzweiflung und Rachedurst. Einerseits drängte es ihn, das Haus zu verlassen und auf die Jagd zu gehen, andererseits fehlte ihm das nötige Vertrauen in die eigenen Kräfte. Körperlich musste er sich erholen, geistig war er reif für die Klapsmühle.

Als jahrelanger Einzelkämpfer gehörte er zu den Meistern der Selbstanalyse. Der sengende Hass auf alle, die Annas Tod verschuldet hatten, spornte ihn zu Höchstleistungen an, um die Schuldigen zur Rechenschaft zu ziehen. Rapp wusste allerdings, dass Übermotivation die Gefahr in sich trug, leichtsinnig und impulsiv zu agieren. Sie brachte einen dazu, übertriebene Risiken einzugehen, die in keinem Verhältnis zu den Erfolgschancen standen. Er durfte auf keinen Fall den Kopf verlieren. Natürlich gab es Momente, in denen extreme Gewalt gefragt war, doch es gab andere, in denen Zurückhaltung und Urteilsvermögen im Vordergrund standen.

Sein Körper heilte irgendwann von selbst. Er hatte schon schlimmere Verletzungen durchgestanden. Weitaus größere Sorgen bereitete ihm seine mentale Verfassung. Nie zuvor hatte es ihn so geängstigt, mit seinen Gedanken allein zu sein. Das schwarze bodenlose Loch, in das sich sein Leben verwandelt hatte, ließ ihn panisch reagieren. Er hatte schreckliche Dinge gesehen und getan, aber nichts hatte ihn so sehr aus dem Gleichgewicht gebracht wie die Ermordung seiner Frau. Es wurde so schlimm, dass er sogar freiwillig Beruhigungsmittel schluckte. Nur so konnte er seinen Verstand betäuben und ihren entsetzlichen Tod und die endlose Flut von Was-wäre-Wenns für eine Weile ausblenden.

Nach dem Aufwachen kehrte alles mit ungebremster Wucht zurück. Die Emotionen waberten auf einer Skala zwischen Hass und völliger Verzweiflung hin und her. Im einen Moment schwor er sich, nichts werde ihn davon abhalten, ihren Tod zu rächen und diese Bastarde bezahlen zu lassen, im nächsten krümmte er sich zu einer Kugel zusammen und sehnte sich danach, ihr Gesicht ein letztes Mal zu streicheln. Und dann kam das Unvermeidliche: Er gab sich selbst die Schuld an ihrem Tod. Sein Mangel an emotionaler Stabilität und die Unfähigkeit, sich aus dieser Zwickmühle zu befreien und das Dilemma logisch zu durchdenken, bereiteten ihm die größten Sorgen. Gelang es ihm nicht, seine Gefühle unter Kontrolle zu bringen, scheiterte er zwangsläufig.

Scheitern war für einen Mann wie ihn nicht hinnehmbar. Die Vorstellung, dass der Gegner ungeschoren davonkam, das Wissen, dass jede weitere Minute, die er sich in diesem Raum einigelte, die Chancen der Killer wachsen ließ, endgültig zu entkommen – allein das war es, was ihn davon abhielt, sich der Schwärze und Verzweiflung hinzugeben. Am Ende war es die Vorstellung, wie lächerlich er aussehen musste, schluchzend wie ein Häufchen Elend, die ihn zwang, die Decke zur Seite zu schleudern, das Brennen und Ziehen zu ignorieren und die Beine auf den Boden zu schwingen.

Sofort zuckte ein stechender Schmerz durch seine Schläfen. Das musste an den Beruhigungsmitteln liegen. Es wurde Zeit, eine vollständige körperliche Bestandsaufnahme durchzuführen. Er trug kurze Schlafanzughosen, fragte sich, wo sie herkamen, und begriff, dass er keine eigene Kleidung mehr hatte. Das Haus, das Auto, sein gesamter Besitz – alles weg. Er befürchtete, dass auch Shirley, seine Hündin, die Explosion nicht überstanden hatte. Verglichen mit dem Verlust von Anna kam es ihm fast trivial vor. Er blickte hinunter auf sein Bein und begutachtete die lila verfärbte Quetschung am rechten Schenkel und die eher harmlose Operationswunde am linken Knie. Der Schenkel machte den deutlich schlimmeren Eindruck. Der gebrochene rechte Arm fühlte sich so weit okay an, die gebrochenen Rippen reagierten extrem empfindlich auf Berührung. Er stieß sich vom Bett ab und stand auf. Der erste Schritt glich eher einem Schlurfen. Das linke Knie war stärker als erwartet. An der Rückseite der Tür hing ein Morgenmantel. Er humpelte hin und schlüpfte hinein.

Langsam kämpfte er sich ins Erdgeschoss und stellte fest, dass das rechte Bein eindeutig in schlechterer Verfassung war als das linke. Er blieb neben der Eingangstür stehen und spähte durch das Fenster daneben. Der Himmel war grau und weit und breit kein Mensch in Sicht. Ein Spiegel hing an der Wand. Er konfrontierte ihn mit seiner ungebändigten schwarzen Mähne und dichten Bartstoppeln. Es war ungewöhnlich ruhig im Haus. Ausgerechnet er, der Einzelgänger, sehnte sich plötzlich nach menschlicher Gesellschaft. Er brauchte Informationen. Er musste wissen, was in der Zwischenzeit passiert war. Durch den Flur schlurfte er zur Küche. Allmählich bekam er seine Beine besser in den Griff. Der Duft von Kaffee weckte seine Aufmerksamkeit. Laut der Uhr an der Mikrowelle war es 9:53 morgens. Er fand einen Becher im Schrank und goss sich aus der Kanne ein.

Im Augenwinkel registrierte er eine Bewegung. Er hinkte zum Waschbecken und spähte nach draußen. Zwei Leute saßen am Tisch im Innenhof. Irene Kennedy und ihr achtjähriger Sohn Tommy. Tommy schien sich zu langweilen. Er hing halb auf dem Stuhl und wackelte mit dem linken Bein hin und her. Irene telefonierte. Rapp atmete tief ein und ließ die Luft langsam entweichen. Tommy gehörte für ihn längst zur Familie. Der Kleine vergötterte Anna. Schlagartig fühlte er sich ziemlich dumm und egoistisch, weil er die ganze Zeit nur an sich gedacht hatte. Eine Menge Menschen würden Anna vermissen.

Rapp stellte den Becher ab und lief zur Tür. Er drehte den Knauf und zog. Nichts rührte sich. Ihm fiel ein, dass er sich in einer gesicherten CIA-Einrichtung aufhielt. Genau wie das Haus waren auch die Türen speziell verstärkt und verkehrt herum eingebaut. Deshalb öffneten sie nach außen. Er drückte dagegen und trat behutsam auf die mit Steinen ausgelegte Veranda. Er zog den Knoten am Morgenmantel fester zusammen und lief zu den beiden.

Tommy bemerkte ihn sofort, hörte auf zu zappeln, setzte sich aufrecht hin und schien nicht zu wissen, wie er reagieren sollte. Kennedy drehte sich zu ihm um und verkündete ihrem unsichtbaren Gesprächspartner, sie müsse jetzt auflegen. Sowohl rechts als auch links von ihm rührte sich etwas. Zwei von Kennedys Leibwächtern standen auf dem Posten. Rapp schaffte es bis zum Tisch. Der kleine Tommy sprang auf, seine Augen waren ganz feucht. Rapp breitete die Arme aus und der Junge vergrub das Gesicht an seinem Magen. Er schluchzte unkontrolliert und brachte zwischen heftigem Keuchen irgendwie heraus: »Es tut mir so leid.«

Rapp ließ sich auf einen Stuhl sinken und drückte ihn so fest, wie es seine Rippen aushielten. Der Anblick eines Menschen, der ihm so viel bedeutete und von dem er wusste, dass er seine Frau vergötterte, raubte ihm den letzten Rest an Selbstbeherrschung. Einmal mehr flossen die Tränen.

Sie saßen für eine gefühlte Ewigkeit unter dem Sonnenschirm. Er versuchte Tommy zu versichern, dass alles gut werde, aber selbst er hörte die Unsicherheit, die in seiner Stimme mitschwang. Es wurde eben nicht alles gut. Die Person, die er mehr als alles andere auf der Welt liebte, war tot. Er näherte sich schrittweise dem Schattenreich völliger Verzweiflung. Wie hatte sein Leben nur so eine grausame Wendung nehmen können?

Rapp hörte das Bellen eines Hundes. Er sah auf. Shirley, sein Collie-Mischling, rannte auf ihn zu. Die unerwartete Überraschung trieb ihm ein Lächeln ins Gesicht. Er ließ Tommy los und breitete die Arme für Shirley aus. Sie sprang an ihm hoch und legte ihre Pfoten auf Rapps Schoß. Er kraulte sie am Nacken. »Und ich dachte, du wärst auch nicht mehr da.«

»Einer deiner Nachbarn hat sie nach der Explosion bei sich aufgenommen«, sagte Irene. »Tommy hielt es für eine gute Idee, sie mitzubringen.« Kennedy lächelte ihren Sohn an. »Er meinte, ein Mitschüler habe ihm erzählt, dass Hunde hervorragend geeignet sind, Menschen nach einem Schicksalsschlag wieder auf die Beine zu bringen.«

Rapp streichelte Shirley am Hals. »Danke, Kumpel.«

»Gern geschehen.« Er täschelte die Hündin ebenfalls. »Wenn du willst, kümmer ich mich für dich um sie.«

»Das wäre nett.«

»Ich hab auch meinen GameCube mitgebracht.«

Rapp nickte, ganz gerührt, dass der Kleine so mitdachte.

»Vielleicht können wir ja nachher eine Runde spielen.« Sein Bein zappelte wieder. »Das hilft dir bestimmt.«

Am liebsten hätte er direkt losgeflennt. Mit größter Mühe riss er sich zusammen. »Danke, Tommy.«

Kennedy wischte sich verstohlen eine Träne aus dem Augenwinkel und fragte Rapp: »Bist du hungrig?«

»Glatt untertrieben.«

Zu dritt gingen sie ins Haus. Kennedy machte Pfannkuchen. Es gelang ihr, das Thema von der Explosion wegzulenken, indem sie Rapp eine Zeitung in die Hand drückte und Tommy ins andere Zimmer schickte, um den GameCube startklar zu machen. Während er die Seiten durchblätterte, teilte ihm Kennedy mit, dass sein Bruder Steven angerufen hatte. Er war aus New York auf dem Weg hierher. Rapp nickte bloß. Seine Eltern waren beide tot. Er und sein Bruder hatten sich nie auf eine Weise nahegestanden, dass sie viel Zeit miteinander verbrachten, aber es existierte eine tiefe Verbindung zwischen ihnen. Er freute sich darauf, ihn zu sehen.

Hart wurde es, als sie Annas Eltern erwähnte. Sie waren am Tag nach der Explosion eingetroffen und wollten so bald wie möglich mit ihm reden. Die Beerdigung musste vorbereitet werden und sie wollten nicht über seinen Kopf hinweg Entscheidungen treffen. Rapp fürchtete sich vor der Begegnung. Er ging davon aus, dass sie ihm die Schuld für den Tod ihrer Tochter gaben. Vollkommen logisch. Immerhin gab er sich selbst die Schuld dafür.

Sie frühstückten draußen neben dem Pool. Rapp verschlang vier Pfannkuchen und drei Doppelwürste. Tommy versuchte, mit ihm Schritt zu halten, schaffte aber nur jeweils zwei. Sie waren gerade fertig, da tauchte Scott Coleman auf. Er betrat den Hinterhof durch einen Seiteneingang, trug Jeans, Wanderstiefel, ein blaues T-Shirt und ein Basecap. Eine große schwarze Sporttasche hing über der Schulter. Er blieb neben Rapp stehen und stellte die Tasche im Gras ab.

»Ich hab dir ein paar Sachen zum Anziehen besorgt. Ich nehm an, XS passt dir immer noch?«

Rapp ignorierte den Joke und zog den Reißverschluss auf. Seine Rippen protestierten bei der Bewegung. Mehrere T-Shirts von North Face, eine Fleeceweste, Jacke, Sonnenbrille, Wanderstiefel, Hosen, Unterwäsche, Socken. Die Farben deckten überwiegend das dunkelgrüne und hellbraune Spektrum ab. Unter dem Kleiderstapel lag eine brandneue Glock 17 komplett mit Schalldämpfer und Hohlspitzmunition.

Coleman tätschelte Tommy den kurzen Haarschopf und fragte: »Wie geht's, Sportsfreund?«

»Prima.«

»Glaubst du, ich kann mal eine Minute allein mit deiner Mom und Mitch reden?«

Tommy sah zu Irene und meinte: »Klar.« Er stand auf. »Ich geh mal rüber zu den Pferden.«

»Sei vorsichtig«, rief ihm Kennedy nach. Der Junge pfiff Shirley zu sich. Sie sprang ihm hinterher.

Als der Junge weit genug weg war, zog Rapp die Pistole aus der Tasche und hielt sie für eine genauere Begutachtung in die Sonne. Er zog prüfend den Schlitten zurück, ließ sie am Abzug kreisen und nahm sich Patronenlager und Lauf vor. Alles bestens in Schuss und gepflegt.

»Warum um alles in der Welt hast du ihm eine Waffe mitgebracht?« Kennedy wirkte alles andere als glücklich darüber.

Coleman ignorierte die Frage. »Ich hab sie mit Nachtsicht nachgerüstet und den Abzugswiderstand verringern lassen.«

Rapp richtete die Mündung auf den Boden und drückte ab. Er nickte. »Danke.« Dann stellte er die Schachtel mit 100 Schuss Munition auf den Tisch und belud alle drei Clips.

»Hast du ihm auch einen Rasierer besorgt?«, fragte Kennedy.

Rapp kratzte sich an den dichten Barthaaren.

»An deiner Stelle würde ich die noch nicht abrasieren«, meinte Coleman.

»Wieso?«

Der frühere Kommandant von SEAL Team Six nickte Kennedy auffordernd zu. Sie bedachte Rapp mit einem fast mütterlichen Blick. »Wir haben gewisse Fortschritte erzielt. Der Mann, der das Kopfgeld auf dich ausgesetzt hat, war Said Ahmed Abdullah.«

Seine dunklen Augen verengten sich. »Wahids Vater?«

»Ja.«

»Wie belastbar ist die Information?«

»Aus naheliegenden Gründen geben die Jordanier ihre Quelle nicht preis, aber sie behaupten, der Mann habe sie bisher nie enttäuscht.«

»Was haben wir noch?«

»Gestern fing die NSA ein Telefonat von Abdullah ab. Wir wissen nicht, wen er angerufen hat, aber er klang extrem aufgebracht. Er forderte seinen Gesprächspartner auf, den Job entweder zu erledigen oder die 21 Millionen Dollar zurückzuzahlen.«

»21 Millionen«, entfuhr es Coleman ungläubig.

Selbst Rapp schockierte die Summe. »Was hat der andere dazu gesagt?«

»Das wissen wir nicht. Abdullah hat der Person auf den AB gesprochen.«

»Und wessen Anschluss war es?«

»Leider haben wir die Nummer nicht. Es wurde nur die Stimme von Abdullah aufgezeichnet.«

»Shit.«

»Es gibt andere Wege, das herauszufinden«, versicherte Kennedy. »Der Mann ist zwar stinkreich, was die Sache erschwert, aber wir picken uns gezielt alle Transaktionen des letzten Monats heraus, die sich auf 21 Millionen Dollar summieren.«

Rapp starrte in Richtung Stallungen.

»Was geht dir durch den Kopf?«, wollte Kennedy wissen.

»Am Montagmorgen brauch ich deine G5.«

Er meinte den Privatjet, der ihr zur Verfügung stand. »Und wo willst du damit hinfliegen?«

»Nach Afghanistan.«

Coleman prustete los. Er sah Kennedy an. »Du hast es ihm noch nicht erzählt.«

»Nein.«

»Was erzählt?«

»Dein Pass wurde ungültig gemacht. Ich habe dem nationalen Sicherheitsrat versprochen, dich in Schutzhaft zu nehmen.«

»Warum?«, fragte er wütend.

»Vizepräsident, Außenministerin, Justizminister und Direktor Ross haben den Präsidenten mit vereinten Kräften überzeugt, dich aus den Ermittlungen rauszuhalten.«

»Wenn man diese müden Versuche überhaupt als Ermittlung bezeichnen kann«, warf Coleman ein.

Kennedys Blick sprach Bände: nicht hilfreich.

»Gibt's ein Problem mit den Ermittlungen?«, erkundigte sich Rapp.

»Dazu kommen wir später. Erst mal geb ich weiter, was mir der Präsident unter vier Augen gesagt hat. Zunächst sprach er dir sein Beileid zum Verlust von Anna aus. Du weißt, er hatte sie sehr gern.«

Rapp wollte jetzt keine Kondolenzlisten abarbeiten. Sein Gesichtsausdruck machte deutlich, dass Kennedy besser schnell zum Kern der Sache kam, bevor ihm der Geduldsfaden riss.

»Offiziell möchte er, dass du dich weitgehend raushältst. Inoffiziell hat er dir die Erlaubnis gegeben, jeden zu töten, der bei ihrer Ermordung seine Finger im Spiel hatte.«

Sofort löste sich sein Zorn in Luft auf. »Also darf ich deine G5 am Montag benutzen?«

Kennedy winkte ab. »Ich werde dich unterstützen, aber es muss unter der Hand laufen. Es darf keine direkten Verbindungen zur Agency geben.«

Rapp wandte sich an Coleman.

Der Ex-SEAL grinste. »Ich hab eine G3 für dich. Nicht

so schick wie die G5, aber ausreichend, um uns von A nach B zu bringen. Außerdem kenne ich da ein paar Jungs, die ganz wild auf einen Trip nach Afghanistan sind.«

»Montagmorgen«, wiederholte Rapp.

»Kein Grund, etwas zu überstürzen«, wandte Kennedy besorgt ein. »Gönn dir etwas Zeit, um dich zu erholen.«

Rapp schüttelte den Kopf. »Montagmorgen. Je länger wir warten, desto schwerer wird es, sie zu finden.« Er sah Coleman an. »Du schreibst mir aber eine Rechnung dafür.«

»Sobald du mir den Hintern geküsst hast«, meinte der mit seinem besten Pokerface.

»Ich mein's ernst.«

»Ich auch.«

»Scott, das fühlt sich falsch an. Wenn du und deine Jungs euren Arsch riskiert, sollt ihr auch was dafür bekommen.«

Coleman kannte Rapp gut genug, um zu wissen, dass er keine Ruhe gab, bis er seinen Willen bekam. »Ich sag dir, was wir machen. Wenn wir diese Rattenärsche erwischen, teilen wir die 22 Millionen unter uns auf.«

»Die kannst du behalten. Hauptsache du hast bis Montagmorgen alles vorbereitet.«

»Keine Sorge. Ich sag ja, die Jungs sind ganz wild drauf.«

52

ALEXANDRIA, VIRGINIA

Aníbal Castillo konsultierte eine Mappe von Loudoun County und zeichnete mit dem Finger den Verlauf einer Straße nach. Er nickte zufrieden und ging dann hinaus in die Werkstatt, um die Fortschritte zu überprüfen. Drei identische schwarze Chevy Suburbans standen auf den Hebebühnen. Seine Männer kümmerten sich darum, sie einsatzbereit zu machen. Obwohl er in der bitteren Armut eines vom Bürgerkrieg geschüttelten Drittweltlandes aufgewachsen war und nicht einen einzigen Tag lang die Schule besucht hatte, war Aníbal Castillo zwar Analphabet, aber alles andere als dumm.

Mit 34 hatte er nie dauerhaft in Frieden gelebt. Die ersten sieben Jahre verbrachte er mit seinen Eltern und vier Geschwistern in den unbarmherzigen Gettos von San Salvador, wo sie oft um Essen betteln mussten. 1979 wurde seine Heimat El Salvador in einen brutalen Bürgerkrieg gestürzt und Aníbals Vater tat sein Bestes, den Konflikt von der Familie fernzuhalten. Ein Jahr später wurde Erzbischof Romero ermordet. Seine Eltern hatten den katholischen Geistlichen als Helden verehrt. Er setzte sich für die Armen gegen die korrupte Regierung ein. Seine brutale Hinrichtung motivierte viele eher unpolitische Bürger, sich den linken Guerillatruppen der *Frente Farabundo Martí para la Liberación Nacional,* besser bekannt als FMLN, anzuschließen. Aníbals Vater siedelte mit der Familie ins zentrale Bergland um und schloss sich dem Kampf gegen die Soldaten des Duarte-Regimes an.

Aníbal wurde von den Rebellen zunächst als Kurier eingesetzt. Sobald er kräftig genug war, ein Gewehr zu tragen, patrouillierte er als Soldat durch die Gassen. Wie bei den meisten Bürgerkriegen kam es zu Grausamkeiten auf beiden Seiten. Aníbals Mutter und zwei Schwestern wurden Opfer von Vergewaltigungen, einer seiner Brüder wurde entführt, gefoltert und von der Regierung erschossen, eine Landmine riss seinen Vater in Stücke. Am Ende des Krieges kannte Aníbal nichts als Gewalt.

1995 wanderte er schließlich mit seiner Mutter und den zwei Schwestern in die USA aus. Sein überlebender Bruder blieb zurück und verdingte sich im Drogenhandel. Die Überfahrt von Aníbals Familie wurde von einer Gruppe christlicher Missionare finanziert. Sie landeten im Großraum Washington. Aníbal bemühte sich gar nicht erst, eine Arbeit zu finden. Sein Dienst bei den FMLN-Rebellen prädestinierte ihn zum Mitglied von MS-13. Die ersten sieben Jahre in der US-Hauptstadt verliefen ruhig. Das FBI hatte MS-13 noch nicht auf dem Schirm, die DEA tappte noch im Dunkeln, was die Durchsetzungsfähigkeit der Bande betraf.

Die lokalen Cops hielten sie für harmlose Latinos, die dealten und Autos klauten.

Nachdem mehrere Gangmitglieder umgekommen oder im Knast gelandet waren, legte Aníbal eine steile Karriere hin. Jetzt, mit 34, war er bereits für ganz Prince William County und den Großteil von Fairfax County zuständig. Wie die Cosa Nostra vor ihnen weitete MS-13 die Aktivitäten auf Glücksspiel und Prostitution aus. Hätten sie es dabei belassen, wären sie wohl noch lange unbemerkt geblieben, doch sie begingen zwei schwerwiegende Fehler. Zunächst einmal betätigten sie sich als Erpresser und

Kidnapper, womit sie zwangsläufig in den Fokus des FBI gerieten. Ihr zweiter Fehler bestand darin, dass die Auswüchse ihrer Bandenkriege in den Abendnachrichten und Morgenzeitungen landeten. Gesetzestreue Bürger, die zur Wahl gingen, störte es nicht sonderlich, wenn Gauner sich gegenseitig abmurksten, doch das änderte sich abrupt, wenn unschuldige Menschen als Opfer in die Auseinandersetzungen hineingezogen wurden. Ihre Wut richtete sich gegen die Politiker, die ihrerseits die Gesetzeshüter unter Druck setzten, um den eigenen Hintern zu retten.

Im Ergebnis machten örtliche Cops und Bundespolizei MS-13 fortan das Leben schwer. Drogenschmuggel flog häufiger auf, Erpressung und Entführung brachten einen auf kürzestem Weg in den Knast. Castillo sah sich gezwungen, die Aktivitäten auf Autodiebstahl zu verlagern. Peanuts, wenn man es mit den anderen Geschäften verglich. Der mysteriöse Fremde, mit dem er schon einmal zu tun gehabt hatte, tauchte also zum perfekten Zeitpunkt auf. Seine Jungs wurden langsam nervös. Sie waren scharf auf echte Action. Autos zu klauen, hielten sie für Kinderkram, unter ihrer Würde. Sie wollten Blut vergießen. Dieser Auftrag bot die perfekte Gelegenheit dazu.

Castillo stellte sich neben den vorderen schwarzen Truck und fragte einen seiner Männer: »Wie lange brauchst du noch?«

Dieser war gerade mit einem Kabelstrang in der einen und einem Schraubenzieher in der anderen Hand unter der Kühlerhaube zugange. »Zehn Minuten.«

Castillo schielte auf seine Digitaluhr. 6:23. Der Typ mit dem seltsamen Akzent konnte jeden Moment auftauchen. »Wie steht's mit den anderen beiden Trucks?«

»Sind startklar.«

Castillo lief weiter zum nächsten Suburban. Alle fünf hatten sie innerhalb der letzten paar Stunden geklaut, die Nummernschilder getauscht und Polizei-Signalleuchten in den Kühlergrill und am Heckfenster eingebaut.

»Hey, Boss.« Einer von Castillos Leuten kam mit einem blauen Coverall und Basecap in der Hand zu ihm. »Müssen wir das Zeug wirklich anziehen?«

Castillo würdigte ihn keiner Antwort. Stattdessen durchbohrte er ihn mit einem Blick, der anzudeuten schien, dass er ihn am liebsten an Ort und Stelle erschossen hätte.

Der Typ trug ein weißes Unterhemd und extrem ausgeleierte Shorts. Er sah die blaue FBI-Kappe an und schüttelte den Kopf.

»Willst du lieber in den Bunker wandern, du Vollidiot?« Castillo starrte ihn an und hoffte fast darauf, dass der Kerl einen Vorwand lieferte, ihn totzuprügeln. Das wäre eine gute Lektion für die anderen gewesen.

»Nein, Boss.« Er war schlau genug, Castillo nicht in die Augen zu sehen.

»Tja, anders schaffen wir es auch kaum bis raus nach Leesburg, bringen dort einen Haufen Bullen um und fahren den ganzen Weg hierher zurück, ohne geschnappt zu werden. Oder?« Er verpasste ihm einen Klaps gegen den Schädel und brüllte: »Natürlich kannst du auch gern so, wie du bist, in deinen gepimpten Gettoschlitten steigen und ausprobieren, wie weit du kommst, du dämlicher Schwachkopf!«

Die anderen Bandenmitglieder hatten die Arbeit eingestellt und schauten interessiert zu, wie sich der Disput entwickelte. Castillo kam langsam auf sie zu und rief: »Noch jemand hier, der mir idiotische Fragen stellen will?«

Sie wuselten wie Kakerlaken in alle Richtungen davon. Castillo wollte gerade zurück an den Schreibtisch, da betrat sein neuer Freund die Werkstatt – diesmal mit einem deutlich größeren Aktenkoffer. Castillos Kopf zuckte Richtung Büro. Der Besucher folgte ihm. Der Salvadorianer schloss die Tür hinter ihnen, damit sie in Ruhe reden konnten.

Tajib stand stocksteif da und umklammerte den Aktenkoffer. Unsicher fragte er: »Ist alles in Ordnung?«

Castillo rollte mit den Augen. »Ach, das war nichts weiter. Meine Männer sind bereit.«

Tajib traute dem Frieden zwar nicht, stellte nach kurzem Überlegen aber fest, dass er keine Chance hatte, von hier wegzukommen. »Gehören die Suburbans zum Plan?«

Castillo nickte. »Ja, ich glaube, selbst mit deiner Ablenkung wäre es sonst schwierig, unbemerkt in die Stadt zurückzukommen.«

Das schätzte der Saudi ähnlich ein. Er hielt es für ein gutes Zeichen, dass der andere mitdachte. »Der Wagen, um den ich gebeten habe?«

»Ist bereit.«

»Muss ich mir Sorgen wegen der Cops machen?«

»Solange du nicht angehalten wirst, passiert dir nichts.«

»Wie meinst du das?«

»Genau so, wie ich es sage«, versetzte er scharf. »Es ist ein gestohlenes Fahrzeug. Wir haben die Kennzeichen ausgetauscht, aber wenn du bei einer Kontrolle nach den Zulassungspapieren gefragt wirst, hast du ein Problem.«

Tajib ging davon aus, dass er mit so kurzem Vorlauf nichts Besseres erwarten konnte. Er wuchtete den Koffer auf den Schreibtisch des Salvadorianers. »400.000 Dollar.« Kurz überlegte er, ob er hinzufügen sollte, dass er ihn finden und umbringen würde, falls er den Job nicht anständig erledigte. In Anbetracht seiner begrenzten Ressourcen und des Umstands, dass ihn diese Bemerkung auf der Stelle das Leben kosten konnte, entschied er, lieber die Klappe zu halten.

Castillo öffnete den Koffer und spähte hinein. Mit einem Lächeln fragte er: »Wie steht's mit der Ablenkung, die du mir versprochen hast?«

»Dafür muss ich mir ein paar Sachen ausleihen.«

»Was denn?«

»Kannst du eine Panzerfaust und ein paar Granaten erübrigen?«

Castillo nickte.

»Gut.« Tajib sah auf die Uhr. »Seid bis halb zehn auf Position. Ich sorge dafür, dass die Polizei alle Hände voll zu tun hat.« Der Saudi setzte sich Richtung Ausgang in Bewegung und blieb noch einmal kurz stehen. »Sorgt einfach dafür, dass alle tot sind.«

Castillo grinste. »Worauf du einen lassen kannst.«

53

CIA SAFE HOUSE, VIRGINIA

Das schwarze Lincoln Town Car hielt vor dem schweren Tor. Rapp verfolgte die Ankunft vom Wohnzimmer aus. Die Sonne ging gerade unter und entfesselte mit goldenen Strahlen ein Spiel aus Licht und Schatten auf den umliegenden Feldern. Er ging davon aus, dass Kennedy auf der Rückbank der Luxuslimousine saß, war aber nicht sicher. Immerhin traf man Lincoln Town Cars in Washington gefühlt an jeder Ecke an. Es war 19:20 Uhr. Eigentlich hatte sie schon vor 20 Minuten mit seinem Bruder aufschlagen wollen. Steven nahm es mit der Pünktlichkeit nie so genau. Rapp hatte ihn seit fast zwei Monaten nicht mehr gesehen. Das lag nicht daran, dass sie sich nicht verstanden, nur hatten sie beide extrem viel um die Ohren. Hinzu kam, dass sie außer ihren Eltern nicht viel miteinander verband. Und selbst bei diesem Punkt meldete der Skeptiker in ihm Zweifel an.

Der Wagen hielt auf dem kreisförmigen Areal vor dem Haupteingang. Rein aus Gewohnheit begutachtete Rapp die Arbeitsweise von Kennedys Security. Der Mann am Steuer ließ den Motor laufen, der Kollege auf dem Beifahrersitz sprang hinaus und unterzog die Umgebung einem 360-Grad-Scan. Erst dann öffnete er Kennedy die Tür und ließ sie aussteigen. Die CIA-Direktorin löste sich aus der Deckung der dunkel getönten Scheiben, kurz darauf tauchte der blonde, fast weiße Haarschopf von Steven Rapp auf der anderen Seite auf. Mitch lächelte. Das tat er generell, wenn er seinen Bruder sah. Steven gehörte zur seltenen Sorte Mensch, die jedem ein Lächeln ins Gesicht zauberte, ohne sich anstrengen zu müssen.

Mitch Rapp war 1,83 Meter groß und wog momentan 84 Kilo. Steven Rapp brachte mit 16 Zentimetern weniger kaum mehr als 60 auf die Waage. Mitch hatte schwarze Haare, Steven blonde. Mitch hatte gerade, breite Schultern, Steven eine Trichterbrust. Statt dunkelbrauner Augen hatte sein Bruder strahlend blaue, und so ging es mit den Unterschieden weiter. In ihrer Kindheit hatten sie eine Menge Witze über mütterliche Affären mit Postboten und Milchmännern über sich ergehen lassen müssen. Wer konnte es den Leuten verdenken? Mitch selbst wunderte sich, wie zwei so unterschiedliche Menschen aus demselben Bauch krabbeln konnten. Ihre Mom riss jahrelang Witze darüber und behauptete, es liege daran, dass Steven fünf Wochen zu früh zur Welt gekommen sei, während Mitch es nicht eilig hatte und mit zwei Wochen Verspätung aufschlug.

Während Mitch mit athletischen Anlagen gesegnet war, verfügte Steven über einen herausragenden Intellekt. Er ließ selbst die Mensa-Genies alt aussehen und galt als echtes Genie mit einem MIT-Master in Quantentheorie. Seit vier Jahren leitete er bei Salomon Brothers in New York die Abteilung für Hedgefonds. Zuletzt hatte er einen Bonus von schlappen 27 Millionen Dollar eingestrichen. Mitch überließ ihm seit fast zehn Jahren die Verwaltung seiner Ersparnisse. Mehrere Hunderttausend Dollar waren seitdem auf über vier Millionen angewachsen. Steven gelang alles, was er sich vornahm, und Mitch war entsprechend stolz auf ihn. Außerdem passte er gut auf seinen Bruder auf, was das bevorstehende Gespräch besonders unangenehm machte.

Bereits vor dem unerwarteten Dahinscheiden ihres Vaters hatte Mitch ihn behütet wie eine Adlermutter ihr Nest. Nach Dads Tod schlug er dann jedes Kind zusammen, das Steven auch nur schräg von der Seite ansah. Es wurde so schlimm, dass sein Bruder ihn eines Tages aufforderte, sich andere Ventile für seine Trauer zu suchen – und das von einem Burschen im zarten Alter von acht Jahren. Als dann auch noch ihre Mutter an Krebs starb, schaute Mitch regelmäßig bei ihm vorbei, damit sein kleiner Bruder sich in der großen Stadt nicht so einsam fühlte. Wie sich zeigte, hätte er sich keine Sorgen machen müssen. Steven ging ganz in seiner Arbeit auf, mit der er sich vollkommen identifizierte.

Tommy Kennedy betrat den Raum und stellte sich neben Mitch. Rapp legte den Arm um die Schulter des Jungen.

Der Kleine schaute aus dem Fenster. »Meine Mom sagt, dein Bruder ist total klug.«

»Yep.«

»Glaubst du, er hat Lust, mit mir am GameCube zu zocken?«

Rapp musste sich das Lachen verkneifen. Steven war ein Zocker vor dem Herrn und bewegte sich bei Klassikern wie Pong, Pac-Man und Asteroids in einer eigenen Liga. In seinem Apartment in Manhattan hatte er ein eigenes Spielzimmer mit zwei Gaming-Sesseln und einem 50-Zoll-HDTV-Fernseher eingerichtet. Rapp nickte nur. »Darauf hat er garantiert Lust.«

Er kämpfte sich zum Eingang. Die meisten Wehwehchen, die ihn morgens beim Aufstehen plagten, hatte er inzwischen überwunden. Der rechte Oberschenkel tat noch etwas weh und die Rippen waren empfindlich. Davon abgesehen fühlte er sich topfit. Die Haustür aus massivem Holz verfügte über ein 15-Zentimeter-Bolzenschloss aus Titanium. Er zog es mit der linken Hand zurück und öffnete sie mit der rechten. Ein Piepen ertönte im Flur hinter ihm. Rapp wusste, dass ein CIA-Mitarbeiter in einem kleinen Sicherheitsraum unter den Pferdeställen saß und in diesem Moment den Entriegelungsvorgang registrierte.

Mitch trug die von Coleman besorgten Klamotten: Jeans, T-Shirt und Wanderstiefel. Nur der Gips am rechten Arm deutete auf seine jüngsten Strapazen hin.

Kennedy trug die Handtasche über der linken Schulter und wartete, bis Steven sie eingeholt hatte. Rapps Bruder sah mit Slippern, Stoffhose, weißem Hemd und blauem Blazer gewohnt smart aus. Seine schwarzrandige Brille ließ ihn etwas älter wirken. Er sah zu Mitch, der ihn unter dem Portikus erwartete, und rückte das Gestell auf der Nase nach oben. »Mein Beileid, Mitch.« Er kam die Treppe herauf und umarmte seinen Bruder. »Sie war eine wunderbare Frau.«

»Ja, das war sie.«

»Es tut mir so leid«, schob er hinterher und drückte ihn ganz fest.

»Ich weiß.« Rapp legte einen Arm um Stevens Schultern und drückte ihm einen Kuss auf die Stirn. »Es freut mich, dass du gekommen bist. Das bedeutet mir sehr viel.«

54

LEESBURG, VIRGINIA

Der gestohlene Mercedes ML 500 hatte nur 8456 Meilen auf dem Tacho. Er war schwarz lackiert mit dunkel getönten Scheiben, wie von Tajib verlangt. Seit seiner Ankunft in Amerika waren ihm etliche dieser kompakten SUVs auf den Straßen begegnet. Weitverbreitet, wenn auch alles andere als preiswert. Tajib hielt sie für perfekt geeignet, um sich unauffällig von A nach B zu bewegen und keinen Verdacht auf sich zu lenken.

Nach dem Verlassen der Werkstatt in Alexandria hatte er den Expressway zum Dulles International Airport genommen. Von dort aus brauste er über den Hirst Brault Expressway in nördlicher Richtung nach Leesburg. Etwa sechs Meilen vor der Stadtgrenze nahm er einen kleinen Umweg nach Westen. Ein paar Minuten später erreichte er den Pferdehof und umkurvte das Gelände mit konstant 90 Sachen. Bäume flankierten den Zaun und verdeckten das Haus, das gut 400 Meter von der Straße entfernt auf einem Hügel stand. Rechts und links vom Haupttor bemerkte er fest montierte Kameras. Tajib ging davon aus, dass Castillo und seine Leute keine Schwierigkeiten hatten, unbemerkt daran vorbeizukommen.

Er fuhr ein paar Meilen weiter die Landstraße entlang und bog dann Richtung Stadtzentrum ab. Es dämmerte und er musste auf Position gehen. Auf der Fahrt nach Leesburg passierte er das Polizeirevier von Loudoun County. Er hatte die Adresse im Internet eingegeben und sich eine Wegbeschreibung von MapQuest ausgedruckt. Sechs Streifenwagen und ein Suburban-Kombi von Chevrolet standen auf dem Parkplatz, außerdem ein halbes Dutzend Zivilfahrzeuge. Er fuhr weiter in die City. Vor dem Rathaus und der hiesigen Dienststelle parkten drei weitere Polizeifahrzeuge. Ein viertes machte sich gerade auf den Weg. Er hatte keine Ahnung, wann der Schichtwechsel stattfand; vermutlich nicht ausgerechnet um halb zehn an einem Samstagabend. Er rollte langsam durch den beschaulichen Stadtkern mit seinen Antiquitätenläden, Frühstückspensionen und vereinzelten Coffeeshops, Eiscafés, Bars und Restaurants.

Tajib stellte den Mercedes um die Ecke vor einem Café ab, betrat es und wurde von einer viel zu freundlichen und viel zu nachlässig gekleideten jungen Frau begrüßt. Er bestellte einen Espresso zum Mitnehmen und sah sich um. Drei andere Gäste hielten sich im Laden auf: zwei Teenager, die im Eingangsbereich am Fenster knutschten, und ein junger Mann, der konzentriert vor dem Laptop saß. Am liebsten hätte der Saudi das blutjunge Pärchen gemaßregelt, doch er verkniff es sich. Wichtigere Aufgaben warteten auf ihn. Nachdem er einen Schein auf den Tisch gelegt hatte, zog er sich mit seinem Becher auf den Gehsteig zurück, bis es Zeit wurde. Er fand es ein wenig kühl, aber die Einheimischen schien es nicht zu stören. Eine Frau im Tanktop führte ihren Hund spazieren, einige Schulmädchen saßen in Röcken, die kaum ein Drittel ihrer Oberschenkel bedeckten, vor dem Eisladen. Von der anderen Straßenseite drang laute Musik aus einer Bar. Pärchen flanierten vorbei und ein paar Halbstarke testeten ihre Skateboards aus. Offenbar amüsierte sich hier jeder großartig. *Nicht mehr lange,* dachte er grimmig.

Tajib stand neben einem niedrigen Baum. Er betrachtete das Geäst und forschte nach einer geeigneten Stelle. Nachdem er erneut auf die Uhr geschaut hatte, trank er den Espresso aus und warf den Becher auf den Boden. Er drehte sich zur Seite, damit die beiden jungen Turteltauben am Fenster nicht mitbekamen, was er trieb, griff in die linke Jackentasche und zog eine Handgranate und eine Rolle Angelschnur heraus. Er wandte dem Café den Rücken zu, schaute sich nach links und rechts um und hängte die Granate mit der Schnur über einen der Äste. Sie baumelte daran wie ein Stück Obst. Die mattgrüne Lackierung wollte nicht recht zu den leuchtenden Herbstfarben passen. Tajib zog am Ende der Angelschnur. Ein Ende war am Sicherungsstift befestigt, das andere wickelte er sich um zwei Finger und spulte auf dem Weg zurück zum Wagen langsam die Schnur ab. Ein Ehepaar mittleren Alters kam ihm entgegen. Er wich zur Seite aus, damit sich ihre Füße nicht darin verfingen. Das fehlte ihm noch, dass er sich selbst Granatensplitter in den Rücken jagte.

Als Tajib die nächste Straßenecke erreichte, blieb er stehen und wandte sich um. Er konnte nur die ersten paar Meter der Schnur erkennen, der Rest verschwand im Schatten. Das Ehepaar hatte das Café beinahe erreicht, aus der anderen Richtung näherten sich zwei Frauen. *Je mehr Verletzte, desto besser,* entschied er. Er wickelte sich das Ende der Schnur um die Hand und bog um die Ecke. Sobald ihn niemand sehen konnte, zog er kräftig daran. Der Widerstand auf der Gegenseite verschwand und er ließ die Schnur achtlos auf den Boden fallen.

Danach lief er zum Auto und zählte die Sekunden im Kopf herunter. Als er bei fünf angelangt war, geschah es. Eine laute Explosion zerfetzte die Ruhe der Abendstunden. Tajib schloss den Mercedes auf, setzte sich hinters Steuer und fuhr die Plaza Street hinunter. Zwei Kreuzungen weiter musste er vor einer roten Ampel halten. Als sie auf Grün umsprang, fuhr er an der örtlichen Dienststelle vorbei aus der Stadt und hielt dabei pedantisch die vorgegebene Höchstgeschwindigkeit ein.

Der Saudi machte sich bewusst, dass es von entscheidender Bedeutung war, Ruhe zu bewahren. Er streifte Handschuhe über und griff nach der schwarzen Skimaske auf dem Beifahrersitz. Wenige Minuten später erreichte er den Catoctin Circle und hielt vor dem Polizeirevier. Nichts hatte sich seit vorhin verändert. Dieselben Fahrzeuge parkten auf denselben Stellflächen. Er zog die Skimaske über das Gesicht, schob den Hebel der Automatik auf Parkposition, stieg gelassen aus, ging zum Heck und öffnete die Ladeklappe. Dort lag eine ölverschmierte Plane aus der Garage. Er schob sie zur Seite und holte die Panzerfaust aus chinesischer Fertigung heraus. Sie war geladen und einsatzbereit. Er schulterte die Waffe und zielte damit auf den Vordereingang. Im selben Augenblick verließen zwei Beamte das Revier. Tajib stellte sich breitbeinig hin, verlagerte das Gewicht auf den hinteren Fuß und betätigte den Abzug. Das 40-Millimeter-Geschoss raste mit mehr als 400 km/h auf das Gebäude zu. Da er nur etwas mehr als 20 Meter davon entfernt stand, folgte einen Sekundenbruchteil später ein lautes Zischen, gefolgt von der Detonation der Granate.

Tausende von Glasscherben stoben in sämtliche Richtungen davon. Tajib senkte die Panzerfaust und sah die beiden Deputys reglos auf seiner Seite des Ausgangs liegen. Er taxierte den Schaden, den die Waffe verursacht hatte. Rauch quoll aus dem Innenraum, Menschen schrien. Er ließ die RPG fallen. Mit einem lauten Knall landete sie auf dem Asphalt. Mechanisch wie ein Roboter zog er die verbliebene Granate aus der Tasche, entfernte die Sicherung und schleuderte sie über die Leichen der Deputys hinweg durch den Eingang, in Richtung der panischen Stimmen. Er drehte sich um, warf die Heckklappe zu und erreichte die offene Fahrertür im selben Moment, als die Granate explodierte. Er zuckte nicht mal zusammen, sondern startete den Motor und fuhr seelenruhig zurück auf die Landstraße.

Tajib befreite sich von der Skimaske und lugte auf die Uhr. Castillo und seine Leute müssten jeden Moment eintreffen und den Angriff einleiten. So verlockend der Gedanke war, die Aktion zu beobachten, er musste den Mercedes so rasch wie möglich loswerden. Er trat das Gaspedal durch und rauschte nach Süden zum Dulles International Airport.

55

CIA SAFE HOUSE, VIRGINIA

Steven hielt das Gespräch beim Abendessen am Laufen, indem er Irene und Tommy Anekdoten erzählte, wie Mitch als kleiner Junge gewesen war. Sein schräger, selbstironischer Humor half ihnen, die tragischen Geschehnisse für einen kurzen Moment zu verdrängen. Trotzdem gab es Phasen, in denen Mitch diesen entrückten Gesichtsausdruck bekam. Für seinen Bruder stand fest, dass er an Anna dachte. Seine Reaktion bestand darin, mit einem »Erinnerst du dich noch …« zur nächsten Geschichte überzuleiten.

Bald waren die Mahlzeit verspeist und die Weingläser geleert. Der kleine Tommy gähnte vernehmlich. Irene nutzte die Gelegenheit, den beiden Rapp-Brüdern ein bisschen Zeit für sich zu geben. Da es ein Samstagabend war und Mitch sich deutlich besser fühlte, schlug sie vor, dass alle im Haus übernachteten. Steven willigte sofort ein.

»Sieht aus, als ob jemand ins Bett muss.«

Tommy schüttelte den Kopf. »Nein. Ich hab morgen keine Schule.«

»Aber es ist schon spät.«

»Ich habe Steven noch gar nicht meinen GameCube gezeigt.«

Kennedy sah zur Standuhr in der Ecke des Esszimmers. Knapp halb zehn. Ehe sie etwas sagen konnte, fragte Steven Rapp: »Du hast einen GameCube?«

Tommy nickte begeistert. »Jau!«

»Was für Spiele?«

»Tony Hawk Pro Skater 4, Star Wars ...« Tommy rasselte ein halbes Dutzend Titel herunter.

»Wie viel Geld hast du in der Tasche?«

Tommy starrte ihn verwirrt an. Er begriff nicht, worauf der Ältere hinauswollte.

»100 Piepen pro Spiel. Du gegen mich.«

Tommy bekam ganz große Augen und sah zu Mitch, der den Kopf schüttelte und seinen jüngeren Bruder fragte: »Macht es dir Spaß, einen Achtjährigen auszunehmen?«

»Du hattest kein Problem damit, als ich in seinem Alter war.«

Mitch schüttelte erneut den Kopf und verzichtete auf eine Diskussion.

»Na schön«, sagte Steven. »Ein Dollar pro Spiel – und ich lass dir so viele Punkte Vorsprung, wie du willst.«

»Erst den Abwasch«, beharrte Irene. »Komm, Thomas, hilf mir, den Tisch abzuräumen.« Sie stand auf. »Möchte jemand einen Kaffee?«

Beide Männer lehnten ab.

»Wie wär's, wenn ihr euch ins Wohnzimmer setzt und ein bisschen entspannt?«

Irene und Tommy trugen das dreckige Geschirr in die Küche. Mitch nahm derweil eine weitere Flasche Wein vom Sideboard und entkorkte sie. Er füllte sein Glas und bot Steven auch etwas an.

»Warum nicht?«, entschied sein Bruder. »Ich muss ja heute nicht mehr fahren.«

Sie betraten das Wohnzimmer, das einen gewissen femininen Touch bei der Einrichtung nicht verleugnen konnte. Gelbe Tapeten, weiß glasierte Holztäfelung, Vorhänge mit floralen Mustern in Blau und Gelb, eine elfenbeinfarbene Couch mit Kissen in Pastelltönen, dazu passende Sessel und weiße Auslegeware. Wie im Großteil des Hauses schien seit Mitte der 80er nichts mehr verändert worden zu sein. Mitch setzte sich ans eine Ende der Couch, sein Bruder ans andere.

Peinlich berührtes Schweigen trat ein, bis Steven fragte: »Hast du schon Planungen für die Beerdigung gemacht?«

Rapp starrte ins Leere und schüttelte den Kopf. »Darum kümmern sich ihre Eltern.«

»Findest du nicht, du solltest auch ein Wörtchen mitzureden haben?«

»Dass ihre Tochter tot ist, liegt an mir, Steven. Ich denke, damit hab ich mein Mitspracherecht verwirkt.«

»Hast du schon mit ihnen gesprochen?«

»Nein.«

»Findest du nicht, dass du es tun solltest?«

»Ich treffe sie morgen.« Mitch lugte in sein Weinglas und fügte hinzu: »Keine Ahnung, was ich ihnen sagen soll. Sie war ihre einzige Tochter. Sie haben sie vergöttert.« Ein feuchter Glanz trat in seine Augen. »Sie waren so verdammt stolz auf sie.« Er dachte daran, was sie durchmachen mussten. Ihre bildhübsche Tochter war für immer fort.

Steven fehlten zur Abwechslung die Worte.

Mitch sah ihn mit tränenerfülltem Blick an. »Ich verlier die verfickte Kontrolle. Ich hab mich noch nie im Leben so hilflos gefühlt.«

»Sicher? Nach Marys Tod warst du auch in ziemlich schlimmer Verfassung.« Steven spielte auf seine Jugendliebe an, die nach dem Bombenattentat auf einen Pan-Am-Flug über dem schottischen Lockerbie abgestürzt und ums Leben gekommen war.

»Das war nichts im Vergleich zu dieser Geschichte.

Damals war ich noch ein halbes Kind und wusste nicht, was echte Liebe ist.«

»Lüg dir nichts vor«, konterte Steven vehement. »Du und Mary, ihr wart verliebt, damit schmälerst du deine Gefühle für Anna nicht im Geringsten. Es ist die Wahrheit. Du hast ihren Verlust weggesteckt und wirst auch Annas Verlust wegstecken. Es wird nicht leicht, aber das bist du ihr schuldig.« Irene hatte Steven berichtet, wie der Tod seiner Frau den älteren Bruder anfangs regelrecht lähmte. Einer der Ärzte hatte sogar empfohlen, ihn wegen akuter Suizidgefahr Tag und Nacht beobachten zu lassen. Steven war immer offen und ehrlich zu seinem Bruder gewesen und gedachte nicht, jetzt etwas daran zu ändern. »Das Letzte, was sie gewollt hätte, wäre, dass du dich ihretwegen umbringst!«

Mitch verzog das Gesicht. Er schien die Besorgnis seines Bruders als Beleidigung zu empfinden. »Steven, ich würde mich nie umbringen. Darum geht es nicht. Ich frage mich nur, was ich mit meinem Leben anfange, wenn ich hier rauskomme.«

»Wie meinst du das?«

Mitch erhielt keine Gelegenheit, die Frage zu beantworten. Draußen hörte er Krach, der seine Aufmerksamkeit auf sich lenkte. Sein Gesicht wandte sich zur Decke, seine Ohren konzentrierten sich auf jede feinste Nuance. Die solide Bauweise des Hauses führte dazu, dass die Wände nahezu schalldicht waren, doch er hatte zu viele Jahre auf Schießständen verbracht, um das Geräusch nicht zuordnen zu können, das als Nächstes kam. Der unterdrückte Knall eines Gewehrs.

»Irene!«, rief Mitch aus voller Kehle. Weitere Schüsse folgten und er sprang auf. »Wo sind deine Leibwächter?«

Mitch packte Steven am Arm und riss ihn hoch. Erneute Schüsse. Sie rannten hastig durchs Esszimmer in die Küche.

Kennedy stand vor der Spüle, Tommy neben ihr. Sie trocknete das Geschirr ab und musterte die beiden verwirrt. »Was ist los?«

»Schüsse im Freien!«

»Ich hab nichts gehört.«

»Vertrau mir. Wo sind deine Leibwächter?«

»Draußen.«

»Shit.«

Mitch zog Mutter und Sohn hinter sich her und brachte sie aus der Küche weg. Kennedy reagierte geistesgegenwärtig und griff nach ihrer Handtasche, die auf der Arbeitsfläche lag.

»Rein mit euch in den Tunnel. Versteckt euch im unterirdischen Verhörbereich.« Rapp öffnete die Tür zum Keller und drängte die Kennedys und seinen Bruder die Stufen hinunter. »Wenn ihr drüben seid, schließt euch in eine der Zellen ein. Macht schon!«

»Und was wirst du …«, setzte Kennedy zu einer Frage an.

Eine Explosion von außerhalb erschütterte das Haus in seinen Grundfesten. »Ab mit euch, verdammt!«, brüllte Rapp. Er knallte die Tür zu und stürmte durch die Küche zu den hinteren Treppen, nahm die ersten zwei Stufen auf einmal, ignorierte den stechenden Schmerz, der von der Schenkelquetschung ausging, und eilte mit großen Sätzen hinauf. Dabei stützte er sich am Geländer ab. Als er den mittleren Absatz erreichte, folgte eine zweite Explosion. Beim Erreichen der ersten Etage hörte er das Knattern von Maschinengewehren hinter dem Haus und fragte sich, ob er die falsche Entscheidung getroffen hatte.

56

Castillo fuhr im vorderen Suburban mit. Eine Meile vor dem CIA-Versteck forderte er die Männer in seinem Wagen auf, sich bereit zu machen. Kurz darauf geriet das Tor in Sicht und Castillo aktivierte die nachträglich eingebaute Signalanlage. Der Fahrer wechselte auf die Gegenspur, zog dicht an den Fahrbahnrand, riss das Steuer nach rechts und kam schlitternd neben der hohen schwarzen Barriere zum Stehen. Der zweite Suburban bremste auf der anderen Seite des Tors, der dritte fuhr zwischen ihnen hindurch und wendete. Zwei Männer in blauen Overalls mit FBI-Basecaps sprangen heraus und wickelten eine schwere Kette um die Streben im Mittelbereich. Dann hakten sie das andere Ende an der Anhängekupplung des Trucks ein und sprangen zur Seite. Das Fahrzeug schoss mit zugeschaltetem Allradantrieb los, stockte kurz, als es auf Widerstand traf, dann verbog sich das Metall ächzend. Nacheinander lösten sich die Verankerungen aus den Steinsäulen links und rechts daneben. Das Tor kippte nach vorn. Der Truck schleifte es aus dem Weg, die beiden wartenden Suburbans rasten die lang gezogene Einfahrt entlang.

Sie näherten sich der 100-km/h-Marke, als das Gebäude in Sicht kam. Die Motoren dröhnten und das rot-weiß-blaue Flackern der Signalanlagen kündigte das Eintreffen der vermeintlichen Polizisten an. Ein Mann im Anzug erwartete sie am Rand der halbkreisförmigen Fläche vor dem Eingang. Er hielt ein Funkgerät in der linken Hand, die rechte ruhte am Waffenholster.

Castillo lächelte und forderte den Kerl am Steuer auf: »Überfahr ihn.«

Der schwere Suburban bog mit quietschenden Reifen und Signallicht um die letzte Biegung. Der Wachposten rechnete nach wie vor damit, Besuch von Kollegen zu bekommen. Immerhin hatte Kennedy ihn darüber in Kenntnis gesetzt, dass Direktor Ross Rapp in Schutzhaft nehmen lassen wollte. In letzter Sekunde riss der Fahrer das Steuer nach rechts, rauschte durch eine meterhohe Hecke und riss den Schlipsträger mit der rechten Seite der vorderen Stoßstange um. Das rechte Hinterrad kam auf seinem Brustkorb zu stehen. Mit Ausnahme der Fahrertür flogen alle Türen auf. Fünf Männer in identischen Overalls und Basecaps sprangen heraus, Castillo zuletzt. Da spurtete ein zweiter Wachposten mit gezogener Waffe um die Hausecke. Castillo zielte einhändig mit der Uzi und drückte ab.

Nicht nur er hatte den Neuankömmling bemerkt. Innerhalb von zwei Sekunden schlugen insgesamt zehn Geschosse in dessen Körper ein. Ein dritter Posten wurde auf dieselbe Art erledigt, als er auf der anderen Seite des Gebäudes in Sicht geriet. Einer von Castillos Leuten ging in die Hocke und nahm mit der Panzerfaust den Eingangsbereich ins Visier. Sein Boss schlug mit der Faust auf die Motorhaube des Suburbans und forderte den Fahrer energisch auf, den Wagen auf Abstand zu bringen. Nachdem das erledigt war, wurde die erste Faustpatrone abgefeuert.

Vier Männer, drei von ihnen mit Maschinenpistolen, einer mit Panzerfaust, näherten sich der Rückseite. Castillo blickte ihnen nach. Bislang lief alles nach Plan. Der Schutt, den die erste RPG aufgewirbelt hatte, verzog sich allmählich. Der dritte Suburban, der erst noch das Tor weggeschafft hatte, erreichte das Haus. Castillo warf einen prüfenden Blick auf die Eingangstür. Sie schien noch intakt zu sein. »Nachschuss!«, forderte er.

Die Panzerfaust wurde nachgeladen. Castillo überprüfte den Bereich hinter dem Schützen, um sicherzustellen, dass niemand in der Rückstoßzone stand. Eine sichere Möglichkeit, zu sterben oder sich schwere Verbrennungen zuzuziehen. »Feuer frei!«

Das Geschoss schlug exakt im Eingangsbereich ein. Ein großer Teil des Vordachs wurde getroffen und krachte zu Boden. Castillo spurtete die drei Stufen hinauf, hielt sich den Mund zu, um keinen Staub in die Lunge zu bekommen, und versetzte der Tür einen festen Tritt. Genauso gut hätte er gegen ein Bergmassiv treten können. Sie gab keinen Zentimeter nach. Als sich die Trümmerpartikel verzogen, beugte er sich vor, um den von der Panzerfaust verursachten Schaden zu begutachten. Zwei kleine Löcher klafften im Holz, nicht mal groß genug, dass seine Faust hindurchpasste. Hinter den Splittern erhaschte er einen Blick auf verborgenen Stahl. »Was zum Henker?«, fluchte er.

Der Salvadorianer strich mit der Hand über die massive Oberfläche und rüttelte probeweise am Griff. Bei dieser Gelegenheit stellte er fest, dass die Tür sich nach außen, nicht nach innen öffnete. Da er wusste, dass ihnen die Zeit weglief, rannte er zur Einfahrt und riss dem Schützen die Panzerfaust aus der Hand. »Gib mir das verdammte Ding!« Er lud nach, zielte sorgfältig und drückte ab. Eine weitere Explosion folgte und zog weitere Teile des Vordachs in Mitleidenschaft. Seine Männer feuerten auf die Fenster und schwärmten um das Gebäude aus. Nach dem Abklingen der jüngsten Qualmwolke stellte er erfreut fest, dass dort, wo eben noch der Griff gewesen war, ein Loch im Holz prangte. Er rief einem der Fahrer zu: »Schnapp dir ein Brecheisen und hebel die Tür auf!«

Castillo registrierte, dass er ein nerviges Pfeifen in den Ohren hatte, und bewegte den Unterkiefer nach links und rechts, um das Geräusch zu vertreiben. In diesem Augenblick fielen ihm die Abdrücke auf, die die Kugeln an den Fenstern hinterließen. »Was geb ich mich eigentlich mit dieser blöden Tür ab?«, raunte er leise. »Hier.« Er reichte dem Mann neben ihm die Panzerfaust. »Lad das Teil nach.«

Wie dämlich, dachte er. In diesem Moment detonierte etwas auf der Rückseite des Hauses. Er hoffte, dass seine anderen Leute besser vorankamen.

57

Rapp rannte in sein Schlafzimmer und verzichtete darauf, Licht zu machen. Der Gegner sollte nicht mitbekommen, wo er sich befand. Die Tasche mit den Klamotten, die Coleman besorgt hatte, lag auf dem Boden neben dem Bett. Rapp ging ein wenig zu zügig in die Hocke. Prompt zuckte ein heftiger Schmerz durchs linke Knie. Er fluchte unterdrückt und schraubte den Schalldämpfer auf die Mündung der Glock, ließ ein Magazin einrasten und lud durch. Er stopfte sich zwei der Ersatzmagazine in die beiden hinteren Hosentaschen. Training, Talent, Instinkte und ein bisschen Glück hielten einen in solchen Situationen am Leben. Dem Training verdankte er den gezielten Griff zu Ohrstöpseln, taktischem Messer und Taschenlampe.

Mit den Ohrstöpseln in der Hand blieb er kurz stehen. Sein Verstand merkte, dass etwas nicht stimmte. Er hatte solche Szenarien oft genug erlebt, um zu wissen, welche Geräuschkulisse bestimmte Arten von Kämpfen untermalte. Die Gegner legten keine nennenswerte Zurückhaltung an den Tag. Obwohl er sich noch keine Gedanken darüber gemacht hatte, wer auf die Idee kommen könnte, ein Safe House der CIA anzugreifen, fiel ihm doch auf, dass alles nicht recht zusammenpasste. Profis setzten aus drei Gründen schallgedämpfte Waffen ein. Erstens lenkte man damit weniger Aufmerksamkeit auf sich und konnte sich unbemerkt anschleichen. Zweitens hob man sich auf diese Weise vom Feind ab. Nutzte jedes Teammitglied einen Schalldämpfer, wusste man bei anderen Schüssen sofort, dass sie vom Gegner stammten. Der dritte Grund war rein praktischer Natur: Man schonte sein Gehör.

Mit diesem Gedanken im Hinterkopf fädelte Rapp die flexiblen Schaumstoffpolster in die Ohrmuscheln ein und kroch zum Fenster. Er duckte sich seitlich neben den Rahmen und inspizierte die Terrasse am Pool. Mit der ersten Beobachtung hatte er gerechnet. Er sah vier Männer, von denen drei mit Maschinenpistolen aufs Haus zielten. Alle trugen dunkle Overalls. Der vierte bestückte gerade eine RPG und stellte sich dabei ausgesprochen ungeschickt an.

Rapp spähte an den Angreifern vorbei zu den Stallungen und stellte erleichtert fest, dass sich niemand dafür zu interessieren schien. Irene, Tommy und Steven dürften mittlerweile in Sicherheit sein. Er richtete seine Aufmerksamkeit zurück auf die vier Tangos. Wieder fiel ihm auf, dass etwas nicht ins Bild passte. Taktische Teams setzten keine Panzerbüchsen ein, sondern sprengten Türen und

Fenster mit Hohlladungen. RPGs waren Infanteriewaffen, die man ursprünglich für den Einsatz gegen Panzer entwickelt hatte. Ebenfalls komisch war, wie dicht die Angreifer nebeneinanderstanden und dass sie ihre Waffen aus der Hüfte abfeuerten. Rapps Augen und Gehirn registrierten diese Details wie ein Kunsthändler, der auf diese Weise ein bekanntes Gemälde von einer schlechten Kopie unterscheidet. Aus einem gewissem Abstand schien alles in Ordnung zu sein, aber je genauer man hinsah, desto mehr Details passten nicht ins Bild. Zum ersten Mal bemerkte er, dass die Männer FBI-Basecaps trugen. Rapp kannte eine Menge FBI-Agenten. Sie hatten ein charakteristisches Auftreten, das er bei keinem dieser Vögel feststellte.

Er streckte die Hand aus und entriegelte die Fenstersicherung. Dabei behielt er die Finger so dicht wie möglich am Rahmen und schob vorsichtig die untere Hälfte der Doppelscheibe auf. Das Getöse von draußen drang zusammen mit eiskalter Nachtluft in das Zimmer. Rapp balancierte auf dem rechten Knie, der linke Fuß stand fest auf dem Boden, die Fensterbank auf Brusthöhe. Er verschaffte sich einen kurzen Überblick, prägte sich die Position jedes einzelnen Schützen ein, dann hob er die Glock mit dem Schalldämpfer und hielt sie eng ans Gesicht, die Mündung zur Decke gerichtet. Die Tangos befanden sich etwa 15 Meter vom Haus entfernt und rührten sich nicht, während sie auf die Fenster zielten. Ungefähr so leicht wie einen Goldfisch im Glas zu treffen. Rapp holte tief Luft, streckte die linke Hand durchs geöffnete Fenster und ging in Schussposition, wofür er nur etwa ein Drittel seiner Körperfläche aus der Deckung bringen musste. Wie immer arbeitete er sich von links nach rechts vor.

Die Fiberglas-Tritium-Visierung der Glock erzeugte neongrüne Punkte, zwei am hinteren Rand der Blickachse, einen vorn im Zentrum. Rapp musste nicht nachdenken, agierte rein instinktiv. Der vordere Punkt traf das erste Ziel, der leuchtende grüne Fleck bedeckte die Hälfte des gegnerischen Kopfes. Rapp drückte in einer ruhigen, gleichmäßigen Bewegung ab. Der Punkt rührte sich nicht von der Stelle. Die Metallplatte im Griffstück wurde nach hinten geschoben, hakte an der Verlängerung des federnd gelagerten Schlagbolzens ein und zog ihn zurück. Dabei senkte sich die Platte langsam nach unten, wurde von der Feder nach vorn beschleunigt und ließ das Hohlspitzgeschoss aus dem Lauf schnellen. Blitzschnell erfasste die Visierung das nächste Ziel. Rapp wiederholte den Prozess drei weitere Male in kurzer Folge.

Innerhalb von zwei Sekunden lagen alle vier Männer mit verdrehten Gliedmaßen auf den Fliesen der Terrasse, neben sich die Waffen, Einschusslöcher mitten im Schädel und mausetot.

Rapp schloss das Fenster, verließ das Zimmer und betrat einen Raum auf der anderen Seite des Flurs. Kaum näherte er sich der Scheibe, erschütterte eine weitere Explosion die Wände und er hörte, wie im Erdgeschoss etwas herunterfiel. Rasch lugte er seitlich durch die schweren Vorhänge. Er zählte acht Männer, genauso angezogen wie das Quartett, das er gerade im Innenhof erledigt hatte. Drei schwarze Suburbans mit blinkender Signalanlage parkten in der Einfahrt.

Auch hier bemerkte er gravierende Anfängerfehler hinsichtlich Taktik und Disziplin. »Wer zum Henker sind diese Clowns?«

Eine Sekunde später sah er Vince Delgado, den Leiter

von Kennedys Personenschutz, auf dem Boden liegen. Vermutlich war er tot. Er knirschte wütend mit dem Unterkiefer, da fiel ihm auf, dass einer der Männer dem Rest Befehle zubrüllte. Er schwenkte eine Uzi in der rechten Hand und wirkte extrem angefressen, richtete die Waffe auf den Westflügel des Hauses und rief zwei Begleitern etwas zu. Rapp reagierte, ehe sie es taten. Er zog sich vom Fenster zurück und stürmte in den Gang. Dabei stieg ihm Korditgeruch in die Nase, vermutlich von unten. Falls es diese Typen mit ihren ganzen Knarren ins Haus schafften, wurde es haarig. Rapp erreichte das kleine Büro am Ende des Flurs, trat an die Scheibe und kippte sie. Sofort hörte er Stimmen. Zwei Männer standen direkt unter ihm und führten eine hektische Unterhaltung auf Spanisch.

Rapp runzelte die Stirn. Nichts davon ergab einen Sinn. Er wartete, bis die beiden weitergingen, dann beugte er sich hinaus und verpasste ihnen aus knapp fünf Metern Entfernung einen Kopfschuss. Er sah sich um. Niemand sonst in der Nähe. Er schloss das Fenster wieder und fragte sich, warum bewaffnete Kerle, die Spanisch redeten, es auf ihn abgesehen hatten.

Er schlich zurück ins Schlafzimmer auf der Vorderseite und stellte fest, dass sich im Eingangsbereich vor dem Haus nur zwei Leute aufhielten. Sie standen vor dem Suburban, der am dichtesten an seiner Position parkte. Einer balancierte die Waffe an der Hüfte wie ein gelangweilter Gefängniswärter, der andere trug eine Panzerfaust. Eben waren es noch acht gewesen, abzüglich der beiden, die er gerade erschossen hatte. Damit blieben noch mindestens vier weitere, die er nicht sehen konnte. Rapp beschloss, die Herde etwas weiter auszudünnen, und öffnete geräuschlos das Fenster. Direkt unter sich hörte er eine Stimme.

Vermutlich standen die anderen vier auf der vorderen Veranda und versuchten, die Haustür aufzubekommen. Die Typen am Suburban standen mindestens 25 Meter vom Haus entfernt. Der Schusswinkel zwang ihn, sich hinzuknien. Er nahm sie mit der Glock ins Visier und drückte zweimal kurz hintereinander ab. Beide Männer gingen zu Boden, einer davon sackte am Vorderreifen des Suburban zusammen.

Rapp schloss das Fenster, wechselte zügig das Magazin und verstaute das teilweise verschossene in der hinteren linken Hosentasche. Der Korditgeruch wurde stärker. Brannte es etwa im Erdgeschoss? Er orientierte sich zur mittlereren Treppe. Die Explosionen hatten sämtliche Lampen im vorderen Eingangsbereich und im Wohnzimmer zerstört. Nur aus der Küche am Ende des Gangs drang ein blasser Lichtkegel. Er bildete sich ein, das Flackern eines Feuers im Wohnbereich zu sehen. Der Qualm wurde definitiv stärker. Eine frische Salve an Schüssen folgte. Rapp hörte, wie Patronen in das kugelsichere Glas der Wohnzimmerfenster einschlugen.

Er wollte gerade zur hinteren Treppe weiterlaufen, da bemerkte er die in die Haustür gestanzten Löcher, garantiert von panzerbrechender Munition verursacht. Ihm kam eine Idee. Er huschte so schnell die Stufen der Haupttreppe hinunter, wie es seine Beinverletzungen zuließen. Er hatte gerade die Vordertür erreicht, da wurde das Fenster im Wohnzimmer durch wuchtige Schläge erschüttert. Vorsichtig schielte er durch das Loch in der Tür, das kaum größer als eine Getränkedose war.

Draußen, kaum drei Meter vor ihm, stand ein Mann, der ihm glücklicherweise den Rücken zuwandte. Rapp vermutete, dass sie es an der Tür aufgegeben hatten und ihr

Glück stattdessen an den Fenstern versuchten. Er schob den Schalldämpfer durch die hineingesprengte Öffnung und schmiegte das Auge ans hintere Visier. Aus dieser Entfernung wirkte der Kopf des Gegners so groß wie ein Wasserball. Rapp drückte ab und schickte ihm eine Kugel durchs Ohr. Der Körper wurde schlaff wie eine Nudel. In dem Moment, in dem er umfiel, geriet ein weiterer Tango in Sichtweite, der mitbekam, wie sein Freund zu Boden ging. Sein Verstand forschte nach einem Grund. Gerade wollte er den Mund öffnen und seine Begleiter warnen, da traf ihn Rapp mit einem Schuss direkt im rechten Auge.

Der Typ taumelte von der Veranda in die Büsche. Mit starkem Akzent wurde etwas gerufen. Rapp traf zwei Entscheidungen gleichzeitig: Zum einen musste er sich eine neue Position suchen, bevor diese Spinner ein weiteres Mal mit der Panzerfaust die Eingangstür anvisierten. Zum anderen musste er einen von ihnen lebendig schnappen, um herauszufinden, wer sie waren und wer sie angeheuert hatte.

Er blieb in der Hocke und quälte sich mit schmerzverzerrtem Gesicht durch den Hauptflur zur Küche. Nach seiner Zählung waren noch mindestens zwei Tangos auf der vorderen Veranda übrig, tendenziell mehr. In der Küche bog er links ab und durchquerte das Esszimmer. Vor sich bemerkte er ein Flackern in der Ecke des Wohnzimmers und entschied, den ursprünglichen Plan zu streichen. Stattdessen orientierte er sich zur Terrassentür in der Küche. Die Sicherheitsbeleuchtung im Innenhof brannte nach wie vor. Er vergewisserte sich, dass ihm niemand auflauerte, entriegelte das Schloss und trat hinaus auf die Terrasse. Leise zog er die Tür hinter sich zu und beschloss, sich nach links zu orientieren. Dort hatte er die beiden

Männer niedergestreckt, die unter dem Fenster vorbeigelaufen waren. Rechts befand sich die Garage. Er hatte keine Ahnung, was ihn dort erwartete. Er blieb geduckt und schlich zwischen Büschen und Hausmauer entlang.

58

Castillo stand in der Nähe des Eingangs, einen Mann an jeder Seite. Sein Frust wuchs sekündlich. Das war alles andere als ein Selbstläufer. Bloß ein paarmal mit der RPG auf die Haustür zielen, reinstürmen und mit den Maschinenpistolen rumballern. Wie in *Scarface*. So hatte er den Auftrag seinen Jungs verkauft. Jeder aus der Bande hatte den Streifen mindestens zehn Mal gesehen. »Schießt auf alles, was sich bewegt«, hatte er sie aufgefordert, »knallt euch bloß nicht gegenseitig ab.« Das war seine einzige echte Sorge gewesen – und in die Stadt zurückzukommen, ohne unterwegs von den Cops angehalten zu werden. Da mussten sie sich aufgrund der umgebauten Suburbans allerdings keine Sorgen machen. Sie hatten damit selbst die dämlichen Wachposten hier getäuscht. Der Hurensohn eben war so überzeugt von ihrer Tarnung gewesen, dass er nicht mal zur Waffe gegriffen hatte. Davon abgesehen klappte bisher so gut wie gar nichts. Sie hätten bereits seit fünf Minuten im Haus sein sollen. Die Jungs waren extrem motiviert gewesen. Er hatte jedem von ihnen für einen Abend Arbeit 10.000 Dollar bar auf die Kralle versprochen – und die Aussicht, gleich noch ein paar Feds umnieten zu dürfen.

Eine Minute nach Start der Operation hatte Castillo schon anfangen wollen, das Geld zu zählen, jetzt lief es ganz und gar nicht mehr glatt. Selbst nach vier Schüssen gab die blöde Tür nicht nach, also ließ er die letzte Panzerfaust-Munition durchs Fenster jagen. Dabei entstand zwar ein hübsches kleines Loch, aber die Scheibe blieb ganz.

Castillo fuchtelte mit der Uzi Richtung Fenster. »Seid ihr startklar?«

Seine beiden Begleiter schwenkten die CAR15-Sturmgewehre und nickten. Castillo eröffnete das Feuer, sie folgten seinem Beispiel. In weniger als fünf Sekunden hatten sie ihre Magazine entleert. Castillo forderte sie brüllend zum Nachladen auf, während er die mit Pockennarben und Spinnennetzen gespickte Scheibe begutachtete. Wenig später entfesselten sie eine weitere Attacke auf das störrische Glas. Patronenhülsen und Putz, der von oben herabrieselte, müllten die halbe Veranda zu. Die Männer selbst waren besprenkelt mit winzigen Glassplittern, abgeplatzt unter dem Ansturm der Kugeln. Jeder Zentimeter des Fensters sah vollkommen lädiert aus, trotzdem hielt es stand.

»Gottverdammte Scheiße!«, zeterte Castillo. Seine Uzi blockierte. »Wo zum Teufel bleiben diese zwei Idioten?« Er hatte zwei seiner Leute losgeschickt, um Nachschub für die RPGs zu besorgen. Sie hatten fünf Ladungen dabei, das Team hinter dem Haus ebenfalls. Aufgrund des ganzen Lärms konnte er es nicht beschwören, aber er glaubte, an der Rückseite des Gebäudes nur eine Explosion gehört zu haben. »Her mit der Brechstange!«, herrschte er einen der Jungs an.

Er legte die Uzi auf einem Stuhl ab und packte die 90 Zentimeter lange Metallstange mit beiden Händen. Er ließ ein paar kräftige Schläge gegen die Scheibe krachen. Das

Glas protestierte knirschend. Castillo verdoppelte seine Anstrengungen und legte sein volles Gewicht hinein. Die obere linke Ecke löste sich. Gerade wollte er sich über diesen Fortschritt freuen, da stieß einer seiner Leute eine Welle von Flüchen aus. Castillo wirbelte herum, um zu sehen, was ihn so auf die Palme brachte. Einer von ihnen lag auf dem Boden. Um den Kopf bildete sich eine wachsende Blutlache.

»Was ist denn jetzt los?«, schimpfte Castillo.

»Ich glaube, ihr habt ihn umgebracht.«

»Was redest du da für einen Mist?«

»Doch! Eure Kugeln! Sie sind vom Glas abgeprallt!«

Castillo ließ sich das durch den Kopf gehen, da entdeckte er die Stiefelspitze eines weiteren Bandenmitglieds. Es lag hinter einem Busch. Dort, wo vorher die Augen gewesen waren, klaffte ein Loch. In Castillos Ohren pfiff es. Die vielen Schüsse bereiteten ihm heftige Kopfschmerzen. Er stöhnte laut und fragte sich, warum ihn sein legendäres Glück ausgerechnet heute im Stich ließ. Auf keinen Fall durften sie die Leichen zurücklassen. Durch die MS-13-Tätowierungen hätte jeder sofort erkannt, wer hinter dem Angriff steckte. Er spähte zu den Fahrzeugen und wollte Hernandez gerade auffordern, die Toten in den Truck zu laden, da sah er zwei weitere seiner Leute reglos auf dem Boden liegen. Schlagartig hatte er ein Bild vor Augen, wie sich 500.000 Dollar in Luft auflösten.

»Fuck.« Er zeigte auf die zwei neu entdeckten Toten neben den Suburbans. »Wollt ihr mir erzählen, die seien auch von Querschlägern getroffen worden?« Castillo warf einem seiner Begleiter das Stemmeisen zu. »Kümmer du dich ums Fenster.« Zu den anderen sagte er: »Eine der Wachen muss noch am Leben sein.« Er sah einem von ihnen ins Gesicht, als es im wahrsten Sinne des Wortes in die Luft flog. Blut und Brocken von Hirnmasse und Knochen spritzten in seine Richtung.

Castillo erstarrte. Seine Augen versuchten nachzuvollziehen, was hier gerade passierte. Für ein, zwei Sekunden lief um ihn herum alles wie in Zeitlupe ab, dann berappelte er sich und wollte nach der Uzi greifen, die wenige Meter neben ihm auf dem Stuhl lag. Er tastete nach dem Griff, da fiel ihm ein, dass das Mistding blockierte. Plötzlich riss ihm etwas die Finger zur Seite. Er blickte schockiert nach unten. Sein Gehirn tat sich schwer, die Tatsache zu verdauen, dass eine Kugel seine Hand durchschlagen hatte. Links und rechts neben ihm gingen noch zwei weitere Männer zu Boden. Er umklammerte seine Wunde. Als er das nächste Mal aufsah, kam ein Unbekannter mit der Waffe im Anschlag vom hinteren Ende der Veranda auf ihn zu. Castillo erkannte die Augen sofort. Der Mann vom Foto. Der Mann, den er beseitigen sollte.

59

Zihuatanejo, Mexiko

Der Mond schwebte über dem Pazifik und schickte einen schimmernden Glanz über das Wasser auf ihren Balkon. Das Hotel war ein Traum. Es hatte nur 36 Zimmer, fast ausschließlich Suites, die jeweils über einen eigenen Infinity Pool und einen unverbauten Blick auf die abgelegene Bucht verfügten. Unter normalen Umständen hätte sie die Atmosphäre als extrem romantisch empfunden. Die feuchte, tropische Luft, die Wellen, die gegen die Klippen unter dem Balkon klatschten, eine sanfte Brise, die die salzigen Fluten aufwühlte, und eine Gruppe von Segelbooten, die für die Nacht festgemacht hatten und sanft auf dem Wasser schaukelten. Unten am Strand spazierten Pärchen Hand in Hand am Wasser entlang.

Claudia war noch nie in diesem Hotel gewesen, aber in vielen ähnlichen. Immer mit Louis. Allein der Gedanke an ihn – den Mann, den sie zu kennen glaubte – brachte die Tränen zurück. Wie sie in dieser Situation gelandet war, wusste sie selbst nicht, aber sie wusste, dass sie sich nie so allein gefühlt hatte. Und so wütend auf sich selbst. Sie blickte auf die letzten sechs Jahre mit einer neu gewonnenen Klarheit zurück, wie man sie nur fand, wenn eine Reise zu Ende war. Wenn man mit Sicherheit sagen konnte, dass es kein Zurück mehr gab. Diese Überzeugung basierte auf Schmerz. Ein Schutzmechanismus, um die Seele vor weiteren Verletzungen zu bewahren. Bei ihrer Ankunft im Hotel vor anderthalb Tagen hätte sie nie damit gerechnet, an diesen Punkt zu gelangen. Doch die abgeschiedene Einsamkeit dieses Ortes lud zum Denken ein. Hinzu kam, dass sie sich alleingelassen fühlte mit ihren Erinnerungen und Wünschen. Sie grübelte, wie ihre mögliche Rettung aussehen konnte und ob sie sie überhaupt verdiente.

Claudia Morrell war von einer strengen Katholikin erzogen worden – einer bildhübschen, sanftmütigen und konservativen Mutter. Ihr Vater, auf Lebenszeit dem Militär verpflichtet, war ein auf kantige Weise attraktiver Soldat, der kaum genug Zeit für seine Frau fand, ganz zu schweigen von den Kindern. Claudia begriff jetzt, warum sie diesen drastischen beruflichen Pfad eingeschlagen hatte. Vor zehn Jahren hätte sie jeden Psychologen ausgelacht, der ihr einreden wollte, dass sie sich damit an ihrem Vater rächen wollte – wegen der jahrelangen Vernachlässigung. Rückblickend war es absolut offensichtlich. Es fing damit an, dass sie mit einem Dad unterstellten Offizier ausging. Sie hatte in Louis eine jüngere Version ihres Vaters gesehen, das ließ sich nicht leugnen. Als Dad versuchte, die Beziehung zu sabotieren, indem er Louis versetzen ließ, war das der Anfang vom Ende. Der Katalysator, der alles ins Rollen brachte. Nun durchschaute sie das Ganze.

Er hatte sie damit verstoßen, doch die Entscheidung, sich auf dieses moralisch fragwürdige Leben einzulassen, traf sie selbst. Eine solche Wandlung von der gläubigen Katholikin zu einem ethisch unentschlossenen Wrack vollzog sich nicht über Nacht. Wie die meisten Verbrecherkarrieren hatte sie klein angefangen. Anfangs beschränkte sich ihre Rolle in der Zusammenarbeit darauf, Geld so zur Seite zu schaffen, dass man die Transaktion nicht nachvollziehen konnte und es auf Konten landete, an die gewisse Regierungen nicht herankamen.

Natürlich blieb es nicht dabei. Sie ahnte bald, welche Art von Aufträgen Louis erledigte. Seine Geheimniskrämerei, sein verstohlenes, fast paranoides Verhalten. Es gab konkrete Gründe dafür. Als sie schließlich herausfand, dass er als Auftragskiller arbeitete, ließ sie die Erkenntnis überraschend kalt. Vermutlich lag es daran, dass auch ihr Vater Menschen im Kampf tötete. In Louis' Fall war es recht einfach, Soziopathen, Kapitalistenschweine, korrupte Politiker und skrupellose Geschäftsleute ebenfalls als Feinde einzustufen, die den Tod verdienten. Bei diesem Mitch Rapp verhielt es sich anders. Sobald sie zum ersten

Mal seinen Namen hörte, wurde sie das Gefühl nicht los, dass etwas nicht in Ordnung war. Sie hatte bloß nicht laut genug protestiert.

Allein ließ sie ihre Entscheidungen mit einer gesunden Mischung aus Selbstverachtung und neu gewonnener Reife Revue passieren. Die simple, unangenehme Wahrheit lautete, dass man sie so nicht erzogen hatte und sie es besser wusste. Man hatte ihr Werkzeuge in die Hand gegeben, richtig von falsch zu unterscheiden. Sie hatte bewusst entschieden, sie nicht zu benutzen und die leise Stimme zu ignorieren, die ihr auf jedem Abschnitt des Wegs einflüsterte, dass es nicht in Ordnung war, was sie da trieb. Sie hatte ihre eigenen Probleme mit dem Vater als Vorwand benutzt, den moralischen Kompass über Bord zu werfen, den man ihr als Kind geschenkt hatte. Und ihre lahme Ausrede dafür lautete, dass Dad ihr nicht genügend Beachtung geschenkt hatte.

Claudia sah hinauf zum Mond und wischte sich die Tränen aus dem Gesicht. Sie badete regelrecht in Selbsthass. Ihre Kindheit war behütet gewesen. Ihre Eltern hatten sich gut um sie gekümmert, ohne sie jemals anzuschreien oder zu schlagen. Sie waren nach wie vor verheiratet und liebten sich. Es gab keine Entschuldigung dafür, dass sie sich so hatte gehen lassen. Lange hatte sie Louis' Handlungen stillschweigend geduldet. In diesem Fall nicht. Vom ersten Augenblick an, da sie dem Deutschen begegnete, misstraute sie ihm. Sie erkannte, dass es falsch war, Rapp anzugreifen. Die unbestreitbare, nackte Wahrheit lautete, dass sie jeglichen Rest von Moral und alles, was ihr die eigenen Eltern über Gut und Böse vermittelt hatten, für elf Millionen Dollar über Bord geschmissen hatte.

Das war offenbar ihr Preis. Und nun fand sie sich inmitten dieser griechischen Tragödie wieder, samt blutverschmierten Händen. In ihr wuchs ein neues Leben heran, gezeugt von einem Mann, der kürzlich eine Schwangere getötet hatte und keinerlei Reue an den Tag legte. Louis' kompletter Mangel an Scham oder Bedauern hatte sie aus diesem schlechten Traum aufwachen lassen. Natürlich machten Menschen Fehler, aber so stur zu sein, dass man sie nicht mal zur Kenntnis nahm, fand Claudia abstoßend. Zum ersten Mal in all den Jahren ihrer Beziehung gefiel ihr nicht, was sie sah. In ihren Augen hatte sich Louis in ein Monster verwandelt.

Was das Schicksal mit ihr und ihrem ungeborenen Kind vorhatte, darüber wollte sie lieber gar nicht nachdenken. Irgendwie glaubte sie, alles wieder geraderücken zu müssen. An der Vergangenheit konnte sie nichts mehr ändern, aber sie konnte zumindest versuchen, die begangenen Fehler auszubügeln. Sie bezweifelte, dass sie selbst sich von ihren Sünden reinwaschen konnte, aber wenigstens ihr Baby sollte damit nichts zu tun haben. Anna Rielly und das pochende Herz ihres Neugeborenen ließen sich nicht zurückholen, aber wenn sie Buße tat, gelang es ihr vielleicht, das eine oder andere ins Lot zu bringen. Claudia erkannte voller Entschlossenheit, was zu tun war.

Sie wischte sich die Tränen aus dem Gesicht, stand auf und ging ins Wohnzimmer. Dort betätigte sie die Leertaste des Laptops, um ihn aus dem Schlafmodus zu wecken, und wählte sich ins Internet ein. Zwei weitere Nachrichten vom Deutschen. Sie überflog sie kurz. Es waren im Prinzip aggressivere Varianten der früheren Mail. Abel wollte sein Geld zurück. Es sei denn, sie führten den Auftrag ordnungsgemäß zu Ende. Wenn sie sich nicht darauf einließen, drohte er, sie bis ans Ende der Welt zu verfolgen. Der Deutsche konnte von Glück sagen, dass Louis nicht neben ihr saß und mitlas. Sonst wäre er morgen ins erste Flugzeug nach Europa gestiegen und hätte Abel noch vor Ende des Wochenendes getötet. Claudia hatte entschieden, ihm das Honorar nicht zu erstatten. Im Gegenteil, Abel musste sich auf weitaus größere Probleme gefasst machen.

Claudia hatte die E-Mail-Adresse jener Person bereits herausgefunden. Es reichte, den Namen einzugeben und mit der Zeichenkette @cia.gov zu ergänzen. Die erste Testmail kam zurück, doch nachdem sie einen Punkt zwischen Vor- und Nachnamen eingefügt hatte, klappte es. Ihre Finger schwebten über der Tastatur. Sie holte tief Luft und fing an zu schreiben. Fast eine Stunde tüftelte sie an den Formulierungen, dann löschte sie so gut wie alles, was sie bisher geschrieben hatte. Zu viel auf einmal. Sie musste langsam anfangen, am besten mit einer schlichten Entschuldigung, und die Reaktion abwarten.

Sie steuerte den Mauszeiger auf die Senden-Taste und behielt den Zeigefinger auf dem Touchpad, bereit, die Mail mit einem kurzen Tippen abzusetzen. Erst zögerte sie, bis die leise Stimme im Hinterkopf, die sie in den letzten Jahren weitgehend ignoriert hatte, ihr zuraunte, sie solle es tun. Begleitet von einem schrillen Piepen erschienen die Worte NACHRICHT VERSENDET auf dem Monitor. Jetzt gab es kein Zurück mehr.

60

Camp David, Maryland

»Was soll das heißen, er ist weg?«, platzte es aus Ross heraus.

Kennedy musterte ihn aufmerksam, presste die Fingerspitzen auf die entsprechenden Druckpunkte der Handflächen und bemühte sich, ruhig zu bleiben. »Er ist weg, Mark.«

»Das habe ich gehört.« Er rang mit den Händen, als wollte er jemanden erwürgen. »Wie konnte es passieren, dass er einfach verschwindet?«

»Wir warten besser auf den Präsidenten«, antwortete sie geduldig. Sie wollte die Geschichte nicht zweimal erzählen müssen und ging davon aus, dass sich Ross in Anwesenheit seines obersten Dienstherrn etwas zivilisierter benahm.

Es war Sonntagnachmittag. Ross hatte gerade eine 18-Loch-Runde Golf mit dem Präsidenten, dem Parteivorsitzenden und einem ihrer wichtigsten Spendenbeschaffer gespielt. Kennedy liebäugelte zunächst mit dem Gedanken, den Präsidenten direkt nach dem Angriff auf das Safe House zu informieren. Bis sie dazu kam, kurz zu verschnaufen, war es nach Mitternacht. Zu ihren Grundprinzipien gehörte es, den Präsidenten nur dann aus dem Bett zu holen, wenn eine sofortige Entscheidung getroffen werden musste. Sie überlegte kurz, stattdessen Ross zu kontaktieren, malte sich den Ablauf des Gesprächs aus und entschied, je länger sie ihn außen vor ließ, desto mehr erleichterte es ihr das Leben. Es gab eine Menge zu organisieren und er hätte zwangsläufig die Kontrolle an sich gerissen.

Also hatte sie das Briefing so lange wie möglich hinausgezögert. Nun saß sie hier, um die schlechten Neuigkeiten zu überbringen und Zeugin zu sein, wie Ross ausflippte. Kennedy hatte in der Nacht kein Auge zugetan. Neben ihren beruflichen Pflichten musste sie dafür sorgen, dass ihr Sohn sein Trauma überwand. Glücklicherweise hatte Steven Rapp sofort begriffen, dass sie die Krise managen musste und Tommy jemanden brauchte, der ihm das Gefühl gab, dass alles in Ordnung war. Während sie sich also einen Reim auf das Chaos machte, wurden Steven und Tommy von einem aufgestockten Personenschutz zurück in ihr Haus gebracht. Am schwierigsten fand sie es, Tommy beizubringen, dass Vince Delgado und Mike Burton nicht mehr lebten.

Um kurz vor zehn Uhr morgens war sie selbst nach Hause zurückgekehrt. Tommy wachte auf, kam in den Flur geschlurft und konfrontierte sie als Erstes mit der Frage, was mit Vince und Mike passiert war. Seit über einem Jahr arbeiteten die beiden für sie. Tommy hatte sie während dieser Zeit ins Herz geschlossen, vor allem Vince. Sie nahm sich vor, ihren Angehörigen die Nachricht persönlich zu überbringen, doch das musste warten, bis ein paar andere Punkte erledigt waren.

Ross bereitete ihr aktuell das größte Kopfzerbrechen. Es gab eine Menge Aktionen, die sie innerhalb der letzten 14 Stunden in die Wege geleitet hatte und die ihm nicht schmecken würden. Er gehörte nicht zu den Menschen, denen sie zutraute, die langfristigen Interessen der CIA im Fokus zu haben. Darum stimmte sie ihr Eintreffen im Wochenendquartier des Präsidenten zeitlich so ab, dass sie ungefähr mit der Rückkehr der Gruppe vom Golfplatz zusammenfiel. Etwas mehr als eine Viertelstunde saß sie in der Aspen Lodge und wartete, was ihr zusätzliche Minuten verschaffte, sich eine Strategie für den Umgang mit Ross zurechtzulegen. Während dieser kurzen Ruhephase in einer tumultreichen Woche kam ihr die perfekte Lösung für den Umgang mit Mark Ross in den Sinn. Überrascht fragte sie sich, warum sie nicht früher darauf gekommen war. Allerdings gehörte sie normalerweise nicht zu den Leuten, die ihre Vorgesetzten gegeneinander ausspielten.

Ross hielt nicht das Geringste von ihrem Vorschlag, auf den Präsidenten zu warten. Er setzte nach: »Wann ist es passiert?«

Kennedy spähte über seine Schulter zur Tür. »Letzte Nacht.«

»Wann?«

»Gegen 22 Uhr.«

Ross' Kiefermuskulatur verspannte sich. Die Pupillen wurden enger. Nun war es an ihm, über die Schulter zu schielen. Sobald er feststellte, dass sie unter sich waren, fuhr er Kennedy wütend an: »Es ist zwei Uhr nachmittags. Wären Sie so freundlich, mir zu erklären, warum es so lange gedauert hat, mich zu informieren?«

Eitelkeit, ging es ihr durch den Kopf. *Das ist der Schlüssel.* »Mark.« Sie beugte sich zu ihm hinüber und tat so vertraut, als ob sie sich seit Jahren kannten. »Ihnen ist sicher klar, worum es hier heute geht?«

Ross glotzte sie verwirrt an.

»Niemand ist zufrieden mit der Leistung von Vizepräsident Baxter.« Kennedy ließ die Andeutung für einige Sekunden in der Luft hängen. »Er zieht die Umfragewerte nach unten, und längst wird darüber spekuliert, wer ihn ablöst.« Sie kam noch dichter heran und flüsterte. »Ich weiß, dass der Präsident Sie aus einem konkreten Grund gebeten hat, ihn heute zum Golf zu begleiten.«

Ross holte tief Luft und nickte.

Sein Gesichtsausdruck verriet ihr, dass er längst über diese Möglichkeit nachgedacht hatte. Er wusste zwar nicht, dass der Präsident sich nicht zur Wiederwahl stellte, aber das war egal. Ebenso egal wie in einem Monat, wenn Hayes es offiziell verkündete. Im Gegenteil, Ross würde diese Neuigkeit als Chance einstufen und abwarten, wer sich als neuer Kandidat abzeichnete, um ihm eifrig Honig um den Bart zu schmieren.

»Sie sind in der engeren Auswahl, Mark. Die heutige Golfrunde war Ihr Bewerbungsgespräch. Ich wollte Ihnen das nicht vermasseln, indem ich kurz vor dem ersten Abschlag damit hineinplatze. Womöglich hätte Hayes die Partie sogar abgebrochen.«

Für einen Moment war Ross sprachlos. Gerade wollte er eine Bemerkung zu Kennedys Enthüllung machen, da betrat der Präsident den Raum.

»Irene.« Er kam zu ihr, noch im Golfdress mit Pullunder und Bundfaltenhose. »Tut mir leid, dass ich Sie warten ließ. Was gibt es für ein Problem?«

Kennedy tauschte einen kurzen Blick mit Ross, dann sagte sie: »Mr. President, letzte Nacht kam es zu einem Angriff auf eins unserer Safe Houses.« Sie schilderte ihm und Ross, wie sie Steven Rapp abgeholt und zum Haus gebracht hatte, um seinen Bruder zu treffen. Kurz nach dem Abendessen, gegen 21:30 Uhr, hatte sie mit ihrem Sohn in der Küche den Abwasch erledigt, da hörten sie plötzlich Schüsse und mehrere Explosionen. Rapp schickte daraufhin sie, ihren Sohn und seinen Bruder in den Keller.

Sie umriss kurz die räumlichen Gegebenheiten mit dem Tunnel, der zu einer unterirdischen Verhöreinrichtung führte, wo sie sich in einer Zelle verschanzt hatten. Etwa eine Stunde nach Beginn des Vorfalls war eine schnelle Eingreiftruppe der CIA vor Ort eingetroffen und hatte die Einrichtung gesichert. Kennedy berichtete sichtlich betroffen, dass zwei Männer aus ihrem persönlichen Sicherheitsteam zu den Opfern zählten, ebenso zwei weitere für das Safe House abgestellte Wachmänner der CIA. Sie schloss ihre Zusammenfassung mit dem Fakt, dass Rapp verschwunden war.

»Was soll das heißen, er ist verschwunden?«, fragte Ross deutlich zurückhaltender als noch vor fünf Minuten.

»Er war nicht mehr da«, antwortete Kennedy. »Anfangs rechneten wir mit dem Schlimmsten … dass er gewaltsam verschleppt oder getötet und seine Leiche abtransportiert worden war. Dann überprüften wir die Überwachungsbänder.« Sie verstummte, doch ihre Miene verriet, dass mehr hinter der Geschichte steckte.

»Und?«, hakte Ross nach, dessen Neugier geweckt schien.

»Insgesamt wurden sieben Schüsse mit einer RPG auf das Haus abgefeuert, außerdem über 1000 Kugeln. Neben den vier CIA-Opfern stießen wir auf 13 weitere Leichen.«

»13.« Die hohe Zahl schockierte Ross.

»Es handelt sich um die Männer, von denen wir glauben, dass sie mit dem Angriff auf die Einrichtung beauftragt wurden. Sie gelangten mit drei schwarzen Chevy Suburbans samt nachgerüsteten Signalanlagen auf das Grundstück.« Sie sah den Präsidenten an. »Signalanlagen, wie sie der Secret Service benutzt, um bei Stau durch den dichten Verkehr zu kommen. Sie rissen das Haupttor aus der Verankerung und fuhren mit eingeschaltetem Rundumlicht vor. Die Männer trugen blaue Coveralls und FBI-Basecaps. Meine Leibwächter zogen nicht mal ihre Waffen. Sie rechneten vermutlich damit, dass das Bureau anrückte, um Mitch in Schutzhaft zu nehmen.«

»Eine Sekunde«, schaltete sich Ross ein. »Erwähnten Sie nicht gerade, vier Wachen seien getötet worden? Es gab also noch weitere?«

»Nein.«

»Was ist dann mit diesen 13 Männern passiert?«

Der Präsident sah Kennedy an und antwortete: »Mitch ist ihnen passiert.«

Kennedy nickte. »Jeder Mann wurde mit einem gezielten 9-Millimeter-Kopftreffer ausgeschaltet.« Kennedy hob eine Augenbraue. »Und nun wird es interessant. Es gab eine 14. Person. Die Bänder zeigen, wie Mitch ihn auf die Rückbank von einem der Suburbans verfrachtet und wegfährt.«

»Warum?«, fragte Ross.

»Was glauben Sie denn?«, entgegnete Kennedy. »Zweimal hat jemand versucht, ihn zu beseitigen, seine Frau starb beim ersten Anlauf. Er wird alles aus diesem Kerl herausquetschen, was er weiß, um zu erfahren, wer ihn angeheuert hat.«

Ross gefiel nicht, worauf das Ganze hinauslief. »Wir haben also keine Ahnung, wo er derzeit steckt?«

Kennedy schüttelte den Kopf.

»Wurden Teile der 13 Opfer bereits identifiziert?«, erkundigte sich der Präsident.

»Wir halten sie für Mitglieder einer Latinobande aus Alexandria.«

»Eine Latinobande?«, wiederholte Ross. »Warum sollten die Rapp umbringen wollen?«

»Da wir niemanden festnehmen konnten, dem wir diese Frage stellen können, muss ich spekulieren. Wahrscheinlich hat man ihnen Geld angeboten. Mitch hatte nie mit solchen Banden zu tun. Es gibt keinen Grund, warum sie es auf ihn abgesehen hätten.«

»Wie schätzt das FBI die Situation ein?«, wollte Ross wissen.

Kennedy zögerte kurz. »Ich habe das FBI bisher nicht eingeschaltet.«

»Was?« Ross klang schockiert.

»Mark«, erklärte sie. »Wir können solche Publicity nicht gebrauchen. Dieses Safe House taucht nicht in der offiziellen Budgetplanung auf. Da Ihre politische Zukunft noch vor Ihnen liegt, rate ich Ihnen, die Sache auf sich beruhen zu lassen.«

»Aber wir reden von vier toten Regierungsbeamten und 13 toten … Staatsbürgern. Ich nehme zumindest an, dass es Staatsbürger waren?«

»Mark.« Sie schüttelte den Kopf wie eine fürsorgliche Mutter. »Der Tod meiner Mitarbeiter wird nicht für Wirbel sorgen. Ihre Familien wissen, dass so etwas jederzeit passieren kann. Niemand wird es an die große Glocke hängen.«

»Wir reden von einer staatlichen Einrichtung im Inland. Das fällt in die Zuständigkeit des FBI.«

»Wenn wir das Bureau in die Ermittlungen einschalten, stürzen sich jede Menge Reporter auf den Vorfall und Sie landen vor einem Untersuchungsausschuss auf dem Hill und müssen etliche äußerst unangenehme Fragen über sich ergehen lassen. Und wofür?«

»Was ist mit …«

»Mark.« So langsam fand sie Gefallen an dieser Satzeröffnung. Trotzdem klang ihre Stimme angespannt.

»Es geht um 13 tote Bandenmitglieder, die vier Bundesbeamte getötet haben. Wir haben alles auf Band. Auf die Ermordung eines Bundesbeamten steht die Todesstrafe. Ob es sich nun um Bürger der Vereinigten Staaten handelt oder nicht, ist egal. Die 13 haben ihre Strafe bereits erhalten. Das FBI hinzuzuziehen ändert nichts daran. Allerdings landet der ganze Schlamassel in diesem Fall auf der Titelseite jeder Zeitung des Landes.«

»Und Nummer 14?«

Kennedy zuckte die Achseln. Die Geste war eindeutig. Es konnte ihr kaum egaler sein.

Ross setzte an, noch etwas zu sagen. Der Präsident schob eine Hand auf seinen Unterarm. »Vertrauen Sie mir, Mark. Manchmal ist es besser, keine Fragen zu stellen. Lassen Sie Irene nur machen.«

Ross schien sich mit diesem Vorschlag schwerzutun. Er zog zischend die Luft durch die Zähne. »Na gut, aber wir müssen Rapp finden und dafür sorgen, dass er unser Land nicht blamiert.«

Mit diesem Einwurf hatte Kennedy gerechnet. »Wie meinen Sie das?«

»Wir sind eine gesetzestreue Nation. Wir können nicht zulassen, dass ein Regierungsangestellter durch andere Länder stürmt und Menschen tötet.«

Ach, tatsächlich, dachte sie. *Was glaubst du denn, was Mitch in den letzten 15 Jahren getan hat?* Sie verständigte sich durch einen kurzen Blick mit dem Präsidenten. »Mark, ich möchte, dass Sie sich das gut überlegen. Machen Sie sich bewusst, wie viel ungewollte Aufmerksamkeit so ein Skandal auf unsere Aktivitäten lenkt. Zumal es aktuell keinen konkreten Aufhänger für eine Anklage gibt.«

»Ach, und die 13 toten Latinos?«

»Mark«, mahnte der Präsident mit nachdrücklicher Stimme. »Vergessen Sie, was letzte Nacht passiert ist. Ich will nicht, dass Sie noch einmal davon anfangen.«

»Na schön«, ruderte Ross zurück. »Trotzdem müssen wir etwas unternehmen.«

Auf diese Vorlage hatte Irene gewartet. »Ich glaube, ich habe eine Lösung.«

»Lassen Sie hören«, bat der Geheimdienstkoordinator.

»Vorerst geben wir nur eine Warnung an unsere Stationschefs im Ausland raus. Ich kann sie per Flash-Mitteilung auffordern, mich sofort zu informieren, wenn Mitch Kontakt zu ihnen aufnimmt oder sie etwas von ihm hören. Ich werde betonen, dass er für ein späteres Verhör in Untersuchungshaft genommen werden soll.«

»Wie steht es mit den US-Botschaften im Ausland?«, fragte Ross.

Auch diesen Einwand hatte sie erwartet.

»Ich ziehe es vor, dass vorerst nur die Agency im Thema ist.«

»Das ist für eine gezielte Fahndung zu wenig«, widersprach Ross.

Kennedy hoffte, dass der Präsident ihr Rückendeckung gab.

»Vorerst«, entschied Hayes, »alarmieren wir nur das CIA-Personal.« Er stellte fest, dass Ross das überhaupt nicht gefiel, und schob hinterher: »Mark, er wird sich garantiert nicht an eine Regierungsstelle wenden, um Hilfe zu bekommen. Wenn überhaupt, setzt er sich mit einem seiner Kontakte bei der Agency in Verbindung.«

»Können wir diesen Leuten denn trauen, dass sie ihn ausliefern werden?«

Beide Männer blickten die CIA-Direktorin fragend an. Die Wahrheit lautete, dass die Stationschefs Mitch nicht ans Messer liefern würden, aber das wollte sie nicht eingestehen. Hier ging es lediglich darum, Mark Ross zu sagen, was er hören wollte. Und genau das tat sie: »Ich werde sofort ausgewählte Stationen kontaktieren und keinen Zweifel daran lassen, dass jeder wie auch immer geartete Kontaktversuch sofort zu melden ist. Andernfalls werden die Betreffenden den Rest ihrer Karriere in einem der Keller Langleys mit dem Aussortieren veralteter Akten verbringen.«

Das schien Ross zu gefallen. Nachdem sie erreicht hatte, was sie wollte, hielt sie den Zeitpunkt für günstig, sich zu verabschieden. »Ich weiß, dass Sie beide einen wichtigen Lunch auf der Agenda haben, also will ich Sie nicht weiter aufhalten. Sobald es neue Entwicklungen gibt, melde ich mich, andernfalls beraume ich für morgen Vormittag ein detailliertes Briefing an.«

Der Präsident bedankte sich bei Kennedy, was Ross dazu veranlasste, es ebenfalls zu tun. Sie verließ die Lodge und wurde mit einem Golfmobil zum Hubschrauberlandeplatz gebracht. Sobald sie angeschnallt auf ihrem Platz saß, zog sie das sichere Satellitenhandy aus der Tasche und wählte eine Nummer. Nach mehrfachem Klingeln meldete sich ein Mann am anderen Ende. »Ich habe dir gerade etwas mehr Zeit verschafft«, sagte sie.

61

Masar-e Scharif, Afghanistan

Der G3-Firmenjet sank durch die dünne Bergluft dem Flughafen aus alten Sowjetzeiten entgegen. Sie befanden sich im Territorium der Nordallianz, einem kleinen Teil des Landes, der sich beharrlich weigerte, von den Taliban kontrolliert zu werden. Es war Sonntagnacht. Keine Wolken am Himmel, der Dreiviertelmond tauchte die zerklüftete Landschaft in helles Licht. Aus der Luft wäre man um diese Zeit, kurz vor 23 Uhr, nie auf die Idee gekommen, dass in Masar-e Scharif über 100.000 Menschen lebten. Es gab generell kaum Straßenlaternen und nur vereinzelt Flutlichtscheinwerfer. Einige wenige Autos fuhren auf den Straßen. Aufgrund der fragwürdigen Zustände von Landebahnen in diesem Teil der Welt hatte Scott Coleman einen seiner Männer abgelöst und selbst das Cockpit übernommen. Wenn jemand diesen 15-Millionen-Dollar-Vogel ruinierte, dann wenigstens er.

Der Anruf von Rapp war gestern etwa zur gleichen Zeit gekommen. Er hatte damit gerechnet, von ihm zu hören, nur nicht so bald. Den Vormittag und frühen Nachmittag verbrachten sie auf dem CIA-Gelände, schmiedeten Pläne für die Zeit, wenn Rapp sich geistig und körperlich wieder in entsprechender Form befand. Nach dem Treffen hatte er umgehend sein Team zusammengetrommelt. Er ging fest davon aus, dass sie mitzogen. Alle hatten ihn von sich aus kontaktiert und ihre Dienste angeboten. »Wenn Mitch uns braucht, muss er nur fragen und wir sind dabei.« Die Jungs – Charlie Wicker, Dan Stroble und Kevin

Hackett – waren alle früher bei den SEALS gewesen und kannten Rapp von anderen Missionen, unter anderem der jüngsten Aktion in Kanada.

Bis Mitternacht war alles bereit gewesen. Um ein Uhr morgens befanden sie sich in der Luft und überquerten den Atlantik in fast 40.000 Fuß Höhe. Sie legten einen Tankstopp in Deutschland ein und waren 30 Minuten später wieder in der Luft. Keine Zollformalitäten oder andere Ärgernisse, mit denen man sich herumschlagen musste. Einsatzkräfte wie Coleman und seine Leute waren an das Wechselspiel aus Beeilen und Abwarten gewöhnt. Entsendungen wie diese, bei denen sie sprichwörtlich ans andere Ende der Welt fliegen mussten, zogen sich in die Länge. Aus diesem Grund hatte Coleman den Flieger mit DVDs, Taschenbüchern und Magazinen bestens ausgestattet. Nun war er froh, dass sie das Zeug hatten, denn nachdem Wicker, Hacket und Stroble Rapp ihr Beileid ausgesprochen hatten, kurz vor dem Abheben, wusste keiner mehr, was er noch sagen sollte. Special Forces wie diese Kerle galten nicht gerade als Spezialisten im Umgang mit Emotionen. Sie hatten kein Problem damit, über den Tod zu sprechen, wenn sie jemandem im Einsatz die Lichter auspusteten, aber wenn es um den tragischen Tod der Frau eines Kameraden ging, fehlten ihnen schlicht die Worte.

Coleman und Hackett wechselten sich im Cockpit ab. Die anderen schliefen entweder oder versuchten, auf dem Weg nach Deutschland zumindest ein paar Minuten die Augen zu schließen. Den zweiten Abschnitt der Reise verbrachten sie, indem sie Filme schauten, Bücher lasen oder mit Rapp redeten, wobei sie das Thema Anna sorgfältig aussparten. Nun erwachte die Landebahnbefeuerung zum Leben. Coleman tauchte steil nach unten ab und suchte den Belag nach überdurchschnittlich großen Löchern ab, denen man besser auswich. Überrascht stellte er fest, dass sich die Piste nach einer Reparatur in relativ gutem Zustand befand. Das verdankten sie garantiert den amerikanischen Steuerzahlern. Er kreiste über dem Gelände und leitete den Endanflug ein. Die G3 touchierte den Boden und rollte am hinteren Ende der Runway aus.

Coleman steckte den Kopf in den Mittelgang und sah zum hinteren Ende der Kabine. »Wohin jetzt, Mitch?«

Rapp hielt ein Satellitenhandy am Ohr. Er deckte die Sprechmuschel ab. »Südliches Ende des Terminals. Dort sollten ein Tankwagen und ein Toyota 4Runner auf uns warten.« Er zog die Hand weg und sagte: »Entschuldige, Irene. Was meintest du gerade?«

»Ross hat zugestimmt, das Außenministerium erst mal rauszuhalten.«

»Und das FBI?«, fragte er.

»Auch.«

»Gut gemacht.«

»Abwarten. Letzte Nacht hat jemand eine Granate in der Innenstadt von Leesburg hochgejagt. Fünf Leute wurden verletzt, zwei davon schwer. Fünf Minuten später wurde das Sheriff Department von Loudoun County mit einer Panzerfaust beschossen.«

»Ein Ablenkungsmanöver?«

»Davon gehe ich aus.«

»Hat sich jemand nach dem Lärm bei uns letzte Nacht erkundigt?«

»Ja. Bei der örtlichen Notrufzentrale ging um 21:38 Uhr eine Beschwerde ein. Sie sind der Angelegenheit aber erst heute Morgen nachgegangen.«

»Und?«

»Wir haben ihnen erzählt, dass es eine kleine Firmenfeier mit Feuerwerk gab.«

»Haben sie uns das abgekauft?«

»Bisher schon.«

»Wie steht's mit dem Haus?«

»Das Fronttor wird heute Nachmittag ersetzt, das Gebäude selbst ist eingerüstet. Sie haben bereits angefangen, die Einschusslöcher an der Fassade mit Sandstrahlern zu entfernen, und tauschen Türen und Fenster aus. Bis heute Abend werden sämtliche Spuren beseitigt sein.«

»Und die Leichen?«

»Verbrannt.«

»Wie steht's mit meinem Gefangenen?«, erkundigte sich Rapp.

»Dr. Hornig kümmert sich um ihn.«

Rapp dachte kurz nach. Die Agency setzte in der Regel zwei Verhörspezialisten mit grundsätzlich unterschiedlicher Herangehensweise ein. Dr. Jane Hornig war die eine, Bobby Akram, ein pakistanischer Einwanderer und Muslim, der andere. Hornig verfügte über Abschlüsse in Biochemie und Neurologie und galt als führende amerikanische Expertin zur Geschichte und Entwicklung der menschlichen Folter. Sie war auf experimentelle Arzneimittel und exotische Verhörtechniken spezialisiert. Akram dagegen laugte seine Subjekte aus, indem er sie auf Grundlage der Maslowschen Bedürfnishierarchie manipulierte und harten, sorgsam choreografierten Befragungen unterzog. Rapp mochte Akram, Hornig weniger. Sie machte ihm Angst, aber wenn die Zeit drängte, gab es keine Bessere als sie.

»Hat sie bereits in Erfahrung gebracht, wer ihn angeheuert hat?«

»Noch nicht, aber wir sind auf eine interessante

Querverbindung gestoßen. Vor zwei Jahren nahm das DEA einen saudischen Immigranten fest, der mithilfe von Kontaktleuten in Afghanistan Heroin ins Land schmuggelte. Wie sich herausstellte, war er mal für den saudischen Geheimdienst tätig. Im Gefängnis handelten seine Verteidiger einen Deal aus. Der Anwalt behauptete, sein Klient könne Beweise liefern, dass sein früherer Arbeitgeber mehrere der 9/11-Terroristen ausgebildet habe und an der Planung der Attentate beteiligt gewesen sei.«

Rapp zuckte die Achseln. »Und was hat das mit einem dahergelaufenen Latino-Gangster zu tun?«

»Castillo heißt der Mann. Aníbal Castillo. Er sagt, er sei damals vom selben Typen angesprochen worden, der ihn vor zwei Tagen anheuerte, dich zu töten. Damals bot er Castillo 100 Riesen an, damit MS-13 den ehemaligen saudischen Spion erledigt, während er im Staatsgefängnis einsitzt. Ich habe ein paar Anrufe gemacht. Alles passt zusammen. Dieser Ex-Saudi wollte auspacken und wurde am Tag, an dem er den Deal unterzeichnen sollte, ermordet in seiner Zelle aufgefunden.«

»Wer war dieser Auftraggeber?«

»Das wissen wir noch nicht, aber wir haben Castillo auf unsere Datenbank mit saudischen Geheimdienstoffizieren angesetzt.«

Das Flugzeug kam mit einem Ruck zum Stehen. Rapp sagte: »Hör zu, ich muss los. Ruf mich an, sobald ihr seine Identität ermittelt habt.«

»Willst du mir nicht verraten, was ihr vorhabt?«

»Das willst du gar nicht wissen.« Rapp spähte durch die Luke zum Terminal.

»Doch, will ich, Mitchell. Ich habe eben meinen Boss und den Präsidenten belogen, um dich zu schützen.«

»Ich dachte, der Präsident steht auf unserer Seite.«

»Okay … dann war's eben nur Ross.«

»Schön. Du kannst Ross ausrichten, wenn er dir weiterhin das Leben zur Hölle macht, setz ich ihn auf meine Liste.«

Kennedy hätte ihn liebend gern beim Wort genommen. »Eine letzte Sache noch. Hast du je von einem Erich Abel gehört?«

Rapp überlegte kurz. »Nein, warum?«

»Er wurde in Ostdeutschland geboren und arbeitete in den 80ern und frühen 90ern für die Stasi.«

»Tritt er unter anderen Namen in Erscheinung?«

»Nicht dass ich wüsste. Ich lasse das prüfen.«

»Was macht ihn so interessant?«

»Kann ich noch nicht genau sagen. Du bist der Erste, der's erfährt.«

»Okay, ich muss jetzt wirklich auflegen.« Rapp drückte auf die Taste mit dem roten Hörer und warf das Handy im Aufstehen auf den Ledersitz.

Coleman war bereits ausgestiegen und überwachte das Betanken. Rapp kletterte vorsichtig die schmale Stiege hinunter. Nach dem langen Flug taten ihm die Beine weh. Mit steifen Bewegungen kämpfte er sich über den Asphalt.

Jamal Urda erwartete ihn bereits. Urda war der CIA-Stationschef in Kabul. Sie kannten sich von einer hässlichen Geschichte im letzten Frühling. Anfangs verlief ihre Zusammenarbeit etwas holprig, doch Urda lernte den Amerikaner bald zu schätzen. Am Ende hatten sie aufs Du angestoßen. Er streckte ihm die Hand hin. »Mitch, das mit deiner Frau tut mir leid.«

»Danke. Nett von dir.«

Die beiden Männer standen stumm in der kühlen Nachtluft, während Urda überlegte, wie er den Übergang vom Privaten zum Beruflichen am besten hinbekam. Er reagierte erleichtert, als Rapp von sich aus das Wort ergriff.

»Wie ist die Lage?«

»Mein Stellvertreter hat sich gerade aus der Botschaft gemeldet.«

»Und?«

»Er sagte, Langley hat uns kontaktiert und aufgefordert, sie sofort zu informieren, wenn jemand etwas von dir hört.«

Rapp nickte.

»Dann rief Irene an und bat mich, die Nachricht zu ignorieren.«

Rapp wusste, dass Urda sich ungern reinreden ließ. Hoffentlich machte er keine Schwierigkeiten. Eigentlich wollten sie nur kurz landen, einladen, was sie brauchten, und weiterfliegen. »Hast du ein Problem damit?«, fragte er.

»Nein.« Urda sah über seine Schulter. Ein paar Leute saßen im 4Runner. »Weißt du, meine Ex-Frau …« Urda verzog das Gesicht. »Ich mag sie nicht mal besonders, aber eins kann ich dir versichern: Sollte eins dieser Schweine sie umbringen, würde es dafür bezahlen.« Urda deutete auf den Boden. »Warte hier. Ich hol ihn.«

Einige Sekunden später kam er zurück, einen Gefesselten mit Haube über dem Kopf im Schlepptau. »Ich hab ihn für dich ein bisschen herrichten lassen. Er soll ziemlich übel gestunken haben.«

Rapp winkte Wicker zu sich und übergab den Gefangenen in seine Obhut. »Schnall ihn drinnen fest.« Rapp drehte sich zu Urda um. »Danke. Ich weiß das sehr zu schätzen.«

»Du hättest für mich dasselbe getan.«

Rapp nickte.

Der Stationsleiter lief zum Wagen zurück, blieb aber noch einmal stehen. »Was mich betrifft, bist du nie hier gewesen.«

»Gut.« Rapp dehnte kurz die müden Gelenke, dann kletterte er wieder in die Gulfstream. Der Gefangene trug ein traditionelles Gewand. Rapp zog ihm die Haube vom Kopf und musterte sein Gesicht. Er war es, eindeutig. Ein bisschen dünner, aber es bestand kein Zweifel.

Der andere kniff die Augen zusammen, um sich nach der totalen Dunkelheit an das schwache Licht in der Kabine zu gewöhnen. Beim Anblick von Rapp verzerrte sich Wahid Ahmed Abdullahs Gesicht zu einer furchtsamen Fratze. »Was wollt ihr von mir?«

»Nichts«, log Rapp. Wahid war Teil einer terroristischen Verschwörung gewesen, die atomare Sprengköpfe sowohl in New York City als auch in Washington, D.C. zünden wollte. Rapp hatte ihn im letzten Frühjahr in Pakistan festgenommen und das Verhör selbst übernommen.

»Ich glaub dir kein Wort.«

»Dein Vater ist ein einflussreicher Mann. Er hat sich für deine Freilassung eingesetzt.« In gewisser Weise entsprach das sogar der Wahrheit. In Saudi-Arabien tanzten viele Leute nach der Pfeife von Wahids Erzeuger. Zudem hatte er ein Kopfgeld auf Rapp ausgesetzt, was nun dazu führte, dass sie seinen Sohn aus seinem Höllenloch von Gefängnis rausholten, um ihn zu befragen. Rapp dachte nicht daran, Wahid zu verraten, dass sein Vater ihn für tot hielt.

»Entspann dich«, forderte Rapp den Araber auf und stülpte ihm die Haube wieder über den Kopf. »Wenn du dich benimmst, siehst du morgen deinen Vater.«

Rapp holte eine subkutane Spritze aus der Tasche und zog die Schutzkappe von der Nadel ab. Er hielt Wahids gefesseltes Handgelenk fest. »Ich verabreiche dir jetzt ein Beruhigungsmittel. Wenn du aufwachst, sind wir längst in Saudi-Arabien gelandet.« Rapp injizierte ihm den Inhalt der Spritze in den Oberschenkel.

62

Zihuatanejo, Mexiko

Claudias Finger schwebten über den Tasten. Sie überlegte, ob sie den Verstand verloren hatte. Eine E-Mail war kritisch genug gewesen, die Antwort riskant, aber notwendig, die dritte eindeutig eine Dummheit. Nun verfasste sie bereits ihre vierte Nachricht an die Direktorin der Central Intelligence Agency. Ihre neue reumütige Einstellung lieferte sich einen erbitterten Zweikampf mit ihrer taktischen Ausbildung. Bislang setzte sich die Reue durch. Sie hielt sich an die üblichen Sicherheitsvorkehrungen, wechselte die Server und setzte die Mails von unterschiedlichen Standorten ab. Trotzdem hatte sie es hier mit der Leiterin der mächtigsten Spionagebehörde der Welt zu tun. Wer wusste schon, welche Tricks diese Frau aus dem Hut zauberte?

Die erste Nachricht, vor fast 24 Stunden abgesetzt, enthielt schlicht eine von Herzen kommende Entschuldigung: *Anna Rielly war ein Versehen. Es tut mir leid. Ich bedaure zutiefst, den Job angenommen zu haben. Wenn Sie wissen möchten, wer mich angeheuert hat, setzen Sie sich mit mir in Verbindung.* Claudia überlegte kurz, ob sie auch im Namen von Louis unterschreiben sollte, entschied sich aber dagegen. Er hatte nicht den leisesten Anflug von Bedauern an den Tag gelegt und versuchte aktuell sogar, den Auftrag im zweiten Anlauf abzuschließen. Eine Entschuldigung in seinem Namen zu verschicken wäre eine Fortsetzung ihrer Selbsttäuschung gewesen. Sie schickte die Mail ab und ging ins Bett. Das war am späten Samstagabend gewesen. Mit einer Antwort von Kennedy rechnete sie frühestens am Montag. Am Sonntag wachte sie völlig ausgehungert auf und bestellte sich Frühstück aufs Zimmer. Sie schaffte es, das Essen im Magen zu behalten, und wertete das als positives Zeichen. Anschließend ging sie nach draußen und unternahm einen ausgedehnten Strandspaziergang. Sie dachte vor allem über ihren Vater und ihre Mutter nach, versuchte, sich Louis aus dem Kopf zu schlagen. Sollte sie ihre Eltern zum ersten Mal seit drei Jahren anrufen? Bei der Rückkehr ins Zimmer beschloss sie, genau das zu tun.

Vorher checkte sie ihre zahlreichen E-Mail-Accounts und stieß auf Kennedys Antwort. Sie lautete: *Wer sagt mir, dass ich es nicht mit einem Betrüger zu tun habe?*

Claudia hatte insgeheim mit einer solchen Reaktion gerechnet. Sie loggte sich aus und formulierte in Gedanken eine passende Antwort.

Dann tippte sie: *Wir hatten Wanzen und Peilsender in ihrem Wagen versteckt und fanden so heraus, dass er sich am betreffenden Morgen einer Operation am Knie unterziehen wollte. Als sie das Krankenhaus verließen, leiteten wir Gas in ihr Haus und warteten auf ihre Rückkehr. Mein Partner versteckte sich im Waldstück beim Haus. Ihr sollte nichts passieren.*

Sie wählte sich beim Provider ein, setzte die Nachricht ab und trennte die Verbindung. Innerhalb der nächsten zwei Stunden überprüfte sie das Mailkonto alle 15 Minuten, bis endlich eine Antwort eintraf. Sie lautete: *Wer hat Sie angeheuert und warum?*

Claudia blieb online und schrieb: *Erich Abel. Er ist ein ehemaliger Stasi-Offizier und lebt in Wien. Er agierte als Mittelsmann. Für wen, weiß ich nicht. Ich habe die Saudis im Verdacht. Es war mein erster Auftrag für ihn.* Sie drückte auf Senden, fuhr den Rechner herunter und stand auf. Sie war leicht außer Atem und stellte überrascht fest, dass sie schwitzte.

Seit dieser Mail waren fast acht Stunden verstrichen. Seitdem hatte sie ihren Posteingang nur einmal überprüft. Diesmal lautete die Frage der CIA-Direktorin schlicht: *Warum tun Sie das?*

Eine gute Frage, fand sie, wenn auch nicht leicht zu beantworten. Fast drei Stunden grübelte sie, was sie darauf erwidern sollte, wollte nicht zu viel verraten und entschied dann, dass es sowieso egal war. Seite um Seite ließ sie ihren geheimsten Gedanken und ihrem schlechten Gewissen freien Lauf. Sie erklärte, dass es sie mittlerweile anwiderte, an diesem Auftrag beteiligt gewesen zu sein. Dass sie und ihr Partner sich nach dem Debakel getrennt hatten.

Sie ergänzte die Mail um zwei Anhänge: eine Liste mit den fünf Schweizer Banken, von denen Abel ihnen das Geld überwiesen hatte, sowie jeweils Kontonummer, Überweisungsreferenz, Datum und Dollarbetrag, wohl wissend, dass die Konten vermutlich nicht auf Abel liefen und er einen Decknamen benutzte. Dann überlegte sie, ob sie den Mut fand, der CIA-Chefin ein letztes Puzzlestück zu liefern.

Sie rang über eine Stunde mit sich, unterbrochen von Heulanfällen und Schuldgefühlen, bis sie schließlich vor einer Stimme aus ihrer Jugend kapitulierte – der Stimme ihres Gewissens. Sie meldete sich mehrfach zu Wort, meinte, es sei zwar nicht einfach, hinterher werde sie sich aber besser fühlen. Das erwies sich als zutreffend. Sobald die Mail aus dem Postausgang verschwunden war, kam es ihr vor, als wäre ein schweres Gewicht von ihrem Herzen genommen worden.

Claudia schaltete den Computer ab und trocknete ihre Tränen. Sie wusste, dass nichts von dem, was sie tat, Anna Rielly zurückbrachte, aber sie hoffte, deutlich gemacht zu haben, wie sehr sie bereute, was geschehen war. Sie war weiter gegangen als zunächst geplant und hatte deutlich mehr verraten, als sie sollte. Die ausufernde Abschlussnachricht enthüllte viel. *Zu* viel. Es widersprach allem, was sie gelernt hatte, allem, was sie am Leben hielt. Ein Teil von ihr kümmerte sich nicht darum, erwischt zu werden. Hauptsache sie war diese Last los. Nun fühlte sie sich für alles gewappnet, was die Welt für sie bereithielt. Sie wollte zurück auf Anfang. Zu ihren Wurzeln. Sie wollte nach Hause zu ihren Eltern, ihr Kind auf die Welt bringen und von vorn anfangen.

Es klopfte an der Tür. Claudia erstarrte und rechnete sofort mit dem Schlimmsten. Sie hätte vor der letzten Mail das Hotel wechseln sollen. Es musste ihnen gelungen sein, sie zu orten, mit irgendeiner neuen Technologie, die sie nicht kannte. Sie trug ein weißes Tanktop und abgeschnittene Jeans, die sie ein paar Zentimeter nach oben gekrempelt hatte. Ihre professionellen Instinkte schlugen an und ließen sie den Raum nach einer Waffe absuchen. Nach einer Sekunde überlegte sie es sich anders. Falls die CIA sie entdeckt hatte, war an Flucht sowieso nicht zu denken. Wäre Louis hier gewesen, hätte er ihnen vielleicht den Weg freigekämpft, aber sie war keine Killerin. Claudia stellte sich vor, wie sie auf der anderen Seite standen: ganz in Schwarz gekleidete Männer mit schweren Waffen, die sich anschickten, die Tür aufzubrechen. Sie schielte über die Schulter in Richtung des Patio mit dem Infinity Pool. Bis zu den schroffen Felsen und den Wellen des Meeres ging es mindestens zehn Meter in die Tiefe.

Claudia sammelte sich und wischte sich die schweißnassen Handflächen vorn an den Shorts ab. Sie richtete sich auf und lief durch den Raum, bereit, das Unvermeidliche zu akzeptieren. Sie wollte nicht weglaufen und verzichtete darauf, durch den Türspion zu schauen. Sie schloss auf und öffnete – auf alles gefasst, nur nicht auf den Anblick, der sie erwartete.

»Es war gar nicht so leicht, dich zu finden«, beschwerte sich Louis. »Hast du eine Ahnung, wie viele Hotels es in Ixtapa und Zihuatanejo gibt?«

Sie war sprachlos.

»Tut mir leid, Schatz. Du hattest recht. Ich lag falsch.« Er überreichte ihr einen Blumenstrauß. »Wir hätten diesen Job niemals annehmen dürfen.«

Claudia nahm die Blumen entgegen und kämpfte mit widersprüchlichen Emotionen. Noch vor einer Minute war sie bereit zum Loslassen gewesen, nun zog er sie in sein Leben zurück. Ihr Verstand versuchte vergeblich, sich einen Reim darauf zu machen. Sie klopfte die Stärke ihrer Gefühle und die Ernsthaftigkeit von Louis' Worten ab.

»Ich kann die Vorstellung nicht ertragen, ohne dich zu leben«, fuhr er fort. »Bitte verzeih mir.«

Es war sein simpler Wunsch nach Verzeihung, der sie überzeugte. Sicher lag es daran, was ihr die Nonnen als Kind so beharrlich eingetrichtert hatten: *Damit dir verziehen wird, musst du selbst verzeihen lernen.*

63

Zürich, Schweiz

Bei der ersten E-Mail zweifelte Kennedy noch. Sie weckte zwar ihr Interesse, doch die CIA erhielt jeden Monat Tausende Botschaften von Spinnern und Verschwörungstheoretikern. Zwar landeten die in den seltensten Fällen direkt in ihrem Account, doch beim Lesen beschlich sie dennoch der Verdacht, es mit einem dieser Trittbrettfahrer zu tun zu haben. Mit der zweiten Mail änderte sich das. In der Presse war Mitchs Knieverletzung nur beiläufig erwähnt worden; dass sich der Mörder im Waldstück beim Haus versteckt hatte, hingegen gar nicht. Was die Medien anging, galt die Explosion nach wie vor als Unfall.

Kennedy erhielt die dritte Nachricht auf dem Weg nach Camp David. Ein kurzer Anruf in Langley bestätigte, dass es bei der ostdeutschen Stasi tatsächlich einen Erich Abel gegeben hatte. Die mögliche Verbindung zu den Saudis passte zu den Informationen der Jordanier. Kennedy kontaktierte den stellvertretenden Leiter der Aufklärungsabteilung und gab ein umfassendes Profil zu Abel in Auftrag. Sie wollte alles erfahren, was der Agency zu diesem Mann vorlag. Selbst an einem Sonntagnachmittag erwartete sie direkt nach ihrer Rückkehr aus Camp David ein Briefing.

Das Briefing hatte um 16:15 Uhr in ihrem Büro stattgefunden. Neben dem stellvertretenden Leiter nahmen noch der Chefanalyst für Russland und Europa sowie der Deputy Director des Counterterrorism Centers daran teil. Ein weiterer Spezialist verspätete sich. Marcus Dumond, das erklärte Computergenie des CTC. Dumond informierte Kennedy über seine vergeblichen Bemühungen, den Absender der mysteriösen E-Mail zu ermitteln. Die Spur war in den Niederlanden versickert. Kennedy hatte insgeheim mit etwas Ähnlichem gerechnet.

Ihr wurden ein 16 Jahre altes Foto von Abel und ein rund 20-minütiger Abriss von Informationen präsentiert, die mindestens genauso veraltet waren. Sie erfuhr außerdem, dass Langleys früherer Experte für Ostdeutschland und die Stasi vor sechs Jahren in den Ruhestand gegangen war und in Arizona lebte. Man hatte versucht, ihn zu erreichen, aber er war auf dem Golfplatz und wurde frühestens in einer Stunde zurückerwartet. Ein gemeldeter Wohnsitz von Abel in Wien galt als bestätigt. Die Kollegen in der Botschaft in Österreich waren informiert und warteten auf weitere Anweisungen der Direktorin.

Dieses letzte Detail gefiel ihr überhaupt nicht. Sie wollte nicht, dass etwas von den Ermittlungen nach außen drang. Wenn ihre Mitarbeiter zu aktiv wurden und es sich im Buschfunk herumsprach, wurde Abel womöglich vorgewarnt und machte sich aus dem Staub. Sie rief den Stationschef in Wien persönlich an und gab ihm klare Anweisungen. Sie wollte, dass Abel passiv überwacht wurde, und zwar ab sofort. Das bedeutete: Vorbeifahrten an seinem Haus mit Parabolmikrofonen. Auf keinen Fall Observierungen mit zwei Männern, die vor der Wohnung parkten und warteten, bis der Verdächtige das Haus verließ. Unter keinen Umständen sollte ein Mitarbeiter der Agency direkten Kontakt aufnehmen oder irgendein Risiko eingehen. In Österreich ging es bereits auf Mitternacht zu. Abel dürfte zu Hause im Bett liegen. Bis Montagmorgen wollte Kennedy eins der besten Überwachungsteams des Directorate of Operations dort stationiert haben.

Irene erteilte weitere Marschbefehle. Die Erkenntnisse, die ihnen vorlagen, waren zu alt. Sie wollte wissen, was Erich Abel in den letzten mehr als zehn Jahren getrieben hatte, und zwar spätestens bis sechs Uhr am nächsten Morgen. Vor dem Verlassen ihres Büros verfasste sie eine letzte E-Mail. Sie war nicht sicher, ob sie eine Antwort darauf bekam, aber sie musste zumindest versuchen, den Dialog am Laufen zu halten. Ihre Frage an den geheimnisvollen Mailpartner kam direkt auf den Punkt: *Warum tun Sie das?*

Sie hegte einen Verdacht. Es hatte mit Colemans Vorschlag zu tun, gegenüber den Medien zu behaupten, Rapp sei tot. Dadurch floss der Rest des Honorars an seine Mörder. Als dann die Nachricht durchsickerte, dass er noch lebte, mussten die Auftraggeber ihr Geld zurückgefordert oder verlangt haben, dass der Job zu Ende gebracht wurde. Kennedy ging davon aus, dass Streit unter den Beteiligten ausgebrochen war. Dieser Abel schien der Mittelsmann zu sein. Konnte man dem Absender der E-Mail trauen und die Saudis steckten hinter der Sache, stand Abel unter erheblichem Druck, das Geld zurückzuholen. Den würde er an den oder die Killer weitergeben. Kennedy mutmaßte, der Absender legte es darauf an, dass die CIA ihm Abel vom Hals schaffte.

Kennedy fuhr nach Hause, um nach Tommy zu schauen und sich auszuruhen. Steven Rapp war mittlerweile nach

New York zurückgereist. Ihre Mutter passte auf Tommy auf, außerdem zwölf schwer bewaffnete Männer aus Langleys Sicherheitsapparat. Ihr Sohn war völlig übermüdet, weil er in der Nacht vorher kaum sechs Stunden geschlafen hatte. Trotzdem löcherte er sie mit Fragen über Mitch. Wie immer erklärte sie ihm, dass sie nicht über die Arbeit reden durfte. Sie habe allerdings mit ihm gesprochen und es gehe ihm gut. Der Kleine schlief um kurz nach 20 Uhr in ihren Armen ein. Sie trug ihn ins Bett. Nachdem sie eine halbe Stunde mit ihrer Mutter gesprochen hatte, rief sie vor dem Schlafengehen noch kurz ihre E-Mails ab.

Sie las die ausführliche Nachricht und verdrängte jeglichen Gedanken an Schlaf. Die ausführlichen Schilderungen ließen an Deutlichkeit nichts zu wünschen übrig. Kennedy musste sich zwingen, sie erst einmal komplett durchzulesen. Sie war eine geborene Skeptikerin. In ihrem Geschäft musste man Informationen grundsätzlich mehrfach überprüfen, bevor man ihnen Glauben schenkte. In diesem Geständnis wimmelte es von Fakten, die sich nur schwer überprüfen ließen. Trotzdem war sie nahezu überzeugt, dass sich am Ende alles als zutreffend herausstellte.

Ihr blieben nur zwei Möglichkeiten: Sie konnte Außen- und Justizministerium involvieren. Eine Vorstellung, die ihr aus mehreren Gründen missfiel. Zunächst einmal handelte es sich um ein CIA-internes Problem. Jemand hatte versucht, einen ihrer Männer zu töten. So etwas regelte man besser ohne Hilfe von außen. Langley konnte mit harten Bandagen spielen, was sie in diesem Fall für notwendig hielt. Schaltete sie die Ministerien ein, musste sie sich die nächsten fünf Jahre mit Schweizer Gerichten herumstreiten und erhielt am Ende nur die Daten von ein paar gefälschten Bankkonten. Niemand würde zur Rechenschaft gezogen und für Annas Tod bestraft. Da klang Option zwei vielversprechender: selbst ins Flugzeug steigen, nach Zürich fliegen und die Angelegenheit zügig und unauffällig regeln.

Neben einem sechsköpfigen Team von Personenschützern nahm sie Marcus Dumond mit. Sie brachen um kurz nach 22 Uhr auf. Aufgrund der Zeitverschiebung zwischen Washington und Zürich landeten sie gegen zehn Uhr vormittags in der Schweiz. Kennedy informierte weder den US-Botschafter vor Ort über ihre Einreise noch Ross oder den Präsidenten über ihren Abstecher nach Europa. Der Präsident würde Verständnis dafür aufbringen, Ross nicht. Egal, in dieser Phase des Spiels bat man lieber um Entschuldigung als um Erlaubnis.

Dafür nahm Kennedy Kontakt zu ihrem Schweizer Geheimdienstkollegen auf und forderte Unterstützung bei der Umgehung der Zollformalitäten nach der Landung an. Sie erklärte ihm, dass sie etwas Wichtiges zu klären habe und es besser keine offiziellen Aufzeichnungen über ihren Besuch geben sollte. Zwei der in Zürich stationierten CIA-Kräfte nahmen sie direkt auf der Rollbahn in Empfang. Sie wurden von August Bartholomäus begleitet, dem Kopf des Schweizer Auslandsgeheimdiensts. Kennedy fuhr bei Bartholomäus mit und schaffte es, das Gespräch während der relativ kurzen Fahrt zum Hotel vom eigentlichen Zweck ihres Besuchs wegzulenken. Sie wusste nicht, ob ihr Kollege den Wagen verkabelt hatte oder ein Mikrofon am Körper trug. Auf jeden Fall wollte sie kein unnötiges Risiko eingehen und ihn erst im Hotel in die Einzelheiten einweihen. Er ahnte bestimmt längst, dass es bei ihrem Besuch um eines der beiden Dinge ging, für die die

Schweiz berühmt war. Und sie war sicher nicht wegen der Schokolade gekommen.

Die Schweizer nahmen ihr Banksystem und ihre Neutralität sehr ernst. Aus guten Gründen. Alles, was die Schweizer Objektivität infrage stellte oder dem Ruf der hiesigen Kreditinstitute schadete, bedrohte die nationale Identität und auf lange Sicht die nationale Sicherheit. Der Krieg gegen den Terror hatte dem Image bereits erste Kratzer zugefügt. Armeen von Anwälten, Diplomaten, Gesetzeshütern und Geheimdienstlern waren nach 9/11 in Bern und Zürich eingefallen und verlangten, dass die Schweizer Regierung ihnen sämtliche Unterlagen mit Bezug zu Al-Qaida und ihren zahlreichen Partnern aushändigte. Es war eine äußerst unangenehme Erfahrung für die Schweizer gewesen, zumal sie eine Vielzahl von Geschäften mit Saudi-Arabien abwickelten und Al-Qaida überwiegend mit saudischen Mitteln finanziert wurde. Die Saudis schätzten ihre Privatsphäre und machten keinen Hehl daraus, sich neue Bankpartner suchen zu wollen, falls die Schweiz ihr selbst auferlegtes Schweigegelübde brach.

Die diplomatischen Verhandlungen zogen sich in die Länge. Anwälte des US-Justizministeriums und der Familien, die ihre Angehörigen verloren hatten, überzogen die Schweizer Gerichte mit Klagen und Verfügungen. Am Ende wurden, mit fast zwei Jahren Verzögerung, die an vielen Stellen geschwärzten Unterlagen zu Osama bin Laden zur Verfügung gestellt, sonst so gut wie nichts. Mehr als einmal während des langwierigen Rechtsstreits hatte Bartholomäus gegenüber Kennedy angedeutet, dass es eine bessere Möglichkeit gab, die Angelegenheit zu regeln. Eine deutlich sensiblere. Sie sollte in Zukunft nicht zögern, zum Hörer zu greifen und ihn anzurufen, falls Fragen auftauchten. Nun hatte sie beschlossen, exakt das zu tun. Ob mit oder ohne seine Hilfe, sie würde Zürich nicht verlassen, bevor sie die gewünschten Informationen bekam.

Die Präsidentensuite des Hotels Baur au Lac war für eine Nacht zum Preis von 5000 Franken reserviert. Kennedy beabsichtigte nicht, dort zu schlafen. Die Suite umfasste drei Schlafzimmer, zwei getrennte Wohnbereiche, ein Büro und eine Veranda mit Blick auf den Zürichsee. Bartholomäus und Kennedy betraten die Suite, nachdem das Sicherheitsteam der CIA sie auf Abhörvorrichtungen überprüft hatte. Kennedy entschuldigte sich im Voraus bei ihrem Schweizer Kollegen und setzte dann einen ihrer Leute darauf an, ihn mit einer Sonde auf Verkabelung zu untersuchen. Durch und durch Profi, ließ er die Prozedur mit einem Schulterzucken über sich ergehen.

Kennedy orderte Kaffee und setzte sich, um ihrem Amtskollegen zu erläutern, was sie vorhatte. Sie ließ einige Details aus, beließ es aber überwiegend bei der Wahrheit. Nachdem sie ihren Plan dargelegt hatte, händigte sie Bartholomäus eine Liste mit Männern aus, die ihr Büro bereits kontaktiert hatte. Die Termine waren im Abstand von 30 Minuten vereinbart worden. Der erste Gesprächspartner sollte in Kürze eintreffen. Es handelte sich um die Vorstände der fünf renommiertesten und einflussreichsten Kreditinstitute der Schweiz. Kennedy fragte Bartholomäus, ob er bleiben wollte. Er überlegte keine zwei Sekunden, bedankte sich dann für ihre Offenheit und verabschiedete sich.

Die Männer zu einem Treffen zu bewegen, war nicht sonderlich schwierig gewesen. Diese Banken hassten schlechte Publicity. Wenn das Büro der CIA-Direktorin anrief und darauf verwies, dass es im eigenen Interesse war, an einer privaten Unterredung mit der Leiterin der bekanntesten Spionagetruppe der Welt teilzunehmen, verschob man besser ein paar Termine und sagte sofort zu. Kennedy unterschätzte diese Männer nicht. Sie waren smarte, abgeklärte Zeitgenossen. Ihr Arsenal von Drohungen war vielfältig und sie wollte es mit dem nötigen Augenmaß einsetzen. Immerhin handelte es sich um einige der erfolgreichsten Bänker der Welt. Sie mussten ihren eigenen Ruf und den ihres Arbeitgebers schützen. Am Ende spielte das alles keine Rolle, wenn sie den entscheidenden Trumpf zog.

Manchmal war die Lösung für ein Problem so simpel, dass man sie zunächst übersah. Kennedy hatte überlegt, diesen Männern zu erklären, Mitch Rapp sei unkontrollierbar. Sollten sie ihr nicht die Informationen geben, die sie brauchte, würde er ihnen vermutlich einen unerfreulichen Besuch abstatten. Eine andere Möglichkeit war, ihnen mit einer massiven Medienkampagne und dem vollen Druck der US-Regierung zu drohen. Dummerweise wussten sie, dass Kennedy genauso wenig wie ihnen daran gelegen war, die Geschichte in der Zeitung wiederzufinden. Option drei bestand in einem groß angelegten Cyberangriff, der die Geschäftstätigkeit der Institute unweigerlich zum Stillstand brachte. Diese Taktik wollte sie sich für besonders sture Kandidaten aufheben.

Schließlich beschloss sie, die Sachlage offen darzulegen und ihre Gegenüber zu bitten, ihr freiwillig alle Informationen zu den betroffenen Konten von der Liste des geheimnisvollen Mailpartners zu überlassen. Sollten sie sich sperren, ließ sie die Bombe platzen und hielt ihnen eine Liste mit ihren größten Kunden in den USA unter die Nase. Allein der Umstand, dass sie eine solche Liste besaß, dürfte genügen. Für Schweizer Banken gab es nichts Heiligeres als ihre Kundenkontakte. Seit mehr als einem Jahrzehnt sammelte die CIA im Hintergrund entsprechende Daten, indem sie sich in fremde Netzwerke einhackte. Das Ergebnis war eine gewaltige Datenbank. Zu den verbreiteten Mythen gehörte, dass es sich bei allen Bankverbindungen des Landes um Nummernkonten handelte. Auf viele traf das zu, aber es gab auch etliche Konten, die lediglich unter dem Namen des Inhabers geführt wurden. Mit Dumonds Unterstützung war Kennedy die Einträge auf dem Flug durchgegangen und in Summe auf Firmen- und Privateinlagen in Höhe von über sieben Milliarden Dollar bei den betreffenden fünf Banken gestoßen. Kennedys Vorgehen basierte auf Gradlinigkeit: Entweder sie bekam die Auskünfte, die sie wollte, oder die jeweiligen Kunden erhielten einen Anruf vom US-Präsidenten persönlich und wurden unmissverständlich aufgefordert, ihre Konten in der Schweiz sofort zu schließen.

Die ersten beiden Treffen verliefen erfreulich. Die Vorstände zeigten sich geradezu dankbar, dass Kennedy sich für diesen Weg der Kontaktaufnahme entschieden hatte, statt sie vor ein Gericht zu zitieren. Vom dritten Meeting ließ sich das nicht behaupten. Selbst Kennedys Drohung, die amerikanischen Klienten der Bank zum Abzug zu bewegen, zündete nicht. Sie entschuldigte sich kurz, ging ins Nebenzimmer und forderte Dumond auf, das IT-Netz der Bank lahmzulegen. Sie wartete ein paar Minuten, bevor sie zu ihrem Gast zurückkehrte. In dieser Zeit erhielt der Mann einen Anruf von seinen Mitarbeitern, die ihn über den Zusammenbruch des kompletten Computersystems in Kenntnis setzten. Sie hatten keine Ahnung, wie lange es dauerte, alles wieder zum Laufen zu bringen. Sie enthüllte dem Mann, den sie zutiefst unsympathisch fand, dass der Angriff auf ihr Konto ging und sie das Netz weiterhin jeden Tag zu attackieren beabsichtigte – entweder bis er die verlangten Daten zur Verfügung stellte oder seine Bank nicht mehr existierte. Da lenkte er ein.

Der vierte Gesprächspartner stellte ihr die Unterlagen so bereitwillig zur Verfügung, dass Kennedy davon ausging, er habe sich bereits mit einem ihrer vorherigen Kandidaten ausgetauscht. Der fünfte und letzte Bänker leistete etwas mehr Widerstand und hielt Kennedy einen Vortrag, dass Verschwiegenheit ein entscheidender Faktor der Kundenbeziehung sei, vergleichbar mit dem Vertrauensverhältnis zwischen Arzt und Patient oder Anwalt und Mandant. Kennedy hörte höflich zu, dann reichte sie dem Mann einen Zettel. Der Beleg für eine Überweisung von seiner Bank zu einem Institut auf den Bahamas in Höhe von einer Million Dollar. Er blieb standhaft und erklärte, schon aus Prinzip dürfe er den Namen hinter dem Transfer nicht nennen.

Sie nickte und wies darauf hin, dass der größte Kunde der Bank, der eine halbe Milliarde Dollar auf seinen Konten deponiert hatte, zufällig ein enger persönlicher Freund von US-Präsident Hayes sei. Der Bankier verlangte Auskunft, wie sie an diese Information gelangt sei. Sie ignorierte die Frage und erklärte, wenn er nicht den Namen des betreffenden Kontoinhabers mitteile, werde sie den Präsidenten noch heute bei seinem engen und äußerst patriotischen Freund anrufen lassen und ihn darauf hinweisen, dass seine Bank die Identität von Terroristen schütze und er ihm und seinem Land einen Gefallen damit täte, sich umgehend einen neuen Finanzpartner zu suchen. Im Anschluss ratterte Kennedy ein halbes Dutzend weiterer Namen herunter und drohte, auch sie von Hayes kontaktieren zu lassen. In Rekordgeschwindigkeit sprang der Mann von seinem hohen ethischen Sockel. Fünf Minuten später traf ein Fax ein, in dem alles stand, was sie wissen wollte.

64

RIAD, SAUDI-ARABIEN

Das blaue digitale Display am Rückspiegel verriet, dass die Außentemperatur 38,9 Grad betrug. Der weiße Van hatte seitlich keine Fenster, nur zwei kleine, dunkel getönte Sichtluken an den Hecktüren. Das Fahrzeug wirkte äußerst unauffällig, was exakt Rapps Vorstellungen entsprach. Wahid Ahmed Abdullah lag gefesselt und geknebelt hinten auf der Ladefläche. Bisher hatte Rapp ihn mit Respekt und Zurückhaltung behandelt, was ihm in Anbetracht seiner früheren Verbrechen und der mutmaßlichen Beteiligung seines Vaters am Tod von Anna Rielly nicht leichtfiel. Wobei es sich bei ›mutmaßlich‹ um eine Einstufung von Kennedy handelte. Sie benötigte noch etwas Zeit, um Said Ahmed Abdullahs Beteiligung zweifelsfrei zu verifizieren. Womöglich brüstete er sich nur mit der Tat. Rapp brauchte keine weiteren Beweise. Er befand sich im Krieg und hätte seine Wachsamkeit niemals schleifen lassen dürfen. Sobald er von dem auf ihn ausgesetzten Kopfgeld erfuhr, hätte er nach Saudi-Arabien fliegen und Said Ahmed Abdullah töten sollen. Stattdessen hatte er die Drohung zunächst als typisch arabische Großmäuligkeit abgetan.

Rückblickend war es eine gute Sache, dass er Abdullahs Sohn vor sechs Monaten am Leben gelassen hatte. Aus einem konkreten Grund: Wahid lieferte Rapp damals entscheidende Informationen, um die nuklearen Attacken auf Washington und New York City abzuwenden. In der emotional geladenen Phase nach Vereitelung der Attentate entschied er, den Fanatiker nicht zu exekutieren. Er hielt den Saudi für ein schlichtes Gemüt und ließ ihn in ein Gefängnis der Nordallianz stecken, statt ihn zu erschießen. Mit dem Hintergedanken, dass er vielleicht im Laufe der Zeit von seinen radikalen Positionen abrückte und in gut zehn Jahren auf freien Fuß gesetzt werden konnte.

Aus naheliegenden Gründen entschieden sie, der saudischen Regierung mitzuteilen, dass Wahid tot war. Wahids Vater besaß zu viel Einfluss und zu viel Geld. Hätte er erfahren, dass sein Sprössling noch lebte, hätte er nichts unversucht gelassen, ihn zurückzubekommen. Was Rapp damals übersah: Der Vater ließ auch nichts unversucht, seine verdrehten Rachegelüste zu befriedigen. Rapp war irrigerweise davon ausgegangen, dass der Saudi seinen Sohn für schuldig hielt, weil der sich mit Al-Qaida einließ und bis über beide Ohren in einem Plan drinsteckte, Millionen unschuldiger Menschen umzubringen und die Weltwirtschaft aus den Angeln zu heben. Von wegen. Der Vater war Wahhabit und Dschihadist durch und durch. Sollte Kennedy nach ihren Beweisen suchen. Ihm war das egal. Er konnte Anna zwar nicht wieder lebendig machen, aber zumindest jene bestrafen, die für ihren Tod verantwortlich waren.

Rapp hatte ein paar Pillen eingeworfen und es geschafft, auf dem Flug von Masar-e Scharif nach Katar ein paar Stunden zu schlafen. Die Reise hatte mehrere Stunden länger gedauert als nötig, weil sie den iranischen Luftraum weiträumig umflogen. Bei der Landung in Doha ging bereits die Sonne über dem Persischen Golf auf. Coleman hatte ein Büro samt Hangar am dortigen Airport angemietet, um problemlos Personal und Ausrüstung in die Region einzuschleusen. Der Flieger rollte in den Hangar, dann schlossen sich die hohen Tore hinter ihm. Bis die örtlichen Zollbeamten auftauchten, die Coleman regelmäßig schmierte, hatten sie Abdullah längst in den Rückraum des gemieteten Vans verfrachtet. Die Zöllner überprüften nur kurz die Pässe aller Anwesenden, stempelten sie ab, nahmen einen dicken Umschlag von Coleman in Empfang und verzogen sich.

Rapp hatte danach zum sofortigen Aufbruch gedrängt. Die Fahrt von Doha nach Riad dauerte gut fünf Stunden. Er wollte bis zum Mittag dort sein. An dieser Stelle wurde es etwas haarig. Coleman wollte ihn begleiten, er lehnte rundheraus ab. Sie stritten kurz, aber heftig, dann bestand Scott darauf, sich zumindest als Back-up im Hintergrund bereitzuhalten. Rapp wies den Freund darauf hin, dass er mit seinen blonden Haaren und blauen Augen in dieser Gegend viel zu stark auffiel, während er selbst mit seinem makellosen Arabisch und der gebräunten Haut problemlos als Einheimischer durchging. Außerdem sei Wahid betäubt, also sehe er kein Problem, mit ihm klarzukommen. Er hatte nicht vor, sich mit seinem Gefangenen erwischen zu lassen, denn dann wurde es garantiert unangenehm. Die Saudis waren nicht gerade bekannt für den humanen Umgang mit Gefangenen, selbst wenn es sich dabei um Verbündete aus Amerika handelte.

Sosehr Rapp die bisherige Unterstützung zu schätzen wusste, ab hier wollte er die Sache allein durchziehen und ließ sich nicht davon abbringen. Coleman wiederum kannte Rapp gut genug, um zu wissen, dass er sich ohnehin nicht umstimmen ließ. Er gab irgendwann auf und ließ ihn ziehen. Sie wollten sich erst kurz vor Riad treffen, damit Rapp den Van loswurde.

Wahid wurde ausgezogen, solange er noch bewusstlos war, und in saubere Kleidung samt Weste und Robe gesteckt. Danach landete er erneut hinten im Van und erhielt eine weitere Spritze, die ihn für die nächsten drei Stunden schlafen ließ. Rapp wollte ihn beim Grenzübertritt ruhiggestellt und bei der Ankunft in Riad halbwegs wach haben. Längliche Styroporbehälter mit Meeresfrüchten und Trockeneis wurden um ihn herumdrapiert, bis von ihm nichts mehr zu sehen war. Rapp übergab Coleman seinen gefälschten US-Pass und ein paar andere Mitbringsel zur Aufbewahrung. Er versteckte seine Waffe samt Schalldämpfer und Ersatzmunition ganz unten in einer der Boxen, außerdem 10.000 Dollar Bargeld, Kleidung zum Wechseln und einen zusätzlichen Satz Ausweise und Kreditkarten.

Die Grenze zu überqueren erwies sich als Kinderspiel. Rapp besaß einen abgegriffenen jemenitischen Pass und ein Arbeitsvisum, das sowohl für Katar als auch für Saudi-Arabien gültig war. Zwischen Doha und Riad herrschte reger Verkehr, und die Grenzposten rechneten nicht damit, dass sich jemand heimlich nach Saudi-Arabien einschleichen wollte. Sie schauten nur kurz auf den Pass und winkten ihn durch. Zweimal zwischen der Grenze und Hofuf hielt er an abgelegenen Stellen kurz an, um nach Wahid zu schauen und schrittweise die Kühlboxen zu entsorgen. Am Ziel brauchte er den zusätzlichen Platz.

Zwischen Hofuf und Riad legte er eine letzte Tankpause ein und checkte noch einmal Wahids Zustand. Der Gefangene war inzwischen wach, aber groggy. Rapp befreite ihn vom Knebel, flößte ihm etwas Wasser ein und fütterte ihn mit einem Schokoriegel. Er ließ die Hände gefesselt und die Augen verbunden, während er ihm erklärte, wie der Austausch geplant war. Wahid blieb ruhig und schien nicht ganz bei sich zu sein. Das bereitete Rapp ein bisschen Sorgen. Der Saudi musste nachher in der Lage sein, aus eigener Kraft zu stehen und zu laufen.

Falls er es nicht hinbekam, musste Rapp sich etwas anderes einfallen lassen. Er stellte entsprechende Überlegungen an, als die Oase von Riad am Horizont auftauchte. Kurz darauf piepte sein Satellitenhandy. Es war Kennedy. Rapp nahm das Gespräch entgegen und lauschte aufmerksam, während sie zusammenfasste, was sie in der Schweiz in Erfahrung gebracht hatte. Insgesamt 22 Millionen Dollar waren von einem Schweizer Konto Said Ahmed Abdullahs auf fünf separate Konten von Erich Abel geflossen, die ebenfalls bei dortigen Banken geführt wurden. Kennedy hatte ihren Beweis gefunden.

»Wer ist dieser Abel?«, wollte Rapp wissen.

»Ich weiß nicht viel mehr als das, was ich dir letzte Nacht erzählt habe. Ich lasse gerade ein Dossier über ihn erarbeiten und rechne innerhalb der nächsten Stunde damit.«

»Wissen wir, wo er sich aktuell aufhält?«

»Nein, aber wir lassen sein Apartment in Wien beobachten und überprüfen die letzten Buchungen auf seinen Kreditkarten.«

Rapp spähte durch die Windschutzscheibe auf die weite, unfruchtbare Landschaft. »Irgendetwas passt da nicht zusammen, Irene.«

»Was meinst du?«

»Diese E-Mails, die du bekommen hast ... Wir übersehen etwas. Menschen in diesem Metier entwickeln nicht von jetzt auf gleich ein Gewissen. Ich denke, Scott hat recht.« Rapp hatte mit Coleman auf dem Flug von Washington nach Afghanistan über die anonymen Mails gesprochen. »Diese Typen hielten mich alle für tot. Die Restsumme für den Kontrakt floss, dann wurde plötzlich bekannt, dass ich noch lebe. Said drehte durch und wollte sein Geld zurück, also machte er Abel zur Schnecke, der im Gegenzug seine Auftragskiller zur Schnecke machte. Und statt das Geld zurückzuzahlen, verpfeift der Killer Abel in der Hoffnung, dass ich ihn umbringe und er sein Geld behalten kann?«

»Deine Logik ist schlüssig, aber es gibt noch ein paar Details, die du nicht kennst.«

»Und zwar?«

»Ich habe letzte Nacht eine vierte E-Mail erhalten. Sie war ziemlich ausführlich. Daraus ließen sich einige neue Erkenntnisse ableiten.«

Rapp sah über die Schulter, um nachzusehen, was Wahid trieb. »Ich höre.«

»Abel hat zwei Leute auf den Job angesetzt.«

Rapp nickte. »Keine große Überraschung.«

»Nun ... Was jetzt kommt, schon.« Kennedy seufzte. »Heute Morgen hat einer dieser zwei einen Betrag in Höhe von fünf Millionen Dollar auf ein Schweizer Konto eingezahlt, das auf deinen Namen läuft.«

Er glaubte sich verhört zu haben. »Wie bitte?«

»Eine der beiden Personen, die Abel anheuerte, um dich zu töten, hat fünf Millionen auf ein Schweizer Bankkonto eingezahlt, das sie auf deinen Namen eingerichtet hat.«

»Warum?« Mehr fiel ihm dazu nicht ein.

»Es ist etwas kompliziert, aber ich versuche, dir eine Kurzfassung zu liefern. Das Team, das auf dich angesetzt war, hat sich überworfen. Einer davon wollte den Job von Anfang an nicht übernehmen. Wenig überraschend handelt es sich dabei um denjenigen, der zu mir Kontakt aufgenommen hat. Als Anna versehentlich getötet wurde, gerieten die zwei in heftigen Streit und gingen anschließend getrennte Wege.«

»Und wie erklärt das die fünf Millionen?«

Kennedy seufzte. »Die Frau ist schwanger.«

»Frau?« Rapp war verwirrt. Er hatte fest angenommen, es ging um zwei Männer.

»Ja. Eine Frau. Wie ich inzwischen weiß, trägt sie ein Kind im Bauch herum. Und sie weiß auch, dass Anna schwanger gewesen ist. Sie fühlt sich extrem schuldig aufgrund ihrer Rolle bei dieser Geschichte.«

Er hörte nur mit halbem Ohr zu. Sein Verstand ging auf die Suche nach etwas, von dem er wusste, dass es wichtig war. Der Schlag gegen den Kopf beeinflusste sein Erinnerungsvermögen. Manche Einzelheiten aus den Tagen vor dem Attentat blitzten nur verschwommen auf.

»Sie ist eine Frau«, wiederholte Rapp mehr für sich selbst.

»Ja«, antwortete Kennedy. »Das ist bei Menschen, die schwanger sind, in der Regel so.«

Er überhörte den belehrenden Tonfall. »Und ihr Partner ist ein Mann.«

»Davon gehe ich aus.« Kennedy seufzte. »Und vermutlich der Vater des Kindes.«

Die Szene rauschte an seiner mentalen Leinwand vorbei wie ein unscharf gedrehter Amateurfilm. »Ich hab sie gesehen«, murmelte er.

»Was?«

»Ich bin ihnen am Tag vor meiner Knie-OP auf der Straße begegnet. Ich kam vom Laufen zurück, und da standen sie plötzlich hinter einer Biegung.« Rapp sah sie schlagartig ganz klar vor sich. Ihm fiel wieder ein, dass der Anblick des Mannes ihn beunruhigt hatte, weil er den typisch straffen, athletischen Körperbau eines Special-Forces-Kämpfers aufwies. Kennedy sagte etwas, doch Rapp hörte nicht zu. Er spielte im Kopf die Szene noch einmal durch. Der Mann hatte ihn angesprochen. Er hörte, wie er ihm mitteilte, dass seine Frau schwanger war. Sie kotzte sich derweil die Seele aus dem Leib. Ihm fiel die Brille wieder ein, die der Mann getragen hatte, und sein Wunsch, ihm in die Augen sehen zu können. Rapp hatte ein paar Fragen gestellt. Der Mann übernahm das Reden, bis die Frau sich aufrichtete und etwas murmelte. Ihm war damals etwas aufgefallen. Er quälte sich mit der Frage, was es gewesen war, dann fiel es ihm ein. Es ging nicht darum, was sie gesagt hatte, sondern *wie* sie es gesagt hatte. Mit einem französischen Akzent nämlich.

65

Zihuatanejo, Mexiko

Louis küsste Claudia auf die Stirn und zog vorsichtig den Arm unter ihrem Hals weg. Sie rührte sich kurz und wälzte sich auf die andere Seite. Vorsichtig schlug er die Decke zurück und glitt aus dem Bett, trottete zum Pinkeln ins Bad und entschied dann, nach draußen in den Innenhof zu gehen. Er blickte aufs Meer und stützte sich dabei mit den Ellbogen auf der Kante der Mauer ab. Der Himmel über ihm war grau, im Westen noch vollkommen schwarz.

Louis war froh, zu Verstand gekommen zu sein und sich von der Idee verabschiedet zu haben, den Job zu Ende zu bringen. Der Verlust von Claudia wäre nach allem, was sie zusammen durchgemacht hatten, eine unglaubliche Dummheit gewesen. Gerade noch rechtzeitig gelangte er zu der Erkenntnis, dass allein sein Ego ihn dazu trieb, den Auftrag bis zum Ende durchzuziehen. Der Wunsch, als Bezwinger des legendären Mitch Rapp in die Geschichte einzugehen, hatte ihn blind für die Realitäten werden lassen.

Der Profi in ihm meldete sich zu Wort, während er die Grenzkontrolle am Houston International Airport über sich ergehen ließ. Er besaß einen Pass, eine Kreditkarte, keine Waffe und knapp 8000 Dollar in bar. Die Wahrscheinlichkeit einer erfolgreichen Annäherung an Rapp, der inzwischen vorgewarnt und bestens geschützt war, stufte er als minimal ein. Die Chance, den Mann zu töten und unbemerkt außer Landes zu gelangen, betrug nahezu null.

Am Ende war es die Erinnerung an den Tag, an dem sie Rapp versehentlich auf der Straße begegneten, die ihn endgültig zur Vernunft brachte. Louis hatte sein gesamtes Leben als Erwachsener in Gesellschaft von Soldaten verbracht. Männer, die darauf trainiert waren, in den Einsatz zu ziehen und zu kämpfen. Sie existierten in allen Facetten und Größen. Manche verfügten über eine überwältigende körperliche Präsenz, waren aber dumm wie eine Topfpflanze. Louis hatte sie auf dieselbe Art benutzt, wie man Esel als Lasttiere benutzte. Er ließ sie schwere Maschinenpistolen oder Mörsergranaten schleppen. Andere, drahtig und klein gewachsen, verfügten über hervorragende Instinkte oder organisatorisches Talent. Sie wurden am Schreibtisch eingesetzt oder, falls sie über genügend Ausdauer verfügten, zu Scharfschützen oder Kundschaftern ausgebildet. Muskeln ließen sich antrainieren, Gewicht abtrainieren. Grundlegende Fähigkeiten konnte man selbst dem schlichtesten Verstand eintrichtern. Nur Instinkt gehörte nicht zu den nachträglich erlangbaren Faktoren. Ihn zu verbessern war kein Problem, aber wenn man ohne ihn auf die Welt kam, hatte man schlicht Pech.

Beim Warten am Houstoner Flughafen auf die Maschine, die ihn zurück nach D. C. bringen sollte, erinnerte sich Louis daran, wie ihn Rapp an jenem Morgen taxiert hatte; daran, wie seine Hand über der Hüfttasche schwebte, in der garantiert eine Waffe versteckt war. Im Nachhinein hatten sie durch das Abhören von Rapps Frau erfahren, dass er an diesem Morgen verletzt gewesen war. Louis fiel ein, wie sie einer Freundin berichtete, ihren Mann noch nie mit so schmerzverzerrter Miene erlebt zu haben. Damals hatte Louis bloß überlegt, wie sich die Verletzung zu seinem Vorteil nutzen ließ, und die schlichte Tatsache übersehen, dass Rapps Instinkte trotz seiner Schmerzen an diesem Morgen registriert hatten, dass etwas nicht stimmte. Wie jeder hoch entwickelte Jäger büßte Rapp selbst unter widrigsten Umständen nie den engen Draht zu Empfindungen und Wahrnehmung ein.

Je näher der Abflug nach Washington rückte, desto mehr kämpfte Louis mit den Nerven. Das passierte ihm zum ersten Mal, seit er im Alter von 21 Jahren bei einem Tauchunfall im Rahmen der Ausbildung fast ertrunken wäre. Die anschließenden Abstecher ans Meer hatten ihn jedes Mal zutiefst verunsichert. Ohne seine Kameraden von den Fallschirmjägern, die ihm beistanden, hätte er direkt alles hingeworfen. Schlimmer als seine Angst vor dem Wasser war seitdem nur die Angst, Kampfgefährten im Stich zu lassen. Hier, allein auf einem Flughafen voller Fremder, gab es keinen Korpsgeist. Seine Gedanken schweiften ab zu Claudia und dem Kind, das in ihr heranwuchs. Ohne lange nachzudenken, kehrte er zum Schalter von Continental zurück und tauschte sein Ticket nach D.C. gegen einen Flug nach Ixtapa ein.

Louis blickte auf die Wellen, die unter ihm an den Klippen zerschellten, und lächelte. Er war ganz sicher, die richtige Entscheidung getroffen zu haben. Claudia in einer Phase, in der sie ihn am meisten brauchte, beinahe im Stich gelassen zu haben, beschämte ihn. Er hatte sich geschworen, nie wie sein eigener Vater zu sein. Sie schwanger und traumatisiert allein am Flughafen zurückzulassen, wäre typisch für seinen Dad gewesen.

Louis beobachtete, wie die Segelboote sanft auf dem Wasser schaukelten. Dies war ein ganz besonderer Ort. Zu schade, dass sie nicht bleiben konnten, um hier ihre Familie zu gründen.

In diesem Moment schlich sich Claudia in seinem Rücken heran und schlang ihm die Arme um die Hüfte. »Was machst du so früh auf den Beinen?«

»Ich musste aufs Klo und bin danach spontan rausgegangen, um aufs Wasser zu schauen.« Louis richtete sich auf und griff nach ihren Händen. »Ist es nicht großartig hier?«

»Gleich noch viel besser, wenn du da bist.«

Er ließ ihre Hände los und stellte sich neben sie. Mit seinen Armen um ihre Schulter und ihren um seine Hüfte standen sie da und blickten hinaus auf die Bucht. »Zu schade«, stellte Louis seufzend fest.

»Was?«

»Dass wir hier wegmüssen.«

»Warum?« Ihre Stimme klang enttäuscht.

»Du weißt, warum. Es ist zu gefährlich, länger an einem Ort zu bleiben. Vor allem in der aktuellen Phase.«

Claudia wurde schwermütig, als ihr die Herausforderungen bewusst wurden, die vor ihnen lagen. Sie musste Louis noch gestehen, was sie in den Tagen seit ihrer Trennung unternommen hatte. Es belastete sie schwer. Wie er wohl reagierte, wenn sie es ihm erzählte? Eins stand fest: Je länger sie es hinauszögerte, desto komplizierter wurde es. Claudia lehnte den Kopf an seine nackte Brust und wollte es ihm sagen, verlor dann aber den Mut.

Louis merkte, dass sie etwas beschäftigte. »Was ist denn?«

Sie hielt ihn ganz fest. »Liebst du mich?«

»Das weißt du.« Er lächelte nervös.

»Es gibt da etwas, das ich dir gestehen muss.« Sie küsste ihn auf die Brust und fügte hinzu: »Bitte berücksichtige, was ich durchgemacht habe, wenn ich es dir erzähle.«

Louis hielt sie an den Schultern fest und trat einen Schritt zurück. Er kannte Claudia gut genug, um ihren Tonfall als alarmierend einzustufen. »Was hast du getan?«

Sie sah ihm in die Augen, zögerte, befürchtete erst, sich nicht zu trauen, und platzte dann heraus: »Ich habe Kontakt zur CIA aufgenommen.«

Louis merkte sofort, dass es kein Witz war. So ruhig, wie er es in Anbetracht der Umstände hinbekam, erkundigte er sich: »Wieso?«

»Es ist kompliziert. Am Anfang wollte ich mich einfach nur dafür entschuldigen, dass dieser Frau etwas zugestoßen ist. Außerdem weißt du ja, dass ich Abel nicht mag. Er war mir vom ersten Augenblick an unsympathisch.«

»Abel ist mir egal. Erzähl, was hast du getan?«

»Nachdem wir uns getrennt hatten, schickte Abel noch mehrere drohende E-Mails. Ich dachte mir, wenn er es drauf anlegt, geb ich seinen Namen halt an die CIA weiter. Mal sehen, wie's ihm gefällt, wenn Mitch Rapp plötzlich vor seiner Haustür steht.«

Louis nickte langsam. Insgeheim bewunderte er Claudia für diesen Schritt. Er hatte Abel gewarnt, es nicht zu übertreiben. Es stand ihm nicht zu, sie unter Druck zu setzen. Andererseits forderten seine Auftraggeber nach dem gescheiterten Attentat vermutlich ihr Geld zurück. In einer solchen Situation handelten Menschen oft unvernünftig. »Die CIA ist ein riesiger Apparat. An wen genau hast du dich gewandt?«

»An Direktorin Kennedy.«

Damit hatte er nicht gerechnet. »Du sagtest eben, du hast Kontakt aufgenommen. Wie genau?«

»Ich habe ihr Mails geschickt.«

»Wie viele?« Seine Brust schnürte sich zusammen.

»Insgesamt vier.«

Louis ließ sie los und hätte sich fast auf die Zunge gebissen. »Wieso gleich vier?«

Tränen strömten in Claudias große braune Augen. Sie sah, dass Louis gegen seine Wut ankämpfte. Sie ignorierte die Frage und kam auf den Punkt zu sprechen, der ihn endgültig ausflippen ließ. »Bleib bitte ruhig, bis ich dir alles erzählt habe. Wenn du mich danach verlassen willst, könnte ich das gut verstehen.«

»Ich werde dich nie verlassen.« Es klang, als wollte er sich selbst überzeugen.

Claudia packte seine Hände. »Wir haben immer alles geteilt … Richtig?«

Er nickte.

Es gab keine Möglichkeit, es ihm schonend beizubringen, also sagte sie es einfach: »Ich habe ein Schweizer Konto auf Rapps Namen angelegt und fünf Millionen Dollar darauf überwiesen.«

Louis befürchtete, dass ihm jeden Moment der Kopf platzte. »Fünf Millionen Dollar.« Er gab sich alle Mühe, die Fassung zu bewahren. Er liebte die Frau, die vor ihm stand. Andernfalls hätte er sie kurzerhand über die Mauer geworfen und mit größtem Vergnügen beobachtet, wie ihr Kopf unten an den Felsen zerplatzte. »Weshalb?«

»Wegen unserem Baby.«

»Was hat es mit unserem Baby zu tun, Mitch Rapp fünf Millionen Dollar zu schenken?« Seine Stimme wurde lauter.

»Ich wollte alles in Ordnung bringen und uns … etwas Zeit erkaufen.«

»Zeit erkaufen.« Louis legte die Stirn in Falten. »Inwiefern erkauft uns das Zeit?«

»Du weißt, dass er uns jagen wird.«

»Soll er ruhig«, antwortete Louis leise, aber voller Wut.

Claudia schüttelte den Kopf. »Das kannst du nicht ernst meinen. Er ist kein gewöhnlicher Mann. Und wir haben seine Frau umgebracht. Seine schwangere Frau. Was würdest du tun, wenn mich jetzt jemand umbringt?« Sie musterte ihn eindringlich. »Wir wissen beide, dass du vor nichts zurückschrecken würdest, bis du ihn mit eigenen Händen erledigt hättest. Wenn Mitch Rapp uns findet, wird er uns beide töten.«

»Und du glaubst, weil du ihm fünf Millionen Dollar auf ein Konto packst, überlegt er es sich anders?«

»Nein«, erwiderte sie. »Wie schon gesagt. Wir erkaufen uns damit etwas Zeit.«

»Zeit?«, stutzte er. Ihm war immer noch nicht klar, was sie meinte.

Claudia zog seine Hand auf ihren Bauch. »Ich habe ihn um neun Monate gebeten. Ich habe ihn gebeten, unser Baby zu verschonen. Ich will es auf die Welt bringen und in den Armen halten. Danach werde ich akzeptieren, was immer er uns antun will.« Sie sah, dass Louis langsam verstand. »Diese fünf Millionen Dollar gehören uns genau genommen gar nicht«, fuhr sie mit angewiderter Stimme fort. »Ich wollte den Job sowieso nie übernehmen und er ist nicht erledigt. Wenn es nach mir ginge, hätte ich ihm die gesamte Summe gegeben.«

»Wir brauchen dieses Geld«, stellte Louis überraschend ruhig fest. Ihm wurde klar, dass mütterliche Gefühle ihr Vorgehen beeinflussten. In ihm selbst erwachte der väterliche Drang, Claudia und ihr Ungeborenes zu beschützen. Er war überhaupt nicht damit einverstanden, was sie getan hatte und welche Konsequenzen es nach sich zog, aber es ließ sich nicht rückgängig machen. Und sie hatte aus nachvollziehbaren Motiven gehandelt.

Louis drückte ihr einen Kuss auf die Stirn. »Ich liebe dich trotzdem.«

Claudia war ihre grenzenlose Erleichterung anzuhören. »Danke, mein Schatz.«

Für ein paar Minuten standen sie bloß da und redeten nicht, dann meinte sie: »Lass uns zurück ins Bett gehen.«

Louis schüttelte den Kopf. »Nein.«

»Wieso nicht?«, fragte sie und befürchtete, er werde sie doch verlassen.

»Wir müssen sofort hier weg. Pack deine Sachen.«

66

RIAD, SAUDI-ARABIEN

Zunächst glaubte er an einen Trick. Dass man ihnen falsche Informationen unterjubelte, um sie auf eine aussichtslose Verfolgungsjagd zu schicken und jede Menge Zeit und Ressourcen zu verschwenden. Außerdem weigerte er sich, den Mördern seiner Frau positive Charakterzüge zuzugestehen. Allerdings lagen da fünf Millionen Dollar auf einem Konto in seinem Namen. Und laut Kennedy gab es ein aufrichtiges Geständnis, verbunden mit einer Entschuldigung und einer Bitte, verfasst von der Frau, der Rapp mit ihrer Morgenübelkeit in der Nähe seines Hauses begegnet war.

Er hatte im Lauf der Jahre eine Menge merkwürdiger Dinge erlebt, aber hier konnte er nur mit dem Kopf schütteln. Es ergab überhaupt keinen Sinn. Erst mal musste er sich einen Reim auf das Ganze machen, zusammentragen, was er wusste, die unklaren Punkte herausfiltern und separieren, was Irreführung und was Wahrheit war. Am Ende ließen sich dann Fakten und bewusste Irreführung seitens des wahren Mörders oder der Mörder auseinanderdividieren. Er bat Kennedy, sämtliche Bankkonten Abels von Dumond leer räumen zu lassen und die beteiligten Kreditinstitute im Auge zu behalten. Egal wie gut der Kerl sich versteckte – wenn er herausfand, dass zehn Millionen Dollar verschwunden waren, die ihm gehörten, würde er nichts unversucht lassen, um Antworten zu erhalten. In der Zwischenzeit wollte Rapp sich auf eine Familienzusammenführung von Vater und Sohn konzentrieren.

Er erreichte die Hauptstadt Riad, als der Ruf zum Mittagsgebet ertönte. Es herrschte kaum Verkehr, der dann vollständig erlahmte, als alle Geschäfte verrammelt und geschlossen wurden und die Straßen sich leerten. Kennedy hatte durch eine Quelle vor Ort bestätigen lassen, dass sich der Vater dort aufhielt, wo Rapp ihn vermutete. Said Ahmed Abdullah war ein überzeugter Verfechter des ultraradikalen Wahhabitentums. Er hatte zahlreiche Moscheen, Waisenhäuser und Gebetsschulen errichten lassen, allesamt von Klerikern geführt, die den Westen zutiefst verachteten.

Viele Saudis praktizierten ihren Glauben, solange sie sich im Königreich aufhielten, naschten aber an den verbotenen Früchten, wenn sie das Land verließen – Glücksspiel, Alkohol, manchmal Drogen und vor allem Sex. Nicht so Said Ahmed Abdullah. Er war anders. Er hielt ununterbrochen strikt die muslimischen Lehren ein. Nicht nur dass er fünfmal am Tag betete, wie es sein Glaube verlangte, er tat es ausnahmslos in einer Moschee. Mit Ausnahme des *Isha* oder Nachtgebets, das er vor dem Zubettgehen im heimischen Schlafzimmer sprach.

Einen milliardenschweren Konzern zu führen war nicht einfach. Es verlangte ihm eine Menge Zeit ab. Um es sich leichter zu machen und den Anschluss zu Allah nicht zu verlieren, ließ Said sich Moscheen direkt gegenüber von Haus und Büro bauen. Laut einem Bericht des jordanischen Geheimdienstes nahm er am *Fadschr* vor Sonnenaufgang und dem *Maghrib* nach Sonnenuntergang in der Moschee zu Hause teil, am *Dhuhur,* dem Mittagsgebet, und dem *'Assr* am Nachmittag im Gotteshaus am Büro.

Die Jordanier hatten Said seit einer ganzen Weile im Auge. Neben dem Bau von Moscheen und sozialen Einrichtungen spendete er nämlich auch größere Summen an Hisbollah, Hamas und andere palästinensische Terrororganisationen, die sich auf Selbstmordattentate spezialisierten. Den Jordaniern gefiel es überhaupt nicht, dass die Saudis Öl auf ein Feuer gossen, das sie seit Jahrzehnten zu löschen versuchten. Deshalb gaben sie sich größte Mühe, die Drahtzieher ausfindig zu machen und die Informationen an interessierte Ohren im Königshaus und bei der US-Regierung weiterzugeben.

Die Suizidbomber und Terroristen waren schlimm genug, aber Rapp brachte ihnen einen gewissen Respekt entgegen. Immerhin hatten sie genug Arsch in der Hose, um ihre Mission selbst in die Hand zu nehmen. Männer wie Said, die sich zurücklehnten und diesen Verblendeten Geld zusteckten, als wäre es ein Hobby, verachtete er. Sie wussten genau, was mit ihren Spenden passierte. Dass sie damit Leute finanzierten, die in Busse stiegen und unschuldige Männer, Frauen und Kinder in die Luft sprengten. Schlimmer noch, sie waren stolz auf ihre Rolle. Stolz und blind in ihrer Verblendung, damit Gottes Werk auf Erden zu verrichten.

Rapp umklammerte das Lenkrad und fuhr durch das moderne Geschäftsviertel. Seine Tränen waren längst getrocknet und einer heftigen Wut gewichen, die ihn seine Ziele mit besonderer Entschlossenheit verfolgen ließ. Für die meisten war es eine verlockende, aber letztlich unrealistische Vorstellung, die Ermordung eines geliebten Menschen zu rächen. Am Ende schreckten sie davor zurück, ein anderes Leben auszulöschen, so schuldig der Täter auch sein mochte.

Bei Rapp griff diese Zurückhaltung nicht. Es gehörte für ihn zum beruflichen Alltag, obwohl es diesmal eine deutlich persönlichere Dimension annahm. Innerhalb der letzten gut 15 Jahre hatte er zahllose Leben ausgelöscht. Einige Opfer bedauerte er, die meisten verachtete er. Männer, die sich an ihre überkommenen, sexistischen und bigotten Perversionen des Islams klammerten, während der Rest der Welt sie ignorierte. Männer, die an den Edelmut von Selbstmordattentätern glaubten und nicht davor zurückschreckten, sogar Babys zu töten.

Rapp hatte solche Auswüchse stets vermieden und alles in seiner Macht Stehende getan, damit Unschuldige nicht in die Gewalttätigkeiten hineingezogen wurden. Heute musste er diese Prinzipien auf den Prüfstand stellen. Männer wie Said waren stets in großen Gruppen unterwegs, umgeben von Cousins, Neffen, Assistenten, Dienern und Freunden. Wie viele dieser Personen aus Saids Gefolge unmittelbar am Tod seiner Frau beteiligt gewesen waren, wusste Rapp nicht. Er ging allerdings davon aus, dass viele, wenn nicht die meisten aufgrund ihrer Kenntnis des Plans eine Mitschuld traf.

Reichte das, um ihr Sterben zu rechtfertigen? Er tat sich schwer mit einer Antwort. Immerhin waren diese Männer definitiv Feinde. Wahhabiten, die ständig den Dschihad einforderten und die Enthauptung unbeteiligter Dritter im Irak bejubelten. Männer, die ihre Frauen zu Hause einsperrten. Männer, die vermutlich den Tod von Rapps Frau für einen Triumph ihres Glaubens hielten. Die Vorstellung, dass sie die Ermordung Annas bejubelten, verlangte seiner Selbstbeherrschung alles ab. Rapp entschied, diesen frömmelnden Spinnern dieselbe hässliche, rohe Gewalt zuzufügen, die sie so leichtfertig befürworteten.

Er trat auf die Bremse und bog rechts ab. Der Van war momentan das einzige Fahrzeug auf der Straße. Der Gebetsruf hallte wie ein hypnotischer Beat durch die mittägliche Hitze. Rapp sah einen einzelnen Mann in seine Richtung kommen. Er trug eine weiße Kufija als Kopfbedeckung, fixiert mit einer schlichten schwarzen Kordel. Wo Anzug und Krawatte als Erkennungsmerkmal des amerikanischen Geschäftsmanns dienten, entsprach dies dem saudischen Äquivalent. Der Mann hatte einen schwarzen Bart und eine schwarze Sonnenbrille. Er schien in großer Eile zu sein und blickte sich ständig um, als wollte er sich vergewissern, dass ihm niemand folgte. Normalerweise hätte ein solches Verhalten Rapp misstrauisch gemacht, doch in diesem Fall ließ sich der Grund leicht erkennen. Er befürchtete, von der Religionspolizei aufgegriffen zu werden, wenn er nicht rechtzeitig zum Gebet erschien.

Rapp fuhr langsamer, als er das hintere Ende des lang gezogenen Straßenblocks erreichte. Die Moschee und die

Firmenzentrale von Abdullah Telecommunications fielen einem unweigerlich ins Auge. Das Bürogebäude war ein Betonbau, schlicht, aber allein aufgrund seiner Dimensionen unübersehbar. Die Moschee hingegen gehörte zu den prunkvollsten, die er je zu Gesicht bekommen hatte. Vier Minarette ragten an jeder Ecke in die Höhe, eine massive goldene Kuppel bildete den imposanten Mittelpunkt. Rapp vermutete, dass es sich um echtes Gold handelte. Ihm fiel eine Überwachungskamera auf, die den Bereich um das Eingangstor großflächig abdeckte.

Rapp hielt direkt darauf zu und blinkte an der nächsten Kreuzung links. Er umrundete den Block zweimal und entschied sich für einen Stellplatz, der von der Kamera nicht erfasst wurde. Er befand sich im Schatten und bot einen guten Blick auf die Moschee. Er stellte den Motor ab und kletterte auf die Rückbank, um nach Wahid zu sehen, richtete ihn auf und lehnte ihn gegen die Seitenwand. Dann entfernte er die Augenbinde und fragte auf Arabisch, wie es ihm ging. Wahid klagte, er sei durstig. Rapp schob eine Hand unter das bärtige Kinn, kippte den Kopf leicht nach hinten und flößte ihm etwas Wasser ein.

»Besser?«

Wahid nickte.

»Glaubst du, du kannst laufen?«

»Ich bin mir nicht sicher.«

Rapp klappte ein Messer auf und kappte die weißen Plastikfesseln, die Wahids Fußgelenke fixierten. Er forderte ihn auf, die Beine hin und her zu bewegen, und bot ihm einen weiteren Schokoriegel an. Wahid nickte begeistert. Rapp schälte ihn aus der Folie und drückte ihn dem Gefangenen in die zusammengebundenen Hände.

»Wir parken neben dem Büro deines Vaters.« Der Saudi wirkte überrascht. »Dein Vater weiß nichts davon, dass wir hier sind. Hast du verstanden?«

Wahid nickte.

»Da draußen wird ein Mann die ganze Zeit seine Waffe auf dich richten. Sobald du etwas anderes tust als deinen Vater zu umarmen, erschießt er dich. Wir wollen kein Aufsehen erregen. Kapiert?«

»Ja.«

Rapp schaute auf die Uhr. Natürlich gab es keinen Mann mit Waffe, aber das sollte Wahid nie erfahren. »Bereit für einen kleinen Spaziergang?«

»Ja.«

Rapp kappte auch die Fesseln an Wahids Handgelenken. »Du weißt, dass ich nicht davor zurückschrecke, dich zu töten, also mach keine Dummheiten.« Er behielt das Messer in der Hand und tat, als ob er Wahids Robe richtete. In Wirklichkeit glitt seine freie Hand zwischen die Falten des Gewands und überprüfte etwas an der Weste des Saudis. Dann steckte er das Messer weg und öffnete die Hecktüren. Die Moschee würde sich in ein paar Minuten leeren. Er half Wahid, sich zur Ladeklappe vorzukämpfen.

Mit Sonnenbrille, dunklem Hautton, Robe und schwarzem Bart passte Rapp perfekt in diese Umgebung. Er gönnte es Wahid, sich ein paar Sekunden auf der hinteren Stoßstange auszuruhen. Seine Beine baumelten über dem Asphalt. Er bekam keine Sonnenbrille. Rapp wollte, dass Said seinen Sohn sofort erkannte. Er griff ihm unter die Arme und half ihm beim Aufstehen. Im Schatten war die Hitze nicht ganz so unerträglich. Er hoffte, dass sich die kühlere Temperatur günstig auf die Durchblutung von Wahids tauben Beinen auswirkte.

Der erste Schritt verhieß nichts Gutes. Wahids Gliedmaßen klappten weg. Rapp musste blitzschnell reagieren, um einen Sturz zu vermeiden. Er lehnte seinen Schützling gegen das Heck des Vans und schloss eine der hinteren Türen.

»Kleine Schritte«, raunte er. Er schob ihn vom Fahrzeug weg und zog auch die zweite Hecktür zu.

Wahid hielt sich mit der Hand seitlich am Van fest und setzte sich unsicher in Bewegung, während Rapp ihn stützte. Er schaffte es bis zu einer Palme und ruhte sich dort einige Sekunden aus.

»Denk dran … keine Dummheiten.«

Wahids Augen gewöhnten sich langsam an das grelle Licht. »Warum machst du das?«

»Belassen wir es dabei, dass der König deinen Vater schätzt.«

Wahid lächelte im stolzen Glauben, dass kein anderer als der König von Saudi-Arabien seine Freilassung erwirkt hatte. Die Neuigkeit schien ihm einen dringend benötigten Energieschub zu verpassen. Sie schafften es bis zur Kreuzung. Über ihrem Kopf hing eine weitere Überwachungskamera. Rapp machte sich deswegen keine Sorgen.

Wahid stand mittlerweile auf eigenen Füßen und bewunderte die herrliche Moschee auf der anderen Straßenseite, die sein Vater gebaut hatte. Die Emotionen überwältigten ihn. Er schluchzte ergriffen.

Rapp drängte: »Komm schon, dafür ist später noch Zeit. Ruinier es nicht.«

Der Amerikaner führte seinen Schützling um die Ecke. Vor dem Bürogebäude gab es einen Brunnen, umringt von Steinbänken. Sollte es Wahid nicht länger schaffen, sich auf den Beinen zu halten, konnte Rapp ihn dort zurücklassen und seinen Vater zu ihm lotsen. Gut eine Minute standen sie vor der sprudelnden Wasserquelle. Rapp zog eine Flasche hervor und ließ den Saudi noch etwas trinken.

»Wie fühlst du dich?«

»Besser.« Er blinzelte im Licht der hellen Sonne.

Die Vordertüren der Moschee schwangen auf und zwei Männer erschienen. »Es dauert nicht mehr lange«, versprach Rapp. »Du bleibst auf dieser Straßenseite. Hast du mich verstanden?«

»Ja.«

»Wenn du versuchst, die Straße zu überqueren, wirst du erschossen. Klar?«

»Ja.«

Rapp glaubte einen abwesenden, drogenverklärten Blick in Wahids Augen zu erkennen. »Was passiert, wenn du die Straße überquerst?«

»Ich werde erschossen.«

»Gut.« Mehrere weitere Männer verließen die Moschee. Rapp spürte, wie sein Puls beschleunigte. Er trug die schallgedämpfte 9-Millimeter-Glock am Körper, zwei Ersatzmagazine, insgesamt 49 Schuss, außerdem das Messer. Er merkte, dass Wahid schwächelte, und packte ihn am Bizeps. »Willst du dich setzen?«

»Nein, alles in Ordnung.« Wahid stellte sich etwas breitbeiniger hin.

Inzwischen strömten immer mehr Männer aus dem Gotteshaus. Rapp kannte den Vater nur von Bildern. Selbst nach einer persönlichen Begegnung hätte er ihn nicht unbedingt auf Anhieb erkannt. Die ganzen Kopfbedeckungen, weißen Roben, Bärte und Sonnenbrillen erschwerten es, einen genaueren Blick auf die Gesichter zu werfen. Hinzu kam die Überwachungskamera, die Rapp

Sorgen machte. Wie erwartet umgab sich Said mit einer größeren Entourage. Für sie wurden beide Flügel der Tür geöffnet. Er kam mit einem Begleiter auf jeder Seite und einer kleinen Prozession in ihre Richtung. Rapp fühlte, wie Wahid zusammenzuckte, und drehte sich in seine Richtung. Seine Miene spiegelte Erkennen wider.

»Ruhig bleiben«, mahnte der Amerikaner. »Wenn er die Straße halb überquert hat, ziehe ich mich zurück. Das ist das Zeichen für deine Leute, die Geisel freizulassen. Wenn du etwas anderes versuchst als deinen Vater zu begrüßen, wirst du erschossen.«

»Was für eine Geisel?« Diese Wendung schien Wahid zu überfordern.

Es gab keine Geisel. Rapp wollte lediglich den Verstand des Arabers beschäftigen. Aus dem Mundwinkel raunte er: »Glaubst du wirklich, ich liefere dich hier ab, ohne im Gegenzug etwas dafür zu bekommen?«

Der Vater wechselte mit einigen Leuten ein paar Worte, dann kam er mit mindestens einem Dutzend Männern im Schlepptau über die Straße. Rapp blieb, wo er war. Falls Said geradeaus weiterlief, würde er knapp anderthalb Meter rechts an ihm vorbeilaufen. Er sah ein letztes Mal zu Wahid. »Denk dran, keine hastigen Bewegungen. Sobald er auf dieser Seite auf dem Bürgersteig angekommen ist, gehst du zu ihm. Keine Sekunde früher.« Der Vater hatte sie fast erreicht. Rapp entschwand zur Seite. »Viel Glück«, wünschte er und schob leise hinterher: »Ich hoffe, du und dein Vater, ihr werdet euch in der Hölle wohlfühlen.«

Said lief ausgesprochen langsam. Rapp zog sich etwas zügiger von Wahid zurück, allerdings nicht so hektisch, dass es auffiel. Nach genau vier Schritten holte er den Fernzünder aus der Tasche, schaute kurz darauf und drückte die äußere linke Taste. Alle Balken auf dem kleinen Display bauten sich auf. Optimaler Empfang. Der schwierigste Teil bei der Fernzündung einer Bombe bestand darin, sie scharf zu schalten. Deshalb hatte er bis zum letztmöglichen Moment abgewartet.

Sein Plan war ausgesprochen simpel. Wahid und sein Vater sollten auf dieselbe Weise umkommen wie die Terroristen, die sie finanziell unterstützten. Alles, was Rapp dazu benötigte, hatte bei der Landung in Katar auf ihn gewartet. Eine taktische Weste in Armeegrün, sechs Millimeter dünne Platten, präpariert mit C4-Plastiksprengstoff, Kugellager, Zündschnur, Sprengkapsel und Fernzünder. Die C4-Platten verfügten auf einer Seite über eine Klebeschicht, die Weste über Velcro-Riemen und eine plane Front. Im Brustbereich gab es eine große Tasche zum Einsetzen einer ›Angsthasen-Scheibe‹. So nannte man die keramischen Brustschilde, die den Herzbereich während des Gefechts schützten, bei der Army intern. Rapp hatte drei quadratische Stücke Sprengstoff vorbereitet. Jeweils eines für die zwei unteren Seitentaschen der Weste, das dritte für die Brusttasche. Zum Abschluss der Vorbereitung hatte er die Folie über der C4-Klebeschicht abgezogen, die Kugellager in die Masse gedrückt, alles in der Weste verstaut und durchs Futter mit der Zündschnur verbunden. Wahid war eine wandelnde Landmine.

Nach dem zehnten Schritt schielte Rapp kurz über die Schulter. Said trat soeben auf den Bürgersteig. Rapp vergrößerte systematisch den Abstand, sah für ein paar Sekunden stur nach vorn und dann wieder nach hinten. Wahid hatte die Arme ausgebreitet. Sein Vater stand vor Schock wie erstarrt vor dem Sohn, den er für tot hielt, dann umarmten sich die beiden innig.

Der Amerikaner hatte die Ecke der Moschee fast erreicht. Für den Bruchteil einer Sekunde starrte er Vater und Sohn an, dann blitzte die Erinnerung an seine getötete Frau vor dem geistigen Auge auf und er wandte sich ab. Die Überwachungskamera war jetzt genau über ihm.

Rapp blieb mit gesenktem Kopf stehen, blickte auf den Fernzünder in seiner Rechten, dann streckte er den linken Mittelfinger zur Kamera und betätigte den Auslöser. Eine donnernde Explosion zerriss die warme, trockene Nachmittagsluft. Er lief zügig weiter, ohne sich noch einmal umzudrehen, und überlegte bereits, wie er Erich Abel am schnellsten finden konnte, um ihn zu töten.

67

Ministerium für islamische Angelegenheiten, Saudi-Arabien

Nawaf Tajib war nicht der Typ Mann, der von einer großen Karriere träumte. Seine Überzeugungen gründeten auf Pflichtbewusstsein, Loyalität und Erfolg – alles, was man ihm als Kind und später als jungem Mann beim Training in den Elite-Fußballmannschaften Saudi-Arabiens vermittelt hatte. Diese Tugenden hatten ihm neben seiner körperlichen Erscheinung und Agilität geholfen, der Armut zu entfliehen und Zugang zum innersten Zirkel der mächtigsten Männer im Königreich zu erhalten. Einen dieser Männer würde er gleich treffen. Prinz Muhammad bin Rashid stand eine große Enttäuschung bevor.

Tajib erinnerte sich, wie ihm im Alter von 25 das Knie zerschmettert worden war, er danach auf dem Spielfeld lag und auf sein Bein starrte. Es war ein Abendspiel gewesen, wie meistens. Bei der Hitze tagsüber auf dem Platz herumzulaufen wäre glatter Selbstmord gewesen.

Mit seiner guten Kondition und der enormen Laufleistung, die er nicht zuletzt seinen langen Beinen verdankte, galt Tajib als Idealbesetzung für den Verteidigerposten. Die oberste Regel auf seiner Position lautete, nie einen Gegner im Rücken zuzulassen. Mit einer Ausnahme, die nicht frei von Risiko war: Gelegentlich stand man weit zurückgezogen vor dem gegnerischen Tor und konnte den nächsten Pass eines angreifenden Gegners genau erahnen. Da sie sein Tempo grundsätzlich unterschätzten, täuschte er in solchen Fällen vor, in eine andere Richtung zu laufen, und wartete den perfekten Moment ab, um überraschend vorzupreschen und den Pass abzufangen. Während die komplette gegnerische Mannschaft für den Abschluss im Torraum versammelt stand, galoppierte er wie ein arabisches Vollblut in die andere Hälfte, von allen gejagt.

An jenem letzten Abend seiner Fußballkarriere hatte er es fast über das gesamte Feld geschafft, als der Torwart aus dem Kasten schoss, um ihm den Schusswinkel zu verkürzen. Tajib täuschte rechts an, schoss den Ball im letzten Augenblick jedoch nach links und umkurvte den Keeper. Dieser wurde komplett auf dem falschen Fuß erwischt. Tajib hatte das leere Tor vor sich. Er wartete kurz und nahm Maß für den denkbar einfachen Schuss. Gerade hatte er das rechte Bein fest in den Boden gestemmt, um mit dem linken zu einem wuchtigen Schuss auszuholen, als wie aus dem Nichts ein gegnerischer Spieler herangerauscht kam und ihn nicht etwa am Knöchel, sondern voll am Knie erwischte. Da sein gesamtes Gewicht auf dem rechten Bein lastete, zerbrach das Bein wie ein billiger Regenschirm im Sturm. Tajib knallte hart auf den Rasen und rollte sich ab. Als er den Kopf hob, sah er, dass seine Hüfte gerade war, der Fuß dagegen in einem ungesunden rechten Winkel zur Seite abstand. Ihm schoss durch den Kopf, dass seine Karriere als Fußballspieler damit beendet war, noch bevor er den brutalen Schmerz wahrnahm.

Nun näherte er sich durch den ausladenden, mit opulentem Marmor ausgekleideten Flur dem Büro von Prinz Muhammad und fühlte sich ähnlich verzweifelt wie an jenem Tag. Er konnte nichts dafür, aber das änderte nichts. Er glaubte fest an Prinz Muhammad und dessen Vision, den Islam unter Führung der Wahhabiten zu erweitern – der einzigen wahren Gläubigen. Ihre Religion wurde vom Westen ständig attackiert. Um den Islam zu schützen, mussten sie seinen Einfluss vergrößern und die südlichen Küsten Europas als Pufferzone zurückerobern. Er glaubte so fest an dieses Ziel, dass er beabsichtigte, seinen Rücktritt anzubieten. Tajibs zweite Karriere war ebenfalls vorbei. Er hatte einen Mann enttäuscht, der kein Versagen duldete.

Nach dem Abfeuern der Panzerfaust auf das Sheriff Department am Samstagabend war Tajib über die Flughafentangente zurück nach Alexandria gefahren und hatte gegenüber der Autowerkstatt gewartet. Nie hatte er es so eilig gehabt, Geld loszuwerden, wie im Fall der 500.000 Dollar im Kofferraum. Die Uhr kroch langsam der 23-Uhr-Marke entgegen und er rechnete jeden Augenblick mit der Rückkehr der drei schwarzen Trucks. Um 23:15 Uhr fing er an, sich Sorgen zu machen, gegen 23:30 Uhr zitterte er vor Nervosität. Er wartete noch bis Mitternacht, dann rief er auf dem Handy an, das er Castillo gegeben hatte. Nach achtmaligem Klingeln sprang die Mailbox an. Tajib startete den Motor und fuhr los. Auf der Fahrt zur Botschaft löschte er alle Daten vom Telefon, entnahm den Akku und warf beides aus dem Fenster.

In dieser Nacht versuchte er zu schlafen, bekam aber kein Auge zu. Sein Gehirn spulte zwei Szenarien in Endlosschleife ab. Im ersten machten sich Castillo und seine Jungs mit der halben Million, die sie bereits hatten, aus dem Staub und ließen es damit richtig krachen. Sie amüsierten sich dabei köstlich über den dämlichen Ausländer, der ihnen so viel Geld zugesteckt hatte. Im zweiten Szenario fuhren sie zwar zum Safe House, scheiterten dort aber kläglich. Je länger er darüber nachdachte, desto mehr hoffte er, dass sie mit der Kohle nach Vegas durchgebrannt waren. Wären sie bei dem Versuch, Mitch Rapp zu töten, erwischt worden, hätten massive Probleme gedroht. Tajib bezweifelte zwar, dass Castillo oder seine Leute ihn als Saudi identifizieren konnten, aber womöglich stießen die Ermittler auf eine Spur zu dem Zeugen, den er vor Jahren von ihnen hatte beseitigen lassen.

Die Sonntagszeitungen wurden gegen fünf Uhr an die Botschaft zugestellt. Darin wurden keine ungewöhnlichen Vorfälle in Virginia erwähnt. Tajib vermutete, dass der frühe Redaktionsschluss schuld daran war. Er schaltete den Fernseher ein, um mehr zu erfahren. Gegen sieben Uhr brachte einer der Lokalsender eine längere Meldung über die Explosionen in Leesburg. Reporter vor Ort berichteten live über das Geschehen. Es hieß, der Sheriff werde gegen Mittag eine Pressekonferenz abhalten. Tajib wechselte auf die landesweiten Nachrichtensender. Fox erwähnte die Sache kurz im Newsticker am unteren Bildrand, das war alles. Tajib ging ins Internet und forschte nach weiteren Berichten. Nichts. Die Presse schien nicht auf Ereignisse vorbereitet zu sein, die sich in der späten Samstagnacht ereigneten. Immerhin hatten kurz vor der angekündigten Pressekonferenz des Sheriffs drei der Nachrichtenkanäle und sämtliche Lokalsender die Story aufgegriffen.

Tajib verfolgte die Konferenz auf der Bettkante sitzend. Er prägte sich alle Einzelheiten genau ein. Niemand brachte die Explosionen in Leesburg mit dem Angriff auf eine staatliche Institution in Verbindung. Tajib verbrachte den ganzen Nachmittag damit, etwas in Erfahrung zu bringen, irgendetwas. Er fuhr dreimal an der Werkstatt vorbei, rechnete insgeheim mit einem Aufgebot von Streifenwagen und gelbem Tatort-Absperrband, doch da war nichts. Er wertete es als schlechtes Zeichen. Als ganz schlechtes Zeichen. Er buchte kurzfristig einen Platz für die letzte Nonstop-Verbindung des Tages von Washington nach Riad.

Dank seines Erste-Klasse-Tickets konnte er den Großteil des Flugs ungestört schlafen. Um kurz vor 13 Uhr landete er in Riad. Er wollte Rashid nicht unter die Augen treten, sah jedoch keine andere Möglichkeit. Tajib gehörte nicht zu den Männern, die Schuld oder Verantwortung für einen Fehler abstritten. Ein Wagen samt Chauffeur erwartete ihn am Airport. Sobald er auf dem Rücksitz der Mercedes-Limousine saß, rief er in seinem Büro an und erkundigte sich, ob es Neuigkeiten in Sachen Leesburg gab. Seit seinem Aufbruch in Washington war nichts passiert. Dafür gab es eine andere Entwicklung. Er lauschte aufmerksam und fragte seinen Gesprächspartner am anderen Ende, ob er sich absolut sicher war. Dieser bejahte. Tajib legte auf, schaute kurz nach draußen und schloss dann die Augen. Er befand sich erst seit einer knappen halben Stunde wieder in der Heimat, und schon war die Lage von ernst in katastrophal umgeschlagen. Der Mercedes hielt vor dem Ministerium für islamische Angelegenheiten. Tajib stieg aus und zog eine weiße Robe über den Anzug.

Er fuhr mit dem Aufzug in die obere Etage und trat dort in eine ausladende Halle mit Carrara-Marmorfliesen und Säulen aus Alabaster, die im Abstand von sechs Metern links und rechts den Mittelgang säumten. Stoffbahnen in dunklem Weinrot hingen von den Stützen und schufen diskrete Nischen. Insgesamt gab es acht Stück davon, vier auf jeder Seite. In jeder Nische stand ein Schreibtisch. Hinter jedem Schreibtisch saß ein Mann. Im Gebäude arbeitete keine einzige Frau. Die Halle diente dem Minister für islamische Angelegenheiten als Vorzimmerersatz.

Tajib lief den Mittelgang entlang und hielt den Blick stur nach vorn gerichtet, entschlossener als üblich. Er würdigte die Aufpasser keines Blickes und niemand machte Anstalten, ihn aufzuhalten. Er stoppte vor dem letzten Schreibtisch auf der rechten Seite und fragte: »Ist der Minister allein?«

»Nein.«

»Lassen Sie das Büro räumen.« Er ließ keinen Platz für Widerworte.

Der Assistent konsultierte den Terminkalender auf dem Schreibtisch und zögerte.

Tajib beugte sich mit seinen vollen 1,93 vor und stützte sich mit kräftigen Armen auf die Tischplatte. »Das war keine Bitte, sondern ein Befehl. Falls nicht gerade der König persönlich bei ihm ist, rate ich Ihnen, die Besucher rauszuwerfen, sonst müssen Sie sich morgen einen neuen Job suchen.«

Der Mann sprang auf und eilte ins Büro. Tajib folgte.

Der Raum war 25 mal 15 Meter groß. Nirgends standen Tische, es gab nur Inseln aus Stühlen, Sofas und Kissen. Rashid saß ganz hinten auf einem übergroßen Ohrensessel, der auf den ersten Blick wie ein Thron wirkte. Fünf Männer, alle weit über 70, hatten sich auf einer Sitzgruppe mit drei Couches um Rashid versammelt. Der Assistent eilte voraus, fast im Spurttempo. Tajib hatte ihn erfolgreich nervös gemacht.

Er erreichte Rashid und flüsterte ihm etwas ins Ohr. Dieser nickte und teilte seinen Gästen bedauernd mit, dass sie ihr Treffen vorzeitig beenden mussten. Die Besucher standen auf und verzogen sich im Schneckentempo. Tajib stand da und verkrampfte ungeduldig die Finger.

Als die Alten endlich verschwunden waren und die Tür geschlossen, setzte er zu einer Verbeugung aus der Hüfte an. »Mein Prinz, bitte entschuldigen Sie die Störung.«

Rashid musterte ihn mit leichten Schlupflidern. Er kannte Tajib seit mittlerweile elf Jahren. So lange arbeitete er bereits für den saudischen Geheimdienst. Tajib besaß den Ruf eines Mannes, der seine Pflichten gewissenhaft erledigte und äußerst verschwiegen war. Viele seiner Kollegen leisteten ähnlich gute Arbeit, taten sich aber schwer damit, hinterher den Mund zu halten. Tajib war kein unbeschwerter Mensch, neigte aber auch nicht zu Melancholie, Wutausbrüchen oder anderen offen zur Schau gestellten Emotionen. Er war ernsthaft und zuverlässig, deswegen schätzte Rashid ihn. Aus demselben Grund beunruhigte seine aktuelle Mimik den Prinzen. »Ich nehme an, es ist in Amerika nicht gut gelaufen?«

Tajib blinzelte. Seinen Auftrag in Amerika schien er bereits verdrängt zu haben. Er ließ sich auf ein Knie sinken. Sein schlimmes. Mit gesenktem Kopf verkündete er: »Prinz Muhammad, ich bedaure, aber ich habe furchtbare Neuigkeiten.«

Rashid atmete durch die Nase aus und forderte ihn mit einem Nicken auf fortzufahren.

»Auf meiner Fahrt vom Flughafen hierher erhielt ich einen Anruf aus meinem Büro.« Tajib hob den Kopf und sah zum Prinzen auf. »Vor Kurzem ereignete sich in Riad eine schwere Explosion.«

»Wo?«, erkundigte sich Rashid.

»Vor der Zentrale von Abdullah Telecommunications.«

»Abdullah Telecommunications!« Er klang schockiert. »Was für eine Explosion?«

»Ein Selbstmordattentäter.«

»Ein Selbstmordattentäter«, wiederholte ein verwirrter Rashid. Das Königreich war Experte darin, solche Leute ins Ausland zu schicken. Gelegentlich schlugen sie auch in Saudi-Arabien zu, allerdings richtete sich der Anschlag dann stets gegen westliche Ziele, in der Regel Amerikaner. »Wurde jemand getötet?«

»Bedauerlicherweise ja.« Tajib blickte zu Boden. »Said Ahmed Abdullah.«

Als er den Namen seines Freundes aus Kindheitstagen hörte, war Rashid sprachlos. Nach einer kurzen Pause erlangte er die Fassung zurück und fragte: »Wie konnte das passieren?«

»Laut Zeugen verließ Said die Moschee nach dem Mittagsgebet und wollte über die Straße zu seinem Büro laufen. Dort passte ihn der Täter ab, umarmte ihn und sprengte sie beide in die Luft.«

Rashid konnte es nicht fassen. »Wer war der Mann?«

»Das wissen wir noch nicht.«

»Wieso sollte ein Selbstmordattentäter es auf Said abgesehen haben?«

Diese Frage stellte sich Tajib ebenfalls.

Der Prinz erhob sich und raffte seine Roben zusammen, eine gefaltet über jedem Arm. »Aufstehen«, forderte er und trat von der Plattform. Ihm war eine schreckliche Erklärung eingefallen. »Und wie sieht es mit dem Auftrag in Amerika aus?«

Tajib folgte ihm. »Ich habe versagt, mein Prinz.« Er hatte auf dem langen Flug nachgedacht, was schiefgegangen war. Die Wahrheit lautete: Er hatte keine Ahnung, doch das allein dokumentierte bereits sein Scheitern. »Die Männer, die ich auf den Angriff angesetzt habe, sind nie zurückgekehrt.«

»Was ist mit ihnen geschehen?«

»Das weiß ich nicht.«

»Mitch Rapp lebt also noch.« Eine Feststellung, keine Frage.

»Ich denke, ja.«

»Und mein guter Freund Said wurde gerade ermordet.« Rashid lief über den Marmorboden von einem persischen Teppich zum nächsten, bis er vor einem kleinen Fenster stand. Ihm fiel kein Grund ein, wieso ein Muslim Said töten sollte. Rapp hingegen hatte eine Menge Gründe. Rashid fiel ein, dass er seinen alten Freund gewarnt hatte, sein loses Mundwerk zu zügeln. Die Amerikaner mussten von dem Kopfgeld erfahren haben. Nun hielt sich Rapp bereits in Saudi-Arabien auf und zog jeden aus dem Verkehr, dem er eine Mitschuld am Tod seiner Frau gab.

»Ich weiß, was Sie denken, mein Prinz, aber es ist mir ein Rätsel, wie Rapp Amerika verlassen und so schnell zuschlagen konnte. Wen könnte er als Selbstmordattentäter eingesetzt haben?«

»Vielleicht hat er sich selbst in die Luft gejagt?« Rashids Stimme klang fast hoffnungsvoll.

Tajib überlegte kurz, dann verkündete er: »Ich habe mich intensiv mit Rapp beschäftigt. Der Mann würde niemals Selbstmord begehen, sondern Said kurzerhand erschießen.«

»Dann erklären Sie mir, wieso es ein Muslimbruder auf Said abgesehen hat.«

»Vielleicht war es kein Muslim.«

Rashid runzelte die Stirn. »Jeder Selbstmordattentäter ist Muslim. Haben Sie schon mal etwas von Juden gehört, die sich mit Sprenggürteln in die Luft jagen? Selbst die Iren haben während ihres Kriegs mit den Briten nie zu derartigen Mitteln gegriffen. Japan ist das einzige andere Beispiel aus der jüngeren Geschichte, und ich bezweifle ernsthaft, dass die Japaner Said umgebracht haben.«

»Die Umstände deuten darauf hin, aber es bleibt ein Rätsel, wie Rapp Amerika am Sonntag verlassen und so etwas in kürzester Zeit auf die Beine gestellt haben soll. Ich selbst bin am Sonntagabend abgereist und eben erst eingetroffen.«

»Was ist mit Abel?«

Tajib klopfte die Wahrscheinlichkeit ab. »Wir haben ihn nach wie vor nicht gefunden. Seit Samstag ist mir bekannt, dass er Saids Geld nicht zurückgezahlt hat, aber auch hier stellt sich die Frage: Wo bekäme Abel einen Selbstmordattentäter her?«

»Wie lautet Ihre Theorie?«

»Mir liegen zu wenige Fakten vor, um Mutmaßungen anzustellen.«

Rashid wandte sich vom Fenster ab. »Tun Sie's trotzdem.« Ein klarer Befehl.

Tajib trat unruhig auf der Stelle und suchte fieberhaft nach einer plausiblen Erklärung. »Said hatte enge Beziehungen zum Militär. Womöglich beschloss einer seiner Rivalen, ihn aus der Gleichung zu nehmen.«

Rashid hüstelte verächtlich. »Halten Sie es nicht für einen enormen Zufall, dass Said 20 Millionen Dollar zahlt, um Mitch Rapp töten zu lassen? Die Killer scheitern, töten versehentlich seine Frau, und jetzt lebt Said selbst nicht mehr? Da muss es doch einen Zusammenhang geben.«

»Das liegt nahe, aber bei allem Respekt, Prinz Muhammad, Männer wie Rapp sprengen sich nicht selbst in die Luft.«

Darüber dachte Rashid kurz nach. Es leuchtete ihm grundsätzlich ein, aber ein Faktor der Gleichung hatte sich verändert. »Seine Frau wurde getötet. Wer weiß, wozu er da fähig ist?«

Ehe Tajib antworten konnte, klingelte sein Telefon. Er zuckte zusammen. Der Prinz hasste Handys und hatte die eiserne Regel verhängt, sie in seiner Gegenwart abzuschalten. Hastig friemelte er es aus der Tasche und schaltete es auf stumm. Seine großen Hände mühten sich mit den winzigen Tasten ab. Der Bildschirm verriet ihm, dass sein Büro angerufen hatte. Er zögerte. Der Anruf könnte wichtig sein. Er sah Rashid an, schwenkte das Handy und meinte: »Tut mir leid. Das ist mein Stellvertreter. Vermutlich gibt es Neuigkeiten über die Explosion.«

Mit einem zögernden Nicken gestattete der Prinz ihm, den Anruf entgegenzunehmen.

Tajib lauschte aufmerksam. Nach etwa 30 Sekunden fragte er: »Sind Sie sicher?« Er hörte noch eine Weile zu, dann sagte er: »Rufen Sie mich an, wenn Sie mehr wissen.« Er klappte das Gerät zu und atmete tief aus.

»Was ist denn?«, hakte Rashid ungeduldig nach.

»Mehrere von Saids Söhnen haben Said zum Gebet begleitet. Sie begleiteten ihn zurück zum Büro, als es passierte. Nachdem sie ihren anfänglichen Schock überwunden hatten, begannen sie, den Leichnam des Attentäters zu verfluchen. Sie bespuckten und traten ihn, da fiel einem von ihnen auf, dass er ihn kannte.«

»Wer war es?«

»Ihr Bruder Wahid.«

»Wahid?«, fragte Rashid ungläubig. »Das kann nicht sein. Er ist tot.«

»Jetzt schon.« Tajib meinte es nicht als Witz.

»Rapp hat ihn vor sechs Monaten getötet«, beharrte der Prinz.

»Offenbar nicht.« Tajib verschränkte die Arme und dachte laut nach: »Die Leiche wurde nie überführt.«

»Warum sollte Wahid den eigenen Vater töten?«

»Vielleicht hat er das nicht.« Tajib wusste etwas, das dem Prinzen nicht bekannt war.

»Aber Sie haben es doch gerade behauptet«, schnauzte ihn Rashid an.

»Es ist gut möglich, dass er nichts von der Bombe wusste. Es gibt eine Kameraaufzeichnung von dem Vorfall. Darauf ist zu sehen, wie Wahid von einem anderen Mann zur Moschee geführt wird. Dann bleiben die beiden vor der Zentrale von Abdullah Telecommunications stehen und warten dort mehrere Minuten. Als Said die Straße von der Moschee zum Bürogebäude überquert, entfernt sich Wahids Begleiter. Er schaut noch einmal über die Schulter, dann auf etwas, das er in der Hand hält. Eine

Fernsteuerung, wie wir vermuten. Etwa eine Sekunde vor der Explosion hebt der Unbekannte die Hand und macht diese Geste in die Kamera.« Tajib streckte den Mittelfinger in die Höhe und drehte sich dabei bewusst vom Prinzen weg. »Dann folgte die Explosion und riss Said in Stücke.«

»Können Ihre Leute herausfinden, wer dieser Unbekannte ist?«

»Sie versuchen es, aber es wird nicht einfach. Er trug eine Kufija und Sonnenbrille.«

Rashid sah erneut aus dem Fenster und ging in Gedanken eine Liste von Kandidaten durch. »Das ist eine typisch amerikanische Geste.«

Tajib nickte. »Bei Franzosen ist sie aber auch weitverbreitet.«

»Wie lautet Ihre Einschätzung in Anbetracht der neuen Fakten?«, fragte der Prinz.

»Vor sechs Monaten hat Mitch Rapp Wahid Ahmed Abdullah in einem Bergdorf an der pakistanisch-afghanischen Grenze aufgegriffen. Kurz danach informierte uns die US-Regierung über den Tod Wahids. Jetzt kehrt er unvermittelt von den Toten zurück und sprengt den eigenen Vater in Stücke.« Tajib schüttelte nachdenklich den Kopf.

»Wer war der Mann auf dem Überwachungsvideo?«

»Wie soll ich das wissen? Ich habe es bisher nicht gesehen.«

Rashid schnaubte. »Sie wissen, wer es war.«

Tajib nickte. »Alles deutet auf Mitch Rapp hin. Ich weiß nicht, wie er es hinbekommen hat, aber ich vermute, er steckt dahinter.«

»Sie müssen Abel finden«, sagte Rashid ruhig und gefasst. »Ich weiß zwar nicht, wie die Amerikaner herausgefunden haben, dass Said etwas damit zu tun hat, aber ich vermute, Said selbst war zu redselig, was seine Beteiligung betrifft.«

»Davor hatte ich Sie im Vorfeld gewarnt.«

»Das weiß ich. Ich habe ihn darauf angesprochen, aber er wollte nicht auf mich hören. Dummerweise gibt es nun eine Person, die wissen könnte, dass wir etwas mit der Sache zu tun haben.«

»Abel«, erkannte Tajib.

Der Prinz nickte. »Sie müssen ihn finden und umbringen.«

»Ich werde mich persönlich darum kümmern.«

»Gut. Ich fliege morgen früh nach Spanien. Die Einweihung der Moschee findet am Freitag statt. Das ist ein wichtiger Termin für mich. Finden Sie Abel vorher, befragen Sie ihn, um herauszufinden, ob er mit jemandem geredet hat, und töten Sie ihn anschließend.«

»Was ist mit Rapp? Falls er sich in Saudi-Arabien aufhält, schweben Sie unter Umständen in großer Gefahr.«

Rashid schürzte die Lippen und ließ den Blick über die flachen Hausdächer schweifen. »Ich könnte vorzeitig nach Spanien aufbrechen, heute schon.«

»Das halte ich für eine gute Idee. Ich werde eine Aufstockung Ihres Personenschutzes veranlassen.«

»Gut.« Rashid kam eine Idee. »Inzwischen rufe ich in Amerika an und versuche, diesem Rapp ein paar Knüppel zwischen die Beine zu werfen.«

68

Lido, Italien

Abel ging nie an Bord des Kreuzfahrtschiffs. Am Ende stand er nur am Pier, verfolgte, wie die ganzen übergewichtigen Menschen aufs Schiff geführt wurden wie eine Viehherde zum Schlachter, und überlegte es sich anders. Er war jetzt ein ausgesprochen reicher Mann und hielt deshalb den Rückzug in ein Fünfsternehotel für ebenso effektiv wie den Versuch, sich auf einem Luxusdampfer unter das Volk zu mischen. Also machte er kehrt und ging dorthin zurück, wo er hergekommen war. Nun, nicht ganz. Statt direkt nach Venedig zu fahren, nahm er eine Fähre zum Lido, dem mittleren Teil einer schmalen, zwölf Kilometer langen Nehrung südlich der Stadt, die sie wie eine Barriere vom Mittelmeer abschirmt. Abel unterstellte, wenn jemand zufällig seiner Spur nach Venedig folgte, käme er als Letztes auf die Idee, auf einer der vorgelagerten Inseln nach ihm zu suchen. Also buchte er dort eine Suite im mondänen Hotel des Bains.

Den Samstag und den Sonntag verbrachte er schlendernd an den herrlichen Sandstränden der Insel, genoss das ungewöhnlich warme Oktoberwetter und überlegte, wo er seine künftige Villa kaufen wollte. So lautete sein neuer, alter Plan. Schließlich lebte Rapp noch, die Auftragsmörder waren gescheitert und Rashid suchte nach ihm. Damit stand für ihn fest: Er musste sich seines gesamten Besitzes entledigen und unter neuem Namen mit anderer Identität ganz von vorn anfangen. Im Prinzip hatte er genau das bereits mit seinem Umzug nach Österreich vor zwölf Jahren getan. Auch da ließ er alles außer seinem Namen zurück, damals mit äußerst begrenzten finanziellen Mitteln. Diesmal konnte er auf einen zweistelligen Millionenbetrag zurückgreifen und schätzte, dass mindestens eine weitere hinzukam, wenn er die zwei Apartments und ein paar andere Posten veräußerte.

Er hatte beschlossen, Saids Geld zu behalten. Die Auftragnehmer hatten ihren Anteil bisher nicht zurücküberwiesen, was ihm in gewisser Weise die Entscheidung abnahm. Ihm fehlten die Mittel, das Pärchen zeitnah ausfindig zu machen. Ohnehin fragte er sich, ob es klug wäre, überhaupt nach ihnen zu suchen. Sie wussten viel mehr über ihn als umgekehrt. Zudem hatte der Mann seinerzeit gewarnt, ihn umzubringen, falls er versuchte, ihre wahren Identitäten aufzudecken. Abel wollte nie wieder den heißen Atem dieses Kerls im Nacken spüren. Sollten sie ruhig verschwinden und die Kohle behalten. Auch Said hielt sich schließlich nicht an die ursprüngliche Absprache und forderte die Rückzahlung des Gesamtbetrags. Umgekehrt fühlte sich Abel auch nicht mehr an die Einhaltung der Regeln gebunden. Nun kämpfte jeder für sich allein.

Der andere Faktor, der seine Entscheidung beeinflusste, war das immer schlechtere Verhältnis zu Rashid. Mit Leuten wie ihm nahm es immer ein böses Ende. Der Trick bestand darin, rechtzeitig auszusteigen. In Abel reifte schon seit geraumer Zeit das Gefühl, dass der Prinz ihn für entbehrlich hielt. Nachdem der Rapp-Auftrag gescheitert war, ging der Deutsche fest davon aus, dass Rashid seinen Handlanger Tajib auf ihn angesetzt hatte. Said das Geld zurückzuzahlen hätte nichts daran geändert. Entsprechend selbstbewusst setzte sich die Stimme durch, das Geld zu behalten und einen Neuanfang zu wagen.

Die Vorstellung, sich von den Apartments zu trennen, fiel ihm nicht schwer, wohl aber vom Chalet in den Bergen. Vielleicht behielt er es einfach und wartete, wie die Sache sich entwickelte. Er hatte den Kauf über einen Anwalt und eine eigens dafür gegründete Strohfirma abgewickelt. Mit dem Hintergedanken, sich einen Rückzugsort zu schaffen, wenn etwas völlig aus dem Ruder lief. Allerdings hatte er inzwischen Leute wie Petrow dorthin eingeladen, womit völlige Diskretion nicht länger gewährleistet war. Trotzdem entschied er, sein Domizil in den Bergen erst einmal zu behalten.

Auf der Welt gab es eine Menge hübscher Flecken. Abel bevorzugte Europa. Vor allem die Regionen, die an die Schweiz grenzten: Norditalien, Süddeutschland, Österreich und Frankreich. Andererseits hielt er Lateinamerika für eine logische Wahl. Weitgehend unbehelligt vom Terrorismus galten dort laxe Zoll- und Einreisebestimmungen und machten die Einreise mit falschem Pass zum Selbstläufer. In großen Metropolen wie Rio oder São Paulo wimmelte es dagegen von der schlimmsten Form von Elend, die er je erlebt hatte. Er verabscheute Armut, hasste große Menschenmengen und legte Wert auf geregelte Verhältnisse. Der völlige Mangel an Selbstdisziplin, den eine Bevölkerung an den Tag legte, die unter unzureichenden Bedingungen dicht aufeinanderhockte und ein Kind nach dem anderen ausspuckte wie Ratten in der Kanalisation, widerte ihn an. Nein, Lateinamerika mochte zwar die klügste Wahl sein, doch Abel war nicht bereit, sich darauf einzulassen. Es musste eine bessere Alternative geben.

Der Montagmorgen rückte heran und mit ihm Abels verzweifelter Wunsch, in Europa zu bleiben. Das warme

Wochenendwetter wich einer Kaltfront, die von der Adria heranzog. Außer ihm hielt sich niemand mehr am Strand auf. Er unternahm einen langen Spaziergang bis zur Südspitze des Lido, immerhin fast zehn Kilometer vom Hotel entfernt. Inzwischen hatte er sich mit der Idee angefreundet, seine Identität zu wechseln. Es wurde Zeit, ein neues Kapitel aufzuschlagen. Paris, Mailand und Zürich verfügten über einige der besten plastischen Chirurgen weltweit. Er plante keine dramatischen Eingriffe. Eine Straffung der Kinnpartie, eine neue Nase und ein leichtes Facelifting. Nichts zu Extremes. Gerade genug, um ihn etwas jünger wirken zu lassen. Der Rest ließ sich mit anderer Garderobe bewerkstelligen. In den letzten zwölf Jahren hatte er den Look eines europäischen Aristokraten kultiviert. Stand ihm Metro-Chic nicht ohnehin besser? Gerade jüngere Frauen schienen sich davon angezogen zu fühlen.

Abel traf um kurz nach 13 Uhr wieder im Hotel ein und nahm den Lunch im Garten ein. Er bestellte einen leichten Salat und eine Tasse Bohnensuppe. Nach fünf Tagen Schlemmen hielt er es für besser, zur gewohnten Ernährungsweise zurückzukehren, um in seinem neuen Leben nicht den Fettwanst geben zu müssen. Er kannte einen guten Fälscher, der früher in Diensten der Stasi gestanden hatte. Mittlerweile musste er weit über 70 sein, hielt sich aber bei den Techniken seines Handwerks auf dem Laufenden. Er lebte jetzt in Wien und bot dort seine Dienste an.

Nachdem er die Suppe gegessen hatte, beschloss Abel, die Schönheits-OPs umgehend vornehmen zu lassen, sich einen Monat zu erholen, bis die Schwellungen abgeklungen waren, und dann den Fälscher aufzusuchen. Wenn er es geschickt genug anstellte, seine neue Identität aufzubauen, konnte er in Europa bleiben. Eventuell in Südfrankreich oder Monaco. Unter den anderen Jetsettern fiel er dort gar nicht auf.

Der Deutsche wischte sich die Mundwinkel ab und seufzte. Er hatte genug Zeit und genug Geld. Die Welt war eine riesige Spielwiese. Kein Problem, von der Bildfläche zu verschwinden. Der Kellner räumte Geschirr und Besteck ab und fragte, ob er noch etwas wollte. Er entschied sich für einen Cappuccino und einen kurzen Blick auf seine Finanzen.

Abel schaltete den Organizer ein, schirmte das Display mit den Händen ab und hämmerte mit den Daumen auf die kleinen Tasten ein. Er loggte sich ins Internet ein und rief eine Liste der Websites auf, die er regelmäßig besuchte. Seine Banken standen alle ganz oben. Er scrollte zum ersten Eintrag und wählte ihn aus. Fünf Sekunden später gab er seine Kontonummer und das komplexe Passwort ein. Weitere fünf Sekunden später wurde sein Guthaben angezeigt.

Abel blinzelte mehrmals. Das war unmöglich. Sein Herz begann zu rasen. Da musste ein Irrtum vorliegen. Er meldete sich ab und wollte gerade seinen Kundenbetreuer anrufen, da überlegte er es sich anders. Er beschloss, sich erneut einzuwählen und ein anderes Konto zu überprüfen. Seine Finger krallten sich in das Plastikgehäuse, als könnte er es auf diese Weise dazu bewegen, die Verbindung schneller aufzubauen.

Sobald die Daten angezeigt wurden, sprang er so hektisch auf, dass der schwere schmiedeeiserne Stuhl umkippte und mit einem lauten Knall auf den Steinfliesen landete. Abel ignorierte den herbeigeeilten Kellner, der sich erkundigte, ob alles in Ordnung war. Er rannte ins

Hotel und fluchte unterdrückt. Die Venen an seiner Stirn traten deutlich hervor. Seine Daumen arbeiteten fieberhaft, um die unerfreulichen Neuigkeiten zu bestätigen. Er rief das dritte Konto auf, dann das vierte. Als er in seiner Suite angekommen war, gab es keine Zweifel mehr. Bei allen fünf Bankverbindungen belief sich das Guthaben auf null. Über zehn Millionen Dollar hatten sich schlagartig in Luft aufgelöst.

Abel wanderte auf den Holzdielen seiner 1200-Dollar-pro-Nacht-Unterkunft ruhelos hin und her. Einige Sekunden schrie er aus voller Kehle, dann bekam er sich in den Griff. Er musste in Ruhe nachdenken. Bestimmt lag ein Fehler vor, der sich beheben ließ. Er kannte die Vorstände aller Banken persönlich. Was passiert war, fiel ins Reich des Unmöglichen, und dann auch wieder nicht. Said besaß Milliarden und damit auch enormen Einfluss auf die Kreditinstitute. Die Schweizer waren ein vorsichtiges Völkchen. Er hatte von Fällen gehört, in denen Geld auf Treuhandkonten verschoben wurde, bis die Konfliktparteien sich geeinigt hatten.

So wütend war er noch selten gewesen. Er ließ sich seinen ausgeklügelten Plan doch nicht von einem Amateur wie Said zunichtemachen. Am Ende verfügte er allein über die nötigen Druckmittel, nicht Said und auch nicht Rashid. Er war ein Phantom. Ein professioneller Geheimagent, der im Gegensatz zu ihnen spurlos abtauchen konnte.

Abel öffnete den Zimmersafe und schaltete das verschlüsselte Satellitenhandy an. Sobald er ein Signal hatte, wählte er die Nummer von Rashids Büro in Riad. Als sich am anderen Ende jemand meldete, nannte er seinen Namen und verkündete, maximal zehn Sekunden zu warten, um mit dem Prinzen persönlich verbunden zu werden. Ansonsten würde er auflegen. Abel wusste, dass Rashid nach ihm suchte, und ging davon aus, dass man ihn zügig durchstellte.

Er hatte bis neun gezählt, als ein Knacken in der Leitung ertönte.

»Mein Freund, wo haben Sie gesteckt? Es gibt eine Menge zu bereden.«

»Da haben Sie verdammt recht.« Einen solchen Tonfall hatte Abel bei ihm noch nie angeschlagen. »Richten Sie Said aus, er hat bis zum Ende des heutigen Geschäftstages Zeit, das Geld zurück auf meine Konten zu transferieren, ansonsten sorge ich dafür, dass Mitch Rapp erfährt, dass er das Kopfgeld auf ihn ausgesetzt hat.«

»Ich fürchte, da kommen Sie zu spät«, erwiderte Rashid ernst.

Abel verstand nicht, worauf der andere hinauswollte. »Wie meinen Sie das?«

»Said wurde gerade bei einer Explosion getötet.«

»Wann?«

»Vor einer Stunde.«

»Wo?«

»Vor seinem Büro.«

»Von wem?«

»Was glauben Sie?«

»Ich weiß es nicht«, knurrte ein angespannter Abel.

»Mitch Rapp.«

Abel blieb abrupt stehen. »Was? Das ist unmöglich.«

»Offenbar nicht.«

Abel spürte, wie sich ein heftiger Migräneanfall ankündigte. Er lief unruhig hin und her und blickte auf den Boden, während er den Raum mit ausgreifenden Schritten durchmaß. »Ich will mein Geld zurück«, platzte er heraus.

»Ich habe keine Ahnung, wovon Sie sprechen.«

»Zehn Millionen Dollar. Said hat mich dafür bezahlt, Rapp umzubringen.« Von der zusätzlich ausgehandelten Bonuszahlung in Höhe von fünf Millionen für das erfolgreiche Vertuschen der Tat hatte er sich aufgrund der jüngsten Entwicklungen verabschiedet.

»Rapp lebt noch.«

»Das ist mir egal. Unser Deal lautete, dass ich den Vorschuss auf jeden Fall behalte, auch bei einem Misserfolg. Ich will mein Geld zurück.«

»Kommen Sie nach Riad. Wir besprechen das in Ruhe.«

»Für wie dumm halten Sie mich, Rashid? Ich werde nie wieder einen Fuß in Ihr Land setzen.« So unhöflich war er noch nie mit ihm umgesprungen. Sonst hieß es immer Prinz hier, Prinz da.

»Dann kommen Sie nach Spanien. Ich fliege heute Abend nach Granada. Wir können uns über Ihr Geld unterhalten und überlegen, wie wir das Problem mit Rapp lösen.«

»Nein«, antwortete Abel entschlossen. »Sie werden mir bis heute 17 Uhr Züricher Zeit zehn Millionen Dollar überweisen. Ansonsten spiele ich Rapp die Information zu, dass das Ganze Ihre Idee war.«

Langes Schweigen folgte.

Dann sagte Rashid: »Seien Sie nicht albern. Ich sitze am längeren Hebel. Sollten Sie das tun, unterzeichnen Sie Ihr Todesurteil.«

»Vielleicht, vielleicht auch nicht. Ich bin ein Niemand. Ein Einzelgänger, der problemlos verschwinden kann. Sie hingegen sind der mächtige und stinkreiche Prinz Muhammad bin Rashid.« Aus seinem Mund klang der Name wie eine ansteckende Krankheit. »Rapp wird sich schwertun, mich zu finden. Sie hingegen sind kaum zu übersehen.«

»Erich, überlegen Sie sich, was Sie da tun. Sie wollen mich nicht zum Feind haben.«

»Und Sie wollen nicht wie Ihr Freund Said enden, also überweisen Sie gefälligst die zehn Millionen bis fünf, sonst garantiere ich Ihnen, dass Rapp von Ihrer Rolle in diesem Spiel erfährt. Ich übermittle Ihrem Assistenten in Kürze genaue Instruktionen.«

»Geben Sie mir bis 17 Uhr morgen Abend Zeit. Ich bin wohlhabend, aber nicht so wohlhabend, wie Said es war. Ich brauche Zeit.«

»Zwölf Uhr morgen Mittag. Allerspätestens.«

Er trennte die Verbindung und schleuderte das Handy aufs Bett, verschränkte die Hände im Nacken und drehte noch mehrere Runden durch den Raum. Dann holte er seinen Koffer. Er musste hier weg. Dafür brauchte er Geld. Seinen Banken traute er nicht länger. Damit blieb nur sein Chalet in den Bergen. Dort lagerten knapp 100.000 Dollar im Safe. Das reichte, um die Schönheits-OPs zu bezahlen und sich neue Papiere zu beschaffen. Hoffentlich wurde Rashid vernünftig und schickte ihm den verlangten Betrag. Er wollte nicht den Rest seines Lebens auf der Flucht vor Mitch Rapp verbringen.

69

Im Weissen Haus

Kennedys gepanzerte Limousine hielt vor dem Südwesttor. Die Secret-Service-Beamten waren an ihr Kommen und Gehen gewöhnt, nahmen aber trotzdem Fahrgestell und Kofferraum sorgsam unter die Lupe. Kennedy war so oft im Weißen Haus gewesen, dass sie vor Jahren aufgehört hatte mitzuzählen. Und doch gab es Fälle, heute zum Beispiel, da ging ihr Atem schneller und ihr wurde die Brust eng.

Bei den meisten Besuchen handelte es sich um routinemäßige Geheimdienstangelegenheiten. Gelegentlich galt es, eine Krise zu bewältigen, aber bei der überwiegenden Zahl der Besuche ging es lediglich darum, den Präsidenten und den Rest des nationalen Sicherheitsstabs zu informieren und zu beraten.

Nicht so an diesem Nachmittag. Keine Routine. Es ging um hohe Einsätze, und die Akteure gehörten zu den einflussreichsten in ganz Washington. Drei Leute wollten sie ans Messer liefern. Der Koordinator der nationalen Geheimdienste, der sie als direkter Vorgesetzter eigentlich schützen sollte, die Außenministerin und der Justizminister. Außerdem fühlte sie sich nach ihrer jüngsten Reise ziemlich erschöpft. Von Washington nach Zürich und zurück in weniger als 16 Stunden. Hinzu kamen die Ermordung von Anna Rielly, der Angriff auf das Safe House und ein Chef, der keine Ahnung hatte, was er tat. Alles in allem genug, um eine CIA-Direktorin auszulaugen und ans Limit zu bringen.

Kennedy wäre am liebsten direkt nach Hause zu Tommy gefahren und früh ins Bett gegangen, doch dieses Meeting erlaubte keinen Aufschub. Die übrigen Gesprächsteilnehmer waren zu wütend. Um ehrlich zu sein, freute sich ein boshafter Teufel in ihrem Kopf auf die bevorstehende Auseinandersetzung. Diesbezüglich hatte sie viel von Rapp gelernt. Manchmal ließ man es am besten einfach raus. Vor allem wenn sämtliche Fakten einem in die Hände spielten.

Sie sah auf die Uhr. 17:18 am Montagnachmittag. Zum Glück hatte sie auf dem Hin- und Rückflug ein paar Stunden schlafen können. Als sie entschied, der Spur nach Zürich zu folgen, tat sie es mit dem beruhigenden Wissen, dass der Präsident zumindest privat auf ihrer Seite stand. Sie verstand sich meisterhaft darauf, anderen die Hand zu küssen und auf Kommando zu knicksen, um Kabinettsmitglieder und andere wichtige Leute bei Laune zu halten. Immerhin gehörte sie selbst zu den wichtigen Leuten.

In der aktuellen Lage half ihr das leider nicht weiter. Die Betreffenden waren ranghöher und sie hatte die ultimative Sünde begangen, sie nicht über ihr Vorgehen zu informieren und in ihrem Entscheidungsbereich zu wildern. Damit ließ sie die anderen schlecht aussehen. Und darin sah sie das größte Problem. Diese Menschen mochten es nicht, in unvorteilhaftes Licht gerückt zu werden.

Kennedy ließ ihre große Aktentasche auf dem Rücksitz liegen und nahm eine braune Ledermappe mit. Sie stieg aus und verharrte für eine Sekunde auf dem Bordstein. Ihr schulterlanges braunes Haar hatte sie mit einem schlichten schwarzen Clip gebändigt, der perfekt zum schwarzen Hosenanzug und den schwarzen Schuhen passte. Kennedy vergewisserte sich, dass die blaue Bluse ordentlich in der

Hose steckte, rückte die Brille zurecht und trat durch die Tür in den Westflügel, wo sie von einem weiteren Secret-Service-Beamten gestoppt wurde. Kennedy zeigte kurz die Dienstmarke vor und trug sich in die Besucherliste ein. Dann ging sie die Treppen hinauf ins Vorzimmer des Präsidenten. Dort saß Betty Rodgers, eine gebürtige Washingtonerin und ausgesprochen kompetente Assistentin.

Das Büro war klein, wie die meisten Räume im Westflügel mit Ausnahme von Oval Office und Cabinet Room. Betty musterte die CIA-Direktorin über den Rand ihrer Lesebrille hinweg. Mit Anfang 50 besaß sie bereits die typische Ausstrahlung einer Großmutter. Sie leckte sich die Lippen, als wollte sie etwas sagen, schwieg dann aber.

Kennedy mochte Betty, was hilfreich war. Als wichtigste Gehilfin des Assistenten bekam sie einige der am besten gehüteten Geheimnisse des Landes mit. Eine Angestellte wie sie musste taff und diskret sein. Sie war beides.

»Guten Abend, Betty.«

»Irene, was haben Sie so getrieben in letzter Zeit?«, fragte Betty freundlich, aber mit vorwurfsvollem Unterton.

»Nicht viel.«

»Da habe ich aber was anderes gehört, Schätzchen. Die Leute dadrinnen sind ziemlich wütend auf Sie und hängen schon den ganzen Tag am Telefon.«

Kennedy nahm es aufmerksam zur Kenntnis. Am meisten interessierte sie aber die Laune ihres obersten Chefs. »Wie geht es dem Präsidenten?«

»Anders.«

»Wie meinen Sie das, anders?«

»Ich weiß auch nicht ... Er ist momentan nicht er selbst. Mit Ihrem kleinen Ausflug in die Schweiz hat es nichts zu tun. Den hat er ziemlich gelassen hingenommen. Da machen eher die anderen mächtig Wind. Erst riefen sie einzeln an, um sich bei ihm zu beschweren, dann tanzten sie gemeinsam zum Lunch an und schimpften weiter.« Betty setzte die Brille ab und ließ sie an der Kette um ihren Hals baumeln. Leise raunte sie: »Ich hoffe, die Reise hat sich gelohnt, denn dadrin will man Sie am liebsten am Spieß rösten.«

Kennedy lächelte zuversichtlich und tippte auf ihre braune Ledermappe.

»Gut.« Betty sah auf die Uhr. »Dann gehen Sie da rein und zeigen es denen. Und beeilen Sie sich. Ich bin zum Abendessen verabredet.«

Kennedy bedankte sich und betrat das Oval Office. Alle Köpfe drehten sich zu ihr um. Der Präsident, Ross, Außenministerin Berg, Justizminister Stokes und sogar Vizepräsident Baxter waren anwesend. Baxter und Präsident Hayes hatten sich auf den zwei Sesseln vor dem Kamin niedergelassen. Die Throne der Mächtigen. Ross, Berg und Stokes hockten auf der Couch daneben wie bei der Feuerwehr dicht an dicht aufeinander. Die identische Couch gegenüber war leer. Dort sollte sie sich hinsetzen. Isoliert wie ein Kind, das ins Büro des Schuldirektors einbestellt wurde.

Kennedy nahm den ihr zugedachten Platz gelassen ein, legte die Ledermappe auf dem Glastisch davor ab und lehnte sich in der Gewissheit zurück, dass sie die anstehenden Temperamentsausbrüche mit überzeugenden Fakten kontern konnte.

Ross ergriff zuerst das Wort. Er trug wieder mal einen seiner perfekt geschnittenen Brooks-Brothers-Anzüge. Dunkelblau, fast schwarz, aus leichter Wolle, dazu ein weißes Hemd mit raffiniertem Webmuster. Die Sorte, die mehr kostete, als manche Leute im Monat an Miete zahlen. Die silberne Krawatte harmonierte ausnehmend gut mit der silberschwarzen Haarpracht. Ihr fiel ein, dass sie ihn noch vor zwei Wochen als attraktiv eingestuft hatte. Jetzt sah sie nur noch einen Mann, der vor lauter Eitelkeit schier platzte.

Ross rutschte auf dem Platz hin und her und streckte sich. Er musterte Kennedy mit ernster Miene und fragte: »Haben Sie etwas zu Ihrer Verteidigung vorzubringen?«

Sie schüttelte den Kopf und wollte ihn aus der Reserve locken.

»Nun, dann erzähle ich Ihnen mal, wie mein Tag verlaufen ist«, fuhr er irritiert fort. »Kurz vor dem Mittagessen erhielt ich einen Anruf von Außenministerin Berg. Sie erkundigte sich, ob mir bekannt sei, dass Sie sich in der Schweiz aufhalten.« Ross sah kurz zum Präsidenten, dann wieder zu Kennedy. »Halten Sie es für ein akzeptables Verhalten, das Land zu verlassen, ohne mich darüber in Kenntnis zu setzen?«

»Sie sind ein viel beschäftigter Mann, Mark. Ich wollte Sie nicht unnötig stören.«

»Keine gute Entscheidung.«

Kennedy zuckte die Achseln.

Ihre Gelassenheit verunsicherte Ross sichtlich. »Ist Ihnen überhaupt bewusst, was für Probleme Sie verursacht haben? Der Schweizer Außenminister hat Beatrice heute Morgen angerufen und ihr aufgrund Ihres unangemeldeten Besuchs die Hölle heißgemacht.« Er zeigte anklagend auf seine Kollegin.

»Was wollte er?«

»Eine Erklärung, warum Sie sich heimlich mit fünf der führenden Bänker seines Landes treffen.«

Justizminister Stokes schaltete sich ein. »Ich bereite derzeit einen umfassenden Prozess am Schweizer Bundesgericht vor. Wir ermitteln seit Jahren. Ich kann nur sagen, wenn Sie mir das vermasselt haben, werden wir zwei keine Freunde mehr.«

Der oberste Justiziar des Landes klang ausgesprochen verärgert. Kennedy ging davon aus, dass er und Ross sich mit ihrer Wut gegenseitig hochgeschaukelt hatten. Zwei klassische Karrierepolitiker und neben dem Vize noch zwei weitere Männer, die darauf spekulierten, eines Tages für das Amt des Präsidenten anzutreten. Kennedy nahm interessiert zur Kenntnis, dass Außenministerin Berg die erste Runde schweigend aussaß.

»Wissen Sie, was heute in Riad passiert ist?«, wollte Ross wissen.

»Ja.«

»Was wissen Sie darüber?«

»Das ist eine ziemlich weit gefasste Frage.«

»Wissen Sie, wer dafür verantwortlich ist?«

»Möglich.«

»Wären Sie so freundlich, uns an Ihrem Wissen teilhaben zu lassen?«

»Nein.«

»Verdammt, Irene«, schimpfte Ross. »Halten Sie das Ganze für einen Witz?« Er schlug eine Akte auf, die auf dem Tisch lag. Ein großformatiger Schwarz-Weiß-Abzug der Aufnahme einer Überwachungskamera kam zum Vorschein. »Dieses Foto hat mir Prinz Muhammad geschickt.«

Ross hielt es ihr hin. Ein Mann in traditionellem saudischen Gewand lief eine Straße entlang. Jemand hatte ihn rot eingekreist. Er zeigte der Kamera den ausgestreckten Mittelfinger. Das Foto war ziemlich grobkörnig. Sie betrachtete es genauer. Die Größe kam hin, aber es war unmöglich, ihn eindeutig zu identifizieren.

»Haben Sie eine Idee, wer das sein könnte?«

Kennedy schüttelte den Kopf.

Ross pfefferte wütend ein zweites Foto auf den Tisch. Zwei Männer, die sich gerade umarmen wollten. »Der Mann links ist Wahid Ahmed Abdullah. Ich nehme an, zumindest dieser Name sagt Ihnen etwas?«

Kennedy nickte.

»Wieso haben wir der saudischen Regierung vor sechs Monaten mitgeteilt, dass er tot ist?«

»Ist das derselbe Wahid Ahmed Abdullah, der zur Führungsspitze von Al-Qaida gehörte?« Kennedy mimte die Verwirrte. »Derselbe Wahid Ahmed Abdullah, der zu Beginn dieses Jahres einen Terrorangriff finanziert und koordiniert hat? Einen Angriff, der das Einschmuggeln zweier Atomwaffen auf unser Staatsgebiet umfasste?« Sie sah das Foto genauer an. »Derselbe Wahid Ahmed Abdullah, der Washington, D.C. und New York City auslöschen wollte?«

»Sie haben meine Frage nicht beantwortet.«

»Und Sie meine nicht. Haben Sie Wahids Akte gelesen?«

»Nicht nötig. Ich will wissen, warum Sie einen unserer loyalsten Verbündeten belogen haben.«

»Wenn Sie Saudi-Arabien allen Ernstes für einen unserer loyalsten Verbündeten halten, schlage ich freundlich vor, dass Sie dem Präsidenten Ihren sofortigen Rücktritt anbieten.«

Ross' Gesicht verzerrte sich vor Zorn. »Und ich schlage vor, dass Sie sich Ihre nächsten Schritte gut überlegen,

Dr. Kennedy. Sie bewegen sich auf sehr dünnem Eis.« Wieder zuckte sein Blick kurz zu Hayes, als wollte er stumm signalisieren: Sehen Sie, ich habe es ja gleich gesagt. An Kennedys Adresse gerichtet, fragte er: »Wo ist Mitch Rapp?«

»Das weiß ich nicht.«

»Sie lügen.« Ross stocherte aggressiv mit dem Finger auf dem ersten Überwachungsfoto herum. »Da ist er doch. Was haben wir Ihnen gesagt? Dass es einen richtigen Weg gibt, die Sache zu klären, und einen falschen. Einen entflohenen Mörder in Saudi-Arabien Bomben hochjagen zu lassen, ist definitiv der falsche.«

Kennedy griff zum zuletzt vorgelegten Foto, hielt es hoch und fragte Ross und die anderen: »Wer ist der Mann auf diesem Bild? Derjenige, den Wahid umarmen will?«

»Das ist Said Ahmed Abdullah«, antwortete Ross ungeduldig. »Wahids Vater und einer der engsten Freunde von Prinz Muhammad bin Rashid.«

»Ach, tatsächlich?« Kennedy tat, als wäre sie erstaunt. Ross hatte seine Eier gerade selbst zur Kastration auf dem Hackklotz freigegeben. Sie schlug ihre eigene Mappe auf und förderte eine Reihe von Überweisungsbelegen zutage. »Derselbe Said Ahmed Abdullah, der zu Beginn dieses Monats einem früheren ostdeutschen Stasioffizier 20 Millionen Dollar überwiesen hat, damit er Mitch Rapp ermordet?« Sie fächerte die Seiten auf dem Tisch auf. »Ich bin mir ziemlich sicher, dass wir vom selben Mann sprechen.«

Ross, Berg und Stokes beugten sich vor, um die Unterlagen zu studieren.

Kennedy wandte sich an den Präsidenten. »Die Bankiers waren ausgesprochen kooperativ. Einige von ihnen baten mich, solche Konflikte in Zukunft direkt auf dem kurzen Dienstweg zu regeln, statt vor den Gerichten öffentliche Schlachten auszufechten.« Kennedy bedachte Justizminister Stokes mit einem vorwurfsvollen Blick. »Schlachten, die viel Zeit, Ressourcen und Geld verschwenden. Bis wir an die benötigten Informationen gelangen, wurden die Beträge längst auf andere Konten transferiert. Damit sind sie für uns nicht nur völlig veraltet, sondern zudem wertlos.«

Stokes setzte zu einem lahmen Widerspruch an. Kennedy ließ ihn gar nicht zu Wort kommen. »Die Informationen, die ich heute beschafft habe, sorgen dagegen für direkte Erfolge. Ich habe meine Cyberspezialisten auf weitere Schweizer Konten angesetzt, auf die Said Ahmed Abdullah zurückgreift. Innerhalb von nur acht Stunden haben wir allein für das vergangene Jahr Zahlungen in Höhe von über 100 Millionen Dollar an Al-Qaida und andere Terrororganisationen lokalisiert.«

»100 Millionen Dollar.« Mehr fiel Stokes dazu nicht ein.

»Beatrice«, sprach Kennedy die bislang so schweigsame Außenministerin direkt an. »Wenn Sie das nächste Mal mit dem Schweizer Außenminister telefonieren, richten Sie ihm aus, dass ich seine Beschwerde an Mitch Rapp weiterleiten werde. Sagen Sie ihm, er sei gern bereit, nach Bern zu fliegen und mit einem Vertreter des Schweizer Staats die Frage zu erörtern, warum es ihrer Ansicht nach so wichtig ist, die Privatsphäre von Terroristen wie Wahid und seinem Vater zu schützen.«

»Ach, Mark«, setzte sie in Ross' Richtung nach, »Sie haben bei Ihrem kürzlichen Frühstück mit Prinz Muhammad bin Rashid nicht rein zufällig eine Bemerkung fallen lassen, dass Mitch Rapp noch lebt?«

Ross schüttelte mechanisch den Kopf, bevor er über die Frage richtig nachgedacht hatte.

»Sie haben also nicht erwähnt, dass wir ihn zur Genesung in einem Safe House der CIA untergebracht haben?« Kennedy tat, als läge ihr ein Beweis dafür vor, obwohl sie sich rein auf ihr Bauchgefühl verließ.

»Ich habe nichts in dieser Richtung angesprochen.«

»Nun, wenn Sie das nächste Mal mit ihm plaudern, fragen Sie ihn doch mal, ob er darüber informiert war, dass sein bester Freund ein Kopfgeld in Höhe von 20 Millionen Dollar auf meinen besten Terrorabwehrspezialisten ausgesetzt hat. Und wenn Sie schon dabei sind, erkundigen Sie sich doch auch gleich, was er davon hält, dass Said Ahmed Abdullah im letzten Jahr über 100 Millionen Dollar in die Förderung terroristischer Vereinigungen investiert hat.«

»Wollen Sie damit andeuten, dass er etwas damit zu tun hat?«

Kennedy schüttelte den Kopf und stand auf. »Noch nicht, aber glauben Sie mir, dieser Mann ist durch und durch verdorben. Er ist auf keinen Fall ein Verbündeter Amerikas.« Kennedy griff zu ihrer Mappe. »Ach, und richten Sie ihm bitte auch aus, dass ich fest davon ausgehe, dass er bei dieser Angelegenheit die Finger im Spiel hat. Sobald ich es beweisen kann, wird ihm Mitch Rapp einen freundlichen Besuch abstatten.« Sie ging zur Tür.

»Moment mal.« Ross sprang auf. »Wir sind hier noch nicht fertig.«

Kennedy blieb stehen und sah ihn selbstbewusst über die Schulter an. »Doch, sind wir. Ich bin erschöpft. Während Sie drei sich damit beschäftigt haben, zweifelhafte Partner zu umgarnen, bin ich um die halbe Welt geflogen und habe an einem Vormittag mehr erreicht als hundert

Anwälte aus dem Justizministerium und weitere hundert Mitarbeiter des Auswärtigen Amts in den letzten zwei Jahren. Ich gehe jetzt nach Hause und lege mich ins Bett.«

»Halt«, versuchte es Ross erneut. »Sie müssen ihn zurückholen.«

»Tut mir leid, das kann ich nicht. Ich habe keine Kontrolle über ihn.«

»Das ist eine Lüge! Sie wollen nur nicht.«

Kennedys Hand berührte bereits den Türknauf. Langsam drehte sie sich zu ihm um. »Mark, Mitch Rapp hat mehr dafür geleistet, dieses Land vor Terrorismus zu bewahren, als alle Anwesenden in diesem Raum zusammen. Fragen Sie ruhig den Präsidenten, er wird es Ihnen bestätigen. Vielleicht sollten Sie damit anfangen, seine Arbeit zu unterstützen, oder ihm dabei zumindest nicht im Weg stehen.«

»Der Mann kennt keine Skrupel, Irene. Wir müssen ihn einfangen.«

»Viel Glück dabei. Und überlegen Sie sich mal in Ruhe, ob es klug ist, Mitch Rapp zum Feind zu haben.«

»Ist das eine Drohung?«

»Nein, eine Tatsache. Seine Frau wurde ermordet. Er lässt sich nicht kontrollieren. Er wird jeden töten, der etwas damit zu tun hatte, und wenn er erfährt, dass Sie die Saudis verteidigen, obwohl uns unumstößliche Beweise vorliegen, dass Said 20 Millionen Dollar gezahlt hat, um ihn umbringen zu lassen … Belassen wir es dabei, dass ich Ihre Security nicht um ihren Job beneide.«

Sie zog die Tür auf und verließ das Oval Office.

70

Niemand rührte sich. Ross stand wie erstarrt vor der Couch, direkt vor dem Präsidenten. Mit geröteten Wangen und geballten Fäusten blinzelte er wiederholt und schien unsicher zu sein, ob er Irenes Warnung ernst nehmen sollte.

»Sie hat mir gedroht! Das kann sie doch nicht machen.«

Alle im Raum verfügten über einen juristischen Abschluss. Das galt für viele Politiker. Justizminister Stokes verfügte jedoch als Einziger über praktische Erfahrung im Gerichtssaal. Er schüttelte den Kopf: »Sie hat Ihnen lediglich eine mögliche Reaktion von Rapp geschildert. Das lässt kein Richter als Drohung durchgehen.«

Das war nicht die Antwort oder Rückendeckung, die Ross von einem Mitstreiter erwartete. Er versuchte es beim Präsidenten: »Ich kann nicht länger mit ihr zusammenarbeiten. Sie müssen etwas unternehmen.«

»Setzen Sie sich, Mark.« Präsident Hayes schlug die Beine übereinander und betrachtete den jüngsten Neuzugang seiner Regierung. Das Fortschreiten seiner Krankheit verschaffte ihm eine gewisse Gelassenheit. Er war nicht länger vom Wunsch besessen, Dispute voranzutreiben und zu prägen. Er empfand seine neue Taktik als wesentlich produktiver: Er setzte sich hin und hörte einfach zu, wie die überbordenden Egos seiner Berater die Sache von selbst regelten.

Innerhalb der letzten 48 Stunden hatte sich sein Eindruck verfestigt, dass Ross tatsächlich der falsche Mann für diese Aufgabe war. Ihn abzulösen hielt er für kontraproduktiv. Menschen wie Ross zogen sich nicht schweigend zurück. Der Mann würde aus Rache die Presse mit Fakten überschütten und sich Kennedys Vernichtung auf die Fahnen schreiben. Das hatte sie nicht verdient, und sie konnte solche Ablenkungen auch nicht gebrauchen. Dafür war ihr Job zu wichtig. Es wurde Zeit, ein Machtwort zu sprechen und alle daran zu erinnern, für wen sie eigentlich arbeiteten.

Er räusperte sich. »Eins möchte ich gleich zu Beginn klarstellen. Ich bin fest davon überzeugt, dass diese Stadt ohne Mitch Rapp vor sechs Monaten durch eine nukleare Explosion ausgelöscht worden wäre. Keiner von Ihnen wäre heute noch am Leben.« Er stellte Blickkontakt zu jedem einzelnen Anwesenden her. »Was er auf sich genommen hat, um diesen Terrorangriff abzuwenden ...« Er schüttelte den Kopf und führte den Satz nicht zu Ende. »Sie wollen es gar nicht wissen. Belassen wir es dabei, dass es ziemlich hässlich war. Wir verdanken dem Mann unser Leben, das dürfen Sie nie vergessen.«

»Das ist mir bewusst, nur ...«

Der Präsident hob die Hand und ermahnte Ross: »Unterbrechen Sie mich nicht. Wir alle wurden entweder direkt von den Bürgern gewählt oder in unser Amt berufen. Das heißt, unsere Zeit im jeweiligen Amt ist befristet. Kabinettsmitglieder dienen im Schnitt drei Jahre, Präsidenten und ihre Stellvertreter bekommen vier, mit viel Glück acht Jahre. Menschen wie Kennedy und Rapp haben ihr ganzes Leben dem Krieg gegen den Terror verschrieben. Sie haben bereits gekämpft, bevor die meisten von uns überhaupt wussten, dass ein solcher Krieg existiert.« Hayes verschränkte die Hände vor dem Knie. »Ich finde, dass sie dafür unsere vorbehaltlose Unterstützung verdienen.«

»Hören Sie, Bob«, insistierte Ross. »Es ist wesentlich komplizierter. Hier stehen Allianzen und Handelsbeziehungen auf dem Spiel. Wir können nicht zulassen, dass ein Mitarbeiter der CIA durch die Gegend rennt und Menschen in die Luft bombt.«

»Können wir nicht?«, fragte Hayes provokativ und hob die Augenbraue.

»Nein!«, widersprach ein fassungsloser Ross.

Hayes musterte den Geheimdienstkoordinator von oben bis unten, nickte langsam, befeuchtete sich die Lippen und fragte: »Wissen Sie, was ich glaube? Ich glaube, wir sind die Vereinigten Staaten von Amerika und sollten endlich anfangen, entsprechend aufzutreten.«

Die drei anderen Kabinettsmitglieder starrten ihn an und wussten nicht, was sie sagen sollten. Der Vizepräsident verkniff sich schlauerweise jede Bemerkung.

»Wenn die Saudis die Geschichte an die große Glocke hängen, werden sie verlieren. Mark, ich will, dass Sie Prinz Rashid anrufen und ihm mitteilen, dass ich extrem wütend bin. Geben Sie Irenes Aussagen wörtlich an ihn weiter. Sollte sich herausstellen, dass er davon Kenntnis hatte, dass sein Freund ein Kopfgeld auf einen meiner besten Terrorabwehrspezialisten ausgesetzt hat, werde ich persönlich die Verfügung zu seiner Hinrichtung unterzeichnen.«

»Mr. President«, meldete sich die Außenministerin zaghaft zu Wort. »Er ist ein Mitglied der königlichen Familie. Der König wird das nicht einfach hinnehmen.«

»Der König hasst seinen Halbbruder«, stellte der Präsident mit grimmiger Miene klar. »Er weiß genau, dass Rashid sich nichts mehr wünscht als eines Tages König zu werden und alles zu zerstören, worauf er hingearbeitet hat.

Ich werde den König persönlich anrufen und ihm die Lage erörtern. Ich garantiere Ihnen, dass das Thema bis morgen vom Tisch ist.«

Hayes stand auf und knöpfte sein Jackett zu. Alle anderen erhoben sich, Ross etwas zögerlicher als der Rest, was dem Präsidenten nicht entging.

»Mark, haben Sie ein Problem mit meinem Vorschlag?«

»Nein, Sir«, antwortete dieser ohne nennenswerte Begeisterung.

»Gut. Ach, Bea«, sprach Hayes die Außenministerin an, »wenn Sie mit dem Schweizer Außenminister telefonieren, lassen Sie nicht unerwähnt, dass ich sein Entgegenkommen in dieser Angelegenheit sehr zu schätzen weiß. Sollte er darauf bestehen, einen öffentlichen Skandal daran zu entzünden, verdeutlichen Sie ihm, dass ich es mir persönlich auf die Fahnen schreiben werde, jeden Milliardär anzurufen, den ich kenne, und ihn auffordern werde, sein komplettes Vermögen aus dem Schweizer Bankensystem abzuziehen.«

Die Außenministerin schluckte hörbar und nickte.

Hayes trat an den Schreibtisch und konsultierte seinen Terminkalender. Als er aufsah, hatte sich niemand von der Stelle gerührt. Er nahm den für verschlüsselte Telefonate vorgesehenen Hörer ab. »Wenn Sie mich jetzt bitte entschuldigen, ich muss den König anrufen.«

71

Wien, Österreich

Dienstagmorgen. Das Überwachungsteam war seit weniger als 24 Stunden im Einsatz. Bisher gab es keine Spur von Erich Abel. Sie hatten den Großteil des Montags darauf verwendet, ein besseres Gespür für den Mann zu bekommen und sein Apartment zu observieren. Das konnten sie sowieso am besten – warten und beobachten. Natürlich ohne sich dabei erwischen zu lassen. Sie beschafften sich ein aktuelles Foto von der Verkehrsbehörde, außerdem eine Liste seiner Vergehen in den letzten zwölf Jahren. Nicht ein einziger Strafzettel wegen Falschparken, was viel über den Mann verriet.

Sie holten eine Kreditauskunft ein und erfuhren, wo er in Wien Konten unterhielt und welche Kreditkarten er nutzte. Sie wurden einer routinemäßigen Prüfung unterzogen. Kaum überraschend stellte sich heraus, dass es seit gut zwei Wochen keine Buchungen mehr gegeben hatte. Selbst die Verbindungsübersichten der Telefonanschlüsse in seiner Wohnung, im Büro und der Mobilfunkverträge, die sich seiner Person zuordnen ließen, forsteten sie akribisch durch. Ein Team von Spezialisten in Langley nahm sich die angerufenen Nummern vor, um sie Firmen oder Personen zuzuordnen. Sie stießen auf eine Menge Saudis.

Am späten Montagnachmittag schickten sie Leute zu Abels Apartment. Es befand sich in einem hübschen Gebäude am Rand des Stadtparks, südlich des Wiener Innenstadtrings, kaum anderthalb Kilometer von seinem Büro entfernt. Insgesamt wohnten 52 Parteien im Haus.

Kein Hort des Reichtums, aber definitiv gehobener Standard. Es gab einen Pförtner und Sicherheitskameras, also mussten sie kreativ agieren. Zwei Agenten gingen durch den Vordereingang hinein und traten als Ehepaar auf. Sie behaupteten, einen alten Freund besuchen zu wollen, der hier lebte. 30 Sekunden nach Beginn der Scharade fiel dem männlichen Agenten plötzlich auf, dass er sich in der Adresse geirrt hatte. Der Name des Gebäudes klang zwar ähnlich, aber es befand sich fast drei Straßenzüge entfernt. Als der Pförtner mit ihnen nach draußen ging, um ihnen den Weg zu beschreiben, knackten zwei weitere Agenten das Schloss an der Hintertür.

Sie verzichteten auf den Einsatz von Wanzen. Abel war untergetaucht. Niemand rechnete ernsthaft damit, dass er sich in nächster Zeit noch einmal hier blicken ließ. Es ging vielmehr darum, Informationen zu sammeln. Sie blieben neun Stunden und durchsuchten jeden Quadratzentimeter des Zwei-Zimmer-Apartments, ohne etwas mitzunehmen. Stattdessen fotografierten sie alles, was von Interesse schien: alte Adressbücher, handgeschriebene Notizen, Akten und Fotos. Alle Aufnahmen wurden auf einen Laptop überspielt und zur direkten Auswertung ans Team weitergeleitet. Sie schlugen jedes einzelne Buch auf und blätterten es Seite für Seite durch. Jedes Küchengerät wurde geöffnet und untersucht, jedes Nahrungsmittel, egal ob im Vorratsregal, im Kühlschrank oder im Eisfach, wurde daraufhin überprüft, ob es echt war. Danach gingen sie von Raum zu Raum und suchten Boden, Wände und Decke nach geheimen Fächern und Verstecken ab.

Sie hatten so etwas schon oft gemacht. Wo und wie jemand lebte, verriet eine Menge über ihn. Diesen Agenten war in ihren mehr als 15 Jahren bei der CIA selten ein so sauberer, ordentlicher und klinisch reiner Ort zum Wohnen untergekommen. Kein Zweifel, bei diesem Abel handelte es sich um einen Vollprofi mit Hang zu Zwangsneurosen. Bereits 30 Minuten nach Beginn der Durchsuchung ahnten sie, dass hier kein spektakulärer Fund auf sie wartete. Personen wie Abel agierten viel zu vorsichtig, um wichtige Unterlagen zu Hause aufzubewahren. Sie griffen auf Schließfächer oder externe Lagerboxen zurück, die sich nicht ohne Weiteres mit ihnen in Verbindung bringen ließen.

Kurz nach Mitternacht verließ einer der Agenten die Wohnung durch die Eingangstür, während der andere doch noch ein paar Abhörvorrichtungen platzierte – nur um nichts unversucht zu lassen. Er wartete 20 Minuten und verließ das Haus ebenfalls durch die Lobby. Inzwischen hatte ein neuer Pförtner seine Schicht angetreten. Er würde unterstellen, dass sie einen der Wohnungseigentümer besucht hatten.

Rapp, Coleman und die Jungs trafen um kurz vor 23 Uhr im Hotel ein. Die Fahrt von Riad nach Katar war ereignislos verlaufen. Dort hatte eine betankte, abflugbereite Maschine auf sie gewartet. Gegen 18 Uhr hoben sie in Richtung Wien ab. Über ein angebliches Reisebüro, das in Wahrheit der CIA gehörte, waren sechs getrennte Zimmer im Europa für sie reserviert worden. Zwei durch eine Zwischentür verbundene Räume dienten als Kommandoposten, die anderen vier, jeweils unter verschiedenen Namen angemietet, passten zu den falschen Pässen, die das Überwachungsteam benutzte, und wurden zum Schlafen genutzt.

Milt Johnson war Teamführer. Mit über 60 arbeitete er nicht länger direkt bei der Agency, sondern wurde bei

Bedarf als externer Consultant gebucht. Das kam ihm sehr gelegen, weil er so neben der vollen Pension noch ein Honorar einstrich, das um 30 Prozent höher lag als sein Verdienst im letzten Berufsjahr. Milt teilte sein Personal üblicherweise auf drei Achtstundenschichten auf, zu Beginn manchmal auch auf zweimal zwölf Stunden. Wenn es haarig wurde, was meistens zutraf, sollten alle fit genug sein, in den Einsatz geschickt zu werden.

Milts Vorgehensweise entsprach den üblichen Standards. Sie mieteten die gängigsten Fahrzeuge vor Ort an, sorgten dafür, dass sie immer vollgetankt waren, und hielten mindestens einen Motorroller oder ein Motorrad bereit. Solange es besondere Umstände nicht zwingend erforderten, verzichtete er auf besonders groß oder klein gewachsenes oder auffallend attraktives Personal. Seine Leute trugen Wendejacken, Hüte und Brillen oder Sonnenbrillen, um bei der Tarnung flexibel zu sein. Außerdem stand immer ein Make-up-Spezialist bereit und er verhängte ein striktes Kaffeeverbot. Kaffee bedeutete Pinkelpausen.

Zu viele Pinkelpausen bedeuteten, dass man die Zielperson aus den Augen verlor. Milt wusste das aus eigener Erfahrung. Er hatte deswegen mal eine groß angelegte Operation vermasselt. Das war Mitte der 70er gewesen, als die Vereinigten Staaten einen Maulwurf in die Berliner Botschaft einschleusten. Milt gehörte damals einem Team an, das den stellvertretenden Botschafter observierte. Er musste die Nachtschicht allein stemmen und schlürfte Kaffee wie ein Loch, um sich auf den Beinen zu halten. Einmal pro Stunde stieg er kurz aus dem Wagen und erleichterte sich in der angrenzenden Gasse. Am Morgen war der Botschafter spurlos verschwunden und Milt musste erklären, wie es dem Mann gelungen war, ihm vor der Nase wegzulaufen. Seitdem hatte er nie wieder Kaffee getrunken.

Milt kannte Rapp von früheren Missionen, erfuhr aber erst vor wenigen Jahren seinen echten Namen. Als er kürzlich in der Zeitung von der Explosion im Haus und dem Tod von Rapps Frau las, machte es ihn sehr betroffen. Kaum war Rapp mit Coleman aufgetaucht, zog er ihn am Ellbogen in den Nebenraum. Die Zimmer waren geräumig und elegant eingerichtet. Das Haus war zur Jahrhundertwende eröffnet worden und entweder extrem gut in Schuss gehalten oder komplett renoviert worden. Es gab zwei Doppelbetten, einen antiken Schreibtisch und einen massiven Kleiderschrank, in den auch die Unterhaltungselektronik integriert war. Parallel diente er als Kommode und Minibar.

Milt schloss die Verbindungstür und sagte mit düsterer Stimme zu Mitch: »Das mit deiner Frau tut mir sehr leid.«

Rapp nickte. Er wusste das Mitgefühl des anderen zu schätzen, wollte aber nicht über das Thema sprechen. »Danke, Milt. Es freut mich, dass du so schnell kommen konntest.«

Der Ältere nickte. Er war fast zehn Zentimeter kleiner und hatte dünne graue Haare, die sich weit hinter die Ansatzlinie seiner Jugend zurückzogen. »Wir finden den Kerl. Mach dir keine Sorgen.«

»Habt ihr schon was rausgefunden?«

»Nein. Und um ehrlich zu sein, habe ich das auch nicht erwartet. Ich kenne seine Akte. Diese Stasi-Typen waren ziemlich fähig. Er scheint ein besonders begabtes Exemplar zu sein. Egal, wir werden den cleveren kleinen Mistkerl schon erwischen.«

»Das Apartment war eine Pleite?«

»Ja, wir haben trotzdem Wanzen versteckt.«

»Das Büro?«

»Nehmen wir uns gleich morgen früh vor.«

»Rechnest du mit was Vielversprechendem?«

Milt zuckte die Achseln. »Möglich, dass wir was finden, aber ich denke, die Banken sind der Schlüssel. Der Typ mag hübsche Sachen. Er hat sich gerade einen brandneuen Mercedes für über 100.000 Dollar geleistet.« Milt lächelte. »Wenn er rausfindet, dass du seine Konten leer geräumt hast, dreht er komplett durch. Spätestens wenn er sich bei seinem Bankberater meldet, haben wir ihn. Falls nicht, geht ihm bald die Kohle aus und er muss sich aus der Deckung wagen.«

Rapp überlegte. »Wie wär's, wenn wir eine Fahndung rausgeben? Natürlich unter der Hand. Wir setzen eine Belohnung in Höhe von einer Million Dollar aus und warten, ob er sich bei einem seiner früheren Stasi-Freunde meldet.«

»Daran habe ich auch schon gedacht, aber lass uns das noch ein paar Tage rausschieben. Erst mal schauen wir, was die Durchsuchung morgen bringt, dann können wir es immer noch probieren. Leg dich lieber erst mal hin. Du siehst scheiße aus.«

»Ich fühl mich auch scheiße.«

»Kein Wunder.« Milt legte ihm eine Hand auf die Schulter.

Mit dem Schlaf war es seltsam. Je mehr man ihn brauchte, desto schwerer fand man ihn. Milt sah sofort, dass Rapp dringend Schlaf nachholen musste. »Mitch, hab ich dich je im Stich gelassen?«

Rapp schüttelte den Kopf.

»Siehst du, und diesmal werd ich es auch nicht tun. Ich lass nicht locker, bis ich diesen Abel aufgetrieben habe. Als Nächstes nehm ich mir die Leute vor, die er angeheuert hat. Du kannst dich drauf verlassen. Und jetzt geh ins Bett. Ich hab das Gefühl, uns steht morgen ein wichtiger Tag bevor.«

72

Tajib war der Frau bei zwei früheren Gelegenheiten begegnet, beide Male in Abels Büro. Rashid hatte ihn unangekündigt hingeschickt, nur um Abel nervös zu machen und ihm zu verdeutlichen, dass der 1,93-Meter-Hüne mit dem durchdringenden Blick und der teilnahmslosen Miene wusste, wo Abel arbeitete. Rashid hatte sich jedes Mal irgendeinen albernen Vorwand für den Besuch zurechtgelegt. Die Botschaft kam natürlich an.

Tajib mochte Frauen nicht. Erst recht keine Blondinen mit großen Brüsten, die versuchten, ihn abzulenken. Das war ihm an Greta Jorgensen am meisten im Gedächtnis geblieben – ihre unglaublich großen Brüste und die engen Pullis, die sie trug. Ihren Namen kannte er bloß deshalb, weil er auf einer Tafel auf ihrem Schreibtisch stand.

Die Männer, die er losgeschickt hatte, um Abel zu finden, berichteten, dass er am Montag nicht im Büro aufgetaucht war. Tajib hakte nach, welche Erklärung ihnen die Sekretärin geliefert hatte. Sie erwiderten, es sei keine Sekretärin da gewesen. Das Büro sei einfach geschlossen gewesen. Keiner da. Er wollte wissen, ob der Montag möglicherweise ein Feiertag gewesen war. Nein, hieß es.

Die Erklärung lag auf der Hand: Abel hatte mit ihr telefoniert und ihr mitgeteilt, sie brauche nicht zur Arbeit zu erscheinen. Das wiederum hieß, sie wusste, wie man mit ihm in Kontakt treten konnte. Herauszufinden, wo sie wohnte, erwies sich als relativ simpel. Im Ausland verfügte der saudische Geheimdienst in Wien über die besten Kontakte, weil sich dort der Sitz der OPEC befand. Im Telefonbuch standen nur zwei Greta Jorgensens. Außerdem gab es drei Einträge für G. Jorgensen. Tajib schätzte die Frau auf Ende 30, entweder geschieden oder ledig. Sie trug keinen Ehering. Die Geheimdienstleute in der saudischen Botschaft konnten daraufhin drei dieser Jorgensens direkt ausschließen, eine vierte im Anschluss durch weitere Detailrecherchen.

Die fünfte und letzte Frau lebte in einer unscheinbaren Wohnung nördlich der Donau, ganz in der Nähe des Wiener Nordbahnhofs. Sie ließen einen der Übersetzer aus der Botschaft bei ihr anrufen, um zu checken, ob sie zu Hause war. Nach dem vierten Klingeln meldete sie sich. In perfektem örtlichen Dialekt erkundigte sich der Übersetzer nach Johan. Sie erklärte, in ihrer Familie gebe es keinen Johan, woraufhin sich der Mann für die Störung entschuldigte und auflegte.

20 Minuten später saß Greta Jorgensen vor ihrem Rechner und traf abschließende Reisevorbereitungen. Ihr Boss hatte sie aufgefordert, die Stadt zu verlassen, und sie liebte es, die Welt zu erkunden. Ihre Koffer waren bereits gepackt. Morgen früh wollte sie aufbrechen.

Einige Minuten vor Mitternacht klopfte es zaghaft an der Tür. Eine ihrer Nachbarinnen im Haus arbeitete als Kellnerin. Manchmal schaute sie nach Feierabend kurz vorbei und fragte Greta, ob sie ein Glas Wein trinken oder eine Zigarette rauchen wollte. Greta hatte ihr von dem überraschenden Trip berichtet und gefragt, warum sie nicht einfach mitkam. Die Freundin meinte, das könne sie sich nicht leisten. Vielleicht hatte sie es sich ja anders überlegt?

Greta öffnete die Tür, ohne durch den Spion zu schauen, und stellte überrascht fest, dass stattdessen ein großer, ernster Mann vor ihr stand. Sie bog den Kopf leicht nach links und glaubte, ihn von irgendwoher zu kennen. Bevor es ihr einfiel, verpasste ihr der Mann einen Schlag gegen den Unterkiefer und alles wurde schwarz.

73

Rapp und Coleman standen Schulter an Schulter hinter Milt und verfolgten, wie er die Bewegungen seines Teams dirigierte. Auf dem Schreibtisch vor ihm waren drei Laptops aufgeklappt und hochgefahren. Das linke Gerät zeigte die Straße vor Abels Bürogebäude, das mittlere ein Livevideo des Wagens, wie er sich durch den Morgenverkehr schob, das letzte eine Karte von Wien. Jeder aus Milts Team trug einen Transponder. Die Position des jeweiligen Agenten wurde mit einem neongrünen Punkt und einer Nummer angezeigt. Auf diese Weise wusste Milt lückenlos, wo sich jeder seiner Leute befand. Wie bei einem Fluglotsen genügte ein Blick auf den Bildschirm, um sie an die gewünschte Position zu navigieren.

Der Plan am heutigen Morgen war simpel. Der Bau, in dem sich Abels Büro befand, lag unweit des Parlaments, weshalb sich eine Menge Polizisten in der Umgebung herumtrieben. Er war fünf Stockwerke hoch, aus Stein errichtet und wie fast alles in Wien in tadellosem Zustand, wenn man berücksichtigte, dass er vor gut 100 Jahren entstanden war. Abels Büro befand sich in der zweiten Etage zwischen zwei Anwaltskanzleien. Die Abläufe wirkten organisiert, zumal überwiegend Gewerbetreibende die Räumlichkeiten nutzten. Deshalb hatte Milt bis zum nächsten Morgen warten wollen. Es gab keinen Grund, die Sache unnötig zu überstürzen. In solchen Gebäuden herrschte den ganzen Tag reger Betrieb, nachts rührte sich nichts. Es gab eine solide Alarmanlage und einen Wachmann. Nach Sonnenaufgang kam man wesentlich leichter hinein.

Einer der Agenten, der sich vor einem Brunnen auf der anderen Straßenseite postiert hatte, meldete per Funk, dass die Luft rein war. Zwei Minuten vor neun. Menschen strömten in das Gebäude. Der Himmel war teils bewölkt bei milden Temperaturen. Regen lag in der Luft.

Milt bog den Mikrofonausleger am Headset vor die Lippen und fragte: »Sarah, was hast du für ein Gefühl?«

»Ein gutes.« Die Stimme drang aus einem mickrigen schwarzen Lautsprecher links auf dem Schreibtisch.

»Alles klar. Dann schlag ich vor, du gehst rein. Keine Tricks, kein unnötiges Risiko. Wir haben den ganzen Vormittag Zeit.« Milt drückte nur auf die Tube, wenn er es für unbedingt nötig hielt.

Das Hotel lag wenige Blocks vom Büro entfernt. Ein schwarzer Audi A4 fädelte sich in den Verkehr ein und bremste kaum eine Minute später vor Abels Arbeitsplatz. Eine Brünette mit schwarzer Hornbrille stieg aus dem Wagen und warf die Tür zu. Milt arbeitete nie mit

Blondinen. Sie fielen zu sehr auf. Die schulterlangen Haare der Agentin waren leicht gewellt und verdeckten einen Teil ihrer rechten Gesichtshälfte. Sie trug einen modischen schwarzen Perlon-Trenchcoat, der bis zur Mitte der Hüfte reichte und sich als Wendemodell auch in Hellgrau tragen ließ, darunter einen dunkelgrauen Hosenanzug mit weißer Bluse. Ton in Ton. Wenig einprägsam. Zumindest war das die Absicht dahinter.

In Sarahs Brille war eine stecknadelgroße Glasfaserkamera mit drahtloser Übermittlung integriert. Sie hielt sich dicht hinter zwei Männern und ging zur Aufzuganlage. Eine mittelgroße schwarze Handtasche baumelte über ihrer rechten Schulter, in der Linken hielt sie eine zweimal gefaltete Zeitung. Sie senkte den Kopf, um nicht von möglicherweise vorhandenen Kameras erfasst zu werden.

Es gab drei Aufzüge. Die Türen des mittleren öffneten sich. Sie trat zusammen mit einigen weiteren Besuchern in die Kabine und stellte sich ganz an die Seite. Die Taste für den zweiten Stock war bereits gedrückt, sodass sie sich nicht danach strecken musste. Sie wollte als Letzte aussteigen. Die Kabine fuhr hinauf in die erste Etage, einige Leute stiegen aus. Im zweiten Stock verließ nur ein einzelner Mann den Lift. Sarah wartete kurz und schob sich dann nach vorn. Jemand blockierte freundlicherweise die Tür für sie. Sie stieg aus und wandte sich nach rechts. Der andere Mann hatte sich nach links gewandt.

»Denk an die Fluchtmöglichkeiten«, meldete sich Milt leise per Funk. »Wenn etwas nicht stimmt, gibt es eine Toilette und ein Treppenhaus am Ende des Gangs.«

Der Bau war u-förmig angelegt und besaß einen Innenhof. Sarah lief geradeaus, bis es nicht mehr weiterging, und wandte sich dann nach links. Abels Büro befand sich etwa in der Mitte des Korridors auf der linken Seite. Nummer 318. Niemand war zu sehen. In der rechten Seitentasche ihres Trenchcoats zeichnete sich ein kleines schwarzes Objekt mit den Konturen einer Pistole ab. In Wirklichkeit handelte es sich um einen Dietrich. Es dauerte weniger als zwei Sekunden, sich damit Zugang zu verschaffen. Sie bog um die Ecke und spürte sofort, dass etwas nicht stimmte. Vor ihr, etwa auf Höhe von Abels Büro, standen mehrere Personen. Sarah ließ die Szene kurz auf sich wirken, dann schielte sie nach unten auf ihre Zeitung.

Milt raunte ihr ins Ohr: »Geh langsam vorbei, damit ich unverwackelte Bilder bekomme, und dann einfach weiter.«

Das hatte Sarah sowieso vorgehabt. Sie blickte auf und stellte fest, dass es sich um drei Personen handelte. Alles Männer, einer groß gewachsen, die anderen eher durchschnittlich. Wieder senkte sie den Kopf Richtung Zeitung und schraubte ihr Tempo etwas herunter. Es folgten noch vier weitere Türen auf der linken Seite. Sie schaute kurz hoch, als sie das nächste Büro passierte, um die Nummer an der Tür abzulesen. Keine Frage, die Männer standen vor Abels Büro. Ihr Puls beschleunigte, und sie fragte sich, ob es Milt ebenfalls aufgefallen war.

Seine Stimme erklang ruhig und gelassen im drahtlosen Earpiece. »Ich fürchte, die stören unsere Party. Wärst du so nett, mir eine Nahaufnahme ihrer Gesichter zu besorgen und dich danach auf die Damentoilette zurückzuziehen?«

Genau das tat Sarah. Als sie nur noch vier Schritte von ihnen entfernt war, sah sie die Typen an und lächelte. Dabei fiel ihr auf, dass in ihrer Mitte noch eine Frau stand. Sie erhaschte kurz eine Mähne aus blonden Haaren, dann rückten die Männer enger zusammen und verstellten das

Blickfeld. Mit der Körpersprache und den Gesichtsausdrücken dieser Typen stimmte etwas nicht. Als wären sie wütend, dass sie es wagte, sie anzusehen. Schlagartig wurde ihr bewusst, dass sie es mit Arabern zu tun hatte.

Rapp beugte sich über Milts Schulter, während er die Aufzeichnung zurückspulte. Die Finger des Älteren strichen über das Touchpad, während er beruhigend auf Sarah einredete, die in der Vergangenheit ziemlich böse Erfahrungen mit saudischen Geheimdienstbeamten gemacht hatte. »Ich weiß, dass du sie hasst. Bleib, wo du bist.«

»Ich schwör's dir«, drang ihre aufgebrachte Stimme aus der mickrigen schwarzen Box. »Wenn sie mich auf die Toilette verfolgen, bring ich sie um.«

»Sarah«, sagte Milt und ließ das Video immer zehn Frames auf einmal rückwärtsspringen. »Es wäre mir lieber, wenn du auf einen Mord verzichtest.« Er fror die Wiedergabe bei der deutlichsten Aufnahme der beiden Männer ein. Ein Hüne, ein Normalgroßer. Milt blinzelte hektisch. »Da brat mir doch einer 'nen Storch.«

»Was ist?«, fragte Rapp.

Milt wechselte zum dritten Laptop, schloss das Fenster mit der Karte und öffnete eine Datei, die ihm Langley im Verlauf der Nacht geschickt hatte. Er war noch nicht dazu gekommen, sie Rapp zu zeigen. Ein Phantombild erschien auf dem Schirm. Es sah dem Größeren, an dem Sarah gerade vorbeigekommen war, zum Verwechseln ähnlich.

»Wer ist das?«, wollte Rapp wissen.

»Keine Ahnung.« Milt zuckte die Achseln. »Es hing eine Anmerkung für dich dran. Das sei der Mann, der die Salvadorianer angeheuert hat.«

Schlagartig begriff Rapp, was hier vor sich ging. »Was habt ihr an nicht tödlichen Waffen eingepackt?« Seine Stimme klang dringlich.

»Taser.«

»Wo?«

»In dem schwarzen Koffer da drüben.«

Rapp holte ihn, schmiss ihn aufs Bett und ließ die Verschlüsse aufschnappen. Er warf Coleman einen der Elektroschocker zu.

»Komm mit.«

»Funkgeräte«, fiel Milt ein. Er griff nach zwei kompakten Motorola-Digitalmodellen mit drahtlosen Clip-Mikros und fleischfarbenen Hörmuscheln. »Sie sind aufgeladen und einsatzbereit.«

Rapp und Coleman stopften die Geräte in ihre Jackentaschen, befestigten die Mikrofone innen am Kragen und pulten sich die Knöpfe ins Ohr. Dann hasteten sie zur Tür.

»Milt«, rief Rapp ihm im Gehen zu. »Sag Sarah, sie soll keinen umbringen, bis ich da bin. Und schick euer Foto von dem Typen an Langley. Sie sollen checken, ob es der Kerl ist, den ich suche.«

»Was zur Hölle haben Salvadorianer mit dieser Geschichte zu tun?« Milt sah ihnen hinterher und bekam keine Antwort. »Ich werd das Gefühl nicht los, dass ich hier gleich eine Riesensauerei aufräumen muss.« Er bog das Mikro vom Mund weg und beschäftigte sich damit, sein Team neu zu positionieren.

74

Tajib beschlich langsam der Verdacht, dass diese Frau überhaupt nichts wusste. Sie hatten sie aus ihrer Wohnung geholt, in den Kofferraum des Wagens verfrachtet und waren mit ihr zurück zur Botschaft gefahren. Tajib fing mit den Fingernägeln ihrer linken Hand an. Er riss einen nach dem anderen aus. Nach dem dritten änderte sie ihre Geschichte. Zunächst hatte sie behauptet, nicht zu wissen, wo ihr Boss sich aufhielt. Nun spekulierte sie, er halte sich in Italien auf. Wo genau, hakte er nach. Sie schluchzte, dass sie keine Ahnung habe und nur beiläufig aufgeschnappt habe, wie er Italien erwähnte. Da beschloss er, sie von zweien seiner Männer vergewaltigen zu lassen. Natürlich ließen sie sich nicht lange bitten und wirkten äußerst dankbar. Tajib selbst hätte sich nie zu so etwas herabgelassen, doch er wusste, dass diese Art Frau sich durch eine Schändung meistens zum Reden bewegen ließ.

Er kündigte an, in einer Stunde zurückzukommen, verließ den Lagerraum im Keller und ging in die Küche. Dort aß er ein Sandwich, trank ein Glas Milch und überlegte, welche Fragen er ihr als Nächstes stellen wollte. Abel war ein Mann, der sich gern mit Technik umgab. Als Tajib ihm vor fünf Jahren zum ersten Mal begegnet war, hatte er bereits eine dieser damals völlig neuartigen Kombinationen aus Taschencomputer und Mobiltelefon benutzt. Bestimmt ließ sich auf diese Weise herausfinden, wo Abel steckte. Irgendwo auf einem Computer musste eine entsprechende Information gespeichert sein. Tajib durfte Rashid nicht enttäuschen. Wenn er den Deutschen nicht fand, vertraute ihm der Prinz nie wieder.

Er ging zurück nach unten. Die Männer waren fast fertig mit ihr. Sie hatten sie ausgezogen, über einen Tisch gebeugt und die Hände mit braunen Verlängerungskabeln am Unterschenkel verzurrt. Er hätte sie hier und jetzt nehmen können. Erregung packte ihn. Er stand kurz davor, der Versuchung nachzugeben. Er zwang sich, stumm das *Salat al-Dschum'a* anzustimmen. »*Allahu akbar, Allahu akbar … ashahadu an la ilaha ill allah … ashahadu anna Muhammadar rasulullah …*« Gott ist groß, Gott ist größer. Ich erkläre, dass es keinen Gott außer ihm gibt. Ich erkläre, dass Muhammad der Botschafter Gottes ist.

Das Gebet half jedoch nicht, seine Bedürfnisse zu unterdrücken. Er begriff, dass er sich der Verführerin entziehen musste. Einer der Männer berichtete lachend, sie habe ihn angefleht, endlich aufzuhören, und einen Safe im Büro erwähnt. Inzwischen war es vier Uhr nachts. Tajib forderte die Männer zornig auf weiterzumachen. Jetzt dort aufzutauchen erregte nur unnötig Verdacht. Sie mussten die Ungläubige morgen früh herrichten und mit ihr zu Abels Büro fahren.

75

Rapp und Coleman nahmen die Treppen. Coleman raste hinunter wie der Blitz. Wegen des steifen Knies und des Kratzers am Schenkel fiel Rapp leicht zurück. Scott wartete unten an der Straße auf ihn. Sie liefen nebeneinander, zügig, aber nicht so schnell, dass sie ungewollte Aufmerksamkeit auf sich lenkten. Unterwegs begegneten sie einem Polizisten und ignorierten ihn. Rapp begann mit den Händen zu fuchteln und redete auf Französisch auf Coleman ein. Beide trugen Jeans, Rapp dazu eine schwarze Polartec-Jacke, Coleman ein dunkelbraunes Outdoor-Modell mit übergroßen Taschen. Nach zwei Kreuzungen hatten sie den Vordereingang des Bürokomplexes in weniger als drei Minuten erreicht.

»Lass uns den Größeren tasern«, schlug Coleman vor, als sie die Stufen zum Eingang hinaufeilten.

»Ja. Den will ich lebendig.«

»Und die anderen zwei?«

»Hängt davon ab, wie sie reagieren. Kümmere du dich um den Großen, ich übernehm die beiden anderen. Milt?« Er sprach in das winzige Mikrofon am Kragen. »Sarah soll uns die aktuelle Lage schildern. Wir sind gleich da.«

Coleman nickte ihm zu. Rapp legte wieder auf Französisch los. Hinter den schweren Messingtüren durchquerten sie die Lobby und nahmen Kurs auf die Liftanlage. Sie schafften es, einen für sich allein zu erwischen, und lauschten, wie Sarah den Waschraum verließ und an Abels Büro vorbeilief. »Die Tür ist zu. Ich glaube, sie sind drin.«

»Komm zu den Aufzügen«, forderte Rapp sie auf.

Fünf Sekunden später stoppte die Kabine. Rapp und Coleman schossen heraus, entdeckten Sarah in der Mitte des Flurs und berieten sich kurz.

»Schneller Zugriff. Ich geh zuerst rein, Scott als Zweiter. Sarah, du bleibst an der Tür. Deine Waffe hat einen Schalldämpfer, oder?«

»Ja.«

»Nur schießen, wenn's unbedingt nötig ist. Ich will nicht von irgendwelchen Querschlägern erwischt werden, die durch die Wand kommen. Wenn jemand im Vorzimmer ist und keine Dummheiten macht, laufen Scott und ich direkt weiter. Dann übernimmst du das Sichern. Wenn der Typ nicht genau das tut, was du willst, erschieß ihn.« Rapp sah sie prüfend an, ob das für sie in Ordnung ging. »Passt das?«

Sie nickte. Dann schlug sie vor: »Warum fädeln wir nicht eine Glasfaser-Cam unter der Tür durch und sehen vorher nach?«

Rapp schüttelte den Kopf.

»Ich find den Vorschlag gut, Mitch«, schlug sich Coleman auf ihre Seite. »Das dauert höchstens fünf Minuten.«

»Ich will keine fünf Minuten verschwenden oder es unnötig kompliziert machen. Wenn wir direkt zuschlagen, brauchen wir fünf Sekunden, keine fünf Minuten. Erschießt alle außer dem Mädchen und dem Hünen.«

»Okay.«

Rapp eilte durch den Gang und bog am Ende links ab. Er rief sich den Grundriss der angemieteten Räume in Erinnerung. Es gab einen kleinen Empfangsbereich. Dahinter führte die Tür entweder geradeaus, rechts oder links in Abels Büro. Das wusste er nicht mehr so genau. Als er noch fünf Schritte vom Vorzimmer entfernt war, glitt seine linke Hand unter die Jacke. Seine Finger ertasteten das Heft der 9-Millimeter-Glock und zogen sie hinter dem Bund hervor. Da der Schalldämpfer bereits aufgeschraubt war, musste er ziemlich lange ziehen. Er blieb kurz vor Zimmer 318 stehen und blickte über die Schulter, um sich zu versichern, dass Coleman und Sarah dichtauf folgten. Er hielt warnend die rechte Hand hoch, dann griff er damit nach dem Türknauf.

In diesem Moment schien alles stillzustehen. Rapp schloss die Augen, ging leicht in die Hocke, atmete tief durch und drehte am Griff, während er sich mit der linken Schulter gegen das Holz lehnte. Eine Bewegung wie aus einem Guss. Parallel streckte er die Waffenhand aus. Er fand sich im Vorzimmer wieder, etwa drei Meter breit und fünf Meter lang. Rechts stand ein Schreibtisch, links eine Couch für Besucher. Der Zugang zum Büro war direkt vor ihm. Er hörte gedämpfte männliche Stimmen von nebenan. Langsam schlich er hin und stellte fest, dass sie Arabisch redeten. Er wartete kurz und drehte den Kopf hin und her, um abzuschätzen, wo genau sie sich aufhielten. Dass sie ihre Waffen gezogen hatten, hielt er für unwahrscheinlich.

Rapp stürmte ins Büro, schaute kurz nach links und strich dann den Bereich zu seiner Rechten mit der Mündung der Glock ab. Zu viert standen sie hinter einem großen Schreibtisch. Ein Regal war abgerückt worden und gab den Blick auf einen in die Wand eingelassenen grauen Stahlsafe frei. Da ihn niemand zu bemerken schien, grüßte er: »Hallo, Jungs.«

Sie wirbelten überrascht herum, die Frau eingeschlossen. In weniger als einer Sekunde hatte er die Hände der Männer überprüft. Nur einer hielt eine Waffe in der Hand, der Typ außen rechts. Ihn visierte er an. Gerade wollte er warnen: »Denk nicht mal dran«, da machte der andere Dummheiten. Die Waffe ruhte flach an seinem Oberschenkel. Rapp sah ihm in die Augen, doch die Bewegung entging ihm nicht. Er drückte ab und pflanzte dem Gegner eine Kugel genau zwischen die Augen. Dessen Kopf knallte gegen das Bücherregal und er brach reglos zusammen.

Coleman war ihm ins Büro gefolgt, den Taser im Anschlag. Er zielte auf den anderen durchschnittlich großen Araber. Zwei Konstrukte, die an Angelhaken erinnerten, schossen heraus und bohrten sich in die Brust des Mannes. 20.000 Volt Starkstrom malträtierten seinen Körper. Er zappelte unkoordiniert und ging in die Knie, das Gesicht vor Schmerz verzerrt. Coleman löste eine zweite Ladung aus. Nun kollabierte der Saudi auf dem Teppich und konnte sich nicht mehr rühren.

Sowohl Rapp als auch Coleman nahmen jetzt den Hünen ins Visier, während Sarah die Tür zum Gang schloss.

»Mach keine Dummheiten.« Im selben Moment merkte er, dass sie ein Problem hatten. Die Frau stand zu dicht neben dem Hünen. Rapp hätte ihn zwar erschießen können, aber sie brauchten ihn lebendig. Ihr Gegner machte einen raschen Schritt zur Seite und schob die Frau als menschlichen Schutzschild vor seinen Körper. Er griff ihr mit der rechten Hand an die Kehle und zog mit der linken an ihren Haaren.

»Waffen runter.«

»Sonst was?«, fragte Rapp.

»Sonst brech ich ihr das Genick.«

Rapp sah, wie der Mann den Druck erhöhte und seinem hilflosen Opfer die Augen aus den Höhlen traten. Er ging die Optionen durch. Weil die Frau im Weg war, gab es kaum eine Trefferfläche. Seine Augen tanzten über die Silhouette des Feindes, dann fand er doch noch eine geeignete Stelle. Er senkte die Mündung einige Zentimeter und übte Druck auf den Abzug aus.

Das 9-Millimeter-Projektil schlug in den rechten Ellbogen ein und zerschmetterte die Gelenkpfanne. Die Reaktion erfolgte sofort und war ungemein befriedigend. Seine rechte Hand fiel schlaff nach unten, die linke Hand ließ die Haare der Frau los. Das überforderte Gehirn schickte einen Impuls, mit der linken Hand über die Brust zu greifen, um den lose fixierten rechten Unterarm zu stützen. Im selben Moment kippte die Frau nach vorn auf den Schreibtisch und rang nach Luft. Scott reagierte sofort. Die Angelhaken bohrten sich in die Brust des Gegners und entfesselten ihre elektrische Ladung.

76

ZÜRICH, SCHWEIZ

Abel stieg aus dem Zug, hielt sich ein Taschentuch vor den Mund und dankte einem Gott, an den er nicht glaubte, für die Gründung der Europäischen Union. Vorbei waren die Tage der Zoll- und Zugangskontrollen an jeder Grenze und jedem Hafen. Alle lebten als große glückliche Familie zusammen und konnten frei von einem Land in das andere wechseln, ohne sich mit Formalitäten herumzuschlagen. Das passte hervorragend zu Abels neuem Lebensstil. Er war mit dem Zug von Venedig nach Mailand gefahren, hatte in einem unsäglichen Hotel direkt am Bahnhof übernachtet und allein in einem kleinen Café zu Abend gegessen. Mit teuren Weinen, Menüs und Hotels war erst mal Schluss. Falls Rashid bis Mittag das Geld nicht überwies, wären seine ganze harte Arbeit und das eingegangene Risiko umsonst gewesen.

Am nächsten Morgen bestieg er den frühesten Expresszug Richtung Norden. Zum Glück ging es darin deutlich komfortabler zu als in den heruntergekommenen, dreckigen Abteilen der Ferrovie dello Stato – der italienischen Staatsbahn, auf deren Dienste er für die erste Etappe zurückgegriffen hatte. Sie hielten nur einmal in Chiasso, dann ging es bereits über die Grenze. Den ganzen Morgen fuhren sie durch die herrliche Landschaft, bis sie die Berge erreichten, von dort aus ging es direkt weiter nach Zürich. Abel verschlang insgesamt fünf verschiedene Zeitungen und forschte nach Einzelheiten zu Saids Tod. Die Faktenlage erwies sich als dürftig. Aus den Informationen in den Artikeln ließ sich nicht ableiten, was genau passiert war. Abel ahnte trotzdem, dass Rapp dahintersteckte.

Der Zug traf kurz vor Mittag in Zürich ein. Er hatte die Brille in die Tasche gesteckt und nutzte das Taschentuch, um sein Gesicht vor der Sicherheitskamera an den Gleisen zu verbergen. Mit ausgreifenden Schritten zog er den mittelgroßen Rollkoffer hinter sich her. Er ging nicht zum Taxistand, sondern überquerte die Straße und lief über die Bahnhofstraße nach Süden Richtung See. Abel kannte die Stadt wie seine Westentasche, weil er hier eine Wohnung besaß, die er auch zum Arbeiten nutzte. Um sie machte er allerdings bewusst einen großen Bogen.

Nach einem strammen zehnminütigen Marsch erreichte er eins der vornehmsten Einkaufsviertel der Welt und lief danach auf einer der niedrigen Hängebrücken ans andere Ufer des Limmat. Er setzte sich auf eine Brücke am Ostufer und schaltete seinen PDA an. Während er darauf wartete, dass der Farbbildschirm zum Leben erwachte, blickte er hinauf in den Himmel. Eine graue Wand. Keine sichtbaren Wolken, nur eine trübe Decke, die die warme Sonne ausblendete. Ein kalter Windstoß wehte über das Wasser heran. Abel klappte den Kragen seines Trenchcoats hoch.

Das Display flackerte auf und aus dem winzigen Lautsprecher untermalten ein paar blecherne Töne den Abschluss des Bootvorgangs. Abels Fingerkuppen glitten hektisch über die virtuelle Tastatur. Er rief die Website der Bank auf, loggte sich ein und absolvierte drei zusätzliche Sicherheitsabfragen, bis der Kontostand angezeigt wurde. Er stutzte, dann fluchte er. Das Guthaben belief sich auf eine Million Dollar. Nicht zehn.

Abel stand auf, drehte mehrere Runden um die Parkbank, setzte sich wieder und erteilte seiner Bank per Mail einen Überweisungsauftrag. Er wollte, dass das Geld vom Konto verschwand, bevor er den nächsten Anruf erledigte. Nach dem Ausloggen rief er Rashids Büro an. Der Prinz befand sich nicht am Platz, ließ ihm aber von seinem Assistenten eine Nummer ausrichten, unter der er aktuell erreichbar war. Abel legte auf, ohne sich zu bedanken, und überlegte. Stellte Rashid ihm eine Falle? Er beschloss, einen Münzfernsprecher zu benutzen.

Eine Straße weiter fand er ein Telefon und tippte die Nummer seiner Calling-Card gefolgt von der eben aufgeschriebenen Nummer ein. Nach längerem Surren und Klicken meldete sich ein Mann am anderen Ende.

»Prinz Muhammad, sofort.«

»Darf ich fragen, wer anruft?«

»Holen Sie ihn einfach an den Apparat«, schnauzte Abel. Er sah sich über beide Schultern um, scannte das Flussufer ab und zählte im Kopf die Sekunden mit.

»Erich?«, fragte der Prinz. »Wo sind Sie?«

»In Wien«, log er. »Wo sind Sie?«

»In Südspanien.«

Abel schüttelte nur den Kopf. Rashid redete ständig über Spanien und behauptete, es werde eines Tages wieder fest in muslimischer Hand sein. »Ich habe gerade meinen Kontostand überprüft. Sie schulden mir noch neun Millionen.«

»Ich habe schlechte Nachrichten für Sie. Die Amerikaner wissen bereits, dass Sie im Auftrag von Said tätig waren.«

»Sie lügen.«

»Nein, es ist die Wahrheit.«

»Wer hat Ihnen das gesagt?«

»Der nationale Geheimdienstkoordinator der Amerikaner … Ross.«

»Ich glaube Ihnen nicht.« Abel versuchte, ruhig zu klingen, obwohl ihm der Kopf schwirrte.

»Es stimmt aber. Ich denke, Wien ist gerade kein guter Ort für Sie. Fliegen Sie besser nach Saudi-Arabien. Ich sorge für Ihren Schutz.«

Wenn ich nach Saudi-Arabien fliege, bringst du mich um, dachte Abel bei sich. »Wie haben die Amerikaner von mir erfahren? Said hat ihnen bestimmt nichts verraten.«

»Die Auftragskiller, die Sie angeheuert haben, konnten den Mund nicht halten.«

»Man hat sie geschnappt?«, fragte er fassungslos.

»Nein. Nicht dass ich wüsste. Ich weiß nur, dass die CIA Kontakt zu den Banken aufgenommen hat, die Sie und Said nutzen. Direktorin Kennedy ist persönlich nach Zürich geflogen und hat sich mit den Vorständen getroffen. Nicht Said hat Ihr Geld genommen, sondern der amerikanische Geheimdienst.«

»Es ist mir egal, wer mein Geld genommen hat. Unser Deal gilt weiterhin. Zehn Millionen Dollar. Sie schulden mir noch neun.«

»Richtig«, verkündete Rashid ruhig. »Und Sie werden

das Geld bekommen. Alle sechs Monate überweise ich Ihnen eine weitere Million.«

»Das dauert insgesamt fast fünf Jahre.«

»Richtig. Und in dieser Zeit werde ich hervorragend schlafen, weil ich mir sicher sein kann, dass Sie gute Gründe haben, mich nicht zu hintergehen.«

»Nein! Wir haben gestern eine Absprache getroffen.«

»Absprachen lassen sich anpassen. Fliegen Sie nach Granada. Ich schicke Ihnen mein Flugzeug. Dort können wir Ihre Bedingungen ausdiskutieren.«

Abel schlug sich den Hörer aus Hartplastik mehrmals gegen die Stirn. Er befand sich nicht in der Position, Bedingungen zu stellen. »Gut, in sechs Monaten erwarte ich eine weitere Million Dollar auf meinem Konto, sonst liefere ich den Amerikanern alles, was ich über Sie weiß. Nicht nur was Rapp betrifft, sondern alles. Und sollten Sie mir Ihren Gauner Tajib auf den Hals gehetzt haben, muss Ihnen klar sein, dass ich eine Lebensversicherung besitze.«

»Was für eine Lebensversicherung?«

»Ich habe alle Unterlagen codiert auf einer Disc gespeichert und sie einem Anwalt übergeben.« Eine Lüge. »Sollte ich ihn nicht jeden Monat zu einem festgelegten Zeitpunkt anrufen, wird er den Datenträger an das FBI schicken. Eine Million Dollar alle sechs Monate, Rashid. Und sollte ich Tajib oder einen seiner Männer irgendwo sehen, hetze ich Ihnen Mitch Rapp auf den Hals.«

Abel knallte den Hörer auf die Gabel, schnappte sich den Koffer und lief die Straße entlang. Noch hatte er keinen Anwalt eingeschaltet, aber er beschloss, es so bald wie möglich zu erledigen. Er konnte Rashid keinen Vorwurf für die veränderten Spielregeln machen. An dessen Stelle hätte er genauso gehandelt. Abel vertraute ihm nach wie vor nicht. Deshalb musste er mit Plan B weitermachen. Der war zwar etwas riskanter, aber je schneller er ihn in Gang setzte, desto besser.

Früher oder später würden die Amerikaner auf sein Chalet in den Bergen stoßen. Er hatte seinen neuen Mercedes vor dem Aufbruch nach Venedig in einer privaten Garage untergestellt. Er wollte ihn holen, über die Grenze zu seinem Haus in den Bergen rasen und den Safe ausräumen, in dem eine halbe Million Dollar in bar, ein paar Waffen, mehrere Sätze gefälschter Ausweise und einige enorm wichtige Dokumente lagerten.

77

WIEN, ÖSTERREICH

Die beiden Saudis lagen auf dem Rücken, Hand- und Fußgelenke mit weißen Plastikfesseln fixiert, Gewebeband fest über Augen und Mund geklebt. Den Ellbogen des Größeren hatten sie bandagiert. Nicht weil sie sich um seine Gesundheit sorgten, sondern weil sie nicht noch mehr Blut wegwischen wollten. Sie hatten einen kompletten Sack Katzenstreu gebraucht, um die Lache zu entfernen, die sich um den Kopf des Dritten gebildet hatte. Für Milts Team schienen solche Aktionen Routine zu sein. Innerhalb von Minuten hatten sie in der Stadt einen Staubsauger, Reinigungsmittel, eine Sackkarre, Gewebeband, dicke Plastikfolie und einen 50-Zoll-Fernseher aufgetrieben. Das Gerät hatten sie in einem Hinterhof in der Nähe des Ladens zurückgelassen und nur die Verpackung mitgebracht.

Rapp verfolgte, wie der Kerl mit dem Stirnschuss in Plastik gewickelt in den Karton des TV-Geräts verfrachtet wurde. Keiner der Männer trug einen Ausweis bei sich, doch Rapp hätte sein Haus darauf verwettet, dass sie Saudis waren. Der Hüne mit der gesprengten Ellbogenpfanne wurde auf dem Boden liegen gelassen, sein anderer Begleiter landete nach einer großzügigen Xanax-Injektion in den Oberschenkel auf seinem toten Freund im Karton. Milts Leute klebten ihn mit durchsichtigem Packband zu und transportierten die beiden mit der Sackkarre ab. Was sie mit dem Betäubten anstellen sollten, wussten sie noch nicht so genau. Nachdem ihnen die Frau von den Prügeln und der brutalen Vergewaltigung erzählt hatte, verspürte Rapp große Lust, ihm die Eier abzuschneiden, in die Kehle zu rammen und ihn daran ersticken zu lassen.

Coleman und Sarah versuchten, ihr im Nebenraum zu entlocken, was genau passiert war. Auch sie erhielt eine – deutlich kleinere – Dosis Xanax zur Beruhigung. So laut und hysterisch hörte sie sonst noch jemand in den Nachbarbüros. Sie schilderte, wie sie am vergangenen Abend die Tür zu ihrer Wohnung geöffnet hatte und ein groß gewachsener Mann davorstand. Als Nächstes erinnerte sie sich, in einem fremden Keller aufgewacht zu sein und erste Schläge zu kassieren. Sie sollte verraten, wo sich ihr Chef befand.

Coleman und Sarah interessierte diese Frage ebenfalls brennend, doch sie hielten sich zurück. Nach allem, was diese Frau durchgemacht hatte, dürfte sie auf Druck, verbal und psychisch gleichermaßen, empfindlich reagieren. Sie hörten geduldig zu und stellten ein paar vorsichtige Fragen, um das Gespräch behutsam in die passende Richtung zu lenken: Wann haben Sie das letzte Mal mit Ihrem

Chef gesprochen? Ist Ihnen einer dieser Männer früher schon mal begegnet?

Sie berichtete, ihr Vorgesetzter habe sie am Donnerstag vergangener Woche angerufen und mitgeteilt, sie müsse in nächster Zeit nicht zur Arbeit erscheinen. Sie entschied, den Urlaub für eine kleine Reise zu nutzen. Eigentlich hatte sie an diesem Morgen aufbrechen wollen, doch dann war dieser Fremde vor ihrer Tür aufgetaucht. Darüber zu sprechen, rüttelte sie so sehr auf, dass sie ihr eine weitere Dosis Xanax und mehrere Minuten Pause gönnten.

Einen der Männer kannte sie tatsächlich. Den Hünen. Sie war sich ziemlich sicher, dass er aus Saudi-Arabien stammte. Ihr Boss arbeitete für viele Saudis und Bewohner anderer arabischer Staaten. Sie erklärte, dass in Wien eine der drei UN-Zentralen und außerdem der Hauptsitz der Organisation erdölexportierender Länder angesiedelt waren. Coleman bohrte nach, was sie beruflich genau machte. Überwiegend Lobbyarbeit und Risikoanalysen. Ob sie wisse, dass ihr Chef früher für die ostdeutsche Geheimpolizei tätig gewesen war? Nein, das sei ihr neu. Scott glaubte der Frau.

In der Zwischenzeit beschäftigte sich Rapp mit dem Inhalt des Safes. Einer von Mitchs Leuten hatte ihn in unter zwei Minuten geknackt. Sie stießen auf einige interessante Dinge, unter anderem eine Ausgabe von *Alice im Wunderland.* Ein Überbleibsel aus Stasizeiten, das Geschenk eines Vorgesetzten vielleicht? Rapp schlug die Titelseite auf und stieß tatsächlich auf eine Widmung an Abel. Sie war in Russisch abgefasst. Da Rapp die Sprache nicht lesen konnte, gab er das Buch an einen von Milts Mitarbeitern weiter, damit es für eine ausgiebige Analyse in Langley eingepackt wurde.

Es gehörte zu den gängigen Tricks osteuropäischer Spione, Hinweise zur Entschlüsselung codierter Botschaften in Büchern zu verstecken. Außerdem lag eine H&K P2000 mit Schalldämpfer im Tresor. Rapp drehte die Waffe in der Hand hin und her und inspizierte sie aus unterschiedlichen Blickwinkeln. Makellos sauber, was er nicht einer akribischen Reinigung zuschrieb, sondern dem Umstand, dass sie allerhöchstens ein halbes Dutzend Mal abgefeuert worden war. Ferner fanden sich ein paar Discs mit verschlüsselten Dateien. Sie wurden sofort zu Milt gebracht, damit er sich zusammen mit Marcus Dumond in Langley darüber hermachen konnte. Ansonsten gab es noch ein paar Akten, 10.000 Euro in bar und einen gefälschten Pass mit passender Kreditkarte. Nichts davon lieferte einen Hinweis, wo sich Abel aktuell aufhielt.

Rapp hatte kurz versucht, den Hünen einem Verhör zu unterziehen, doch der schrie direkt los wie am Spieß. Er sah sich gezwungen, ihm einen Schlag mit der Pistole ins Gesicht zu verpassen, damit er die Klappe hielt. Er kam gerade wieder zu sich. Mitch wollte einen zweiten Versuch starten, um herauszufinden, für wen er arbeitete.

Coleman tippte ihm von hinten auf die Schulter. »Ich schlage vor, du redest mit ihr.«

»Worum geht's?«

»Sie hat gerade eine Location erwähnt, die wir bisher nicht auf dem Schirm hatten. Ein Haus in den Bergen. Ich nehme an, ihr Boss nutzt es als Rückzugsort.«

»Ist sie je dort gewesen?«

Coleman schüttelte den Kopf. »Er scheint nur selten darüber zu reden, aber sie hat in den Jahren das eine oder andere aufgeschnappt.«

»Weiß sie, wo dieses Haus ist?«

»Nicht genau, aber sie meint, es sei in Vorarlberg in der Nähe einer Stadt namens Bludenz.«

Bevor Rapp nachfragen konnte, wo zur Hölle Bludenz lag, plärrte Milt Johnsons Stimme aus dem Lautsprecher des Funkgeräts. »Mitch, hörst du mich?«

Rapp hatte den Knopf aus dem Ohr gezogen. Das Gerät hing an seinem Gürtel. Er zog es ab und drückte auf die Sprechtaste. »Worum geht's, Milt?«

»Hab ich schon erwähnt, dass unser Freund vor einer Woche 125 Riesen für einen nagelneuen Mercedes hingeblättert hat?«

»Nein.«

»Ich glaube, ich habe die Karre gefunden.«

Rapp starrte das Funkgerät an und schüttelte den Kopf. »Soll ich jetzt beeindruckt sein?«

»Noch nicht. Erst wenn du mich gefragt hast, wie ich sie entdeckt habe.«

»Milt, wie hast du sie entdeckt?«

»Ich bin froh, dass du mich das fragst. Diese hochpreisigen Limousinen sind alle mit einer On-Board-Navigation ausgestattet. Wir haben uns in die Datenbank von Mercedes gehackt, die Fahrgestellnummer aus den Zulassungspapieren eingegeben und konnten so eine Positionsbestimmung anstoßen. Ich hab die Jungs von der NSA heute Morgen darauf angesetzt und soeben die Resultate bekommen.«

»Lass mich raten … Die Karre steht auf dem Parkdeck des Wiener Flughafens.«

»Nein, sie stand bis gerade eben in Zürich und ist vor sechs Minuten losgefahren.«

Rapp starrte das Funkgerät erstaunt an. »Wohin?«

»Nach Süden. Mehr können sie aktuell nicht sagen. Raus aus der Stadt.«

Er überlegte, bevor er erneut auf die Sendetaste drückte. Er kannte Zürich gut und überlegte, was sich südlich vom Zentrum befand. Natürlich, der Zürisee, wie ihn die Einheimischen nannten. Alles floss entweder östlich oder westlich um ihn herum. »Ist er in südöstlicher oder südwestlicher Richtung unterwegs?«

Milt musste offenbar kurz Rücksprache halten. Nach einigen Sekunden kam die Antwort: »Südöstlich.«

Rapps Gedanken rasten. Südosten. Also entweder die Grenze zu Österreich oder Italien. »Milt, ich komm zu euch rüber. Organisiert mir einen schnellen Helikopter und findet raus, wen wir in Zürich vor Ort sitzen haben.«

Rapp beendete den Funkkontakt mit dem vereinbarten Klickzeichen und sah Coleman an. Er deutete auf den verschnürten Saudi auf dem Boden. »Der kommt mit. Sie sollen den Karton vom Fernseher wieder raufschaffen und ihn damit in den Van schmuggeln. Sofort!«

78

WESTÖSTERREICH

Abel machte sich keine Sorgen um mögliche Abhörvorrichtungen. Das Auto war nagelneu und hatte während seiner Abwesenheit unter einer Plane in einer örtlichen Garage gestanden. Niemand konnte davon wissen. Seine jahrelange Spionageerfahrung drängte ihn trotzdem zur Vorsicht. Hinter Zürich nahm er zweimal die nächste Abfahrt und wechselte auf die Umgehungsstraßen. Erst als er sich absolut sicher war, dass ihm niemand folgte, schoss er wie eine Rakete seinem Ziel entgegen. Der 500-PS-Motor erlaubte es ihm, mit fast 200 Sachen über die Schweizer Autobahn zu fliegen. Dabei beschränkte er sich auf die geraden Passagen. Die Polizei hier hatte kein Problem mit überhöhtem Tempo, solange man nicht andere Verkehrsteilnehmer gefährdete. Auf den Bergpässen mit ihren steilen Kurven, Anstiegen und Senken fuhr er deutlich langsamer. Insgesamt brauchte er für die Strecke von Zürich nach Bludenz zwei Stunden und 47 Minuten.

Bei der Ankunft in der malerischen Kleinstadt ergriff ihn sofort eine tiefe Melancholie. Er liebte diesen Ort und es machte ihn traurig, dass ihn ein sadistischer Saudi und ein verrückter Amerikaner daran hinderten, seine simplen Freuden weiterhin zu genießen. Spontan hielt er vor einem Lebensmittelladen. Er war hungrig und beschloss, sich ein paar seiner lokalen Lieblingsspezialitäten zu gönnen. Als er eintrat, klingelte eine Glocke über der Tür, um den Besitzer auf Kundschaft hinzuweisen. Abel atmete tief ein. Gebäck, Wurst, frisch gemahlener Kaffee. Es duftete himmlisch.

Der Metzger stand mit sauberer weißer Schürze auf dem üblichen Posten hinter der Fleischtheke. Abel musterte ihn aufmerksam. Deutete etwas darauf hin, dass Fremde in die Stadt gekommen waren und sich nach ihm erkundigt hatten? Den Amerikanern traute er alles zu. So erbittert, wie sie Terroristen bekämpften, hielt er es für denkbar, dass sie Interpol oder die Staatspolizei in der Schweiz und Österreich für ihre Suchaktion einspannten.

Der Mann hinter dem Tresen schenkte ihm ein warmes Lächeln. Er sah Abel direkt in die Augen. Obwohl er den Namen des Kunden nicht kannte, vermittelte er ihm das

Gefühl, sich zu freuen, ihn zu sehen. Abel war beruhigt. Er schien den Leuten, die nach ihm suchten, einen Schritt voraus zu sein. Er ließ sich mehrere Würstchen von der Kette an der Wand abschneiden, nahm noch etwas Gemüse, kleinere Käsestücke, Milch, frischen Kaffee, Gebäckstücke und ein paar Eier mit. Beim Bezahlen liebäugelte er mit der Idee, im Chalet zu übernachten. Er wusste, dass es unvernünftig war, aber er wusste auch, dass er sein geliebtes Haus in den Bergen so schnell nicht wiedersah.

Abel steuerte den Mercedes SL55 AMG mit offenem Verdeck und heruntergelassenen Fenstern durch die Serpentinen den Berg hinauf. Es war relativ kühl, aber das störte ihn nicht. Zu sehr genoss er die frische Bergluft. Die majestätische Weite der Landschaft und die Idylle des Städtchens würden ihm fehlen. Gäbe es doch nur eine Möglichkeit hierzubleiben, sich in den Alpen zu verstecken und einer Entdeckung zu entgehen. Nur war Petrow schon mal hier gewesen. Früher oder später fanden die Amerikaner zwangsläufig heraus, dass er vor vielen Jahren, als noch der Eiserne Vorhang als unsichtbare Grenze durch Europa verlief, sein Führungsoffizier gewesen war.

Abel ließ die letzten Wochen in Gedanken Revue passieren und fragte sich, an welcher Stelle er den entscheidenden Fehler begangen hatte. Schon als er Saids Jobangebot annahm? Oder erst, als er Druck auf die Auftragsmörder ausübte und drohte, sie notfalls bis ans Ende der Welt zu jagen? Damals hatte er es für die richtige Reaktion gehalten, aber rückblickend kam es ihm unvernünftig und der Erregung geschuldet vor.

Ihre Retourkutsche hatte nicht lange auf sich warten lassen. Statt sich direkt um ihn zu kümmern, wie es der

Mann angedroht hatte, entschieden sie, die CIA und dieses Monster Mitch Rapp auf seine Spur anzusetzen. Ein genialer Plan, keine Frage. Er hätte damit rechnen müssen. Sein zweiter Fehler bestand darin, das Geld auf den Konten gelassen zu haben, statt es sofort in Sicherheit zu bringen. Es tat ungeheuer weh, dass ihm zehn Millionen Dollar durch die Lappen gegangen waren.

Abel umrundete die letzte Serpentine. Es gab keine Leitplanke, nur einen schmalen Felsvorsprung, hinter dem es direkt steil in die Tiefe ging. Zu seinem Chalet zweigte ein Weg rechts ab. Die Reifen rutschten vom Asphalt auf den Kies der Zufahrt. Er kam schlitternd vor dem Eingang zum Stehen und schaute sich um. Dem ersten Anschein nach war alles so, wie er es zurückgelassen hatte. Er griff sich die Schlüssel, stieg aus, verharrte für einen Moment und spähte durch die dichten Äste der Nadelbäume und das goldene Herbstlaub der Pappeln zum Berg hoch. Außer dem leisen Rascheln von Laub hörte man nichts.

Abel ließ die Einkäufe auf dem Rücksitz und betrat das Chalet, schloss hinter sich ab und ging direkt nach unten. Das Haus war in den Fels hineingebaut, weshalb es im Untergeschoss erdig und leicht modrig roch. Eine breite Fensterfront mit drei Flügeln bot einen überwältigenden Ausblick aufs Tal. Das Dach warf einen leichten Schatten auf das Panorama. Es war noch nicht mal 16 Uhr. Der Deutsche ging zu einer Tür im vom Berg abgewandten Teil, öffnete sie und knipste das Licht an.

Ein Brennofen und ein Boiler standen in der hinteren Ecke. Der Zementboden, in Karminrot gestrichen, wies überall Risse auf. Skier und Skistöcke hingen an Halterungen von der Decke. Stiefel, Handschuhe, Schutzbrillen und Mützen lagen zusammen mit weiterer Winterausrüstung sauber gefaltet auf zwei Regalbrettern. Eine Holzpalette, auf der sich Lack- und Farbdosen stapelten, stand gegenüber vom Ofen. Abel griff an eine der Leisten und schleifte die Palette in die Mitte des Raums. Er holte ein kleines Stemmeisen von der Wand und führte das flache Ende in den freigelegten Spalt im Boden. Nach dem Aufhebeln hob sich ein kleiner Bereich, grob wie die Umrisse Australiens geformt. Abel schob die freie Hand in den Zwischenraum und zog an einer Klappe. Er legte das Stemmeisen zur Seite und stellte die Kombination am in den Boden eingelassenen Safe ein, drehte den Griff eine Viertelumdrehung im Uhrzeigersinn und zog daran. Insgesamt vier Nylonbeutel befanden sich in dem Versteck. Er holte sie nacheinander heraus.

Er richtete alles wieder so her, wie es gewesen war, dann nahm er die vier Beutel mit und trug sie nach oben. Als er den vorderen Flur erreichte, war er ziemlich außer Atem und befürchtete schon, Schimmel im Lagerraum aufgewirbelt zu haben und einen Asthmaanfall zu bekommen. Er stellte sich kerzengerade hin, hob die Hände über den Kopf und konzentrierte sich darauf, tief und ruhig zu atmen. Nach einer halben Minute fühlte er sich besser. Es gab keine bessere Medizin als die dünne, klare Bergluft. Ihm fielen die Einkäufe im Wagen ein. Er war völlig ausgehungert.

Abel schob den Riegel zurück und riss die schwere Eingangstür auf. Er ging über die hölzerne Veranda und trat auf den aufgeschütteten Kies der Einfahrt. Er schaute sich nach allen Seiten um, bis sein Blick erneut am Berghang hängen blieb. Dies war sein liebster Ort auf der ganzen Welt. Einen letzten Abend wollte er hier noch verbringen. Etwas Leckeres kochen, danach Feuer machen und vor dem Kamin einen Cognac schlürfen. Es stand noch eine Flasche Remy Martin Louis XIII im Regal. Sie zu vergeuden wäre eine Sünde. Abel nahm sich vor, einige Schätze aus dem Weinkeller mitzunehmen. Im Kofferraum war genug Platz. Eine letzte Übernachtung, um sich angemessen zu verabschieden.

Abel zog die hintere Beifahrertür auf und griff nach den Besorgungen. Er klemmte sich den Beutel unter den linken Arm und schob die Tür mit der rechten Hand zu. Als er sich zum Haus umdrehte, blickte er in den Lauf eines schwarzen Schalldämpfers. Dahinter empfing ihn das Gesicht des Mannes, dem er am wenigsten hier begegnen wollte. Er ließ die Einkäufe fallen und rief: »Ich kann alles erklären.«

»Da bin ich mir sicher.« Rapp nahm etwas Anlauf, trat Abel dorthin, wo es einem Mann am meisten wehtat, und holte ihn von den Beinen.

79

Es waren die zwei Abfahrten von der Autobahn und die Umwege, die ihnen verrieten, dass Abel am Steuer saß. Milt hatte Zugriff auf den Zentralserver von Mercedes. Sie verfolgten die Fahrt der Limousine auf einem Farbbildschirm, der genau zeigte, auf welcher Straße der Wagen gerade entlangfuhr. Er blendete auch Tankstellen, Kirchen, Restaurants, Flüsse, Seen und Parks ein, alles. Sobald der Fahrer zum zweiten Mal einen bewussten Umweg in Kauf nahm, wusste Rapp, dass sie ihren Mann hatten. Zwei der Agency-Mitarbeiter aus der Botschaft in Bern campierten seit gut einem Tag vor Abels Apartment in Zürich. Sie wurden vom Einsatz abgezogen und auf die Verfolgung des Fahrzeugs angesetzt, das ihnen entgangen war.

Einen Helikopter aufzutreiben erwies sich als schwieriger als gedacht, doch am Ende brauchten sie ihn gar nicht. Eine Stunde nach Beginn der virtuellen Verfolgung fuhr der Mercedes schnurstracks nach Osten weiter, hielt auf die österreichische Grenze und eine Kleinstadt zu, die die Karte als Bludenz identifizierte. Milt stellte nach einer Computerrecherche fest, dass es in der Nähe einen regionalen Flughafen gab. Mit dem Flieger war man in weniger als einer halben Stunde dort. Rapp brach mit Coleman, seinen Männern und dem Saudi-Hünen im Schlepptau zum Airport auf.

Während sie in der Luft waren, organisierte Milt zwei Mietwagen: eine Mittelklasselimousine von Volvo und einen Van. Die Fahrzeuge warteten bei der Landung auf sie. Den Saudi hineinzuschmuggeln erwies sich als einzige Schwierigkeit. Rapp beschloss, ihn unter den wachsamen Augen von Stroble in der Maschine zu lassen. Er wollte nicht riskieren, dass einer der Mitarbeiter beobachtete, wie ein gefesselter und geknebelter Mann zu einem Mietwagen geschleppt wurde.

Die Fahrt vom Flughafen ins Städtchen dauerte nur acht Minuten. Milt hielt sie kontinuierlich über Abels Vorankommen auf dem Laufenden. Der Deutsche war kurz nach ihrer Landung in Bludenz eingetroffen und blieb exakt 17 Minuten im Zentrum. Danach fuhr er in die Berge im Norden und parkte an einer Stelle, die Milt für eine private Hauseinfahrt hielt. Sein Tipp stimmte. Sie fuhren mit dem Volvo die kurvige Strecke hinauf und stoppten kurz dahinter.

Rapp und Wicker stiegen aus und schlichen leise den Abhang hinunter. Der große, teure Mercedes parkte direkt vor einem Chalet, in dem sie Abel vermuteten. Rapp funkte Coleman an, nachzukommen und die Ausfahrt zu blockieren, während er sich von Baum zu Baum vortastete. Wicker entdeckte eine günstige Stelle und deckte Mitch mit einem schallgedämpften Scharfschützengewehr. Rapp erreichte schließlich den Punkt, an dem der Wald am dichtesten ans Haus heranreichte, schlich seitlich an die Veranda heran und brachte sich unweit des Eingangs in Deckung. Als er wenig später das Schloss untersuchen wollte, schwang plötzlich die Tür in seine Richtung und Abel tauchte auf.

Das Tageslicht wurde schwächer. Der Himmel hatte sich von Tiefblau zu Orange und schließlich zu Grau verfärbt. Rapp schob die Holzscheite im gemauerten Kamin mit dem eisernen Schürhaken zurecht, danach ließ er das Werkzeug mitten in der Glut liegen. Er holte zwei robuste Stühle aus dem Esszimmer und stellte sie vor dem Feuer auf. Coleman platzierte Abel auf dem einen, den hoch aufgeschossenen Saudi auf dem anderen. Ihre Unterschenkel und Handgelenke wurden mit Gewebeband an den Sitzgelegenheiten fixiert, ebenso Brustkorb und Taille. Beide trugen Augenbinde und Knebel, sodass sie nichts von der Anwesenheit des anderen mitbekamen. Rapp und Coleman hatten das Haus bereits durchsucht und außer den schwarzen Nylonbeuteln in Abels Kofferraum nichts Interessantes entdeckt.

Nach Abschluss seiner Vorbereitungen forderte der CIA-Agent Coleman auf, den Gefangenen Schuhe und Socken auszuziehen, dann bat er Wicker, Hackett und

Stroble, draußen zu warten. Als Coleman fertig war, stellte Mitch ihn vor die Wahl, ebenfalls zu gehen. Er verzichtete.

Rapp postierte sich mit dem Rücken zu den Flammen vor den beiden Männern. Mit einem kräftigen Ruck riss er das silberne Gaffer-Tape weg, mit dem Abels Augenpartie verklebt war. Zwei Drittel der Augenbrauen blieben an der Klebeschicht hängen. Abel schrie auf. Das Tape vor dem Mund dämpfte den Laut. Als Rapp ihn auch davon befreite, rang Abel keuchend nach Luft.

Als Nächstes kam das Band über den Augen des Saudis an die Reihe. Er zuckte nur leicht. Bis auf seinen Ausbruch in Abels Büro hatte der Mann bislang kein Wort gesagt. Dort hatte er offenbar nur darauf spekuliert, dass einer der Angestellten in den angrenzenden Büros die Polizei rief. Seitdem verlegte er sich aufs Schweigen. Rapp konnte in seinen Augen lesen, dass er ein echter Fanatiker war. Es würde Monate dauern, seinen Willen zu brechen. Selbst dann zog der Saudi vermutlich den Tod vor. Deshalb blieb sein Mund vorerst verklebt.

Rapp schwenkte ein Telefon. »Da ist ein Mann in der Leitung, der Ihre KGB-Akte aufmerksam gelesen hat. Er hat Zugriff auf jede Datenbank, die Sie sich vorstellen können. Wir wissen alles über Ihre Laufbahn bei der Stasi, die Anfänge als Schwulenköder für westliche Geschäftsleute, die nach Ostdeutschland gereist sind, und die Erpressungen, die Sie abgezogen haben. Ich gebe Ihnen eine letzte Chance.« Er streckte den Zeigefinger der linken Hand hoch und wiederholte: »*Eine* Chance.«

Er drehte sich um und zog den Schürhaken aus der Glut. Die Spitze leuchtete tiefrot. Er hielt ihn Abel vor das entsetzte Gesicht. »Wir haben uns bereits mit Ihrem Kumpel hier drüben unterhalten.« Er zeigte mit dem Haken auf den Saudi. »Ich fürchte, er hat uns angelogen. Er gab Ihnen die Schuld an der ganzen Sache.«

Der Saudi musterte die Spitze mit gleichgültigem Blick.

Rapp schwenkte den Haken wieder vor Abels Gesicht. Er war nach wie vor glühend heiß. Abel drehte den Kopf weg, doch Rapp setzte nach. Mit ruhiger Stimme sagte er: »Sehen Sie mich an. Wenn ich Sie beim Lügen erwische ... und wenn es nur ein einziges Mal ist, passiert das hier mit Ihnen.«

Er hielt den Haken senkrecht in der linken Hand und rammte ihn ansatzlos in den rechten Fuß des Saudis. Für eine Sekunde wirkte es, als ob dessen ganzer Körper explodierte. Coleman trat von hinten heran und hielt ihn fest, damit er nicht samt Stuhl umkippte. Rapp riss das Schüreisen aus der Wunde und baute sich vor Abel auf. Ein verschmorter Hautklumpen hing daran. Der widerliche Geruch von verbranntem Fleisch erfüllte den Raum.

»Eine Chance«, wiederholte Rapp. »Mehr bekommen Sie nicht.«

Sein Widerstand brach. Vorhin hatte Abel noch geglaubt, sein größter Fehler sei gewesen, dem Killer zu drohen, den er auf den Amerikaner angesetzt hatte. Oder das Geld zu lange auf den Konten zu lassen. Jetzt war er überzeugt, dass das Unheil mit der Entscheidung, eine Geschäftsbeziehung zu Muhammad bin Rashid aufzubauen, seinen Lauf genommen hatte.

Abel packte aus. Satte 20 Minuten lang. Wie Rashid ihn zu sich bestellte. Wie Rashid ein Treffen mit Said arrangierte. Wie er später herausfand, dass das Ganze von Anfang an Rashids Idee gewesen war. Abel wusste es zwar nicht mit Sicherheit, aber er ging davon aus. Rashid war ein kranker Soziopath. Er manipulierte andere Menschen.

Außerdem hielt er es für wichtig, Rapp einen größeren Köder unter die Nase zu halten. Frischfleisch. Er hatte bereits Said getötet. Falls der Amerikaner davon ausging, dass die Geschichte hiermit abgeschlossen war, musste Abel sterben. Lieferte er ihm hingegen Rashid ans Messer, einen wahrhaft Schuldigen, überlebte er unter Umständen. Er verriet Rapp, dass sich Rashid aktuell im spanischen Granada aufhielt und in seiner Villa auf die Umwidmung irgendeiner albernen Moschee am Freitag wartete. Abel war früher einmal in der fraglichen Villa gewesen. Er schilderte, dass sich der saudische Prinz für den neuen Kalifen hielt, der Südspanien für die Muslime zurückeroberte.

Er spuckte Tajib ins Gesicht und erzählte Rapp alles, was er über den saudischen Geheimdienstoffizier wusste. Er habe ihn von Anfang an nicht gemocht. Irgendwann wurde es dem kräftigen Saudi zu bunt. Er wollte den Stuhl umstoßen und sich auf Abel stürzen. Rapp griff daraufhin zum heißen Schürhaken und presste ihn dem Saudi in den Schritt. Tajib erstarrte augenblicklich zur Statue.

Mitch packte das Eisen zurück in die Flammen. »Erzählen Sie mir von den Killern, die Sie angeheuert haben.«

Abel zögerte.

Rapp streckte die Hand nach dem Haken aus.

»Ein Mann und eine Frau«, kam die hastige Antwort. »Ich habe sie in Paris getroffen und vorher nie mit ihnen zusammengearbeitet.«

»Wie sind Sie auf die beiden gekommen?«

Kurzes Schweigen, dann: »Rashid hat sie vorgeschlagen.«

Rapp durchschaute die Lüge sofort. Der kurze Blick nach unten und dann nach rechts hatte ihn verraten. Seine erste. Rapp griff zum Schüreisen, hielt es mit der Spitze nach unten und spießte auch seinen rechten Fuß auf.

Abel heulte vor Schmerz und fing an zu brüllen.

Rapp forderte Coleman auf, etwas Eis aus der Küche zu holen, dann meinte er: »Ich habe Sie gewarnt, mich nicht anzulügen. Also, wie kamen Sie an die Killer ran?«

Tränen liefen über Abels gepeinigtes Gesicht. Coleman kam mit dem Eis zurück. Er hatte es in ein Geschirrhandtuch gewickelt. Rapp tippte mit dem heißen Schüreisen auf den anderen Fuß und mahnte: »Letzte Chance.«

»Petrow. Dimitri Petrow.«

Rapp hatte die Akte ebenfalls gelesen. »Ihr ehemaliger Boss vom KGB.«

Abel nickte.

Rapp legte ihm das Eis auf die Wunde. »Und jetzt will ich alles hören, was Sie über die beiden Killer wissen.«

»Den Mann habe ich nie gesehen, nur mit ihm gesprochen. Er spricht fließend Französisch und Englisch. Sein Russisch war passabel, aber nicht ganz so gut.«

Rapp erinnerte sich an das makellose American English bei der unfreiwilligen Begegnung in der Nähe seines Hauses. »Woran erinnern Sie sich bei der Frau?«

»Sie war extrem hübsch. Schwarze Haare, hohe Wangenknochen, glatte Haut.«

»Ihre Augen?«

»Die bekam ich nie zu Gesicht. Sie trug immer eine getönte Brille.«

»Nationalität?«

»Französin. Da bin ich mir so gut wie sicher.«

Das passte zu Rapps Vermutungen. »Glauben Sie, die beiden sind ein Paar? Nicht bloß geschäftlich?«

»Definitiv.«

Für eine Weile stellte Rapp keine weiteren Fragen.

Abel wurde nervös. Er befürchtete, nachdem Rapp ihm entlockt hatte, was er brauchte, war es das für ihn. »Ich möchte zu meiner Verteidigung vorbringen, dass ich letztlich nur der Vermittler gewesen bin. Mir wurde nie gesagt, wen Said oder Rashid umbringen will. Ich habe dem Pärchen lediglich einen Umschlag mit den entsprechenden Informationen übergeben.«

Rapp stützte sich am Kaminsims ab und sah Coleman an. »Warum bringst du nicht unseren anderen Freund nach draußen und lässt uns für eine Minute allein?«

Coleman kippte den Stuhl samt Saudi nach hinten und schleifte ihn über den Parkettboden zur Haustür.

Sie schloss mit einem lauten Knall. Abel sagte: »Das mit Ihrer Frau tut mir sehr leid. Sie sind zu weit gegangen.«

Rapp hätte dem Deutschen am liebsten das Schüreisen durchs Herz gerammt, weil er es wagte, Anna zu erwähnen. »Nur der Vermittler, ja?«

»Ganz genau.«

»Ein Vermittler, der zehn Millionen Dollar kassiert hat.« Rapps Augen hefteten sich auf Abel. Erneut ertappte er ihn bei einem verlegenen Blick nach unten, dann sah er den Amerikaner flehentlich an. »Bitte, Sie müssen mir glauben. Ich habe nur einen Umschlag übergeben. Nicht mehr und nicht weniger.«

Rapp stieß sich vom Kamin ab und lief ins Esszimmer. Coleman hatte dort die Flasche Louis XIII entdeckt. Der Ex-SEAL wollte sie wie ein Pirat der Neuzeit als Beute mitnehmen. Rapp hatte unter Vorbehalt zugestimmt. Nun kam ihm eine bessere Idee, wie sie sich einsetzen ließ. Er lief zurück zum Kamin, den sündhaft teuren Cognac in der Hand. Er zog den Stöpsel aus der verzierten

Glaskaraffe und überlegte, einen Schluck zu nehmen. Er dachte an seine Frau und ihr gemeinsames Leben. An das gemeinsame Kind, das man ihnen genommen hatte. An ihre gesamte Zukunft, die dieser gierige Scheißkerl ihnen zerstört hatte.

Abel wurde immer angespannter. Wenn Männer wie Rapp wortkarg wurden, verhieß es selten etwas Gutes. Er musste ihn bei Laune halten. »Wir sind beide Profis, Sie und ich. Ich kenne die Regeln. Profis verletzen nie die Familie eines anderen.«

»Sie sind ein Stasi-Schwein, das Menschen entführt und erpresst hat. Sie waren nie ein Profi.« Rapp führte die Flasche an die Lippen und trank. Sanft glitt die Flüssigkeit die Kehle hinunter und erreichte mit einem Hauch von Brennen seinen Magen.

»Wie alt ist dieses Haus?« Rapp inspizierte die gezimmerten Dachbalken.

»Es wurde 1952 gebaut«, antwortete Abel mit verwirrtem Gesichtsausdruck.

Rapp nickte. »Ich wette, dann ist das Holz in dieser Höhe ziemlich gut ausgetrocknet.« Er kippte die Flasche auf die Seite. Ein Teil des Cognacs schwappte auf die breiten Holzdielen und von dort auf den Teppich. Rapp goss noch etwas mehr aus.

»Was tun Sie da?«, rief Abel.

»Ihren Scheiterhaufen vorbereiten.« Er träufelte Flüssigkeit auf den Teppich neben Abel und dicht am Kamin.

»Nein!«, brüllte der Deutsche verzweifelt. »Da ist noch mehr!«

»Da bin ich mir sicher. Mehr Lügen.« Der Cognac spritzte in die Flammen und entzündete sich. Das Feuer schoss aus der steinernen Umfassung und erreichte den

Teppich. Rapp beugte sich vor und kippte einen großen Kupferkessel mit Anmachholz auf den Boden. Sofort gerieten die Scheite in Brand.

Abel schrie wie am Spieß. Bettelte um sein Leben. »Das können Sie nicht machen!«

»O doch, das kann ich.« Rapp lief in den Flur, zog die schwere Holztür auf und sah sich nicht mal mehr um. Ließ sie einfach offen und ging. Entschied, dass frische Luft gut für ein anständiges Feuer war.

Er trank noch einen Schluck Cognac und reichte die Flasche an Coleman weiter. »Ich fahre.«

Die anderen Männer stiegen in den gemieteten Van, Rapp nahm hinter dem Steuer von Abels Mercedes Platz, Scott auf dem Beifahrersitz.

Der ehemalige SEAL nippte genüsslich am 2000-Dollar-Cognac und seufzte. »Wo geht's jetzt hin?«

Rapp legte den Rückwärtsgang ein. »Granada. Spanien.«

80

GRANADA, SPANIEN

Rapp blickte hinauf zum Anwesen in den Bergen und ging davon aus, dass dieser Bastard von Rashid sich hinter den Mauern verschanzte. Es war Mittwochnachmittag. Sie hatten die Stadt mit ihren rund 200.000 Einwohnern spät in der vergangenen Nacht erreicht und zwei Minivans gemietet. Danach suchten sie sich ein Hotel, um etwas Schlaf zu bekommen. Langley konnte Abels Aussagen bestätigen: Rashid hielt sich in der Stadt auf, um eine alte

Moschee, die zwischenzeitlich als Kirche gedient hatte, wieder ihrer ursprünglichen Bestimmung zuzuführen. Die Zeremonie sollte am Freitag stattfinden. Rapp entschied, sofort nach dem Aufstehen mit der Beschattung zu beginnen.

Sie fanden den Landsitz auf Anhieb. Er war schwer zu übersehen, thronte hoch auf einem Hügel, direkt nördlich der weltberühmten Alhambra-Festung. Rapp hatte sie mit Anfang 20 einmal besichtigt. Die Kombination aus Zitadelle und Palast war von den Nasriden in ihrer heutigen Form errichtet worden, den letzten Mauren, die in Südspanien herrschten. Hier erlitten sie nach längerer Belagerung 1492 ihre entscheidende Niederlage und kapitulierten vor den Truppen der katholischen spanischen Monarchen Ferdinand und Isabella.

Laut den Informationen aus Langley hatte Rashid den Landsitz in stark reparaturbedürftigem Zustand erworben und Millionen Dollar in die Renovierung gesteckt. Das galt auch für alle weiteren muslimischen Baudenkmäler in der historischen Stadt. Laut Abel gehörte es zu Rashids Plan, Südspanien zurück in den Schoß des Islam zu holen.

Rapp saß am Steuer eines dunkelblauen Minivans. Er schielte auf den Laptop, der auf der Mittelkonsole abgestellt war, und las den Bericht, den die Analysten der CIA geschickt hatten. Das von Rashid gekaufte Haus trug sogar einen Namen. Seine Ursprünge reichten bis ins 12. Jahrhundert zurück. Die Araber nannten den Bau Jannat Al Arif. Den Garten des erhabenen Paradieses. Rapp griff zum Fernglas und besah sich das Anwesen auf dem Berg.

»Dichter wirst du nie ans Paradies rankommen, Rashid.«

Rapp senkte das Fernglas und spähte zu einem kleinen Straßencafé am oberen Ende der Straße. Er parkte auf der

Carrera del Darro. Coleman saß an einem kleinen Tisch und verhandelte mit einem Mann, der aussah, als könnte er sein Bruder sein. Sie waren ungefähr gleich groß und kräftig, hatten beide helle Haare und waren in etwa gleich alt. Rashid hatte Verstärkung angefordert. Gleich bei der ersten Kontrollfahrt am Morgen fielen ihnen die Männer in blauen Overalls mit Barett und Enfield-Gewehren auf. Man erkannte auf den ersten Blick, dass es sich nicht um Mietsöldner handelte. Ihre Körperhaltung, die Kopfbedeckung, die Waffen – alles deutete darauf hin, dass sie es mit einer britischen Kommandotruppe zu tun hatten. Vermutlich beim SAS ausgebildet. Sie galten als beste Soldaten der Welt.

Deren Anwesenheit stellte sie vor ein taktisches Problem. An denen kam man nicht so leicht vorbei. Vor allem hätten es weder Rapp noch Coleman gewagt, Männer zu töten, die sie als Waffenbrüder erachteten. Sie hatten beide bereits mit den Briten zusammengearbeitet und hielten sie für die engsten Verbündeten der Amerikaner. Gefangen in dieser vermeintlichen No-win-Situation kam Coleman auf eine Idee. Er leitete seine eigene Sicherheitsfirma. Fast die komplette Belegschaft setzte sich aus ehemaligen SEALs, Delta-Force-Mitgliedern, Green Berets, Rangers oder Marine-Aufklärern zusammen. In der Regel Aussteiger, die den Mist satthatten, den man im Dienst erlebte. Zumal man in der freien Wirtschaft locker sechs- bis zehnmal so viel einstrich wie beim Militär. Personenschutz, Kopfgeldjäger – ein extrem spezialisierter Bereich. Es gab ein paar Blender, aber die meisten Jungs hatten es drauf und kannten sich untereinander, entweder aus der aktiven Dienstzeit oder vom Abhängen in schäbigen Bars an den Krisenherden der Welt, wo sie entweder Diplomaten eskortierten oder die Ermordung von Terroristen und anderen Gaunern ausbaldowerten.

Coleman besaß gute Kontakte nach Großbritannien und klemmte sich ans Telefon. Innerhalb einer Stunde besaß er eine konkrete Vorstellung, welche Firma die Bewacher für Rashid vermittelt hatte. Ein Laden namens Shield Security Services. Wie vermutet, wurde er von ehemaligen SAS-Kämpfern geführt. Coleman rief sofort im Büro an. Eine nette junge Frau nahm ab. Er stellte sich vor und erklärte, ebenfalls in der Branche tätig zu sein. Er bat um ein Gespräch mit dem Eigentümer, einem gewissen Ian Higsby. Die Frau teilte ihm mit, dass er derzeit im Einsatz sei. Coleman schaffte es, Details aus ihr herauszukitzeln. Er behauptete, einen Auftrag an einen Subunternehmer abgeben zu müssen und nur Gutes über Shield Security gehört zu haben. Die Aussicht auf einen Auftrag überzeugte sie, ihm Higsbys Handynummer zu geben.

Coleman rief ihn sofort an, stellte sich vor und listete dem Soldaten seinen militärischen Background auf. Higsby hatte bereits von ihm gehört. Sein Tonfall deutete an, dass es nichts Gutes war. Statt lange um den heißen Brei zu reden, kam er direkt zur Sache und fragte den anderen, ob er sich aktuell in Spanien aufhielt. Das Schweigen in der Leitung sagte alles.

»Granada«, schob Coleman hinterher.

Keine Reaktion.

»Wir müssen uns treffen«, entschied Coleman. »Persönlich. So bald wie möglich.«

»Warum?«

»Haben Sie je von einem Kerl namens Mitch Rapp gehört?«

»Allerdings. Man hat mir gerade ein Bild von ihm gezeigt und mich aufgefordert, ihn abzuknallen, sobald er mir über den Weg läuft.«

»Wie geht's Ihnen damit?«

»Nicht besonders gut. Damit rückte der Auftraggeber erst raus, nachdem ich den Job akzeptiert hatte.«

»Nun … wie gesagt. Wir müssen uns treffen. Ich denke, wir können uns gegenseitig weiterhelfen.«

Sie einigten sich auf ein Café im Albaicín-Viertel und vereinbarten eine Zeit.

Rapp beobachtete sie seit gut einer Stunde und wurde langsam ungeduldig. Das Gespräch schien gut zu laufen, aber es dauerte endlos. Endlich verabschiedeten sich die beiden mit einem festen Händedruck. Coleman stand auf und kam die Straße entlang. Der Brite entfernte sich in die Gegenrichtung. Im Van angekommen, reckte Scott grinsend den Daumen.

»Alles erledigt.«

»So einfach ging das?«, fragte Rapp überrascht.

»Higsby hat das mit deiner Frau gelesen. Er lässt sein herzliches Beileid ausrichten.«

Rapp startete den Motor und sagte nichts.

»Er bekam den Anruf am Montag. 50.000 für fünf Tage Überwachung. Er stellte ein achtköpfiges Team zusammen, Rashid ließ sie mit dem Flugzeug abholen. Angeblich ging es darum, für einen saudischen Milliardär in Südspanien Babysitter zu spielen. Zehn Riesen streicht er selbst ein, den Rest verteilt er an seine Leute. Sie hielten es für einen Klacks. Dann kommen sie hier an und Rashids Sicherheitschef hält ihnen ein Foto von dir unter die Nase und fordert sie auf, dich zu erschießen, falls du hier auftauchst.«

»Wie schmeckt ihnen das?« Rapp ordnete sich in den Verkehr ein.

»Überhaupt nicht. Einige von diesen Jungs haben drüben im Sandkasten gedient und mit angesehen, wie ihre Kameraden von saudischen Selbstmordattentätern in die Luft gejagt wurden. Sie halten dich für einen Verbündeten und Rashid für den Feind. Higsby meinte, es habe eine regelrechte Meuterei gegeben.«

»Also arbeitet er jetzt mit uns zusammen?«

»Ja. Er macht sich allerdings ein bisschen Sorgen um seinen Ruf in der Branche. Wenn man einen Schützling verliert, ist das gar nicht gut fürs Geschäft.«

»Hast du ihm Geld geboten?« Immerhin hatten sie aus Abels Haus in den Alpen ein kleines Vermögen mitgenommen.

»100.000 Euro. Außerdem hab ich ihm versprochen, dass die US-Regierung ihm ein paar Aufträge zuschanzt. Ich überlass es dir, Irene das beizubringen.«

Rapp nickte. »Kein Problem. Ich kümmer mich drum. Wie lautet der Plan?«

»Er ist heute Abend zum Dinner mit dem Bürgermeister verabredet. Oben im Haus. Sieben Uhr. Higsby meinte, er sei letzte Nacht um neun schlafen gegangen, also rechnet er nicht damit, dass es besonders spät wird.« Coleman faltete einen Zettel auseinander. »Er hat mir eine Karte vom Haus gezeichnet und gezeigt, wo Rashid schläft. Passende Klamotten organisiert er uns auch.«

»Gut.« Rapp blickte stur nach vorn. »Ich geh allein rein, sobald der Bürgermeister sich verabschiedet hat.«

81

GRANADA, SPANIEN

Sie saßen da und warteten. Der Bürgermeister traf ein, zumindest gingen sie davon aus, dass er es war. Wer sonst reiste mit einer örtlichen Polizeieskorte an? Die Wagen hielten um kurz vor 19 Uhr vor dem Haupttor. Die Sonne ging gerade unter und es wurde langsam dunkel. Die Temperaturen sackten in den Keller. Sie wussten, dass es eine Weile dauern würde, also besorgten sie sich etwas zu essen und gingen die Strategie noch mal durch. Die Ausrüstung war bereits eingeladen. Hackett wurde zum Flughafen geschickt, um den Flieger vorzubereiten, falls eine Flucht nötig wurde.

Der Bürgermeister ging um kurz nach neun. Sie holten Tajib aus seinem mit Beruhigungsmitteln eingeleiteten Nickerchen. Er war bereits anständig hergerichtet, trug saubere Kleidung und einen schicken Anzug. Mit zugeklebten Augen wurde er bei Stroble hinten im Van deponiert. Rapp saß vorn auf dem Beifahrersitz. Er hatte sich den Bart abrasiert und die dichten schwarzen Haare zu einem Stoppelschnitt kürzen lassen. Er trug einen blauen Overall samt Barett. Denselben wie Higsby und seine Männer. Coleman und Stroble trugen ein identisches Outfit.

Rapp drehte sich zu Tajib um, während der Van sich durch die engen Gassen kämpfte. Der Typ sah ganz passabel aus, wenn man überlegte, was er durchgemacht hatte. Die Kleidung verdeckte die meisten Wunden. Neben dem zerschmetterten rechten Ellbogen und dem

Nervenschaden am rechten Fuß hatte Rapp ihm sämtliche Sehnen am linken Handgelenk gekappt. Ihm blieb im Prinzip nur eine uneingeschränkt nutzbare Gliedmaße: das linke Bein. Menschen reagierten unterschiedlich auf Medikamente. Tajib war ziemlich kräftig. Für den Fall, dass er vorzeitig aufwachte, hätte Rapp sich trotz seiner Blessuren ungern mit ihm angelegt.

Coleman fuhr an die Seite, bevor sie die Zufahrt zum Anwesen auf dem Hügel erreichten. Mit dem Handy rief er Higsby an. Der Brite ging ran. Coleman hörte etwa 15 Sekunden zu, dann sagte er: »Wir sind gleich da.«

Er steckte das Telefon ein und sah Rapp an. »Er betet gerade.«

»Gut. Dann los.«

Sie hatten die Andacht fest einkalkuliert. Auf dem Grundstück gab es eine kleine Moschee, dichter am Haupttor als das Wohnhaus selbst. Rashid umgab sich ständig mit drei bis sechs eigenen Leibwächtern. Rapp hoffte, dass ihn möglichst viele davon begleiteten. Das erleichterte die Sache.

»Wie steht's mit den Aufpassern?«

»Drei von ihnen warten draußen vor der Moschee. Bei den anderen drei ist Higsby nicht ganz sicher.«

Rapp runzelte die Stirn. Er drehte sich zu Stroble um und delegierte stumm die Aufgabe, dafür zu sorgen, dass die drei übrigen Bodyguards nicht überraschend dazwischenfunkten. Stroble nickte. Sie waren es im Abschlussbriefing durchgegangen. Wicker befand sich bereits vor Ort. Er hatte eine der Mauern erklommen und hielt sich auf dem Dach des höchsten Gebäudes versteckt. Von seinem Posten konnte er die gesamte Länge des Atriums überblicken, das vom vorderen Tor bis zum dreistöckigen Hauptbau reichte.

Der Motor ächzte, als sich der Van den steilen Hang hochkämpfte. Plötzlich tauchten Higsby und einer seiner Männer im Scheinwerferlicht auf. Sie standen vor dem Tor. Coleman fuhr rechts ran und stellte den Motor ab. Alle stiegen aus, auch Tajib, den sie eher tragen mussten. Es klappte ganz gut. Stroble schnappte sich den einen Arm, Coleman den anderen. Rapp lief mit ihnen an Higsby und dessen Begleiter vorbei, ohne ein Wort zu sagen.

Zu dritt passierten sie samt Tajib den Durchgang und liefen links einen Gehweg entlang. Vor ihnen, auf der linken Seite des offenen Hofbereichs, erspähte Rapp drei Männer in Anzügen. Alle rauchten.

Rapp lief direkt auf sie zu, blieb drei, vier Meter vor ihnen stehen und verkündete mit seinem besten britischen Akzent: »Dieser Mann ist soeben am Haupttor erschienen und bat um eine Unterredung mit Prinz Muhammad. Er hat sich als Nawaf Tajib vorgestellt.«

Die Männer erstarrten. Die Zigaretten baumelten in ihren Mundwinkeln.

»Er behauptet ständig, der *Malikul mawt* sei ganz in der Nähe.« Der Engel des Todes. »Dieser Mitch Rapp, von dem ihr gesprochen habt.«

Eine Zigarette fiel auf den Boden, die beiden anderen wurden hinterhergeworfen. Alle drei Männer griffen zu den Waffen. Zwei von ihnen hielten Tajib fest, ihr Kollege lief in die kleine Moschee, um Rashid zu holen. Das Klebeband wurde ihm von den Augen gerissen und er zuckte mit einem Schmerzenslaut zusammen, als einer der Männer seinen rechten Ellbogen berührte.

Coleman und Stroble traten den Rückzug an. Die Läufe ihrer schallgedämpften MP5-Maschinenpistolen zeigten zu Boden, wurden aber schussbereit umklammert. Rapp hatte nur seine 9-Millimeter-Glock und ein Messer dabei, die jeweils noch im Holster steckten. Er zog sich ebenfalls ein paar Schritte zurück. Der Plan konnte ihnen jederzeit um die Ohren fliegen. In diesem Fall fielen unweigerlich Schüsse, dann mussten sich Higsby und seine Männer äußerst unangenehme Fragen gefallen lassen.

Rapp gewann weiter Abstand von den Männern. Einer von denen, die Tajib festhielten, zückte ein Funkgerät und plärrte auf Arabisch los. Tajib versuchte, etwas zu sagen. Rapp schnappte undeutlich seinen eigenen Namen auf. Fünf Sekunden später platzten drei Männer aus einer Tür auf der anderen Seite des Atriums und rannten über einen von kunstvoll beschnittenen Zypressen flankierten Pfad in seine Richtung.

»Wie die Bienen zum Honig«, murmelte Rapp, während er den Rückwärtsgang eingelegt ließ. Er spähte zum Eingang der Moschee und fragte sich, wo Rashid blieb. Viel Zeit blieb nicht mehr. Er zog den Fernzünder aus der Tasche. Statt eine Weste einzusetzen, hatte Rapp diesmal einfach den kompletten Körper von Tajib mit Plastiksprengstoff umwickelt und alle paar Zentimeter Kugellager hineingedrückt.

Der CIA-Antiterrorspezialist erreichte eine Säule und blieb stehen. Er schaute kurz über die Schulter, um nach Coleman und Stroble zu sehen. Sie standen nebeneinander, eine Säule weiter hinten. Rapp signalisierte ihnen mit einem dezenten Nicken, dass sie dahinter in Deckung gehen sollten.

Der Leibwächter kam aus der Moschee. »Prinz Muhammad will wissen, ob ihr ihn nach Sprengstoff abgesucht habt.«

Alle erstarrten. Rapp hatte ohnehin nicht erwartet, zweimal mit demselben Trick davonzukommen. Egal, die Bombe erfüllte auch so ihren Zweck.

Die Männer, die Tajib festhielten, rissen sein Jackett auf. Der Dritte tastete mit den Händen Tajibs Hüfte ab. Rapp tauchte hinter der hohen Steinsäule ab und betätigte den Schalter des Fernzünders. Es gab einen ohrenbetäubenden Knall, unmittelbar danach hörte man, wie Glas zerbarst. Hunderte von Kugellagern wurden durch die Wucht der Explosion nach außen gesprengt.

Rapp zählte bis drei und spähte um die Säule. Alle sechs Leibwächter lagen am Boden. Tajib hatte es in zwei Hälften zerteilt. Kopf und Schultern zeigten zum Tor der Moschee, Beine und Hintern getrennt in dieselbe Richtung. Die übrigen Männer und Großteile des Atriums waren mit Spurenelementen von Tajibs Torso und Armen besprenkelt.

Rapp trat über die Leichen hinweg und wandte sich zur Moschee. Er blieb neben dem Eingang stehen und zählte. Die Neugier würde bei Rashid irgendwann die Oberhand gewinnen. Als er bei sieben angekommen war, bestätigte der Saudi seine Theorie. Sein spitzer schwarzer Bart geriet in Sicht, gefolgt von einem schockierten braunen Augenpaar.

Rapps linke Hand schoss vor und erwischte Rashid an der Bartspitze. Er zerrte ihn in seine Richtung und ließ gleichzeitig das linke Knie nach oben schießen, womit er dem Älteren einen hässlichen Tritt in den Solarplexus verpasste. Rashid taumelte und landete mit dem Kopf voran auf einem seiner fast enthaupteten Leibwächter. Rapp wälzte ihn auf den Rücken und stellte ihm den Stiefel auf die Brust.

Er sah ihn an und fragte: »Warum?«

In Rashids Augen loderte ein Feuer. Auf Arabisch antwortete er: »Weil du ein Ungläubiger bist.«

Rapp schüttelte angewidert den Kopf. »Und meine Frau?«

Kein Lächeln, keine Angst, kein Betteln, nichts als vollkommene Überzeugung im Blick. »Sie war eine Ungläubige. Ihr seid alle Ungläubige.«

Rapp nickte. »Und du landest in der Hölle.«

Er zog eine Phosphorgranate aus der Cargotasche am rechten Oberschenkel. Die Brandbombe erreichte in weniger als zwei Sekunden eine Temperatur von über 1300 Grad. Rapp löste den Stiefel von Rashids Brustkorb und trat ein weiteres Mal zu, diesmal voll in den Bauch. Der Mund des Saudis klappte auf. Er rang nach Luft. Auf diese Reaktion hatte Rapp nur gewartet. Er hielt die Granate am oberen Drittel fest und rammte sie ihm mit solcher Wucht ins Gesicht, dass sie Rashids Vorderzähne zerschmetterte und zwischen den kläglichen Resten des Kiefers hängen blieb.

Rapp kam ganz dicht an ihn heran. »Fick dich! Und fick deine kranke, verdrehte, perverse Interpretation des Islams!« Rapp löste die Sicherung und ging davon. Drei Sekunden später poppte es, ein grellweißer Blitz folgte, dann wurde Rashid der Kopf regelrecht vom Körper heruntergeschmolzen.

Epilog

Rapp beobachtete sie drei Tage lang von einem Haus auf dem Hügel mit Blick auf den Strand. Vermutlich war es ein Tag zu viel. Coleman sagte nichts. Verkniff sich jede Wertung. Erteilte ihm keine Ratschläge. Der Tod von Rapps Frau lag inzwischen neun Monate, eine Woche und drei Tage zurück. Wicker war mit von der Partie, Hackett und Stroble ebenfalls. Wicker hätte dutzendfach Gelegenheit gehabt, die Sache mit seinem Gewehr zu beenden. Morgens und abends ging nur leichter Wind. Die Entfernung von der einen Terrasse zur anderen betrug weniger als 800 Meter, der Winkel war steil. Für die meisten Schützen wäre es ein unmöglicher Schuss gewesen, für Wicker reine Routine. Der Sniper wartete lediglich auf den Einsatzbefehl, der nie kam.

Die Jagd hatte Rapp verändert. In den letzten Monaten war er von Tag zu Tag stiller geworden und hatte sich von allen bis auf Kennedy, ihren Sohn, Coleman und den O'Rourkes zurückgezogen. Liz O'Rourke war seit dem College Annas beste Freundin gewesen. Die Einzige außer Kennedy, der er sich wirklich öffnete. Selbst mit Coleman redete er nur über die Jagd. Ein paarmal telefonierte er mit seinem Bruder. Steven war zum Gedenkgottesdienst nach Washington gekommen – eine Veranstaltung, der Mitch am Ende gar nicht beiwohnte. Der Priester wartete 30 Minuten, dann baten Kennedy und Liz O'Rourke, ohne ihn anzufangen. Beide Frauen hatten nicht ernsthaft mit seinem Erscheinen gerechnet. Er war ein viel zu diskreter Mensch, um seine Trauer vor Leuten zu zeigen, die er kaum kannte.

Das neue Haus blieb unfertig, vom alten an der Chesapeake Bay, das Anna lieben gelernt hatte, blieb nur eine verkohlte Ruine übrig. Coleman wandte sich an Kennedy. Er wollte Erdarbeiten in die Wege leiten, die Trümmer beseitigen lassen. Sie überlegte kurz und sprach sich dagegen aus. Eine solche Entscheidung sollte allein Mitch treffen. Wenn er bereit war, würde er sich selbst darum kümmern. Alle warteten. Warteten, dass Rapp aus seinem Schneckenhaus kroch und weiterlebte. Es passierte nicht. Tage verstrichen, dann Monate. Rapp mietete ein Haus in Galesville an der Bucht, kaum eine Straße von Annas Todesort entfernt. Er wollte am Wasser bleiben, die Verbindung zu ihr nicht verlieren.

Fast täglich fuhr er zu den verkohlten Überresten ihres früheren Zuhauses. Manchmal blieb er im Auto sitzen. Manchmal stieg er aus und lief ein paar Schritte. Jedes Mal schluchzte er unkontrolliert los, gepackt von Erinnerungen an das, was gewesen war, und die Träume, die mit ihr gestorben waren. Er würde niemals sein Baby sehen, das kleine Bündel nie in den Armen wiegen dürfen. Nicht mal erfahren, ob es ein Junge oder ein Mädchen gewesen wäre. Er würde sich nie von der Frau seiner Träume verabschieden können. Er hatte es nicht geschafft, sie zu beschützen, als sie es am meisten gebraucht hätte, und es zerfraß ihn innerlich. All die unverwirklichten Pläne, das Verlangen, sie ein letztes Mal in den Arm zu nehmen und in ihre wunderschönen, durchdringenden grünen Augen zu blicken, an ihren Haaren zu schnuppern. Etwas so Schmerzvolles hatte er nie zuvor erlebt, und doch war es nicht halb so schlimm wie die Schuldgefühle, die ihn aufgrund ihres Todes plagten.

Wenn er zur Arbeit erschien, ließ er sich nur kurz von Kennedy und Dumond informieren, was sie zwischenzeitlich über die Killer herausgefunden hatten. Ansonsten mied er Langley. Was er tat, wusste niemand, und niemand wagte es, sich danach zu erkundigen. Die erste brauchbare Spur lieferte der Russe namens Petrow. Kennedy war früher in Moskau stationiert gewesen und besaß noch viele Kontakte. Durch mehrere von Petrows alten Kollegen gelang es ihr, ein Gespräch mit ihm zu vereinbaren. Er hatte von Abels Tod gehört. Laut den Berichten handelte es sich um einen Unfall, doch Petrow wusste es besser. Männer wie Abel kamen nicht bei einem unbeabsichtigt verursachten Hausbrand ums Leben.

Sie erzählte ihm, dass Abel von mehreren wohlhabenden Saudis angeheuert worden war, um Mitch Rapp für 20 Millionen Dollar zu ermorden. Die Höhe des Betrags schien Petrow zu überraschen. Kennedy schilderte, was er bereits wusste – dass Abel zwei Auftragskiller darauf angesetzt hatte, die er ihm selbst empfohlen hatte. Dann erwähnte sie ein Detail, das ihm neu war. Die Killer hatten Rapp nicht erwischt, sondern versehentlich seine Frau getötet. Petrow zuckte zusammen, als er davon erfuhr. Familien galten als tabu. Ein Mann wie Mitch Rapp würde vor nichts haltmachen, bis er die Verantwortlichen zur Strecke gebracht hatte.

Das waren Komplikationen, die Petrow nicht gebrauchen konnte. Er stand vor der Wahl, entweder Kennedy die wenigen Einzelheiten anzuvertrauen, die er kannte, oder zu riskieren, dass ihm Rapp nachts einen ungebetenen Besuch abstattete. Die Entscheidung fiel ihm leicht. Er erzählte der CIA-Chefin alles, was er über die Killer wusste. Das war nicht viel, aber es erwies sich als entscheidend. Die Frau war Französin, ebenso der Mann, vermutete er. Auch dass der Mann früher beim Militär gewesen war und eine Zeit lang in Amerika gelebt hatte, wahrscheinlich als Teenager. Als Kennedy ihn nach einer Begründung fragte, meinte er, dass es an seinem makellosen Englisch lag. Er kannte zu viele Slangbegriffe und Idiome. So etwas schnappte man nur vor Ort auf. Petrow übergab ihr eine Liste von Telefonnummern und E-Mail-Adressen, über die er in der Vergangenheit mit dem Pärchen in Kontakt getreten war.

Kennedy flog von Moskau nach Paris weiter und setzte sich mit ihren Amtskollegen der französischen DGSE und DST zusammen, den führenden Auslands- und Inlandsnachrichtendiensten. Während man vielen Politikern in Frankreich eine gewisse Schwäche im Umgang mit Terroristen nachsagen konnte, traf das definitiv nicht auf diese beiden Institutionen zu. Sie gehörten zu den effektivsten Terrorabwehrorganisationen weltweit. Ihre Gesprächspartner wussten, was Rapp und seiner Frau zugestoßen war. Rapp hatte früher eng mit der DGSE zusammengearbeitet. Der Direktor versprach, alles in seiner Macht Stehende zu tun, um die Drahtzieher dieses Verbrechens ausfindig zu machen. Ein gleichlautendes Versprechen erhielt sie von der DST. Anschließend kehrte Kennedy in die Staaten zurück und übte sich in Geduld.

Der Durchbruch kam drei Wochen später. Seit Annas Tod waren fast fünf Wochen vergangen. Die DGSE übermittelte Kennedy zwei Dossiers. Der Mann hieß Louis Gould, die Frau Claudia Morrell. Alles, was in den Dossiers stand, passte ins Bild. Gould war in Frankreich bei den Fallschirmjägern gewesen, der Sohn eines französischen Diplomaten mit zwei Dienstzeiten in Washington. Morrells Vater war General in der französischen Fremdenlegion gewesen. Er und seine Tochter gerieten sich wegen

Gould in die Haare, woraufhin das Paar vor etwas mehr als fünf Jahren spurlos abtauchte. Beide französische Geheimdienste versprachen Kennedy, sich an der Fahndung zu beteiligen.

Die entscheidende Phase wurde neun Monate und eine Woche nach Annas Tod eingeleitet. Es ging auf Kennedys Initiative zurück. Sie wussten, dass der weibliche Teil des Killer-Duos schwanger war. Sie hatte in ihren Mails gebeten, lange genug am Leben zu bleiben, bis sie ihr Baby zur Welt gebracht und in den Armen gehalten hatte. Kennedy hatte über das FBI eine weltweite Suche nach dem Paar initiiert. Das Bureau unterhielt dabei Unterstützung von befreundeten Geheimdiensten.

Sie konzentrierten sich auf die Krankenhäuser. Vor allem auf Ärzte, die Babys zur Welt brachten. Jeden Monat schickten sie einen weiteren Schwung E-Mails und Faxe raus, um den Fall in Erinnerung zu rufen. Sie umfassten Fotos von Gould und Morrell und computergenerierte Bilder, wie sie ihr Aussehen möglicherweise verändert hatten. Das Paar wurde in Verbindung mit schwerem Mord gesucht. Für sachdienliche Hinweise wurde eine gebührenfreie Hotline eingerichtet und eine Belohnung in Höhe von 100.000 Dollar ausgelobt. Sie erhielten Hunderte von Anrufen, die alle ins Leere führten. Viele der ersten Rückmeldungen sortierten sie allein deshalb aus, weil das Datum der Geburt nicht passte. Ab dem siebten Monat gingen sie jedoch jedem einzelnen Hinweis nach.

Als der Telefonanruf aus Tahiti einging, Teil eines französischen Überseeterritoriums, rechneten sie sofort mit einer heißen Spur. Ein Agent der DST reiste zur Klinik in Papeete und verkleidete sich als Chirurg. Eine Stunde später rief er an und verkündete, so gut wie sicher zu sein, dass es sich bei der Patientin um Claudia Morrell handele.

Rapp blickte hinunter auf das Haus. Es war früh am Morgen, ihr dritter Sonnenaufgang auf der Insel. Er stand seit fast zehn Minuten wie ein Ölgötze da und starrte zur Terrasse. Fast sieben Uhr. Vor weniger als einer Minute war Gould in Shorts und Laufschuhen unten aufgetaucht. Er dehnte sich ausgiebig, dann sprang er die Treppe hinab und joggte in entgegengesetzter Richtung zum Strand.

Rapp sah ihm lange hinterher, dann entschied er: »Ich mach es selbst.«

»Das halte ich nicht für besonders clever.«

Rapp ignorierte die Bemerkung. »Sollte mir etwas zustoßen, bring du es zu Ende.«

Er trug kakifarbene Cargoshorts und ein weites, ausgeblichenes blaues T-Shirt. Auf dem Weg zum Vordereingang des gemieteten Hauses blickten ihm Coleman, Wicker, Hackett und Stroble hinterher. Rapp schlüpfte in Flip-Flops und nahm seine Sonnenbrille mit. Dann ging er nach draußen, schmiss die Vespa an, die in der Miete inbegriffen war, und brauste darauf den Hügel hinunter. Er wollte nicht länger über das Ganze nachgrübeln. Der Motorroller war sehr leise, vor allem wenn er bergab rollte. Über den dicht bewachsenen Hang erreichte er die Küste. Der Weg war sehr schmal. Nach mehreren Hundert Metern mündete er in eine etwas breitere Straße, auf der immerhin zweispuriger Verkehr möglich war. Das Strandhaus befand sich ganz in der Nähe auf der rechten Seite. Der dichteste Nachbar wohnte gut 150 Meter entfernt.

Rapp versteckte den Scooter in den Büschen am Ende der Einfahrt. Er sah auf die Uhr. Der Mann war gestern und vorgestern jeweils zwischen 7:25 Uhr und 7:30 Uhr vom Laufen zurückgekehrt. Er kämpfte sich durch den Dschungel aus Pflanzen, bis er auf Höhe des Hauses angekommen war. Dort betrat er den seitlichen Gartenabschnitt, in dem lediglich breithalmiges Gras gepflanzt war. Er pirschte zur Strandseite und zog die schallgedämpfte Glock aus dem hinteren Hosenbund. Die Waffe fühlte sich ungewohnt leicht an.

Das Haus bestand aus Gipsputz mit einem roten Dach im spanischen Stil. Vor dem Patio mit Blick aufs Wasser ragte eine meterdicke Mauer auf, die das gesamte Grundstück umschloss, nur an zwei Stellen von Stufen durchbrochen, die zum Wasser führten. An der rechten Seite und links, wo er gerade stand. Rapp zog das digitale Funkgerät aus der ausgebeulten Hosentasche und drückte auf Senden.

»Ist er schon in Sicht?«

»Noch nicht.«

Rapp lugte um die Ecke. Auf dem Patio war niemand. »Und lass bloß Wicker aus dem Spiel.«

»Er bekäme das leichter hin. Und vor allem sicherer.«

»Er soll sich bereithalten. Wenn ich Hilfe brauche, geb ich Bescheid.«

Rapp schaltete das Radio auf stumm und huschte in geduckter Haltung zu den Stufen. Direkt zu seiner Linken war eine Terrassentür. Er stoppte und schielte hinein. Das Wohnzimmer. Die Frau schlief bestimmt noch beim Baby. Rapp hatte alle erdenklichen Details über das Paar in Erfahrung gebracht. Am liebsten hätte er sogar ihre Eltern angerufen, doch damit hätten sie sich womöglich verraten. Er wollte sie weiterhin in falscher Sicherheit wiegen. Rapp erreichte die nächsten Türen. Sie führten zur Küche und ins Esszimmer. Er ging davon aus, dass Gould sie jeden Morgen benutzte, um das Haus zu verlassen und wieder zu betreten. Er drehte am Knauf. Bingo! Er ließ sich bewegen.

Leise schlich er ins Haus und zog die Tür hinter sich heran. Dass sie nicht abgeschlossen war, verriet Bände darüber, wie sicher sich die beiden fühlten. Nicht dass ein Schloss ihn aufgehalten hätte, aber es wäre zumindest ein Hindernis gewesen.

Rapps Wunden waren komplett verheilt. Zumindest die körperlichen. Sein Knie fühlte sich besser an als seit Jahren, der Verband am rechten Arm war längst Geschichte. Er schlich über den dunklen Holzboden und erreichte den Flur, der zu den Schlafzimmern führte. Es gab jeweils eine Tür auf beiden Seiten und geradeaus. Die zwei seitlichen waren geschlossen, die, auf die er zuhielt, nur angelehnt. Rapp ging davon aus, dass Gould sie offen gelassen hatte, um Mutter und Kind nicht zu wecken.

Rapp drückte mit der rechten Handfläche dagegen und behielt die Hand an der Waffe. Langsam öffnete sich die Tür. Er betrat den Raum. Die Frau lag auf ihrer Seite des Bettes, die dunklen Haare hoben sich von den hellen weißen Laken und Kissenbezügen ab. Sie hielt das Kind im Arm. Die Lippen pressten sich sanft gegen den unglaublich winzigen Kopf des Babys. Fast hätte er bei diesem Anblick die Fassung verloren. Ihn faszinierte, wie hübsch die Frau war und wie friedlich sie und ihr Nachwuchs schliefen.

Rapp schüttelte den Kopf und fing sich. Mit leisen Schritten näherte er sich über das dunkle Parkett und streckte die Glock aus. Er drückte die Spitze des Schalldämpfers gegen ihre linke Schläfe. Flatternd öffneten sich ihre Augen. Langsam drehte sie den Kopf, bis die Pistole exakt auf ihre Stirn zielte. Rapps rechte Hand glitt unter das Kissen und tastete nach einer Waffe. Nichts. Er überprüfte die Schublade des Nachttischs. Ebenfalls leer.

Sie sah Rapp an, als hätte sie mit ihm gerechnet. »Danke, dass Sie gewartet haben, bis ich meine Tochter zur Welt gebracht habe.«

Rapp trat einen Schritt zurück und forderte sie mit einer Bewegung auf, sich aufzurichten. Das tat sie und schaukelte das schlafende Baby sanft in ihren Armen. Er sah auf die Uhr und griff zum Funkgerät.

»Ist Gould schon in Sicht?«

»Er kommt vom Strand zurück. ETA in zwei Minuten.«

Rapp durchquerte das Schlafzimmer, lehnte die Tür wieder so an, wie er sie vorgefunden hatte, und überprüfte den Nachttisch auf der anderen Bettseite. Dort stieß er auf eine 9-Millimeter-Beretta, leerte das Magazin und kehrte zu der Frau zurück, die direkt neben der Doppeltür am Patio geschlafen hatte.

Dichte Vorhänge hingen vor dem Terrassenfenster. Die Morgensonne schaffte es trotzdem, durch die Zwischenräume zu kriechen und ihre Strahlen in den Raum zu schicken. Rapp hielt die Pistole auf die Frau gerichtet und zog die Vorhänge ein Stück zurück, um hindurchzuspähen. Er stellte sich mit dem Rücken zur Wand in die Zimmerecke, die Tür zur Linken, die Frau vor ihm, und wartete.

Sie setzte mehrfach zum Sprechen an. Er schüttelte nur den Kopf.

»Wenn Sie wollen, dass Ihr Baby überlebt, halten Sie den Mund.«

»Sie würden dieses Baby niemals töten, und auch kein anderes.«

Die ruhige Überzeugung, mit der sie es aussprach, überraschte Rapp. »Nein, das stimmt, aber das gilt nicht für Sie.

Wenn Sie es also erleben wollen, wie Ihr Baby aufwächst, seien Sie still.« Er sah kurz auf die Uhr und fügte hinzu: »Draußen lauert ein Scharfschütze. Er ist ein Könner. Der Beste, den ich kenne. Wenn Sie nicht ruhig sind, schicke ich ihn los, dann ist Ihr Mann tot, bevor er vom Strand zurückkommt.«

Sie starrte ihn ruhig an. »Wieso sind Sie überhaupt reingekommen und haben ihn nicht direkt am Strand erschießen lassen?«

»Weil ich kein Feigling bin. Weil ich nicht möchte, dass andere Leute meine Arbeit für mich erledigen. Ich regle so etwas von Angesicht zu Angesicht. Ich jage keine Häuser in die Luft und ziehe unschuldige Dritte hinein.«

Claudia blickte betreten zur Seite und schluckte.

Rapp holte sich eine letzte Rückmeldung von Coleman ab, dann schaltete er das Funkgerät aus. Eine halbe Minute später hörte er, wie die Tür im anderen Raum aufschwang. Die Schlafzimmertür geriet durch die einströmende Luft nur vorübergehend in leichte Bewegung. Rapp richtete die Waffe auf den Kopf der Mutter und raunte: »Kein Mucks. Oder Sie sterben beide.«

Sie schloss die Augen und küsste ihr Baby auf die Stirn.

Die Tür zum Schlafzimmer öffnete sich leise. Gould steckte den Kopf herein. Er sah seine frisch angetraute Frau aufrecht im Bett sitzen und lächelte, trat ein und fragte: »Wieso bist du schon wach?«

Claudias Augen wanderten in die Zimmerecke. Er folgte ihrem Blick.

»Ein Zucken, und Sie sind tot.«

Gould glänzte nach dem Laufen vor Schweiß. Er hob ganz langsam die Hände. »Das mit Ihrer Frau tut mir leid.«

Rapp antwortete nicht. Jetzt, da der Mann vor ihm stand, fehlten ihm die Worte.

Gould blickte zu Claudia und ging langsam auf die Knie. Er faltete die Hände hinter dem Kopf.

Auf Rapp wirkte das Ganze wie eingeübt. Als hätten sie besprochen, was zu tun war, wenn er sie jemals fand.

»Es tut mir leid«, sagte Gould noch einmal und seine Stimme brach. »Eins sollten Sie wissen, Claudia hatte nichts damit zu tun.«

»Wussten Sie, dass sie schwanger war?«

Gould nickte langsam, als ob er sich dafür schämte. »Ich wusste es. Claudia erfuhr erst hinterher davon. Sie hat tagelang geweint.«

Rapp sah die Frau an. Sie weinte auch jetzt. Eine Träne tropfte auf das Gesicht ihrer Tochter. Die Kleine zappelte in den Armen ihrer Mutter.

»Ich weiß, dass es mir nicht zusteht, Sie um etwas zu bitten, aber …« Seine Stimme brach.

»Raus damit.«

Gould schluckte schwer und holte tief Luft. »Könnten Sie Claudia bitte verschonen? Wenn nicht, könnten Sie das Baby bitte zu ihren Eltern nach Frankreich bringen?«

Rapp zielte mit dem Schalldämpfer unverändert auf die Stirn des Mannes. Er hatte nicht vor, die Frau zu erschießen. In der Sekunde, da er sie mit dem Baby im Arm gesehen hatte, hatte er sich das aus dem Kopf geschlagen.

»Noch was?«, fragte Rapp.

»Es tut mir sehr leid, was ich Ihnen angetan habe. Ich hätte diesen Auftrag nie annehmen dürfen. Claudia hat mir von Anfang an abgeraten.«

Rapp tat, als langweilte ihn das Ganze. »War's das?«

»Dürfte ich mein Baby und meine Frau zum Abschied noch einmal küssen?«

Rapps Augen verengten sich und er nickte leicht.

Gould behielt die Hände hinter dem Kopf und erhob sich langsam. Er trat ans Bett, setzte sich neben seiner Frau auf die Matratze, legte die Arme um Claudia und beide weinten. Gould strich ihr durchs Haar und versicherte, wie sehr er sie liebte. Dann beugte er sich hinunter und küsste das Baby.

»Meine süße Anna«, flüsterte er. »Ich bin so froh, dass ich deine Geburt noch erlebt und dich im Arm gehalten habe … selbst wenn es nur für wenige Tage war.« Goulds Schultern zitterten und er schluchzte laut. Claudia umarmte ihn und drückte ihm einen zarten Kuss auf die Stirn, genau wie vorhin bei ihrer Tochter.

Rapp stand in der Ecke und richtete seine Waffe auf Vater, Mutter und Kind. *Was ist nur aus mir geworden?*, fragte er sich. Das war sein Leben oder wäre es gewesen, wenn Anna noch leben würde. Der Schmerz der letzten neun Monate kehrte schlagartig zurück und ohrfeigte ihn mit der Erinnerung an seine Frau und das ungeborene Kind. Er stand da, seine Entschlossenheit schwand. Er stellte sich eine ganz simple Frage: *Was hätte Anna getan?* Immerhin rächte er hier ihren Tod, nicht seinen eigenen. Er hörte ihre Stimme so klar, als wäre sie noch lebendig und stünde direkt neben ihm.

Das Baby wachte auf und fing an zu weinen. »Nicht weinen, Anna«, sagte ihr Vater. »Alles wird gut. Deine Mutter passt gut auf dich auf und ich werde dich immer lieben.«

Claudia sah zu Rapp hoch, ihre Augen gerötet und verquollen.

»Sie haben sie Anna genannt«, sagte er.

»Nach Ihrer Frau.«

Rapp nickte und senkte langsam die Waffe.

Er atmete tief durch und verließ den Raum ohne ein weiteres Wort, trat hinaus auf den Patio und ging die Stufen hinunter zum weißen Sandstrand. Er sah sich nicht ein einziges Mal um, fürchtete nicht eine Sekunde um sein Leben. Er wollte Anna – beiden Annas – geben, was sie sich bestimmt wünschten. Wenn Gould nach wie vor ein kaltblütiger Killer war, kam er in Kürze hinterher. Er bewahrte garantiert weitere Waffen im Haus auf, würde sich eine schnappen und ihm folgen. Damit besiegelte er sein Schicksal. Wicker würde ihm einen Kopfschuss verpassen, bevor er überhaupt dazu kam, auf ihn anzulegen. Wenn er Claudia und das kleine Mädchen dagegen wirklich liebte, blieb er, wo er war, und hielt beide im Arm, bis die Sonne unterging.

Rapp stand mit der Waffe in der Hand in der Brandung und zählte. Er kam bis 100, dachte dabei an seine Frau, dachte an das Baby und lächelte. Sein erstes von Herzen kommendes Lächeln seit über neun Monaten. Er sah die Waffe an, schleuderte sie in die Luft und fing sie am dicken schwarzen Schalldämpfer auf. Nach kurzem Zögern schleuderte er sie ins Meer, wobei sie sich mehrmals überschlug.

DANKSAGUNGEN

Emily Bestler und Sloan Harris, meine Lektorin und mein Agent. Ich kann nicht glauben, dass es inzwischen sieben Romane sind. Wieder mal danke für die gute Betreuung. Judith Curr und Louise Burke, meine Verleger, ihr habt einmal mehr einen großartigen Job gemacht. Jack Romanos, Carolyn Reidy und der Rest der Verlagsfamilie Simon & Schuster, danke für eure harte Arbeit und die Unterstützung. Meinen Publizisten David Brown und Hillary Schupf: Ich weiß zu schätzen, wie gut ihr eure schwierige Aufgabe erledigt. Sarah Branham, Jodi Lipper und Katherine Cluverius. Danke, dass euretwegen alles so reibungslos läuft. Tanya Lopez und Alan Rautbort von ICM, ihr habt an der Fernsehfront ganze Arbeit geleistet.

Zu den besten Aspekten des Schreibens gehört die Recherche. Sie entfacht das kreative Feuer. Im Rahmen dieses Prozesses habe ich eine Menge interessante Menschen kennengelernt, von denen viele für die CIA tätig sind. Ganz oben auf dieser Liste steht Rob Richer. Die Männer und Frauen des Directorate of Operations leisten schier Unmögliches, doch sie leisten es stoisch und müssen dabei endlose Kritik von Leuten einstecken, die so gut wie nie mit allen Fakten vertraut sind. Ihre Erfolge bleiben geheim, ihre Fehlschläge enden auf der Titelseite jeder Zeitung und werden in allen Talkshows thematisiert. Ich bewundere, was ihr leistet, und bin euch dankbar für die vielen Opfer, die ihr bringt.

Sergeant Larry Rogers vom St. Paul Police Department danke ich, weil er sich die Zeit genommen hat, meine vor Selbstüberschätzung triefenden Fragen zu Sprengstoffen zu beantworten. Eric Prince und der Rest der Truppe unten in Black Water: Ihr habt meinen Respekt und meine Anerkennung für die schwierige Mission, die ihr erledigt. Mary Matalin – ich weiß gar nicht, wo ich anfangen soll. Wie meine Frau zu sagen pflegt: »Du bist ein Rockstar!« Tom Barnard, der mich nicht nur zum Lachen, sondern auch zum Nachdenken bringt und dazu beitrug, einige der Feinheiten in diesem Roman zu klären. Und Senator Norm Coleman für den Dienst an der Öffentlichkeit und so vieles mehr.

Außerdem danke ich: Paul Evancoe, astreiner Krieger und guter Mensch. Chase Brandon für die monatlichen Gespräche. Joel Surnow, Bob Cochran und Howard Gordon für den Blick hinter die Kulissen meiner Lieblings-Fernsehserie *24*. Der El-Cantinero-Belegschaft, durch die jeder meiner Trips nach New York zum Vergnügen wird. Meinen Freunden im Apple Store in Edina, die meinen Computer am Laufen halten. Carl Pohlad, wieder mal, für seine Großzügigkeit und Freundschaft. Meiner Tante Maureen, die mir bei einigen Übersetzungen in diesem Buch geholfen hat. Sollte es Fehler geben, gehen sie auf meine Kappe. Und schließlich: Danke an meine großartige Frau, Lysa. Ohne dich würde das Ganze längst nicht so viel Spaß machen.

www.vinceflynn.com

VINCE FLYNN wird von Lesern und Kritikern als Meister des modernen Polit-Thrillers gefeiert. Dabei begann seine literarische Laufbahn eher holprig: Der Traum von einer Pilotenlaufbahn beim Marine Corps platzte aus gesundheitlichen Gründen. Stattdessen schlug er sich als Immobilienmakler, Marketingassistent und Barkeeper durch. Neben der Arbeit kämpfte er gegen seine Legasthenie und verschlang Bücher seiner Idole Hemingway, Ludlum, Clancy, Tolkien, Vidal und Irving, bevor er selbst mit dem Schreiben begann.
Insgesamt 60 Verlage lehnten sein Roman-Debüt ab. Doch Flynn gab nicht auf und veröffentlichte es in Eigenregie. Der Auftakt einer einzigartigen Erfolgsgeschichte: *Term Limits* wurde ein Verkaufsschlager, ein großer US-Verleger griff zu, die Folgebände waren fortan auf Spitzenpositionen in den Bestseller-Charts abonniert.
Der Autor verstarb 2013 im Alter von 47 Jahren infolge einer Krebserkrankung.

Der Anti-Terror-Kämpfer Mitch Rapp ist der Held in zahlreichen Romanen. Aufgrund des bahnbrechenden Erfolgs wird die Reihe in Absprache mit Flynns Erben inzwischen von Kyle Mills fortgesetzt.

Die Mitch-Rapp-Serie:
AMERICAN ASSASSIN – Wie alles begann
KILL SHOT – In die Enge getrieben
TRANSFER OF POWER – Der Angriff
THE THIRD OPTION – Die Entscheidung
SEPARATION OF POWER – Die Macht
EXECUTIVE POWER – Das Kommando
MEMORIAL DAY – Die Gefahr
CONSENT TO KILL – Der Feind
ACT OF TREASON – Der große Verrat*
PROTECT AND DEFEND – Die Bedrohung*
EXTREME MEASURES – Der Gegenschlag*
PURSUIT OF HONOR – Codex der Ehre
THE LAST MAN – Die Exekution
THE SURVIVOR – Die Abrechnung (mit Kyle Mills)
ORDER TO KILL – Tod auf Bestellung (mit Kyle Mills)
ENEMY OF THE STATE – Der Verräter (mit Kyle Mills)
RED WAR – Die Invasion (mit Kyle Mills)

* Neuauflage bei Festa in Vorbereitung

AMERICAN ASSASSIN und KILL SHOT handeln chronologisch vor TRANSFER OF POWER, wurden aber später veröffentlicht.

Zuletzt erschienen in der Reihe FESTA ACTION:

Joel C. Rosenberg: *Die Geisel*
J. L. Bourne: *Tomorrow War – Die Chroniken von Max*
J. L. Bourne: *Tomorrow War – Die Chroniken von Max – Das 2. Buch*
Vince Flynn: *Separation of Power – Die Macht*
William R. Forstchen: *One Second After*
John Gilstrap: *Hostage Zero – Menschenhändler*
Ben Coes: *First Strike – Geiselnehmer*
Joel C. Rosenberg: *Die Warnung*
Marc Cameron: *State of Emergency – Die Katastrophe*
Joel C. Rosenberg: *Die Kreml-Intrige*
Stephen Hunter: *Nacht des Donners*
William R. Forstchen: *One Year After*
Vince Flynn: *Enemy of the State – Der Verräter*
William R. Forstchen: *The Final Day*
Vince Flynn: *Red War – Die Invasion*
Marc Cameron: *Die Gewalt der Waffen*
Mark Greaney: *The Gray Man – Tod eines Freundes*
Dalton Fury: *One Killer Force – Absolut tödlich*
Ben Coes: *Trap the Devil – Verschwörung*
Vince Flynn: *Executive Power – Das Kommando*
Jack Carr: *Hass*
Brad Thor: *Verschwörung gegen die Nation*
Stephen Hunter: *Im Visier des Snipers*
Vince Flynn: *Memorial Day – Die Gefahr*
Dalton Fury: *Eine tödliche Einheit*
Tim Tigner: *Der Preis der Zeit*
Mark Greaney: *The Gray Man – Deckname Dead Eye*
Brad Taylor: *Schwarze Witwe*
Vince Flynn: *Consent to Kill – Der Feind*